Helen Simonson
MRS. ALIS UNPASSENDE
LEIDENSCHAFT

Helen Simonson

Mrs. Alis unpassende Leidenschaft

ROMAN

Aus dem Amerikanischen von
Michaela Grabinger

Droemer

Die amerikanische Originalausgabe erschien 2010 unter dem Titel
»Major Pettigrew's Last Stand« bei Random House, New York.

Besuchen Sie uns im Internet:
www.droemer.de

© 2010 Helen Simonson
Für die deutschsprachige Ausgabe:
© 2012 Droemer Verlag
Ein Unternehmen der Droemerschen Verlagsanstalt
Th. Knaur Nachf. GmbH & Co. KG, München
Alle Rechte vorbehalten. Das Werk darf – auch teilweise – nur mit
Genehmigung des Verlags wiedergegeben werden.
Umschlaggestaltung: ZERO Werbeagentur, München, nach der
amerikanischen Originalausgabe von Lynn Buckley
Umschlagabbildung: Mary Evans Picture Library / J. Grenard /
Cover des *Life*-Magazins 27. März 1924
Satz: Adobe InDesign im Verlag
Druck und Bindung: C. H. Beck, Nördlingen
Printed in Germany
ISBN 978-3-426-19885-8

2 4 5 3 1

Für John, Ian und Jamie

Erstes Kapitel

Major Pettigrew war noch ganz aufgewühlt von dem Anruf seiner Schwägerin und öffnete, nachdem es geklingelt hatte, gedankenverloren die Tür. Auf den feuchten Wegplatten stand Mrs. Ali aus dem Dorfladen. Sie zuckte kaum merklich zusammen, zog nur kurz eine Augenbraue hoch. Schlagartig erröteten die Wangen des Majors vor Verlegenheit, und in einer hilflosen Geste glättete er mit Händen, die sich wie Schaufeln anfühlten, die knopflose Leiste seines purpurfarbenen, clematisgeblümten Hausmantels.
»Ah«, sagte er.
»Major?«
»Mrs. Ali?« Es entstand eine Pause, die sich langsam ausdehnte wie das Universum, das, wie er vor kurzem gelesen hatte, mit zunehmendem Alter größer wurde. Von einer Art »Vergreisung« war in der Sonntagszeitung die Rede gewesen.
»Ich sammle das Geld für die Zeitung ein. Der Zeitungsjunge ist krank«, sagte Mrs. Ali. Sie reckte ihren zierlichen Körper und verlieh ihrer Stimme einen energischen Klang, der ganz anders war als der leise, akzentuierte, runde Ton, in dem sie mit ihm über die Beschaffenheit und den Duft der Teemischungen zu sprechen pflegte, die sie speziell für ihn herstellte.
»Ach ja, natürlich, entschuldigen Sie bitte!« Er hatte vergessen, das Geld für diese Woche in einem Umschlag unter die Matte draußen vor der Tür zu legen. Er begann, nach seinen Hosentaschen zu tasten, die sich irgendwo unter den Clematisblüten befanden. Seine Augen tränten. An die Taschen kam er nur heran, indem er den Saum des Morgenmantels schürzte. »Entschuldigen Sie bitte«, sagte er noch einmal.

»Kein Problem.« Mrs. Ali trat einen Schritt zurück. »Sie können es später im Laden vorbeibringen – irgendwann, wenn es besser passt.« Als sie sich bereits zum Gehen gewandt hatte, überkam den Major das dringende Bedürfnis, alles zu erklären.

»Mein Bruder ist nämlich gestorben«, sagte er. Mrs. Ali drehte sich um. »Mein Bruder ist gestorben«, wiederholte er. »Heute Morgen habe ich es am Telefon erfahren. Ich hatte noch keine Zeit.« In der hohen Eibe vor der westlichen Außenwand des Cottages hatte unter rosarot gefärbtem Himmel noch der frühmorgendliche Chor gezwitschert, als das Telefon klingelte. Jetzt wurde dem Major, der zeitig aufgestanden war, um seinen wöchentlichen Hausputz zu absolvieren, bewusst, dass er seitdem wie gelähmt dagesessen hatte. Unbeholfen deutete er auf seine sonderbare Aufmachung und fuhr sich mit einer Hand übers Gesicht. Plötzlich gaben seine Knie nach, er spürte das Blut aus dem Kopf sacken und stieß mit der Schulter gegen den Türpfosten, aber da war Mrs. Ali schon bei ihm und fing ihn auf.

»Ich glaube, ich bringe Sie besser hinein, damit Sie sich setzen können«, sagte sie leise und klang dabei besorgt. »Wenn es recht ist, hole ich ein Glas Wasser.« Da der Major in Armen und Beinen kaum mehr ein Gefühl hatte, blieb ihm nichts anderes übrig, als sich zu fügen. Mrs. Ali geleitete ihn über den unebenen Steinboden des schmalen Flurs und drückte ihn in den Ohrensessel gleich neben der Tür des hellen, ringsum mit Büchern bestückten Wohnzimmers. Genau diesen Sessel mochte er am allerwenigsten – die Polsterung war klumpig, und sein Hinterkopf kam genau an einem harten Querholz zu lehnen –, aber an Einwände war in diesem Zustand nicht zu denken.

»Es stand auf dem Abtropfgitter«, sagte Mrs. Ali und hielt ihm das weite Glas hin, in das er sein herausnehmbares Teilgebiss über Nacht zu legen pflegte. Von dem leichten Minz-

geschmack wurde ihm übel. »Geht es schon ein bisschen besser?«
»Ja, viel besser.« In seinen Augen standen Tränen. »Sehr freundlich von Ihnen ...«
»Soll ich Ihnen einen Tee machen?« Ihr Angebot gab ihm das Gefühl, schwach und bedauernswert zu sein.
»Ja bitte.« Sie sollte nur endlich aus dem Zimmer gehen, damit er wenigstens einen Anschein von Lebenskraft zurückgewinnen und den Hausmantel loswerden konnte.
Merkwürdig, dachte er, wieder einmal zu hören, wie eine Frau in der Küche mit Teetassen klappert. Nancy, seine Ehefrau, lächelte auf dem Foto vom Kaminsims herab. Ihr gewelltes braunes Haar war zerzaust, die sommersprossige Nase vom Sonnenbrand leicht rosarot gefärbt. Im Mai jenes verregneten Jahres, 1973 musste das gewesen sein, waren sie nach Dorset gefahren, und plötzlich hatte den windigen Nachmittag ein Sonnenstrahl erhellt – nur kurz, aber lang genug, um ein Foto von ihr schießen zu können, als sie wie ein junges Mädchen von der Festungsmauer von Corfe Castle herunterwinkte. Sechs Jahre war sie nun schon tot. Und jetzt war auch Bertie gestorben. Er blieb zurück, von allen alleingelassen, das letzte Familienmitglied seiner Generation. Er schloss die Hände, um das leichte Zittern zu stillen.
Gut, Marjorie war noch da, seine unangenehme Schwägerin, aber die hatte er in Übereinstimmung mit seinen verstorbenen Eltern nie wirklich akzeptiert. Ständig gab sie lautstark ihre undurchdachten Ansichten zum Besten, obendrein mit einem nordenglischen Akzent, der am Trommelfell kratzte wie ein stumpfes Rasiermesser. Hoffentlich war sie jetzt, nach Berties Tod, nicht auf mehr Vertraulichkeit aus. Er würde sie um ein neueres Foto bitten und natürlich um Berties Jagdgewehr. Vater hatte, als er jedem seiner Söhne eine der beiden zusammengehörenden Flinten schenkte, klar und deutlich gesagt, dass sie im Todesfall eines Bruders an den jeweils anderen gegeben werden sollten, um innerhalb der

Familie als Paar weitergereicht zu werden. Das Gewehr des Majors war all die Jahre einsam und allein in der für zwei Flinten angefertigten Kiste aus Walnussholz gelegen; eine Vertiefung in der Samtauskleidung kündete von der Abwesenheit des Gegenstücks. Gemeinsam würden sie jetzt wieder ihren vollen Wert erreichen – um die hunderttausend Pfund, seiner Schätzung nach. Nicht dass er auch nur im Traum daran dachte, sie zu verkaufen. Einen Moment lang hatte er deutlich vor Augen, wie er bei der nächsten Jagd – unten am Fluss vielleicht, bei einer der ständig von Kaninchen geplagten Farmen – auf die Jagdgesellschaft zuging, die beiden Gewehre lässig über den Arm gekippt.

»Mein Gott, Pettigrew, sind das etwa zwei zusammengehörende Churchills?«, würde einer sagen – vielleicht sogar Lord Dagenham persönlich, falls er an diesem Tag mit von der Partie sein sollte –, und er würde daraufhin einen so beiläufigen Blick auf die beiden Flinten werfen, als hätte er das ganz vergessen, um sie dann mit den Worten »Ja, sie gehören zusammen – ziemlich schönes Walnussholz haben die damals verwendet« zur Betrachtung und Bewunderung freizugeben.

Etwas schepperte gegen den Türpfosten und riss den Major aus seiner angenehmen Ruhepause. Es war Mrs. Ali mit einem schweren Tablett. Sie hatte ihren grünen Wollmantel ausgezogen und das Paisley-Kopftuch um die Schultern ihres schlichten dunkelblauen Kleids geschlungen, zu dem sie eine schmal geschnittene schwarze Hose trug. Dem Major wurde bewusst, dass er Mrs. Ali noch nie ohne ihre große, steif gestärkte Ladenschürze gesehen hatte.

»Warten Sie, ich helfe Ihnen.« Er machte Anstalten, sich zu erheben.

»Nein, nein, das schaffe ich schon«, entgegnete sie und trat an den Schreibtisch neben dem Sessel. Den kleinen Stapel ledergebundener Bücher stupste sie vorsichtig mit einer Ecke des Tabletts zur Seite. »Sie müssen sich ausruhen. Sie stehen wahrscheinlich unter Schock.«

»Es kam so unerwartet. Das Telefon klingelte so absurd früh. Es war noch nicht einmal sechs, wissen Sie. Ich glaube, sie waren die ganze Nacht im Krankenhaus.«

»Es kam unerwartet?«

»Herzinfarkt. Ein ziemlich schwerer offenbar.« Er strich sich nachdenklich über den borstigen Schnurrbart. »Merkwürdig, irgendwie geht man ja davon aus, dass Herzinfarktpatienten heutzutage gerettet werden. Im Fernsehen ist es jedenfalls immer so.« Mrs. Ali führte die Tülle der Teekanne etwas zittrig zum Rand der Tasse. Es klirrte, und der Major befürchtete, es könnte ein Stück herausbrechen. Zu spät fiel ihm ein, dass auch Mrs. Alis Mann an einem Herzinfarkt gestorben war, vor achtzehn Monaten oder zwei Jahren etwa. »Entschuldigen Sie bitte, das war sehr unbedacht von mir ...« Sie unterbrach ihn mit einer wohlwollenden Handbewegung und schenkte weiter ein. »Ihr Mann war ein guter Mensch«, fügte der Major hinzu.

Am deutlichsten war ihm die selbstbeherrschte Art des ruhigen, rundlichen Mannes in Erinnerung geblieben. Es war nicht unbedingt alles glattgelaufen, nachdem Mr. Ali den Dorfladen der alten Mrs. Bridge übernommen hatte. Mindestens zweimal hatte der Major gesehen, wie Mr. Ali an einem kühlen Frühlingsmorgen seelenruhig die aufgesprühte Farbe von den neuen Schaufenstern kratzte. Und mehrere Male war Major Pettigrew im Laden gewesen und hatte miterlebt, wie kleine Jungs sich einer Mutprobe stellten, indem sie ihre riesigen Ohren zur Tür hineinsteckten und »Pakis raus!« brüllten. Mr. Ali hatte nur lächelnd den Kopf geschüttelt, während der Major zeterte und stammelnd Entschuldigungen vorbrachte. Irgendwann hatte der Spuk ein Ende gehabt, und mittlerweile schlichen sich dieselben Jungs abends um neun in den Laden, wenn ihren Müttern die Milch ausgegangen war. Selbst die stursten ortsansässigen Arbeiter waren es schließlich leid geworden, sechseinhalb Kilometer durch den Regen zu fahren, nur um ihren Lottoschein in einem »englischen« Laden abzugeben. Die Honoratioren, allen voran die Damen der diversen Gemeindekomitees, glichen die Ungezogenheit der niederen Chargen aus, indem sie Mr. und Mrs. Ali auf plakative Weise Respekt zollten. So manche Dame hatte der Major stolz von »unseren lieben pakistanischen Freunden vom Laden« sprechen hören, was Edgecombe St. Mary als einen idyllischen Hort multikultureller Verständigung ausweisen sollte.

Nach Mr. Alis Tod hatten alle mit angemessener Bestürzung reagiert. Der Gemeinderat, in dem der Major Mitglied war, hatte über eine wie auch immer geartete Trauerfeier debattiert und, als die Sache fehlschlug (da sich weder die Gemeindekirche noch der Pub als geeignet erwiesen), einen ziemlich großen Kranz ins Bestattungsinstitut geschickt.

»Schade, dass ich Ihre liebe Frau nie kennenlernen durfte«, sagte Mrs. Ali und reichte ihm eine Tasse.

»Ja, etwa sechs Jahre ist ihr Tod jetzt her. Irgendwie merkwürdig – es erscheint mir wie eine Ewigkeit und gleichzeitig nur wie ein Augenblick.«

»Es ist ein so tiefer Einschnitt im Leben«, sagte sie. Ihre knappe Ausdrucksweise, an der es so vielen seiner Dorfnachbarn mangelte, traf sein Ohr mit dem reinen Klang einer schön gestimmten Glocke. »Manchmal spüre ich meinen Mann so nah bei mir, wie Sie es gerade sind, und manchmal bin ich ganz allein im Universum.«

»Aber Sie haben doch Familie?«

»Ja, die habe ich.« Ihre Stimme bekam einen kühlen Unterton. »Aber das ist nicht dasselbe wie das unauflösliche Band zwischen Mann und Frau.«

»Treffender kann man es nicht sagen.« Sie tranken ihren Tee, und der Major fand es verwunderlich, dass Mrs. Ali sich außerhalb ihres Ladens, in der ungewohnten Umgebung seines Wohnzimmers, als eine so geistreiche Frau entpuppte. »Also, der Hausmantel ...«, begann er zögerlich.

»Der Hausmantel?«

»Das Ding, das ich vorhin anhatte.« Er nickte zu dem Korb mit den *National Geographics* hinüber, in dem der Hausmantel inzwischen lag. »Den trug meine Frau immer so gern beim Putzen, und manchmal, na ja ...«

»Ich habe eine alte Tweedjacke von meinem Mann«, sagte sie leise. »Manchmal ziehe ich sie an und gehe damit im Garten herum. Und manchmal stecke ich mir seine Pfeife in den Mund, um den bitteren Tabakgeschmack zu schmecken.« Sie errötete ein wenig und senkte die dunkelbraunen Augen zu Boden, als hätte sie zu viel preisgegeben. Der Major bemerkte, wie glatt ihre Haut war, und musterte ihre markanten Gesichtszüge.

»Ich habe auch noch einige Kleidungsstücke meiner Frau«, sagte er. »Und ich weiß nicht, ob sie jetzt, nach sechs Jahren, immer noch nach ihrem Parfum riechen oder ob ich es mir nur einbilde.« Er hätte ihr gern erzählt, dass er manchmal den Schrank öffnete und das Gesicht in den Bouclé-Kostümen und weichen Chiffonblusen vergrub. Mrs. Ali hob den Blick zu ihm, und hinter ihren schweren Lidern glaubte er zu erkennen, dass auch sie sich mit derlei absurden Dingen beschäftigte.

»Noch etwas Tee?«, fragte sie und streckte ihm die Hand entgegen, um seine Tasse in Empfang zu nehmen.

Nachdem Mrs. Ali gegangen war – nicht ohne sich dafür entschuldigt zu haben, dass sie sich selbst in sein Haus eingeladen hatte, während er noch einmal sein Bedauern über die Unannehmlichkeiten äußerte, die ihr durch seinen Schwächeanfall entstanden waren –, zog der Major den Hausmantel wieder an und ging in die kleine Spülküche hinter der Küche, um sein Gewehr zu Ende zu reinigen. Er verspürte einen leichten Druck im Kopf und ein Brennen im Rachen. So war er in Wirklichkeit, der dumpfe Schmerz der Trauer – mehr Verdauungsstörung als leidenschaftlicher Gefühlsausbruch. Er hatte etwas Mineralöl in einer kleinen Porzellantasse zum

Erwärmen eine Weile auf dem Stövchen stehen lassen. Nun tauchte er die Finger in das heiße Öl und rieb es gemächlich in den gemaserten Nussbaumschaft ein. Nach einer Weile fühlte sich das Holz unter seinen Fingern wie Seide an. Die Arbeit entspannte ihn, sie linderte den Schmerz und schuf Platz für das zarte Aufblühen eines ganz neuen Interesses. Mrs. Ali war, so mutmaßte er, eine gebildete, kultivierte Frau. Auch Nancy war so ein außergewöhnlicher Mensch gewesen, hatte ihre Bücher geliebt und Kammerkonzerte in Dorfkirchen besucht. Aber sie hatte ihn alleingelassen, und nun musste er die geistlosen, biederen Interessen der anderen Frauen aus dem gemeinsamen Bekanntenkreis erdulden – Frauen, die beim Jagdball nur über Pferde und die Tombola sprachen und sich am liebsten darüber ereiferten, welche unzuverlässige junge Mutter aus dem Sozialwohngebiet in dieser Woche nicht zur Spielgruppe im Gemeindezentrum erschienen war. Mrs. Ali war eher wie Nancy. Ein Schmetterling inmitten dieser Taubenschar. Er gestand sich den Wunsch ein, Mrs. Ali ein weiteres Mal außerhalb des Ladens zu sehen, und überlegte, ob das möglicherweise bewies, dass er nicht ganz so verknöchert war, wie seine achtundsechzig Jahre und die Beschränkungen des Dorflebens es vermuten ließen.
Der Gedanke gab ihm so viel Auftrieb, dass er sich der Pflicht, seinen Sohn Roger in London anzurufen, gewachsen fühlte. Er wischte seine Fingerspitzen mit einem weichen gelben Lappen ab und betrachtete konzentriert die unzähligen Chromtasten und LED-Displays des schnurlosen Telefons, das Roger ihm geschenkt hatte. Die Schnellwahl- und die Spracherkennungsfunktion seien für ältere Menschen sehr nützlich, hatte Roger gesagt. Major Pettigrew war sowohl in Bezug auf die einfache Bedienbarkeit des Geräts als auch hinsichtlich der Bezeichnung »alt« für seine Person völlig anderer Ansicht. Es war eine frustrierende Binsenweisheit, dass Kinder, sobald sie das Nest verlassen und sich in ihrem eigenen Heim eingerichtet hatten – in Rogers Fall eine glänzende,

ganz in Schwarz und Messing gehaltene Penthousewohnung in einem Hochhaus, das unweit von Putney die Themse verschandelte –, ihre eigenen Eltern zu bevormunden begannen und deren Tod herbeiwünschten oder sie doch zumindest in einer betreuten Wohneinrichtung wissen wollten. Ein einziges böhmisches Dorf, dachte der Major, doch es gelang ihm, einen immer noch öligen Finger auf die Taste zu drücken, die Roger in großen, kindlich wirkenden Blockbuchstaben mit »1 – Roger Pettigrew, VP, Chelsea Equity Partners« beschriftet hatte. Rogers private Beteiligungsgesellschaft residierte auf zwei Etagen eines hohen, gläsernen Büroturms in den Londoner Docklands. Während es mit metallischem Ticken klingelte, stellte sich der Major seinen Sohn an dessen widerlich sterilem Arbeitsplatz vor, einer Box in einem Großraumbüro mit einer ganzen Batterie von Computerbildschirmen und einem Stapel Akten auf dem Schreibtisch, die nur deshalb nicht in Schubladen lagen, weil ein sehr teurer Architekt es für unnötig gehalten hatte, welche bereitzustellen.
Roger wusste es schon.
»Jemima hat den Telefondienst übernommen. Das Mädchen ist zwar völlig aufgelöst, aber man glaubt es nicht – sie ruft trotzdem jeden, aber auch wirklich jeden an.«
»Das lenkt sie ein bisschen ab«, meinte der Major.
»Wenn du mich fragst, geht es eher darum, sich in der Rolle der verwaisten Tochter zu suhlen«, entgegnete Roger. »Ist zwar ziemlich daneben, aber so waren die ja schon immer.«
Seine Stimme klang gedämpft, was den Major zu der Vermutung veranlasste, dass sein Sohn wieder einmal am Schreibtisch aß.
»Das muss doch nun wirklich nicht sein, Roger«, sagte er streng. Sein Sohn wurde allmählich genauso selbstgefällig wie Marjorie und ihre Familie. Die Stadt war heutzutage voll von rücksichtslosen, arroganten jungen Männern, und nur wenig deutete darauf hin, dass Roger, der auf die dreißig zuging, sich diesem Einfluss je entziehen würde.

»Entschuldige, Dad. Das mit Onkel Bertie tut mir sehr leid.« Er schwieg einige Sekunden lang. »Ich werde nie vergessen, wie ich damals Windpocken hatte und er mir dieses Modellflugzeug zum Selberbauen brachte. Den ganzen Tag hat er mir geholfen, die winzigen Balsaholzteile zusammenzukleben.«
»Wenn ich mich recht erinnere, zerschellte es tags darauf am Fenster, nachdem wir dich ausdrücklich davor gewarnt hatten, es im Haus fliegen zu lassen.«
»Ja, und dann hast du es als Anzündholz für den Küchenherd benutzt.«
»Es war völlig hinüber. Warum hätte man das Holz verschwenden sollen?« Beide erinnerten sich sehr gut an die Geschichte, die immer wieder bei Familienfeiern erzählt wurde. Manchmal als Witz, so dass alle lachten, manchmal aber auch als warnendes Beispiel für Jemimas aufsässigen Sohn. Heute klang ein vorwurfsvoller Ton mit.
»Kommst du schon am Abend davor?«, fragte der Major.
»Nein, ich fahre mit dem Zug. Aber warte nicht auf mich, Dad, könnte sein, dass ich aufgehalten werde.«
»Aufgehalten?«
»Ich ersticke in Arbeit. Bei uns ist gerade der Teufel los. Zwei Milliarden Dollar, eine komplizierte Übernahme von Unternehmensanleihen, und der Kunde ist nervös. Gib mir Bescheid, wenn der Termin feststeht, dann trage ich es als ›Höchste Priorität‹ in meinen Kalender ein, aber garantieren kann ich für nichts.«
Der Major fragte sich, als was er normalerweise im Terminkalender seines Sohnes vermerkt wurde, und sah sich bereits mit einem kleinen gelben Haftzettel beklebt, dessen Aufschrift »wichtig, aber nicht termingebunden« oder ähnlich lautete.

Das Begräbnis wurde auf Dienstag festgesetzt.
»Der Termin passte den meisten«, erklärte Marjorie bei ihrem zweiten Anruf. »Montags und mittwochs geht Jemima in

ihren Abendkurs, und ich habe am Donnerstagabend ein Bridgeturnier.«

»Ja, es ist sicherlich in Berties Sinn, dass ihr ganz normal weitermacht«, erwiderte der Major, wobei er einen leicht bissigen Unterton aus seiner Stimme heraushörte. Bestimmt war der Begräbnistag auch in Hinblick auf freie Verschönerungstermine festgelegt worden, damit Marjories gelbliche Betonfrisur nur ja frisch gemeißelt und ihre Haut getönt oder gewachst war oder was immer sie tat, um ein wie mit Leder bespanntes Gesicht zu bekommen. »Und Freitag geht nicht?«, fragte er.

Er hatte gerade einen Arzttermin für Dienstag vereinbart. Die Sprechstundenhilfe hatte sich in Anbetracht der Umstände überaus verständnisvoll gezeigt und es sich nicht nehmen lassen, ein Kind mit chronischem Asthma auf Freitag zu verlegen, damit sie das EKG des Majors dazwischenschieben konnte. Der Gedanke, den Termin abzusagen, behagte ihm absolut nicht.

»Da hat der Pfarrer seinen ›Jugendliche in der Krise‹-Abend.«

»Die Jugendlichen sind wahrscheinlich jede Woche in der Krise«, bemerkte der Major in scharfem Ton. »Mein Gott, es geht um ein Begräbnis! Sollen die doch ihre Bedürfnisse ein einziges Mal den Bedürfnissen anderer hintanstellen! Vielleicht lernen sie daraus sogar noch etwas.«

»Der Bestattungsunternehmer meinte, Freitag wäre ein unangemessen festlicher Tag für ein Begräbnis.«

»Ah ...« Die Absurdität der Aussage macht ihn sprachlos; er gab auf. »Dann sehen wir uns also am Dienstag, gegen vier Uhr, ja?«

»Ja. Fährst du bei Roger mit?«

»Nein, er kommt mit dem Zug direkt aus London und nimmt sich dann ein Taxi. Ich fahre selbst.«

»Wird das denn nicht zu viel für dich?«, fragte Marjorie. Sie klang ehrlich besorgt, und den Major durchströmte ein liebevolles Gefühl für sie. Schließlich war sie jetzt auch allein. Er bedauerte es, so wütend auf sie gewesen zu sein, und versicherte ihr freundlich, dass er durchaus in der Lage war, selbst zu fahren.

»Und hinterher kommst du natürlich noch zu uns. Dann trinken wir was und essen ein paar Häppchen. Nichts Aufwendiges.« Er bemerkte, dass sie ihn nicht fragte, ob er über Nacht bleiben wolle. Er würde im Dunkeln nach Hause fahren müssen. Sein Mitgefühl schnurrte wieder zusammen.

»Und vielleicht willst du ja etwas von Bertie haben. Du musst dir die Sachen einfach mal ansehen.«

»Das ist sehr aufmerksam«, sagte der Major und versuchte, den Eifer zu dämpfen, der seine Stimme schlagartig erhellte. »Ich hatte ohnehin vor, zu gegebener Zeit mit dir darüber zu sprechen.«

»Selbstverständlich«, sagte Marjorie. »Du musst unbedingt irgendein kleines Andenken mitnehmen, ein Erinnerungsstück. Bertie hätte darauf bestanden. Es sind noch ein paar neue Hemden da, die er nie getragen hat … Na, ich werde mir was einfallen lassen.«

Als er auflegte, spürte er eine tiefe Verzweiflung. Diese Frau war grauenhaft. Er stieß um seines armen Bruders willen einen tiefen Seufzer aus und fragte sich, ob Bertie seine Wahl wohl je bereut hatte. Aber vielleicht hatte er dem Ganzen einfach keine große Aufmerksamkeit geschenkt. Bei solchen Lebensentscheidungen denkt niemand an den Tod, sagte er sich. Denn wenn es anders wäre, wie würden diese Entscheidungen dann ausfallen?

Die Fahrt von Edgecombe St. Mary in die nahe gelegene Küstenstadt Hazelbourne-on-Sea, den Wohnort von Bertie und Marjorie, dauerte nur zwanzig Minuten. Die Stadt, wirtschaftliches Zentrum der halben Grafschaft, war immer voll mit Einkaufsbummlern und Touristen, weshalb der Major sich über den Verkehr auf der Umgehungsstraße, mögliche Schwierigkeiten bei der Parkplatzsuche in den engen Gassen

rings um die Kirche und die für die Entgegennahme der Kondolenzen benötigte Zeit ausgiebig Gedanken gemacht hatte. Spätestens um halb zwei hatte er losfahren wollen. Doch jetzt saß er reglos vor seinem Haus im Auto. Er spürte sein Blut träge wie Lava den Körper durchströmen. Ihm war, als würden seine Eingeweide schmelzen. Seine Finger fühlten sich an, als wären keine Knochen mehr in ihnen. Er schaffte es nicht, das Lenkrad fest zu umfassen. Er holte mehrmals tief Luft und stieß sie heftig aus, um seine Panik zu bekämpfen. Undenkbar, dass er das Begräbnis seines eigenen Bruders verpasste, aber ebenso undenkbar, den Zündschlüssel zu drehen. Einen Augenblick lang kam ihm der Gedanke, dass er jetzt sterben müsse. Schade, dass es nicht schon gestern passiert war. Dann hätten sie ihn zusammen mit Bertie begraben und allen die Mühe ersparen können, zweimal anzureisen.
Es klopfte ans Wagenfenster, und als er wie im Traum den Kopf wandte, sah er Mrs. Ali. Sie wirkte sehr besorgt. Er atmete tief durch und schaffte es, den Knopf des elektronischen Fensteröffners zu drücken. Dem Wahn, alles elektronisch zu steuern, hatte er sich nur widerwillig unterworfen. Jetzt war er froh, nicht kurbeln zu müssen.
»Ist alles in Ordnung mit Ihnen, Major?«, fragte Mrs. Ali.
»Ich denke schon. Ich habe nur kurz durchgeatmet. Bin auf dem Weg zum Begräbnis.«
»Ja, ich weiß. Aber Sie sind sehr blass. Können Sie überhaupt fahren?«
»Es bleibt mir wohl nichts anderes übrig, gnädige Frau«, sagte der Major. »Schließlich bin ich der Bruder des Verstorbenen.«
»Vielleicht steigen Sie besser erst mal aus und schnappen frische Luft«, schlug sie vor. »Ich habe hier ein kaltes Ginger Ale, das würde Ihnen bestimmt guttun.« Sie trug einen kleinen Korb, in dem ein hellgrüner Apfel, eine leicht fettige Papiertüte, die wahrscheinlich Kuchen enthielt, sowie eine schlanke grüne Flasche lagen.

»Ja, kurz Luft schnappen«, sagte er und stieg aus dem Wagen. Der Korb entpuppte sich als kleines Carepaket, das Mrs. Ali vor seiner Haustür hatte abstellen wollen, damit er es bei seiner Rückkehr vorfand.
»Ich wusste nicht, ob Sie daran denken würden, dass Sie essen müssen«, erklärte sie, während er das Ginger Ale trank. »Ich habe jedenfalls nach dem Begräbnis meines Mannes vier Tage lang nichts zu mir genommen und bin schließlich wegen Austrocknung im Krankenhaus gelandet.«
»Das ist sehr freundlich von Ihnen«, sagte der Major. Mit dem kühlen Getränk im Bauch ging es ihm besser. Noch immer durchlief seinen Körper ein leichtes Zittern, doch er war viel zu besorgt, um sich dafür zu schämen. Irgendwie musste er es zu Bernies Begräbnis schaffen. Der Bus fuhr nur alle zwei Stunden. Dienstags war der Betrieb zusätzlich eingeschränkt, und der letzte Bus zurück ging um fünf Uhr nachmittags. »Ich kümmere mich mal besser um ein Taxi. Ich weiß nicht, ob ich fahren kann.«
»Nicht nötig«, entgegnete Mrs. Ali. »Ich bringe Sie hin. Ich wollte sowieso gerade nach Hazelbourne fahren.«
»Aber das muss nun wirklich nicht sein ...« Er ließ sich nur ungern von Frauen chauffieren. Er hasste es, wenn sie zaghaft in die Kreuzungen krochen, hasste ihre schwerfällige Handhabung der Gangschaltung ohne jedes Gespür für deren Feinheiten und ihre völlige Gleichgültigkeit gegenüber dem Rückspiegel. An so manchem Nachmittag war er auf den kurvigen Landstraßen einer langsamen Fahrerin hinterhergeschlichen, die ungeniert zur Musik irgendeines Pop-Senders mit dem Kopf wackelte, während die Stofftiere auf der Hutablage ihrerseits im Takt die Köpfe bewegten. »Das kann ich nicht annehmen.«
»Bitte geben Sie mir die Ehre, Ihnen behilflich sein zu dürfen«, sagte sie. »Mein Auto steht vorn an der Straße.«
Sie fuhr wie ein Mann, wechselte kurz vor den Kurven resolut den Gang, trat immer wieder beherzt aufs Gas und steu-

erte den kleinen Honda schwungvoll und genüsslich über die Hügel. Sie hatte ihr Fenster einen Spalt geöffnet, und der Luftstrom kräuselte ihr rosarotes Seidenkopftuch und blies ihr einzelne schwarze Locken ins Gesicht. Energisch strich sie sie zurück, während der Wagen mit aufheulendem Motor in großem Satz über eine kleine gewölbte Brücke schoss.
»Wie geht es Ihnen?«, fragte Mrs. Ali.
Der Major wusste nicht recht, was er antworten sollte. Ihre Fahrweise erregte leichte Übelkeit in ihm; aber es war eine aufregende, irgendwie angenehme Übelkeit – so wie sie auch kleine Jungs fühlen, wenn ihnen in der Achterbahn schlecht wird.
»Ich bin nicht mehr so schlapp wie vorhin«, antwortete er.
»Sie fahren ausgezeichnet.«
»Ich fahre gern«, sagte sie und lächelte ihn an. »Nur ich und der Motor. Keiner, der mir sagt, was ich tun soll. Keine Abrechnungen, keine Inventur – nur die Verheißungen der freien Straße und viele unbekannte Ziele.«
»So ist es. Haben Sie schon viele Autoreisen unternommen?«
»Nein«, antwortete sie. »Normalerweise fahre ich alle zwei Wochen in die Stadt und besorge Ware. In der Myrtle Street gibt es mehrere Läden mit indischen Spezialitäten. Ansonsten benutzen wir das Auto vor allem für Lieferfahrten.«
»Sie sollten mal nach Schottland, beispielsweise«, sagte der Major. »Und dann wären da natürlich noch die deutschen Autobahnen. Sollen sehr angenehm zu fahren sein.«
»Sind Sie viel in Europa herumgekommen?«
»Nein. Nancy und ich haben zwar immer geplant, durch Frankreich und sogar bis in die Schweiz zu fahren, aber irgendwie hat es sich nie ergeben.«
»Das sollten Sie unbedingt machen, solange es noch geht«, sagte Mrs. Ali.
»Und Sie?«, fragte der Major. »Wohin würden Sie gerne fahren?«
»Ach, da gäbe es viele Orte. Aber ich habe ja den Laden.«

»Vielleicht kann Ihr Neffe den Laden schon bald allein führen«, sagte der Major.
Mrs. Ali lachte auf, aber es klang alles andere als fröhlich.
»Ja, ja«, sagte sie. »Schon ziemlich bald wird er den Laden führen können, und ich bin dann überflüssig.«
Der Neffe stellte eine relativ neue und nicht sonderlich erfreuliche Ergänzung des Ladenpersonals dar. Er war ein junger, etwa fünfundzwanzigjähriger Mann, ein steif wirkender Mensch mit leicht anmaßendem Blick, der den Eindruck vermittelte, stets auf die nächste Beleidigung gefasst zu sein. Sowohl Mrs. Alis stille, anmutige Nachgiebigkeit als auch die Geduld des verstorbenen Mr. Ali gingen ihm völlig ab. Obwohl der Major es einerseits für sein gutes Recht hielt, fühlte er sich andererseits unwohl dabei, einen Mann nach dem Preis der Tiefkühlerbsen zu fragen, der nur darauf zu warten schien, genau durch diese Frage gekränkt zu werden. Überdies glaubte der Major an dem Neffen eine gewisse unterdrückte Strenge gegenüber dessen Tante zu erkennen, was er ganz und gar nicht gutheißen konnte.
»Wollen Sie sich zur Ruhe setzen?«, fragte er.
»Es ist mir bereits nahegelegt worden«, antwortete Mrs. Ali. »Die Verwandten meines Mannes leben in Nordengland und hoffen, dass ich mich bereit erkläre, zu ihnen zu ziehen und den mir zustehenden Platz in der Familie einzunehmen.«
»Gewiss entschädigt eine liebevolle Familie dafür, in Nordengland leben zu müssen«, sagte Major Pettigrew, zweifelte dabei aber an seinen eigenen Worten. »Die Rolle als verehrte Großmutter und weibliches Familienoberhaupt wird Ihnen doch bestimmt gefallen?«
»Ich habe keine Kinder, und mein Mann ist tot«, erwiderte sie mit einem scharfen Unterton. »Deshalb wird man mich eher bemitleiden als verehren. Sie erwarten von mir, dass ich meinem Neffen den Laden übergebe, damit er es sich leisten kann, eine gute Ehefrau aus Pakistan herzuholen. Dafür bekomme ich freie Unterkunft und darf die ehrenvolle Aufgabe

übernehmen, mich um mehrere kleine Kinder von anderen Familienmitgliedern zu kümmern.«
Der Major schwieg. Er war entsetzt und wollte nichts mehr davon hören. Genau deshalb unterhielten sich die Leute normalerweise nur über das Wetter. »Aber man kann Sie doch nicht dazu zwingen ...«
»Von Rechts wegen nicht«, sagte Mrs. Ali. »Mein wundervoller Ahmed hat mit der Familientradition gebrochen und dafür gesorgt, dass ich den Laden bekam. Es müssen allerdings noch einige Schulden abbezahlt werden. Andererseits – was sind schon Rechtsgrundsätze gegen die Wucht der Familienmeinung?« Sie bog links ab und zwängte den Wagen in eine kleine Lücke im auf der Küstenstraße dahinbrausenden Verkehr. »Man muss sich schon fragen, ob es den Streit wert ist, wenn man dabei am Ende die eigene Familie verliert und mit der Tradition bricht.«
»Das ist durch und durch unmoralisch«, entgegnete der Major aufgebracht; die Knöchel seiner Hand auf der Armstütze wurden ganz weiß. Genau das war das Problem mit diesen Einwanderern, dachte er. Sie gaben vor, Engländer zu sein, manche waren sogar hier geboren, aber unter der Oberfläche lauerten diese barbarischen Vorstellungen und die Treue zu irgendwelchen fremden Bräuchen.
»Ihr habt Glück«, sagte Mrs. Ali. »Ihr Angelsachsen habt diese Abhängigkeit von der Familie weitgehend abgelegt. Bei euch macht jede Generation, was sie will, und davor habt ihr auch keine Angst.«
»Genau.« Der Major nahm das Kompliment ganz automatisch an, obwohl er keineswegs sicher war, dass Mrs. Ali recht hatte.

Sie setzte ihn wenige Meter vor der Kirche an einer Ecke ab, und er schrieb die Adresse seiner Schwägerin auf ein Stück Papier.
»Ich könnte aber auch mit dem Bus oder sonst irgendwie zu-

rückfahren«, sagte er, doch da beide wussten, dass das nicht möglich war, erhob er keine weiteren Einwände. »Um sechs Uhr müssten wir fertig sein, wenn Ihnen das passt.«
»Ja, natürlich.« Sie ergriff seine Hand und hielt sie kurz. »Ich wünsche Ihnen für heute Nachmittag viel Herzenskraft und die Liebe Ihrer Familie.«
Den Major erfüllte ein warmes Gefühl. Er hoffte, sich dieses Gefühl bewahren zu können, obwohl ihm der schreckliche Anblick von Bertie in einem Nussbaumsarg bevorstand.

Der Trauergottesdienst wies im Großen und Ganzen dieselben tragikomischen Elemente auf, die er von Nancys Begräbnis in Erinnerung hatte. Die presbyterianische, in der Jahrhundertmitte erbaute Kirche war groß und düster. Weder Weihrauch noch Kerzen oder bunte Glasfenster wie in Nancys geliebter anglikanischer Kirche St. Mary's machten die Eintönigkeit der Betonwände erträglicher. Hier gab es keinen alten Glockenturm und keinen bemoosten Kirchhof, der mit ausgleichender Schönheit und den durch alle Zeiten hindurch immer gleichen Namen auf den Grabsteinen ein wenig Seelenfrieden hätte herstellen können. Nur die leise Genugtuung darüber, dass der Gottesdienst so gut besucht war, spendete ein wenig Trost; selbst die beiden Klappstuhlreihen ganz hinten waren besetzt. Berties Sarg stand über einer niedrigen Vertiefung im Boden, die an eine Ablaufrinne erinnerte. Irgendwann vernahm der Major zu seinem Erstaunen ein mechanisch klingendes Geräusch, und plötzlich senkte sich Bertie hinab – nur etwa zehn Zentimeter zwar, aber der Major hätte fast laut aufgeschrien und streckte unwillkürlich den Arm aus. Darauf war er nicht vorbereitet gewesen.
Sowohl Jemima als auch Marjorie hielten eine Rede. Er rechnete damit, innerlich mit Hohn und Spott darauf zu reagieren, insbesondere als Jemima, einen breitkrempigen schwarzen Strohhut auf dem Kopf, der eher zu einer schicken Hochzeit gepasst hätte, ein zu Ehren ihres Vaters selbst ver-

fasstes Gedicht ankündigte. Das Gedicht war tatsächlich grauenhaft (ihm blieb nur in Erinnerung, dass es darin ganz im Widerspruch zur strengen presbyterianischen Lehre vor Teddybären und Engeln nur so gewimmelt hatte), aber Jemimas ehrliche Traurigkeit machte es zu etwas sehr Bewegendem. Tränennasse Wimperntusche lief über das schmale Gesicht, und zum Schluss musste ihr Mann sie fast vom Rednerpult wegtragen.

Den Major hatte man nicht um eine Ansprache gebeten. Er hatte das als grobes Übergehen seiner Person empfunden und sich in den einsamen, schlaflosen Nächten vor der Beerdigung wieder und wieder ausführliche Kommentare dazu überlegt. Doch nachdem Marjorie kurz und tränenreich Abschied von ihrem Mann genommen hatte und sich zum Major hinüberbeugte, um zu fragen, ob er etwas sagen wolle, lehnte er ab. Zu seiner eigenen Überraschung fühlte er sich wieder schwach, und die Gefühlsaufwallung hatte bewirkt, dass er plötzlich verschwommen sah und seine Stimme verzerrt klang. Er nahm einfach nur Marjories Hände in seine, hielt sie eine Weile und bemühte sich, nicht in Tränen auszubrechen.

Als ihm nach dem Gottesdienst im Vorraum mit den Rauchglasscheiben alle die Hand schüttelten, rührte es ihn sehr, dass einige alte Freunde von Bertie und ihm gekommen waren, die er zum Teil viele Jahre nicht mehr gesehen hatte. Martin James, der mit ihnen in Edgecombe aufgewachsen war, hatte sich von Kent aus mit dem Auto auf den Weg gemacht. Berties alter Nachbar Alan Peters, der sich trotz eines tollen Handicaps nun lieber der Vogelbeobachtung widmete, war vom anderen Ende der Grafschaft gekommen. Am meisten überraschte ihn jedoch die Anwesenheit des Walisers Jones aus Halifax, eines alten Kameraden, den er noch von der Offiziersausbildung her kannte. Bertie und er hatten sich in einem bestimmten Sommer mehrmals getroffen, und seitdem hatte er den beiden Brüdern jedes Jahr eine Weihnachtskarte geschickt. Der Major ergriff seine Hand und schüttelte in wortloser Dankbarkeit den Kopf. Getrübt wurde die Wiedersehensfreude nur durch Jones' zweite Ehefrau, die weder er selbst noch Bertie je kennengelernt hatten und die herzzerreißend in ein riesiges Taschentuch schluchzte.

»Nun hör schon auf, Lizzy«, sagte Jones. »Entschuldige, aber so ist sie nun mal.«

»Tut mir wirklich leid«, wimmerte Lizzy und schneuzte sich.

»Bei Hochzeiten passiert mir das auch immer.« Dem Major machte es nichts aus. Immerhin war sie gekommen. Ganz im Gegensatz zu Roger.

Zweites Kapitel

Berties Haus – der Major ermahnte sich dazu, es von nun an als Marjories Haus zu betrachten – war ein kastenförmiges Ding mit versetzten Wohnebenen, dem Marjorie den Anschein einer spanischen Villa zu verleihen versucht hatte. Eine klobige Ziegelpergola und ein gusseisernes Dachterrassengitter krönten die angebaute Doppelgarage. Das Panoramafenster im ausgebauten Speicher erinnerte mit dem gemauerten Bogen an das zwinkernde Auge einer Flamencotänzerin. Der Vorgarten bestand hauptsächlich aus einer Kiesauffahrt von der Größe eines öffentlichen Parkplatzes. Die Autos hielten in Zweierreihen rings um einen zierlichen Kupferspringbrunnen in Form eines sehr dünnen nackten Mädchens.

Jetzt, am späten Nachmittag, wurde es kühl. Vom Meer her quollen Wolken heran, aber oben im zweiten Stock hatte Marjorie die Tür, die vom gefliesten Wohnzimmer auf die Dachterrasse führte, noch offen gelassen. Der Major blieb so weit hinten im Raum wie nur möglich und versuchte, sich mit dem lauwarmen Tee zu wärmen, der in kleinen Plastiktassen gereicht wurde. Marjories Vorstellung von »nichts Aufwendigem« war ein riesiges, ausschließlich auf Papptellern serviertes Festmahl (Eiersalat, Lasagne, Coq au vin). Die Gäste balancierten ihre durchhängenden Teller auf den flachen Händen, und die Becher und Teetassen aus Plastik fanden willkürliche Plätze auf den Fensterbrettern und dem großen Fernseher.

Als der Major bemerkte, dass am anderen Ende des Zimmers Unruhe aufkam, ging er hin und sah Roger, der gerade von Marjorie umarmt wurde. Beim Anblick seines großen, dunkelhaarigen Sohnes tat sein Herz einen Sprung. Er war also doch noch gekommen.

Roger entschuldigte sich wortreich für die Verspätung und versprach Marjorie und Jemima feierlich, ihnen bei der Auswahl eines Grabsteins für Onkel Bertie behilflich zu sein. Charmant und lässig wirkte er in dem teuren dunklen Anzug mit der unangemessen bunten Krawatte und den schmalen, auf Hochglanz polierten Schuhen, deren Eleganz keinen anderen Schluss zuließ, als dass sie aus Italien stammten. London hatte ihn zu fast kontinentaleuropäischer Weltgewandtheit zurechtgeschliffen. Der Major bemühte sich, dies nicht zu missbilligen.

»Hör mal, Dad, Jemima und ich haben über Onkel Berties Flinte gesprochen«, sagte Roger, als sich die Gelegenheit zu einem kurzen Gespräch auf einem harten Ledersofa ergab. Er zupfte an seinem Revers und strich die Kniepartien seiner Hose glatt.

»Ja, ich wollte mit Marjorie darüber reden. Aber jetzt ist wohl kaum der richtige Zeitpunkt.« Der Major hatte die Sache mit dem Gewehr nicht vergessen, hielt sie an diesem Tag jedoch nicht für wichtig.

»Über den Wert sind sich die beiden völlig im Klaren. Jemima weiß da ziemlich gut Bescheid.«

»Es geht dabei selbstverständlich nicht um Geld«, sagte der Major streng. »Unser Vater hat seinen Wunsch nach einer Zusammenführung der beiden Flinten klar geäußert. Sie sind Familienerbstücke, väterliches Erbe.«

»Jemima ist sehr dafür, dass die beiden Waffen wieder zusammenkommen«, erklärte Roger. »Allerdings müssen sie wahrscheinlich erst mal restauriert werden.«

»Meine ist in einem tadellosen Zustand«, entgegnete der Major. »Bertie wird sich mit seiner nicht so viel Zeit genommen haben wie ich mir mit meiner. Er hatte es nicht mit der Jagd.«

»Wie auch immer. Jedenfalls sagt Jemima, dass die Marktsituation im Augenblick ganz ausgezeichnet ist. Churchill-Fabrikate von dieser Qualität sind gesucht wie nie. Die Amerikaner tragen sich schon in Wartelisten ein.« Der Major spürte eine leichte Verhärtung seiner Wangenmuskulatur. Er ahnte bereits den bevorstehenden Schlag, und sein angedeutetes Lächeln wurde starr. »Deshalb halten es Jemima und ich für das Vernünftigste, sie sofort zusammen zu verkaufen. Das Geld bekommst natürlich du, Dad, aber da du es mir sowieso irgendwann vermachst – ich könnte es auch jetzt schon gut gebrauchen.«

Der Major schwieg. Er konzentrierte sich auf seine Atmung. Bisher war ihm nie richtig bewusst geworden, welchen mechanischen Aufwands es bedurfte, die Luft langsam in die Lunge hineinzusaugen und wieder hinauszupressen, den Sauerstoff gleichmäßig durch die Nase strömen zu lassen. Roger hatte wenigstens den Anstand, verlegen auf dem Sofa hin und her zu rutschen. Er wusste genau, was er da forderte, dachte der Major.

»Entschuldige, Ernest, aber draußen steht so eine komische Frau, die behauptet, sie würde auf dich warten«, sagte Marjorie, die plötzlich aufgetaucht war und ihm die Hand auf die Schulter gelegt hatte. Er hob den Blick und hüstelte, um zu kaschieren, dass seine Augen feucht geworden waren. »Erwartest du eine dunkelhäutige Frau in einem kleinen Honda?«

»Ja, ja«, antwortete der Major. »Das ist Mrs. Ali, sie holt mich ab.«

»Eine Taxifahrerin?«, fragte Roger. »Aber du hasst doch Frauen am Steuer.«

»Sie ist keine Taxifahrerin«, fauchte ihn der Major an. »Sie ist eine Freundin von mir. Die Besitzerin des Dorfladens.«

»Dann bittest du sie wohl besser rein und bietest ihr eine Tasse Tee an«, sagte Marjorie schmallippig. Sie warf einen kurzen Blick in Richtung des Büfetts. »Gegen ein Stück Sandkuchen wird sie nichts haben – Sandkuchen schmeckt doch jedem, oder?«

»Danke schön, wird gemacht«, sagte der Major und erhob sich.
»Ich hatte eigentlich gehofft, dich heimfahren zu können, Dad«, wandte Roger ein.
Der Major war irritiert.
»Aber du bist doch mit dem Zug gekommen.«
»Das hatte ich ursprünglich vorgehabt«, erklärte Roger, »aber dann kam alles anders. Sandy und ich haben beschlossen, gemeinsam herzukommen. Sie sieht sich gerade ein Wochenendhaus an.«
»Ein Wochenendhaus?« Der Major verstand überhaupt nichts mehr.
»Ja. Sandy meinte, wenn ich sowieso schon hierher muss ... Ich liege ihr schon länger damit in den Ohren, dass wir uns in der Gegend etwas kaufen sollten. Dann wären wir näher bei dir.«
»Ein Wochenendhaus«, wiederholte der Major, noch immer mit der Frage beschäftigt, was es mit dieser Sandy auf sich haben mochte.
»Ich kann es kaum erwarten, sie dir vorzustellen. Sie müsste jeden Moment kommen.« Roger ließ den Blick durch das Zimmer wandern, um zu sehen, ob sie bereits aufgetaucht war. »Sie ist Amerikanerin, aus New York. Hat einen ziemlich wichtigen Job in der Modebranche.«
»Mrs. Ali wartet auf mich«, sagte der Major. »Es wäre unhöflich, wenn ...«
Roger schnitt ihm das Wort ab. »Ach, die wird das schon verstehen.«

Draußen war es kühl. Die Umrisse der Stadt und das Meer dahinter verschmolzen bereits mit der Dunkelheit. Mrs. Alis Honda stand ganz hinten an dem verschnörkelten Eisentor mit den fliegenden Delphinen. Sie winkte und ging ihm entgegen. In der Hand hielt sie ein Buch und einen halben Cheeseburger in grellbuntem, fettgetränktem Papier. Der Major, ein

erbitterter Gegner dieser grauenhaften Fast-Food-Restaurants, die nach und nach den gesamten hässlichen Straßenabschnitt zwischen Krankenhaus und Meeresufer eroberten, war sofort bereit, Mrs. Alis kleines Laster als etwas auf charmante Weise für sie Untypisches zu empfinden.
»Möchten Sie nicht hereinkommen und eine Tasse Tee trinken, Mrs. Ali?«, fragte er.
»Nein danke, Major, ich will nicht stören. Aber meinetwegen müssen Sie sich nicht beeilen. Ich kann mich hier draußen beschäftigen.« Sie deutete auf das Buch in ihrer Hand.
»Wir haben ein großes Büfett da drin«, sagte der Major. »Es gibt sogar selbstgebackenen Sandkuchen.«
»Ich habe hier alles, was ich brauche.« Sie lächelte ihn an. »Lassen Sie sich Zeit mit Ihrer Familie, und wenn Sie fertig sind, stehe ich bereit.«
Der Major war hin- und hergerissen; ihm war elend zumute. Am liebsten wäre er ins Auto gestiegen und sofort losgefahren. Dann würde noch Zeit bleiben, um Mrs. Ali auf einen Tee einzuladen und über ihr neues Buch zu sprechen. Und vielleicht würde sie sich auch ein paar der amüsanteren Aspekte des heutigen Tages anhören.
»Sie werden mich für entsetzlich unhöflich halten«, sagte er, »aber mein Sohn hat es doch noch geschafft und ist mit dem Auto gekommen.«
»Das ist doch schön für Sie!«
»Ja, und er möchte gern … Ich habe ihm natürlich gesagt, dass wir bereits vereinbart haben, dass ich mit Ihnen nach Hause fahre …«
»Nein, nein, Sie müssen mit Ihrem Sohn fahren!«
»Es tut mir unendlich leid«, sagte der Major. »Er hat sich offenbar eine Freundin zugelegt, und die beiden sind auf der Suche nach einem Wochenendhaus.«
»Ach so.« Sie kapierte sofort. »Ein Wochenendhaus in Ihrer Nähe? Das wird bestimmt wunderschön.«
»Ich werde den beiden dabei irgendwie behilflich sein müs-

sen«, sagte er wie zu sich selbst. Er hob den Blick. »Wollen Sie wirklich nicht auf einen Tee mit hineinkommen?«
»Nein, vielen Dank. Sie genießen jetzt das Zusammensein mit Ihrer Familie, und ich fahre zurück.«
»Ich stehe sehr in Ihrer Schuld«, sagte der Major. »Ich kann Ihnen gar nicht genug danken für Ihre freundliche Hilfe.«
»Keine Ursache, ich bitte Sie!« Sie verbeugte sich leicht, stieg in ihr Auto und wendete rückwärts in einem so engen Kreis, dass der Kies in hohem Bogen aufflog. Der Major wollte ihr nachwinken, empfand es aber als unehrlich und hielt mitten in der Bewegung inne. Mrs. Ali warf keinen Blick zurück. Während das kleine blaue Auto losfuhr, musste er sich zusammenreißen, um nicht hinterherzulaufen. Er hatte sich an die bevorstehende Heimfahrt mit Mrs. Ali geklammert, als wäre sie ein Stück Kohle in seiner Hand, das ihn im dunklen Menschengewühl wärmte. Am Tor bremste der Honda, und wieder spritzte der Kies, als Mrs. Ali das Auto abrupt zur Seite steuern musste, um den ausladenden ovalen Scheinwerfern eines großen schwarzen Wagens auszuweichen, der, ohne zu verlangsamen, stur die Auffahrt hinauffuhr und genau an der Stelle vor der Haustür stehen blieb, die die anderen Gäste aus Höflichkeit frei gelassen hatten.

Der Major stapfte den ansteigenden Kiesweg zurück und erreichte den schwarzen Wagen etwas außer Atem genau in dem Moment, als die Fahrerin einen Lippenstift in die silberne Hülse zurücksteckte und die Autotür öffnete. Eher aus Reflex denn aus freiem Willen hielt er ihr die Tür auf. Sie wirkte überrascht, lächelte ihm dann jedoch zu, während sie ihre nackten, gebräunten Beine aus dem engen Fußraum des mit champagnerfarbenem Leder bezogenen Fahrersitzes befreite.

»Also, die Nummer bring ich jetzt nicht, dass ich Sie für den Butler halte, und in Wirklichkeit sind Sie Lord Soundso.« Sie strich den schlichten schwarzen Rock glatt, der aus teurem Stoff, aber von erstaunlicher Kürze war. Dazu trug sie eine

taillierte schwarze Jacke mit nichts darunter – zumindest war an ihrem Dekolleté, das sich wegen ihrer Körpergröße und der schwindelerregend hohen Absätze fast auf Augenhöhe des Majors befand, kein Oberteil darunter zu entdecken.
»Mein Name ist Pettigrew.« Er hatte keine Lust, mehr preiszugeben, solange es nicht unbedingt notwendig war. Im Augenblick hatte er noch damit zu tun, den Ansturm ihrer amerikanischen Vokale und das Aufblitzen ihrer unnatürlich weißen Zähne zu verarbeiten.
»Na, dann bin ich hier ja schon mal richtig«, sagte sie. »Ich bin Sandy Dunn, eine Freundin von Roger Pettigrew.« Der Major spielte mit dem Gedanken, Rogers Anwesenheit zu leugnen.
»Ich glaube, er unterhält sich gerade mit seiner Tante«, sagte er und schaute über die Schulter hinweg in die Diele hinter der offen stehenden Haustür, als könnte er die unsichtbare Gästeschar im oberen Stockwerk mit einem flüchtigen Blick erfassen. »Soll ich ihn holen?«
»Ach, sagen Sie mir einfach die ungefähre Richtung.« Sie ging an ihm vorbei auf das Haus zu. »Rieche ich da etwa Lasagne? Ich habe einen Bärenhunger.«
»Kommen Sie doch bitte herein«, sagte der Major.
»Danke«, erwiderte sie über die Schulter hinweg. »War nett, Sie kennenzulernen, Mr. Pettigrew.«
»Major, genau genommen ...«, sagte der Major, aber sie war schon weg. Ihre Stiletto-Absätze klackerten über die giftgrün-weißen Bodenfliesen. Zurück blieb ein Hauch eines zitronigen Parfums. Nicht unangenehm, fand er, aber ihre erschreckenden Umgangsformen wog es nicht auf.

Vor lauter Widerwillen gegen das Unvermeidliche, das ihn oben erwartete, drückte sich der Major eine Weile unten in der Diele herum. Gleich würde man ihn ganz formell mit dieser Amazone bekannt machen. Er konnte es nicht fassen, dass Roger sie hierher eingeladen hatte. Bestimmt würde sie seine anfängliche Verschlossenheit als eine Form von Schwachsinn werten. Die Amerikaner machten ja geradezu einen Sport daraus, sich gegenseitig öffentlich zu demütigen. In den amerikanischen Sitcoms, die hin und wieder gesendet wurden, strotzte es doch nur so von kindischen dicken Männern, die sich zu blechernem Tonbandgelächter augenrollend über andere lustig machten.

Er seufzte. Roger zuliebe würde er sich natürlich hocherfreut zeigen müssen. Besser, unverfroren dazu zu stehen, als sich vor Marjorie verlegen zu zeigen.

Oben ging es inzwischen fast schon fröhlich zu. Das schwere Mittagessen hatte die Traurigkeit aufgesogen, und die Gäste schwangen sich, von mehreren Drinks angetrieben, zu normalen Gesprächen auf. Gleich hinter der Tür stand der Pfarrer und unterhielt sich mit einem alten Arbeitskollegen von Bertie über den Dieselverbrauch seines neuen Volvos. Eine junge Frau mit einem zappeligen Kleinkind auf dem Schoß schwärmte der benommen wirkenden Jemima von irgendeiner Trainingsmethode vor.

»Es ist wie Spinning, nur dass man gleichzeitig mit dem Oberkörper ein Box-Workout macht.«

»Klingt anstrengend«, meinte Jemima. Sie hatte den festlichen Hut abgesetzt, und ihre strähnchengefärbten Haare lösten sich aus dem Dutt. Sie hielt den Kopf nach rechts geneigt, als könnte ihr dünner Hals ihn nicht mehr aufrecht tragen. Gregory, ihr kleiner Sohn, der gerade ein kaltes Hühnerbein verputzt hatte, ließ den Knochen in ihre aufgehaltene Hand fallen und flitzte in Richtung Dessertbüfett los.

»Ja, man braucht dafür schon einen guten Gleichgewichtssinn«, sagte die junge Frau.

Der Major fand es nett, dass Jemimas Freundinnen gekommen waren, um sie zu unterstützen. In der Kirche hatten sie einen kleinen Pulk gebildet, der mehrere Bankreihen im vorderen Teil einnahm. Warum sie ihre Kinder mitgenommen hatten, konnte er sich allerdings beim besten Willen nicht erklären. Ein winziges Baby hatte während des Gottesdienstes immer wieder gebrüllt, und gerade eben saßen drei marmeladenverschmierte Mädchen mit Cupcakes, von denen sie die Zuckerglasur herunterleckten, unter dem Büfetttisch. Sobald sie mit einem Cupcake fertig waren, stellten sie ihn nackt und spuckedurchtränkt auf die Platte zurück. Gregory schnappte sich einen noch unberührten Kuchen und lief zur Terrassentür, vor der Marjorie mit Roger und der Amerikanerin stand. Routiniert streckte Marjorie den Arm aus und brachte den Jungen zum Stehen.

»Im Haus wird nicht gerannt, das weißt du genau, Gregory!«, sagte sie und packte ihn am Ellbogen.

»Aua!«, kreischte der Junge und wand sich, als würde er gefoltert. Sie lächelte ihn matt an, zog ihn näher heran und beugte sich zu ihm hinunter, um ihm einen Kuss auf die verschwitzten Haare zu drücken. »Sei lieb, mein Süßer«, sagte sie und ließ ihn los. Der Junge streckte ihr die Zunge heraus und sprang davon.

»Hierher, Dad!«, rief Roger, der den Major dabei entdeckt hatte, wie dieser die Szene beobachtete. Der Major winkte ihm zu und begann, sich widerwillig zwischen den Gästen durchzuzwängen, die durch ihre Gespräche zu dichten Grüppchen zusammengeschoben worden waren wie Blätter von einer Bö.

»Er ist ein sehr sensibles Kind«, ließ Marjorie die Amerikanerin gerade wissen. »Unruhig, aber sehr intelligent. Meine Tochter lässt ihn jetzt auf einen hohen IQ testen.« Der weibliche Eindringling schien Marjorie nicht im mindesten zu stören. Ganz im Gegenteil, sie bemühte sich nach Kräften, bei Sandy Eindruck zu schinden. Wenn Marjorie jemandem imponieren wollte, begann sie immer mit ihrem begabten Enkelsohn und schaffte es meist, sich von diesem Thema aus langsam bis zu ihrer eigenen Person vorzuarbeiten.

»Ich möchte dir gern Sandy Dunn vorstellen, Dad«, sagte

Roger. »Sandy ist im Bereich Fashion-PR und Special Events tätig. Ihr Unternehmen kooperiert mit allen wichtigen Modedesignern, weißt du.«

»Hi!« Sandy streckte ihm den Arm entgegen. »Hatte ich also doch recht mit der Butler-Sache.« Der Major gab ihr die Hand und zog die Augenbrauen hoch, um Roger zu bedeuten, er solle damit fortfahren, sie gegenseitig bekannt zu machen, auch wenn die Vorstellung in völlig falscher Reihenfolge ablief. Aber Roger strahlte ihn nur verständnislos an.

»Ernest Pettigrew«, sagte der Major. »Major a. D. Ernest Pettigrew, Royal Sussex.« Er brachte ein angedeutetes Lächeln zustande und fügte, um dem Ganzen Nachdruck zu verleihen, hinzu: »Rose Lodge, Blackberry Lane, Edgecombe St. Mary.«

»Ach ja, Dad, entschuldige bitte«, sagte Roger.

»Schön, dass ich Sie jetzt auch richtig offiziell kennenlerne, Ernest«, sagte Sandy. Der zwanglose Gebrauch seines Vornamens ließ den Major zusammenzucken.

»Sandys Vater ist eine Größe in der Versicherungsbranche von Ohio«, erklärte Roger. »Und Emmeline, ihre Mutter, ist in leitender Position für das Newport Art Museum tätig.«

»Wie schön für Miss Dunn«, entgegnete der Major.

»Ach, das interessiert doch niemanden«, sagte Sandy und hakte sich bei Roger unter. »Aber ich möchte alles über deine Familie erfahren.«

»Wir haben hier im Rathaus eine recht schöne Kunstgalerie«, warf Marjorie ein. »Überwiegend ortsansässige Künstler, wissen Sie. Aber es hängt da auch ein wunderschönes Gemälde von Bouguereau, ›Mädchen auf den Kreidefelsen‹. Sie sollten mal mit Ihrer Mutter hinfahren.«

»Wohnen Sie in London?«, fragte der Major und wartete starr vor Sorge auf irgendeinen Hinweis darauf, dass die beiden bereits zusammenlebten.

»Ich habe ein kleines Loft in Southwark«, sagte Sandy. »Gleich bei der Tate Modern.«

»Eine riesige Wohnung!«, korrigierte Roger. Er war aufgeregt wie ein kleiner Junge, der sein neues Fahrrad beschreibt. Einen Augenblick lang sah der Major ihn wieder als Achtjährigen vor sich, dessen braune Locken die Mutter auf keinen Fall stutzen wollte. Es war ein rotes Rad gewesen, mit breiten Spike-Reifen und einem Sattel mit Federaufhängung wie bei einem Auto. Roger hatte es in dem großen Spielwarenladen in London entdeckt. Ein Mann hatte dort auf einer Bühne gleich neben dem Haupteingang Kunststücke damit vorgeführt. Das Rad hatte Rogers sämtliche Erinnerungen an das Science Museum vollkommen verdrängt. Nancy, erschöpft davon, mit einem kleinen Jungen durch London zu laufen, hatte in gespielter Verzweiflung den Kopf geschüttelt, als Roger seinen Eltern klarzumachen versuchte, wie unglaublich wichtig dieses Fahrrad sei und dass es sofort gekauft werden müsse. Sie hatten natürlich nein gesagt. Der Sattel von Rogers damaligem Fahrrad, einem grünen Gefährt mit solidem Rahmen, ließ sich noch ein ganzes Stück nach oben verstellen. Es hatte dem Major gehört, als er in Rogers Alter war. Seine Eltern hatten es, säuberlich in Sackleinen verpackt, im Schuppen aufbewahrt und einmal jährlich geölt.

»Das Problem ist nur, entsprechend große Möbel zu finden. Sie lässt sich gerade in Japan eine Couchgarnitur maßfertigen.« Roger prahlte noch immer mit dem Loft. Marjorie wirkte beeindruckt.

»Ich finde, G-Plan macht gute Sofas«, sagte sie. Bertie und Marjorie hatten den Großteil ihres Mobiliars bei G-Plan gekauft – gediegene, solide Polstermöbel, massive, kantige Tische und Kommoden. Die Auswahl sei zwar beschränkt, pflegte Bertie zu sagen, aber die Sachen seien so robust, dass sie ein Leben lang hielten. Da müsse man nie mehr etwas auswechseln.

»Hoffentlich haben Sie sie mit Schonbezügen bestellt«, sagte Marjorie. »Damit halten die Polster so viel länger, vor allem, wenn man Antimakassars nimmt.«

»Ziegenleder«, verkündete Roger stolz. »Sie hat meinen Ziegenledersessel gesehen und gesagt, ich wäre dem Trend voraus.«

Der Major überlegte, ob er Roger als Kind vielleicht zu streng behandelt und dadurch zu dieser Maßlosigkeit getrieben hatte. Nancy dagegen hatte ihn nach Strich und Faden verwöhnt. Er war ihnen erst spät geschenkt worden, genau zu dem Zeitpunkt, als sie alle Hoffnungen auf Kinder begraben hatten, und Nancy konnte der Versuchung, ein strahlendes Lächeln auf Rogers kleines Gesicht zu zaubern, nie widerstehen. Er, der Major, hatte damals so manche Zügellosigkeit unterbinden müssen.

»Roger hat absolut ein Auge für gutes Design«, sagte Sandy. »Er könnte glatt als Innenarchitekt durchgehen.« Roger lief rot an.

»Wirklich?«, fragte der Major. »Das ist aber eine schwere Anschuldigung!«

Wenig später brachen sie auf. Sandy gab Roger die Wagenschlüssel – sie wollte, dass er fuhr – und ließ sich kommentarlos auf dem Beifahrersitz nieder, so dass der Major hinten Platz nehmen musste.

»Alles in Ordnung da hinten, Dad?«, fragte Roger.

»Alles bestens«, erwiderte der Major, kam jedoch insgeheim zu der Überzeugung, dass Komfort auch etwas Erdrückendes haben konnte. Der Rücksitz war wie um seine Oberschenkel herummodelliert, und die helle Wagendecke bog sich bedrohlich dicht über seinem Kopf. Er fühlte sich wie ein Riesenbaby in einem ziemlich luxuriösen Kinderwagen. Der geräuscharme Motor surrte ein Gutenachtlied vor sich hin, und der Major kämpfte gegen seine stärker und stärker werdende Schläfrigkeit an.

»Tut mir wahnsinnig leid, dass Roger heute zu spät kam«, sagte Sandy. Sie drehte sich um und lächelte ihn durch den Spalt zwischen den Sitzen an. Ihr Busen dehnte den Sicher-

heitsgurt.« Wir haben uns eine Lodge angesehen – ein Cottage, meine ich –, und die Maklerin kam zu spät.«
»Ein Cottage angesehen?«, fragte der Major. »Und was war mit der Arbeit?«
»Das hat sich alles geklärt«, antwortete Roger, den Blick starr auf die Straße gerichtet. »Ich habe dem Kunden gesagt, dass ich zu einem Begräbnis muss und er das Ganze um einen Tag verschieben oder sich an jemand anderen wenden soll.«
»Ihr habt euch also Cottages angesehen?«
»Daran bin ganz allein ich schuld, Ernest«, sagte Sandy. »Ich habe geglaubt, ich hätte genug Zeit eingeplant, um Roger rechtzeitig an der Kirche abzusetzen, aber diese Maklerin hat alles verpatzt.«
»Die rufe ich morgen gleich an und sage ihr, wie verärgert ich immer noch bin, weil ich mich wegen ihr verspätet habe«, sagte Roger.
»Mach keinen Aufstand, Liebling. Deine Tante Marjorie hat doch wirklich sehr verständnisvoll reagiert.« Sandy legte ihre Hand auf Rogers Arm und lächelte den Major noch einmal an. »Ihr alle habt verständnisvoll reagiert.« Der Major versuchte, wütend zu werden, doch es misslang ihm. Mehr als den Gedanken, dass diese junge Frau in ihrem PR-Job ganz hervorragend sein musste, brachte er in seiner Schläfrigkeit nicht zustande.
»Cottages angesehen …«, murmelte er.
»Ich weiß, wir hätten es bleiben lassen sollen, aber diese Cottages werden einem immer gleich weggeschnappt«, sagte Sandy. »Erinnerst du dich an dieses süße Häuschen in der Nähe von Cromer?«
»Wir haben uns nur ein paar Häuser unterwegs angesehen«, sagte Roger und warf einen ängstlichen Blick in den Rückspiegel. »Aber die Gegend hier hat für uns oberste Priorität.«
»Sie ist günstiger gelegen als die Norfolk Broads oder die Cotswolds, das muss ich zugeben«, sagte Sandy. »Und für Roger sind natürlich Sie die große Attraktion.«

»Attraktion?«, fragte der Major. »Wenn ich Norfolk ausstechen soll, fange ich am besten sofort an, in meinem Garten Nachmittagstees zu veranstalten.«
»Dad!«
»Dein Vater ist so witzig«, rief Sandy. »Ich liebe diesen trockenen Humor!«
»Ja, Scherze am laufenden Band, was, Dad?«
Der Major schwieg. Er lehnte den Kopf an den Ledersitz und genoss die beruhigende Vibration des Wagens. Wie ein Kind fühlte er sich, während er dösend den leisen Gesprächen von Roger und Sandy lauschte. Sie hätten seine Eltern sein können; auch deren gedämpfte Stimmen waren zu Ferienbeginn auf der langen Heimfahrt vom Internat hin und wieder in sein Bewusstsein gedrungen.

Es war ihnen immer wichtig gewesen, ihn abzuholen, während die meisten anderen Jungen mit dem Zug fuhren. Sie glaubten, es würde sie zu guten Eltern machen, und außerdem gab der Schulleiter immer einen wunderschönen Empfang für die Eltern, die gekommen waren – die meisten, weil sie ohnehin in der Nähe wohnten. Sein Vater und seine Mutter liebten es, sich unter die Leute zu mischen, und waren glücklich, wenn sie eine Einladung zu einem sonntäglichen Mittagessen in irgendeinem prächtigen Haus ergattert hatten. Nach dem Aufbruch am späten Nachmittag mussten sie, schläfrig von Roastbeef und Trifle, bis weit in die Nacht hinein fahren, um nach Hause zu kommen. Er schlief jedes Mal auf der Rückbank ein. Egal wie wütend es ihn gemacht hatte, dass sie ihm ein Mittagessen im Haus irgendeines Jungen aufhalsten, der solche Verpflichtungen ebenso sehr verabscheute wie er selbst, die Fahrt besänftigte ihn immer. Die Dunkelheit, das Scheinwerferlicht, das sich in die Straße bohrte, die Stimmen seiner Eltern, ganz leise, um ihn nicht zu stören. Es hatte sich immer wie Liebe angefühlt.

»So, da wären wir«, sagte Roger munter. Blinzelnd versuchte der Major, sich so zu geben, als wäre er die ganze Zeit über

wach gewesen. Er hatte vergessen, ein Licht brennen zu lassen. Die Backsteinfassade und die Dachziegel von Rose Lodge waren im schwachen Mondlicht kaum zu sehen.
»So ein süßes Haus!«, sagte Sandy. »Und größer, als ich erwartet hatte.«
»Ja, an dem ursprünglichen Haus aus dem siebzehnten Jahrhundert wurde das vorgenommen, was man in der georgianischen Zeit ›Veredelungen‹ nannte. Dadurch wirkt es imposanter, als es eigentlich ist«, erklärte der Major. »Ihr kommt doch noch mit rein und trinkt eine Tasse Tee?«, fügte er hinzu, während er seine Tür öffnete.
»Nein, tut uns leid«, erwiderte Roger. »Wir müssen zurück nach London, wir sind mit Freunden zum Abendessen verabredet.«
»Aber ihr seid frühestens um zehn dort«, wandte der Major ein. Allein die Vorstellung, so spät noch zu essen, verursachte ihm Bauchgrimmen.
Roger lachte. »Nicht wenn Sandy fährt. Aber wenn wir nicht gleich loslegen, schaffen wir es tatsächlich nicht vor zehn. Warte, ich bringe dich noch hinein.« Er sprang aus dem Auto. Sandy rutschte über den Schaltknüppel hinweg auf den Fahrersitz, wobei ihre Beine wie Krummschwerter aufblitzten. Sie drückte auf irgendeinen Knopf, und das Fenster surrte nach unten.
»Gute Nacht, Ernest.« Sie streckte die Hand hinaus. »Es war mir ein Vergnügen.«
»Danke«, sagte der Major. Er ließ ihre Hand los und wandte sich zum Gehen. Roger huschte hinter ihm her zum Haus.
»Bis bald mal wieder!«, rief Sandy. Dann surrte das Fenster nach oben und verhinderte jede weitere Kommunikation.
»Ich kann es kaum erwarten«, brummelte der Major.
»Pass auf, wo du hintrittst, Dad«, sagte Roger hinter ihm. »Du musst dir unbedingt eine Sicherheitsleuchte anschaffen. So eine mit Bewegungsmelder.«
»Grandiose Idee«, entgegnete der Major. »Bei den vielen Ka-

ninchen, die wir hier haben – ganz zu schweigen von dem Dachs, der sich hier in der Gegend herumtreibt –, würde das aussehen wie in diesen Discos, in die du früher immer gegangen bist.« An der Tür hatte er den Schlüssel schon parat und versuchte, auf Anhieb das Schloss zu treffen. Der Messingschlüssel kratzte über das Blech, fiel dem Major aus der Hand, prallte auf das Klinkerpflaster und landete mit einem unheilvollen dumpfen Aufschlag irgendwo in weicher Erde.

»Verdammt noch mal!«

»Genau das meinte ich«, sagte Roger.

Roger fand den Schlüssel unter dem breiten Blatt einer Taglilie – nicht ohne dabei mehrere der geriffelten Blätter abzubrechen – und schloss die Tür mühelos auf. Der Major trat an ihm vorbei in den dunklen Flur und fand, nachdem er in Gedanken ein Stoßgebet gesprochen hatte, auf Anhieb den Lichtschalter.

»Kommst du zurecht, Dad?« Roger stand zögernd da, eine Hand am Türstock, im Gesicht den Ausdruck eines nervösen, unsicheren Kindes, das weiß, dass es sich schlecht benommen hat.

»Aber natürlich, vielen Dank«, antwortete der Major. Roger wandte den Blick von ihm ab, machte aber keine Anstalten zu gehen. Es sah fast so aus, als wartete er darauf, für seine Handlungsweise an diesem Tag zur Rechenschaft gezogen zu werden oder irgendwelche Forderungen entgegenzunehmen. Doch der Major schwieg. Sollte sich Roger ruhig ein paar lange Nächte neben diesen teuflischen, glänzenden amerikanischen Beinen mit seinem schlechten Gewissen herumplagen. Es erfüllte ihn mit Genugtuung, dass sein Sohn noch nicht jeden Sinn für richtig und falsch verloren hatte. Der Major verspürte keinerlei Lust, ihm sofort die Absolution zu erteilen.

»Gut, ich rufe dich morgen an.«

»Das ist nicht nötig.«

»Ich möchte aber«, sagte Roger unnachgiebig. Dann trat er auf ihn zu, und schon fand sich der Major taumelnd in einer unbeholfenen, steifen Umarmung wieder. Mit einer Hand stützte er sich gegen die schwere Tür, nicht nur, um sie offen zu halten, sondern auch, um nicht hinzufallen. Mit der anderen klopfte er ein paarmal zaghaft auf die Stelle an Rogers Rücken, die er erreichen konnte. Dann ließ er die Hand ein paar Sekunden lang liegen und spürte im knubbeligen Schulterblatt seines Sohnes das kleine Kind, das er immer geliebt hatte.

»Ihr beeilt euch mal besser«, sagte er heftig blinzelnd. »Ist eine lange Fahrt in die Stadt.«

»Ich mache mir wirklich Sorgen um dich, Dad.« Roger trat einen Schritt zurück und wurde wieder der fremde Erwachsene, der fast ausschließlich am anderen Ende der Telefonleitung existierte. »Ich ruf dich an. Sandy und ich gleichen unsere Termine ab, und dann kommen wir dich in ein paar Wochen besuchen.«

»Sandy? Ach, richtig. Ja, das wäre herrlich.«

Grinsend und winkend verließ Roger das Haus, was dem Major zeigte, dass sein sarkastischer Ton unentdeckt geblieben war. Er winkte zurück und sah seinem Sohn nach, der glücklich und in der Überzeugung, die Aussicht auf den bevorstehenden Besuch werde seinem Vater Auftrieb geben, davonfuhr.

Allein im Haus, spürte er seine ganze Müdigkeit, die ihn wie mit Eisenketten umschlang. Er überlegte, ob er sich noch auf einen belebenden Brandy ins Wohnzimmer setzen sollte, aber im Kamin brannte kein Feuer, und das Haus erschien ihm plötzlich düster und kühl. Er beschloss, gleich zu Bett zu gehen. Die enge Treppe mit dem ausgebleichten Orientläufer wirkte so steil und unwegsam wie der Hillary Step auf dem Mount Everest. Er stützte den Arm auf das glänzende Nussbaumgeländer und begann, sich die schmalen Stufen hinaufzuschleppen. Eigentlich hielt er sich für ziemlich gesund und achtete darauf, jeden Tag sein komplettes Programm an Dehnübungen zu absolvieren, wozu auch mehrere tiefe Kniebeugen gehörten. Heute jedoch musste er – wegen der übergroßen Belastung, wie er vermutete – auf halber Höhe der Treppe stehen bleiben, um zu verschnaufen. Ihm schoss die Frage durch den Kopf, was geschähe, wenn er jetzt ohnmächtig werden und stürzen würde. Er sah sich schon kopfüber, alle viere von sich gestreckt und blau im Gesicht, quer über den untersten Stufen liegen. Tage konnten vergehen, bis man ihn fand. Daran hatte er noch nie gedacht. Er lockerte seine Schultern und straffte den Rücken. Es war lächerlich, jetzt daran zu denken, sagte er sich tadelnd. Welchen Sinn hatte es, sich wie ein armer alter Mann aufzuführen, nur weil Bertie gestorben war? Die restlichen Stufen überwand er mit so gleichmäßigen, flüssigen Bewegungen, wie es eben ging. Erst als er im Schlafzimmer angelangt und erleichtert auf das breite, weiche Bett gesunken war, erlaubte er sich, ein wenig zu japsen und zu schnaufen.

Drittes Kapitel

Zwei Tage vergingen, ehe dem Major bewusst wurde, dass Mrs. Ali nicht vorbeigekommen war, um nach ihm zu sehen, und dass er darüber eine gewisse Enttäuschung empfand. Der Wucht nach zu urteilen, mit der die *Times* vor die Haustür geworfen wurde, ging es dem Zeitungsjungen wieder ganz ausgezeichnet. Allerdings bekam er durchaus anderen Besuch. Alice Pierce, seine Nachbarin, war tags zuvor mit einer selbstgemalten Kondolenzkarte und einer Auflaufform erschienen, die, wie sie sagte, ihre berühmte vegetarische Bio-Lasagne enthielt, und hatte ihm erzählt, dass alle im Dorf vom Tod seines Bruders wüssten. Die bräunlich grüne Pampe hätte ausgereicht, um eine ganze Armee vegetarischer Bio-Freunde zu verköstigen, aber da er, im Gegensatz zu Alice, keine unkonventionellen Freunde hatte, fermentierte das Zeug jetzt im Kühlschrank vor sich hin und gab seinen unangenehmen Planktongeruch an die Milch und die Butter ab. Und heute war Daisy Green, die Frau des Gemeindepfarrers, unangekündigt mit ihrer üblichen Entourage angerückt – Alma Shaw und Grace DeVere von der für den Blumenschmuck in der Kirche verantwortlichen Flower Guild. Sie hatten darauf bestanden, ihm in seinem eigenen Haus eine Tasse Tee zu machen. Normalerweise kicherte der Major immer in sich hinein, wenn er diese Dreieinigkeit von Damen bei der Erfüllung ihrer Aufgabe – der Kontrolle des gesamten Dorflebens – beobachtete. Daisy hatte den schlichten Titel »Flower-Guild-Vorsitzende« an sich gerissen und agierte mit seiner Hilfe ganz nach dem Motto *noblesse oblige*. Die anderen beiden Damen schwammen wie ängstliche Entchen in ihrem Kielwasser, während sie selbst umherflatterte, unerbetene Ratschläge erteilte und belanglose Anweisungen gab, denen zu folgen den Leuten aus irgendeinem Grund leichter fiel, als sich ihnen zu widersetzen. Es amüsierte den Major, dass Pater Christopher, Daisys Mann, tatsächlich glaubte, er würde sich seine Predigtthemen selbst aussuchen, und Alec Shaw, ein pensionierter Angestellter der Bank of England, von seiner Frau Alma gezwungen worden war, im Halloween-Komitee mitzuwirken und das Jugendturnier der Boulespieler auf der Dorfwiese auszurichten, obwohl er fast schon im medizinischen Sinn allergisch gegen Kinder war. Weniger amüsiert zeigte sich der Major jedoch, wenn Daisy und Alma ihre Freundin Grace einspannten und sie darum baten, bei diversen Wohltätigkeitsveranstaltungen Harfe zu spielen oder die Leute am Eingang zu begrüßen, und bestimmte andere alleinstehende Damen mit dem Garderobendienst oder dem Teeausschank betrauten. Selbst heute hatten sie sich miteinander verschworen, um ihre Freundin vorzuführen, denn Grace war aufs feinste zurechtgemacht. Helles Puder und ein kleinmädchenhafter rosa Lippenstift ließen ihr etwas längliches Gesicht pergamenten aussehen. Unterhalb des linken Ohrs hatte sie sich ein neckisches Halstuch zu einer Schleife gebunden, als wäre sie auf dem Weg zu einer Party.

Dabei war Grace zuweilen eine durchaus scharfsinnige und angenehme Person. Sie kannte sich mit Rosen aus und wusste viel über Heimatkunde. Der Major erinnerte sich an ein Gespräch mit ihr in der Kirche, wo er sie eines Tages angetroffen hatte, als sie gerade konzentriert Heiratseinträge aus dem siebzehnten Jahrhundert las. Sie trug weiße Baumwollhandschuhe, um die Buchseiten vor ihren Fingern zu schützen, machte sich aber keine Gedanken über ihre eigenen Kleider, die mit weichem Staub bedeckt waren. »Sehen Sie nur«, flüsterte sie und hielt eine Lupe dicht über das uralte blassbraune Tintengekritzel irgendeines Pfarrers. »Hier steht: ›Am heutigen Tage wurde Mark Salisbury mit Daniela de Julien, ehemals La Rochelle, verehelicht.‹ Das ist die erste Erwähnung von Hugenotten, die sich im Dorf niederließen«, kommentierte sie den Eintrag. Etwa eine halbe Stunde lang war er bei ihr geblieben und hatte zugesehen, wie sie ehrfürchtig durch die Folgejahre blätterte und nach Hinweisen auf die weitverzweigten alteingesessenen Familien der Gegend suchte. Als er anbot, ihr ein Buch über die neuere Geschichte von Sussex zu leihen, das ihr möglicherweise helfen könnte, stellte sich heraus, dass sie nicht nur bereits ein Exemplar davon besaß, sondern auch einige andere, schwer verständliche, ganz wundervolle alte Texte, die er sich schließlich von ihr auslieh. Eine Zeitlang hatte er mit dem Gedanken gespielt, die Freundschaft mit ihr zu intensivieren, doch kaum hatten Daisy und Alma von dem Gespräch erfahren, begannen sie, sich auch schon einzumischen. Es gab geheimnistuerische Bemerkungen auf der Straße, dieses und jenes getuschelte Wort an der Bar im Golfclub. Irgendwann hatten sie Grace dann stark geschminkt und in ein scheußliches Seidenkleid gezwängt zu einem Mittagessen mit ihm geschickt. Garniert und verschnürt wie ein festtäglicher Schweinebraten war sie gewesen. Außerdem hatten sie ihr offenbar Verhaltensregeln im Umgang mit Männern eingetrichtert, denn während sie ihren gedämpften Fisch mit grünem Salat (ohne Dressing) aß, machte sie völlig verkrampft Konversation mit ihm. Er kaute unterdessen auf seiner Rindfleisch-Nieren-Pastete herum wie auf Schuhleder und sah zu, wie die Zeiger der Pub-Uhr zögerlich das Zifferblatt umkrochen. Er erinnerte sich, Grace damals mit einem gemischten Gefühl von Erleichterung und Bedauern bis vor ihre Haustür gebracht zu haben.

Heute blieb es ihr überlassen, ihn mit einem geflüsterten Gespräch über das Wetter im Wohnzimmer festzuhalten, während Daisy und Alma unter Tassengeklirr und Tablettgeklapper aus der Küche auf ihn einbrüllten. Er ertappte Grace dabei, wie sie den Blick nach links und rechts durch den Raum schweifen ließ, und wusste sofort, dass die drei dabei

waren, ihn und sein Haus nach Anzeichen von Verwahrlosung und Verfall abzusuchen. Ungehalten rutschte er auf seinem Stuhl hin und her, bis endlich der Tee kam.
»Es gibt einfach nichts Besseres als eine gute Tasse Tee aus einer richtigen Porzellankanne, ist es nicht so?«, fragte Daisy, während sie ihm Tasse und Untertasse reichte. »Einen Keks?«
»Danke schön.« Sie hatten ihm eine große Blechdose mit einer »Luxus«-Keksmischung mitgebracht. Die Dose war mit Darstellungen von reetgedeckten englischen Cottages bedruckt, und entsprechend üppig waren die Kekse darin – mit Buttertoffee gefüllt, mit pastellfarbenem Zuckerguss besprenkelt oder in verschiedenfarbige Folien verpackt. Seiner Vermutung nach hatte Alma sie ausgesucht. Im Gegensatz zu ihrem Mann Alec, der mit Stolz auf seine Kinderjahre im East End zurückblickte, tat Alma alles, um ihre Londoner Wurzeln zu vergessen, verriet sich jedoch manchmal durch ihre Vorliebe für protzige Luxusartikel und den Hang zu Süßigkeiten, wie er typisch war für Menschen, die in ihrer Kindheit nicht genug zu essen gehabt hatten. Die anderen beiden Damen, mutmaßte er, bemühten sich zu verbergen, wie peinlich berührt sie waren. Er griff nach einem schlichten Butterkeks und biss hinein. Die Damen nahmen Platz und lächelten ihn so mitleidig an, als sähen sie einer ausgehungerten Katze dabei zu, wie sie Milch von einem Tellerchen leckte. Weil es nicht einfach war, unter den prüfenden Blicken zu kauen, nahm er einen großen Schluck Tee zu Hilfe, um den trockenen Keks hinunterzuspülen. Der Tee war schwach und schmeckte nach Papier. Dass sie auch noch ihre eigenen Teebeutel mitgebracht hatten, machte ihn sprachlos.
»War Ihr Bruder älter als Sie?«, fragte Grace und beugte sich mit großen, mitfühlenden Augen zu ihm hinüber.
»Nein, zwei Jahre jünger.«
Es entstand eine Pause.
»Dann war er wohl schon länger krank?«, fragte Grace hoffnungsvoll.

»Nein, es kam leider ganz plötzlich.«
»Das tut mir sehr, sehr leid.« Sie fingerte an der großen grünen Edelsteinbrosche herum, die in der Mitte ihres hochgeknöpften Blusenkragens steckte, und senkte den Blick zum Teppich, als suchte sie im geometrischen Muster des ausgebleichten Bokharas einen neuen Gesprächsfaden. Die beiden anderen machten sich an ihren Teetassen zu schaffen. Der Wunsch nach einem Themenwechsel lag geradezu greifbar in der Luft. Doch Grace steckte irgendwie fest.
»War seine Familie am Ende bei ihm?«, fragte sie und sah ihn verzweifelt an. Am liebsten hätte er nein gesagt, Bertie sei allein in einem leeren Haus gestorben und erst Wochen später von der Putzfrau der Nachbarn gefunden worden. Es hätte ihm Spaß gemacht, das fade Gespräch mit dem Nagel vorsätzlicher Grausamkeit zu durchbohren. Gleichzeitig registrierte er, dass die anderen beiden zusahen, wie Grace sich abmühte, ohne ihr zu Hilfe zu kommen.
»Seine Frau war dabei, als er ins Krankenhaus kam, und soweit ich weiß, konnte ihn seine Tochter dann noch kurz sehen.«
»Wie schön«, sagte Grace.
»Wie schön«, plapperte Daisy nach und lächelte ihn an, als wäre jede weitere Verpflichtung zum Traurigsein damit weggewischt.
»Es ist bestimmt ein großer Trost für Sie zu wissen, dass er im Kreise seiner Familie verstarb«, fügte Alma hinzu und biss herzhaft in einen gewaltigen dunklen Schokoladenkeks. Ein leichtes synthetisches Bitterorangenaroma drang dem Major in die Nase. Er hätte gern erwidert, dass es sich nicht so verhielt, dass ihn ein bohrender Schmerz quälte, weil alle erst daran gedacht hatten, ihn anzurufen, als es schon vorbei war, und dass er sich so gern von seinem jüngeren Bruder verabschiedet hätte. Am liebsten hätte er es ihnen entgegengespuckt, aber seine Zunge fühlte sich dick und dazu völlig untauglich an.

»Und er war, nicht zu vergessen, umfangen vom Trost des Herrn«, sagte Daisy seltsam hastig, als spräche sie etwas irgendwie Ungehöriges an.
»Amen«, flüsterte Alma und suchte sich einen Doppelkeks aus.
»Ach, schert euch zum Teufel!«, flüsterte der Major in den fast durchsichtig erscheinenden Boden seiner Tasse hinein und kaschierte das Gemurmel mit einem Hüsteln.
»Vielen Dank für Ihren Besuch«, sagte er und winkte ihnen von der Tür aus zu. Ihr Abgang stimmte ihn etwas milder.
»Wir besuchen Sie bald wieder«, versprach Daisy.
»Wie schön, dass die Vièrge de Cléry noch blüht«, fügte Grace hinzu und berührte, während sie hinter den anderen durch das Gartentor trat, mit den Fingerspitzen die nickende Blüte einer Provence-Rose. Hätte sie doch nur schon früher über Rosen gesprochen, dachte der Major. Dann wäre der Nachmittag vielleicht angenehmer verlaufen. Doch dann brachte er sich in Erinnerung zurück, dass es nicht die Schuld der drei Damen gewesen war. Die hielten sich nur an die allgemein anerkannten Gepflogenheiten und sagten, was sie zu sagen wussten an einem Punkt im Leben, an dem selbst das schönste Gedicht keinen Trost zu spenden vermochte. Wahrscheinlich machten sie sich ganz ehrlich Sorgen um ihn. Vielleicht hatte er doch zu mürrisch reagiert.
Zu seinem Erstaunen war sein Kummer jetzt tiefer als in den Tagen zuvor. Er hatte vergessen, dass Trauer nicht linear abnimmt oder in einer langgestreckten Kurve ähnlich den grafischen Darstellungen im Mathematikbuch eines Kindes. Stattdessen kam es ihm fast so vor, als läge in seinem Körper ein großer Haufen Gartenabfälle mit dicken Erdklumpen und scharfem, dornigem Gestrüpp, das ihn genau dann stechen würde, wenn er es am wenigsten erwartete. Wäre Mrs. Ali vorbeigekommen – und wieder empfand er leichten Groll darüber, dass sie es nicht getan hatte –, sie hätte ihn

verstanden. Mrs. Ali, da war er sich ganz sicher, hätte ihn von Bertie erzählen lassen. Nicht von der Leiche, die sich bereits in der Erde zu verflüssigen begann, sondern von Bertie, wie er gewesen war.

Der Major trat in den leeren Garten hinaus, um die Sonne auf dem Gesicht zu spüren. Er schloss die Augen und atmete ganz langsam, um den Stoß abzudämpfen, den ihm das innere Bild von Bertie versetzte, Bertie in der Erde, kalte, grünliche Haut, die sich nach und nach in etwas Geleeartiges verwandelte. Er verschränkte die Arme vor der Brust und bemühte sich, nicht loszuschluchzen, nicht um Bertie und sich selbst und ihrer beider unausweichlichen Schicksale wegen zu weinen.

Das warme Sonnenlicht richtete ihn wieder auf. Ein kleiner brauner Buchfink, der an den Blättern der Eibe zupfte, schien ihn wegen seiner Schwermütigkeit auszuschimpfen. Er öffnete die Augen, sah den strahlenden Nachmittag und sagte sich, dass ihm ein kurzer Spaziergang durchs Dorf guttun würde. Er könnte in den Laden gehen und Tee kaufen. Er fand, dass es eine noble Geste wäre, dort vorbeizuschauen und der so vielbeschäftigten Mrs. Ali Gelegenheit zu geben, sich für ihr Nichterscheinen zu entschuldigen.

Obwohl er nun schon viele Jahrzehnte, als Mann und als Junge, in Edgecombe St. Mary verbracht hatte, erfüllte ihn der Gang ins Dorf hinunter jedes Mal wieder mit Freude. Die schmale Asphaltstraße fiel links und recht so steil ab, als wäre sie das gewölbte Dach einer verborgenen Kammer. Dichte Liguster-, Weißdorn- und Buchenhecken drängten sich breit und selbstgefällig aneinander. Ihr würziger, herber Duft erfüllte die Luft; darüber lag der scharfe Geruch der Tiere auf den Weiden hinter den Cottages. Tore und Zufahrtswege boten flüchtige Blicke auf üppige Gärten und dichte, mit Klee und Löwenzahn gesprenkelte Rasenflächen. Der Major mochte den Klee. Er sah ihn als Sinnbild dafür, dass das Land

unablässig herandrängte und still und leise jeden Plan durchkreuzte, der Natur durch Gartenpflege ein vorstädtisches Aussehen aufzuzwingen. Hinter einer Kurve wichen die Hecken dem schlichten Drahtzaun einer Schafweide und gaben den Blick auf dreißig Kilometer weite Sussex-Landschaft jenseits der Dächer des unten liegenden Dorfes frei. Hinter dem Major erhoben sich über seinem eigenen Haus die Hügel bis hinauf zu dem von Kaninchen zerrupften Gras der Kreidefelsen. Unter ihm barg der Weald of Sussex Felder mit Winterroggen und grellgelbem Senf. Beim Zauntritt blieb er gern eine Weile stehen, einen Fuß oben auf der Bohle, um die Landschaft in sich aufzusaugen. Irgendetwas – ob nun das Licht oder die endlose Vielfalt der Grüntöne in den Hecken und Bäumen – erfüllte sein Herz unweigerlich mit einer Liebe zum Land, die auszusprechen ihm peinlich gewesen wäre. Heute lehnte er sich an den Tritt und versenkte sich in die Farben der Landschaft, um ruhiger zu werden. Sein Vorhaben, der Besuch im Laden, hatte sein Herz schneller schlagen lassen und den dumpfen Schmerz mit einer drängenden, nicht unangenehmen Aufgeregtheit überzogen. Der Laden lag nur ein paar hundert Meter weiter unten, und das Wunder der Schwerkraft kam ihm zu Hilfe, als er sich vom Zauntritt abstieß und den Weg ins Tal fortsetzte. Unten angelangt, bog er ab, nachdem er den Royal Oak Pub passiert hatte, dessen Fachwerkfassade fast gänzlich von Blumenampeln mit unnatürlich gefärbten Petunien verdeckt war. Dann kam, hinter dem sanft ansteigenden Rund der Dorfwiese, der Laden in Sicht.
Das orangerote Plastikschild mit der Aufschrift »Supersaver SuperMart« funkelte in der tiefstehenden Septembersonne. Mrs. Alis Neffe klebte gerade ein großes Plakat ans Schaufenster, das für Dosenerbsen im Angebot warb. Der Major blieb abrupt stehen. Er hätte lieber gewartet, bis der Mann verschwunden war. Dessen ständig finsteren Blick konnte er einfach nicht ausstehen, auch wenn dieser Gesichtsausdruck,

das gab er zu, vielleicht nur durch die unschön markanten Augenbrauen zustande kam. Es war, wie der Major sich schon mehr als einmal tadelnd gesagt hatte, eine lächerliche und unverzeihliche Abneigung, die jedoch auch diesmal wieder dazu führte, dass er den Griff um den Spazierstockknauf verstärkte, während er über die Wiese marschierte und den Laden betrat. Beim Läuten der Türglocke hob der junge Mann den Blick. Er nickte dem Major zu, der seinerseits mit einem etwas zurückhaltenderen Nicken reagierte und sich nach Mrs. Ali umsah.

In dem Laden stand eine kleine Theke mit einer Registrierkasse, dahinter waren Zigarettenschachteln aufgereiht. Auch einen Lotto-Computer gab es. Durch den gesamten niedrigen rechteckigen Raum erstreckten sich vier zwar sehr schmale, aber saubere Gänge, gesäumt von Regalen mit einem großen Angebot an einfachen Nahrungsmitteln wie Bohnen, Brot, Beuteltee, Nudeln, Tiefkühl-Currys, aber auch Spiralpommes und Chicken-Nuggets für die Kinder. Außerdem gab es eine große Auswahl an Schokolade und anderen Süßigkeiten, einen Grußkartenständer und Zeitungen. Auf Mrs. Alis exotische Herkunft deuteten nur die Dosen mit dem losen Tee und eine Schüssel mit selbstgemachten Samosas hin. Im hinteren Teil des Ladens, einem kleinen, hässlichen Anbau, lagen die Großpackungen – Hundetrockenfutter, Blumenerde, Hühnerpellets und in Folie verpackte Paletten mit gebackenen Bohnen der Marke Heinz. Der Major konnte sich nicht vorstellen, wer hier solche Mengen erwarb. Ihre Großeinkäufe tätigten die Leute im Supermarkt in Hazelbourne-on-Sea, oder sie fuhren zum neuen Großmarkt und zum Outlet Center in Kent. Außerdem kam man auf einer billigen Fähre schnell nach Frankreich hinüber, und nicht selten sah er seine Nachbarn riesige Waschpulverkartons und merkwürdig geformte Flaschen mit billigem ausländischem Bier aus dem Verbrauchermarkt in Calais wankend nach Hause tragen. Die meisten Leute betraten den Dorfladen nur, wenn ihnen etwas ausgegangen war, vor allem spätabends. Dem Major fiel auf, dass sie sich nie bei Mrs. Ali dafür bedankten, dass sie unter der Woche abends bis acht und auch am Sonntagvormittag geöffnet hatte. Dafür nörgelten sie gern wegen der angeblich so hohen Preise und spekulierten, wie viel Mrs. Ali wohl als Inhaberin einer lizenzierten Lottoannahmestelle verdienen mochte.

Da er Mrs. Ali in dem leeren Laden weder hörte noch ihre Anwesenheit spürte, schlenderte der Major, anstatt jeden Gang einzeln abzusuchen, so beiläufig wie möglich nach hinten zu den Großpackungen, ohne die Teedosen neben der Theke und der Registrierkasse eines Blickes zu würdigen. Hinter diesem Bereich verbarg sich das kleine, durch einen Vorhang aus steif herabhängenden Vinyllamellen abgetrennte Büro.

Erst, als er sämtliche Preise der Großgebinde überflogen und sich zu den Schinken-Eier-Pasteten im Kühlregal an der hinteren Wand vorgearbeitet hatte, erschien Mrs. Ali zwischen den Plastiklamellen. Sie hielt einen Stapel Mini-Apple-Pies im Arm, deren Verpackung mit Halloween-Motiven verziert war.

»Major Pettigrew«, sagte sie erstaunt.

»Mrs. Ali.« Die Erkenntnis, dass sich das amerikanische Halloween-Getue nun auch auf britische Backwaren auswirkte, brachte ihn fast von seinem eigentlichen Vorhaben ab. »Wie geht es Ihnen?« Sie sah sich nach einer Abstellfläche für die Schachteln um.

»Gut, gut«, antwortete er. »Ich wollte mich für den Gefallen bedanken, den Sie mir neulich erwiesen haben.«

»Ach nein, das ist doch nicht der Rede wert.« Sie wollte offenbar eine wegwerfende Handbewegung machen, brachte aber, von den Schachteln behindert, nur ein leichtes Wedeln mit den Fingerspitzen zustande.

»Und außerdem wollte ich mich entschuldigen …«

»Aber ich bitte Sie!«, sagte Mrs. Ali und blickte mit angespannter Miene an ihm vorbei. Der Major spürte die Anwesenheit des Neffen zwischen seinen Schulterblättern und drehte sich um. In dem schmalen Gang wirkte der junge Mann massiger als zuvor; sein Gesicht lag im Schatten des hellen Sonnenlichts, das durch das Schaufenster in den Laden schien.

Der Major trat zur Seite, um ihn vorbeizulassen, aber nun blieb der Neffe seinerseits stehen und machte den Weg frei. Eine unsichtbare Kraft drängte den Major, an ihm vorbeizugehen und den Laden zu verlassen. Doch sein Körper beharrte trotzig auf dem Wunsch dazubleiben und nagelte ihn am Boden fest.

Er spürte, dass es Mrs. Ali nicht recht sein würde, wenn er im Beisein ihres Neffen weitere Entschuldigungen vorbrächte.

»Wie gesagt, ich wollte Ihnen beiden für die freundliche Kondolenz danken«, sagte er und freute sich insbesondere über das Wort »beiden«, das sich sanft wie ein perfekt geschlagener Golfball in seinen Satz eingefügt hatte. Der Neffe sah sich zu einem wohlgefälligen Nicken gezwungen.

»Was immer wir für Sie tun können – Sie müssen es nur sagen, Major«, warf Mrs. Ali ein. »Für den Anfang vielleicht etwas frischen Tee?«

»Ja, ich habe nicht mehr viel im Haus«, sagte der Major.

»Sehr gern.« Sie reckte das Kinn und sprach zu ihrem Neffen. Dabei starrte sie auf einen Punkt irgendwo über dem Kopf des Majors. »Abdul Wahid, würdest du bitte die restlichen Halloween-Artikel holen, während ich mich um die Teebestellung des Majors kümmere?« Sie ging mit den Schachteln im Arm an den beiden Männern vorbei. Der Major folgte ihr und zwängte sich mit entschuldigendem Lächeln zwischen dem Regal und dem Neffen durch. Der zog ein finsteres Gesicht und verschwand hinter dem Vinyl-Vorhang.

Mrs. Ali legte die Schachteln ab, suchte hinter der Theke nach dem Spiralbuch für die Bestellungen und begann, es durchzublättern.

»Gnädige Frau«, sagte der Major, »der mir von Ihnen erwiesene Gefallen ...«

»Das möchte ich lieber nicht vor meinem Neffen besprechen«, flüsterte sie, und einige Sekunden lang trübte ein missmutiger Zug die Glätte ihres ovalen Gesichts.

»Ich verstehe nicht ganz«, sagte der Major.

»Mein Neffe ist erst vor kurzem nach seinem Studium in Pakistan hierher zurückgekehrt und hat sich an viele Dinge noch nicht wieder gewöhnt.« Sie warf einen prüfenden Blick auf den Vorhang, um sicherzugehen, dass sich der Neffe außer Hörweite befand. »Er macht sich Sorgen um das Wohlergehen seiner Tante, wissen Sie. Er mag es nicht, wenn ich Auto fahre.«

»Oh.« Langsam dämmerte es dem Major, dass sich die Sorgen des Neffen auch auf fremde Männer wie ihn beziehen könnten, und er zog enttäuscht die Mundwinkel nach unten.

»Ich halte mich natürlich nicht daran«, erklärte sie, und diesmal lächelte sie und hob die Hand ans Haar, als wollte sie prüfen, ob der straff geknotete tiefe Dutt noch saß. »Aber ich versuche, ihn nach und nach umzuerziehen. Junge Leute können ja so stur sein.«

»Durchaus. Ich verstehe.«

»Wenn ich also irgendetwas für Sie tun kann, Major, dann müssen Sie es nur sagen.« Mrs. Alis Augen waren so warm und braun, und der besorgte Gesichtsausdruck wirkte so ehrlich, dass der Major, nachdem er sich kurz umgesehen hatte, alle Vorsicht in den Wind schlug.

»Nun ja«, sagte er stotternd, »ich wollte fragen, ob Sie diese Woche irgendwann mal in die Stadt fahren. Ich fühle mich einfach noch nicht gut genug, um mich selbst ans Steuer zu setzen, und ich müsste beim Anwalt unserer Familie vorbeischauen.«

»Normalerweise fahre ich immer donnerstagnachmittags, aber vielleicht kann ich ...«

»Donnerstag passt perfekt«, sagte der Major hastig.

»Ich würde Sie dann so gegen vierzehn Uhr abholen, ja?«
Der Major senkte die Stimme und kam sich dabei überaus taktvoll vor. »Vielleicht wäre es am günstigsten, wenn ich an der Bushaltestelle an der Hauptstraße warte – dann müssen Sie nicht erst zu mir hinauffahren.«
»Ja, das wäre am besten«, sagte Mrs. Ali lächelnd, und der Major hatte das Gefühl, jeden Augenblick in ein idiotisches Grinsen auszubrechen.
»Dann also bis Donnerstag«, sagte er. »Und vielen Dank.«
Als er den Laden verließ, fiel ihm ein, dass er gar keinen Tee gekauft hatte. Aber das machte nichts, da er noch über große Vorräte für sich selbst verfügte und bislang nur von Leuten Besuch erhielt, die ihren eigenen Tee mitbrachten. Auf dem Weg zurück zur Dorfwiese war sein Schritt beschwingter und sein Herz ein wenig leichter.

Viertes Kapitel

Am Donnerstagmorgen wurde der Major von prasselndem Regen geweckt, der wie mit Fäusten in die Dachtraufen schlug und in einem quälend unregelmäßigen, misstönenden Rhythmus auf die Schwachstelle in der Fensterbank tröpfelte, dorthin, wo das Holz bereits aufweichte. Das Schlafzimmer lag in blauem Dämmerlicht, und der Major in seinem stickigen Bettdeckenkokon sah förmlich vor sich, wie die Wolken an die Flanke der Kreidehöhen prallten und ihre schwere Wasserlast abwarfen. Das Zimmer mit den schweren Balken schien die Nässe geradezu einzusaugen. Die blaugestreifte Tapete wirkte gelb in dem sonderbaren regnerischen Licht und so, als würde sie sich unter dem Gewicht der dampfigen Luft jeden Augenblick vom dicken Wandputz schälen. Tief in sein klumpiges Entendaunenkissen versunken, lag er da und sah benommen zu, wie alle in diesen Tag gesetzten Hoffnungen an den alten, dünnen Scheiben des Fensters hinabgeschwemmt wurden.

Er verfluchte sich, weil er mit sonnigem Wetter gerechnet hatte. Vielleicht, dachte er, war es der Evolution geschuldet – irgendeinem anpassungsfähigen Gen, mit dessen Hilfe es den Engländern gelang, auch angesichts von so gut wie sicher eintretendem Regen unbeschwert Aktivitäten an der frischen Luft zu planen. Er dachte an Berties fast vierzig Jahre zurückliegende Hochzeit: ein Mittagessen unter freiem Himmel vor einem kleinen Hotel, dessen bahnhofshallenähnlicher Speisesaal nicht genug Platz für die fünfzig Gäste bot, die Zuflucht vor dem plötzlich aufgezogenen Gewitter suchten. Wenn er sich recht erinnerte, hatte Marjorie damals geweint, während eine absurde Masse klatschnassen Tülls ihren knochigen Körper umwickelte wie schmelzendes Baiser. Normalerweise stellte er sich im Umgang mit Regen nicht so tölpelhaft an. Zum Golfspielen nahm er immer ein Paar seiner alten Army-Gamaschen mit und schnallte sie sich beim ersten Anzeichen eines Schauers um die Socken. Im Kofferraum des Wagens lag stets ein eingerollter gelber Regenmantel, und im Ständer in der Diele steckte eine ganze Sammlung von stabilen Schirmen. Bei so manchem Cricketspiel an einem glühend heißen Tag hatte man ihn geneckt, weil er immer einen kleinen Klapphocker mit sich trug, in dessen Seitentasche ein Regenumhang aus Plastik verstaut war. Nein, er hatte keinen einzigen Gedanken an das Wetter verschwendet und nicht einmal einen Blick in die Zeitung geworfen oder die Sechs-Uhr-Nachrichten angesehen, weil er so sehr gewollt hatte, dass dieser Tag sonnig war. Und wie König Knut der Große, der dem Meer befahl zurückzuweichen, hatte er versucht, die Sonne mit reiner Willenskraft zum Scheinen zu bringen.

Die Sonne hätte sein Vorwand dafür sein sollen, aus einer Mitfahrgelegenheit mehr werden zu lassen. Der Vorschlag, einen Spaziergang an der Küste zu unternehmen, wäre an einem schönen Tag völlig angemessen gewesen. Jetzt aber kam es nicht in Frage, und er befürchtete, dass eine Einladung zum Fünf-Uhr-Tee in einem Hotel zu dreist wirken könnte. Er setzte sich abrupt auf, und das Zimmer verschwamm vor seinen Augen. Was, wenn Mrs. Ali den Regen als Begründung dafür nahm, die ganze Sache telefonisch abzusagen? Dann würde er einen neuen Termin mit Mortimer vereinbaren oder selbst fahren müssen.

Für den Fall, dass sie nicht absagte, musste er an der geplanten Garderobe bestimmte Änderungen vornehmen. Er stand auf, schlüpfte in seine marokkanischen Lederpantoffeln und tapste zu dem großen Kiefernholzschrank hinüber. Er hatte geplant, eine Tweedjacke und eine Wollhose anzuziehen und sich zur Feier des Tages einen Spritzer Aftershave zu gönnen.

Allerdings roch der Tweed ein wenig, wenn er feucht wurde, und er wollte Mrs. Alis kleines Auto nicht mit dem Gestank von nasser, in *Bay Rum*-Aftershave getauchter Schafwolle verpesten. Grübelnd stand er eine Weile vor dem Schrank. Im Kommodenspiegel an der Wand gegenüber fing sich das dunkle, vom trüben Morgen kaum beleuchtete Abbild seines Gesichts. Er betrachtete es genauer, rubbelte die kurzen Haarborsten und fragte sich, wie es sein konnte, dass er so verdammt alt aussah. Er versuchte zu lächeln und wurde tatsächlich den säuerlichen Gesichtsausdruck und die leichten Hängebäckchen los, dafür aber bildeten sich jetzt Falten rings um seine blauen Augen. Dennoch war er halbwegs überzeugt, durch das Lächeln eine Verbesserung bewirkt zu haben, und probierte verschiedene Versionen, bis ihm die Absurdität des Ganzen bewusst wurde. Nancy hätte das eitle Gehabe niemals toleriert und Mrs. Ali ganz bestimmt auch nicht.

Er ging noch einmal den Inhalt des Kleiderschranks durch und befand, dass der Tag die perfekte Gelegenheit bot, den teuren Acrylpullover anzuziehen, den Roger ihm vergangenes Jahr zu Weihnachten geschenkt hatte. Den schmalen Schnitt und das schwarz-graue Rautenmuster hatte er selbst zwar als zu jugendlich empfunden, aber Roger war ganz begeistert gewesen.

»Den habe ich direkt von einem italienischen Designer, den wir finanziert haben«, hatte er gesagt. »Für diese Teile gibt es in ganz London Wartelisten.« Der Major, der Roger einen Hut aus Wachsbaumwolle von Liberty sowie eine ziemlich elegante ledergebundene Ausgabe von Sir Edmund Hillarys Bericht über die Erstbesteigung des Mount Everest geschenkt hatte, bedankte sich aufs liebenswürdigste für die wunderbare Geschenkidee. Seine Meinung über Männer zu äußern, die sich eines Pullovers wegen auf Wartelisten setzen ließen, hielt er für unhöflich; außerdem war es für Roger offenbar ein großes Opfer gewesen, den Pulli wegzugeben. Nach Neujahr hatte der Major die grün-rosa gestreifte Schachtel auf das oberste Regalbrett im Schrank gestellt. Aber heute hatte er das Gefühl, ein leicht jugendlicher Stil könnte genau das Richtige sein, um einem potenziell feuchten gesellschaftlichen Umfeld entgegenzuwirken. Während er die dicht an dicht hängenden Kleiderbügel nach einem sauberen weißen Hemd absuchte, dachte er sich einmal mehr, dass es an der Zeit wäre, den Schrank durchzugehen und auszumisten. Er stellte sich vor, wie Marjorie Berties Sachen aus den Einbauschränken räumte. Marjorie war eine praktische Frau und verdiente dafür wahrscheinlich Bewunderung. Er sah die mit dickem schwarzem Filzstift beschrifteten Kleiderkartons für den nächsten Wohltätigkeitsbasar der Kirchengemeinde bereits vor sich.

Gegen Mittag wurde er ungewöhnlich nervös. Als das Telefon klingelte, sprang er auf. Es war Alec, der wissen wollte, ob er trotz des Regens Lust auf eine Runde Golf hätte.
»Tut mir leid, dass ich dich nicht schon früher angerufen habe«, sagte Alec. »Alma hat mir alles erzählt. Sie meinte, du hältst dich ziemlich gut.«
»Ja, danke«, erwiderte der Major.
»Ich hätte dich früher anrufen sollen.« Der Major lächelte darüber, wie Alec sich in seiner Verlegenheit verfing. Keiner war gekommen; weder Alec noch Hugh Whetstone, der gleich um die Ecke wohnte, hatte sich gezeigt, und keiner aus der Golfclub-Gruppe. Aber das grämte ihn nicht. Er hatte es früher genauso gehandhabt, war der unangenehmen Situation eines Trauerfalls in einer anderen Familie ausgewichen und hatte Nancy machen lassen. Frauen hielt man ganz selbstverständlich besser dafür geeignet, mit solchen Situationen umzugehen. Als unten in der Straße die alte Mrs. Finch gestorben war, hatte Nancy nach der Beerdigung zwei, drei Wochen lang Mr. Finch täglich eine Suppe oder übriggebliebene Reste ihres Essens gebracht. Der Major hatte lediglich

ein oder zwei Mal den Hut gezogen, wenn er dem alten Mann auf einem Spaziergang begegnet war. Dann hatte ihn der alte Finch, abgezehrt wie eine streunende Katze und vollkommen desorientiert, mit leerem Blick angestarrt und war auf der Fahrbahnmitte weitergetorkelt. Es war eine große Erleichterung gewesen, als seine Tochter ihn in ein Altersheim gab.
»Ich muss in die Stadt, ein Anwaltstermin«, sagte der Major. »Aber vielleicht nächste Woche.« Er versuchte, möglichst einmal pro Woche Golf zu spielen – keine leichte Aufgabe bei dem unberechenbaren Herbstwetter. Seit Berties Tod war er nun schon fast zwei Wochen lang nicht einmal in die Nähe des Golfclubs gekommen.
»Der Boden ist wahrscheinlich sowieso völlig durchweicht«, meinte Alec. »Ich organisiere uns eine frühe Abschlagszeit für nächste Woche, dann wollen wir doch mal sehen, ob wir nicht bis zum Mittagessen eine ganze Runde schaffen.«

Um zwei Uhr nachmittags hatte sich der Aufruhr der Wolken gelegt. Sie senkten sich einfach zu Boden und verwandelten den Regen in grauen Nebel. Es fühlte sich an wie in einem kalten Dampfbad, und jeder Geruch blieb an Ort und Stelle haften. Noch lange nachdem ein umherstreifender Collie den Eckpfosten des hölzernen Bushäuschens markiert hatte, rümpfte der Major wegen des durchdringenden Uringestanks die Nase. Der grob gezimmerte, nach drei Seiten geschlossene Unterstand mit dem billigen Asphaltdach bot keinen Schutz vor dem Nebel und gab seine eigenartige Mischung aus Teeröl und alter Kotze in die feuchte Luft ab. Der Major verfluchte den menschlichen Instinkt des Zufluchtsuchens, der ihn zu bleiben zwang, und las die von der Dorfjugend zurückgelassenen, tief eingemeißelten historischen Aufzeichnungen. »Jaz und Dave«, »Mick liebt Jill«, »Mick ist ein Wichser«, »Jill und Dave«.
Endlich erschien das kleine blaue Auto auf der Hügelkuppe und blieb vor dem Major stehen. Als Erstes sah er ihr strah-

lendes Lächeln, dann den wie Pfauenfedern in Blau- und Grüntönen schillernden Schal, der locker auf ihrem glatten schwarzen Haar lag. Sie beugte sich hinüber und öffnete die Beifahrertür. Er duckte sich, um einzusteigen.

»Entschuldigung, die müssen erst noch weg«, sagte sie und nahm zwei, drei in Plastik eingebundene Bibliotheksbücher vom Beifahrersitz, um für den Major Platz zu schaffen.

»Danke.« Er versuchte, beim Hinsetzen nicht allzu sehr zu ächzen. »Ich kann sie gern halten.« Sie gab ihm die Bücher, und er bemerkte ihre langen, geschmeidigen Finger und kurzen Nägel.

»Kann's losgehen?«, fragte sie.

»Ja, vielen Dank. Es ist sehr freundlich von Ihnen.« Er wollte Mrs. Ali ansehen, war sich aber der Beengtheit des Wagens zu sehr bewusst. Mrs. Ali legte den ersten Gang ein und fuhr rasant los. Der Major hielt sich an der Tür fest und richtete den Blick auf die Bücher.

Es waren dicke Bücher mit alten, ausgeblichenen Umschlägen unter dem vergilbten Plastik. Er drehte den Packen zur Seite: ein Colette-Roman, Erzählungen von Maupassant, eine Lyrikanthologie. Zum Erstaunen des Majors handelte es sich um eine französischsprachige Maupassant-Ausgabe. Er überflog ein paar Seiten – sie enthielten keine Übersetzung ins Englische.

»Diese Bücher haben Sie doch bestimmt nicht aus dem Bücherbus«, sagte er. Mrs. Ali lachte, und der Major fand, dass es klang, als würde sie singen.

Jeden Dienstag bezog ein großer grün-weißer Bücherbus Position in einer Parkbucht gleich bei der kleinen Sozialsiedlung am Dorfrand. Der Major bediente sich im Allgemeinen lieber aus seiner eigenen Bibliothek, in der ihm Keats und Wordsworth tröstliche Gefährten waren und Samuel Johnson, wenn auch oft arg wichtigtuerisch, stets etwas Provokantes zu sagen hatte. Weil er das Prinzip des Bücherbusses trotzdem für wertvoll hielt, ging er regelmäßig hin, um seine

Unterstützung zu demonstrieren, obwohl er das karge Angebot an älteren Romanen schnell ausgeschöpft hatte und die reißerischen Bestsellercover und das große Regal mit den Liebesschmonzetten geradezu abstoßend fand. Bei seinem letzten Besuch hatte er in einem dicken Wälzer über die heimische Vogelwelt geblättert, während ein kleiner Junge mit grünlich verrotzter Nase auf dem breiten Schoß seiner jungen Mutter saß und einzelne Wörter aus einem Pappbuch über Züge von sich gab. Gerade in dem Moment, als der Major und die Bibliothekarin sich zulächelten, weil es schön war, einmal ein Kind zu sehen, das etwas anderes tat, als vor dem Fernseher zu sitzen, nahm der Junge an irgendetwas in dem Buch Anstoß und riss mit einem Ruck den Rückendeckel ab. Die wütende Mutter war unter dem schockierten Blick der Bibliothekarin rot angelaufen und hatte dem Jungen eine deftige Ohrfeige verpasst. Eingezwängt hinter dem Kind, das sich flach ausgestreckt unter einem Tisch verbarg, und dem ausladenden Hinterteil seiner schimpfenden Mutter, die es hervorzuzerren versuchte, um es bequemer schlagen zu können, war dem Major nichts anderes übriggeblieben, als sich an einem Metallregal festzuhalten und zu versuchen, nicht den Verstand zu verlieren, so gellend hallten die Schreie des Jungen zwischen den Stahlwänden des Busses.
»Ich gehe natürlich immer in die Bibliothek in der Stadt«, sagte Mrs. Ali, während sie auf einem winzig kleinen freien Straßenstück zwischen zwei unübersichtlichen Kurven seelenruhig einen turmhohen Heuwagen überholte. »Aber auch dort muss ich das, was ich will, fast immer bestellen.«
»Ich habe ein- oder zweimal ein Buch bestellt«, erzählte der Major. »Ich wollte eine ganz bestimmte, wenig verbreitete Ausgabe der Essays, die Samuel Johnson für den *Rambler* verfasste, und musste zu meiner Enttäuschung feststellen, dass die Bibliothekarin mit meiner Bitte nicht das Geringste anfangen konnte. Eigentlich müsste es doch für jemanden, der tagein, tagaus die Vorsatzblätter minderwertiger Romane

abstempelt, reizvoll sein, einen wunderbaren alten Klassiker aufzustöbern ...«
»Sie sollten mal fremdsprachige Literatur bestellen«, sagte Mrs. Ali. »Es gibt da eine Bibliothekarin, die mustert mich jedes Mal, als würde ich Hochverrat begehen.«
»Sprechen Sie noch andere Sprachen außer Französisch?«
»Mein Französisch ist miserabel«, sagte Mrs. Ali. »Deutsch spreche ich viel besser. Und Urdu natürlich.«
»Ist das die Muttersprache in Ihrer Familie?«, fragte der Major.
»Nein, Englisch, würde ich sagen. Mein Vater bestand auf europäische Sprachen. Er hasste es, wenn meine Mutter und meine Großmutter auf Urdu miteinander schwatzten. Als ich ein kleines Mädchen war, glaubte mein Vater felsenfest, die Vereinten Nationen würden sich zu einer Weltregierung entwickeln.« Sie schüttelte den Kopf, nahm die linke Hand vom Lenkrad und sagte mit erhobenem Zeigefinger in pathetischem Singsang: »Wir werden die Sprache der Diplomatie sprechen und unseren rechtmäßigen Platz als Weltbürger einnehmen!« Sie seufzte. »Bis zu seinem Tod blieb er dieser Ansicht treu, und um sein Andenken in Ehren zu halten, lernten meine Schwester und ich gemeinsam sechs Sprachen.«
»Das ist wirklich beeindruckend«, sagte der Major.
Mrs. Ali lächelte traurig. »Und ziemlich nutzlos für das Betreiben eines kleinen Ladens.«
»Die Lektüre der Klassiker ist niemals nutzlos«, wandte der Major ein, die Bücher in der Hand wiegend. »Ich jedenfalls ziehe den Hut vor Ihrer Beharrlichkeit. Heutzutage wissen viel zu wenig Menschen die Freuden der Hochkultur zu schätzen und zu ihrem eigenen Wohl zu nutzen.«
»Ja, manchmal ist es schon eine sehr einsame Angelegenheit«, sagte Mrs. Ali.
»Dann müssen wir – die wenigen Glücklichen – eben zusammenhalten«, schlug der Major vor. Mrs. Ali lachte. Der Major wandte den Kopf zum Fenster und betrachtete die nebel-

umhüllten Hecken am Straßenrand. Er merkte, dass ihm nicht mehr kalt war. Die Hecken wirkten weder düster, noch troffen sie vor Nässe, sondern waren bis zum letzten Blatt mit diamanten glitzernden Tropfen gesäumt. Die Erde dampfte. Unter einem Baum schüttelte ein Pferd seine Mähne wie ein Hund, beugte den Hals und begann, am frisch benetzten Löwenzahn zu knabbern. Das Auto verließ die heckengesäumte Straße und erklomm auf der nun breiter werdenden Fahrbahn die letzte Hügelkuppe. Die Stadt war in das zerklüftete Tal gebettet, das sich zur Küstenebene öffnete. Hinter der scharfen Trennlinie der Strandkante lag grau und endlos das Meer. Am Himmel ließ ein Riss im Nebel fahle Sonnenstrahlen durch, die auf dem Wasser gleißten. Es war so schön und so absurd wie ein illustriertes viktorianisches Gesangbuch – nur die Rosengirlanden und ein herabschwebender Erzengel mit Putti im Gefolge fehlten. Bergab nahm das kleine Auto Fahrt auf, und irgendwie hatte der Major das Gefühl, dass der Nachmittag jetzt schon ein Erfolg war.

»Wo soll ich Sie absetzen?«, fragte Mrs. Ali, während sie sich in den träge Richtung Innenstadt fließenden Verkehr einreihten.
»Ach, irgendwo an einer günstigen Stelle«, antwortete der Major und wurde sofort nervös. Denn in Wahrheit war es überaus wichtig, wo sie ihn absetzte – oder vielmehr, wo sie sich hinterher treffen würden und ob er sie dann zum Tee einladen könnte. Aber er hielt es für unhöflich, allzu konkret zu werden.
»Normalerweise gehe ich in die Bibliothek und mache dann in der Myrtle Street meine Erledigungen«, sagte sie. Der Major wusste nicht genau, wo die Myrtle Street lag. Wohl eher oben auf dem Hügel, dachte er, im ärmeren Teil der Stadt, wahrscheinlich gleich hinter dem beliebten Imbissstand Vinda Linda's Curry House neben dem Krankenhaus. »Aber ich

kann Sie überall rauslassen – wir sollten uns nur auf etwas einigen, bevor ich die ganze Runde noch mal drehen muss.«
»Ach ja, das berüchtigte Einbahnstraßensystem«, sagte der Major. »Meine Frau und ich kamen mal aus dem in Exeter nicht mehr raus. Sie war vom Pferd gefallen und hatte sich einen Finger gebrochen. Wir sind stundenlang im Kreis gefahren und hatten das Krankenhaus immer im Blick, konnten aber von unserer Fahrtrichtung aus keine Zufahrt finden. Wir kamen uns vor wie eine Kugel im Labyrinth eines Geduldsspiels.« Später hatten Nancy und er darüber gelacht und sich vorgestellt, Dante würde das Fegefeuer neu gestalten – als Einbahnstraßensystem, das, über zwei Sperrmauern aus Beton hinweg, gelegentlich einen Blick auf Petrus und die Himmelspforte erlaubte. Während er sprach, merkte er mit einem Anflug von schlechtem Gewissen, dass es ihm schon recht leichtfiel, mit Mrs. Ali über seine Frau zu reden – dass der gemeinsame Verlust zu einem nützlichen Anknüpfungspunkt geworden war.
»Was halten Sie vom Einkaufszentrum?«, fragte Mrs. Ali.
»Was halten Sie vom Meer? Wäre das ein Umweg für Sie?« Er wusste natürlich, dass es ein Umweg war. Zu Fuß erreichte man das Meeresufer mit wenigen Schritten, aber das Verkehrssystem lotste die Autos erst einmal nach links und dann auf einer langen Ringstraße durch die Altstadt zum Strand. Um ihre Erledigungen zu machen, musste Mrs. Ali ein gutes Stück landeinwärts und bergauf. Heutzutage spielte sich jedermanns Leben landeinwärts und bergauf ab, so als hätte die ganze Stadt dem Meer den Rücken gekehrt.
»Gut, dann am Meer.« Schon bald darauf steuerte sie den Wagen auf den kleinen kostenpflichtigen Parkplatz direkt hinter dem Strand und sagte bei laufendem Motor: »Ich hole Sie in eineinhalb Stunden hier ab, ja?«
»Ausgezeichnet.« Er reichte ihr die Bücher und langte nach dem Türgriff. Alle möglichen Varianten der Frage, ob sie mit ihm Tee trinken wolle, schwirrten durch seinen Kopf, aber

er schaffte es nicht, eine davon tatsächlich auszusprechen. Während sie winkend davonfuhr, schimpfte er sich einen Idioten.

Die Anwaltskanzlei Tewkesbury and Teale hatte ihren Sitz in einer zitronengelben Villa aus dem frühen neunzehnten Jahrhundert, die an einem kleinen Platz zwei Straßen hinter dem Meer lag. In der Mitte des Platzes befand sich, selbstverliebt hinter einem hohen schmiedeeisernen Zaun und einem ebensolchen Tor versteckt, ein streng zurechtgestutzter Garten mit einem trockengelegten Springbrunnen. Eine niedrige Einfassung aus Terrakotta in Form eines gewundenen Seils umgab die kleine Rasenfläche. Die umliegenden Villen, jetzt Bürogebäude, beherbergten genau die Art von Menschen, für die sie ursprünglich gebaut worden waren: Anwälte, Steuerberater, die eine oder andere Schauspielerin, die ihre beste Zeit hinter sich hatte. Und alle kultivierten sie einen konservativen, vom fast hörbaren Brummen sozialen Aufsteigertums allerdings leicht getrübten Lebensstil. Auch Mortimer Teale besaß diesen ziemlich widerlichen Charakter.

Da der Major etwas zu früh angelangt war, beobachtete er durch das Bogenfenster des angrenzenden Einrichtungsladens, wie eine füllige Frau in einem grünen Brokatkostüm eine Unmenge von prall gestopften Kissen glatt klopfte und anordnete. Zwei kleine kläffende Schnauzer stürzten sich auf die Borten und Quasten und schnappten danach. Der Major befürchtete, am Ende mit ansehen zu müssen, wie eines der Tiere an einem seidenbezogenen Knopf erstickte, und schlenderte ein paar Türen weiter. Aus einer erdbeerroten Villa voller Steuerberater lief gerade ein junger Mann in einem auffälligen Kreidestreifenanzug auf einen schicken schwarzen Sportwagen zu, wobei er in ein Handy sprach, das nicht größer als eine Lippenstifthülse war. Der Major bemerkte, dass das dynamisch gewellte und gegelte schwarze Haar nur deshalb zurückgekämmt war, um eine kahle Stelle am Hinterkopf zu kaschieren. Er fühlte sich auf unbehagliche Weise an Roger erinnert.

Der alte Mr. Tewkesbury, Mortimer Teales Schwiegervater, war vielleicht von keinem völlig anderem Menschenschlag, hatte aber doch zumindest eine erfreulich abgemilderte und intelligentere Version der Bewohnerschaft rings um den Platz verkörpert. Die Tewkesburys waren hier schon vor der Jahrhundertwende als Anwälte tätig gewesen und hatten den Pettigrews fast ebenso lange als Anwälte gedient und im Lauf der Zeit durch bewundernswerte Arbeit und die konsequente Weigerung, sich selbst zu verherrlichen, an Format gewonnen. Vater, Sohn und Enkelsohn hatten stillschweigend einen Teil ihrer Zeit auf die Erfüllung ihrer Bürgerpflicht verwendet (auf die kostenlose Rechtsberatung des Stadtrats beispielsweise), ohne den zahlreichen Aufforderungen, für ein Amt zu kandidieren, ein Komitee zu leiten oder in der Zeitung präsent zu sein, jemals Folge geleistet zu haben. Der Major erinnerte sich, wie beeindruckt er als kleiner Junge von Tewkesburys gemächlicher Sprechweise, seiner schlichten Kleidung und der schweren silbernen Taschenuhr gewesen war.

Dass Tewkesbury dann Mortimer Teale zum Partner machte, hatte sowohl den Major als auch Bertie erstaunt. Teale war aus dem Nichts erschienen und hatte sich mit Elizabeth, Tewkesburys Tochter und Alleinerbin, liiert. Er stamme aus London, hieß es, was aber stets mit so verächtlich herabgezogenen Mundwinkeln vermerkt wurde, als sei von den finsteren Gassen Kalkuttas die Rede oder von einer berüchtigten Strafkolonie wie Australien. Mortimer bevorzugte grellbunte Krawatten, war, was das Essen betraf, extrem wählerisch und katzbuckelte vor den Mandanten auf eine Art und Weise, die dem Major zu der einzigen Gelegenheit verhalf, außerhalb des Kreuzworträtsels der *Sunday Times* das Wort »Tartüfferie« zu verwenden. Teale hatte Elizabeth geheiratet und sich wie ein wohlgenährter Kuckuck in der Tewkesbury-

Sippe eingenistet, bis er den alten Tewkesbury endlich unter der Erde hatte. Gerüchten zufolge hatte er dem Messingschild an der Tür seinen Namen hinzugefügt, als der Rest der Familie bei der Beerdigung war.

Der Major hatte in Erwägung gezogen, sich einen neuen Anwalt zu suchen, wollte dann aber doch nicht mit der Familientradition brechen. In ehrlicheren Momenten gestand er sich ein, dass er schlicht davor zurückgeschreckt war, es Mortimer mitzuteilen. Stattdessen hatte er sich gesagt, dass Mortimer stets hervorragend gearbeitet habe, was auch stimmte, und dass es herzlos sei, einen Menschen nur deshalb nicht zu mögen, weil er violett getüpfelte Einstecktücher trug und schwitzige Hände hatte.

»Wie schön, Sie zu sehen, Major, wenn auch unter so betrüblichen Umständen«, sagte Mortimer, während er dem Major mit ausgestreckter Hand auf dem dunkelgrünen Kanzleiteppichboden entgegentrat.

»Danke.«

»Ihr Bruder war ein äußerst feiner Kerl, und ich empfand es als ein Privileg, ihn einen Freund nennen zu dürfen.« Mortimer warf einen Blick auf die Wand, an der goldgerahmte Fotos von ihm mit diversen Kommunalbeamten und unbedeutenderen Honoratioren hingen. »Erst gestern sagte ich zu Marjorie, dass er es zu einiger Bekanntheit hätte bringen können, wenn er die Neigung dazu verspürt hätte.«

»Mein Bruder teilte Mr. Tewkesburys Abneigung gegen die Kommunalpolitik«, erwiderte der Major.

»Ganz richtig«, sagte Mortimer, setzte sich wieder an seinen Mahagoni-Schreibtisch und deutete auf einen Clubsessel.

»Es geht schließlich auch völlig chaotisch zu dort. Ich sage immer zu Elizabeth, dass ich mich komplett daraus zurückziehen würde, wenn man mich ließe.« Der Major schwieg.

»Also, fangen wir an?« Mortimer zog einen dünnen, cremefarbenen Aktenordner aus einer Schreibtischschublade und

schob ihn über die riesige Fläche hinweg zum Major hinüber. Als er den Arm ausstreckte, kamen seine feisten Handgelenke aus den steif gestärkten weißen Manschetten hervor, und die Anzugjacke warf an den Schultern dicke Falten. Er öffnete den Ordner mit seinen Wurstfingern und drehte ihn so, dass der Major alles lesen konnte. Helle Fingerabdrücke zierten jetzt das schlichte, maschinenbeschriebene Blatt mit der Überschrift »Testament von Robert Carroll Pettigrew«.
»Wie Sie wissen, hat Bertie Sie zum Testamentsvollstrecker bestimmt. Falls Sie gewillt sind, diese Aufgabe zu übernehmen, wären ein paar Formulare zu unterzeichnen. Als Testamentsvollstrecker werden Sie einige wohltätige Zuwendungen und kleine Anlagekonten zu betreuen haben. Nichts sonderlich Anstrengendes. Als Testamentsvollstrecker steht Ihnen traditionsgemäß eine kleine Aufwandsentschädigung zu – für Ihre Auslagen und so fort –, aber vielleicht wollen Sie darauf ja verzichten …«
»Ich lese es mir jetzt einfach mal durch«, sagte der Major.
»Selbstverständlich, selbstverständlich. Lassen Sie sich Zeit.« Mortimer lehnte sich zurück und verschränkte die Hände über seiner prall ausgefüllten Weste, als wollte er gleich ein Nickerchen machen, hielt den Blick jedoch konzentriert auf sein Gegenüber gerichtet. Der Major erhob sich.
»Ich gehe nur kurz ans Licht damit.« Das große, auf den Platz hinausgehende Fenster war zwar nur ein, zwei Meter entfernt, aber die wenigen Schritte ermöglichten zumindest einen Anschein von Ungestörtheit.
Berties Testament bestand aus einem einzigen Blatt mit großen Abständen zwischen den Zeilen. Sein Besitz wurde seiner geliebten Ehefrau vermacht, und er bat seinen Bruder, das Testament zu vollstrecken, um sie in schwerer Zeit von bürokratischen Aufgaben zu entlasten. Für Gregory und etwaige später zur Welt kommende Enkelkinder war ein kleines Anlagekonto eröffnet worden. Außerdem sollten drei Institutionen mit wohltätigen Zuwendungen bedacht werden: Die

alte private Grundschule der beiden Brüder erhielt tausend Pfund, Berties Kirche und der anglikanischen Pfarrkirche St. Mary's in Edgecombe waren jeweils zweitausend zugedacht. Kichernd stellte der Major fest, dass Bertie, Marjorie zuliebe schon seit langem praktizierender Presbyterianer, beim Allmächtigen lieber auf Nummer sicher gegangen war. Nach der Lektüre des gesamten Testaments begann der Major von vorn und las alles ein zweites Mal durch, um auch ja keinen Absatz zu übersehen. Danach tat er nur mehr so, als würde er lesen. Er wollte Zeit gewinnen, um seine Betroffenheit zu überwinden.

In Berties Testament war keine Rede von der Vermachung irgendwelcher persönlichen Gegenstände an wen auch immer. In einer einzigen Zeile hieß es lediglich: »Über meine persönliche Habe soll meine Frau bestimmen, wie sie es für richtig hält. Sie kennt meine diesbezüglichen Wünsche.« Diese Unverblümtheit passte nicht zum Rest des Dokuments. Aus den wenigen Worten spürte der Major sowohl die Kapitulation seines Bruders vor seiner Frau heraus als auch eine Rechtfertigung ihm selbst gegenüber. »Sie kennt meine diesbezüglichen Wünsche«, las er noch einmal.

»Ah – Tee! Danke, Mary.« Mortimer brach sein umsichtiges Schweigen, als das dünne Mädchen, seine Sekretärin, mit einem kleinen goldenen Tablett hereinkam, auf dem zwei Teetassen aus feinem Porzellan und ein Teller mit zwei trockenen Keksen standen. »Ist die Milch auch wirklich frisch?«, fragte er zimperlich, und seine Stimme ließ erkennen, dass es für Pettigrew nun wirklich an der Zeit sei, mit dem Lesen aufzuhören und zur Sache zu kommen. Widerwillig wandte der Major sich vom Fenster ab.

»Wurde da nicht etwas ausgelassen?«, fragte er.

»Alles Erforderliche steht da, möchte ich meinen.« Der Major erkannte sofort, dass Mortimer keinerlei Absicht hatte, ihm über die Peinlichkeit der Frage nach *seinen* Interessen hinwegzuhelfen.

»Es wäre da noch, wie Sie wissen, die Sache mit den Jagdgewehren meines Vaters«, sagte der Major. Er spürte heiße Röte sein Gesicht überziehen, beschloss aber, ein offenes Wort zu führen. »Es herrschte nämlich zwischen allen Beteiligten Einvernehmen darüber, dass die Flinten nach dem Tod von einem von uns beiden wieder zusammengeführt werden sollten.«
»Ach so«, sagte Mortimer gedehnt.

»Ich war davon ausgegangen, dass Berties Testament ausdrückliche Verfügungen in dieser Sache enthält – wie sie in meinem eigenen Testament sehr wohl zu finden sind.« Der Major blickte den Anwalt unverwandt an. Dieser stellte behutsam die Teetasse ab und presste die Fingerspitzen aneinander. Dann seufzte er.

»Wie Sie sehen«, begann er, »taucht eine derartige Bestimmung hier nicht auf. Ich hatte Bertie gedrängt, in Bezug auf etwaige Wertgegenstände, die er möglicherweise vererben wolle, so genau wie möglich zu formulieren ...« Mortimers Stimme erstarb.

»Diese Gewehre wurden uns von unserem Vater zu treuen Händen übergeben«, sagte der Major und richtete sich so hoch auf, wie es nur ging. »Es war sein letzter Wunsch, dass wir sie uns Zeit unseres Lebens teilen und dann wieder zusammenführen, um sie an die nächsten Generationen weiterzuvererben. Das wissen Sie genauso gut wie ich.«

»Ja, so hatte ich es auch immer verstanden«, sagte Mortimer zustimmend. »Aber da Ihr Vater Ihnen die Gewehre während seiner Erkrankung persönlich übergab, existierte in seinem Testament keine diesbezügliche Verfügung und daher auch keine Verpflichtung ...«

»Ich bin aber sicher, dass Bertie es in seinem Testament erwähnt hat.« Verärgert nahm der Major wahr, dass seine Stimme einen quengligen Unterton annahm.

Mortimer ließ sich Zeit mit seiner Entgegnung. Er lenkte den Blick zum Messinglüster, als suchte er sehr gründlich nach den nächsten Worten.

»Ich kann dazu nur äußerst wenig sagen«, meinte er schließlich. »Eigentlich nur, dass die Weigerung, irgendwelche spezifischen Vermögensgegenstände dem Partner zu vermachen, für manche Ehepaare im allerweitesten Sinn zur Loyalitätsfrage werden kann.« Mortimer verzog das Gesicht zu einer verschwörerischen Grimasse, und der Major glaubte, Marjories schrille Stimme in einem schwachen Echo von der schlichten Wandverkleidung der Kanzlei widerhallen zu hören.

»Meine Schwägerin ...?« Mortimer unterbrach ihn mit erhobener Hand.

»Mandantengespräche kann ich nicht kommentieren, und ebenso wenig kann ich irgendwelche noch so hypothetischen Vermutungen anstellen. Ich kann nur sagen, wie sehr ich es bedaure, dass meine Hände derart gebunden sind, dass ich einem guten Mandanten nicht einmal empfehlen darf, sein Testament vielleicht doch noch zu ändern.«

»Alle wissen, dass dieses Gewehr mir gehört«, sagte der Major. Er war jetzt so wütend und gekränkt, dass er sich kurz vor einer Ohnmacht fühlte. »Eigentlich hätte ich es von Anfang an bekommen müssen – als ältester Sohn und so weiter. Nicht dass ich Bertie seinen Anteil je missgönnt hätte, aber mit der Jagd hatte er es nie.«

»Nun, meiner Meinung nach sollten Sie sich einmal in aller Ruhe mit Marjorie über die Sache unterhalten«, sagte Mortimer. »Es wird sich bestimmt eine Lösung finden. Vielleicht sollten wir mit der endgültigen Festlegung des Vollstreckeramts bis dahin noch warten?«

»Ich kenne meine Pflichten«, entgegnete der Major. »Ich werde ungeachtet dieser Sache tun, worum mein Bruder mich gebeten hat.«

»Dessen bin ich mir sicher«, sagte Mortimer. »Allerdings ließe sich da, falls Sie Forderungen aus dem Nachlass geltend machen wollen, ein Interessenkonflikt erkennen.«

»Falls ich vor Gericht gehe, meinen Sie? Ich käme nicht im

Traum darauf, den Namen Pettigrew so in den Schmutz zu ziehen!«

»Das habe ich auch nie angenommen. Es wäre äußerst unangenehm, den einen Teil der Familie im Streit mit dem anderen vertreten zu müssen. Entspricht ganz und gar nicht der Tradition unserer Kanzlei.« Er lächelte, und dem Major kam der Verdacht, dass Mortimer nichts lieber täte, als Marjorie im Streit mit ihm zu vertreten, und dass er jedes Fetzelchen seines Vorwissens über die Familie benutzen würde, um zu gewinnen.

»Völlig undenkbar«, sagte er.

»Gut, dann wäre das also erledigt«, sagte Mortimer. »Sprechen Sie bitte mit Marjorie, ja? Dann ist auch klar, dass Sie sich in keinem Interessenkonflikt befinden. Ich muss das Testament bald gerichtlich bestätigen lassen – wenn Sie sich also bitte nochmals mit mir in Verbindung setzen würden ...«

»Und wenn sie sich weigert, mir das Gewehr zu geben?«, fragte der Major.

»Dann würde ich Ihnen empfehlen, das Amt des Testamentsvollstreckers abzulehnen, um die Testamentsbestätigung zu beschleunigen.«

»Das kann ich nicht machen«, wandte der Major ein. »Es ist meine Pflicht gegenüber Bertie.«

»Ich weiß, ich weiß«, sagte Mortimer. »Wir beide sind pflichtbewusste Menschen, Ehrenmänner. Aber wir leben heute in einer anderen Welt, mein lieber Major, und ich wäre ein nachlässiger Anwalt, wenn ich Marjorie dann nicht riete, Ihre Befähigung für dieses Amt in Frage zu stellen.« Weil er möglichst feinfühlig klingen wollte, presste er sich die Wörter aus dem Mund wie den letzten Rest Zahnpasta aus der Tube. Dabei hatte er den maskenhaften Gesichtsausdruck eines Menschen, der gerade abwägt, wie viel Lächeln angebracht ist. »Wir müssen selbst den Anflug irgendwelcher unredlichen Absichten vermeiden. Wir haben es da mit Fragen der Haftbarkeit zu tun, verstehen Sie?«

»Ich verstehe offenbar überhaupt nichts«, gab der Major zurück.
»Reden Sie mit Marjorie, und rufen Sie mich so bald wie möglich an.« Mortimer erhob sich von seinem Sessel und streckte die Hand aus. Auch der Major stand auf. Jetzt wünschte er, er hätte einen Anzug statt dieses lächerlichen schwarzen Pullovers angezogen. Dann wäre es Mortimer schwerer gefallen, ihn wegzuschicken wie einen Schulbuben.
»So weit hätte es nie kommen dürfen«, sagte der Major. »Die Kanzlei Tewkesbury vertritt die Interessen meiner Familie schon seit Generationen.«
»Was wir als ein Privileg empfinden«, sagte Mortimer, als hätte ihm der Major ein Kompliment gemacht. »Wir sind zwar heutzutage rechtlich stärker gebunden, aber Sie dürfen sicher sein, dass Tewkesbury and Teale immer nur das Beste für Sie wollen.« Der Major dachte bei sich, dass er, sobald die Sache geregelt war, vielleicht doch tun würde, was er von Anfang an hätte tun sollen – sich einen anderen Anwalt suchen.
Er trat aus der Kanzlei auf den Platz hinaus und war ein paar Sekunden lang geblendet. Der Nebel über dem Meer war verschwunden, und die Stuckfassaden der Villen hatten im nachmittäglichen Sonnenlicht blasse Farben angenommen. In der plötzlichen Wärme entspannte sich sein Gesicht. Er holte tief Luft, und ihm war, als würde der in Mortimer Teales Kanzlei herrschende Geruch nach Möbelwachs und Habgier vom Salzwasser in der Luft hinweggeschwemmt.

FÜNFTES KAPITEL

Die Behauptung, er hätte Bertie das Gewehr nie missgönnt, war eine blanke Lüge gewesen. Der Major saß am Meer, den Rücken an die Holzleisten einer Parkbank gelehnt, hielt das Gesicht in die Sonne und lauschte den Wellen, die sich auf dem Kies brachen. Der Pullover absorbierte die Hitze so wirkungsvoll wie ein schwarzer Plastikmüllsack, und im Windschatten der schwarz geteerten Unterstände, in denen die Fischer ihre Netze trockneten, saß es sich angenehm.
Die Natur hat etwas Großzügiges, dachte der Major. Die Sonne verschenkte ihre Wärme und ihr Licht. Er dagegen war im Grunde schäbig – schäbig wie eine Nacktschnecke, die mittags auf dem Klinker vor sich hin schrumpelte. Er saß hier, er lebte und genoss die Herbstsonne, während Bertie tot war. Aber nicht einmal jetzt konnte er den ihn schon so viele Jahre quälenden Ärger darüber ablegen, dass Bertie das Gewehr bekommen hatte. Und ebenso wenig gelang es ihm, das unwürdige Gefühl abzuschütteln, dass Bertie das gewusst hatte und sich jetzt bei ihm für seine Missgunst revanchierte.
An einem Tag im Sommer hatte seine Mutter ihn und Bertie ins Esszimmer gerufen, wo der Vater, der an einem Lungenemphysem litt, in seinem geliehenen Krankenhausbett dahinsiechte. Die Rosen blühten besonders üppig in jenem Jahr, und durch die offene Terrassentür verströmten die nickenden Köpfe einer alten rosaroten Damaszener Rose ihren Duft. Auf der geschnitzten Anrichte standen noch die silberne Suppenterrine und die Kerzenhalter seiner Großmutter, aber die Hälfte der Fläche nahm ein Sauerstoffgerät ein. Der Major haderte noch immer mit seiner Mutter, weil sie den Arzt

hatte bestimmen lassen, dass der Vater zu schwach sei, um noch weiter aufrecht im Rollstuhl sitzen zu können. Ihn hinauszuschieben in die sonnige, geschützte Terrassenecke mit Blick auf den Garten hätte ihm gewiss gutgetan. Und wäre es wirklich so schlimm gewesen, wenn sein Vater sich eine Erkältung geholt hätte oder müde geworden wäre? Sie beglückwünschten ihn zwar jeden Tag fröhlich zu seinem guten Zustand, aber außerhalb des Krankenzimmers gab niemand vor zu glauben, dies wären nicht seine letzten Tage.

Damals war der Major Leutnant gewesen, seine Offiziersausbildung lag ein Jahr zurück. Zehn Tage Sonderurlaub hatte er von seinem Stützpunkt bekommen. Die Zeit war dahingeschlichen, eine stille Ewigkeit mit geflüsterten Worten im Esszimmer und dicken Sandwiches in der Küche. Während sein Vater, der nicht immer menschliche Wärme hatte zeigen können, ihm jedoch Pflicht- und Ehrbewusstsein beigebracht hatte, sich durch das Ende seines Lebens keuchte, versuchte der Major, der Rührung nicht nachzugeben, die ihn hin und wieder bedrohte. Seine Mutter und Bertie schlichen sich oft in ihre Zimmer und weinten die Kopfkissen nass, aber er setzte sich lieber zu seinem Vater ans Bett und las ihm etwas vor oder half der privaten Krankenschwester, den abgezehrten Körper umzudrehen. Sein Vater, den die Krankheit weniger verwirrt gemacht hatte, als alle annahmen, sah das Ende kommen und ließ seine beiden Söhne und die zwei so hochgeschätzten Churchill-Gewehre holen.

»Die sollt ihr bekommen«, sagte er. Er öffnete das Messingschloss und hob den gut geölten Deckel. Die Flinten glänzten in ihren roten Samtbetten. Die feine Gravur auf den Seiten der silbernen Basküllen wies nicht die kleinste Trübung, nicht den kleinsten Fleck auf.

»Das muss doch wirklich nicht jetzt sein, Vater«, hatte er gesagt. Aber begierig war er doch gewesen; vielleicht war er sogar vorgetreten und hatte seinen jüngeren Bruder halb verdeckt.

»Ich möchte, dass sie immer in der Familie bleiben«, hatte sein Vater mit angstvollem Blick gesagt. »Aber wie soll ich einen meiner beiden Jungen bestimmen und sagen, nur einer von euch darf sie haben?« Er sah zur Mutter hin. Die nahm seine Hand und tätschelte sie sanft.

»Diese Gewehre bedeuten eurem Vater sehr viel«, sagte sie schließlich. »Wir wollen, dass jeder eines bekommt, damit ihr immer an ihn denkt.«

»Eigenhändig hat sie mir der Maharadscha überreicht«, flüsterte der Vater. Die alte Geschichte, immer und immer wieder erzählt, war dünngescheuert und an den Rändern ausgefranst wie ein altes Tischtuch. Ein heldenhafter Augenblick; ein indischer Fürst, ehrenhaft genug, um den tapferen Dienst eines britischen Offiziers zu einer Zeit zu vergelten, als alles ringsumher die Vertreibung der Briten forderte. Damals hatte seinen Vater der Mantelsaum der Geschichte gestreift. Mochte das Kästchen mit den Orden, mochten die Uniformen im Speicher vermodern – die beiden Flinten waren stets geölt und schussbereit.

»Sollen sie wirklich auseinandergerissen werden, Vater?«, platzte es aus ihm heraus. Das Erbleichen seiner Mutter zeigte sofort, wie erbärmlich die Frage war.

»Ihr könnt sie euch ja gegenseitig überlassen, damit sie gemeinsam in die nächste Generation übergeben werden – aber sie müssen natürlich in der Familie Pettigrew bleiben.« Es war das einzige Mal gewesen, dass er seinen Vater als feig erlebte. Die Gewehre waren nicht Bestandteil des Nachlasses, über den seine Mutter bis zu ihrem Tod verfügen konnte und der dann auf ihn als dem ältesten Sohn überging. Bertie wurde aus einem kleinen Treuhandvermögen ausgezahlt. Als seine Mutter zwanzig Jahre später starb, war dieses Vermögen zu einer erschreckend geringen Summe zusammengeschrumpft. Und auch das Haus war mittlerweile ziemlich heruntergekommen. In einigen der Balken aus dem siebzehnten Jahrhundert saß die Fäulnis, und die für Sussex typischen Außenwände – im Erdgeschoss aus Ziegeln bestehend, darüber mit Dachziegeln verkleidet – benötigten eine umfangreiche Ausbesserung. Dabei schuldete ihre Mutter dem Gemeinderat Geld. Im Vergleich mit den kleineren reetgedeckten Cottages in der Straße wirkte das Haus immer noch stattlich und vornehm, stellte aber, wie er Bertie versichert hatte, eher eine Belastung als eine großartige Erbschaft dar. Als Geste des guten Willens hatte er Bertie den Hauptanteil des mütterlichen Schmucks angeboten. Außerdem hatte er versucht, seinem Bruder das Gewehr abzukaufen – gleich nach dem Tod der Mutter und noch mehrmals in den Jahren danach, als Bertie in Geldschwierigkeiten steckte. Doch sein jüngerer Bruder hatte die großzügigen Offerten stets abgelehnt.

Als eine Möwe einen kehligen Schrei ausstieß, zuckte der Major zusammen. Der Vogel watschelte mit weit ausgebreiteten Flügeln auf dem betonierten Weg dahin und versuchte, eine Taube von einem Stück Brot zu vertreiben. Die Taube wollte das Brotstück aufpicken und damit davonflattern, aber der Brocken war zu groß. Der Major stampfte mit dem Fuß auf. Die Möwe sah ihn verächtlich an und flatterte einen Meter zurück, während die Taube, ohne ihm auch nur einen einzigen dankbaren Blick zuzuwerfen, das Brot wie ein Plättchen beim Flohhüpfen über den Weg vor sich hin schnipste. Der Major seufzte. Er hatte sich immer bemüht, seine Pflicht zu erfüllen, ohne dafür Dankbarkeit oder auch nur Anerkennung zu erwarten. Es konnte doch nicht sein, dass er all die Jahre hindurch Berties Unmut erregt hatte …

Dass er der älteste Sohn war, hatte dem Major nie Schuldgefühle bereitet. Natürlich war die Geschwisterfolge etwas Zufälliges, aber ebenso unterlag es dem Zufall, dass er nicht in eine Adelsfamilie mit riesigem Grundbesitz hineingeboren worden war. Er hatte gegenüber Menschen, die bereits durch ihre Geburt eine bedeutende gesellschaftliche Position besaßen, niemals Feindseligkeit empfunden. Als Nancy und er sich kennenlernten, hatte sie mit ihm darüber gestritten. Das war in den sechziger Jahren gewesen, sie war jung und glaubte, Liebe bedeute, von gebackenen Bohnen und den moralischen Anweisungen der Folkmusik zu leben. Aber er hatte ihr mit Engelsgeduld erklärt, dass das Weitergeben des eigenen Namens und der Erhalt eines Vermögens schon an sich ein Akt der Liebe war.

»Wenn wir alles immer weiter aufteilen und in jeder Generation mehr Menschen ihren Anteil fordern, dann verschwindet alles, als hätte es nie etwas bedeutet.«

»Es geht darum, den Reichtum umzuverteilen«, hatte sie entgegnet.

»Nein, es geht darum, dass der Name Pettigrew aussterben würde. Es geht darum, dass ich meinen Vater und seinen Vater vergessen würde. Es geht um den Egoismus der jetzigen Generation, die die Erinnerungen an die Vergangenheit zerstört. Keiner hat heutzutage mehr Ahnung davon, wie man etwas bewahrt.«

»Du bist bezaubernd, wenn du so verdammt spießig und konservativ bist«, sagte Nancy lachend, und da musste er auch lachen. Sie holte ihn von seinem Sockel herunter, damit er sie sehen konnte. Sie brachte ihn dazu, außer Dienst unmögliche Hemden und Socken in knalligen Farben zu tragen. Einmal rief sie ihn nach einer Studentendemonstration aus einem Polizeirevier an, und er musste in Galauniform vor den Schreibtisch des Nachtdienstbeamten treten. Der hielt ihr noch eine Standpauke und ließ sie dann gehen.

Nach der Hochzeit durchlebten sie schmerzliche Jahre, weil keine Kinder kommen wollten. Doch dann, im allerletzten Moment, bekamen sie Roger, und mit nur einem Kind gab es wenigstens keinen Streit um das Vermögen. In Erinnerung an Nancys Vorstellungen von Großzügigkeit hatte er in seinem Testament pflichtbewusst eine hübsche kleine Summe Bargeld für die Nichte Jemima vermerkt. Darüber hinaus hatte er bestimmt, dass Jemima das zweitbeste Porzellanservice seiner Großmutter mütterlicherseits bekommen sollte. Bertie hatte oft angedeutet, dass ihm diese Teller gefielen, aber der Major hatte Bedenken gehabt, Marjorie edles Minton-Geschirr, wenn auch noch so verblasst und mit Rissen durchzogen, anzuvertrauen. Sie zerbrach so oft Geschirr, dass jedes Abendessen, das Bertie und sie gaben, auf Tellern mit einem anderen Muster serviert wurde.

Ein Testament auf dem aktuellsten Stand mit genauen Anweisungen war dem Major stets wichtig gewesen. Er als Offizier (immer auf der unsicheren Seite, wie er sich gern ausdrückte) hatte es als tröstlich empfunden, seine kleine Metallschatulle zu öffnen, die Blätter aus verstärktem Papier vor sich auszubreiten und die Liste mit den Vermögenswerten und deren Aufteilung durchzugehen. Für ihn las sich sein Testament wie ein Verzeichnis all seiner Errungenschaften.

Mit Marjorie würde er einfach Klartext reden müssen. Sie konnte im Augenblick keinen vernünftigen Gedanken fassen. Er würde ihr noch einmal erläutern, worum es seinem Vater gegangen war. Und auch mit Roger gab es etwas zu klären. Er hatte nicht die Absicht, um die Zusammenführung der beiden Gewehre zu kämpfen, nur damit Roger sie dann nach dem Tod seines Vaters verkaufte.

»Ah, da sind Sie ja, Major!« Der Major richtete sich auf und blinzelte gegen das grelle Licht. Es war Mrs. Ali, die in der einen Hand ihre große Tragetasche, in der anderen ein neues Bibliotheksbuch hielt. »Sie waren nicht auf dem Parkplatz.«

»Ist es schon so spät?«, fragte der Major und sah erschrocken auf seine Armbanduhr. »Ich habe ganz die Zeit vergessen. Gnädige Frau, es ist mir unendlich peinlich, dass ich Sie habe warten lassen.« Jetzt, da unbewusst erreicht war, was er willentlich niemals zu planen gewagt hätte, fühlte er sich völlig hilflos.

»Kein Problem«, sagte Mrs. Ali. »Ich wusste ja, dass Sie irgendwann auftauchen würden, und weil der Tag so unerwartet schön wurde, beschloss ich, ein bisschen spazieren zu

gehen und vielleicht einen ersten Blick in mein Buch zu werfen.«
»Die Parkplatzgebühr übernehme selbstverständlich ich.«
»Das ist wirklich nicht nötig.«
»Erlauben Sie mir dann wenigstens, Sie auf eine Tasse Tee einzuladen?«, fragte er so hastig, dass die Wörter förmlich darum rangelten, über seine Lippen zu kommen. Als Mrs. Ali zögerte, fügte er hinzu: »Wenn Sie es eilig haben, nach Hause zu fahren, würde ich das natürlich verstehen.«
»Nein, ich habe keine Eile«, sagte sie und blickte rechts und links die Promenade hinunter. »Wenn Sie glauben, dass das Wetter hält, könnten wir vielleicht zu dem Kiosk im Park gehen. Aber natürlich nur, wenn Sie sich dazu wohl genug fühlen.«
»Das wäre herrlich«, sagte der Major, obwohl er den Verdacht hegte, dass der Tee im Kiosk in Styroporbechern ausgeschenkt wurde und es dazu Kondensmilch in diesen kleinen Dingern gab, die kein Mensch aufbekam.

Wenn man, wie der Major und Mrs. Ali, die Promenade in ostwestlicher Richtung entlangging, durchschritt man wie auf einer dreidimensionalen Zeitleiste die Geschichte von Hazelbourne-on-Sea. Die Unterstände mit den trocknenden Netzen und die zum Kies hinaufgezogenen Fischerboote, bei denen der Major gesessen hatte, gehörten zur Altstadt, deren Häuser sich an engen Kopfsteinpflastergassen entlangschlängelten. In den schiefen Läden aus der Tudorzeit, deren Eichenbalken der Lauf der Zeit fast versteinert hatte, verstaubten die angehäuften Billigwaren.
Je weiter man ging, umso wohlhabender wurde die Stadt. Im mittleren Abschnitt der Promenade thronten die Kupferdächer des viktorianischen Piers, seine weißen Holzwände und das verschnörkelte Gusseisen wie eine riesige Zuckergusstorte über dem Ärmelkanal. Hinter dem Pier wurden die Häuser und Hotels imposant. Ihre Portiken und die dunklen

Markisen über den hohen Fenstern schienen einen gewissen Unmut über das flüchtige Treiben auf den dicken Teppichen in ihrem Inneren auszudrücken. Zwischen Hotels, die jeweils einen ganzen Häuserblock bildeten, lagen kleine, von Villen gesäumte Plätze und breite Straßen mit geschwungenen Stadthausfassaden. Der Major bedauerte sehr, dass diese Eleganz inzwischen von den dicht gedrängten, schräg durcheinander geparkten Autos, die an Sardinen in einer Fischkiste erinnerten, hoffnungslos verunstaltet wurde.

Hinter dem Hotel mit dem passenden Namen »Grand Hotel« fand der Gang durch die Stadtgeschichte ein abruptes Ende. Dort bildeten die ansteigenden Kreideklippen eine riesige Landspitze. Bei keinem seiner häufigen Spaziergänge entlang der Promenade versäumte es der Major, darüber nachzudenken, ob dies nicht ein Symbol war für die Hybris allen menschlichen Fortschritts und die Weigerung der Natur, sich ihm zu beugen.

In letzter Zeit hatte er manchmal Angst, der Spaziergang und seine Hypothese könnten sich so unentwirrbar miteinander verknüpft haben, dass sich beides wie Verrücktheit durch sein Hirn wand. Es war ihm beispielsweise unmöglich, im Gehen an die Ergebnisse der Pferderennen zu denken oder daran, dass er sein Wohnzimmer streichen lassen wollte. Er versuchte, es der Tatsache zuzuschreiben, dass er niemanden hatte, mit dem er über den Gedanken reden konnte. Vielleicht würde er das Thema Mrs. Ali gegenüber anschneiden, falls ihnen beim Tee der Gesprächsstoff ausgehen sollte.

Mrs. Ali schlenderte gemächlich dahin. Um sich ihrem Rhythmus anzupassen, begann der Major, leicht zu schlurfen. Er hatte vergessen, wie man eine Frau das Tempo bestimmen lässt.

»Gehen Sie gern spazieren?«, fragte er.

»Ja. Drei-, viermal in der Woche versuche ich, früh rauszugehen«, antwortete Mrs. Ali. »Ich bin die Verrückte, die während des morgendlichen Vogelkonzerts durch die Straßen wandert.«

»Eigentlich müssten wir anderen uns Ihnen anschließen. Die Vögel vollbringen jeden Morgen wahre Wunder – die ganze Welt sollte aufstehen und ihnen zuhören.« Spätnachts lag er oft wach, ans Bett gefesselt von einer Schlaflosigkeit, die zu gleichen Teilen aus Wachheit und Tod zu bestehen schien. Dann spürte er das Blut durch seine Adern strömen, konnte aber keinen Finger, keine Zehe rühren. Lag mit juckenden Augen da und suchte die halbdunkle Kontur des Fensters nach einem Anzeichen von Licht ab. Noch vor der ersten Spur von Helligkeit begannen die Vögel. Erst ein bisschen gewöhnliches Gezwitscher (Spatzen und dergleichen), dann vereinigte sich das Geträller und Gepiepse zu einem Wasserfall aus Musik, zu einem Chor, der aus den Sträuchern und Bäumen tönte. Der Klang löste seine Glieder, so dass er sich umdrehen und strecken konnte, und vertrieb alle Angst. Dann sah er zum Fenster hin, das der Gesang jetzt hell gefärbt hatte, und rollte sich zur Seite in den Schlaf.

»Trotzdem sollte ich mir wohl besser einen Hund anschaffen«, sagte Mrs. Ali. »Hundebesitzer hält niemand für verrückt, selbst wenn sie im Schlafanzug rausgehen.«

»Welches Buch haben Sie heute mitgenommen?«, fragte der Major.

»Kipling. Ein Kinderbuch, wie die Bibliothekarin mir mehrfach erklärte, aber die Erzählungen sind hier in der Gegend angesiedelt.« Sie zeigte ihm eine Ausgabe von *Puck vom Buchsberg*, einem Buch, das der Major schon oft gelesen hatte. »Bisher kannte ich nur seine indischen Sachen, *Kim* beispielsweise.«

»Ich habe mich selbst immer als eine Art Kipling-Liebhaber betrachtet«, sagte der Major. »Er ist ja heutzutage ein eher aus der Mode geratener Autor, nicht wahr?«

»Meinen Sie damit, dass er bei uns, den zornigen früheren Einheimischen des indischen Subkontinents, nicht beliebt ist?«, fragte Mrs. Ali mit hochgezogener Augenbraue.

»Nein, natürlich nicht ...« Der Major fühlte sich nicht dafür gerüstet, auf eine so direkte Bemerkung zu reagieren. Die Gedanken wirbelten durch seinen Kopf. Einen Moment lang glaubte er, er sähe Kipling, der sich im braunen Anzug und mit buschigem Schnurrbart am Ende der Promenade landeinwärts wandte. Er blickte blinzelnd geradeaus und betete darum, dass sich das Thema von selbst erledigen würde, wenn er nicht weiter darauf einging.

»Ich habe ihn tatsächlich schon seit Jahrzehnten nicht mehr gelesen«, sagte Mrs. Ali. »Für mich gehörte er zu denen, die sich weigern, über die eigentliche Bedeutung des Empires nachzudenken. Aber mit zunehmendem Alter wird mir mein Recht auf philosophische Nachlässigkeit immer wichtiger. Es ist unglaublich anstrengend, so rigoros zu bleiben, wie man es als junger Mensch war, finden Sie nicht?«

»Ich kann Ihrer Logik nur beipflichten«, erwiderte der Major und verkniff es sich, das Empire, dem sein Vater so stolz gedient hatte, zu verteidigen. »Ich persönlich habe kein Verständnis für dieses ewige Herumanalysieren an der politischen Einstellung eines Schriftstellers. Der Mann hat ungefähr fünfunddreißig Bücher geschrieben – sollen sie doch seine Texte analysieren!«

»Meinen Neffen wird es schon wahnsinnig machen, dass das Buch überhaupt im Haus ist«, sagte Mrs. Ali kaum merklich lächelnd.

Der Major wusste nicht recht, ob er nun Fragen zu ihrem Neffen stellen sollte. Er war zwar überaus neugierig, sah es aber nicht als sein Recht an, sich direkt nach dem Mann zu erkundigen. Sein Wissen über das Leben und die Familien seiner Freunde im Dorf hatte er sich nach und nach angeeignet. Die Informationen hatten sich aus beiläufigen Bemerkungen heraus wie Perlen aneinandergereiht, und oft vergaß er ältere Informationen, wenn neue dazukamen, so dass ihm nie das ganze Bild vor Augen stand. Er wusste beispielsweise, dass Alma und Alec Shaw eine Tochter in Südafrika hatten, aber ob deren Mann nun plastischer Chirurg in Johannesburg war oder von Kapstadt aus Plastik importierte – daran konnte er sich nicht erinnern. Er wusste, dass die Tochter vor Nancys Tod zum letzten Mal in der Heimat gewesen war, aber diese Information beinhaltete keinerlei Erklärung, sondern nur einen unausgesprochenen Schmerz.

»Haben Sie noch weitere Neffen oder Nichten?«, fragte er, besorgt, dass selbst in dieser nichtssagenden Höflichkeitsfloskel die Frage mitschwingen könnte, warum sie keine Kinder hatte, und Mrs. Ali sie womöglich als ungehörige Anspielung darauf verstand, dass sie doch bestimmt aus einer großen Familie komme.

»Ich habe nur diesen einen Neffen. Seine Eltern, der Bruder meines Mannes und seine Frau, haben drei Töchter und sechs Enkelinnen.«

»Dann ist Ihr Neffe also der Goldjunge der Familie.«

»Er war auch mal mein Goldjunge, als er noch klein war. Aber Ahmed und ich haben ihn offenbar schrecklich verzogen.« Sie drückte das Buch ein wenig fester an die Brust und seufzte. »Uns waren keine eigenen Kinder vergönnt, und Abdul Wahid war als kleiner Junge meinem Mann wie aus dem Gesicht geschnitten. Außerdem war er ein sehr verständiges und sensibles Kind. Ich dachte, aus ihm würde einmal ein Dichter werden.«

»Ein Dichter?« Der Major versuchte, sich den zornigen jungen Mann beim Verseschreiben vorzustellen.

»Als Abdul Wahid alt genug war, um in einem der Läden seiner Eltern mitzuhelfen, hat mein Schwager ihm die Flausen ausgetrieben. Wahrscheinlich war ich einfach naiv. Ich hätte so gern die Welt der Literatur und der Ideen mit ihm geteilt und an ihn weitergegeben, was man mich gelehrt hatte.«

»Ein edles Unterfangen«, sagte der Major. »Aber ich habe nach meiner Armeezeit in einem Internat Englisch unterrichtet und kann Ihnen sagen, dass es so gut wie unmöglich ist, Jungs über zehn zum Lesen zu bewegen. Die meisten besitzen kein einziges Buch, wissen Sie.«

»Das kann ich mir gar nicht vorstellen«, erwiderte Mrs. Ali. »Ich bin mit einer tausendbändigen Bibliothek groß geworden.«

»Wirklich?« Er hatte nicht so skeptisch klingen wollen, aber von Lebensmittelhändlerinnen mit großen Bibliotheken hatte er noch nie gehört.

»Mein Vater war Akademiker«, sagte Mrs. Ali. »Nach der Teilung von Britisch-Indien kam er hierher, um Angewandte Mathematik zu unterrichten. Meine Mutter erzählte immer, sie habe nur zwei Kochtöpfe und ein Foto ihrer Eltern mitnehmen dürfen. In allen anderen Koffern waren Bücher. Es war meinem Vater sehr wichtig, möglichst alles zu lesen.«

»Alles?«

»Ja, Literatur, Philosophie, Naturwissenschaften – ein hoffnungslos romantisches Bestreben natürlich, aber er hat wirklich Unmengen gelesen.«

»Ich versuche, so in etwa ein Buch pro Woche zu schaffen«, sagte der Major. Er war ziemlich stolz auf seine kleine Sammlung vorwiegend ledergebundener Ausgaben, die er in London bei den ein, zwei guten Buchhandlungen erstanden hatte, die es in der Charing Cross Road noch gab. »Ich muss aber gestehen, dass ich inzwischen vor allem meine alten Lieblinge wieder lese – Kipling, Johnson. Die Großen sind einfach mit nichts zu vergleichen.«

»Sie bewundern tatsächlich Samuel Johnson, Major?« Mrs. Ali lachte. »Dabei hatte er es doch so gar nicht mit der Körperhygiene und benahm sich dem armen Boswell gegenüber so rüpelhaft.«

»Leider bedingen sich Genie und mangelnde Körperhygiene sehr oft gegenseitig«, gab der Major zurück. »Es wäre ein schwerer Fehler, die Großen mit dem Bade gesellschaftlicher Feinheiten auszuschütten.«

»Wenn sie nur hin und wieder ein Bad nehmen würden!«, sagte Mrs. Ali. »Sie haben natürlich recht, aber ich sage mir, dass es ganz egal ist, was wir lesen, wer unsere Lieblingsautoren sind und für welche speziellen Themen wir uns interessieren, solange wir überhaupt lesen. Nicht einmal, dass man die Bücher besitzt, ist wichtig.« Sie strich mit der Hand über den gelben Kunststoffeinband des Bibliotheksbuchs. Sie wirkte traurig.

»Und die Bibliothek Ihres Vaters?«

»Weg. Nach seinem Tod erschienen meine Onkel aus Pakistan und kümmerten sich um den Nachlass. Eines Tages kam ich von der Schule heim, und meine Mutter und meine Tante wischten gerade die leeren Regale ab. Meine Onkel hatten die Bücher nach Gewicht verkauft. Es roch nach Rauch, und als ich zum Fenster lief ...« Sie stockte und holte tief Luft.

Erinnerungen sind wie Grabgemälde, dachte der Major. Egal, wie viele Schlamm- und Sandschichten die Zeit darübergebreitet hat, die Farben bleiben immer leuchtend. Man braucht nur an ihnen zu kratzen, schon sind sie wieder da, flammend rot.

Mrs. Ali blickte den Major mit gerecktem Kinn an. »Ich kann Ihnen nicht sagen, wie gelähmt ich mich fühlte, wie sehr ich mich schämte, als ich zusah, wie meine Onkel im Garten Bücher in den Verbrennungsofen warfen. Ich schrie meine Mutter an, sie solle sie aufhalten, aber sie ließ nur den Kopf hängen und schüttete die nächste Ladung Seifenwasser über das Holz.« Mrs. Ali blieb stehen und richtete den Blick aufs Meer. Die Wellen schwemmten schmutzigen Schaum auf die bucklige braune Sandfläche, die erkennen ließ, dass gerade Ebbe herrschte.

Der Major atmete den durchdringenden Geruch des gestrandeten Tangs ein und überlegte, ob er Mrs. Ali den Rücken tätscheln sollte.

»Das tut mir sehr leid«, sagte er.

»Nicht zu fassen, dass ich Ihnen das erzählte habe«, erwiderte Mrs. Ali. Sie wandte sich wieder ihm zu und rieb sich einen Augenwinkel. »Entschuldigen Sie bitte. Ich werde allmählich wirklich eine närrische alte Frau.«

»Alt kann man sie wohl kaum nennen, meine liebe Mrs. Ali. Sie befinden sich in der Blüte Ihrer reifen Frauenjahre, würde ich sagen.« Es klang ein bisschen überzogen, aber er hoffte, sie damit zum Erröten zu bringen. Stattdessen lachte sie laut auf.

»Ich habe noch nie gehört, dass jemand die Falten und Fettablagerungen des fortgeschrittenen mittleren Lebensalters mit einer solchen Schicht Schmeichelei verspachtelt, Major!«, sagte sie. »Ich bin achtundfünfzig Jahre alt und habe meine Blüte überschritten. Bleibt nur zu hoffen, dass ich jetzt zu einem dieser ewig haltbaren Strohblumensträuße vertrockne.«

»Ich bin zehn Jahre älter als Sie«, erwiderte der Major. »Da kann man mich wohl nur noch als Fossil bezeichnen.«

Sie lachte noch einmal auf, und der Major hatte das Gefühl, dass es nichts Wichtigeres und Erfüllenderes gab, als Mrs. Ali zum Lachen zu bringen. Seine Sorgen schwanden dahin, während sie die Eisstände und Kassenhäuschen des Piers hinter sich ließen. Sie folgten mehreren neu angelegten Kurven auf der Promenade. Der Major verkniff sich seine übliche Tirade gegen die Unbedarftheit der jungen Architekten, die sich von der geraden Linie unterdrückt fühlten. Heute war ihm nach Walzertanzen zumute.

Sie erreichten die große Gartenanlage, die als einfaches Beet voller gelber Chrysanthemen begann und sich, von zwei immer breiter werdenden Wegen gesäumt, zu einem langgezogenen Dreieck mit verschiedenen Arealen und Ebenen ausdehnte. In einem abgesenkten Rechteck inmitten eines Rasenstücks stand ein Musikpavillon. Leere Liegestühle ließen ihre Segeltuchbespannung im Wind flattern. Die Stadtverwaltung hatte gerade die dritte oder vierte Garnitur todgeweihter Palmen in Pflanzbehälter aus Beton setzen lassen. Unter den Stadträten herrschte der unerschütterliche Glaube, die Stadt mit Hilfe von Palmen in ein mediterran anmutendes Paradies verwandeln und eine wesentlich bessere Gästeklientel anlocken zu können. Die Palmen gingen innerhalb kürzester Zeit ein. Die Tagestouristen mit den billigen T-Shirts wurden weiterhin busweise angekarrt und maßen ihre heiseren Stimmen mit denen der Möwen. Am Ende der Gartenanlage kickte auf einem kleinen, runden, zum Meer hin offenen Rasenstück ein dünner, dunkelhäutiger Junge von vier, fünf Jahren einen kleinen roten Ball vor sich her. Er spielte so, als wäre es eine einzige Mühsal. Nach einem heftigen Tritt prallte der Ball gegen eine niedrig angebrachte Bronzetafel, die in erhabenen glänzenden Buchstaben »Ballspielen verboten« verkündete, und kullerte auf den Major zu. Der wollte ihn, fröhlich gestimmt, wie er war, zurückschlenzen, traf ihn aber nur mit dem Außenrist. Der Ball prallte seitlich ab, stieß gegen einen Zierstein und rollte geschwind unter eine dichte Hortensienhecke.

»Hey, Fußball ist hier nicht erlaubt!« Das Gebrüll kam aus einem kleinen grünen Kiosk mit Pagodendach und Fensterläden aus Kupfer, in dem Tee und diverse Kuchen verkauft wurden.

»Entschuldigung, Entschuldigung!«, sagte der Major und fuchtelte mit den Händen durch die Luft, um sowohl die graugesichtige dicke Dame hinter dem Kioskfenster als auch den kleinen Jungen zu beschwichtigen, der die Hortensien anstarrte, als wären sie undurchdringlich wie ein schwarzes Loch. Der Major lief zur Hecke hinüber und bückte sich auf der Suche nach einem roten Farbfleck.

Plötzlich ertönte eine schneidende Stimme. »Ein schöner Park ist das, in dem ein Sechsjähriger nicht Fußball spielen darf!«

Der Major hob den Blick und sah eine junge Frau, die zwar offensichtlich indische Wurzeln hatte, aber die globale Uniform der desillusionierten Jugend trug. Sie steckte in einem zerknitterten Parka von der Farbe einer Ölpfütze und in langen, gestreiften Leggings, die sie in Bikerstiefel gestopft hatte. Das kurzgeschnittene Haar stand in steifen Strähnchen vom Kopf ab, als wäre sie gerade eben aus dem Bett gekrochen, und ihr eigentlich hübsches, jetzt der Kioskbesitzerin zugewandtes Gesicht war von Streitlust verzerrt.

»Wenn hier alle Kinder den ganzen Tag mit dem Ball rumtrampeln, gibt's bald keine Blumen mehr«, sagte die Kioskdame. »Ich weiß ja nicht, wie es da zugeht, wo Sie herkommen, aber wir hier bemühen uns jedenfalls, dass alles schön und ansehnlich bleibt.«

»Was soll das denn heißen?«, fragte die junge Frau finster. Der Major erkannte den rauhen Tonfall des Nordens, den er mit Marjorie assoziierte. »Was meinen Sie damit?«

»Gar nichts meine ich damit«, entgegnete die Dame. »Was regen Sie sich so auf? Ich hab die Vorschriften nicht erfunden!«

Der Major hob den leicht verschmutzten Ball auf und reichte ihn dem Kleinen.

»Danke«, sagte der Junge. »Ich heiße George und mag Fußball eigentlich gar nicht.«

»Ich auch nicht«, sagte der Major. »Die einzige Sportart, die mich wirklich interessiert, ist Cricket.«

»Flohhüpfen ist auch ein Sport«, erklärte George sehr ernsthaft. »Aber meine Mum hat gesagt, dass ich vielleicht die Plättchen verliere, wenn ich sie in den Park mitnehme.«

»Jetzt, wo du es sagst, fällt mir auf, dass ich noch nie in einem Park ein Schild gesehen habe, auf dem ›Flohhüpfenspielen verboten‹ steht. Also ist das vielleicht gar keine schlechte Idee.« Als der Major sich aufrichtete, kam die junge Frau angerannt.

»George, ich habe dir schon tausendmal gesagt, du sollst nicht mit fremden Männern reden!«, rief sie in einem Ton, der sie als die Mutter des Jungen auswies und nicht als seine ältere Schwester, wie der Major angenommen hatte.

»Verzeihen Sie bitte«, sagte er. »Es war ganz allein mein Fehler. Ist schon eine Weile her, dass ich das letzte Mal Fußball gespielt habe.«

»Soll sich um ihre eigenen Angelegenheiten kümmern, die

blöde alte Kuh«, blaffte die junge Frau in einer Lautstärke, die ihre Worte bis zum Kiosk trug. »Glaubt wohl, sie hat 'ne Uniform an statt 'ner Schürze.«

»Sehr bedauernswert, das Ganze«, erklärte der Major so zurückhaltend wie möglich. Eventuell, dachte er, würden Mrs. Ali und er sich eine andere Quelle für ihren Tee suchen müssen. Die Dame vom Kiosk starrte wütend auf die kleine Gruppe.

Da ertönte eine ruhige Stimme. »Die Welt ist voll mit lauter kleinen Blödsinnigkeiten.« Plötzlich stand Mrs. Ali neben dem Major und sah die junge Frau mit strengem Blick an. »Wir sollten uns alle bemühen, sie zu ignorieren, damit sie klein bleiben, finden Sie nicht?«

Der Major wappnete sich schon gegen eine beleidigende Antwort, doch zu seiner Überraschung reagierte die junge Frau mit einem feinen Lächeln.

»Solche Sachen hat meine Mum auch immer gesagt.«

»Aber auf unsere Mütter hören wir natürlich nicht«, sagte Mrs. Ali lächelnd. »Oder zumindest erst dann, wenn wir längst selbst Mütter sind.«

»Wir müssen los, George, sonst kommen wir zu spät zum Abendessen«, sagte die junge Frau. »Verabschiede dich von den netten Leuten.«

»Ich bin George, auf Wiedersehen«, sagte der Junge zu Mrs. Ali.

Die erwiderte: »Sehr angenehm, ich bin Mrs. Ali.« Die junge Frau zuckte zusammen und betrachtete Mrs. Ali genauer. Einen Moment lang zögerte sie, als wollte sie etwas sagen, beschloss dann aber offenbar, sich nicht vorzustellen. Stattdessen ergriff sie Georges Hand und eilte mit ihm Richtung Innenstadt davon.

»Ziemlich schroff, die junge Frau«, meinte der Major. Mrs. Ali seufzte. »Ich empfinde eher Bewunderung, wenn sich jemand weigert, vor Autoritätspersonen einzuknicken, aber leichter macht es das Leben wahrscheinlich nicht.«

Die Dame vom Kiosk war noch immer sauer und murmelte irgendetwas über Leute vor sich hin, die inzwischen glaubten, die Stadt gehöre ihnen. Der Major straffte seine Schultern noch ein wenig mehr und erhob im achtunggebietendsten Tonfall, der ihm zur Verfügung stand, das Wort – in dem Tonfall, mit dem er einst einen Raum voller kleiner Jungen zum Schweigen gebracht hatte.

»Trügen mich meine Augen oder sind das richtige Tassen, die Sie da für den Tee verwenden?« Er deutete mit dem Griff des Spazierstocks auf mehrere dicke Steingutbecher, die neben einer großen braunen Teekanne aufgereiht waren.

»Ich halte nichts von diesen Styropordingern«, sagte die Frau, und ihre Miene wurde ein klein wenig weicher. »In denen schmeckt der Tee wie Möbelpolitur.«

»Da haben Sie recht! Wir hätten gern zweimal Tee, bitte schön.«

»Ganz frischen Zitronenkuchen hätte ich da«, bemerkte die Kioskdame, während sie zwei Becher mit dunkelrotem Tee füllte. Als der Major nickte, war sie schon dabei, zwei dicke Scheiben abzuschneiden.

Sie tranken ihren Tee an einem kleinen Metalltisch im Schutz einer wuchernden, von welken Herbstblüten ganz rostig aussehenden Hortensie. Beide schwiegen, und Mrs. Ali aß ihr Stück Kuchen, ohne auch nur im mindesten verlegen daran herumzunagen, wie es manch andere Damen zu tun pflegten. Der Major blickte aufs Meer und spürte einen seinem Leben in letzter Zeit ganz fremden Anflug von Zufriedenheit. Ein Gin Tonic mit Alec und den anderen an der Bar im Golfclub gab ihm jedenfalls nicht annähernd die innere Ruhe, dieses leise glimmende Glücksgefühl, das ihn jetzt erfüllte. Plötzlich wurde ihm bewusst, dass er oft einsam war, selbst inmitten vieler Freunde. Er atmete tief aus. Es musste wie ein Seufzer geklungen haben, denn Mrs. Ali hob, ihren Teebecher am Mund, den Blick.

»Entschuldigen Sie, ich habe gar nicht gefragt, wie es Ihnen

geht«, sagte sie. »Das Gespräch mit dem Anwalt heute ist Ihnen bestimmt nicht leichtgefallen.«
»Um diese Dinge muss man sich eben kümmern«, sagte der Major. »Aber ein ziemliches Durcheinander ist es schon. Die Leute nehmen sich oft nicht die Zeit, um klare Anweisungen zu hinterlassen, und dann müssen die Testamentsvollstrecker alles in Ordnung bringen.«
»Ach, die Testamentsvollstrecker.« Der trockene, zischende Ton, in dem sie das Wort aussprach, beschwor die Vorstellung von graugesichtigen Männern herauf, die in durchwühlten Zimmern herumtapsten und nach Gegenständen von gleichem Wert suchten.
»Zum Glück bin ich der Testamentsvollstrecker für meinen Bruder«, sagte der Major. »Allerdings hat er ein, zwei Dinge im Ungefähren gelassen. Ich fürchte, ich werde einige heikle Verhandlungen führen müssen, um die Dinge ins Lot zu bringen.«
»Es ist ein Glück für Ihren Bruder, einen so integeren Testamentsvollstrecker zu haben.«
»Nett, dass Sie das sagen.« Der Major gab sich Mühe, um nicht auf seinem Stuhl hin und her zu rutschen, denn er hatte plötzlich Gewissensbisse. »Ich werde natürlich so fair wie nur irgend möglich vorgehen.«
»Aber Sie müssen schnell sein«, fuhr Mrs. Ali fort. »Noch bevor Sie ein Bestandsverzeichnis anlegen können, ist das Silber weg, die Tischdecken liegen auf anderer Leute Tischen, und das kleine Messing-Einhorn auf seinem Schreibtisch, das, außer für Sie, so gut wie keinen Wert hat – puff, schon wird es eingesackt, und wenn Sie danach fragen, kann sich niemand auch nur daran erinnern.«
»Also, ich glaube nicht, dass meine Schwägerin sich für so etwas hergeben würde ...« Plötzlich packte ihn die Angst. »Bei einem Gegenstand von beträchtlichem Wert, meine ich. Ich glaube nicht, dass sie einen solchen Gegenstand möglichst schnell verkaufen würde.«

»Und alle wissen genau, was passiert ist, aber keiner wird jemals darüber sprechen, und die Familie lebt weiter mit ihren Geheimnissen, die zwar unsichtbar sind, aber quälend wie Sand im Schuh.«

»Man müsste es gesetzlich verbieten«, meinte der Major. Mrs. Ali tauchte aus ihren Gedanken auf und sah ihn blinzelnd an.

»Es gibt zwar das Landrecht«, sagte Mrs. Ali. »Aber vorhin sprachen wir über den Druck, den die Familie ausübt. Ersteres mag das älteste Verfassungsdokument sein, Major, aber Letzteres ist unveränderlich.« Der Major nickte, obwohl er keine Ahnung hatte, wovon sie sprach. Mrs. Ali spielte mit ihrem leeren Teebecher herum, indem sie fast lautlos damit auf den Tisch klopfte. Dem Major war, als hätte sich ihre Miene verdüstert, aber vielleicht lag es nur am Wetter, denn der Himmel bewölkte sich allmählich.

»Mit dem guten Wetter ist es offenbar vorbei«, sagte er und wischte sich ein paar Krümel von den Schenkeln. »Sollen wir nicht besser zurückfahren?«

Schweigend gingen sie zum Auto. Die Stimmung zwischen ihnen war ein bisschen unbehaglich, als wären sie zu tief in persönliche Bereiche eingedrungen. Der Major hätte Mrs. Ali gern um ihre Meinung über seine Lage gebeten, weil er sicher war, dass sie ihm recht geben würde, aber so schnell, wie sie dahinschritt, war sie noch immer in ihre eigenen Gedanken versunken. Er hatte nicht vor, weitere Fragen zu ihrem Leben zu stellen. Es herrschte ja jetzt schon eine prekäre Intimität, so als hätte er sie in einer Menschenmenge angerempelt. Und genau das war einer der Gründe, warum er seit Nancys Tod Frauen aus dem Weg gegangen war. Ohne das Schutzschild einer Ehefrau konnten selbst die ungezwungensten Gespräche mit Frauen plötzlich in einen Morast aus verschämten Bemerkungen und falsch kommunizierten Absichten geraten. Der Major aber zog es vor, sich möglichst nicht zur Witzfigur zu machen.

Heute allerdings verhinderte eine hartnäckige Leichtsinnigkeit sein übliches entschlossenes Zurückweichen. Auf dem Weg zum Auto ging ihm ohne Unterlass der Satz »Fahren Sie nächste Woche wieder in die Stadt?« durch den Kopf, aber er konnte sich nicht überwinden, ihn auszusprechen. Als sie das kleine blaue Auto erreicht hatten, durchfuhr ihn eine stechende Traurigkeit. Mrs. Ali beugte sich hinunter und schloss die Tür auf. Wieder bewunderte er ihre glatte Stirn und das glänzende, vom Kopftuch umrahmte Haar. Sie spürte seinen Blick, sah zu ihm hoch und richtete sich auf. Er bemerkte, dass ihr Kinn von der Kante des Wagendachs verdeckt war. Sie war keine großgewachsene Frau.

»Major«, sagte sie, »dürfte ich mit Ihnen vielleicht noch einmal über Kipling sprechen, wenn ich mein Buch gelesen habe?« Der Himmel begann, dicke Tropfen zu spucken, eine kalte Bö wehte ihm Schmutz und Abfall ans Bein. Seine Traurigkeit verschwand, und er dachte, welch herrlicher Tag dies doch war.

»Ich würde mich sehr, sehr freuen, gnädige Frau. Ich stehe jederzeit zu Ihrer Verfügung.«

Sechstes Kapitel

Der Golfclub lag an der dem Meer zugewandten Seite der Kreidehügellandschaft, auf einer niedrigen Landspitze, die in einem Wulst grasbewachsener Sanddünen auslief. Die Grüns rangierten in ihrer Qualität von dichtem, grünem, perfekt gestutztem Rasen bis hin zu braunen, von Dünengras durchsetzten Flecken, auf denen man bei entsprechenden Windstößen gerne völlig unerwartet einen Schwall Sand ins Gesicht bekam. Das dreizehnte Loch war berühmt für Lady Eunice, ein gewaltiges Romney-Marsh-Schaf, das die Grashalme kurz hielt, so weit die rostige Kette es zuließ. Den Besuchern, und vor allem den wenigen Amerikanern, die ab und an in den Golfclub kamen, wurde gern erzählt, es sei üblich, mit den großen Schafköttelln Übungsschläge zu absolvieren. In einer kleinen, auf einen Holzpfosten montierten Kiste lagen darum eine rostige Schaufel zum Aufsammeln des Schafmists sowie eine handbetriebene Golfball-Waschmaschine. Einige neue Mitglieder hatten sich bereits über Eunice beschwert. In der jüngsten Ära der Weltklasse-Golfresorts und der zunehmend beliebten Firmenausflüge auf den Golfplatz befürchteten sie, das Tier verleihe dem Club das Image eines Minigolfvereins. Der Major gehörte zu denen, die sich für Eunice einsetzten und die Ansicht vertraten, die Haltung der Neumitglieder zeuge von den schlechten Auswahlkriterien seitens des Aufnahmekomitees. Außerdem bezeichnete er Eunice gern als »umweltfreundlich«.

Das frühmorgendliche Licht und der Geruch von Meer und Gras gaben dem Major neuen Schwung. Verstohlen verpasste er Eunice einen kleinen Klaps und scheuchte sie von dem Grün, an dessen südlichem Rand sein Ball lag. Alec mähte

mit seinem Wedge das Dünengras wie mit einer Sichel; die kahle Stelle an seinem Kopf glänzte dabei im kühlen Sonnenschein. Geduldig wartete der Major, den Putter auf der Schulter, und genoss den Anblick der sanft geschwungenen Bucht: kilometerlanger Sandstrand und endloses, vom trüben Licht silbrig gefärbtes Wasser.
»Verdammtes Gras, macht einen völlig fertig!«, rief Alec und trampelte, rot im Gesicht, mit seinen Spikes ein paar Büschel nieder.
»Aufpassen, alter Freund, sonst hast du die Damen vom Umweltschutzkomitee am Hals«, sagte der Major.
»Verdammte Weiber mit ihren verdammten Dünenbiotopen!« Alec stampfte noch heftiger. »Wieso können die nicht einfach alles lassen, wie es ist?« Die Clubdamen machten sich seit einiger Zeit für einen verantwortungsbewussteren Umgang mit dem Golfplatz stark. Am Schwarzen Brett hingen neuerdings mehrere am Heimcomputer entworfene Plakate mit der Aufforderung an die Mitglieder, sich von den Dünen fernzuhalten und auf Wildvogelnester zu achten. Alecs Frau Alma zählte zu den engagiertesten Aktivistinnen, und der Clubvorstand hatte reagiert, indem er Alec mit der Leitung eines Unterausschusses »Umweltangelegenheiten« beauftragte – einem Amt, unter dessen Last der arme Mann sichtlich zusammenzubrechen drohte.
»Wie geht es Alma?«, fragte der Major.
»Sie lässt mich einfach nicht in Ruhe.« Alec war jetzt auf allen vieren und fuhr mit den Händen in die Grasbüschel. »Sie macht mich ganz verrückt mit diesem Umweltschwachsinn und jetzt auch noch mit dem Ball.«
»Ah, der alljährliche Ball.« Der Major lächelte; er wusste, dass er gemein war. »Und welches Thema haben wir dieses Jahr?« Den Major ärgerte es sehr, dass aus den einstmals kultivierten Schwarz-Weiß-Bällen mit Steaks und einer guten Band von Mal zu Mal aufwendigere Themenabende geworden waren.

»Sie haben sich noch nicht entschieden.« Alec gab auf. Er erhob sich und klopfte den Schmutz von seiner Golfhose.
»Wird schwer werden, ›Die letzten Tage von Pompeji‹ zu überbieten«, sagte der Major.
»Erinnere mich nicht daran«, bat Alec. »Ich habe heute noch Alpträume von diesem Gladiatorenkostüm, in das Alma mich damals gesteckt hat.« Alma hatte sich von einem Londoner Geschäft unbesehen Kostüme ausgeliehen, und der arme Alec musste den ganzen Abend hindurch in einem Metallhelm herumscheppern, der so eng saß, dass ihm der Hals schwoll. Für sich selbst hatte Alma ein Isis-Kostüm kommen lassen, das sich als grellbunte durchsichtige Hetärentoga entpuppte. Der violette Rollkragenpulli und die Radlershorts, die sie dem Kostüm rasch hinzugefügt hatte, vermochten den Gesamteindruck nur unwesentlich zu verbessern.
In Kombination mit kostenlosen Getränken bis Mitternacht hatte das Thema des Abends damals zu einem geradezu grotesken Niveauverlust geführt. Das übliche sowohl erwartete als auch erwünschte Geschäker, die neckischen Komplimente und das gelegentliche Kneifen in einen Po hatten sich zu offenen Ausschweifungen aufgeschaukelt. Der alte Mr. Percy war so betrunken gewesen, dass er seinen Spazierstock von sich warf und schließlich, während er eine kreischende Frau über die Terrasse jagte, in eine Glastür stürzte. Hugh Whetstone und seine Frau hatten sich lautstark an der Bar gestritten und waren mit jeweils anderer Begleitung gegangen. Selbst Pater Christopher, in Ledersandalen und einem Hanfgewand, hatte ein bisschen zu viel getrunken, saß stumm auf einem Stuhl und versuchte, die Bedeutung eines langen senkrechten Risses in der Wand zu erkennen. Daisy hatte ihn zum Schluss fast zum Taxi schleppen müssen. Die Sonntagspredigt hatte damals in einem Aufruf zu einer asketischeren Lebensweise bestanden und war in heiserem Flüsterton gehalten worden. Die gesamte Veranstaltung war eines angesehenen Golfclubs gänzlich unwürdig gewesen. Der Major hatte mit

dem Gedanken gespielt, einen Protestbrief zu verfassen, und sich in Gedanken bereits mehrere ernste, aber launige Versionen zurechtgelegt.
»Könnten wir dieses Jahr doch nur wieder einen eleganten Ball abhalten«, sagte er. »Ich habe es satt, meinen Smoking zu tragen und ständig gefragt zu werden, als was ich mich verkleidet habe.«
»Das soll heute Vormittag in einer Besprechung geklärt werden. Du kannst ja, wenn wir reingehen, kurz vorbeischauen und deinen Vorschlag unterbreiten.«
»Ganz bestimmt nicht«, entgegnete der Major entsetzt.
»Aber vielleicht könntest du in einer ruhigen Minute mit Alma darüber sprechen?« Alec schnaubte nur, zog einen Ball aus der Tasche und ließ ihn über die Schulter hinweg auf den Rand des Grüns fallen.
»Ein Strafschlag macht für dich vier über Par, oder?«, fügte der Major hinzu und trug das Ergebnis in das kleine lederne Scorebook ein, das er in der Brusttasche seiner Golfjacke mit sich trug. Er lag jetzt komfortable fünf Schläge vorn.
»Sagen wir, der Sieger spricht mit meiner Frau«, sagte Alec grinsend. Der Vorschlag machte dem Major zu schaffen. Er legte das Scorebook weg und nahm die Ansprechhaltung ein. Er schlug ein wenig hastig und toppte den Ball, der dann aber, nachdem er über eine blühende Pusteblume hinweggesprungen war, trotzdem im Loch landete.
»Tja, guter Schlag«, sagte Alec.

Am sechzehnten Loch, einer kargen Fläche vor einer mit stahlgrauem Wasser gefüllten Kiesgrube, fragte Alec, wie es ihm gehe.
»Ach, weißt du, die Erde dreht sich weiter«, sagte der Major zu Alecs Rücken. Alec konzentrierte sich auf seinen Schlag.
»Mal habe ich einen guten Tag, mal einen schlechten.« Alec schlug kraftvoll ab, und der Ball flog geradewegs fast bis zum Grün.

»Freut mich, dass es dir wieder bessergeht«, sagte Alec. »Begräbnisse sind was Schlimmes.«
»Danke.« Der Major trat vor, um seinen Ball auf das Tee zu legen. »Und was tut sich bei euch?«
»Angelica, dem Baby unserer Tochter, geht es jetzt viel besser. Das Bein konnte gerettet werden.« Es entstand eine kurze Pause, weil der Major sich nun seinerseits wieder in Ansprechposition begab und einen leicht verzogenen Drive vollführte, der den Ball nur bis zum Rand des Fairways brachte.
»Krankenhäuser sind was Schlimmes«, sagte der Major.
»Ja, danke.« Sie nahmen ihre Golftaschen und begannen, den grasbewachsenen Hang hinunterzugehen.

Als sie vom achtzehnten Loch zum Clubhaus zurückkamen, sah der Major, dass die große Uhr über dem Terrassenportikus 11:45 anzeigte. Alec tat so, als vergliche er die Zeit mit der auf seiner Armbanduhr.

»Ah, genau richtig für einen Drink und eine Kleinigkeit zu essen«, rief er. Er sagte das jede Woche, ganz egal, wann die beiden mit ihrer Runde fertig waren. Einmal waren sie schon um elf Uhr an der Bar gesessen. Diese Erfahrung hätte der Major nur sehr ungern wiederholt. Da es erst ab zwölf Uhr Mittagessen gab, hatten sie beide mehrere Drinks zu sich genommen, die ihm, zusammen mit dem Glas Wein zu den Hühnerklößchen in Rahmsauce, hinterher starke Magenbeschwerden bereiteten.

Sie stellten ihre Golfwagen in dem praktischen, seitlich am Gebäude angebauten Schuppen unter und überquerten die Terrasse in Richtung Grill-Bar. Als sie das Solarium passierten – das die Damenbar gewesen war, bevor der Club Frauen den Aufenthalt im Restaurant erlaubte –, klopfte jemand an die Glasscheibe, und eine schrille Stimme ertönte.

»Huu-huu, Alec, komm doch bitte mal rein!« Das war Alma, die sich jetzt heftig winkend aus einem Kreis von Damen löste, die um einen langen Tisch herum saßen. Auch Daisy Green kommandierte die beiden Männer mit einer Geste zu

sich. Die anderen Frauen drehten ihre hutgeschmückten Köpfe und fixierten Alec und den Major mit kaltem Blick.
»Sollen wir abhauen?«, flüsterte Alec und winkte seiner Frau weiterhin zu, obwohl er sich gleichzeitig in Richtung Bar zu verdrücken suchte.
»Ich halte es für aussichtslos«, wandte der Major ein und ging auf die Glastür zu. »Aber keine Sorge, ich steh dir bei.«
»Wir könnten doch so tun, als müssten wir dringend auf die Toilette ...«
»Du meine Güte, Mann – es ist doch nur deine eigene Frau«, sagte der Major. »Los jetzt, reiß dich am Riemen!«
»Wenn ich mich noch mehr am Riemen reiße, schnüre ich mir die Luft ab«, erwiderte Alec. »Aber bitte, wenn du meinst – treten wir dem Feind entgegen!«

»Wir brauchen die Meinung eines Gentleman«, sagte Daisy Green. »Sind Ihnen alle diese Damen bekannt?«
Sie machte eine Handbewegung, die sämtliche Versammelten umfasste. Ein, zwei unbekannte Gesichter waren darunter, aber diese Frauen schienen sich zu sehr vor Daisy zu fürchten, als dass sie es wagten, sich vorzustellen.
»Dauert das lange?«, wollte Alec wissen.
»Wir müssen uns heute auf das Thema festlegen«, erklärte Daisy, »und wir haben ein, zwei unterschiedliche Ideen. Ich glaube zwar, dass mein Vorschlag eine, sagen wir, große Anhängerschaft hat, aber ich finde, wir sollten alle Optionen prüfen.«
»Und Sie sollen sagen, was Ihnen am besten gefällt«, fügte Grace hinzu.
»In rein beratender Funktion natürlich«, sagte Daisy und warf der errötenden Grace einen bösen Blick zu. »Zur Intensivierung unserer eigenen Überlegungen.«
»Wir haben, um ehrlich zu sein, gerade eben draußen auf dem Platz über den Ball gesprochen«, erklärte der Major. »Und wir waren uns darin einig, dass es schön wäre, ihn so zu ver-

anstalten wie früher. Abendgarderobe, Champagner und so fort.«

»Eine Art Noël-Coward-Themenabend?«, fragte eine der unbekannten Damen, eine ziemlich junge Frau mit roten Haaren und dickem Make-up, das ihre Sommersprossen aber nicht abzudecken vermochte. Der Major überlegte, ob es möglicherweise eine unausgesprochene Anordnung von Daisy gab, wonach jüngere Frauen hässliche Anglerhüte aufsetzen und sich älter machen mussten, um ihren Komitees beitreten zu dürfen.

»Noël Coward steht als Thema nicht zur Debatte«, sagte Daisy.

»Abendgarderobe ist kein Thema, sondern die von Menschen mit Lebensart bevorzugte Kleidung«, erklärte der Major.

Ein Abgrund von Schweigen tat sich auf. Der jungen Frau mit dem hässlichen Hut blieb der Mund so weit offen stehen, dass der Major eine Füllung in einem hinteren Backenzahn erkennen konnte. Grace hustete in ein Taschentuch. Einen Augenblick lang hielt der Major es für möglich, dass sie lachte. Daisy schien irgendwelche Notizen auf ihrem Klemmbrett durchzusehen, aber ihre Finger krallten sich dabei so fest in die gewellte Tischkante, dass die Knöchel weiß wurden.

»Also, eigentlich will er damit sagen, dass ...« Alec verstummte, als wäre ihm in eben diesem Moment eine durch und durch diplomatische Erklärung entfallen.

»Soll das etwa heißen, dass Sie unseren Bemühungen ablehnend gegenüberstehen, Major?«, fragte Daisy mit leiser Stimme.

»Das heißt es ganz und gar nicht«, sagte Alec. »Hören Sie, meine Damen, es wird das Beste sein, uns einfach aus dem Spiel zu lassen. Solange es kostenlose Getränke gibt, sind wir mit allem zufrieden, stimmt's, Pettigrew?« Der Major spürte sich diskret am Arm gezupft; Alec blies zum Rückzug. Der Major wandte sich von ihm ab und sagte, den Blick auf Daisy

gerichtet: »Ich wollte damit Folgendes sagen, Mrs. Green: Das Thema im letzten Jahr war zwar überaus kreativ ...«
»Ja, absolut kreativ und sehr, sehr unterhaltsam«, unterbrach ihn Alec.
»... aber nicht alle Gäste benahmen sich so manierlich, wie Sie es sicherlich erwartet hatten.«
»Das ist wohl kaum die Schuld des Komitees«, sagte Alma.
»Durchaus nicht. Nichtsdestotrotz war es erschütternd, Damen Ihrer gesellschaftlichen Stellung dem flegelhaften Benehmen ausgesetzt zu sehen, das durch die bei Kostümpartys gelegentlich waltende Zügellosigkeit angefacht wird.«
»Da haben Sie völlig recht, Major«, erklärte Daisy. »Ich muss sagen, ich finde den Einwand des Majors so gut, dass wir unsere Themen noch einmal überdenken sollten.«
»Danke«, sagte der Major.
»Meiner Meinung nach erfordert eines unserer Themen, und nur dieses eine, angemessene Schicklichkeit und gute Umgangsformen. Ich denke, ›Die wilden zwanziger Jahre‹ können wir genauso streichen wie ›Brigadoon‹.«
»Aber ›Brigadoon‹ ist doch nun wirklich über jeden Zweifel erhaben!«, wandte Alma ein. »Und die Volkstänze würden so viel Spaß machen!«
»Männer in Kilts, die sich in die Heidebüsche schlagen? Ich muss sagen, du überraschst mich, Alma«, sagte Daisy.
»Wir können uns ja daheim in die Büsche schlagen, wenn du willst«, warf Alec ein und zwinkerte seiner Frau zu.
»Ach, sei still!« Auf Almas Wangen erschienen zwei rote Flecken. Sie sah aus, als würde sie gleich losheulen.
»Dann bleibt offenbar nur ›Ein Abend am Hof des Moguls‹ – ein ausgesprochen elegantes Thema«, verkündete Daisy.
»Ich dachte, es sollte ›Die heiße Nacht der Moguln‹ heißen?«, sagte die Dame mit dem Anglerhut.
»Das war nur der Arbeitstitel«, erklärte Daisy. »›Ein Abend am Hof‹ verdeutlicht, dass wir entsprechendes Benehmen erwarten. Wir müssen dem Major für seinen Beitrag zu unseren

Bemühungen danken.« Die Damen klatschten, und dem Major, dem es angesichts der Vergeblichkeit seines Einspruchs die Sprache verschlagen hatte, blieb nur übrig, sich leicht vor ihnen zu verbeugen.
»Der Major ist Inder, er kann das Komitee beraten«, sagte Alec und klopfte seinem Freund auf den Rücken. Es war ein alter, abgedroschener Witz, der bis in die Zeit zurückreichte, als der Major, damals ein kleiner Junge mit großen Ohren, auf einem ihm fremden Pausenhof gehänselt wurde.
»Wirklich?«, fragte Miss Anglerhut.
»Alec wollte nur mal kurz witzig sein«, stieß der Major entnervt hervor. »Mein Vater hat in Indien gedient, deshalb wurde ich in Lahore geboren.«
»Aber eine englischere Abstammung als die der Pettigrews wird man nicht finden«, sagte Alec.
»Haben Sie vielleicht noch irgendwelche Souvenirs aus dieser Zeit, Major?«, wollte Daisy wissen. »Teppiche oder Körbe – irgendwelche Requisiten, die wir uns ausleihen könnten?«
»Löwenfellteppiche zum Beispiel?«, fragte die Dame mit dem Anglerhut.
»Nein, tut mir leid, damit kann ich nicht dienen«, erwiderte der Major.
»Ich schlage vor, dass wir mit Mrs. Ali reden, der Dame, die den Dorfladen in Edgecombe führt«, sagte Alma. »Vielleicht könnte sie uns indische Spezialitäten liefern oder uns sagen, wo wir billige Requisiten kaufen oder ausleihen können – diese Statuen mit den vielen Armen zum Beispiel.«
»Das ist Shiva«, erklärte der Major. »Eine Hindu-Gottheit.«
»Ja, genau die.«
»Mrs. Ali gehört, glaube ich, genau wie die Moguln dem moslemischen Glauben an und würde auf eine solche Bitte möglicherweise verstimmt reagieren«, warnte der Major und versuchte, seinen Ärger hinunterzuschlucken. Die Damen auf ein spezielles Interesse seinerseits an Mrs. Ali schließen zu lassen, ging nun wirklich nicht.

»Die einzige annähernd indische Frau, die wir kennen, dürfen wir natürlich nicht vergrätzen«, sagte Daisy. »Ich hatte nämlich gehofft, dass sie ein paar ethnisch passende Barkeeper für uns auftreibt.«

»Wie wär's mit Schlangenbeschwörern?«, warf Miss Anglerhut ein.

»Ich kenne Mrs. Ali flüchtig«, sagte Grace. Alle Köpfe wandten sich ihr zu. Unter den prüfenden Blicken, die ihr sehr unangenehm waren, begann sie, ihr Taschentuch zu verknoten. »Ich interessiere mich sehr für Heimatkunde, und sie war so nett, mir alle alten Hauptbücher des Ladens zu zeigen. Sie hat sogar noch Dokumente von 1820.«

»Wie aufregend«, sagte Alma augenrollend.

»Ich könnte mit Mrs. Ali reden und den Major vielleicht bitten, mir zu helfen, damit ich nur angemessene Anfragen an sie richte«, schlug Grace vor.

»Also ... Also, ich weiß bestimmt nicht, was angemessen ist und was nicht«, wandte der Major ein. »Außerdem finde ich, wir sollten Mrs. Ali nicht behelligen.«

»Unsinn!«, vermeldete Daisy strahlend. »Das ist eine hervorragende Idee. Wir erstellen eine komplette Liste mit Ideen. Und Grace, du und der Major, ihr könnt ja mal die Köpfe zusammenstecken und besprechen, wie man am besten auf Mrs. Ali zugeht.«

»Wenn die Damen jetzt mit uns fertig sind ...«, sagte Alec. »Wir werden in der Bar erwartet.«

»Dann besprechen wir jetzt den Blumenschmuck«, sagte Daisy und entließ die beiden Herren mit einer Handbewegung. »Ich schlage Palmen und Bougainvillea vor.«

»Na, dann aber viel Glück bei der Suche nach blühenden Bougainvillea im November«, erwiderte die Dame mit dem Anglerhut gerade, als sich der Major und Alec davonschlichen.

»Jetzt werden sie sie wie einen Käfer zerquetschen, ich wette um fünf Pfund«, meinte der Major.

»Die Nichte von Lord Dagenham«, sagte Alec. »Sie wohnt jetzt offenbar im Herrenhaus und engagiert sich für alle möglichen sozialen Sachen. Daisy ist wütend, also sei auf der Hut! Sie lässt es wirklich an jedem aus.«
»Ich lasse mich doch von einer Daisy Green nicht einschüchtern«, entgegnete der Major. Es war eine Lüge.
»Besorgen wir uns endlich unsere Drinks«, meinte Alec. »Ein großer Gin Tonic dürfte jetzt genau das Richtige sein.«

Die Grill-Bar war ein Raum aus dem Beginn des 20. Jahrhunderts mit hoher Decke und einer Fenstertür, die über die Terrasse und das achtzehnte Loch hinweg einen Blick auf das Meer bot. Hinter mehreren Spiegeltüren an der Ostwand befand sich ein Anbau mit einer Bühne, der anlässlich großer Turniere und für den alljährlichen Ball geöffnet wurde. Die Wand hinter der langen Nussholztheke an der Westseite war mit Holzbögen getäfelt. Unter den Porträts früherer Clubpräsidenten befanden sich die Regale mit den Flaschen. Ein Bild der Queen (ein frühes Porträt, schlecht gedruckt und mit einem billigen Goldrahmen versehen) hing direkt über einigen besonders abscheulich aussehenden Likören, die nie jemand trank. Für den Major hatte dieser Umstand immer etwas von Hochverrat.
In dem Raum standen mehrere zu Gruppen zusammengerückte löchrige und verschrammte Clubsessel aus braunem Leder sowie einige entlang der Fenster aufgereihte Tische, die man nur über Tom, den Barmann, reservieren konnte. Dadurch wurde verhindert, dass sich Damen, die organisiert genug waren, um vorher anzurufen, ein Monopol auf die Tische verschafften. Stattdessen gingen die Mitglieder mit einer frühen Abschlagszeit erst einmal zu Tom hinein, der dann seinen Mop beiseitestellte oder vom Keller hochkam und die jeweiligen Namen in sein Buch eintrug. Viele Mitglieder hatten den Ehrgeiz, irgendwann zu den wenigen und sehr illustren Stammgästen zu zählen, deren Reservierungen Tom schon

von sich aus höchstpersönlich notierte. Der Major zählte nicht mehr zu ihnen. Seit der Sache mit den Hühnerklößchen in Rahmsauce überredete er Alec lieber dazu, an der Bar oder in einem der Clubsessel Sandwiches zu essen. Das ersparte ihnen nicht nur ein Übermaß an Sahnesauce und Vanillepudding, sondern auch den muffigen Charme der Kellnerinnen, die allesamt aus dem Reservoir unmotivierter ortsansässiger Schulabgängerinnen stammten und sich eine aus unterdrückter Wut bestehende Grundstimmung zum Markenzeichen gemacht hatten. Viele von ihnen schienen an einer Krankheit zu leiden, die Löcher im Gesicht hinterließ. Erst nach einiger Zeit hatte der Major herausgefunden, dass die jungen Frauen laut Clubstatuten sämtlichen Schmuck abzulegen hatten und die Löcher ihrer Zierde beraubte Piercings waren.

»Guten Morgen, Gentlemen. Das Übliche?«, fragte Tom, der bereits ein Glas unter den Dosierausgießer der grünen Ginflasche hielt.

»Mach mir mal besser 'nen Doppelten«, sagte Alec und wischte sich theatralisch mit einem Taschentuch über die blanke, melonenförmige Stirn. »Mannomann, wir sind da drin nur mit knapper Not dem Tod entronnen!«

»Und für mich bitte ein kleines Lagerbier«, sagte der Major. Sie bestellten zwei dicke Schinken-Käse-Sandwiches. Alec wollte außerdem ein Stück Marmeladenrolle, weil es die nur freitags gab und sie fast immer schnell aus war. Abgerundet wurde seine Bestellung mit einem kleinen Salat.

Alec hatte den unerschütterlichen Glauben, alles für seine Fitness zu tun. Zum Mittagessen bestellte er immer einen Salat, aß davon aber nur die Garnitur, die aus einer Tomate bestand. Außerdem behauptete er, Alkohol nur zum Essen zu trinken. Ein- oder zweimal war es vorgekommen, dass es in einem ihm unbekannten Pub nichts Warmes gab und er vor den Augen des Majors ein Solei oder Schweinekrusten zu sich nehmen musste.

Kaum hatten sie sich auf die Barhocker gesetzt, traten vier

Gäste ein, die gerade über irgendeinen Vorfall auf dem letzten Grün lachten. Pater Christopher und Hugh Whetstone kannte der Major, und zu seinem Erstaunen war auch Lord Dagenham dabei, der den Club nur selten besuchte und dessen grauenhaftes Golfspiel unter den anderen schon zu so mancher Diskussion über die Grenzen der Höflichkeit geführt hatte.

Der vierte Mann war ein Fremder; seine breiten Schultern und sein unglücklich gewähltes rosarotes Golfhemd ließen den Major vermuten, dass es sich um einen weiteren Amerikaner handelte. Zwei Amerikaner in zwei Wochen – das, fand der Major, kam fast schon einer schlimmen Seuche gleich.

»Shaw, Major – wie geht es Ihnen?«, fragte Dagenham, schlug Alec auf den Rücken und klopfte dem Major fest auf die Schulter. »Mein Beileid, Major. Verdammte Schande, einen guten Mann wie Ihren Bruder zu verlieren.«

»Danke, Eure Lordschaft«, sagte der Major, erhob sich und neigte den Kopf. »Sehr freundlich von Ihnen.« Es war typisch für Lord Dagenham, wie aus dem Nichts aufzutauchen, aber alle Neuigkeiten aus dem Dorf parat zu haben. Vielleicht, dachte der Major, schickte ihm ein Angestellter im Herrenhaus regelmäßig Faxe nach London.

Die Worte seiner Lordschaft und der stets respektvolle Gebrauch seines Dienstgrads rührten den Major. Seine Lordschaft hätte ihn ohne weiteres Pettigrew nennen können, tat es aber nie. Im Gegenzug sprach der Major von Dagenham nie ohne den Titel »Lord«, nicht einmal in dessen Abwesenheit.

»Frank, ich möchte dir Major Ernest Pettigrew vorstellen, ehemals Royal Sussex Regiment, und hier haben wir Mr. Alec Shaw – war mal in seiner Freizeit an der Leitung der Bank of England beteiligt. Gentlemen – das ist Mr. Frank Ferguson, ein Gast aus New Jersey.«

»Sehr angenehm«, sagte der Major.

»Frank ist in der Immobilienbranche tätig«, fügte Lord Dagenham hinzu. »Er ist an der Ostküste einer der größten Bauunternehmer in Sachen Ferienanlagen und Einkaufszentren.«

»Ach, jetzt übertreibst du aber, Doppel-D«, sagte Ferguson.
»Es ist doch nur ein kleines Familienunternehmen, das ich von meinem Dad geerbt habe.«
»Sie sind im Baugeschäft?«, fragte der Major.
»Gut erkannt, Pettigrew!«, rief Ferguson und versetzte ihm einen Schlag auf den Rücken. »Euch Briten kann man nichts vormachen. Für die Klasse, aus der einer kommt, habt ihr eine Spürnase wie der Bluthund fürs Karnickel.«
»Ich wollte keineswegs irgendetwas andeuten ...«, stammelte der Major.
»Jep – das sind wir Fergusons: stinknormale, handfeste Bauhandwerker.«
»Mr. Ferguson kann seine Abstammungslinie bis zum Ferguson-Clan aus Argyll zurückverfolgen«, erklärte Hugh Whetstone, der die Genealogie jedes Menschen, den er kennenlernte, aufzuspüren versuchte, um sie später gegen ihn verwenden zu können.
»Sehr begeistert waren die aber nicht, als sie's hörten«, fuhr Ferguson fort. »Mein Vorfahr hat auf der Krim seinen eigenen Tod vorgetäuscht und ist nach Kanada abgehauen – Spielschulden und mehrere Ehemänner auf Kriegspfad, glaube ich. Aber mit meinem Angebot für das Schloss am Loch Brae waren sie dann doch ziemlich zufrieden. Würde da oben gern die Jagd wieder einführen.«
»Der Major ist auch Jäger. Ziemlich guter Schütze, wenn ich das sagen darf«, warf Lord Dagenham ein. »Trifft ein Kaninchen auf hundert Meter.«
»Ihr Landeier seid schon kurios«, sagte Ferguson. »Letzte Woche lerne ich einen Wildhüter kennen – macht der doch glatt mit einer Muskete aus der Zeit König Jakobs II. Jagd auf Eichhörnchen. Mit was jagen Sie, Major?«
»Ach, nur mit einer alten Flinte, die meinem Vater gehörte«, erwiderte der Major. Dass Ferguson ihn mit irgendeinem verschrobenen alten Dörfler in einen Topf warf, erboste ihn, und die Genugtuung, die Ferguson empfunden hätte, wenn der

Major darauf aus gewesen wäre, Eindruck zu schinden, gönnte er ihm nicht.
»Bescheiden wie immer«, sagte Dagenham. »Der Major besitzt ein ganz wunderbares Gewehr – ein Purdey, nicht wahr?«
»Nein, ein Churchill«, korrigierte ihn der Major und ärgerte sich ein wenig darüber, dass Dagenham automatisch den berühmteren Namen genannt hatte. »Möglicherweise weniger bekannt«, fügte er, an Ferguson gewandt, hinzu, »aber auch die haben vorzügliche Gewehre hergestellt.«
»Es geht eben nichts über die Verarbeitung eines erstklassigen englischen Gewehrs«, sagte Ferguson. »Zumindest behaupten sie das, wenn sie begründen wollen, warum sie für die Herstellung von zwei zusammengehörigen Gewehren ein, zwei Jahre brauchen.«
»Ich befinde mich möglicherweise in der glücklichen Lage, meine beiden zusammengehörigen Flinten wieder zusammenführen zu können.« Der Major brachte es nicht übers Herz, die Gelegenheit, Lord Dagenham die Information persönlich mitzuteilen, ungenutzt verstreichen zu lassen.
»Ach ja, natürlich«, sagte Lord Dagenham. »Sie erben das andere von Ihrem Bruder, nicht wahr? Herzlichen Glückwunsch, mein Lieber.«
»Es ist noch nicht ganz geklärt. Meine Schwägerin, wissen Sie ...«
»Es ist völlig richtig, ein paar Tage zu warten. Nach einem Begräbnis kommen immer viele Gefühle hoch«, sagte Pater Christopher. Dann beugte er seinen langen, hageren Körper über die Theke. »Eine Runde für uns, Tom. Und haben Sie einen Tisch für Lord Dagenham?«
»Zwei zusammengehörige Churchills«, sagte der Amerikaner und lächelte den Major nun schon mit etwas mehr Interesse an.
»Ja, circa 1946. Für den indischen Markt hergestellt.« Der Major vermied es, auch nur einen Anflug von Stolz durch seine Bescheidenheit durchscheinen zu lassen.

»Die würde ich gern mal im Einsatz sehen.«
»Der Major kommt oft und macht mit«, sagte Dagenham.
»Ein Glas Cabernet, bitte, Tom – und was trinken Sie, Frank?«
»Dann sehen wir uns ja bestimmt bei Doppel-Ds Jagd am elften.« Ferguson streckte dem Major die Hand entgegen und zwang ihn zu so lächerlichem Händegeschüttel, als würden sie gerade den Verkauf eines Pferdes besiegeln. Dagenham schob seine Hände in die Taschen und wirkte peinlich berührt. Der Major hielt den Atem an. Ihm war klar, dass er gleich eine persönliche Demütigung erfahren würde, aber ebenso sehr fürchtete er um seine Lordschaft. Dagenham befand sich jetzt nämlich in der grauenhaften Situation, seinem amerikanischen Gast so elegant wie möglich beibringen zu müssen, dass besagte Jagd ausschließlich für Geschäftsfreunde gedacht war, die für diesen einen Tag zum größten Teil aus London anreisen würden. Es war qualvoll mitzuerleben, wie ein anständiger Mann durch die Ignoranz eines ungehobelten Menschen in Verlegenheit gebracht wurde. Der Major spielte mit dem Gedanken, sich einzuschalten und die Sache selbst zu erklären, wollte aber nicht den Eindruck erwecken, er traue seiner Lordschaft nicht zu, sich aus einer Lage zu befreien, die einen feinfühligen Umgang mit den Regeln der Etikette verlangte.

»Ja, natürlich, Sie müssen unbedingt kommen, falls Sie können, Pettigrew«, sagte Dagenham schließlich. »Wird allerdings keine große Herausforderung sein. Es werden nur die Enten vom Teich auf dem Hügel zur Strecke gebracht.« Dagenhams Wildhüter zog an einem kleinen Weiher inmitten eines Wäldchens auf einem Hügel über dem Dorf drei verschiedene Entenarten auf. Er inkubierte verlassene Eier, zog die Küken von Hand auf und stattete ihnen täglich – oft zusammen mit begeisterten Schulkindern aus dem Internat im Herrenhaus – einen Besuch ab, bis die Enten gelernt hatten, ihm auf Zuruf hinterherzuwatscheln. Einmal im Jahr hielt Dagenham an diesem Teich eine Jagd ab. Der Wildhüter und ein paar junge, nur für den Tag engagierte Gehilfen scheuchten die Enten auf, indem sie herumbrüllten und mit Rechen und Cricketschlägern wild herumfuchtelten. Empört kreischend drehten die Vögel eine Runde über dem Wäldchen und kehrten dann, vom einladenden Pfiff des Wildhüters nach Hause gelockt, zurück – direkt in die Schussbahn der Flinten. Zu dieser aufwendig organisierten Jagd, bei der sich alle frühmorgens auf der Treppe des Herrenhauses trafen und der ein ausgiebiger Brunch folgte, wurde der Major nie eingeladen. Doch die Enttäuschung darüber erfuhr eine leichte Abschwächung durch die Verachtung, die er für die sogenannten Jäger empfand, die es nötig hatten, dass man ihnen das Jagdgeflügel direkt vor den Lauf trieb. Nancy hatte oft gelästert, Dagenham solle doch die Enten einfach tiefgefroren kaufen und den Wildhüter anweisen, eine Handvoll Schrotkugeln zu den Innereien zu werfen. Der Major hatte nie unbeschwert mit ihr darüber lachen können, aber auch er war stets der Meinung gewesen, dass diese Jagd bestimmt nicht der sportliche Wettkampf zwischen Mensch und Beutetier war, an dem er stolzerfüllt teilgenommen hätte.

»Ich würde sehr gerne kommen«, sagte der Major.

»Ah – ich glaube, Tom ist mit unserem Tisch fertig«, rief Dagenham, den hoffnungsvollen Gesichtsausdruck Whetstones und des Pfarrers ignorierend. »Wollen wir?«

»Also dann – bis zum elften«, sagte Ferguson und schüttelte dem Major noch einmal die Hand. »Ich werde hinter Ihnen her sein wie der Bär hinter dem Honig, damit ich mir Ihre Gewehre ganz genau anschauen kann!«

»Danke für die Warnung«, erwiderte der Major.

»Hast du nicht gesagt, dass es mit dem Gewehr irgendein Problem gibt?«, fragte Alec leise, während sie ihre Sandwiches aßen und es geflissentlich vermieden, verstohlene Blicke zum Tisch von Lord Dagenham zu werfen. Whetstone lachte noch lauter als der Amerikaner, damit auch wirklich alle zur

Kenntnis nahmen, dass er mit am Tisch saß. »Was machst du, wenn du es nicht kriegst?«

Jetzt bereute es der Major, Alec von Berties Testament erzählt zu haben. Irgendwo auf den zweiten Löchern war es ihm herausgerutscht, als ihn die Ungerechtigkeit des Ganzen wieder einmal überwältigt hatte. Es war wirklich das Beste, sich überhaupt niemandem anzuvertrauen. Die Leute vergaßen es nie, und wenn man sich Jahre später auf der Straße traf, erkannte man an der Art, wie der andere den eigenen Namen sagte, und an der Stärke des Händedrucks, dass die geteilte Information noch immer fest mit der eigenen Person verbunden war.

»Ich bin mir sicher, dass es kein Problem gibt, wenn ich das Ganze erkläre«, entgegnete der Major. »Zumindest für diese eine Gelegenheit wird sie es mir überlassen.« Marjorie war immer schwer beeindruckt von Titeln und wusste nicht, dass es sich bei Lord Dagenham gewissermaßen um einen gestutzten Adeligen handelte, weil bis auf einen Flügel das gesamte Herrenhaus an ein kleines Internat für Kinder im Alter von drei bis dreizehn Jahren vermietet war und obendrein der Großteil des dazugehörigen Ackerlands brachlag und außer EU-Subventionen nichts erbrachte. Er traute es sich zu, seine Lordschaft in den Rang eines Earls hochzustilisieren und Marjorie klarzumachen, welch besondere Ehre die Einladung für die ganze Familie darstellte. Und wenn das Gewehr erst einmal in seinen Händen war, würde er jede Diskussion über die Eigentümerschaft geschickt hinauszögern – vielleicht sogar für immer. Rasch aß er sein Sandwich auf. Wenn er sich beeilte, würde er vielleicht noch an diesem Nachmittag zu Marjorie fahren und die Sache klären können.

»Ah, Major – wie schön, dass ich Sie noch erwische!« Es war Grace. Sie stand verlegen an der Bar und hielt ihre große Handtasche mit verschränkten Händen wie ein Rettungskissen an sich gedrückt. »Ich habe mit Mrs. Ali in Sachen Ball telefoniert.«

»Sehr gut«, sagte der Major, um einen Ton bemüht, der so neutral wie möglich klang, ohne abweisend zu wirken. »Dann kann es ja losgehen, oder?« Er hoffte, dass die Männer an Dagenhams Tisch außer Hörweite waren.
»Anfangs war sie ziemlich zugeknöpft«, berichtete Grace. »Sie sagte, sie mache kein Catering. Ich war ein bisschen enttäuscht. Ich dachte ja, wir würden uns ganz gut verstehen.«
»Dürfen wir Sie zu einem Drink einladen, Grace?«, fragte Alec und fuchtelte mit einem halben Sandwich in ihre Richtung herum. Ein Stückchen eingelegtes Gemüse landete in gefährlicher Nähe zum Arm des Majors.
»Nein danke«, antwortete Grace. Der Major warf Alec einen bösen Blick zu. Er fand die Offerte nicht nett. Grace war eine der wenigen Frauen, die sich die weibliche Abneigung gegen das Sitzen an der Bar erhalten hatten. Undenkbar, dass es ihr als Dame gelingen sollte, würdevoll auf einem hohen Hocker Platz zu nehmen, und obendrein hätte ihr die Anwesenheit einer als Anstandsdame fungierenden anderen Frau schmerzlich gefehlt.
»Na ja, jedenfalls ist dann etwas wirklich Komisches passiert. Ich erwähnte Ihren Namen und dass wir beide in dieser Sache zusammenarbeiten, und plötzlich schlug sie einen ganz anderen Ton an und war sehr hilfsbereit.«
»Freut mich, dass Sie erreicht haben, was Sie wollten«, sagte der Major, ängstlich darauf bedacht, das Thema zu beenden, ehe Grace begann, irgendwelche Schlussfolgerungen aus ihrer Beobachtung zu ziehen.
»Ich wusste gar nicht, dass Sie Mrs. Ali kennen …?« Es klang zögerlich, aber in ihrer Stimme lag deutlich etwas Fragendes, und der Major hielt an sich, um nicht auf seinem Hocker hin und her zu rutschen.
»Eigentlich kenne ich sie auch gar nicht«, sagte er. »Das heißt, ich kaufe viel Tee bei ihr, das schon. Wir unterhalten uns oft über Tee. Aber ich kenne sie keinesfalls gut.« Grace nickte, und der Major bekam einen Anflug von schlechtem Gewis-

sen, weil er Mrs. Ali verleugnete. Doch dann beruhigte er sich mit dem Gedanken, besser nicht daran zu rühren, denn Grace schien es überhaupt nicht merkwürdig zu finden, dass ihre eigene Freundschaft Mrs. Ali scheinbar so viel weniger galt als ein beiläufiges, geschäftliches Gespräch über Tee.

»Na, jedenfalls wird sie irgendwelche Bekannte von ihr in der Stadt anrufen und mir dann Vorschläge machen und die Preise nennen. Hauptsächlich Fingerfood, habe ich ihr gesagt, und nicht zu scharf.«

»Nicht dass wir dann mit Ziegenkopf-Curry und gebratenen Augäpfeln dasitzen«, sagte Alec.

Grace ignorierte ihn. »Sie ruft mich nächste Woche an. Und vielleicht arrangiert sie ein Probeessen. Ich habe ihr gesagt, dass wir, Sie und ich, uns sehr darüber freuen würden.«

»Ich?«, fragte der Major.

»Ich hatte Angst, dass sie wieder frostig wird, wenn ich sage, dass nur ich komme«, erklärte Grace. Darauf wusste der Major nichts zu erwidern.

»Sieht ganz so aus, als wärst du das Festschmaus-Komitee, Pettigrew«, sagte Alec. »Sieh zu, dass du eine Platte mit Roastbeef reinschmuggelst, ja? Irgendwas Essbares zwischen dem ganzen Vindalho.«

»Hören Sie, ich kann da unmöglich mithelfen«, sagte der Major. »Schließlich habe ich gerade meinen Bruder verloren ... Ich muss mich jetzt um so vieles kümmern ... um meine Verwandtschaft und so weiter.«

»Ich verstehe.« Grace sah ihn an, und aus ihrem Blick sprach Enttäuschung darüber, dass er sich nicht zu schade dafür war, einen toten Verwandten als Ausrede zu benutzen. Aber dazu hatte er ja wohl dasselbe Recht wie jeder andere. Alle machten es so. Schickliche drei, vier Tage bis höchstens ein paar Monate nach dem Begräbnis galt es als völlig legitim. Natürlich gab es Menschen, die auf haarsträubende Weise davon Gebrauch machten, indem sie ihre verstorbenen Verwandten noch nach einem Jahr mit sich herumschleppten und nur zu gern vorzeigten, um verspätete Steuerzahlungen und verpasste Zahnarzttermine damit zu entschuldigen – was er niemals tun würde.

»Dann muss ich es eben so gut hinkriegen, wie ich kann«, sagte Grace derart resigniert, als wäre ihr Versagen bereits unausweichlich. »Ich hatte Angst, ich könnte Daisy schon wieder enttäuschen, aber das ist natürlich kein Grund, Ihre unermessliche Trauer zu stören. Bitte verzeihen Sie mir.« Sie streckte die Hand aus und berührte den Major leicht am Unterarm. Schlagartig und siedend heiß kroch die Scham in ihm hoch.

»Also – irgendwann nächste Woche wird es wohl gehen«, sagte er unwirsch und tätschelte ihre Hand. »Dann habe ich das meiste mit der Verwandtschaft geklärt.«

»Vielen Dank! Daisy wird sich so freuen!«

»Das ist nun wirklich nicht nötig«, wandte der Major ein. »Kann das nicht unter uns beiden bleiben?« Alec verpasste ihm einen Rippenstoß, und an Graces zart malvenfarbigem Erröten erkannte er, dass seine Worte interpretationsfähig waren. Er hätte die Sache gern klargestellt, aber Grace war schon dabei, den Raum eilig zu verlassen; unterwegs stieß sie mit ihrer knochigen Hüfte an eine Tischecke. Aufseufzend betrachtete der Major sein Sandwich, das mittlerweile so appetitlich aussah wie zwei mit Rosshaar gefüllte Gummimatten. Er schob den Teller weg und bestellte mit einer Handbewegung noch ein Lager bei Tom.

Siebtes Kapitel

Sein Wagen stand schon neben Marjories spindeldürrem Brunnen, und in dem doppelverglasten Erkerfenster über der Haustür hatte ein Gesicht bereits seine Anwesenheit registriert, da kamen die Bedenken. Er hätte sich telefonisch anmelden sollen. Die Illusion, er sei jederzeit gern gesehen, weil er zur Familie gehöre, ließ sich nur so lange aufrechterhalten, wie er Marjorie nicht beim Wort nahm.

Schon kurz nach ihrer Hochzeit war offensichtlich geworden, dass Marjorie nicht die Absicht hatte, die pflichtbewusste Schwiegertochter zu spielen, sondern ihren Mann und sich selbst so weit wie möglich vom Rest der Familie zu separieren. Der modernen Form der Ehe entsprechend, hatten sie einen aus zwei Menschen bestehenden Nukleus gebildet und damit begonnen, ihre winzige Wohnung mit hässlichen neuen Möbeln und Freunden aus Berties Versicherungsbüro vollzustopfen. Von Anfang an widersetzten sie sich einer alten Familientradition, dem sonntäglichen Mittagessen in Rose Lodge, kamen stattdessen immer erst spätnachmittags vorbei, tranken dann aber anstelle der angebotenen Tasse Tee lieber einen Cocktail. Während seine Mutter, starr vor sonntäglichem Missmut, ihren Tee trank, unterhielt Marjorie die ganze Familie mit Berichten über ihre neuesten Anschaffungen. Der Major gönnte sich dann immer einen kleinen Sherry – ein klebriger, unerfreulicher Versuch, die Kluft zu überbrücken. Nancy verlor ziemlich schnell die Geduld mit den beiden. Sie nannte Bertie und Marjorie nur noch die »Pettigrusels« und forderte Marjorie zum Entsetzen des Majors auf, detailliert darzulegen, wie viel ihre jeweils jüngsten Anschaffungen gekostet hatten.

Die Haustür blieb geschlossen. Vielleicht hatte er sich das Gesicht am Fenster nur eingebildet. Oder aber sie wollten ihn nicht sehen und duckten sich in der Hoffnung, dass er ein paarmal läuten und dann wegfahren würde, hinter das Sofa. Er klingelte noch einmal. Wieder ertönten die ersten Takte von *Freude, schöner Götterfunken* und hallten tief ins Haus hinein. Er betätigte den Türklopfer, einen Weinrebenkranz aus Messing mit einer Weinflasche in der Mitte, und starrte auf die geschmacklose Eichenholzmaserung der Tür. Irgendwo wurde eine Tür geschlossen, und endlich klapperten Absätze über die Bodenfliesen. Dann ging die Haustür auf. Jemima trug eine graue Jogginghose und ein ärmelloses schwarzes Top mit Rollkragen; ein weißes Schweißband hielt ihr Haar aus dem Gesicht. Angezogen wie eine Mischung aus Nonne und Leistungssportlerin, dachte der Major. Sie sah ihn so böse an, als wäre er ein Staubsaugervertreter oder ein evangelikaler Missionar.

»Erwartet meine Mutter dich?«, fragte sie. »Ich habe sie nämlich gerade dazu bringen können, sich ein paar Minuten hinzulegen.«

»Ich bin leider auf gut Glück hergefahren«, antwortete der Major. »Aber ich kann auch später wiederkommen.« Er betrachtete sie genauer. Sie war ungeschminkt, ihre Haare hingen schlaff herab. Sie sah wieder aus wie die schlaksige Fünfzehnjährige mit der schlechten Haltung, die sie früher einmal gewesen war. Mürrisch, aber mit Berties hellen Augen und kräftigem Kinn.

»Ich mache gerade meine Heilyoga-Übungen«, sagte sie. »Aber du kommst besser rein, solange ich hier bin. Ich will nicht, dass Mutter gestört wird, wenn ich nicht da bin.« Sie drehte sich um, ging zurück ins Haus und ließ die Tür offen, so dass der Major sie schließen musste.

»Du möchtest wahrscheinlich eine Tasse Tee?«, sagte sie, als sie in die Küche traten. Sie schaltete den Wasserkocher ein

und blieb hinter der u-förmigen Theke stehen, auf der ein Haufen Krimskrams aus einer Schublade lag, die offenbar jemand auszumisten begonnen hatte. »Mutter steht sowieso bald wieder auf. Sie kann zurzeit einfach nicht stillliegen.« Sie senkte den Kopf, klaubte ein paar kurz gespitzte Bleistifte aus dem Haufen und legte sie zu den bereits aussortierten in der Mitte zwischen einem Stapel Batterien und einem kleinen Knäuel verschiedenfarbiger Schnüre.
»Ist der kleine Gregory heute nicht da?«, fragte der Major, während er auf einem Holzstuhl am Frühstückstisch in der Fensternische Platz nahm.
»Eine Freundin von mir holt ihn von der Schule ab«, antwortete Jemima. »Die helfen alle ganz toll mit Babysitten und bringen Salate und so. Ich musste jetzt eine Woche lang nichts zu essen machen.«
»Das ist dann ja eine ganz angenehme Auszeit, oder?« Sie warf ihm einen vernichtenden Blick zu. Das Wasser im Kessel begann zu kochen. Jemima holte zwei klobige, hässlich geformte, in einem merkwürdigen Olivgrün gehaltene Tassen und eine mit Blumenmotiven versehene Schachtel Teebeutel aus dem Schrank.
»Kamille, Brombeere oder Klette?«, fragte sie.
»Ich hätte gern richtigen Tee, wenn ihr welchen dahabt«, entgegnete der Major. Jemima streckte sich zum obersten Fach eines Küchenschranks und holte eine Dose mit Schwarztee in Teebeuteln herunter. Einen davon warf sie in eine Tasse und füllte diese bis zum Rand mit kochendem Wasser. Die Flüssigkeit verströmte sofort den Geruch von nasser Wäsche.
»Wie geht es deiner Mutter?«
»Komisch, dass mich die Leute das ständig fragen. ›Wie geht es deiner armen Mutter?‹ – als wäre ich irgendein unbeteiligter Beobachter.«
»Wie geht es euch beiden?« Er schaffte es, sich eine giftigere Erwiderung zu verkneifen, aber sein Unterkiefer zuckte dabei. Jemimas deutliche Anspielung auf die Gefühllosigkeit

der Leute reichte nicht weit genug, als dass sie ihn gefragt hätte, wie er mit der Situation fertig wurde.

»Sie ist sehr aufgeregt«, vertraute sie ihm an. »Es steht nämlich unter Umständen ein Preis ins Haus, weißt du – vom Königlichen Institut für Versicherungswesen und Versicherungsmathematik. Die haben vor drei Tagen angerufen, aber es kann offenbar noch nicht bestätigt werden. Entweder bekommt Dad den Preis oder irgendein Professor, der eine neue Methode erfunden hat, wie man Versicherungsprämien von osteuropäischen Einwanderern absichern kann.«

»Wann erfahrt ihr es?« Der Major fragte sich, warum die Welt offenbar immer bis zum Tod wartete, bis sie den Menschen gab, was ihnen gebührte.

»Na ja, der andere hat einen Schlaganfall erlitten und wird künstlich beatmet.«

»Das tut mir leid.«

»Wenn er am dreiundzwanzigsten dieses Monats – das ist das Ende des Geschäftsjahres – noch lebt, dann kriegt aller Wahrscheinlichkeit nach Dad den Preis. Posthum ist es ihnen offenbar lieber.«

»Das ist ja fürchterlich.«

»Ja, grauenhaft.« Sie nippte an ihrem Tee, wobei sie den Beutel am Faden zur Seite zog. »Ich habe sogar in der Klinik in London angerufen, aber die wollten mir nichts über seinen Zustand sagen. Ich habe denen zu verstehen gegeben, dass ich das in Anbetracht des Leids meiner armen Mutter äußerst rücksichtslos finde.«

Der Major zupfte an dem Faden in seiner eigenen Tasse. Der aufgeblähte Beutel drehte sich im braunen Wasser. Er stellte fest, dass ihm die Worte fehlten.

»Ernest, wie schön, dich zu sehen! Du hättest vorher anrufen und uns sagen sollen, dass du kommst.« Marjorie betrat die Küche in einem wallenden schwarzen Wollrock und einer schwarz-violetten Rüschenbluse, die aussah, als wäre sie auf die Schnelle aus einem Sargtuch genäht worden. Er erhob

sich, unschlüssig, ob die Umstände es erforderlich machten, sie zu umarmen, aber sie schlüpfte hinter die Theke zu Jemima, und die beiden sahen ihn an, als wäre er gekommen, um in der Post Briefmarken zu kaufen. Er beschloss, einen forschen, geschäftsmäßigen Ton anzuschlagen.
»Tut mir leid, dass ich einfach so hereinplatze, Marjorie«, sagte er. »Aber Mortimer Teale und ich haben mit der Arbeit am Nachlass begonnen, und ich wollte gern ein oder zwei kleine Punkte mit dir klären.«
»Du weißt doch, dass ich für so etwas überhaupt kein Talent habe, Ernest. Du kannst bestimmt das meiste Mortimer überlassen, er ist ein wirklich kluger Mann.« Sie zupfte an den verknäulten Schnüren inmitten des aussortierten Krimskrams, ließ sie dann aber wieder los.
»Gut möglich, aber er ist kein Familienmitglied und deshalb wahrscheinlich nicht in der Lage, bestimmte Feinheiten auszuloten – oder manche von Berties Absichten richtig zu beurteilen, wenn ich so sagen darf.«
»Das Testament meines Vaters ist absolut eindeutig, finde ich«, sagte Jemima. Ihre Augen glänzten wie die einer Möwe beim Anblick einer Mülltüte. »Dass da irgendwer Fragen aufwirft und Mutter damit verunsichert, ist nun wirklich unnötig.«
»Genau«, erwiderte der Major. Er atmete ganz langsam ein und aus. »Es ist viel besser, das Ganze innerhalb der Familie zu klären und alles Unerfreuliche zu vermeiden.«
»Unerfreulich ist es sowieso«, stieß Marjorie hervor und wischte sich mit einem Blatt Küchenkrepp über die Augen. »Ich kann es immer noch nicht fassen, dass Bertie mir das angetan hat.« Sie brach in heiseres, unangenehmes Schluchzen aus.
»Ich ertrage es nicht, wenn du weinst, Mutter.« Jemima berührte ihre Mutter an den Schultern, tätschelte sie, hielt sie sich dabei aber auf Armeslänge vom Leib. Ihr Gesicht war verzerrt; ob vor Kummer oder vor Abscheu, wusste der Major nicht zu sagen.

»Ich wollte dich nicht in Aufregung versetzen«, brachte er zaghaft hervor. »Ich kann ein andermal wiederkommen.«
»Alles, was du Mutter zu sagen hast, kannst du jetzt sagen, während ich dabei bin«, entgegnete Jemima. »Ich lasse nicht zu, dass man sie behelligt, wenn sie allein und verletzlich ist.«
»Jemima, meine Liebe, nun sei doch nicht so grob zu deinem Onkel Ernest!«, sagte Marjorie. »Er ist jetzt einer der wenigen Freunde, die wir noch haben. Wir müssen darauf vertrauen, dass er sich um uns kümmert.« Sie tupfte sich die Augen ab und brachte etwas zustande, das einem zittrigen Lächeln ähnelte. Der Major sah zwar hinter diesem Lächeln einen Anflug von eiserner Entschlossenheit, aber es versetzte ihn in eine hoffnungslose Lage. Angesichts der weinenden Witwe seines Bruders war es völlig ausgeschlossen, auf geziemende Weise um sein Gewehr zu bitten.
Er sah die Flinte bereits entgleiten, die samtene Vertiefung in dem Koffer für zwei Gewehre auf immer unausgefüllt bleiben und seine eigene Flinte niemals wieder mit ihrem Pendant vereint. Er spürte seine Einsamkeit, spürte, dass er ohne Frau und Familie bleiben würde, bis die kalte Erde oder die Hitze des Krematoriumsofens ihr Recht auf ihn erhoben. Seine Augen wurden feucht, und er glaubte, aus dem Potpourriduft in der Küche Asche herauszuriechen. Erneut erhob er sich von seinem Stuhl und beschloss, das Gewehr nie wieder zu erwähnen, sondern zu seinem eigenen kleinen Kamin zurückzukehren und im Alleinsein Trost zu finden. Vielleicht würde er sogar einen Koffer für nur ein Gewehr bestellen, etwas mit einem schlichten silbernen Monogramm und einer etwas dezenteren Auskleidung als dunkelrotem Samt.
»Ich werde dich nicht mehr damit belästigen«, versicherte er Marjorie, und sein Herz füllte sich mit der wohligen Wärme der Opferbereitschaft. »Mortimer und ich erledigen den Papierkram. Wir werden uns über alles einigen.« Er ging zu Marjorie hinüber und ergriff ihre Hand. Sie roch nach den frisch lackierten malvenfarbenen Fingernägeln und ganz

leicht nach Lavendelhaarspray. »Ich kümmere mich um alles«, versprach er.
»Danke, Ernest.« Marjories Stimme klang schwach, doch ihr Händedruck war fest.
»Und was ist nun mit den Gewehren?«, wollte Jemima plötzlich wissen.
»Ich mache mich dann jetzt auf den Heimweg«, sagte der Major zu Marjorie.
»Besuch uns mal wieder, ja? Deine Unterstützung ist sehr tröstlich für mich«, entgegnete sie.
»Aber das mit den Gewehren sollten wir vorher aus der Welt schaffen«, sagte Jemima noch einmal, und diesmal ließ sich ihre Stimme nicht mehr einfach ausblenden.
»Das müssen wir nicht jetzt besprechen«, meinte Marjorie mit zusammengekniffenen Lippen. »Dafür ist später immer noch Zeit.«
»Mutter, du weißt, dass Anthony und ich das Geld jetzt brauchen. Die Privatschule ist nicht billig, und wir müssen schon früh eine Anzahlung für Gregory leisten.«
Der Major fragte sich, ob die Krankenschwester in der Klinik sein hervorragendes EKG vielleicht falsch ausgelesen hatte. Ihm wurde eng in der Brust, gleich würde der Schmerz einschießen. Nicht einmal sein edelstes Opfer wollten sie anerkennen. Man hatte ihm verwehrt, sich zurückzuziehen, ohne das Thema anzusprechen, und wollte ihn obendrein zwingen, den Verzicht auf sein eigenes Gewehr in Worte zu fassen. Doch in seine Brust schoss nicht Schmerz, sondern Wut. Er ging in Habachtstellung – eine Körperhaltung, die er immer als entspannend empfand – und versuchte, ausdruckslos und ruhig zu bleiben.
»Damit befassen wir uns später«, sagte Marjorie noch einmal. Es sah aus, als würde sie Jemimas Hand tätscheln, aber der Major hatte den Verdacht, dass sie ihre Tochter in Wirklichkeit übel kniff.
»Wenn wir es aufschieben, denkt er sich doch nur wieder

etwas Neues aus«, flüsterte Jemima in einer Lautstärke, die ihre Worte bis in die hinterste Reihe der Royal Albert Hall getragen hätte. »Soll das heißen, dass du über die Jagdflinten meines Vaters reden willst?« Der aufgebrachte Major bemühte sich, ruhig und zackig wie ein Brigadegeneral zu sprechen. »Ich hätte das Thema in diesen schwierigen Tagen selbstverständlich nicht aufs Tapet gebracht ...«
»Genau, sondern erst viel später«, warf Marjorie ein.
»Aber da du es ansprichst, sollten wir vielleicht offen darüber reden – schließlich gehören wir alle zur Familie.« Jemima sah ihn böse an. Marjories Blick wechselte zwischen den beiden hin und her. Sie presste mehrmals die Lippen aufeinander, bevor sie zu sprechen begann.
»Also, Ernest, Jemima hat vorgeschlagen, dass es jetzt vielleicht das Beste wäre, die beiden Gewehre eures Vaters zusammen zu verkaufen.« Der Major schwieg. Hastig setzte sie von neuem an. »Ich meine, wenn wir deines und unseres zusammen verkaufen, dann würde dabei womöglich ein hübsches Sümmchen herausspringen, und ich würde Jemima gern bei der Ausbildung des kleinen Gregory unter die Arme greifen.«
»Deines und unseres?«, wiederholte der Major.
»Na ja, du hast eins, und wir haben eins«, fuhr Marjorie fort. »Aber einzeln sind sie offenbar nicht annähernd so viel wert.« Sie sah ihn mit großen Augen an, als würde sie mit dem Blick seine Zustimmung erzwingen wollen. Sekundenlang verschwamm dem Major alles vor Augen; dann sah er wieder klar. Hektisch suchte er nach einer Möglichkeit, das Gespräch zu beenden, aber nun war er am Zug, und ihm fiel nichts anderes ein, als offen seine Meinung zu äußern.
»Da ihr nun einmal davon angefangen habt ... Ich war davon ausgegangen, dass ... dass Bertie und ich eine Vereinbarung hatten, was sozusagen die ... die Verfügung über die Gewehre betrifft.« Er holte Luft und wappnete sich innerlich, als

würden ihn die beiden finster dreinblickenden Frauen gleich mit den Zähnen zerreißen. »Meiner Auffassung nach war es der Wille unseres Vaters, dass Berties Gewehr in meine Obhut übergeht ... und vice versa ... je nachdem, wie es die Umstände erforderlich machen würden.« Da! Die Wörter waren ihnen entgegengeschleudert worden wie Felsbrocken aus einem Katapult; jetzt konnte er nichts mehr tun, als sich für den Gegenschlag zu rüsten.

»Ich weiß ja, wie sehr dich die alte Flinte schon immer interessiert hat«, sagte Marjorie. Die verlegene Röte, die ihr Gesicht überzog, ließ das Herz des Majors einen Moment lang vor Freude springen. Würde er vielleicht doch den Sieg davontragen?

»Genau deshalb will ich nicht, dass du ohne mich mit irgendwem redest, Mutter«, sagte Jemima. »Du würdest wahrscheinlich jedem, der darum bittet, unser halbes Eigentum schenken.«

»Jetzt übertreibst du, Jemima«, entgegnete Marjorie. »Ernest will uns doch nichts wegnehmen.«

»Gestern hast du dich von dieser Heilsarmee-Frau fast überreden lassen, ihr die Wohnzimmermöbel und die Säcke mit den Klamotten zu geben.« Sie wandte sich an den Major und fauchte ihn an: »Sie ist im Moment, wie du siehst, ziemlich neben der Spur, und ich lasse nicht zu, dass jemand das ausnutzt, egal ob es sich dabei um Verwandte handelt oder nicht!« Der Major spürte, dass sein Hals vor Zorn anschwoll. Es geschähe Jemima nur recht, wenn jetzt ein Blutgefäß in ihm platzen und er hier auf dem Küchenboden zusammenbrechen würde.

»Diese Unterstellung nehme ich dir übel«, sagte er stammelnd.

»Wir wussten doch schon immer, dass du hinter dem Gewehr meines Vaters her bist«, entgegnete Jemima. »Es hat dir ja nicht gereicht, dass du das Haus bekommen hast, das Porzellan und das ganze Geld ...«

»Ich weiß zwar nicht, von welchem Geld du sprichst, aber ...«
»Und dann diese ständigen Versuche, meinem Vater das Einzige abzugaunern, was sein Vater ihm geschenkt hat.«
»Das reicht jetzt, Jemima«, sagte Marjorie. Sie hatte den Anstand zu erröten, sah den Major aber nicht an. Er hätte sie gern – ganz ruhig – gefragt, ob über dieses Thema, das sie offenbar schon viele Male mit Jemima durchgekaut hatte, auch mit Bertie gesprochen worden war. Konnte es sein, dass Bertie all die Jahre solchen Groll gegen ihn gehegt und es nie gezeigt hatte?
»Es stimmt, ich habe Bertie im Lauf der Jahre einige Male finanzielle Angebote gemacht«, gab er zu. Sein Mund fühlte sich trocken an. »Aber es war meiner Meinung nach stets ein angemessener Marktpreis.« Jemima stieß ein gehässiges, grunzendes Schnauben aus.
»Davon bin ich überzeugt«, versicherte ihm Marjorie. »Wir sollten jetzt vernünftig sein und die Sache gemeinsam klären. Jemima sagt, wenn wir beide zusammen verkaufen, können wir wesentlich mehr herausholen.«
»Vielleicht mache ich selbst euch ein angemessenes Angebot«, sagte der Major. Er war nicht sicher, dass es überzeugend klang. In seinem Kopf kreisten bereits die Zahlen, und er hätte im Augenblick nicht gewusst, wie er eine beträchtliche Summe Bargeld erübrigen könnte. Er lebte zwar sehr gut von seinem Ruhegehalt, von ein paar Geldanlagen und der Jahresrente, die seine Großmutter väterlicherseits ihm vererbt hatte und die, wie er zugeben musste, nicht als Teil des elterlichen Vermögens behandelt worden war. Dennoch würde er das Risiko, seine Ersparnisse anzugreifen, nur im äußersten Notfall eingehen. Sollte er eine kleine Hypothek auf das Haus erwägen? Schon allein der Gedanke ließ ihn erschaudern.
»Ich kann unmöglich Geld von dir annehmen«, erklärte Marjorie. »Niemals.«
»Nun, wenn das so ist ...«

»Wir müssen einfach clever sein und den höchsten Preis erzielen, den wir kriegen können«, sagte Marjorie.
»Ich finde, wir sollten Auktionshäuser anrufen und das Gewehr schätzen lassen«, fügte Jemima hinzu.
»Hört mir doch bitte ...«, sagte der Major. »Deine Großmutter hat mal bei Sotheby's eine Teekanne verkauft«, berichtete Marjorie ihrer Tochter. »Sie hatte das Ding immer gehasst – sie war sehr wählerisch –, und dann stellte sich heraus, dass es Meißen war, und sie bekam einen ganz schönen Batzen dafür.«
»Allerdings muss man dann natürlich noch die Kommission und das alles zahlen«, wandte Jemima ein.
»Die Churchills meines Vaters werden nicht bei einer öffentlichen Versteigerung zum Verkauf angeboten wie irgendwelche Maschinen aus einer bankrotten Farm«, erklärte der Major bestimmt. »Der Name Pettigrew wird nicht in einem Verkaufskatalog stehen.«
Lord Dagenham ließ hin und wieder in aller Seelenruhe Teile seines väterlichen Erbes versteigern. Im vergangenen Jahr war ein Schreibtisch aus der Zeit Georges II. mit Eibenintarsien zu Christie's gebracht worden. Der Major hatte im Club höflich zugehört, als Lord Dagenham mit dem Rekordpreis prahlte, den ein russischer Sammler gezahlt hatte, aber insgeheim hatte ihn die Vorstellung, wie der breite Schreibtisch mit den dünnen, geschwungenen Beinen, in eine mit Klebeband zusammengehaltene alte Filzdecke gehüllt, hochkant in einem gemieteten Möbelwagen stand, tief erschüttert.
»Was schlägst du dann vor?«, wollte Marjorie wissen.
Am liebsten hätte der Major vorgeschlagen, die beiden sollten sich zum Teufel scheren, aber er unterdrückte das Verlangen, ihnen das zu sagen. Er dämpfte die Stimme, bis sie jenen Klang annahm, der sich zur Besänftigung von großen Hunden und kleinen, wütenden Kindern eignete.
»Ich würde vorschlagen, dass ihr mir Gelegenheit gebt, mich ein bisschen umzuhören«, sagte er aufs Geratewohl. »Ich

habe nämlich vor kurzem einen sehr wohlhabenden amerikanischen Waffensammler kennengelernt. Vielleicht lasse ich ihn einen Blick auf die Gewehre werfen.«
»Einen Amerikaner?«, fragte Marjorie. »Wie heißt er?«
»Ich glaube kaum, dass dir der Name etwas sagt. Er ist … Industrieller.« Das klang eindrucksvoller als ›Bauunternehmer‹.
»Hört sich an, als könnte das was werden.«
»Ich müsste mir Berties Gewehr natürlich vorher ansehen. Es wird wohl einiges daran zu machen sein, befürchte ich.«
»Wir sollen dir das Gewehr jetzt also einfach so geben, ja?«, fragte Jemima.
»Das wäre wohl das Beste«, antwortete der Major, ohne auf ihren Sarkasmus einzugehen. »Ihr könnt es natürlich auch einschicken und vom Hersteller instand setzen lassen, aber die haben gepfefferte Preise. Ich dagegen bin in der Lage, eigenhändig eine völlig kostenlose Restaurierung vorzunehmen.«
»Das ist sehr lieb von dir, Ernest«, sagte Marjorie.
»Es ist das mindeste, was ich für dich tun kann. Bertie hätte nichts anderes erwartet.«
»Wie lange würde das dauern?«, fragte Jemima. »Bei Christie's findet nächste Woche eine Waffenauktion statt.«
»Tja, wenn ihr über fünfzehn Prozent Kommission zahlen wollt und euch mit dem zufriedengebt, was der Auktionssaal an diesem Tag zu bieten hat … Ich persönlich könnte mein Gewehr nicht den Launen des Markts aussetzen.«
»Ich finde, Ernest sollte das erledigen«, sagte Marjorie.
»Zufälligerweise nehme ich nächsten Monat an einer Jagd bei Lord Dagenham teil«, fuhr der Major fort. »Bei dieser Gelegenheit könnte ich meinem amerikanischen Freund die beiden Flinten vorführen.«
»Wie viel will er denn zahlen?«, fragte Jemima und bewies damit, dass der Hang ihrer Mutter, Gelddinge öffentlich zu bereden, generationenübergreifend war. Garantiert würde der

kleine Gregory als Erwachsener nie das Preisschild von seinen Kleidungsstücken abschneiden und den Aufkleber des Herstellers an der Windschutzscheibe seines deutschen Sportwagens kleben lassen.

»Das, meine liebe Jemima, ist ein heikles Thema, mit dem wir uns am besten erst beschäftigen, nachdem die Gewehre so vorteilhaft wie möglich präsentiert wurden.«

»Es soll für uns also mehr rausspringen, nur weil du den ganzen Tag im Schlamm Moorhühner schießt?«

»Enten, liebe Jemima, Enten.« Der Major schmunzelte kurz, um nur ja nicht zu erwartungsvoll zu wirken. Er war sich schon fast sicher, den Kampf zu gewinnen. In den beiden Augenpaaren funkelte eine gewaltige Gier. Einen Moment lang verstand er den Nervenkitzel, den ein guter Trickbetrüger verspüren musste. Vielleicht hatte er ja das Zeug dazu, alten Damen weiszumachen, sie hätten in der australischen Lotterie gewonnen, oder sie dazu zu bringen, dass sie zur Freigabe nigerianischer Bankkonten Geld überwiesen. Die Zeitungen waren voll von solchen Berichten, und er hatte sich oft über die Leichtgläubigkeit der Menschen gewundert. Aber hier und jetzt – so nah, dass er schon das Waffenöl roch – bestand die Chance, Berties Gewehr ins Auto zu laden und wegzufahren.

»Es ist einzig und allein eure Entscheidung, meine Damen«, sagte er und zupfte in Vorbereitung auf seinen Abgang am Jackensaum herum. »Ich kann keinerlei Nachteile für euch erkennen, wenn ich das Gewehr restauriere und es dann einem der reichsten Waffensammler der Vereinigten Staaten ermögliche, die beiden Flinten in der passenden Kulisse einer formellen Jagdgesellschaft zu erleben.« Er sah es schon vor sich: die anderen Männer, die ihn beglückwünschten, während er bescheiden abstritt, die größte Beute des Tages gemacht zu haben. »Ich glaube, der Hund hat sich geirrt und Ihren wunderschönen Wilderpel für meinen gehalten, Lord Dagenham«, würde er sagen, und Dagenham würde den Erpel natürlich nehmen, obwohl er genau wüsste, dass er auf das Konto von Pettigrews überragenden beiden Churchills ging.

»Glaubst du, er würde bar bezahlen?«, fragte Jemima und forderte damit wieder seine ganze Aufmerksamkeit.

»Ich könnte mir vorstellen, dass ihn das Gepränge dieser Veranstaltung so überwältigt, dass er uns jede Summe zahlt, die wir nennen – in bar oder in Goldbarren. Es könnte aber auch anders kommen. Ich kann da nichts versprechen.«

»Gut, dann versuchen wir's«, sagte Marjorie. »Ich will so viel wie möglich dafür. Ich möchte im nächsten Winter eine Kreuzfahrt unternehmen.«

»Ich rate dir, nichts zu übereilen, Marjorie«, erwiderte der Major. Jetzt zockte er – riskierte allein aus Lust am Spiel den Preis, den er eigentlich schon in der Tasche hatte.

»Nein, nein, du musst das Gewehr mitnehmen und es dir ansehen, für den Fall, dass es doch eingeschickt werden muss«, entgegnete Marjorie. »Wir dürfen keine Zeit verschwenden.«

»Es steht im Stiefelschrank bei den Cricketschlägern«, sagte Jemima. »Ich hole es schnell.«

Der Major beteuerte sich selbst, dass er im Großen und Ganzen die Wahrheit gesagt hatte. Er würde Ferguson die Gewehre zeigen, obgleich er nicht die geringste Absicht hatte, sie ihm zu verkaufen. Überdies war wohl kaum von ihm zu erwarten, dass er bei Leuten, die ein edles Jagdgewehr im hintersten Eck eines Schuhschranks aufbewahrten, moralisch einwandfrei vorging. Er entschied sich, es so zu sehen, als hätte er einen jungen Hund vor einem brutalen Schrotthändler gerettet.

»Bitte schön.« Jemima hielt das in eine Bettdecke gewickelte Gewehr auf ihn gerichtet. Er nahm es ihr ab, tastete nach dem dicken Schaft und senkte das Laufende zu Boden.

»Danke«, sagte er, als hätten ihm die beiden Frauen ein Geschenk überreicht. »Vielen, vielen Dank.«

Achtes Kapitel

Ein Plausch bei einer Tasse Tee – mehr würde es nicht sein. Während der Major auf den Tritthocker stieg, um das oberste Fach des Geschirrschranks besser überblicken zu können, tadelte er sich dafür, dass er um die Gestaltung des Nachmittags ein Getue machte wie eine alte Jungfer. Er war entschlossen, Mrs. Alis Besuch locker zu nehmen. Ganz direkt hatte sie ihn am Telefon gefragt, ob er am Sonntag Zeit habe, um ihr seine Ansichten über das Kipling-Buch darzulegen, mit dessen Lektüre sie gerade fertig geworden sei. Sonntagnachmittags hatte der Laden geschlossen, und ihr Neffe war es, wie sie andeutete, gewöhnt, dass sie dann immer ein paar Stunden für sich blieb. Der Major hatte in bewusst beiläufigem Ton geantwortet, dass ihm Sonntagnachmittag aller Wahrscheinlichkeit nach passe und dass er dann unter Umständen auch eine Tasse Tee oder dergleichen machen werde. Sie erwiderte, sie werde gegen vier Uhr kommen, falls es ihm recht sei.
Natürlich stellte sich sofort heraus, dass die Tülle der dicken weißen Steingutkanne an einer Stelle hässlich abgeschlagen und trotz wiederholten Scheuerns innen nicht sauber zu kriegen war. Ihm wurde klar, dass die Beschädigung schon eine ganze Weile bestanden haben musste und er scheinbar die Augen davor verschlossen hatte, um keine neue auftreiben zu müssen. Vor zwanzig Jahren hatten Nancy und er über ein Jahr lang nach einer schlichten Kanne gesucht, die die Hitze speicherte und beim Ausgießen nicht tropfte. Er überlegte, ob er an einem der verbleibenden Tage in die Stadt fahren sollte, aber er wusste jetzt schon, dass unter den Unmengen von Teekannen, die in Geschäften für »Home Design« wie

Pilze aus dem Boden schossen, nichts zu finden war. Er hatte sie förmlich vor Augen: Kannen mit unsichtbaren Henkeln, Kannen mit Vogelpfeifen, Kannen mit verschwommenen Abbildungen von schaukelnden Damen, Kannen mit verschnörkelten, wackeligen Henkeln. Schlussendlich entschied er sich dafür, den Tee in der Silberkanne seiner Mutter zu servieren.
Die schlichte, schön bauchige Kanne, deren Deckel ringsum ein schmales Band von Akanthusblättern zierte, ließ seine Teetassen sofort klobig und derb wie Bauern wirken. Ihm kam der Gedanke, das gute Porzellan zu benutzen, aber er hatte das Gefühl, alles andere als locker zu wirken, wenn er ein Tablett voller feinem Porzellan mit Goldrand ins Zimmer trug. Dann waren ihm Nancys Tassen eingefallen. Es waren nur zwei, vor der Hochzeit auf dem Flohmarkt gekauft. Nancy hatte die ungewöhnlich großen blau-weißen Tassen, die wie auf dem Kopf stehende Glocken aussahen, und die dazugehörigen, tief wie Schüsseln geformten Untertassen sehr bewundert. Sie waren sehr alt, stammten aus der Zeit, als die Leute den Tee noch in die Untertasse gossen und dann tranken. Nancy hatte sie günstig bekommen, weil sie nicht völlig gleich aussahen und es keine weiteren passenden Teile gab.
Eines Nachmittags machte sie ihm darin Tee, einfach Tee, den sie vorsichtig zu dem kleinen Kiefernholztisch vor dem Fenster in ihrem Zimmer trug. Ihre Vermieterin hatte sich durch seine Uniform und seine ruhige Art davon überzeugen lassen, dass er ein Gentleman war, und erlaubte ihm den Aufenthalt in Nancys Zimmer, solange er bei Einbruch der Nacht verschwand. Sie waren es gewohnt, sich im hellen Licht der Nachmittagssonne zu lieben und ihr Kichern unter der gebatikten Tagesdecke zu dämpfen, wenn die Zimmerwirtin draußen vor der Tür die Holzdielen absichtlich zum Knarzen brachte. An diesem Tag aber war das Zimmer aufgeräumt, die sonst herumliegenden Bücher und Farben waren verstaut

und Nancys Haare zu einem lockeren Pferdeschwanz gebunden. Die wunderschönen, durchscheinenden Tassen, deren altes Porzellan die Hitze speicherte, ließen den billigen Tee bernsteinfarben leuchten. Mit langsamen, zeremoniellen Bewegungen goss sie ihm vorsichtig, um nichts zu verspritzen, aus einem Schnapsglas Milch ein.

Als er die Tasse hob, erkannte er mit einer plötzlichen Klarheit, die ihm weniger Angst einjagte, als er erwartet hatte, dass jetzt der Zeitpunkt gekommen war, ihr einen Antrag zu machen.

Die Tassen zitterten in seinen Händen. Er bückte sich und stellte sie vorsichtig auf die Küchentheke, wo sie angemessen sicher standen. Nancy war immer ganz unbekümmert mit ihnen umgegangen; manchmal hatte sie wegen ihrer lustigen Form Blanc manger darin serviert. Sie wäre die Letzte gewesen, die darauf bestanden hätte, sie wie ein Relikt zu behandeln. Doch als er nach den Untertassen griff, hätte er sie am liebsten gefragt, ob es in Ordnung sei, sie zu benützen.

Er hatte nie zu denen gehört, die glaubten, dass sich die Verstorbenen herumtrieben, Genehmigungen erteilten oder allgemeine Wachhundfunktionen ausübten. Wenn in der Kirche die Orgel anschwoll und der Refrain des Lieds lästige Nachbarn in eine kurzlebige Gemeinschaft erhobener Herzen und schlichter Stimmen verwandelte, akzeptierte er, dass sie tot war. Er stellte sie sich in dem Himmel vor, von dem er in seiner Kindheit erfahren hatte: eine Art Wiese mit blauem Firmament und sanftem Wind. Mit etwas so Lächerlichem wie Flügel konnte er sich die Bewohner allerdings nicht mehr vorstellen. Stattdessen sah er Nancy in einem schlichten Etuikleid dahingehen, die flachen Schuhe in der Hand, von einem schattenspendenden Baum in der Ferne angelockt. Doch in der übrigen Zeit konnte er an diesem Bild nicht festhalten. Dann war sie einfach tot, so wie Bertie, und er musste allein weiterkämpfen im schrecklichen leeren Universum des Unglaubens.

Silberne Teekanne, alte blaue Tassen, nichts zu essen. Erleichtert begutachtete der Major die abgeschlossenen Vorbereitungen. Das fehlende Essen sorgt für die passende Zwanglosigkeit, dachte er sich. Plötzlich kam ihm die jedes Detail erfassende Sorgfalt, die er an den Tag gelegt hatte, irgendwie unmännlich, und das übliche Servieren von Finger-Sandwiches anrüchig vor. Er seufzte. Auch das gehörte zu den Dingen, auf die er als alleinlebender Mensch achten musste. Es war wichtig, das Niveau zu halten, nicht nachlässig zu werden. Gleichzeitig gab es diese dünne Linie, deren Überschreitung die Gefahr in sich barg, weibisch jede kleinste Kleinigkeit wichtig zu nehmen. Er sah auf die Armbanduhr. Bis zum Eintreffen seines Gastes blieben noch mehrere Stunden. Er beschloss, sich mannhaft und auf die Schnelle handwerklich zu versuchen und die zerbrochene Zaunlatte hinten im Garten zu reparieren. Und danach würde er sich die Zeit nehmen, um einen gründlichen ersten Blick auf Berties Gewehr zu werfen.

Schon seit mindestens zehn Minuten saß er in ein und derselben Körperhaltung in der Spülküche. Er wusste noch, dass er vom Garten ins Haus gegangen war und Berties Gewehr aus der Bettdecke ausgepackt hatte, aber dann waren seine Gedanken auf Wanderschaft gegangen, bis er, den Blick auf den alten Druck von Windsor Castle an der Wand gerichtet, in den braunen Wasserflecken des Bildes Bewegungen zu erkennen glaubte. Er blinzelte, und die Flecken auf dem getüpfelten Papier wurden wieder reglos. Er ermahnte sich, dass das Abschweifen in solche Momente stierer Greisenhaftigkeit seinem früheren Dienstgrad nicht angemessen sei. Er wollte nicht werden wie Colonel Preston. Dafür brachte er schlicht und einfach nicht das notwendige Interesse an Zimmerpflanzen auf.
Zweimal im Monat, immer freitags, besuchte der Major seinen ehemaligen befehlshabenden Offizier Colonel Preston,

der mittlerweile wegen einer Neuropathie der Beine im Rollstuhl saß und an Alzheimer litt. Colonel Preston pflegte Gespräche mit einem großen Topffarn namens Matilda zu führen, starrte genüsslich die Tapete an und entschuldigte sich bei Fliegen, wenn sie gegen geschlossene Fenster stießen. Nur seiner Frau Helena, einer entzückenden Polin, gelang es, einen Anflug von Normalität in ihm zu erwecken. Immer, wenn Helena ihn an der Schulter schüttelte, wandte sich der Colonel sofort dem jeweils anwesenden Besucher zu und sagte, als befände man sich gerade mitten im Gespräch: »Sie hat es in letzter Sekunde rausgeschafft, bevor der Russe kam. Hat die Unterlagen vertauscht, um die Heiratserlaubnis zu kriegen.« Helena schüttelte dann jedes Mal in gespielter Verzweiflung den Kopf, tätschelte die Hand des Colonels und sagte: »Ich habe im Wurstladen meines Vaters gearbeitet, aber in seiner Erinnerung bin ich Mata Hari.« Helena sorgte dafür, dass er immer frisch gebadet war, saubere Kleidung trug und seine zahlreichen Medikamente einnahm. Nach jedem Besuch schwor sich der Major, künftig mehr Gymnastik zu machen und Kreuzworträtsel zu lösen, um eine solche Schwächung des Gehirns hinauszuzögern, fragte sich aber gleichzeitig mit nicht geringer Sorge, wer ihm so gründlich den Nacken waschen würde, wenn er einmal außer Gefecht gesetzt wäre.

Im trüben Licht der Spülküche straffte der Major seine Schultern und nahm sich vor, sämtliche Kunstdrucke im Haus nach Schäden abzusuchen und dann von einem kompetenten Restaurator ansehen zu lassen.

Er wandte sich wieder Berties Gewehr auf der Küchentheke zu und beschloss, nicht noch mehr Zeit mit der Frage zu verschwenden, warum sein Bruder es all die Jahre hindurch vernachlässigt hatte und wie es zu verstehen sei, dass die Flinte auch dann noch ungeliebt in einem Schrank stand, als Bertie jedes finanzielle Angebot seines Bruders abgelehnt hatte. Stattdessen steckte er seine ganze Aufmerksamkeit in eine

objektive Überprüfung aller möglicherweise reparaturbedürftigen Teile.
Die Maserung wies Sprünge auf, das Holz selbst wirkte grau und trocken. Die elfenbeinerne Schaftkappe war stark vergilbt. Der Major öffnete die Basküle und sah, dass der Ladungsraum zwar matt, zum Glück jedoch rostfrei war. Der Lauf schien gerade zu sein, allerdings war eine kleine Ansammlung von Rostflecken darauf zu erkennen, so als wäre er an dieser Stelle von einer schweißnassen Hand umfasst und danach nicht abgewischt worden. Die kunstvolle Verzierung am Lauf, ein von Kakiblüten umrankter Königsadler, war schwarz angelaufen. Der Major rieb mit dem Finger unterhalb der ausgestreckten Adlerfänge, und siehe da – schon wurde das schmucke, senkrecht angebrachte »P«-Monogramm sichtbar, das sein Vater hinzugefügt hatte. Er hoffte, nicht anmaßend zu sein, aber die Tatsache, dass die Maharadschas und ihre Fürstentümer eines Tages vielleicht der Vergessenheit anheimfallen würden, während die Pettigrews immer weiter bestünden, erfüllte ihn mit einer gewissen Befriedigung.
Er öffnete die Gewehrkiste und entnahm ihr die Teile seiner eigenen Flinte, um beide zu vergleichen. Mit gut geöltem Klicken rasteten sie ineinander ein. Als er die beiden Waffen nebeneinanderlegte, verließ ihn einen Augenblick lang alle Zuversicht. Sie sahen überhaupt nicht aus, als gehörten sie zusammen. Sein eigenes, blank poliertes Gewehr wirkte stattlich. Es atmete förmlich dort auf der Steinplatte. Berties Gewehr dagegen wirkte wie eine Skizze, ein mit billigen Materialien ausgeführter, zum Wegwerfen bestimmter Rohentwurf, der helfen sollte, die richtige Form zu finden. Der Major verstaute sein Gewehr und schloss die Kiste. Er würde die beiden Flinten erst wieder miteinander vergleichen, nachdem er die von Bertie in den bestmöglichen Zustand gebracht hatte. Er tätschelte sie wie einen abgemagerten Streuner, den man in einem vereisten Graben gefunden hat.

Als er die Kerze anzündete, um das Öl zu erwärmen, und das Lederetui mit dem Putzzeug aus der Schublade zog, war ihm schon viel heiterer ums Herz. Er musste das Gewehr nur zerlegen und Stück für Stück daran arbeiten, bis es seiner ursprünglichen Gestalt gemäß wiederhergestellt war. Er nahm sich vor, eine Stunde täglich für dieses Projekt einzuplanen, und sofort überkam ihn die innere Ruhe, die man aus einer wohlgestalteten Routine gewinnt.

Als am frühen Nachmittag das Telefon klingelte, setzte seine gute Laune die sonst übliche Vorsicht außer Kraft, die er immer walten ließ, wenn am anderen Ende der Leitung Rogers Stimme ertönte. Nicht einmal, dass die Verbindung noch schlechter war als sonst, störte ihn.
»Du klingst, als würdest du aus einem U-Boot anrufen, Roger«, sagte er kichernd. »Wahrscheinlich haben wieder mal die Eichhörnchen an den Leitungen geknabbert.«
»Es könnte auch daran liegen, dass ich dich auf laut geschaltet habe«, entgegnete Roger. »Mein Chiropraktiker hat mir verboten, das Handy unters Kinn zu klemmen, und mein Friseur meint, Headsets führten zu vermehrter Talgproduktion und verringerten die Anzahl der Haarfollikel.«
»Was?«
»Wann immer es geht, benutze ich deshalb die Freisprecheinrichtung.« Das unverkennbare, durch das Mikrophon verstärkte Papierrascheln erinnerte den Major an die Theateraufführungen in Rogers Grundschule, bei denen die Kinder Gewittergeräusche herstellten, indem sie Zeitungen schüttelten.
»Bist du gerade beschäftigt?«, fragte der Major. »Du kannst gern später noch mal anrufen, wenn du mit dem Papierkram fertig bist.«
»Nein, nein, ich muss da nur eine endgültige Vereinbarung durchsehen – nachprüfen, ob diesmal auch wirklich alle Dezimalpunkte an der richtigen Stelle sitzen«, sagte Roger. »Ich kann gleichzeitig lesen und reden.«

»Wie effizient! Vielleicht sollte ich es mit ein paar Kapiteln aus *Krieg und Frieden* versuchen, während wir uns miteinander unterhalten.«

»Hör zu, Dad, ich wollte dir nur schnell eine aufregende Neuigkeit erzählen. Sandy und ich haben im Internet ein Cottage gefunden, das für uns in Frage kommt.«

»Im Internet? Sei bloß vorsichtig, Roger. Ich höre ständig, dass es da nur Betrug und Pornographie gibt.«

Roger lachte, und der Major überlegte, ob er ihm von dem haarsträubenden Vorkommnis in Zusammenhang mit Hugh Whetstones erster und letzter Verstrickung in das World Wide Web erzählen sollte, gelangte aber zu der Erkenntnis, dass Roger daraufhin nur noch mehr lachen würde. Die Buchbestellung des armen Hugh hatte zu sechs unbemerkten monatlichen Kreditkartenabbuchungen für die Mitgliedschaft in einer Vereinigung namens »Unsere vierbeinigen Freunde« geführt, die, wie sich herausstellte, keine von den Tierschutzorganisationen seiner Frau war, sondern eine Gruppierung mit deutlich esoterischeren Interessen. Schon allein aus Gründen der Diskretion war es besser, die Geschichte nicht zu erwähnen. Sie hatte als warnendes Beispiel im Dorf die Runde gemacht. Dennoch riefen einige Leute ihre Hunde seitdem bei Fuß, wenn sie Whetstone auf der Straße begegneten.

»Es ist eine einmalige Gelegenheit, Dad. Da ist diese alte Frau, das Cottage gehörte ihrer Tante – zur Miete mit Kaufoption –, und sie will keinen Makler. Wir könnten alle möglichen Gebühren sparen.«

»Schön für euch«, sagte der Major. »Aber wie kann man ohne Immobilienmakler sicher sein, dass der Preis in Ordnung ist?«

»Darum geht es ja gerade«, erwiderte Roger. »Wir könnten die Sache jetzt unter Dach und Fach kriegen, bevor ihr irgendjemand klarmacht, wie viel das Haus in Wirklichkeit wert ist. Es klingt einfach perfekt, Dad, und es liegt nur ein paar Minuten von dir entfernt, in Little Puddleton.«

»Ich weiß wirklich nicht, warum ihr ein Cottage braucht«, entgegnete der Major.

Er kannte Little Puddleton, ein Dorf, das aufgrund seines hohen Anteils an Wochenendbewohnern mehrere Läden für kunstgewerbliche Töpferware sowie ein Kaffeehaus hervorgebracht hatte, in dem handgeröstete Bohnen zu exorbitanten Preisen verkauft wurden. Im Musikpavillon auf der Dorfwiese fanden zwar hervorragende Kammerkonzerte statt, aber der Pub des Ortes war dazu übergegangen, *moules frites* und kleine Abendgerichte zu servieren, die aus aufeinandergestapelten und so perfekt runden Speisen bestanden, dass man hätte glauben können, sie wären in einem Abflussrohr geformt worden. Little Puddleton war eines von den Dörfern, in denen die Leute containerweise Neukreuzungen antiker Rosen in den gerade angesagten Farbtönen kauften, um sie gegen Ende des Sommers aus ihren glasierten italienischen Jardinières zu reißen und wie abgestorbene Petunien auf den Komposthaufen zu werfen. Alice Pierce, seine Nachbarin, unternahm ganz ungeniert einmal jährlich ihren Raubzug, bei dem sie alle Komposthaufen abklapperte. Sie hatte ihm im vergangenen Jahr mehrere Sträucher geschenkt, darunter eine seltene schwarze Teerose, die jetzt vor seinem Gewächshaus blühte.

»Du weißt, dass ihr, deine Freundin und du, hier in Rose Lodge jederzeit willkommen seid«, fügte der Major hinzu.

»Darüber haben wir schon gesprochen. Ich habe Sandy gesagt, dass du jede Menge Platz hast und bestimmt auch bereit wärst, den hinteren Teil des Hauses abzuteilen, so dass eine separate Wohnung entsteht.«

»Eine separate Wohnung?«

»Aber Sandy meinte, das würde aussehen, als wollten wir dich in ein Austragsstübchen abschieben, und wir sollten uns besser erst mal ein eigenes Haus anschaffen.«

»Wie rücksichtsvoll!« Die Stimme des Majors kiekste vor Empörung.

»Hör zu, Dad, wir möchten unbedingt, dass du mitkommst, es dir ansiehst und absegnest«, sagte Roger. »Sandy hat auch auf einen Kuhstall bei Salisbury ein Auge geworfen, aber ich wäre viel lieber in deiner Nähe.«

»Danke.« Dem Major war durchaus bewusst, dass es Roger wahrscheinlich sehr viel mehr um Geld als um einen Ratschlag ging. Andererseits würde sein Sohn für den Kuhstall in Salisbury ganz genauso um Geld bitten. Vielleicht ging es ihm also tatsächlich um die Nähe zur Heimat. Dem Major wurde warm ums Herz bei diesem Aufflackern von Sohnesliebe.

»Man ist ja mit dem Auto schnell in Sussex, und wenn ich jetzt ein paar Jahre in deinem Golfclub spiele, kriege ich später vielleicht die Chance, einem ernstzunehmenden Club beizutreten.«

»Ich kann dir nicht ganz folgen«, sagte der Major. Die aufgeflackerte Sohnesliebe erlosch wie eine Zündflamme in plötzlich entstandener Zugluft.

»Na ja, in Salisbury müsste ich mich in die Wartelisten eintragen lassen. Dein Club hat zwar kein besonderes Renommee, aber der Chef meines Chefs spielt in Henley und sagte, dass er von euch schon gehört hat. Einen Haufen alter Knacker hat er euch genannt.«

»Soll das ein Kompliment sein?«, fragte der Major, der versuchte zu verstehen, wovon sein Sohn gerade sprach.

»Hör zu, Dad ... Würdest du uns am Donnerstag bei dem Treffen mit Mrs. Augerspier in Little Puddleton helfen? Wir wollen uns das Haus nur kurz ansehen – ob die Holzfäule drin ist und so weiter.«

»Ich bin kein Fachmann auf diesem Gebiet«, wandte der Major ein. »Ich kann nicht beurteilen, ob ein Haus Potenzial hat.«

»Es geht nicht um Potenzial, sondern um die verwitwete Mrs. Augerspier«, erklärte Roger. »Sie möchte das Haus an die ›richtigen‹ Leute verkaufen. Du musst mitkommen und dich so distinguiert und charmant geben, wie du nur kannst.«

»Ich soll also mitkommen und der armen Witwe die Hand küssen wie ein italienischer Gigolo, damit sie vor lauter Verwirrtheit euer mickriges Angebot für ein Haus annimmt, das höchstwahrscheinlich ihr gesamtes finanzielles Polster darstellt?«
»Genau. Passt es dir am Donnerstag um vierzehn Uhr?«
»Fünfzehn Uhr wäre besser«, sagte der Major. »Ich habe mittags eine Verabredung in der Stadt. Es könnte ein bisschen länger dauern.« Verlegen schwieg er einige Sekunden lang. »Ich kann es beim besten Willen nicht verschieben«, fügte er hinzu. Und das stimmte ja auch. Er freute sich zwar überhaupt nicht darauf, Grace zu den Caterer-Freunden von Mrs. Ali zu begleiten, aber er war nun einmal auf ihren Wunsch eingegangen und würde es nicht ertragen, sie zu enttäuschen.
»Dann muss ich anrufen und den Termin verschieben«, sagte Roger. Seinem Tonfall nach zu urteilen bezweifelte er zwar, dass sein Vater irgendwelche sonderlich wichtigen Verabredungen hatte, aber offenbar beschloss er, großzügig zu sein und dem alten Herrn seinen Willen zu lassen.

Mrs. Ali saß im Wohnzimmer und wartete darauf, dass er mit dem Tee kam. Er steckte den Kopf zur Tür hinein und blieb kurz stehen.
Mrs. Ali bot ein wunderschönes Bild, so vor dem Erkerfenster sitzend, über ein Buch mit Fotos von Sussex gebeugt. Das Sonnenlicht, das durch die alten, schlierigen Fensterscheiben fiel, brachte die Staubkörnchen in der Luft zum Schimmern und säumte Mrs. Alis Profil wie mit einem zarten goldenen Pinselstrich. Bei ihrer Ankunft hatte sie ein dunkelrosa Kopftuch getragen, das jetzt über die Schulterpartie einer Wollkrepp-Kombination gebreitet war, deren dunkles, weiches Blau an Dämmerlicht erinnerte.
»Milch oder Zitrone?«, fragte der Major. Sie hob lächelnd den Blick.
»Zitrone und geradezu peinlich viel Zucker. Und wenn ich

Freunde besuche, die einen Garten haben, bitte ich manchmal um ein Blatt Minze.«
»Ein Blatt Minze? Grüne Minze? Ananasminze? Ich hätte aber auch so eine violette, kohlartige Kuriosität – irgendeine nicht heimische Art. Meine Frau schwor Stein auf Bein, es sei Minze, aber ich hatte immer Angst davor, das Zeug zu essen.«
»Klingt ja interessant. Dürfte ich mir diese seltsame Pflanze mal ansehen?«
»Selbstverständlich«, antwortete der Major, der sich nun mit dieser plötzlichen Programmänderung auseinandersetzen musste. Den Vorschlag, den Garten zu besichtigen, hatte er sich für den Fall einer im weiteren Verlauf des Nachmittags abrupt eintretenden Gesprächspause aufgehoben. Wenn er ihr den Garten jetzt zeigte, würde der Tee möglicherweise bitter und ungenießbar werden; und was sollte er tun, falls das Gespräch später ins Stocken geriet?
»Nur schnell einen kurzen Blick, damit der Tee nicht schlecht wird«, fügte sie hinzu, als hätte sie seine Gedanken gelesen. »Und später darf ich Sie dann vielleicht um einen ausführlicheren Rundgang bitten?«
»Sehr, sehr gern«, erwiderte er. »Kommen Sie bitte mit durch die Küche.«
Der Weg durch die Küche und die schmale Spülküche würde sie, so lauteten die Überlegungen des Majors, zum Gartenstück an der Längsseite des Hauses führen, in dem die Würzkräuter und ein paar Stachelbeersträucher wuchsen. Der Panoramablick auf den eigentlichen, hinter dem Haus gelegenen Garten könnte dann später durch die Terrassentür im Esszimmer genossen werden. Die beiden Bereiche waren zwar nur durch eine niedrige Hecke voneinander getrennt, doch Mrs. Ali tat freundlicherweise so, als würde sie keinen einzigen Blick darüber auf die Rosen und den Rasen werfen, während sie die niedrigen Minzebüsche, die verschiedenen Salbeiarten und die letzten hohen Borretschstengel betrachtete.

»Das hier muss Ihre fremdländische Minze sein«, sagte sie, bückte sich und rieb die gerüschte, wellige Oberfläche einer kräftigen, zart violetten Pflanze zwischen den Fingern. »Erscheint mir tatsächlich etwas zu stark für ganz normalen Tee.«

»Ich fand sie eigentlich zu penetrant für alles.«

»Aber ein heißes Bad könnte man damit hervorragend parfümieren. Sehr belebend.«

»Ein Bad?« Der Major suchte krampfhaft nach einer Bemerkung, die sich für ein zwangloses Gespräch über parfümiertes Badewasser eignete. Plötzlich verstand er, dass man sich unter der Kleidung nackt fühlen konnte. »Dann wäre man quasi ein menschlicher Teebeutel«, sagte er schließlich. Mrs. Ali lachte und warf das Blatt weg.

»Da haben Sie allerdings recht. Außerdem ist es wahnsinnig mühsam, die aufgeweichten Blätter hinterher aus dem Ausguss zu fischen.« Sie bückte sich und zupfte zwei helle Pfefferminzblätter ab.

»Gehen wir wieder rein und trinken unseren Tee, solange er frisch ist?«, fragte sie.

Der Major machte mit dem linken Arm eine Bewegung zum Haus hin.

»Haben Sie sich an der Hand verletzt?«, fragte Mrs. Ali.

»Nein, nein.« Hastig legte er die Hand an den Rücken. Er hatte gehofft, dass sie das hässliche, zwischen Daumen und Zeigefinger zusammengequetschte rosa Pflaster nicht sehen würde. »Ich habe mir nur bei Ausbesserungsarbeiten einen kleinen Schlag mit dem Hammer verpasst.«

Der Major schenkte Mrs. Ali und sich jeweils eine zweite Tasse Tee ein und hätte das Spätnachmittagslicht am liebsten irgendwie daran gehindert, weiter durch das Wohnzimmer zu wandern. Jeden Moment würden die goldenen Streifen die Bücherregale an der gegenüberliegenden Wand erreicht haben und Mrs. Ali zeigen, wie spät es geworden war. Dann,

so befürchtete er, würde sie vielleicht mit dem Vorlesen aufhören.
Sie las mit leiser, klarer Stimme und erkennbarem Textverständnis. Er hatte fast schon vergessen, wie schön das Zuhören war. In den staubigen Jahren seiner Unterrichtstätigkeit an der privaten Grundschule St. Mark's hatten seine Ohren die Empfindung dafür verloren, waren von den monotonen Stimmen der unverständigen Knaben zu schwingungslosen Stummeln abgeschmirgelt worden. Für sie hatte »Et tu, Brute« dasselbe emotionale Gewicht wie der Ausruf »Die Fahrkarten, bitte« des Fahrscheinkontrolleurs im Bus. Obwohl viele von ihnen einen schönen, sonoren Tonfall besaßen, strebten sie alle mit der gleichen Entschlossenheit danach, noch die kostbarsten Texte zu entstellen. Manchmal musste er sie bitten aufzuhören, was sie als Sieg über seine Spießigkeit ansahen. Als die Schule es erlaubte, Spielfilme in den Bibliographien von Literaturaufsätzen aufzuführen, hatte er noch im selben Jahr beschlossen, seinen Ruhestand anzutreten.
Mrs. Ali hatte viele Seiten mit winzig kleinen orangeroten Papierstreifen gekennzeichnet und sich, nach einigem Drängen seinerseits, dazu bereit erklärt, die Passagen, die sie interessierten, vorzulesen.
Noch nie hatte Kipling so gut geklungen, fand der Major. Sie zitierte gerade aus einer seiner Lieblingserzählungen, »Greise auf Pevensey«, die kurz nach der normannischen Eroberung spielte. Der Major hatte immer das Gefühl gehabt, dass diese Erzählung etwas Wichtiges über die Fundamente seines Landes zum Ausdruck brachte.
»›Ich denke nicht an mich‹«, zitierte sie den Ritter De Aquila, Herr über Pevensey Castle, »›noch an den König, noch an eure Lande. Ich denke an England, an das weder König denkt noch Baron. Bin nicht Normanne, Sir Richard, nicht Sachse, Sir Hugh. Engländer bin ich.‹«
Der Major trank hastig einen Schluck Tee und produzierte dabei unglückseligerweise ein lautes Schlürfen. Das war zwar

peinlich, diente aber immerhin dem Zweck, den Ausruf »Hört, hört!« zu unterdrücken, mit dem er beinahe herausgeplatzt wäre. Mrs. Ali sah lächelnd von ihrem Buch auf.
»Kiplings Figuren sind immer so voller Idealismus!«, sagte sie. »Wie dieser Ritter, ganz grauhaarig und weltmännisch und doch so bestimmt in seiner Leidenschaft für das Land, in seinem Pflichtbewusstsein gegenüber seiner Heimat. Wie ist das nur möglich?«
»Ist es möglich, das eigene Land ungeachtet jeglicher persönlicher Erwägungen zu lieben?«, fragte der Major. Er blickte zur Decke und dachte über die Antwort nach. Dabei bemerkte er in der Ecke zwischen dem Fenster und dem Vorzimmer einen blassen, aber alarmierend braunen Fleck, der eine Woche zuvor noch nicht da gewesen war. Einen Augenblick lang hielt sich sein Patriotismus die Waage mit akuten Sorgen um die Rohrleitungen.
»Ich weiß, die meisten Leute heutzutage würden eine solche Liebe zum eigenen Land als lächerlich romantisch und naiv bezeichnen«, sagte er. »Der Patriotismus wird mittlerweile von schäbigen Jugendlichen mit Marschstiefeln und schlechten Zähnen beansprucht, deren einziges Ziel darin besteht, ihren eigenen Lebensstandard anzuheben. Trotzdem glaube ich, dass es immer noch einige Wenige gibt, die weiterhin an das England glauben, das Kipling so liebte. Aber leider sind wir nur ein verstaubtes Häuflein Übriggebliebener.«
»Mein Vater hat an diese Dinge geglaubt«, erwiderte Mrs. Ali. »So, wie aus den Sachsen und den Normannen *ein* englisches Volk wurde, so hörte er nie auf zu glauben, dass England eines Tages auch uns akzeptieren würde. Er wartete nur darauf, dass man ihn darum bat aufzusatteln und als echter Engländer zusammen mit De Aquila von einem Leuchtturm zum anderen zu reiten.«
»Alle Achtung!«, sagte der Major. »Andererseits besteht heutzutage kaum mehr Bedarf an der Kontrolle von Leuchttürmen – angesichts von Atombomben und so weiter.« Er

seufzte. Es war wirklich ein Jammer, dass die Kette von Leuchttürmen an der Südküste Englands zu niedlichen Freudenfeuern für die Fernsehkameras bei der Millenniumsfeier und dem Krönungsjubiläum der Königin verkommen war.

»Ich meinte das metaphorisch«, erklärte Mrs. Ali.

»Selbstverständlich, gnädige Frau. Aber noch schöner ist doch die Vorstellung, wie er, die lodernde Fackel in der Hand, im ganz wörtlichen Sinne auf die Talhöhe des Devil's Dyke zureitet. Die klirrenden Pferdegeschirre, die donnernden Hufschläge, die Schreie seiner englischen Landsleute und der Geruch der brennenden Fackel, die neben der Sankt-Georgs-Fahne einhergetragen wird ...«

»Ich glaube, er wäre schon damit zufrieden gewesen, nicht immer ganz zufällig vergessen zu werden, wenn das Kollegium sich auf einen Drink im Pub an der Ecke verabredete.«

»Ach ja«, sagte der Major. Er hätte gern etwas Tröstliches erwidert – etwa, dass er persönlich stolz darauf gewesen wäre, mit ihrem Vater ein Glas Bier trinken zu dürfen. Dies verhinderte jedoch die unangenehme Tatsache, dass weder er selbst noch irgendjemand, den er kannte, jemals daran gedacht hatte, ihren Mann auf einen Drink im Pub einzuladen. Natürlich hatte das rein soziale Gründe gehabt, dachte er, es war keine Frage der Hautfarbe. Und schließlich war Mr. Ali nie von sich aus hingegangen, hatte nie versucht, das Eis zu brechen. Wahrscheinlich war er ohnehin Abstinenzler gewesen. Doch keiner dieser Gedanken war auch nur ansatzweise brauchbar; geistig zappelte der Major am Haken wie ein Fisch, der nach der nutzlosen Luft schnappt.

»Meinem Vater hätte dieses Zimmer gefallen.« Mrs. Alis Blick umfasste die Kaminecke, die hohen Bücherregale an zwei Wänden, das bequeme Sofa und die ungleichen Lehnstühle, jeweils von einem Tischchen und einer guten Leselampe begleitet. »Ich fühle mich sehr geehrt von Ihrer liebenswürdigen Einladung in Ihr Haus.«

»Oh nein«, entgegnete der Major und errötete bei dem Ge-

danken, wie oft es ihm nicht in den Sinn gekommen war, eine solche Einladung auszusprechen. »Die Ehre ist ganz meinerseits, und ich empfinde es als einen großen Verlust, nie Gelegenheit gehabt zu haben, Gastgeber für Sie und Ihren Mann zu sein. Als einen überaus großen Verlust.«
»Das ist sehr freundlich von Ihnen«, sagte Mrs. Ali. »Es wäre schön gewesen, wenn Ahmed dieses Haus gesehen hätte. Ich habe immer davon geträumt, dass wir uns eines Tages ein Häuschen kaufen – ein echtes Sussex-Cottage mit weiß verschalter Fassade und ganz vielen Fenstern auf den Garten.«
»Aber direkt über dem Laden zu wohnen, ist doch wahrscheinlich sehr praktisch.«
»Na ja, es hat mir nie etwas ausgemacht, dass es ein bisschen beengt ist. Aber seitdem mein Neffe da ist ... Und ich habe auch nur ganz wenig Platz für Bücherregale wie diese hier.« Sie lächelte ihn an, und er war glücklich darüber, dass sie seine Bücherliebe teilte.
»Mein Sohn ist der Meinung, ich sollte das meiste davon wegwerfen«, sagte der Major. »Seiner Ansicht nach brauche ich eine freie Wand für ein Entertainment Center und einen großen Fernseher.«
Roger war schon mehr als einmal mit dem Vorschlag angekommen, er solle seine Büchersammlung verkleinern, um das Zimmer moderner einzurichten, und hatte angeboten, ihm einen raumfüllenden Fernsehapparat zu schenken, damit er »abends etwas zu tun habe«.
»Wahrscheinlich ist es einfach so, dass die jüngere Generation versuchen muss, die Führung zu übernehmen und das Leben der Älteren zu bestimmen«, sagte Mrs. Ali. »Seit mein Neffe bei mir wohnt, habe ich kein eigenes Leben mehr. Deshalb ist der Traum von einem Cottage wieder erwacht.«
»Mit dem Telefon stöbern sie einen sogar im eigenen Haus zu jeder Tages- und Nachtzeit auf«, sagte der Major. »Ich glaube, mein Sohn will mein Leben organisieren, weil es einfacher ist als sein eigenes. Es gibt ihm das Gefühl, etwas unter Kon-

trolle zu haben in einer Welt, die noch nicht bereit ist, ihm Verantwortung zu übertragen.«
»Sehr scharfsinnig.« Mrs. Ali dachte kurz nach. »Und was unternehmen wir gegen dieses Verhalten?«
»Ich spiele mit dem Gedanken, mich in ein stilles Cottage an einem geheimen Ort zu flüchten und ihm die Nachrichten über mein Wohlergehen in Form von Postkarten zukommen zu lassen, die via Australien verschickt werden.«
Mrs. Ali lachte. »Dürfte ich mich Ihnen dann anschließen?«
»Herzlich gern«, sagte der Major, und einen Augenblick lang sah er in Gedanken ein niedriges, strohgedecktes, hinter einem mit Ginster bewachsenen Hügel versteckt liegendes Cottage und einen schmalen, sichelförmigen Streifen Sandstrand voller Möwen. Der Rauch aus dem Schornstein kündete von einem duftenden Eintopfgericht, das auf dem Holzofen vor sich hin köchelte. Sie und er kamen gemächlich von einem langen Spaziergang zurück in ein von kleinen Lämpchen wohlig beleuchtetes Zimmer mit Büchern, dann ein Glas Wein am Küchentisch ...
Als er merkte, dass er schon wieder ins Träumen geraten war, richtete er seine Aufmerksamkeit rasch wieder auf das Wohnzimmer. Roger wurde immer ungeduldig, wenn er so ins Grübeln kam. Offenbar sah er darin ein Zeichen für eine frühe Form der Demenz. Der Major hoffte, dass Mrs. Ali es nicht mitbekommen hatte. Doch zu seiner Überraschung blickte sie aus dem Fenster, als wäre auch sie in angenehme Pläne versunken. Der Major saß da und erfreute sich eine Zeitlang an ihrem Profil – an der geraden Nase, dem kräftigen Kinn und den, wie er erst jetzt feststellte, zierlichen Ohren unter dem dicken Haar. Als hätte sie seinen Blick auf sich ruhen gefühlt, sah sie ihn wieder an.
»Darf ich Sie jetzt zu einem ausführlichen Gartenrundgang bitten?«, fragte der Major.

Die Blumenbeete wehrten sich gegen die Unordnung des Herbstes. Die Chrysanthemen standen noch aufrecht in Grüppchen aus Gold und Rot, aber die meisten Rosen waren nur mehr Hagebutten, und die Nelkenbüschel hingen bis auf den Weg hinaus wie bläuliches Haar. Nie hatten die vergilbenden Lilienblätter und die zurückgeschnittenen Stengel der Sonnenhüte trauriger ausgesehen.

»Der Garten ist leider nicht im besten Zustand«, sagte der Major, während er Mrs. Ali folgte, die langsam auf dem Kiesweg dahinging.

»Aber er ist doch wunderschön«, entgegnete sie. »Die violette Blüte dort an der Mauer sieht aus wie ein riesiger Edelstein.« Sie deutete auf eine späte Clematis, die ihre fünf, sechs letzten Blüten entfaltet hatte. Die Stengel erinnerten unschön an rostigen Draht, die Blätter waren trocken und eingerollt, aber die Blüten, groß wie Dessertteller, schimmerten gleich rotweinfarbenem Samt an der alten Ziegelmauer.

»Alle unsere Clematispflanzen stammen von meiner Großmutter«, erklärte der Major. »Ich habe nie herausgefunden, wie diese hier heißt, aber es ist eine ziemlich seltene Sorte. Als sie noch im Vorgarten wuchs, sorgte sie für große Aufregung bei den vorbeikommenden Gartenbesitzern. Meine Mutter war sehr geduldig mit den Leuten, die einfach anklopften und um Ableger baten.«

Kurz flackerte in ihm das Bild der langen Schere mit den grünen Griffen auf, die immer am Garderobenständer hing, und die Hand seiner Mutter, die danach griff. Er versuchte, sich auch den Rest von ihr vorzustellen, doch da verschwand sie.

»Wie auch immer – die Zeiten änderten sich. Ende der siebziger Jahre mussten wir sie nach hinten verpflanzen. Wir hatten einen erwischt, der mit der Rosenschere in der Hand um Mitternacht im Garten herumschlich.«

»Pflanzenraub?«

»Ja, so etwas gab es damals ziemlich oft. War natürlich Aus-

druck einer umfassenderen Kulturkrise. Meine Mutter schrieb die Schuld daran der Umstellung auf das Dezimalsystem zu.«
»Ja, wenn man die Leute bittet, in Zehner- statt in Zwölferschritten zu rechnen, ist die Katastrophe fast unausweichlich, nicht wahr?«, sagte sie und lächelte ihn an. Dann wandte sie sich der hartschaligen Frucht zu, die an einem der knorrigen Apfelbäume hinten auf dem Rasen wuchs, und nahm sie näher in Augenschein.
»Meine Frau hat mich auch immer ausgelacht«, sagte er. »Sie meinte, wenn ich meine Abneigung gegen Veränderungen beibehielte, liefe ich Gefahr, als Granitsäule wiedergeboren zu werden.«
»Bitte entschuldigen Sie – ich wollte Sie nicht kränken.«
»Sie haben mich in keiner Weise gekränkt. Es freut mich, dass wir bereits eine Ebene erreicht haben, die ... eine Ebene der ...« Er suchte nach dem richtigen Ausdruck, wobei er vor dem Wort »Intimität« zurückschreckte, als hätte es etwas Verschwitzt-Wollüstiges an sich. »Gewissermaßen eine Ebene, die das Maß der angenehmen Bekanntschaft übersteigt.«
Sie waren unten am Zaun angelangt. Der Major sah, dass einer der Nägel, die er für die Reparatur verwendet hatte, völlig verbogen war und den buchstäblich schlagenden Beweis für seine Unfähigkeit lieferte. Er hoffte, dass Mrs. Ali nur die Aussicht dahinter sehen würde: die als schmale Talmulde zwischen zwei Hügeln abfallende Schafweide mit dem dichten Eichenwäldchen am Ende. Mrs. Ali legte die Arme auf die dünne oberste Zaunlatte und betrachtete die Bäume, die im schwindenden Licht zu weichem Indigoblau verschmolzen. Das ungemähte Gras auf dem westlichen Hügel war bereits dunkel, während auf der östlichen Flanke die Halmspitzen gerade erst ihren Goldton verloren. Vom Boden stieg Dunst auf, und im Osten zog sich der Himmel zur nächtlichen Finsternis zusammen.
»Es ist so schön hier«, sagte sie nach einer Weile und stützte das Kinn in die Hand.

»Es ist nur ein kleiner Ausblick, aber ich werde es nie müde, abends hierherzukommen und zu sehen, wie die Sonne die Weiden verlässt.«
»Ich glaube nicht, dass die großartigsten Ausblicke der Welt so großartig sind wegen ihrer Weite oder Exotik«, sagte sie. »Ich glaube, ihre Ausstrahlung kommt durch das Wissen, dass sie sich nicht verändern. Man betrachtet sie und weiß, dass sie schon seit tausend Jahren so aussehen.«
»Aber wenn man sie einmal mit den Augen eines anderen betrachtet, ist es plötzlich wieder, als sähe man alles zum ersten Mal. Mit den Augen eines neuen Freundes beispielsweise.« Sie wandte sich ihm zu und sah ihn an. Ihr Gesicht lag im Schatten. Einen Augenblick lang herrschte Stille zwischen ihnen.
»Es ist merkwürdig«, sagte sie schließlich, »wenn man plötzlich die Möglichkeit hat, eine neue Freundschaft zu schließen. In einem bestimmten Alter akzeptiert man ja allmählich, dass man nun alle Freunde hat, die einem zustehen, und man gewöhnt sich an diesen scheinbar unveränderlichen Freundeskreis, der dann aber immer kleiner wird – manche ziehen weit weg, führen ein geschäftiges Leben …«
»Und manche verlassen uns für immer«, fügte der Major mit gepresster Stimme hinzu. »Verdammt rücksichtslos, finde ich.« Mrs. Ali streckte die Hand aus, wie um ihn am Ärmel zu berühren, wendete die kleine Geste dann jedoch wieder ab. Der Major bohrte die Schuhspitze in die Erde des Blumenbeets, als hätte er eine Distel entdeckt.
Nach einer Weile sagte Mrs. Ali: »Ich gehe jetzt wohl besser. Fürs Erste zumindest.«
»Solange Sie mir versprechen, dass Sie wiederkommen«, entgegnete der Major. Sie richteten ihre Schritte zurück zum Haus. Langsam wich das Licht aus dem Garten. Mrs. Ali zog ihren Schal enger um die Schultern.
»Als Ahmed starb, merkte ich, dass es fast einsam geworden war um uns herum. Wir waren so sehr mit dem Laden be-

schäftigt gewesen und hatten unser Zusammensein so sehr genossen, dass wir unsere Freundschaften gar nicht mehr pflegten.«

»Ja, das schleicht sich so ein«, sagte der Major. »Ich allerdings hatte natürlich immer Bertie. Er war mir ein großer Trost.« Noch während er sprach, wurde ihm bewusst, wie sehr das stimmte. Auch wenn es abwegig schien angesichts der wenigen Zeit, die Bertie und er in den vergangenen Jahrzehnten miteinander verbracht hatten, war das Gefühl geblieben, einander noch genauso nah zu sein wie in der Kindheit, als sie, zwei Jungs mit immer schmutzigen Knien, hinter dem Gewächshaus miteinander rauften.

Ihm kam der Gedanke, dass er vielleicht Menschen umso gewogener war, je seltener er ihnen begegnete, und dass darin auch der Grund dafür lag, warum seine zahlreichen Bekannten ihm mit ihrer Anteilnahme derzeit so auf die Nerven fielen.

»Es ist ein Glück für Sie, so viele Freunde im Dorf zu haben«, sagte Mrs. Ali. »Darum beneide ich Sie.«

»Das ist wohl wahr.« Der Major öffnete das hohe Tor, das direkt in den Vorgarten führte. Dann stellte er sich zur Seite und ließ Mrs. Ali den Vortritt.

»Und jetzt, genau in dem Moment, in dem man mich auffordert, darüber nachzudenken, wie und wo ich meinen nächsten Lebensabschnitt verbringen will«, fuhr sie fort, »hatte ich nicht nur das Vergnügen, mich mit Ihnen über Bücher zu unterhalten, sondern bin obendrein von Miss DeVere gefragt worden, ob ich ihr und ihren Freundinnen bei den Vorbereitungen für diesen Ball im Golfclub helfen würde?« Sie sprach die Aussage wie eine Frage aus, aber der Major hatte nicht die geringste Ahnung, was das zu bedeuten hatte und welche Antwort sie erwartete. Es drängte ihn, sie vor allen derartigen gesellschaftlichen Verstrickungen zu warnen.

»Ja, die Damen sind unermüdlich«, erklärte er. Es klang nicht gerade wie ein Kompliment. »Viele, viele gute Werke und so weiter und so fort.« Mrs. Alis Lächeln bewies, dass sie ihn verstand.

»Soviel ich weiß, haben Sie mich vorgeschlagen. Und Grace DeVere ist immer sehr höflich zu mir. Vielleicht ist das ja ein erster Einstieg in meine Teilnahme am Dorfleben. Eine Möglichkeit, tiefer Wurzeln zu schlagen.« Sie waren schon am Eingangstor angelangt; Garten und Straße lagen in fast völliger Dunkelheit. Bergab hing tief in einer Lücke zwischen den Bäumen ein einzelner orangeroter Lichtstreifen. Der Major spürte, dass Mrs. Alis Bindung an das Dorf denkbar schwach war. Noch ein wenig mehr Druck von der Familie ihres Mannes, noch eine weitere kränkende Bemerkung eines undankbaren Dorfbewohners, und sie würde womöglich ganz herausgerissen. Die meisten würden es nicht einmal bemerken. Und wenn doch, dann nur, um genüsslich darüber zu jammern, dass das mürrische Geschäftsgebaren ihres Neffen einmal mehr zeige, wie weit es schon gekommen sei. Sie zum Bleiben zu bewegen, einfach nur, weil es schön war, sie in der Nähe zu haben, erschien ihm zutiefst egoistisch. Den Umgang mit Daisy Green und ihrer Damentruppe konnte er unmöglich guten Gewissens fördern. Eher hätte er ihr die Mitgliedschaft in einer Gangsterbande anraten oder ihr empfehlen können, im Londoner Zoo über den Zaun des Eisbärengeheges zu springen. Sie sah ihn an, und ihm war klar, dass sie viel auf seine Meinung geben würde. Er spielte am Riegel des Gartentors herum.

»Gut möglich, dass auch ich unbeabsichtigterweise meine Mitarbeit zugesagt habe«, begann der Major schließlich. »Offenbar habe ich der guten Grace meine Teilnahme an einem Probeessen zugesichert.« Er bemerkte, dass seine Stimme leicht gepresst klang. Mrs. Ali wirkte amüsiert. »Es ist eine große Hilfe für Grace, dass Sie sich bereit erklärt haben, Ihren Sachverstand zur Verfügung zu stellen«, fuhr er fort. »Ich muss Sie allerdings warnen: Das Übermaß an Enthusiasmus, das die Damen des Komitees auszeichnet, könnte verbunden mit völliger Unkenntnis zu ziemlich theatralischen Auswirkungen führen. Ich möchte unter keinen Umständen, dass man Sie in irgendeiner Weise kränkt!«

»Wenn das so ist, werde ich Grace sagen, dass sie mit uns rechnen kann. Vielleicht können wir drei ja verhindern, dass das Reich des Moguls ein zweites Mal zerstört wird«, erwiderte Mrs. Ali. Der Major biss sich auf die Zunge. Während sie sich die Hand gaben und einander ein Wiedersehen versprachen, verkniff er sich die Bemerkung, dass Daisy Green seiner Überzeugung nach eine weit größere Gefahr für das Mogulreich darstellte als die Eroberungen der Rajputenfürsten und die Ostindien-Kompanie zusammen.

Neuntes Kapitel

Das »Taj Mahal Palace« befand sich in einem ehemaligen Polizeirevier in der Mitte der langen Myrtle Street. Am Türsturz des Backsteinhauses war noch das eingemeißelte Wort »Polizei« zu lesen. Ein Teil davon wurde jedoch von einem Neonschild verdeckt, das in immer derselben Reihenfolge nacheinander die Wörter »Late Night – To go – Drinks« aufleuchten ließ. Ein blaues Martiniglas mit gelbem Schirmchen verhieß eine Eleganz, die dem Major ziemlich unglaubwürdig erschien. Auf einem großen, von Hand beschrifteten Schild standen der Name des Lokals sowie die Information, dass es dort einen Sonntags-Brunch, *halàl*-Fleisch und Räumlichkeiten für Hochzeitsfeiern gab. Um den Wagen rückwärts in die schmale Lücke zwischen einem Handwerkerauto und einem Motorroller lenken zu können, stützte der Major den Arm auf der Rückenlehne des Beifahrersitzes ab. Grace zuckte zusammen und errötete, als hätte er ihr die Hand auf den Schenkel gelegt. Mrs. Ali lächelte ihm von hinten zu. Sie war auf die Rückbank gerutscht, nachdem Grace einen langen, wirren Monolog darüber gehalten hatte, wer wo sitzen sollte und warum es ihr nichts ausmache, hinten zu sitzen, dass allerdings der Major nicht allein vorn sitzen dürfe wie ein Taxifahrer. Der Major hatte vorgeschlagen, getrennt zu fahren, da er sich hinterher gleich mit Roger treffen musste, aber Grace hatte erklärt, sie müsse sowieso unbedingt bei dem berühmten Wollgeschäft in Little Puddleton vorbeischauen, und war nicht davon abzubringen gewesen, das Ganze zu einem Ausflug zu machen. Der Major betete darum, er möge das Auto auf Anhieb in die Parklücke manövrieren.
Eine gut gepolsterte Frau mit breitem, strahlendem Gesicht

und wallendem senfgelbem Kopftuch wartete bereits im verglasten Eingang. Ihre Füße, die in hochhackigen Schuhen steckten, waren so winzig, dass der Major sich fragte, wie sie auf ihnen die Balance halten konnte. Doch als sie losstöckelte, um die Besucher zu begrüßen, bewegte sie sich mit der Leichtigkeit eines Heliumballons. Lächelnd winkte sie ihnen mit ihrer pummeligen, üppig beringten Hand zu.

»Ah, da ist ja meine Freundin Mrs. Rasool«, sagte Mrs. Ali, winkte zurück und bereitete sich darauf vor, aus dem Auto zu steigen. »Sie und ihr Mann besitzen zwei Restaurants und ein Reisebüro. Richtige Tycoons sind die beiden.«

»Wirklich?« Grace wirkte schwer beeindruckt von der Frau, die jetzt vor der Lokaltür auf den Zehenspitzen wippte. »Dafür braucht man aber doch bestimmt viel Energie.«

»Ja, Najwa ist sehr engagiert.« Mrs. Ali lachte. »Und außerdem die härteste Geschäftsfrau, die ich kenne – aber nicht verraten, dass ich das erzählt habe! Sie tut nämlich immer so, als hätte ihr Mann das Sagen.« Mrs. Ali stieg aus und verschwand sofort in einer gewaltigen senfgelben Umarmung.

»Najwa, ich möchte dir Major Pettigrew und Miss Grace DeVere vorstellen«, sagte sie, noch immer bei ihrer Freundin untergehakt.

»Mr. Rasool, mein Mann, und ich freuen uns, dass Sie unser bescheidenes Restaurant und unseren Festsaal beehren«, sagte Mrs. Rasool und begrüßte Grace und den Major mit einem herzlichen Händedruck. »Wir sind ein ganz kleiner Betrieb – alles in Eigenregie und hausgemacht, wissen Sie –, aber wir bedienen hier bis zu fünfhundert Gäste, und alles immer schön heiß und frisch. Aber kommen Sie doch und sehen Sie selbst ...« Und schon rauschte sie ins Restaurant und bedeutete ihnen mit einer Handbewegung, ihr zu folgen. Der Major hielt den Damen die Tür auf und ging ihnen nach.

In dem höhlenartigen Lokal waren mehrere Tische besetzt. Zwei Frauen, die in Fensternähe zu Mittag aßen, nickten Mrs. Ali zu, aber nur eine von ihnen lächelte dabei. Andere

Gäste, so erschien es dem Major, hoben verstohlen den Blick. Er starrte unverwandt auf die Bodenfliesen und versuchte, sich nicht fehl am Platz zu fühlen.
Die Fliesen trugen noch Narben aus der Zeit des Polizeireviers. In der Mitte des Raums waren die Umrisse eines Anmeldetresens zu erkennen, und weiter hinten hatte man mehrere große Sitznischen in kabinenähnliche Abteile eingebaut, die vielleicht einmal Zellen oder Verhörzimmer gewesen waren. Als er den Blick hob, sah er, dass die Wände in fröhlichem Orange gestrichen waren – garantiert war auf den Farbeimern »Mango« oder »Kaki« gestanden –, und die großen, mit schmiedeeisernen Rahmen versehenen Fenster, die im unteren Bereich noch Gitterstäbe hatten, zierten safrangelbe Seidenvorhänge. Das Einzige, was den großartigen Raum nach Meinung des Majors beeinträchtigte, war die Überfülle von – auf den ersten Blick als solche erkennbaren – Plastikblumen in synthetischen Farbtönen, die überhaupt nicht zusammenpassten. Sie hingen als Girlanden aus rosaroten und malvefarbenen Rosen von der Decke und steckten eng gepackt in Bodenvasen aus Beton. In dem gefliesten Brunnen in der Mitte schwammen orangerote Seerosen, dicht um das Überlaufventil gedrängt wie tote Kois.
»Wie fröhlich das hier alles wirkt!« Grace streckte den Hals, um die riesigen, mit Efeu und starren Lilien umrankten schmiedeeisernen Kronleuchter zu betrachten. Der Major fand, dass ihre aufrichtige Freude an der Farbenpracht nicht zu einer Frau passte, die sich fast ausschließlich in erdbraune Tweedsachen kleidete. Die düstere weinrot-schwarze Bluse und die dunkelgrünen Strümpfe, die sie an diesem Tag trug, hätten sie in so manchem Waldgebiet unsichtbar gemacht.
»Ja, der Blumenschmuck muss opulent sein, da ist mein Mann leider unerbittlich«, sagte Mrs. Rasool. »Kommen Sie, ich möchte Sie mit ihm bekannt machen.«
Sie führte die drei durch den Raum zu einer großen Sitznische, die durch eine geschnitzte Holzverkleidung und einen

Seidenvorhang teilweise abgeschirmt war. Als sie näher kamen, erhob sich ein dünner Mann mit spärlichem Haupthaar und einem steif gestärkten Hemd von seinem Platz an dem Tisch, an dem er mit einem älteren Paar gesessen hatte, und machte eine angedeutete Verbeugung.
»Mr. Rasool, das hier sind unsere Gäste, Major Pettigrew und Miss DeVere«, verkündete Mrs. Rasool.
»Herzlich willkommen«, sagte Mr. Rasool. »Darf ich Ihnen meine Eltern, die Gründer unseres Unternehmens, vorstellen? Mr. und Mrs. Rasool.« Die beiden alten Leute standen auf und verbeugten sich.
»Sehr erfreut«, stieß der Major hervor, während er sich zum Händeschütteln mühsam über den breiten Tisch beugte. Die Rasools nickten mehrmals und murmelten eine Begrüßung. Den Major erinnerten sie mit ihren bezaubernd symmetrischen Runzeln an die zwei Hälften einer Walnuss.
»Nehmen Sie doch bitte Platz«, sagte Mr. Rasool.
»Müssen wir deinen Eltern die lange Besprechung wirklich zumuten?«, fragte Mrs. Rasool ihren Mann. Ihr schneidiger Ton und die hochgezogenen Augenbrauen vermittelten dem Major den Eindruck, dass die Anwesenheit der alten Leute ursprünglich nicht vorgesehen war.
»Bei so wichtigen Kunden ist es meinen Eltern eine Ehre mitzuhelfen«, erwiderte Mr. Rasool, an den Major gewandt, dem Blick seiner Ehefrau ausweichend. Er rutschte neben seine Mutter auf die Sitzbank und winkte die Gäste zur anderen Nischenseite. »Setzen Sie sich zu uns!«
»Mrs. Ali hat Ihnen hoffentlich erklärt, dass wir nur über ein sehr begrenztes Budget verfügen«, sagte Grace, während sie Zentimeter für Zentimeter weiterrutschte, als wäre die Bank aus Klettmaterial.
Der Major bot Mrs. Ali mit einer Handbewegung an, ebenfalls auf der Bank Platz zu nehmen – nicht nur aus Höflichkeit, sondern auch, weil er es nicht ausstehen konnte, eingeengt zu sein –, aber Mrs. Rasool wies ihn an, sich neben

Grace zu setzen, während sie selbst und Mrs. Ali sich auf den Stühlen an der Außenseite niederließen.

»O bitte«, sagte Mr. Rasool, »wir müssen doch nicht gleich geschäftlich werden. Zunächst einmal sollten Sie unsere bescheidenen Gaben genießen. Meine Frau hat einige kleine Kostproben für Sie bestellt, und meine Mutter hat noch ein paar dazubestellt.« Er klatschte in die Hände, und zwei Kellner traten durch die Küchentür. Sie trugen Silbertabletts mit gewölbten silbernen Hauben. Ihnen folgten zwei Musiker, einer mit einer Handtrommel, der andere mit einer Sitar. Die beiden machten es sich auf niedrigen Hockern neben der Sitznische bequem und begannen, ein schwungvolles atonales Lied zu spielen.

»Wir haben Musiker für Sie«, berichtete Mrs. Rasool. »Und die Dekoration, die wir besorgt haben, sagt Ihnen bestimmt zu.« Mit der Anwesenheit ihrer Schwiegereltern hatte sie sich inzwischen offenbar abgefunden. Nach Überzeugung des Majors war jedes Familienunternehmen von Verhandlungen zwischen den Generationen geprägt, aber die unübersehbare Kompetenz von Mrs. Rasool führte wahrscheinlich zu zusätzlichen Konfliktpunkten. Die alte Frau sprach jetzt mit erhobenem Zeigefinger rasend schnell auf Mrs. Rasool ein.

»Meine Mutter besteht darauf, dass unsere Gäste erst einmal etwas zu sich nehmen«, erklärte Mr. Rasool. »Über Geschäfte zu reden, ohne vorher Gastfreundschaft zu erweisen, ist eine Beleidigung.« Die Mutter warf dem Major und Grace einen so finsteren Blick zu, als hätten sie schon jetzt irgendwie gegen den guten Ton verstoßen.

»Nun ja, ein winziges Häppchen vielleicht«, sagte Grace und zog ein kleines Notizbuch und einen dünnen silbernen Kugelschreiber aus ihrer Handtasche. »Mittags esse ich nie viel.«

Das Essen wurde rasch serviert – kleine Schüsseln mit dampfenden, farbenprächtigen Speisen, die nach vertrauten, aber dennoch nicht sofort benennbaren Gewürzen dufteten. Grace

naschte sich durch sämtliche Schüsseln und spitzte bei den dunkleren, schärferen Gerichten abwägend die Lippen. Amüsiert beobachtete der Major, wie sie sich alles notierte und ihr das Schreiben zunehmend schwerfiel, als sie vom Essen und von mehreren Gläsern Punsch schläfrig geworden war.
»Wie schreibt man ›Gosht‹?«, fragte sie nun schon zum dritten Mal. »Und das da ist noch mal welches Fleisch?«
»Ziege«, antwortete Mr. Rasool. »Ziegenfleisch ist die traditionellste Zutat.«
»Ziegen-Gosht?« Grace konnte ihren Unterkiefer nur mit Mühe um die beiden Wörter herumsteuern. Sie blinzelte ein paarmal, als hätte man ihr eröffnet, dass sie gerade Pferdefleisch esse.
»Aber Huhn ist auch sehr beliebt«, erklärte Mrs. Rasool. »Dürfen wir Ihnen noch ein Glas Punsch einschenken?«
Beim ersten Glas Punsch, das Mrs. Rasool ihnen als eine leicht alkoholische Mittagserfrischung angeboten hatte, war dem Major ein hauchfeiner Wacholderduft in die Nase gestiegen. Das Getränk war in einem kunstvoll verschnörkelten Glaskrug serviert worden und enthielt Gurkenscheiben, Ananasstückchen und Granatapfelkerne. Doch Mrs. Rasools gekrümmter Finger beim Bestellen der zweiten Runde war wohl das Zeichen dafür gewesen, die Verhandlungen mit einem ordentlichen Schuss Gin zu schmieren. Die Gurkenscheiben hatte der Schock förmlich durchsichtig gemacht, und den Major selbst befiel ein großes Verlangen danach, umgeben vom Duft des Essens und dem schimmernden Licht der Seidenvorhänge einzuschlummern. Die Rasools und Mrs. Ali tranken ausschließlich Wasser.
»Der Tradition meiner Eltern folgend, wird dieses Essen entweder in der Mitte des Tisches serviert oder als Büfett angerichtet«, sagte Mr. Rasool. »Auf einer großen Tonplatte mit ringsum angeordneten Beilagen in Silberschüsselchen – Sonnenblumenkerne, Kakifruchtscheiben und Tamarinden-Chutney.«

»Ich weiß nicht – als Hauptgang ist es vielleicht ein bisschen zu scharf«, meinte Grace. Sie legte die Hände wie ein Megaphon um den Mund. »Was denken Sie, Major?«
»Wer das hier nicht köstlich findet, ist schlichtweg ein Idiot«, sagte der Major und nickte Mrs. Rasool und Mrs. Ali heftig zu. »Aber dennoch ...« Er wusste nicht recht, wie er seiner festen Überzeugung Ausdruck verleihen sollte, dass die Gäste des Golfclub-Balls einen Anfall bekämen, wenn man ihnen als Hauptgang ein Reisgericht statt einer dicken, hart gewordenen Scheibe Fleisch vorsetzte. Mrs. Rasool sah ihn mit hochgezogener Augenbraue an.
»Aber dennoch ist es vielleicht nicht ganz ... idiotensicher, sozusagen?«, fragte sie. Dem Major blieb nichts übrig, als sich mit einem Lächeln andeutungsweise zu entschuldigen.
»Das kann ich gut verstehen«, sagte Mrs. Rasool. Sie machte eine Handbewegung, und sofort eilte ein Kellner in die Küche. Die Musiker brachen ihre Darbietung abrupt ab, als hätte Mrs. Rasool auch sie gemeint, und folgten dem Kellner.
»Jedenfalls ist es ein sehr, sehr interessanter Geschmack«, sagte Grace. »Wir wollen nicht heikel sein.«
»Natürlich nicht«, erwiderte Mrs. Rasool. »Mit unserer etwas gängigeren Alternative sind Sie ganz bestimmt einverstanden.« Der Kellner kam im Laufschritt zurück und brachte einen Silberteller mit einem perfekt geformten einzelnen Yorkshire-Pudding an einer burgunderroten Sauce. In dem Pudding lag eine duftende Scheibe rosarotes Rindfleisch, daneben waren eine Portion mit Kumin gewürzte Kartoffeln und ein Salatblatt angeordnet, auf dem sich in Scheiben geschnittene Tomaten, rote Zwiebeln und Sternfrucht befanden. Während die Gäste das Gericht in verblüfftem Schweigen betrachteten, stieg von dem Rindfleisch ein winziges Dampfwölkchen auf.
»Das ist perfekt«, hauchte Grace. »Sind die Kartoffeln scharf?« Der ältere Mr. Rasool raunte seinem Sohn etwas zu. Mrs. Rasool lachte schrill, fast zischend auf.

»Überhaupt nicht. Ich gebe Ihnen Fotos, die können Sie mitnehmen«, sagte sie. »Dann wären wir uns also einig: die Hähnchenspieße, die Samosas und die Hähnchenflügel als Hors d'œuvres, dann das Rindfleisch, und als Dessert schlage ich Trifle vor.«

»Trifle?« Der Major hatte sich Hoffnungen auf ein paar Dessertproben gemacht.

»Eine von den erfreulicheren Traditionen, die Sie uns hinterlassen haben«, sagte Mrs. Rasool. »Bei uns wird Trifle mit Tamarindenmarmelade abgeschmeckt.«

»Roastbeef und Trifle«, sagte Grace, völlig benommen vom Essen und vom Punch. »Und das ist alles authentische Mogul-Küche, ja?«

»Selbstverständlich«, versicherte ihr Mrs. Rasool. »Alle werden sich glücklich schätzen, weil sie einmal essen dürfen wie Kaiser Shah Jahan, und keinem Einzigen wird es zu scharf sein.«

Der Major konnte keinerlei Spott in Mrs. Rasools Tonfall entdecken. Sie wirkte völlig zufrieden damit, gefällig sein zu können. Auch Mr. Rasool nickte und stellte in seinem schwarzen Buch irgendwelche Berechnungen an. Nur das alte Ehepaar blickte ziemlich streng drein.

»Und was ist mit der Musik?«, fragte Mrs. Rasool. »Wollen Sie noch mehr von der Sitar hören, oder planen Sie eher eine Tanzkapelle?«

»Nein, keine Sitar mehr, bitte«, sagte Grace. Der Major seufzte erleichtert auf, als Mrs. Rasool und Grace ein Gespräch über die Schwierigkeiten begannen, eine leise Band zu finden, die alle Standards im Repertoire hatte, dem Abend aber gleichzeitig eine exotische Note verleihen konnte. Er fühlte sich nicht verpflichtet, an der Diskussion teilzunehmen. Stattdessen nutzte er die verhältnismäßig ruhige Situation, um sich zur Seite zu lehnen und mit Mrs. Ali zu sprechen.

»Als ich klein war und in Lahore lebte, war Rasmalai immer

unsere Lieblingsnachspeise«, flüsterte er ihr zu. Soweit er sich erinnerte, war Rasmalai das einzige einheimische Gericht, das seine Mutter in der kühlen weißen Villa duldete. Meistens kamen bei ihnen, wie bei allen ihren Freunden auch, süße Aufläufe, Fleischpasteten und schwere Saucen auf den Tisch. »Unsere Köchin gab immer Rosenblütenblätter und Safran in den Sirup, und draußen im Hof hielten wir eine Ziege, aus deren Milch der Quark gemacht wurde.« Er sah die Ziege vor sich, ein griesgrämiges Tier mit einem verkümmerten Hinterbein und Kotbröckelchen im strähnigen Schwanz. Er glaubte sich auch an einen Jungen zu erinnern, etwa in seinem Alter, der auf dem Hof lebte und sich um die Ziege kümmerte. Der Major beschloss, diese Reminiszenz nicht mit Mrs. Ali zu teilen. »Wenn ich es mir heute irgendwo bestelle, hat es nie ganz den Geschmack, an den ich mich erinnere.«
»Ach ja, die Speisen der Kindheit«, sagte Mrs. Ali lächelnd. »Dass man sie nicht nachkochen kann, liegt, glaube ich, eher an dem unseligen Eigensinn unseres Gedächtnisses als an irgendeinem Fehler bei der Zubereitung. Und trotzdem jagen wir ihnen weiter nach.« Sie wandte sich an Mrs. Rasool, zupfte sie am Ärmel und fragte: »Najwa, dürfte der Major mal das berühmte Rasmalai deiner Schwiegermutter probieren?«
Obwohl der Major mit der Behauptung, keinen Bissen mehr hinunterzubringen, Protest erhob, servierten die Kellner gleich darauf Schüsseln mit Quarkbällchen in hellrosa Sirup. »Die macht meine Schwiegermutter selbst«, erklärte Mrs. Rasool. »Sie mischt gerne noch ein bisschen in der Küche mit.«
»Sie müssen wirklich sehr begabt sein«, sagte Grace so laut und langsam zu der alten Frau, als wäre diese taub. »Ich wünsche mir immer, ich hätte Zeit zum Kochen.« Die Alte warf ihr einen bösen Blick zu.
»Im Grunde muss man ja nur zusehen, wie der Quark abtropft«, meinte Mrs. Rasool. »Aber dabei kannst du alles andere in der Küche im Auge behalten, stimmt's, Mutter?«

»Meine Eltern sind uns eine große Hilfe«, sagte Mr. Rasool und klopfte seiner Frau zaghaft auf den Arm.
Der Major nahm einen Löffel vom Nachtisch und genoss den sämigen Quark und den leichten Sirup. Zu seiner Freude erkannte er darin das wieder, woran er sich aus seiner Kindheit zu erinnern glaubte, wenn es auch eher der Duft als der Geschmack war.
»Das ist nah dran«, flüsterte er Mrs. Ali zu. »Sehr, sehr nah!«
»Köstlich«, sagte Grace und spitzte ihre Lippen um die winzige Portion Quark auf ihrem Löffel. »Aber ich glaube, wir nehmen besser Trifle.« Sie schob die Schüssel weg und trank aus ihrem Punschglas. »So, und welche Vorschläge haben Sie in Hinblick auf die Dekoration?«
»Mrs. Ali hat gesagt, ich solle mich mal umsehen, und ich hatte die Befürchtung, es würde ziemlich teuer werden«, erklärte Mrs. Rasool.
»Aber dann kam uns ein glücklicher Zufall zu Hilfe«, fügte Mr. Rasool hinzu. »Eine sehr geschätzte Freundin bot ihre Mithilfe an.«
»Ach wirklich?«, sagte Grace. »Unser Budget ist nämlich … Na ja, Sie wissen schon.«
»Ich weiß, ich weiß«, erwiderte Mr. Rasool. »Deshalb möchte ich Ihnen ja auch meine Freundin Mrs. Khan vorstellen. Sie ist die Frau von Dr. Khan, einem Facharzt im Hill Hospital. Eine unserer herausragendsten Familien. Sie hat ein eigenes Dekorationsunternehmen.«
Er winkte jemandem zu, und der Major sah die beiden Damen vom Fenstertisch aufstehen. Die ältere winkte zurück und sagte etwas zu ihrer Begleiterin, die daraufhin das Restaurant verließ.
»Saadia Khan?«, fragte Mrs. Ali leise. »Hältst du das wirklich für eine gute Idee, Najwa?« Mrs. Rasool lächelte gequält.
»Mein Mann behauptet, dass sie wirklich sehr gerne hilft.«
»So ist es. Mrs. Khan hat sogar angedeutet, dass sie möglicherweise unentgeltlich mitarbeiten würde«, fügte Mr. Rasool hin-

zu. »Ich glaube, ihr Mann hat viele Freunde unter den Mitgliedern Ihres angesehenen Clubs.«
»Wirklich?«, fragte Grace. »Den Namen habe ich noch nie gehört. Dr. Khan, ja?«
»Ja, ein sehr bekannter Mann. Seine Frau engagiert sich für wohltätige Zwecke. Sie ist sehr um das Wohlergehen unserer jungen Frauen besorgt.«
Eindrucksvoll überragte Mrs. Khan die am Tisch Sitzenden. Sie trug ein Tweedkostüm, an dessen Revers eine schwere Goldbrosche steckte, und an jeder Hand einen Ring, der eine schlicht und ganz aus Gold, der andere mit einem riesigen Saphir in einer schweren Goldfassung. Sie hatte eine große, steife Handtasche und einen eng eingerollten Regenschirm bei sich. Dem Major schien ihr Gesicht ziemlich glatt für ihr Alter; ihre schichtweise mit Haarspray fixierte Frisur erinnerte ihn an die frühere Premierministerin. Er stand auf und stieß, als er die Bank verlassen und sich neben Mrs. Alis Stuhl stellen wollte, mit dem Oberschenkel so schmerzhaft gegen die Tischkante, dass er vor Schmerz mehrmals blinzeln musste. Auch die Rasools erhoben sich und machten alle miteinander bekannt.
»Sehr erfreut, Major. Sagen Sie einfach Sadie zu mir, so nennen mich alle.« Selbst Mrs. Khans breites strahlendes Lächeln ließ die übrigen Teile ihres Gesichts von Falten völlig unberührt. »Miss DeVere, ich glaube, wir haben uns letztes Jahr bei dieser grauenhaften Gartenparty der Handelskammer kennengelernt, nicht wahr?«
»Aber ja, natürlich«, erwiderte Grace in einem Ton, der besagte, dass sie sich beim besten Willen nicht daran erinnern konnte. Mrs. Khan beugte sich quer über Mrs. Ali hinweg, um Grace die Hand zu geben.
»Es herrschte damals ein unglaubliches Gedränge, aber mein Mann und ich finden, dass man solch grundlegende Institutionen unterstützen muss«, fuhr Mrs. Khan fort. Sie trat einen Schritt zurück und schien erst jetzt Mrs. Ali wahrzunehmen.

»Ach, du bist auch hier, Jasmina?« Der Major erkannte, dass die Anrede mit Mrs. Alis Vornamen eine bewusste Schmähung darstellte, war aber dankbar dafür, ihn endlich zu hören. Selbst mit einer so böswilligen Absicht ausgesprochen, klang er bezaubernd.
»Saadia«, sagte Mrs. Ali und senkte wieder den Kopf.
»Muss ja ein wahrer Genuss für dich sein, endlich mal von der Ladentheke wegzukommen«, fuhr Mrs. Khan fort. »Kleine Pause von den Tiefkühlerbsen und Zeitungen?«
»Sie wollten uns Stoffmuster zeigen?«, sagte Mrs. Rasool.
»Ja. Meine Assistentin Noreen und ihre Nichte bringen sie gleich.« Und schon quälten sich Mrs. Khans Tischgenossin und eine jüngere Frau mit mehreren Musterbüchern und einer Schachtel voller Stoffe an der schweren Restauranttür ab. Ihnen folgte ein kleiner Junge, der mit beiden Armen bedenklich schief ein großes Musterbuch trug. Der Major erkannte sofort das Kind von der Promenade wieder und spürte, wie ihm angesichts der Möglichkeit, dass Mrs. Ali und er bloßgestellt werden könnten, eine schulbubenhafte Panikröte ins Gesicht schoss. Obwohl es sich nur um gemeinsames Teetrinken in der Öffentlichkeit und nicht um irgendwelche Ausschweifungen gehandelt hatte, war ihm kläglich zumute, als die kleine Gruppe langsam den Spießrutenlauf durch das Lokal mit all den neugierigen Mienen absolvierte und er befürchten musste, dass seine verborgene Freundschaft aufflog. Er war wie gelähmt. Er konnte nichts weiter tun, als die Rückenlehne von Mrs. Alis Stuhl zu umklammern und zu erahnen, was in dem Kopf mit dem glänzenden Haar neben ihm vor sich ging.
»Ach du meine Güte, die Nichte hat ihren Jungen mitgebracht«, sagte Mrs. Khan in lautem Flüsterton zu Mrs. Rasool. »Ich schaffe ihn auf der Stelle raus – was hat sie sich nur dabei gedacht?«
»Sei nicht albern«, entgegnete Mrs. Rasool. »Das ist völlig in Ordnung.«

»Ich versuche ja zu helfen, wenn auch nur Noreen zuliebe«, sagte Mrs. Khan. »Aber die junge Frau ist nun mal schwierig.« Sie warf dem Major und Grace einen unsicheren Blick zu.
»Was für ein süßer kleiner Junge!«, rief Grace, als die Frauen ihre schwere Last auf einen Tisch in der Nähe abluden und der Junge dasselbe versuchte. »Wie heißt er denn?« Es entstand eine winzige Pause, so als hätten sie nicht erwartet, vorgestellt zu werden.
Die Frau namens Noreen wirkte ziemlich eingeschüchtert. Sie fuhr sich nervös über das dünne graue Haar und warf Mrs. Khan, deren Lippen zu einem dünnen Strich geworden waren, einen Blick zu.
»Ich konnte ihn nicht im Auto lassen«, erklärte die junge Frau, den Blick ebenfalls auf Mrs. Khan gerichtet. Ihre Miene allerdings war so grimmig wie die ihrer Tante demutsvoll.
»Ich glaube, er heißt George«, sagte Mrs. Ali, um die Atmosphäre zu entspannen. Sie stand auf, ging zu dem Jungen hinüber und schüttelte ihm die Hand. »Wir hatten das Vergnügen, uns im Park kennenzulernen. Hast du es geschafft, deinen Ball bis nach Hause zu bekommen?«
Die junge Frau runzelte die Stirn und hob sich George an die Hüfte. »Damals hat er es geschafft, aber am nächsten Tag hat er ihn dann auf dem Weg in die Innenstadt in einem Abflussrohr verloren.« Zum Major sagte sie nichts, sondern nickte ihm nur kurz zu. Heute trug sie ein langes, formloses schwarzes Kleid und darunter Leggings; der einzige farbige Ausrutscher bestand in knallroten Turnschuhen, die über die Knöchel reichten. Ihr Haar war teilweise von einem elastischen Kopftuch verdeckt. Sie hatte sich ganz offensichtlich um konventionellere Kleidung bemüht, aber dem Major schien es, als beharrte sie ebenso bewusst auf einem gewissen Maß an dickköpfigem Widerstand. Sie wirkte in dem Restaurant genauso deplaziert wie auf der Promenade, als sie die Teedame angebrüllt hatte.
»Jasmina, ich glaube, Amina und George stammen aus deiner

Ecke oben im Norden«, sagte Mrs. Khan mit aalglattem Lächeln. »Vielleicht sind eure Familien ja miteinander bekannt?«
Der Major konnte nicht erkennen, ob Mrs. Ali belustigt oder verärgert war. Sie presste die Lippen aufeinander, als wollte sie ein Kichern unterdrücken, aber ihre Augen blitzten.
»Das glaube ich nicht, Saadia«, entgegnete sie. Dem Major fiel auf, dass sie ganz bewusst nicht »Sadie« sagte. »Es ist ein größerer Ort.«
»Also, ich glaube, Sie haben einen Neffen in meinem Alter, der da mal gelebt hat«, warf Amina ein. Ihre Tante Noreen begann zu zittern wie Espenlaub und hantierte mit den Musterbüchern herum. »Vielleicht bin ich sogar mit ihm zur Schule gegangen.«
»Vielleicht – aber er ist schon seit einer ganzen Weile nicht mehr dort«, sagte Mrs. Ali. In ihrer Stimme schwang ein vorsichtiger Unterton mit, den der Major bei ihr noch nie gehört hatte. »Er hat eine Zeitlang in Pakistan studiert.«
»Und jetzt wohnt er bei dir, wie ich gehört habe«, sagte Mrs. Khan. »Nach Sussex ziehen zu dürfen ist ein Riesenglück. Meine Wohltätigkeitsorganisation ist sehr aktiv in diesen Städten im Norden, es gibt dort sehr, sehr viele Probleme.« Sie tätschelte Aminas Arm, als hätte sie den Großteil dieser Probleme verursacht.
Die junge Frau öffnete den Mund und sah von einem zum anderen, als wüsste sie nicht, ob sie noch etwas zu Mrs. Ali sagen oder Sadie Khan eine scharfe Antwort erteilen sollte. Bevor sie das Wort ergreifen konnte, wurde sie von ihrer Tante heftig am Ärmel gezupft. Sie schloss den Mund, wandte sich ab und half, eine lange, schwere Stoffbahn auszubreiten. Der Major beobachtete, wie die beiden in stillem Streit darum rangelten.
»Vielleicht sollten wir jetzt über die Dekoration reden«, schlug Mrs. Rasool vor, der das ganze Gespräch sichtlich unangenehm war. »Mrs. Khan, zeigen Sie uns doch bitte als Erstes die Stoffe für die Tischläufer, ja?«

Schon kurze Zeit später stritten Mrs. Khan, Mrs. Rasool und Grace über die jeweiligen Vorzüge des schimmernden pastellfarbenen Chiffons und des schweren Damasts mit dem farbenprächtigen Paisleymuster. Amina und ihre Tante Noreen breiteten schweigend Stoffe aus und blätterten Musterbücher durch – Erstere mit verkniffenem Mund. Der Major setzte sich wieder an seinen Platz, und die Kellner brachten Gläser mit heißem Tee. Ohne die beiden älteren Rasools zu beachten, sah der Major zu, wie Mrs. Ali George aufforderte, auf ihren Schoß zu klettern.

Sie gab ihm ihren Teelöffel, den sie zuvor in Honig getaucht hatte. Vorsichtig begann er, daran zu lecken. »George mag Honig«, sagte er ernst. »Ist der bio?« Mrs. Ali lachte.

»Also, ich habe noch nie gesehen, dass Bienen ein Antibiotikum gespritzt wurde, George«, sagte der Major, der grundsätzlich für die medikamentöse Behandlung von Nutztieren war und an der vernünftigen Verwendung von gut abgelagertem Dung nichts Falsches sehen konnte. George warf ihm einen finsteren Blick zu, und einen Moment lang erinnerte das Kind den Major an Mrs. Alis mürrischen Neffen.

»Meine Mum sagt, bio ist besser.« Er strich sich mit dem Löffel über die ganze Zunge. »Meine Oma tut Honig in den Tee, aber sie ist gestorben«, fügte er hinzu.

Mrs. Ali beugte den Kopf zu ihm hinunter und küsste hastig sein Haar. »Dann seid ihr, du und deine Mutter, jetzt bestimmt sehr traurig.«

»Wir sind einsam«, sagte George. »Wir sind jetzt ganz einsam auf der Welt.«

»Du meinst wohl ›allein‹«, sagte der Major, obwohl er sich dabei pedantisch vorkam. Er verkniff es sich, den Kleinen nach seinem Vater zu fragen. Heutzutage ließ man das besser bleiben; außerdem erschien es ihm irgendwie unwahrscheinlich, dass es im Leben dieses Jungen überhaupt einen gab.

»Krieg ich noch mal Honig?«, fragte George und beendete das Thema auf die ehrliche, unvermittelte Art der Kinder.

»Ja, natürlich«, sagte Mrs. Ali.
»Ich mag dich«, sagte George.
»Sie haben einen ausgezeichneten Geschmack, junger Mann«, versicherte ihm der Major.

Grace kam strahlend zur Sitznische zurück und teilte dem Major die gute Nachricht mit, dass Mrs. Khan bereit war, ihnen die Wandbehänge und Dekorationen zu leihen und für den Stoff, der als Tischläufer dienen sollte und so gut wie sicher Flecken abbekommen würde, nur den Einkaufspreis zu berechnen.
»Es ist ein so alter und hier in der Gegend so wichtiger Club«, sagte Mrs. Khan. »Und mein Mann hat so viele Freunde unter den Mitgliedern. Da freuen wir uns doch, wenn wir helfen können, wo immer möglich.«
»Man wird es Ihnen hoch anrechnen«, sagte der Major und sah mit fragendem Blick zu Grace hinüber, die mit einem verständnislosen Lächeln reagierte. »Grace, möchten Sie nicht noch die endgültige Zustimmung Ihrer Komiteevorsitzenden einholen?«
»Was? Ach so, ja natürlich«, sagte Grace. »Obwohl ich mir sicher bin, dass sie begeistert sein wird.«
»Mein Mann und ich sind gerne bereit, uns auch mit Ihren Kolleginnen zu treffen, falls das nötig ist«, sagte Mrs. Khan. »Da wir schon so viele kennen, wäre es uns eine große Freude, den äußeren Rahmen für das wundervolle Essen der Rasools so schön wie möglich zu gestalten. Ich habe Mrs. Rasool schon oft bei meinen eigenen Veranstaltungen eingesetzt.« Der Major ertappte Mrs. Rasool dabei, wie sie, zu Mrs. Ali gewandt, die Augen verdrehte. Mrs. Ali unterdrückte ein Kichern und hob George von ihrem Schoß. Der Junge lief zu seiner Mutter zurück.
»Das klingt sehr gut«, sagte Grace leicht zerstreut. Als der Major Mrs. Khan die Hand schüttelte, konnte er nicht umhin, Mitleid für sie zu empfinden. Trotz der Prominenz ihres

Mannes und der Großzügigkeit der beiden hielt er es für ziemlich unwahrscheinlich, dass Daisy oder das Aufnahmekomitee irgendein Interesse daran hatten, eine Clubmitgliedschaft des Paares in Erwägung zu ziehen. Blieb nur zu hoffen, dass sie den Anstand besaßen, das generöse Angebot der Khans abzulehnen und die Dinge durch reguläre Bezahlung säuberlich getrennt zu halten. Er nahm sich vor, irgendwann in aller Ruhe mit Grace darüber zu sprechen.

Zehntes Kapitel

Für die Autofahrt nach Little Puddleton wählte Grace die Rückbank. Sie hing seltsam schief und schlaff in ihrem Sitz und erklärte nach einer Weile mitten im dichten Stadtauswärtsverkehr, ihr sei ein ganz klein wenig schlecht.
»Soll ich anhalten?«, fragte der Major, obwohl er sich nur halbherzig dazu durchringen konnte, das Angebot ernst zu meinen. Es war kurz vor drei, und er wollte Roger nicht durch sein verspätetes Erscheinen enttäuschen. Als die Straße frei wurde, gab er Gas und steuerte den schweren Wagen mühelos über die Hügelkuppe.
»Nein, nein, ich ruhe nur ein bisschen meine Augen aus«, gab Grace matt flüsternd zurück. »Es geht schon.«
»Ich habe Erfrischungstücher dabei«, sagte Mrs. Ali. Sie kramte in ihrer Handtasche und reichte Grace ein kleines, mit Strass besetztes Täschchen nach hinten. Im Wagen breitete sich ein schwacher Duft nach Blüten und Alkohol aus.
»Die sind wunderbar«, sagte Grace. »Gleich bin ich wieder quietschfidel, und dann kann ich es kaum erwarten, Ihnen die neue Alpaka-Wolle zu zeigen, Mrs. Ali. Das wird der Höhepunkt des heutigen Nachmittags!«
»Ich soll von den Freuden des Strickens überzeugt werden«, sagte Mrs. Ali lächelnd zum Major.
»Mein herzliches Beileid.«
Auf der langen, sanften Talfahrt hinunter nach Little Puddleton versuchte der Major, ein hohes Tempo zu halten und das gedämpfte Stöhnen von der Rückbank zu überhören. Er war überzeugt, dass Grace sich sofort besser fühlen würde, sobald er die beiden vor dem Handarbeitsladen abgesetzt hätte. Schon der Anblick der bunten Wolle würde sie aufheitern.

Die Dorfwiese war genauso penibel gepflegt, wie der Major sie in Erinnerung gehabt hatte. Rings um das kurz gemähte Gras hing an frisch gestrichenen weißen Holzpfosten in Kniehöhe eine Kette. Bronzeschilder teilten den Leuten mit, dass das Betreten der Rasenfläche nur an Konzertnachmittagen gestattet war. Kieswege schlängelten sich über die Rasenfläche wie ein seltsames Venn-Diagramm. Der Pavillon auf der anderen Seite überblickte den ellipsenförmigen Ententeich, auf dem drei wie gebleicht aussehende Schwäne schwammen. Es waren immer nur drei, und den Major beschäftigte stets aufs Neue die Frage, welcher von ihnen der überzählige sein mochte und warum er dablieb. Die Cottages und Häuser des Dorfs standen dicht an dicht wie enge Freunde. Eine ganze Armee von formgeschnittenen Sträuchern in Terrakottagefäßen bewachte pastellfarbene Haustüren. Blumenkästen schäumten über vor malerischem Blattwerk, die maßgefertigten Doppelglasscheiben in den Fenstern funkelten.

Die Läden befanden sich in einer kleinen Straße, die von der Dorfwiese abging. Der Major hielt vor dem Wollgeschäft. In den vollgestopften Schaufenstern türmten sich Kissenbezüge, die darauf warteten, im Kreuzstich bestickt zu werden, Puppenhäuser, die lackiert und möbliert werden wollten, sowie Körbe mit Wollknäueln in allen Farben des Regenbogens.

»So, da wären wir«, sagte der Major in, wie er hoffte, vergnügtem, anspornendem Ton. »Sagen wir in einer Stunde, ja?« Von hinten kam nur ein Seufzen. Im Rückspiegel sah er kurz ein graues Gesicht, aus dem Graces rosaroter Lippenstift herausstach wie neue Ziegelsteine aus einer alten Hauswand.

»Ich könnte aber auch früher wieder da sein«, sagte er. »Mein Sohn möchte nur, dass ich mit ihm zusammen ein Cottage besichtige. Er glaubt offenbar, einen besseren Eindruck zu machen, wenn ich dabei bin.«

»An der frischen Luft wird es Ihnen gleich bessergehen,

Grace«, fügte Mrs. Ali hinzu, die sich auf ihrem Sitz umgedreht hatte und besorgt nach hinten blickte. »Warten Sie, ich helfe Ihnen beim Aussteigen.«

»Nein, nein«, flüsterte Grace. »Ich kann hier nicht aussteigen, nicht vor all den Leuten.« Dem Major kam die Straße recht verwaist vor, und auch im Handarbeitsladen selbst stöberten nur einige wenige Damen herum.

»Was sollen wir tun?«, fragte er Mrs. Ali. Die Kirchturmuhr zeigte drei Uhr an, und allmählich geriet er in Panik. »Eigentlich müsste ich jetzt schon beim Apple Cottage sein.«

»Fahren wir doch einfach hin«, schlug Mrs. Ali vor. »Sie gehen rein, und ich laufe unterdessen mit Grace ein paar Schritte. Wäre das in Ordnung, Grace?« Von hinten kam wieder nur vages Stöhnen.

Den Major packte die Angst. »Fänden Sie es nicht besser, auf der Dorfwiese zu warten?«, fragte er. »Am Teich stehen wunderschöne Bänke.«

»Da könnte sie sich verkühlen«, wandte Mrs. Ali ein. »Ich halte es für besser, nahe beim Auto zu bleiben.« Sie warf ihm einen strengen Blick zu. »Aber natürlich nur, falls unsere Anwesenheit dort nicht Ihren guten Eindruck trübt.«

»Nicht im Geringsten«, sagte der Major, der Rogers hochgezogene Augenbrauen bereits vor sich sah. Vielleicht, dachte er, könnte er ja ein Stück vor dem Cottage parken und zu Fuß hingehen.

Das Apple Cottage lag am Ende einer schmalen Straße, die zu einem Gatter und der dahinterliegenden Weide führte. Noch ehe der Major Zeit hatte, sich nach einem geeigneten Parkplatz umzusehen, war er auch schon da. Sandys Jaguar stand am Rand der Weide, so dass direkt vor dem Gartentor des Cottages Platz für ein weiteres Auto blieb. Der Major hatte keine Wahl, er musste dort parken. Rogers brauner Schopf und Sandys glänzendes blondes Haar ragten über die Hecke hervor. Ein brauner Filzhut wies auf die Anwesenheit einer

dritten Person hin – der Witwe Augerspier, wie anzunehmen war. Roger blickte gerade zum Dach des Cottages hinauf und nickte, als verfügte er über irgendwelche Kompetenz in der Beurteilung faulenden Reets.
»Da wären wir«, sagte der Major. »Es wird nicht lange dauern. Ich lasse den Wagen offen.«
»Ja, gehen Sie ruhig«, sagte Mrs. Ali. »Nach einem kleinen Spaziergang wird sich Grace bestimmt besser fühlen.« Als der Major ausstieg, ächzte Grace immer noch. Rasch durchschritt er das Gartentor und hoffte, dass ihr Stöhnen nicht allzu weit durch die reglose Nachmittagsluft getragen würde.
Mrs. Augerspier stammte aus Bournemouth. Sie hatte ein langes, etwas grimmig wirkendes Gesicht und einen von Verbitterung gezeichneten schmallippigen Mund. Sie trug ein steifes schwarzes Wollkostüm, und an ihrem Hut prangten schwarze Federn, die ihr kaskadenförmig in die fliehende Stirn hingen.
»Mein Vater war Colonel im Militärdienst«, sagte sie ohne Angabe der Einheit, als Roger sie vorstellte. »Aber sein Vermögen hat er mit Hüten gemacht. Nach dem Krieg bestand eine große Nachfrage nach Hüten aus Europa. Und nach dem Tod meines Vaters übernahm dann mein Mann den Betrieb.«
»Vom Heldenmut zum Damenhut«, sagte der Major. Roger warf seinem Vater einen so bösen Blick zu, als hätte dieser eine Beleidigung ausgestoßen. Dann wandte er sich mit strahlendem Lächeln der toten Krähe auf der Stirn der Witwe zu.
»Heutzutage werden jedenfalls nicht mehr so gute Hüte hergestellt wie früher.« Roger lächelte weiter, als wartete er darauf, fotografiert zu werden. Seine Zähne erschienen dem Major größer und weißer, als er sie in Erinnerung hatte, aber vielleicht war es nur eine durch die krampfhaft gedehnten Lippen hervorgerufene optische Täuschung.
»Das können Sie laut sagen, junger Mann«, erwiderte die Witwe. »Bei meiner Hochzeit trug ich einen Hut, der über

und über mit Schwanenfedern besetzt war. Aber die Flügel sind ja heute nicht mehr zu bekommen. Es ist eine Schande!« Vor seinem geistigen Auge sah der Major amputierte Schwäne auf dem Teich in Little Puddleton paddeln.

»Ist das ein echter Vintage-Hut?«, fragte Sandy. »Da muss ich meiner Freundin unbedingt gleich ein Foto schicken. Sie ist Redakteurin bei der *Vogue*.«

»Ja, inzwischen kann man ihn wohl als Vintage bezeichnen«, antwortete die Witwe und neigte kokett den Kopf, während Sandy mit ihrem winzigen Handy mehrere Aufnahmen machte. »Den hat mein Vater anlässlich der Bestattung meiner Mutter gemacht. Sie sah so schön aus! Und danach hat er ihn mir geschenkt, als Erinnerung an sie. Letzten Monat habe ich ihn beim Begräbnis meiner Tante getragen.« Sie zog ein kleines, mit Spitze eingefasstes Taschentuch hervor und wischte sich die Nase.

»Unser herzliches Beileid«, sagte Roger.

»Sie hat es nie verstanden, einen Hut zu tragen, wie man ihn tragen muss. Sie war keine Lady wie meine Mutter. Wissen Sie, meine Mutter hat nie telefoniert. Und wenn ein Handwerker an der Eingangstür klingelte statt am Personaleingang, hat sie ihn mit dem Besen davongejagt.«

»Aber die Hutmacherei ist doch auch ein Handwerk«, wandte Sandy ein. »Musste ihr Mann dann auch immer durch die Hintertür?«

»Natürlich nicht!« Die Federn der Witwe zitterten, und Roger sah plötzlich etwas angeschlagen aus. »Immerhin fertigte mein Vater Hüte für den Adel.«

»Können wir das Cottage jetzt von innen besichtigen?«, fragte Roger und versuchte, Sandy unbemerkt einen vorwurfsvollen Blick zuzuwerfen. »Sandy würde bestimmt am liebsten stundenlang mit Ihnen über Hüte reden, Mrs. Augerspier, aber wir möchten uns das Haus gern im Nachmittagslicht ansehen.«

Soweit der Major feststellen konnte, war das Cottage eine einzige feuchte, unbewohnbare Katastrophe. In manchen Ecken warf der Putz verdächtige Blasen. Die Balken waren wurmstichig, und der Fußboden im Erdgeschoss sah aus, als bestünde er aus unebenen Gartenplatten. Auf dem eichenen Simsbalken des Eckkamins fand sich wohl sogar mehr Ruß als im Abzugsrohr. Die Fenster waren noch original, aber die Scheiben waren so verbogen und verzogen, als würde das von Hand gefertigte Glas schon beim kleinsten Windstoß aus den schweren Bleifassungen springen.

»Unter Umständen verkaufe ich einen Teil der Einrichtung an die neuen Mieter«, erklärte Mrs. Augerspier und strich ein Spitzendeckchen glatt, das über die Rückenlehne eines ramponierten Sessels gebreitet war. »Aber natürlich nur, wenn es die richtigen Leute sind.« Der Major fragte sich, warum Roger so begeistert nickte. Die Besitztümer der toten Tante umfassten billige Kiefermöbel, allerlei maritimen Nippes sowie eine Ansammlung von Tellern mit Szenen aus berühmten Filmen. Es gab nicht einen Gegenstand, der dem Geschmack von Roger und Sandy entsprach; trotzdem sah sich sein Sohn alles ganz genau an.

In der großen leeren Küche, einem kastenförmigen Anbau aus den fünfziger Jahren mit billigen Balken an der strukturverputzten Decke, steckte der Major den Kopf durch eine offene Tür, hinter der sich eine unscheinbare Speisekammer verbarg. In den ansonsten leeren Regalen lagen elf Schachteln Hühnerbrühe. Dass das Leben hier nach und nach immer mehr geschwunden war, bis nur noch so wenig übrig blieb, stimmte ihn traurig. Leise schloss er die Tür.

»Also, ich würde alles so lassen«, sagte Sandy gerade zu Mrs. Augerspier. »Außer vielleicht, dass ich da hinten in die Ecke einen ordentlich großen amerikanischen Kühlschrank hinstellen würde.«

»Meiner Tante hat dieser Kühlschrank immer genügt«, wandte Mrs. Augerspier ein und zog den karierten Vorhang unter

der Küchentheke zur Seite. Zum Vorschein kam ein kleiner grüner, an den Kanten rostiger Kühlschrank. »Aber die jungen Leute von heute wollen ja unbedingt diese Fertiggerichte.«
»Also wir werden nur in den Hofläden hier in der Gegend einkaufen«, sagte Roger. »Es geht doch schließlich nichts über frisches Gemüse, oder?«
»Ist aber wahnsinnig überteuert«, meinte die Witwe. »Damit neppen die doch nur die Wochenendausflügler aus London. Ich kaufe da jedenfalls nicht ein!«
»Oh«, sagte Roger und warf seinem Vater einen verzweifelten Blick zu. Der Major konnte es sich gerade noch verkneifen, laut loszuprusten.
»Das hier ist ein sehr guter Tisch«, fuhr Mrs. Augerspier fort und klopfte auf den Kunststoff. Auf dem Ding lag noch ein kariertes Wachstuch. »Ich wäre bereit, ihn zu verkaufen.«
»Wir werden uns wahrscheinlich einen handgeschreinerten Eichentisch und traditionelle englische Sitzbänke fertigen lassen«, erklärte Sandy, während sie die trüb angelaufenen Armaturengriffe an der Küchenspüle drehte und das bräunliche Rinnsal betrachtete, das daraufhin aus dem Hahn lief. »Eine Freundin von mir – sie ist Artdirector – kennt da einen tollen Tischler.«
»Ich möchte gern, dass der Tisch bleibt«, sagte die Witwe, als hätte sie gar nicht zugehört. »Ich finde, er passt hier einfach rein.«
»Absolut«, erwiderte Roger. »Den Eichentisch können wir ja auch ins Esszimmer stellen, oder, Sandy?«
»Ich zeige Ihnen mal das Esszimmer«, sagte die Witwe. »Da steht aber bereits eine sehr schöne moderne Essgarnitur.« Sie entriegelte eine Tür und bedeutete den anderen, ihr zu folgen. Roger ging ihr nach. Als der Major zur Seite trat, um Sandy den Vortritt zu geben, hörten sie die Witwe sagen: »Also, ich wäre unter Umständen bereit, die Essgarnitur zu verkaufen.«
»Glauben Sie, die Tante ist hier in ihrem Bett gestorben?«, flüsterte Sandy dem Major grinsend zu, als sie an ihm vorbei-

ging. »Und glauben Sie, wir dürfen die Matratze kaufen?« Jetzt konnte sich der Major das Lachen nicht mehr verkneifen.

Am Fuß der krummen Treppe, die in den ersten Stock führte, warf Roger ihm einen ernsten Blick zu. Der Major fühlte sich an einen Jack-Russell-Terrier erinnert, der dringend hinaus muss. Er las darin eine Bitte und freute sich darüber, dass er die mimische Kommunikation seines Sohnes noch immer verstand.

»Mrs. Augerspier, gnädige Frau«, sagte er, »wären Sie so freundlich, mir den Garten zu zeigen? Die jungen Leute finden sich oben sicherlich auch allein zurecht.« Die Witwe blickte argwöhnisch drein.

»Das wäre ganz toll!«, sagte Sandy in herzlichem Ton. »Wir würden das Ganze gern miteinander besprechen, während wir uns alles ansehen.«

»Normalerweise lasse ich die Leute nicht ohne Begleitung durchs Haus gehen«, wandte die Witwe ein. »Man kann ja heutzutage wirklich niemandem mehr trauen.«

»Ich verbürge mich für die absolute Rechtschaffenheit dieser beiden jungen Leute«, sagte der Major. »Es wäre außerordentlich freundlich von Ihnen, mir Ihre Begleitung zu gewähren.« Er hielt ihr den angewinkelten Arm hin und widerstand dem Drang, sich über den Schnurrbart zu streichen, weil er befürchtete, dass sein aufgesetztes charmantes Lächeln wie ein anzügliches Grinsen wirken könnte.

»Also gut, ich denke, das geht in Ordnung«, sagte die Witwe und hakte sich bei ihm unter. »Man bekommt ja heutzutage kaum mehr Gelegenheit, sich kultiviert zu unterhalten.«

»Nach Ihnen«, sagte der Major.

Nach dem Mief im Cottage erschien ihm die frische Luft wie reiner Sauerstoff. Er atmete dankbar durch und wurde mit dem Duft von Buchs und Weißdorn, unterlegt mit einem Hauch von feuchtem Eichenlaub, belohnt. Mrs. Augerspier bog rechts auf die bemoosten Steinplatten ab und führte den Major in den Garten, der sanft zu einer Seite des Hauses anstieg.

Ganz hinten in einer kleinen Laube entdeckte der Major Mrs. Ali und Grace, die, wie er zu seinem Entsetzen sah, mit geschlossenen Augen zusammengesackt auf einer mit Flechten bewachsenen Teakholzbank hockte. Mrs. Ali maß offenbar gerade ihren Puls.

»Die Leute sind derart rüpelhaft – immer wieder kommen sie ohne Besichtigungstermin«, sagte Mrs. Augerspier und überquerte im Laufschritt den Rasen. »Und nie sind es die richtigen.«

»Ach, die sind nicht wegen der Besichtigung da«, erklärte der Major, aber die Witwe hörte nicht hin.

»Das Haus ist nicht verfügbar«, rief sie und fuchtelte mit den Händen, als würde sie aufsässige Hühner wegscheuchen. »Ich muss Sie bitten, sofort zu gehen.« Grace schlug die Augen auf und drückte sich ängstlich gegen die Bank. Mrs. Ali tätschelte ihr die Hand, erhob sich und trat nach vorn, wie um sie vor der wütend über das Gras hastenden Gestalt zu beschützen.

»Es ist alles in Ordnung, Mrs. Augerspier«, sagte der Major, als er sie endlich eingeholt hatte. »Die Damen gehören zu mir.« Grace sah ihn dankbar an, doch Mrs. Ali hielt den Blick auf die Witwe gerichtet.

»Meine Freundin Grace musste sich hinsetzen«, berichtete sie. »Wir wussten nicht, dass irgendjemand etwas dagegen haben würde.« Grace hickste lautstark und vergrub ihr Gesicht in einem Taschentuch.

»Na gut«, sagte die Witwe. »Es ist nur so, dass die merkwürdigsten Leute von der Straße hier reinkommen. Einmal ging ein Pärchen sogar schnurstracks in die Küche, und dann sagten sie, sie hätten das Haus für leer gehalten.«

»Dürften wir jetzt, da unser Berechtigungsnachweis erbracht ist, um ein Glas Wasser bitten?«, fragte Mrs. Ali.

»Selbstverständlich«, antwortete Mrs. Augerspier. »Bleiben Sie, wo Sie sind, ich bringe es Ihnen.« Sie eilte zurück zum Haus. Die anderen verharrten in verlegenem Schweigen.
»Eine grauenhafte Frau«, sagte der Major nach einer Weile. »Es tut mir sehr leid. Ich hätte Sie beide gleich nach Hause fahren sollen.«
»Nein, nein, ich bitte Sie – es geht mir ja schon viel besser«, versicherte ihm Grace. »Wahrscheinlich ist mir das ein oder andere Gewürz nicht bekommen.«
»Wir tragen wohl nicht gerade zu dem guten Eindruck bei, den Ihr Sohn hier unbedingt machen wollte«, sagte Mrs. Ali.
»Wo denken Sie hin!«, entgegnete der Major. »Davon kann keine Rede sein. Roger wird sich sehr freuen, Sie beide zu sehen.« Gedankenverloren schwang er den Spazierstock und hatte, bevor er es überhaupt merkte, drei spätblühende Dahlien geköpft. Als er den Blick hob, sah er Roger mit einem Glas über die Wiese trotten, aus dem ihm Wasser auf die Hand schwappte. Sein Sohn sah so besorgt drein, dass er schon fast verärgert wirkte.
»Mrs. Augerspier sagte, eine deiner Freundinnen bräuchte einen Schluck Wasser.« Und etwas leiser fügte er hinzu: »Du hast Leute mitgebracht?«
»An Miss DeVere kannst du dich sicherlich erinnern, Roger«, entgegnete der Major und reichte Grace das Glas. »Und das ist Mrs. Ali vom Dorfladen.«
»Sehr erfreut«, sagte Mrs. Ali. »Es tut uns leid, dass wir hier einfach eingedrungen sind.«
»Macht nichts«, erwiderte Roger in gleichgültigem Ton. »Aber ich muss meinen Vater jetzt für ein paar Minuten entführen.«
»Ich erinnere mich noch an dich als ganz kleinen Jungen, Roger ...«, sagte Grace und fuhr sich über die Augen. »Du warst ein so süßes Kerlchen mit deiner widerspenstigen Mähne.«
»Ist sie betrunken?«, fragte Roger seinen Vater flüsternd. »Hast du eine Betrunkene hierhergebracht?«

»Ach was!«, antwortete der Major. »Das sind nur die Nachwirkungen unseres ziemlich opulenten indischen Mittagessens.«
»Erinnerst du dich noch an das eine Mal, als ihr Jungs nicht nach Hause gekommen seid und im Wald Stumpen geraucht habt?«, fragte Grace. »Deine arme Mutter war überzeugt, du wärst in einem weggeworfenen Kühlschrank in irgendeiner Schlucht eingeschlossen.«
»Entschuldigen Sie, meine Damen, aber wir müssen«, sagte Roger, bereits zum Gehen gewandt. Während der Major wieder Richtung Haus gehetzt wurde, hörte er Grace weiterplappern.
»Die hatten sie dem Pfarrer während des Gottesdienstes aus dem Mantel geklaut, und dann war ihnen hundeelend.«
»Das war sehr unhöflich von dir, Roger«, sagte er.
»Unhöflich? Wie konntest du sie nur hierherbringen? Jetzt ist Mrs. Augerspier total nervös und schaut die ganze Zeit aus dem Fenster.«
»Aber warum denn, zum Teufel?«
»Keine Ahnung. Jedenfalls sind wir inzwischen nicht mehr die richtigen Leute, sondern ein merkwürdiger Haufen mit einem Zirkus im Schlepptau. Mensch – die eine ist Pakistani und die andere beschwipst! Was hast du dir bloß dabei gedacht?«
»Das ist doch lächerlich«, gab der Major zurück. »Ich dulde nicht, dass man meine Freunde einem derart unhöflichen Benehmen aussetzt!«
»Du hast versprochen, mir zu helfen«, sagte Roger. »Aber offenbar bin ich dir weniger wichtig als deine Freunde. Und seit wann zählst du eigentlich irgendwelche Ladenbesitzerinnen zu deinen Freunden? Ist jetzt auch der Milchmann dein Kumpel?«
»Du weißt genau, dass es in Edgecombe St. Mary schon seit zwanzig Jahren keinen Milchmann mehr gibt«, erwiderte der Major.
»Das ist doch nicht der Punkt, Dad«, sagte Roger, öffnete die

Cottagetür und trat beiseite, als wollte er ein schwieriges Kind ins Haus führen. Der Major kochte innerlich, als er so hineinbugsiert wurde.
Sandy saß starr lächelnd auf dem wackligen Sofa. Mrs. Augerspier spähte gerade einmal wieder aus dem Fenster.
»Seit diesem Pärchen letzte Woche bin ich einfach nervös«, erklärte sie und hob die Hand ans Herz. Sandy nickte mit augenscheinlichem Verständnis.
»Mrs. Augerspier hat mir gerade von einem sehr unhöflichen Paar erzählt, das sich letzte Woche das Cottage ansehen wollte.«
»Ich habe ihnen gesagt, dass sie ein wärmeres Klima gewohnt sind und das Cottage viel zu feucht finden würden. Aber das wollten sie partout nicht einsehen.«
»Woher kamen sie denn?«, wollte Roger wissen.
»Sagten Sie nicht aus Birmingham, Mrs. A.?«, fragte Sandy mit Unschuldsblick.
»Aber ursprünglich stammten sie von den Westindischen Inseln«, erklärte Mrs. Augerspier. »So etwas Ungezogenes – und obendrein Ärzte! Ich habe ihnen gesagt, dass ich sie bei der Ärztekammer melden werde.«
»Da ist es doch nur verständlich, dass Mrs. Augerspier im Umgang mit Ausländern ein bisschen eingeschüchtert ist«, sagte Sandy. »Aber nur, solange sie sie nicht kennt.«
»Eine Dame fühlt sich mit jedem Menschen wohl, sobald er ihr korrekt vorgestellt wurde«, erklärte Mrs. Augerspier. »Ich bin stolz darauf, mich als vollkommen vorurteilsfrei bezeichnen zu können!«
Der Major sah zu Roger hinüber. Dessen Mund stand offen und vollführte winzige Bewegungen, brachte aber keinen Ton hervor. Sandy wirkte gelassen. Irgendwie schien ihr das Ganze sogar Spaß zu machen.
»Sie nehmen wirklich kein Blatt vor den Mund, Mrs. Augerspier«, sagte sie. »Ich kann es kaum erwarten, Ihre Meinung zu erfahren über – ach, einfach über alles.«

»Für eine Amerikanerin sind Sie ziemlich zivilisiert, muss ich sagen. Stammt Ihre Familie ursprünglich aus Europa?«
»Bist du fertig mit der Besichtigung, Roger?« Der Major hoffte, die Frage so schroff gestellt zu haben, dass seine Missbilligung der Witwe deutlich wurde, ohne eine direkte Konfrontation zu provozieren. Mrs. Augerspier schenkte ihm ein vages Lächeln. Es zeigte ihm, dass er durch das Vermeiden jeglicher Unhöflichkeit kläglich daran gescheitert war, sie zurechtzuweisen.

»Wir sollten Ihre Zeit nicht noch länger beanspruchen«, sagte Roger. Er ging zu Sandy hinüber und klopfte ihr auf die Schulter. »Bist du fertig, Liebling?«
Der Major zuckte zusammen, als er das beiläufig dahingesagte Kosewort hörte; für ihn war das auf verbaler Ebene dasselbe, wie einem Fremden den Schlüssel zum eigenen Haus zuzuwerfen.

»Ich könnte hier auf der Stelle einziehen«, verkündete Sandy.
»Was meinen Sie, Mrs. Augerspier – sind wir die Richtigen?«
Mrs. Augerspier lächelte, aber ihre Augen wurden auf unerfreuliche Weise schmal. »Es ist wichtig, dass ich die perfekt geeigneten Leute finde ...«
Sandy drehte sich zu Roger um und tätschelte ihm die Hand wie eine Mutter dem kleinen Sohn, der seine Manieren vergessen hat.

»Ach ja, das habe ich ganz vergessen«, sagte Roger, kramte in seiner Manteltasche und wedelte schließlich mit einem braunen Umschlag herum. »Meine Verlobte und ich haben uns erlaubt, einen Bankscheck über sechs Monatsmieten auszustellen für den Fall, dass Sie uns das Cottage sofort überlassen.« Er öffnete den Umschlag und reichte der verblüfften Mrs. Augerspier einen Scheck.

»Bist du sicher, dass das nicht ein bisschen arg spontan ist, Roger?«, warf der Major ein, während er gleichzeitig größte Mühe hatte, das Wort »Verlobte« zu verarbeiten, und sich lieber darauf konzentrierte, die entzückte Witwe zu beobach-

ten, die beide Seiten des Schecks inspizierte, schließlich einen Schmollmund zog und Roger skeptisch ansah.
»Also, mit sechs Monaten könnte ich mich einverstanden erklären – aber nur probeweise. Und ich habe keine Zeit, um irgendwelche Reparaturen durchführen zu lassen. Es wird mich meine ganze Kraft kosten, die persönlichen Habseligkeiten meiner armen Tante zusammenzupacken.«
»Wir sind mit dem jetzigen Zustand völlig zufrieden«, versicherte ihr Sandy.
Die Witwe schob den Scheck in die Jackentasche und stopfte ihn sorgsam nach unten. »Ich werde ein paar Tage brauchen, bis ich entschieden habe, von welchen Gegenständen ich mich möglicherweise trennen kann.«
»Lassen Sie sich ruhig Zeit«, sagte Roger und gab ihr die Hand. »So, und jetzt schlage ich vor, dass wir alle zusammen irgendwo eine Tasse Tee trinken, um den Abschluss zu besiegeln.«
»Das klingt ausgesprochen gut«, erwiderte Mrs. Augerspier. »Ich glaube, es gibt hier ein Hotel, in das man sehr schön zum Fünfuhrtee einkehren kann – wo habe ich denn jetzt den Mietvertrag?« Der Major hätte es angenehmer gefunden, Brennnesseln zu kauen und sie mit einem Glas Abwaschwasser hinunterzuspülen, als mit anzusehen, wie die Witwe ihre Federn über einem Berg Schlagsahne wippen ließ.
»Major, Sie machen den Eindruck, als hätten Sie eine dringende Verabredung«, sagte Sandy und zwinkerte ihm zu. Roger hob den Kopf und warf seinem Vater einen flehenden Blick zu.
»Ja, ich glaube, ich muss die Damen jetzt nach Hause bringen. Grace geht es nicht gut.«
Die Tür wurde geöffnet, und Mrs. Ali steckte den Kopf herein.
»Entschuldigen Sie bitte vielmals die Störung«, sagte sie. »Ich wollte Ihnen nur sagen, dass es Grace schon wieder wesentlich bessergeht.« Der Major spürte Panik in sich aufkommen.

Nur mit Müh und Not konnte er sich davon abhalten, Mrs. Ali anzusehen und dabei den Kopf zu schütteln. Doch offenbar war er unwillkürlich zusammengezuckt, denn Mrs. Ali schlug sofort geschickt eine andere Richtung ein.
»Ich glaube aber trotzdem, dass es besser ist, wenn Sie sie so bald wie möglich nach Hause fahren, Major.« Sie hielt das leere Wasserglas von sich gestreckt. Die Witwe lief zu ihr und nahm es ihr ab.
»Wir sind gerade eben fertig geworden«, sagte Mrs. Augerspier. Während Sandy und Roger den Vertrag unterschrieben und die Durchschrift an sich nahmen, blieb sie an der Tür stehen. »Selbstverständlich müssen Sie Ihre Freundin nach Hause bringen, Major. Es würde uns nicht im Traum einfallen, Sie mit zum Tee zu zerren.«

Als sie draußen auf der Straße warteten, während die Witwe das Haus abschloss, konnte Roger vor lauter Begeisterung nur noch stammeln. »Ist es nicht sagenhaft? Ich meine, ist das nicht das tollste Cottage überhaupt? Ich fasse es nicht, dass wir es gekriegt haben!«
»Schatz, es ist eine Müllhalde. Aber es ist unsere Müllhalde, und ich kann etwas daraus machen«, sagte Sandy.
»Sie hätte lieber dieses andere Haus gehabt«, erklärte Roger, »aber ich habe gesagt, ich weiß genau, dass es dieses hier ist.«
»Kommt ihr hinterher zu mir?«, fragte der Major. »Dann könnten wir vielleicht über eure Verlobung reden.« Er hoffte, Roger würde den scharfen Unterton in seiner Stimme bemerken, aber sein Sohn grinste ihn nur an.
»Tut mir leid, Dad, wir müssen zurück. Aber wir kommen an einem der nächsten Wochenenden.«
»Großartig.«
»Na ja, ein, zwei Sachen – mein alter Schreibtisch zum Beispiel und die Eichentruhe auf dem Dachboden – würden sich, glaube ich, toll machen in unserem Cottage.«
»Aber ich habe bei allen Möbelstücken ein Vetorecht!«, sagte

Sandy. »Ich will mir keine hässlichen Möbel aufhalsen, nur weil du deine Schulbubenphantasien reingeschnitzt hast.«
»Ja, natürlich«, sagte Roger. »Hier drüben, Mrs. Augerspier!« Die Witwe erschien auf dem Gartenweg. Sie war in einen wallenden Tweedmantel gehüllt und trug einen sichtlich bejahrten Fuchs um den Hals.
»War nett, Sie kennenzulernen, meine Damen«, sagte Sandy und winkte Mrs. Ali und Grace zu, die bereits im Wagen des Majors saßen. Nachdem Mrs. Augerspier mit großem Zeremoniell auf dem Beifahrersitz untergebracht war und Sandy sich auf die Rückbank gezwängt hatte, ließ Roger den Motor so laut aufheulen, dass die Vögel von der Hecke stoben.

Der Major war froh, dass die Damen auf der Heimfahrt schwiegen.
Er war müde, und sein Kieferknochen tat ihm weh. Plötzlich merkte er, dass er die ganze Zeit die Zähne fest aufeinandergepresst hatte.
»Ist irgendwas, Major?«, fragte Mrs. Ali. »Sie wirken verärgert.«
»Nein, nein, alles in Ordnung. Aber es war ein langer Tag.«
»Ihr Sohn hat das Cottage gemietet, nicht wahr? Er wirkte sehr fröhlich.«
»Ja, ja, alles unter Dach und Fach. Er freut sich wie ein Schneekönig.«
»Wie schön für Sie!«
»Das Ganze war ein wenig überstürzt«, wandte der Major ein, während er direkt vor einem Traktor jäh nach rechts abbog und den Wagen auf den einspurigen Weg lenkte, den er üblicherweise als Abkürzung nach Edgecombe St. Mary nahm. »Sie sind offenbar verlobt.« Er warf einen Blick nach hinten zu Grace und hoffte, sie würde nicht wieder zu stöhnen beginnen. Das Geräusch störte ihn beim Fahren. »Geht es Ihnen besser?«
»Viel besser, danke«, sagte Grace, deren Gesicht noch immer

grau und eingefallen war. »Meinen herzlichen Glückwunsch, Major.«

»Ich hoffe nur, die beiden wissen, in welche Lage sie sich damit bringen. Diese gemeinsame Cottage-Mieterei hat so etwas Voreiliges.«

»So machen sie es doch heutzutage alle, selbst in den besten Familien«, warf Grace ein. »Lassen Sie sich deswegen von niemandem moralische Bedenken einreden!«

Der Major war sofort genervt, nicht nur von ihrem Hinweis, sondern auch, weil ihr Taschentuch wie eine gefangene Taube im Rückspiegel flatterte, während sie sich damit Luft zufächelte. »Angeblich können sie das Haus irgendwann kaufen«, fuhr der Major fort. »Roger hält es für eine ziemlich clevere Investition.«

»Wenn sich wahre Liebe mit einem klaren finanziellen Motiv paart«, sagte Mrs. Ali, »müssen alle Bedenken weichen.«

»Sagt man das so bei Ihnen zu Hause?«, wollte Grace wissen. »Es klingt sehr passend.«

»Nein, ich necke den Major nur ein bisschen«, antwortete Mrs. Ali. »Ich glaube, die Umstände spielen hier eine weniger große Rolle als die Tatsache, dass das Leben eine Wende genommen und Ihren Sohn und eine zukünftige Schwiegertochter in Ihre Nähe gebracht hat, Major. Aber eine solche Gelegenheit muss man einfach nutzen, nicht wahr, Miss DeVere?«

»Absolut«, sagte Grace. »Ich hätte gern Kinder, die in meiner Nähe leben.« In ihrer Stimme schwang ein schmerzlicher Unterton mit, der nicht von irgendwelchen Magenproblemen herrührte.

»Ich jedenfalls habe mich bemüht, die Anwesenheit meines Neffen in diesem Licht zu sehen«, sagte Mrs. Ali. »Obwohl die Jungen es einem oft nicht gerade leichtmachen.«

»Ich werde Ihren Rat befolgen und das Beste aus der ungewohnten räumlichen Nähe meines Sohnes machen«, erklärte der Major und trat aufs Gas, um den Grenzen Little Puddletons endlich zu entkommen. »Und ich hoffe sehr, dass es ihm in unserer Beziehung um mehr geht als um einen Teil meiner alten Möbel.«

»Sie müssen Ihren Sohn und seine Verlobte zum Ball mitbringen, Major«, sagte Grace. »Dann lernen sie alle kennen. Im Kostüm sind die Menschen doch immer so locker und offen.«

»Ja, aber schon am nächsten Tag erinnern sie sich oft nicht mehr an einen«, entgegnete der Major. Mrs. Ali lachte.

»Ich glaube, ich ziehe wieder mein viktorianisches Teekleid an«, sagte Grace. »Vielleicht kann ich mir ja einen Tropenhelm oder so was ausleihen.«

»Wenn Sie möchten, würde ich Ihnen sehr gern einen Sari oder eine Tunika mit Hose und Kopftuch leihen«, bot ihr Mrs. Ali an. »Ich habe mehrere sehr formelle Ensembles, die auf dem Dachboden verstaut sind und die ich nie anziehe.«

»Wirklich?«, rief Grace. »Also, das würde die Damen im Club bestimmt überraschen – meine Wenigkeit in voller Maharani-Pracht!«

»Bei Ihrer Größe könnten Sie sehr gut einen Sari tragen«, fügte Mrs. Ali hinzu. »Ich suche Ihnen ein paar Teile heraus und bringe sie Ihnen zum Anprobieren vorbei.«

»Das ist ja wirklich reizend«, sagte Grace. »Kommen Sie doch zum Tee zu mir, dann können Sie mir gleich sagen, was Sie davon halten – ich könnte darin ja auch total verboten aussehen.«

»Sehr gern«, erwiderte Mrs. Ali. »Normalerweise habe ich dienstag- und sonntagnachmittags Zeit.« Als die Aussicht auf einen weiteren Sonntag mit Gesprächen über Kipling schwand, spürte der Major, dass er schon wieder die Zähne zusammenbiss. Er sollte lieber froh darüber sein, dass Mrs. Ali Freundschaften im Dorf schloss, sagte er sich, aber insgeheim ließ ihn die Vorstellung, dass sie die Schwelle eines anderen Menschen überschritt, laut aufschreien.

Elftes Kapitel

Wenn es etwas gab, was der Major an Männern verachtete, dann war es der Wankelmut. Die Angewohnheit, die eigene Meinung aus einer Laune heraus oder beim geringsten Widerspruch zu ändern, das Aufnehmen und Aufgeben eines Hobbys mit dem Ergebnis, dass die dazugehörigen Golftaschen und ungenutzten Schläger in der Garage herumstanden und die verrosteten Unkrautstecher am Gartenschuppen lehnten, das Herumlavieren der Politiker, das im ganzen Land Verdruss hervorrief. Die Weigerung, sich festzulegen, widersprach seinem Ordnungssinn zutiefst. Doch in den Tagen nach dem Ausflug mit Grace und Mrs. Ali war er selbst versucht, einen Richtungswechsel vorzunehmen. Nicht nur, dass er sich im Zusammenhang mit dem Ball in eine lächerliche Situation hatte hineinziehen lassen – nein, obendrein machte er sich möglicherweise auch in Bezug auf Mrs. Ali zum Narren. Er hatte die Freundschaft mit ihr für etwas gehalten, das abseits der anderen existierte, und jetzt stürzte sie sich in die banalen Aktivitäten der Dorfdamen. Natürlich bedeutete einmaliges gemeinsames Teetrinken noch nicht Mrs. Alis vollständige Aufnahme in die weibliche Sozialmaschinerie, aber es deprimierte ihn trotzdem.
Während sich die drögen Sonntagsstunden hinzogen, saß er, Kiplings Meisterwerk *Kim* zugeklappt auf den Knien, allein da und versuchte, nicht daran zu denken, wie sie jetzt bei einer Tasse Tee schallend lachte, während sich Grace in einem Wirbel von paillettenbesetzten und bestickten Kostümen tänzelnd vor ihr zur Schau stellte. Als ihm am Dienstag die Milch ausgegangen war, hatte er ihren Laden gemieden, war zur Tankstelle gefahren, hatte getankt und sich Milch aus

dem Kühlfach neben dem Stapel von Ölkanistern genommen. Am Donnerstag hatte Alec wegen einer Runde Golf angerufen, und er war mit dem Hinweis auf leichte Kopfschmerzen ausgewichen.

»Zu Hause hocken macht es nur schlimmer«, meinte Alec. »Eine gemütliche Runde ist genau das Richtige, um wieder auf die Beine zu kommen. Wie wär's mit neun Löchern und hinterher Mittagessen?«

»Mir ist, ehrlich gesagt, im Moment nicht nach Geselligkeit zumute«, entgegnete der Major.

Alec reagierte mit prustendem Lachen. »Falls du Angst hast, den Damen vom Ballkomitee in die Arme zu laufen – keine Sorge. Daisy hat Alma nach London entführt, sie wollen sich dort Kostüme ansehen. Ich habe Alma gesagt, wenn sie für mich irgendetwas anderes als einen Tropenhelm kauft, gehe ich zum Anwalt.«

Der Major ließ sich überreden. Zum Teufel mit den Frauen, dachte er, als er seine Golftasche holen ging. Es war doch viel besser, sich auf die Männerfreundschaften, das Fundament eines ruhigen Lebens, zu konzentrieren.

Als der Major leicht verfrüht im Club auftauchte, waren die Vorbereitungen für den »Abend am Hof des Moguls« bereits in vollem Gange. In dem Anbau hinter der Grill-Bar, wo sonst immer Tee- und Kaffeemaschinen für die Morgengolfer standen, war heute nichts davon zu sehen. Man hatte alle Tische zur Seite geschoben, um vor der Bühne Platz für die Tanzproben zu schaffen. Die Kellnerinnen vom Mittagsservice waren gerade dabei, mit Mienen, die vor lauter Konzentration noch verbissener als sonst wirkten, Tücher herumzuwirbeln und mit den Füßen zu stampfen, als gelte es, Ohrwürmer zu zertreten. Sie trugen Fußkettchen mit kleinen Glöckchen, deren unablässig schrillendes Geklingel verriet, dass sich nicht eine Einzige synchron mit den anderen bewegte. Amina, die junge Frau aus dem Taj-Mahal-Restaurant, fungierte offenbar als Choreographin. George war auf einem hohen Stuhlstapel deponiert worden und kritzelte mit einem breiten Buntstift in einem dicken Malbuch herum.

»Fünf, sechs, sieben ... die Acht zwei Schläge hal-ten ... stam-pfen, stam-pfen!«, rief Amina und machte es vorn mit graziösen Schritten vor, während die anderen Frauen ihr hinterhertrampelten.

Der Major hätte es besser gefunden, wenn sie sich umgedreht und die Mädchen in den Blick genommen hätte, aber vielleicht war es einfach zu schlimm, die verschwitzten Gesichter und großen Füße über längere Zeit hinweg anzusehen. Als der Major sich so unauffällig wie möglich nach einer Teemaschine umschaute, stieß plötzlich ein dickes Mädchen in der hintersten Reihe einen Schrei aus.

»Also, ich mache das nicht, wenn hier ständig Leute reinkommen und uns angaffen! Wir sollten doch ungestört sein, hat es geheißen.«

»Genau, wir sind hier alle barfuß!«, rief ein anderes Mädchen. Die ganze Truppe sah den Major so böse an, als wäre er in die Damenumkleide eingedrungen. George hob den Blick von seinem Malbuch und winkte. Der Stuhlstapel schwankte bedenklich.

»Entschuldigung, ich suche nur den Tee«, sagte der Major. Die Mädchen starrten ihn weiter wütend an. Ihrer üblichen Pflichten entledigt, um zu tun, was immer sie da gerade taten, hatten sie nicht die Absicht, einem Clubmitglied zu helfen.

Amina klatschte in die Hände. »Mädels, wir haben nur ein paar Wochen zum Üben. Wir machen jetzt fünf Minuten Teepause, und dann reden wir mal über Rhythmusgefühl.« Von einem so ungepflegten und sonderbaren Menschen hätte der Major niemals einen derart autoritären Ton erwartet. Noch erstaunlicher war, dass die Mädchen brav und fast ohne Murren durch die Schwingtür in die Küche schlurften. Der Major versuchte, nicht an die vielen schwitzigen Fußabdrücke auf dem Küchenboden zu denken.

»Major Pettigrew, stimmt's?«, sagte Amina. »Sie waren doch mit Miss DeVere und dieser Mrs. Ali im Taj Mahal?«
»Schön, Sie und George wiederzusehen.« Der Major winkte George zu, ohne auf die Einzelheiten in ihrer Frage einzugehen. »Darf ich erfahren, was Sie da mit unseren reizenden Damen vom Mittagsservice vorhaben?«
»Ich versuche, ihnen ein paar einfache Volkstanzschritte beizubringen, die sie auf dem Ball vorführen sollen«, erklärte Amina und lachte bitter auf. »Sadie Khan hat Miss DeVere erzählt, dass ich tanze, und da haben sie mich gebeten mitzumachen.«
»Ach du meine Güte, mein aufrichtiges Beileid«, sagte der Major. »Kaum zu glauben, dass man Sie mit etwas derart Unmöglichem betraut hat.«
»Wenn es einfach wäre, hätte ich es nicht gemacht«, sagte Amina, und über ihr Gesicht huschte ein finsterer Ausdruck. »Ich nehme keine Almosen an.«
»Nein, nein, natürlich nicht.«
»Ach, was rede ich da – ich hatte das Geld dringend nötig, und wenn man nicht mehr als drei verschiedene Schritte von ihnen verlangt, sind sie gar nicht so übel. Wir wackeln einfach viel mit den Hüften, und vielleicht gebe ich ihnen noch größere Tücher.«
»Je mehr Schleier, umso besser, glaube ich«, sagte der Major. »Die nackten Füße sind schon schockierend genug.«
»Wie gut kennen Sie eigentlich Mrs. Ali?«, wollte Amina unvermittelt wissen.
Instinktiv reagierte der Major ausweichend auf die unverblümte Frage. »Mrs. Ali führt einen sehr guten Laden. Heutzutage sterben ja so viele Dorfläden aus.« Er machte eine kurze Pause. Dann fügte er, um das Thema zu wechseln, hinzu: »Sie sind professionelle Tänzerin, nehme ich an?«
»Tanz, Yoga, Aerobic. Tanzen wird schlecht bezahlt, deshalb unterrichte ich alles Mögliche. Dann finden Sie Mrs. Ali also nett?«

»Sie sind offenbar sehr gut auf Ihrem Gebiet«, sagte der Major. Die Mädchen kamen allmählich zurück; er spürte, dass mehrere von ihnen dem Gespräch lauschten.
»Ich hatte gehofft, Sie könnten mir mehr über sie erzählen«, sagte Amina. »Ich wollte nämlich zu ihr. Ich habe gehört, dass sie eine Teilzeitkraft für den Laden braucht.«
»Wirklich?« Der Major konnte sich nicht recht vorstellen, wie Amina mit umgebundener Ladenschürze Raviolidosen stapelte und sich alten Damen gegenüber zuvorkommend zeigte. Andererseits – schlimmer als der sauertöpfische Neffe konnte sie auch nicht sein. »Mrs. Ali ist eine sehr nette Frau. Sehr guter Laden«, sagte er noch einmal.
»Auf lange Sicht ist das natürlich nichts für mich, Arbeit in einem Laden.« Der Major hatte den Eindruck, dass sie zu sich selbst sprach. »Und es geht nur in der Schulzeit, sonst müsste ich George mitnehmen.«
»Ich hoffe, Sie bekommen den Job«, sagte der Major. Er richtete den Blick auf die Tür und zog eine Augenbraue hoch, um einen imaginären Bekannten zu begrüßen, der gerade vorbeiging – einen unsichtbaren Alec, der ihm half, aus dem Raum zu entkommen. »Ich muss jetzt zu meinem Partner.«
»Könnten Sie uns vielleicht mitnehmen, wenn Sie fertig sind?«, fragte die junge Frau. Dem Major war klar, dass er antworten musste, er stellte jedoch fest, dass er keine Ahnung hatte, wie er eine so unverhohlene Bitte einer völlig Fremden parieren sollte. Er starrte Amina einfach nur an. »Mit dem Bus muss man von hier nach Edgecombe nämlich umsteigen«, fügte sie hinzu. »Wir müssten wahrscheinlich trampen.«
»Das kommt überhaupt nicht in Frage. Per Anhalter zu fahren ist alles andere als sicher, vor allem mit dem Jungen.«
»Also dann danke. Ich warte auf Sie.«
»Es wird aber eine Weile dauern.«
»Macht nichts, ich habe hier jede Menge zu tun«, erwiderte sie, während die letzten schlaffen Kellnerinnen aus der Kü-

che hereinschlenderten. »Wir kriegen hier ein Mittagessen, und danach warten wir einfach am Eingang auf Sie.« Bei diesen Worten wurden einige Mienen aufmerksam, und der Major hatte das grauenhafte Empfinden, bei einer heimlichen Verabredung erwischt worden zu sein. Er floh, so schnell er konnte, wild entschlossen, sich seine Golftasche zu schnappen und irgendwo draußen diskret auf Alec zu warten.

»Ah, da bist du ja«, sagte Alec. »Warum drückst du dich in der Hecke herum – und ist dir eigentlich klar, dass deine uralte Tasche dich unverkennbar macht?«
»Ich drücke mich nicht herum«, entgegnete der Major. »Ich genieße schlicht und einfach ein paar Minuten ländlicher Abgeschiedenheit – und zwar zusammen mit meiner erlesenen Tasche, um die du mich beneidest und über die du dich deswegen lustig machen musst.« Beide betrachteten die Tasche, eine gut eingefettete Ledertasche, die einst dem Vater des Majors gehört hatte und noch ein kleines Lederschild des Lahore Gymkhana Clubs trug. Sie stand auf einem altertümlichen Fahrgestell mit Holzrädern und Bambusgriff und erfüllte den Major mit nicht gerade wenig Stolz.
»Ich dachte schon, du willst dem Clubsekretär aus dem Weg gehen. Soweit ich weiß, sucht er dich.«
»Warum sollte er mich suchen?«, fragte der Major, während sie sich zum ersten Abschlag aufmachten.
»Wahrscheinlich will er die Sache mit deinem Sohn in Ordnung bringen«, antwortete Alec. »Es muss da ja ein ziemliches Durcheinander gegeben haben, als er neulich hier war.«
»Mein Sohn?«, fragte der Major erstaunt.
»Wusstest du nicht, dass er hier war?« Alecs Augenbrauen schossen in die Höhe wie zwei Kaninchen, die aus einem Nickerchen aufschrecken.
»Na ja, doch, nein, natürlich – ich meine, wir haben darüber gesprochen, dass er sich um eine Mitgliedschaft bemüht.«
»Er kam am Sonntag. Ich war zufällig da. Ich glaube, er hat

den Sekretär einfach ein bisschen überrumpelt. Du hattest es nicht angekündigt, und dann ...« Alec schwieg ein paar Sekunden lang und fingerte an den Schlägerköpfen herum, um sich einen Driver auszusuchen. Der Major entdeckte ein leichtes Unbehagen in seiner Miene. »Hör zu, Pettigrew, er ist dein Sohn, und vielleicht solltest du mal mit ihm reden.«
»Wovon sprichst du?«, fragte der Major. Sein Magen fühlte sich an, als würde er in einem langsamen Aufzug hinunterfahren. »War das vergangenen Sonntag?« Da hatte Roger angerufen und sich entschuldigt, weil er nicht kommen konnte – sie seien den ganzen Tag damit beschäftigt gewesen, die Witwe Augerspier aus dem Cottage hinauszubekommen. Sie seien zu müde, um noch etwas zu unternehmen, und würden direkt nach London zurückfahren.
»Ja, Sonntagnachmittag. Er hat offenbar geglaubt, er müsse nur kurz irgendwas unterschreiben, und das wär's«, sagte Alec. »Hat den Sekretär ganz schön in Rage gebracht.«
»Ach, du meine Güte.« Der Major visierte das Fairway an. »Ich habe wohl vergessen, Bescheid zu geben. Das werde ich klären müssen.«
»Ich denke, es ist schon geklärt. Als Gertrude kam – Lord Dagenhams Nichte –, gab es nur noch Küsschen hier, Küsschen da und so weiter. Das hat den Clubsekretär wieder besänftigt.«
»Das war aber nett von ihr«, sagte der Major. »Ich meine, ich kenne die Frau kaum. Meine Mithilfe beim Ball wird offenbar doch anerkannt.«
»Wenn du schon mal dabei bist, könntest du Roger auch noch sagen, dass diese neumodischen Schlägerköpfe bei uns nicht erlaubt sind.«
»Er hatte Schläger dabei?« Dem Major gelang es nicht, die Bestürzung in seiner Stimme zu verbergen.
»Also, er hatte bestimmt nicht damit gerechnet, spielen zu können«, sagte Alec diplomatisch. »Wahrscheinlich wollte er nur mal seine Ausrüstung vom Pro begutachten lassen, aber weil es Sonntag war, hatte der Pro-Shop geschlossen.«

»Ja, so wird es wohl gewesen sein.« Traurig fragte sich der Major, ob Rogers Ichbezogenheit irgendwelche Grenzen kannte. »Ich werde mal ein Wörtchen mit ihm reden.« Er verpasste dem Ball einen solchen Schlag, dass dieser in hohem Bogen in das Rough rechts vom Fairway flog.
»So ein Pech aber auch!«, sagte Alec, und der Major wusste nicht, ob das Golferpech oder das Pech mit dem Sprössling gemeint war. Aber an diesem Tag, fand er, traf beides zu.

Nachdem der Major seine Runde beendet hatte, traf er weder Amina noch George in der Grill-Bar an. Halbherzig ließ er den Blick von einem Tisch zum anderen wandern und überlegte, ob er sich vielleicht mit einem schnellen Sprint durch die Eingangshalle alle Verpflichtung vom Hals schaffen könnte.
Da drang Aminas Stimme durch die Tür der Eingangshalle und veranlasste mehrere Mitglieder, von ihren Schokoladenkuchen aufzusehen.
»Kein mickriger Kellner mit Fliege um den Hals sagt meinem Sohn, dass er vor dem Diensteingang warten soll!«
»Es heißt nicht ›Diensteingang‹, sondern ›Serviceeingang‹«, stellte der Clubsekretär klar, ein zierlicher Mann mit Schweinsäuglein, der seinen grünen Clubblazer wie ein Priestergewand trug und jetzt in unschicklicher Wut von einem Fuß auf den anderen trat. »Der Haupteingang ist nur für Mitglieder und deren Gäste und nicht für Arbeiter und Angestellte!«
»Meinen Sohn nennt keiner einen ›Diener‹ und auch keinen ›Arbeiter‹!« Amina hatte George hinter sich geschoben und pfefferte ihre schwere Sporttasche direkt vor die Füße des Sekretärs. Der Mann sprang erschrocken zurück. »Man hat uns gebeten mitzuhelfen, und keiner hier wird uns wie Dreck behandeln!«
»Junge Frau, Sie sind eine Angestellte«, stammelte der Sekretär. »Hören Sie auf mit diesen Unverschämtheiten, oder Sie werden fristlos entlassen!«

»Dann entlass mich doch, du Penner«, rief Amina. »Und zwar am besten sofort! So, wie du aussiehst, fällst du nämlich gleich tot um.« Tatsächlich hatte das Gesicht des Sekretärs ein ungesundes, knalliges Rot angenommen, das selbst die Kopfhaut unter seinem dünnen, sandfarbenen Haar erfasste und sich mit der Farbe seiner Krawatte biss. Der Streit ließ den Major vor Schreck erstarren. Rogers Fauxpas reichte für eine Standpauke des Clubsekretärs bereits aus, und jetzt war sein Name obendrein auch noch mit der Ungezogenheit dieser jungen Frau verknüpft. Seit dreißig Jahren hatte er keine solche Szene mehr erlebt.

»Ich fordere Sie auf, das Gelände sofort zu verlassen«, sagte der Sekretär zu Amina. Seine Brust war so geschwellt, dass er den Major an ein fettes Eichhörnchen erinnerte.

»Passt mir ausgezeichnet«, gab Amina zurück, hob ihre Tasche auf und schwang sie sich über die Schulter. »Komm, George, das war's hier für uns.« Sie nahm ihren Sohn an der Hand und stolzierte zum Haupteingang hinaus.

»Aber diese Tür ist nur für Mitglieder ...«, rief der Sekretär ihr kraftlos nach.

Dem Major, der wie angewurzelt dagestanden hatte, wurde bewusst, dass er auf die hinter ihm sitzenden Gäste den Eindruck machen könnte, er verstecke sich hinter der Tür der Grill-Bar. Er tat, als würde er einen Blick auf seine Uhr werfen, klopfte dann seine Taschen ab, als suchte er nach einem verlorenen Gegenstand, machte schließlich auf dem Absatz kehrt und ging durch den Raum hindurch auf die Terrasse hinaus. Er hoffte nur, dass er das Mädchen und das Kind in sein Auto packen und wegfahren könnte, ohne gesehen zu werden. Amina wartete auf dem Parkplatz. Sie lehnte an einem Betonpfosten und hatte die Arme um den Oberkörper geschlungen. Er sah, dass sie einen viel zu dünnen Mantel trug und ihr Haar im kühlen Niesel allmählich zusammenfiel. George hockte zu ihren Füßen und versuchte, sein Malbuch vor dem Regen zu schützen. Weil er ihr unmöglich aus dem Weg gehen konnte, winkte er ihr zu, als wäre nichts geschehen. Amina hievte sich die riesige Sporttasche auf die schmale Schulter und trat zu ihm ans Auto.

»Ich dachte, Sie wären schon weg«, sagte er, während er aufschloss. »Ich habe Sie überall gesucht.«
»Ich bin gefeuert.« Sie warf die schwere, klirrende Tasche auf die Golfschläger im Kofferraum. »Irgend so ein Clubheini mit Fliege wollte, dass wir am Personaleingang warten.«
»Ach, du liebes bisschen, er wollte Sie bestimmt nicht beleidigen«, sagte der Major, der sich dessen alles andere als sicher war. »Tut mir leid, dass Sie sich ...« Er suchte nach dem richtigen Wort; »ausgeschlossen« oder »unerwünscht« trafen es zu genau und boten nicht die tröstliche Unbestimmtheit, um die es ihm ging. »... schlecht behandelt gefühlt haben.«
»Keine Sorge, in meinem Kopf ist sowieso nicht genug Platz für irgendwelche harmlosen alten Penner, die mich runterziehen wollen«, sagte Amina und verschränkte die Arme vor der Brust. »Ich habe gelernt, den Unterschied zwischen Leuten zu erkennen, die einen wirklich verletzen können, und denen, die nur auf einen herabschauen wollen.«
»Aber wenn sie so harmlos sind, warum muss man sie dann zur Rede stellen?« Der Major dachte wieder an die wütende Teedame am Meer.
»Weil sie Rüpel sind, und ich bringe George bei, dass er sich Rüpelhaftigkeit nicht gefallen lassen soll – stimmt's, George?«
»Rüpel sind blöd«, bestätigte George, der auf der Rückbank saß. Das Scharren des Buntstifts auf dem Papier ließ erkennen, dass er immer noch vor sich hin kritzelte.
»Die erwarten, dass man sich davonschleicht oder vor ihnen den Hut zieht oder was weiß ich«, sagte Amina. »Aber wenn man zurückspuckt, werden sie plötzlich ganz nervös. Wetten, dass Sie das noch nie probiert haben?«
»Nein, so, wie ich erzogen wurde, steht bei mir die Höflichkeit an allererster Stelle«, antwortete der Major.

»Sie sollten's mal probieren. Ist manchmal richtig witzig.« In ihrer Stimme schwang ein matter Unterton mit, der den Major bezweifeln ließ, dass sie es wirklich so amüsant fand, wie sie behauptete.
Eine Zeitlang fuhren sie schweigend dahin. Schließlich rutschte Amina auf ihrem Sitz ein wenig zur Seite und sah den Major an. »Sie haben nicht vor, mir Fragen wegen George zu stellen, oder?«, sagte sie leise.
»Das geht mich überhaupt nichts an, junge Frau.« Er versuchte, jede Wertung aus seinem Tonfall zu verbannen.
»Frauen fragen immer. Meine Tante Noreen kriegt schon Migräneattacken von den vielen empörten Damen, die bei ihr vorbeischauen und sie nach mir ausfragen.«
»Schlimme Sache, eine Migräne«, sagte der Major.
»Männer fragen nie, aber man weiß genau, dass sie sich im Kopf eine ganze Geschichte über George und mich zurechtgebastelt haben.« Sie wandte sich ab und legte ihre Finger an die Stelle des Beifahrerfensters, wo die Regentropfen quer über die Außenseite flossen. In einem ersten Impuls wollte der Major behaupten, dass er nie einen Gedanken daran verschwendet hatte, aber dafür war sie einfach zu misstrauisch. Er überlegte, welchen ehrlichen Kommentar er abgeben könnte.
»Ich will nicht für alle Männer oder Frauen im Allgemeinen sprechen«, sagte er nach einer kurzen Pause. »Aber ich persönlich glaube, dass man sich heutzutage gegenseitig oft zu viel beichtet, so als würden die Probleme verschwinden, wenn man sie mitteilt. Stattdessen erhöht es nur die Anzahl der Menschen, die sich zu einem bestimmten Thema Gedanken machen müssen.« Er unterbrach sich, um ein schwieriges Abbiegemanöver von der stark befahrenen Landstraße nach rechts auf den schmalen Abkürzungsweg vorzunehmen. »Mir persönlich war nie daran gelegen, andere Menschen mit meiner Lebensgeschichte zu belasten, und ich bin auch nicht gewillt, mich in ihr Leben einzumischen.«

»Aber Sie geben doch ständig Urteile über Menschen ab – und wenn Sie nicht die ganze Geschichte kennen ...«
»Junge Frau, wir zwei sind uns doch völlig fremd, nicht wahr? Natürlich fällen wir oberflächliche und wahrscheinlich sogar falsche Urteile übereinander. Ich bin mir beispielsweise sicher, dass Sie auch mich bereits als alten Penner etikettiert haben, oder nicht?« Sie schwieg, aber er glaubte, ein schuldbewusstes Schmunzeln zu erkennen.
»Und mehr dürfen wir nicht voneinander fordern, finden Sie nicht auch?«, fuhr er fort. »Ich bin überzeugt, dass Ihr Leben kompliziert ist, aber ebenso überzeugt bin ich davon, dass mir die Motivation fehlt, um mir Gedanken darüber zu machen, und dass Sie nicht das Recht haben, es von mir zu verlangen.«
»Ich finde, jeder hat es verdient, respektvoll behandelt zu werden.«
»Na, da haben wir es doch!« Er schüttelte den Kopf. »Die jungen Leute fordern immer nur Respekt, anstatt ihn sich zu verdienen. Zu meiner Zeit war Respekt etwas, wonach man strebte. Etwas, das man bekam, nicht etwas, das man nahm.«
»Wissen Sie, eigentlich müssten Sie wirklich ein alter Penner sein«, sagte sie leise lächelnd, »aber irgendwie mag ich Sie.«
»Danke«, sagte er erstaunt und stellte ebenso überrascht fest, dass er sich freute. Diese kratzbürstige junge Frau hatte etwas an sich, das ihm gefiel. Sagen wollte er das aber nicht. Sie hätte es vielleicht als Aufforderung verstanden, ihm mehr über ihr Leben zu erzählen. Mit einiger Erleichterung hielt er vor Mrs. Alis Laden und ließ seine Passagiere aussteigen.
»Gibt's da Comichefte?«, fragte George.
»Ich habe kein Geld. Also sei brav, dann backe ich dir daheim vielleicht einen Kuchen«, sagte Amina.
»Viel Glück!«, rief der Major durchs Fenster. Amina war, George an der Hand, vor dem Laden stehen geblieben. Als sie sich zu ihm umdrehte, wirkte ihr Gesicht bleich und ängstlich. Er hatte das Gefühl, dass sie nicht nur wegen eines

Bewerbungsgesprächs in den Laden ging. Aber worum auch immer es sich handelte – vor Mrs. Ali schien sie mehr Angst zu haben als vor dem Clubsekretär.

Er war nach Hause gefahren und hatte Tee gemacht, sich aber noch keine Tasse eingeschenkt, als sein Unbehagen darüber, die merkwürdige junge Frau und ihren Sohn vor Mrs. Alis Tür abgesetzt zu haben, von der entsetzlichen Vermutung überlagert wurde, dass dies der dritte Donnerstag im Monat war.

Er ging zum Kalender und sah nach, und seine Befürchtung bewahrheitete sich. An jedem dritten Donnerstag im Monat zog die Verkehrsgesellschaft nachmittags sämtliche Busse für irgendwelche mysteriösen anderen Fahrten ein. Nicht einmal der Gemeinderat hatte es geschafft, auf die Frage, wohin die Busse abgeordert wurden, eine klare Antwort zu bekommen. Die Verkehrsgesellschaft sprach immer nur von einer »Versorgungsreduktion«, mit deren Hilfe eine »erhöhte Präsenz in unterversorgten Gebieten« erreicht werden solle. Da der Bus an normalen Tagen nur alle zwei Stunden nach Edgecombe kam, hatten der Major und mehrere andere die Ansicht geäußert, das Dorf sei selbst unterversorgt, doch das Problem war nicht gelöst worden. Während seine Nachbarin Alice vorgeschlagen hatte, man solle auf den Stufen des Rathauses protestieren, hatten er und die meisten anderen Meinungsführer im Dorf klein beigegeben und auf die Annehmlichkeit ihrer Autos zurückgegriffen. Alec hatte sich sogar einen Wagen mit Vierradantrieb gekauft und behauptet, er betrachte ein solches Gefährt jetzt, da man sich in einem Notfall nicht mehr auf die Busse verlassen könne, als eine wichtige Anschaffung für die ganze Gemeinde.

Der Major war überzeugt, dass Amina die Wahrheit gesagt hatte, als sie George gegenüber behauptete, sie habe kein Geld. Ein Taxi konnte sie sich garantiert nicht leisten. Widerwillig, aber auch ein wenig neugierig stülpte er die Teehaube über die Kanne und griff nach seinem Mantel. Er musste den beiden zumindest anbieten, sie in die Stadt zurückzubringen.

Durch die Schaufensterscheibe konnte er drinnen Mrs. Ali erkennen, die am Tresen lehnte, als wäre ihr nicht gut. Der Neffe stand stocksteif da – nichts Ungewöhnliches, aber er starrte dabei über die Schulter des Majors hinweg auf irgendeinen fernen Punkt außerhalb des Ladens. Amina hatte den Blick auf ihre knallroten Turnschuhe gesenkt; ihre Schultern hingen so kraftlos hinunter, dass sie fast bucklig wirkte. Das war kein Bewerbungsgespräch. Der Major wollte sich wieder davonschleichen, da wurde er plötzlich lauthals angesprochen.

»Huhu, Major!« Er drehte sich um und sah Daisy, Alma, Grace und Lord Dagenhams Nichte Gertrude in Daisys Mercedes, eingezwängt zwischen so vielen prallen, überquellenden Einkaufstüten und Schachteln, dass sie vier Porzellanfigürchen in einer Geschenkbox glichen.

»Was für ein Glück, dass wir Sie entdeckt haben – Sie sind unser Mann!«, sagte Daisy, während die vier Damen ausstiegen, so gut es ging, ohne die Einkäufe auf der Straße zu verteilen. Die Szene hatte nur wenig Würdevolles. Der Major hielt Alma die Autotür auf und versuchte, den Anblick ihrer dicken Knie zu meiden, als er sich bückte, um einen großen gelben Satinturban zu retten, der um ein Haar in eine Pfütze gerollt wäre.

»Alec ist also bereits komplett ausstaffiert«, sagte er.

»Wir sind ja so froh, dass wir Sie gesehen haben«, sagte Daisy noch einmal. »Wir konnten es kaum erwarten, Ihnen von dem aufregenden neuen Plan zu erzählen, den wir uns ausgedacht haben.«

»Es geht um Sie!«, rief Alma, als sollte sich der Major darüber freuen.

»Major, wir haben darüber nachgedacht, ob die Volkstänze ausreichen, um das Thema des Abends abzudecken«, sagte

Daisy. »Und als wir heute Morgen bei Lord Dagenham frühstückten, haben wir uns etwas Wunderbares einfallen lassen.«
»Es war ein so schönes Frühstück, Gertrude«, sagte Alma zu Lord Dagenhams Nichte. »Ein wirklich herrlicher Start in den Tag.«
»Danke«, erwiderte Gertrude. »Ich bin es ja eher gewöhnt, im Stall nur schnell ein Schinkensandwich zu essen, als andere Damen zu bewirten. Das mit dem Räucherhering tut mir sehr leid.«
»Unsinn«, sagte Alma. »War meine eigene Schuld, dass ich ihn so hineingeschlungen habe.«
»Ich war kurz davor, den Heimlich-Handgriff zu versuchen, aber mit der Schlundverstopfung bei Pferden habe ich mehr Erfahrung.«
»Meine Damen!«, rief Daisy. »Könnten wir bitte beim Thema bleiben?« Sie legte eine Kunstpause ein. »Wir haben uns darauf geeinigt, dass mehrere kurze Szenen vorgeführt werden sollen – alle sehr geschmackvoll –, und uns darüber unterhalten, wie wir ihnen eine gewisse Tiefe verleihen könnten.«
»Erzähl du es ihm, Grace – es war ja zum Teil deine Idee«, sagte Alma.
»Nein, nein, nein«, entgegnete diese. Sie stand ein bisschen abseits und trat kaum merklich von einem Fuß auf den anderen. Den Major ärgerte das nervöse Gehabe dieser sonst stets so vernünftigen Frau. »Wir unterhielten uns gerade darüber, welche Verbindungen zu Indien es hier in der Gegend gibt, und da erwähnte ich zufällig Ihren Vater. Es war eigentlich gar nicht als Vorschlag gedacht.«
»Meinen Vater?«, fragte der Major.
»Wenn ich das mal erklären darf«, sagte Daisy und wies Grace mit einer hochgezogenen Braue in ihre Schranken. »Wir erinnerten uns an die Geschichte von Ihrem Vater und dem großen Dienst, den er dem Maharadscha erwies, und beschlossen, ihr drei bis vier Szenen zu widmen. Das wird das Herzstück unseres Unterhaltungsteils!«

»Oh nein«, sagte der Major, dem bei der Idee ganz anders wurde. »Mein Vater hielt sich in den dreißiger Jahren und Anfang der vierziger in Indien auf.«
»Na und?«, fragte Daisy.
»Das Mogulreich bestand bis etwa 1750«, erklärte der Major, dessen Verzweiflung allmählich über seine Höflichkeit siegte. »Das geht also überhaupt nicht.«
»Aber es ist doch alles dasselbe«, wandte Daisy ein. »Alles Indien, oder etwa nicht?«
»Es ist überhaupt nicht dasselbe. Die Moguln – das sind Shah Jahan und der Taj Mahal. Mein Vater dagegen diente im Vorfeld der Teilung. Das war das Ende der Engländer in Indien.«
»Umso besser«, sagte Daisy. »Dann ändern wir ›Mogul‹ einfach in ›Maharadscha‹ ab und feiern die Unabhängigkeit, die wir Indien und Pakistan geschenkt haben. Anbruch einer neuen Ära und so weiter. Ich halte das für die einzig vernünftige Option.«
»Damit wäre auch für viele das Kostümproblem gelöst«, warf Alma ein. »Ich habe Hugh Whetstone klarzumachen versucht, dass der Tropenhelm erst im neunzehnten Jahrhundert voll entwickelt war, aber er wollte nichts davon hören. Wenn wir so ein ›Die letzten Tage von ...‹- Element einbauen, können sie meinetwegen auch ihre Charles-Dickens-Sommerkleider tragen.«
»Allerdings hat uns gerade dieses ›Die letzten Tage von ...‹ ziemlich in Schwierigkeiten gebracht im vergangenen Jahr«, gab Grace zu bedenken.
»Wir müssen es ja nicht ganz genauso nennen«, blaffte Alma zurück.
»Die Teilung erfolgte 1947«, sagte der Major. »Da trugen die Leute Uniformen und kurze Kleider.«
»Wir wollen es mit der Geschichte gar nicht so genau nehmen, Major«, sagte Daisy. »Soweit ich weiß, sind Sie im Besitz der Gewehre Ihres Vaters. Und wie sieht es mit irgend-

einer Galauniform aus? Er war doch zumindest Colonel, nicht wahr?«

»Es muss ihn natürlich ein Mann spielen, der jünger ist als Sie, Major«, warf Alma ein. »Und ein paar Burschen, die die blutrünstige Bande spielen, brauchen wir auch.«

»Vielleicht würde Ihr Sohn Roger das übernehmen, Major«, schlug Gertrude vor. »Das würde doch hervorragend passen.«

»Die blutrünstige Bande spielen?«, fragte der Major.

»Nein, den Colonel natürlich«, antwortete Gertrude.

»Die Bedienungen haben doch bestimmt ein paar barbarisch aussehende Freunde, die unsere Bande mimen können«, sagte Daisy.

»Mein Vater war ein sehr zurückhaltender Mensch«, erklärte der Major. Er stotterte fast, so sehr stand er unter dem Eindruck, dass alle rings um ihn langsam den Verstand verloren. Dass die Damen allen Ernstes annahmen, Roger oder er würden sich bereit erklären, bei irgendeiner Art von Aufführung mitzuwirken, war völlig unbegreiflich.

»Mein Onkel findet die Geschichte wunderbar«, fügte Gertrude hinzu. »Er möchte Ihnen dann, wenn alle Reden gehalten sind, einen Silberteller überreichen – als Anerkennung für die stolze Geschichte der Pettigrews und so weiter. Er wäre schrecklich enttäuscht, wenn ich ihm sagen müsste, dass Sie diese Ehrung ablehnen.« Sie sah ihn mit großen Augen an und zückte bereits ihr Handy, als würde sie jeden Augenblick anrufen.

Der Major rang nach Worten.

Da kam ihm Grace zu Hilfe. »Vielleicht sollten wir dem Major ein bisschen Zeit geben, damit er sich mit der Idee anfreunden kann.« Sie hatte aufgehört, mit den Füßen zu wippen, und stand fest auf dem Boden, während sie ihn verteidigte. »Es ist immerhin eine ziemlich große Ehre.«

»Sehr richtig, sehr richtig«, rief Daisy. »Wir sagen jetzt erst einmal gar nichts mehr, Major.« Sie sah zum Schaufenster

hinüber und winkte Mrs. Ali zu. »Dann gehen wir jetzt rein, meine Damen, und sichern uns Mrs. Alis Mithilfe beim Ball!«
»Aber das ist ja Amina, das Mädchen, das unseren Kellnerinnen die Tänze beibringt«, sagte Gertrude, den Blick ebenfalls auf das Schaufenster gerichtet. »Was um alles in der Welt hat sie denn hier in Edgecombe verloren?«
»Ach, hier wohnen doch nur so wenige von denen, da ist doch jeder mit jedem irgendwie verwandt«, sagte Alma in dem Brustton der Überzeugung, der den Ahnungslosen vorbehalten ist.
»Das wäre jetzt vielleicht nicht der allerbeste Zeitpunkt«, wandte der Major ein. »Ich glaube, die zwei haben gerade etwas zu besprechen.«
»Die perfekte Gelegenheit, um mit beiden gleichzeitig zu reden!«, entgegnete Daisy. »Rein mit euch!«
Der Major sah sich gezwungen, ihnen die Tür aufzuhalten, und wurde zusammen mit den Damen selbst hineingetrieben. Um den Tresen herum wurde es eng; der Major kam so dicht bei Mrs. Ali zu stehen, dass er kaum den Hut lüften konnte.
»Tut mir leid«, flüsterte er. »Ich konnte sie nicht davon abbringen.«
»Wer kommen will, der kommt«, sagte sie matt. »Es liegt nicht in unserer Macht, irgendwen abzuhalten.« Sie sah zu Amina hinüber, auf die Daisy gerade einredete.
»Was für ein Glück, dass Sie auch hier sind«, sagte Daisy. »Wie geht es mit dem Tanzen voran?«
»Wenn man bedenkt, dass die alle zwei linke Füße und keinerlei Rhythmusgefühl haben, läuft es ganz gut«, antwortete Amina. »Aber ich glaube nicht, dass der Geschäftsführer Ihres Clubs mich so schnell wieder reinlässt.«
»Sie meinen den Clubsekretär?«, fragte Gertrude. »Stimmt, der hat ganz schön getobt am Telefon.« Sie hörte auf zu kichern. »Aber machen Sie sich keine Gedanken, ich habe dem Wicht gesagt, dass er mehr Geduld haben und Ihre bekla-

genswerte Lebenslage und unseren dringenden Bedarf an Ihrem Talent berücksichtigen muss.«
»Meine Lebenslage?«
»Na ja, alleinerziehende Mutter und so«, sagte Gertrude. »Mag sein, dass ich ein bisschen dick aufgetragen habe, aber wir hoffen sehr, dass Sie weitermachen. Ich denke, wir können Ihnen jetzt etwas mehr Geld bewilligen – unser Projekt ist ja um einiges umfangreicher geworden.«
»Du tanzt für Geld?«, fragte Mrs. Alis Neffe.
»Ich studiere nur ein paar Schritte mit den Kellnerinnen ein«, antwortete Amina. »Tanzen kann man das nicht nennen.« Er schwieg, aber seine Miene wurde noch grimmiger, und der Major wunderte sich einmal mehr darüber, dass so viele Menschen bereit waren, Zeit und Energie auf die andersgearteten Ansichten anderer zu verwenden.
»Sie bringt unseren Mädchen bei, wie man mit den Hüften wackelt«, sagte Alma. »Eine wunderbare Darstellung Ihrer Kultur!« Sie lächelte Mrs. Ali und dem Neffen zu. Der Teint des Neffen nahm einen hässlichen Kupferton an, und darunter flackerte Wut.
»Mrs. Ali, wir wollten fragen, ob wir Sie dazu bewegen können, an unserem Ball teilzunehmen.«
»Tja, ich weiß nicht«, sagte Mrs. Ali. Eine scheue Freude brachte ihr Gesicht jäh zum Leuchten.
»Meine Tante wird nicht in der Öffentlichkeit tanzen!«, sagte Abdul Wahid.
Der Major hörte das zornige Brodeln in der Stimme des jungen Mannes, aber Daisy beschränkte sich darauf, den Neffen mit genau dem Maß an Herablassung anzusehen, das ihrer Meinung nach ausreichte, um zu verhindern, dass Verkäufer sich versehentlich danebenbenahmen.
»Wir wollen gar nicht, dass sie tanzt«, sagte sie.
»Wir wollten eine Art Begrüßungsgöttin, die in der Nische postiert werden soll, in der sonst der Garderobenständer steht«, erklärte Alma. »Und Mrs. Ali ist doch so durch und

durch indisch – oder zumindest durch und durch pakistanisch – im besten Sinne.«
»Eigentlich stamme ich ja aus Cambridge«, wandte Mrs. Ali mit sanfter Stimme ein. »Städtisches Krankenhaus, Abteilung drei. Meine bisher weiteste Reise hat mich auf die Isle of White geführt.«
»Aber das weiß ja niemand«, warf Alma ein.
»Mrs. Khan ist der Meinung, dass wir jemanden brauchen, der die Begrüßung übernimmt und sich um die Hüte und Mäntel kümmert«, sagte Daisy. »Dr. Khan und sie selbst können es nicht machen, weil sie als Gäste kommen. Deshalb haben sie Sie vorgeschlagen.« Mrs. Ali wurde blass, und der Major spürte die Wut in ihm hochkochen.
»Meine Tante arbeitet nicht auf Partys …«, begann der Neffe einzuwenden, doch da räusperte sich der Major so laut, dass der junge Mann erstaunt verstummte.
»Sie steht dafür nicht zur Verfügung«, sagte der Major und fühlte, dass er rot wurde. Alle starrten ihn an, und er war hin- und hergerissen zwischen dem Drang, zur Tür hinauszulaufen, und dem starken Bedürfnis, für seine Freundin einzutreten.
»Ich habe Mrs. Ali bereits gebeten, als mein Gast am Ball teilzunehmen«, erklärte er.
»Das ist aber ungewöhnlich«, sagte Daisy und machte eine Pause, als erwartete sie allen Ernstes, dass er sich die Sache noch einmal überlegte. Mrs. Alis Neffe sah den Major an, als wäre der ein exotischer Käfer, den er in der Badewanne entdeckt hatte. Alma konnte nicht verbergen, dass sie schockiert war. Grace wandte sich ab und wirkte plötzlich unglaublich fasziniert von irgendeiner Schlagzeile im Ständer mit den Lokalzeitungen. Mrs. Ali errötete, reckte aber das Kinn und sah Daisy offen an.
»Mrs. Ali wird dem Ganzen so oder so eine dekorative Note verleihen«, sagte Gertrude und beendete mit ihrer unverblümten, aber von allen dankbar aufgenommenen Bemer-

kung das peinliche Schweigen.»Es wird uns eine Freude sein, sie als eine Art Botschafterin bei uns zu haben, die sowohl Pakistan als auch Cambridge repräsentiert.« Sie lächelte, und der Major überlegte, ob er den Charakter der rothaarigen jungen Frau möglicherweise unterschätzt hatte. Sie strahlte eine gewisse Autorität aus und verfügte über ein diplomatisches Geschick, das Daisy vielleicht irgendwann in den Wahnsinn treiben würde. Auf diesen Tag freute er sich schon jetzt.

»Dann gibt es hier nichts mehr für uns zu tun«, sagte Daisy beleidigt.»Wir müssen die Pläne überarbeiten und den Major anrufen und einen Tag vereinbaren, an dem wir sein Haus nach Uniformen und so weiter durchforsten.«

»Ich rufe Roger an. Dann kann ich den Major mit ihm zusammen bearbeiten«, schlug Gertrude vor und warf ihm einen verschwörerischen Blick zu.»Meine Aufgabe ist es nämlich, mehr junge Leute für den Unterhaltungsteil zu gewinnen, und als Neumitglied ist er bestimmt ganz scharf darauf, dabei zu sein.«

»Ich verstehe einfach nicht, warum es so schwer ist, die Männer zum Mitmachen zu bewegen«, sagte Alma, während die Damen den Laden verließen und auf dem Weg zum Auto lautstark ihre Pläne diskutierten.

»Danke für Ihre Geistesgegenwart, Major«, sagte Mrs. Ali. Zu seiner Verwunderung schien sie auch ihn zur Tür zu drängen.»Brauchen Sie noch irgendetwas, bevor Sie gehen? Ich muss den Laden für eine Weile abschließen.«

»Ich wollte nur fragen, ob ich Amina in die Stadt zurückbringen soll«, sagte der Major.»Heute Nachmittag fahren keine Busse.«

»Das wusste ich nicht«, sagte Amina. Sie sah Mrs. Ali an.

»Wenn der Major uns heimbringt, gehe ich jetzt wohl besser.«

»Nein, du musst bleiben, wir haben noch nicht über alles geredet«, sagte Mrs. Ali.

»Sie soll zu ihrer Mutter zurückfahren«, stieß Abdul Wahid leise, aber heftig hervor.
»Meine Mutter ist vor zwei Monaten gestorben«, sagte Amina, nur an ihn gewandt. »Dreißig Jahre in derselben Straße, Abdul Wahid, und nur sechs Leute kamen zum Begräbnis. Und was glaubst du, warum?« Ihre Stimme zitterte, aber sie hielt den Blick standhaft auf ihn gerichtet.
Um das quälende Schweigen zu brechen, fragte der Major: »Wo ist George?«
»Wir haben ihn nach oben gebracht«, antwortete Mrs. Ali. »Ich habe ihm ein paar Bücher zum Anschauen gegeben.«
»Tut mir leid, dass deine Mutter diese Schande ertragen musste«, sagte der Neffe. »Aber ich habe damit nichts zu tun.«
»Das haben deine Verwandten auch gesagt.« An den eingefallenen Wangen des Mädchens liefen jetzt Tränen hinab und hinterließen nasse Spuren. Sie hob ihre Sporttasche auf. »George und ich gehen jetzt und werden dich nie wieder belästigen.«
»Warum bist du überhaupt hergekommen?«, fragte er sie.
»Ich musste mich selbst davon überzeugen, dass du mich nicht liebst.« Sie wischte sich mit dem Ärmelaufschlag ihrer Bluse über das Gesicht, und der dunkle Streifen, der blieb, ließ sie aussehen wie ein kleines Kind. »Ich habe ihnen nie geglaubt, dass du freiwillig gegangen bist, aber jetzt ist mir klar, dass du das Produkt deiner Familie bist, Abdul Wahid.«
»Du solltest jetzt gehen«, sagte der Neffe und wandte den Kopf ab, aber seine Stimme klang brüchig.
»Nein. Du bleibst, und wir gehen nach oben zu George und essen etwas«, erklärte Mrs. Ali. »Wir lassen diese Sache nicht auf sich beruhen.« Sie wirkte nervös. Sie biss sich auf die Unterlippe und warf dem Major ein schmerzlich gekünsteltes Lächeln zu. »Danke für Ihr Angebot, Major, aber es ist nicht nötig. Wir kriegen das schon hin.«
»Wenn Sie meinen.« Der Major verspürte eine ungebührliche Faszination, wie ein Autofahrer, der das Tempo drosselt, um

eine Unfallstelle zu begaffen. Mrs. Ali ging zur Tür, und es blieb ihm nichts übrig, als ihr zu folgen. Flüsternd fragte er sie noch: »War es falsch von mir, sie hierherzubringen?«
»Nein, wir freuen uns über die beiden«, antwortete sie laut. »Es hat sich nämlich herausgestellt, dass sie offenbar mit uns verwandt sind.« Dem Major fiel es wie Schuppen von den Augen; er sah förmlich vor sich, wie sehr der kleine George, wenn er böse dreinblickte, Abdul Wahid ähnelte. Er setzte zum Sprechen an, doch Mrs. Alis Gesicht erschien ihm wie eine Maske erschöpfter Höflichkeit, und er wollte die brüchige Fassade nicht durch unpassende Worte zum Einsturz bringen.
»Zusätzliche Verwandte können durchaus von Vorteil sein, denke ich – ein Bridgespieler mehr bei Familientreffen oder ein weiterer Nierenspender«, faselte er vor sich hin. »Meinen herzlichen Glückwunsch.« Einen Augenblick lang belebte ein kaum merkliches Lächeln ihr müdes Gesicht. Er hätte gern ihre Hand genommen und sie gebeten, ihm ihr Herz auszuschütten, aber der Neffe starrte sie immer noch finster an.
»Und vielen Dank für Ihr ritterliches Täuschungsmanöver in Hinblick auf den Ball«, fügte Mrs. Ali hinzu. »Die Damen haben es bestimmt gut gemeint, aber ich werde ihre Anfrage mit Freuden ablehnen.«
»Sie werden mich doch hoffentlich nicht Lügen strafen, Mrs. Ali«, erwiderte der Major so leise wie möglich. »Es wäre mir eine Ehre und Freude, Sie zum Ball zu begleiten.«
»Meine Tante denkt nicht mal im Traum daran, zu diesem Ball zu gehen«, erklärte Abdul Wahid lautstark. Sein Kinn bebte. »Es gehört sich nicht.«
»Du hast mich nicht darüber zu belehren, was sich gehört und was nicht, Abdul Wahid«, sagte Mrs. Ali in scharfem Ton. »Ich bestimme mein Leben selbst, ist das klar?« Sie wandte sich wieder dem Major zu und streckte ihm die Hand entgegen. »Ich nehme Ihre freundliche Einladung an, Major.«

»Ich fühle mich sehr geehrt.«
»Und ich hoffe, dass wir uns bald wieder über Literatur unterhalten können«, sagte sie mit klarer Stimme. »Ich habe unser sonntägliches Treffen sehr vermisst.« Sie sagte es, ohne zu lächeln, und den Major durchfuhr der Stachel der Enttäuschung, weil sie ihn benutzte, um ihren Neffen zu kränken. Als er zum Abschied den Hut zog, spürte er, dass die Anspannung zurückgekehrt war. Aber »Anspannung« traf es nicht; im Fortgehen dachte er, dass es eher eine schwelende Verzagtheit war. An der Ecke blieb er stehen und warf einen Blick zurück. Die drei Menschen in dem Laden hatten jetzt, da war er sicher, noch viele Stunden schmerzlicher Gespräche vor sich. Doch das Schaufenster zeigte ihm nur das verzerrte, glitzernde Spiegelbild der Straße und des Himmels.

Zwölftes Kapitel

Die Cricketsaison war vorbei, deshalb wunderte sich der Major über das gedämpfte Geräusch von Wickets, die in den Rasen geschlagen wurden. Das Gehämmer wurde bis über die ansteigende Weidefläche am Ende des Gartens getragen und schreckte in dem Wäldchen oben auf dem Hügel ein paar Tauben auf. Ausgerüstet mit seiner Teetasse und der Morgenzeitung stapfte der Major zum Zaun hinüber, um der Sache nachzugehen.
Es gab nicht viel zu sehen, außer einem großen Mann mit Gummistiefeln und einer gelben Regenjacke, der ein Klemmbrett in der Hand hielt und gerade durch das Fernrohr eines Theodoliten blickte, während zwei andere, seinen Angaben folgend, bestimmte Strecken abschritten und dann Holzstangen mit orangeroten Spitzen in das struppige Gras rammten. Plötzlich ertönte eine geisterhafte, laut flüsternde Stimme.
»Verstecken Sie sich, Major!« Der Major sah sich um.
»Ich habe den Kopf eingezogen«, erklärte die Stimme, die er jetzt als die von Alice, seiner Nachbarin, identifizierte. Er ging zur Hecke und spähte hinüber.
»Nicht zu mir rüberschauen!«, zischte sie gereizt. »Die haben Sie wahrscheinlich schon bemerkt. Schauen Sie einfach nur so in der Gegend herum, als wären Sie allein.«
»Guten Morgen, Alice«, sagte der Major, trank einen Schluck Tee und schaute »in der Gegend herum«, so gut er konnte.
»Gibt es einen Grund für unsere Heimlichtuerei?«
»Falls wir Protestaktionen organisieren, dürfen sie unsere Gesichter jetzt nicht sehen«, erklärte sie ihm wie einem kleinen Kind. Sie saß auf einem klappbaren Campinghocker in der winzigen Lücke zwischen ihrem Komposthaufen und

der Hecke, die ihren Garten von der Weide trennte. Der leichte Geruch nach verrottendem Gemüse schien sie nicht zu stören. Der Major riskierte einen kurzen Blick und erspähte ein Fernrohr auf einem im Rasen steckenden Stativ. Darüber hinaus bemerkte er, dass sich Alices Tarnversuch nicht auf ihre Kleidung erstreckte, die unter anderem aus einem violetten Pulli und einer orangeroten Hose aus schlabberigem Hanfgewebe bestand.

»Protestaktionen?«, fragte der Major. »Welche ...«
»Die nehmen Vermessungen für Baumaßnahmen vor, Major!«, sagte Alice. »Die wollen die ganze Weide zubetonieren.«
»Das kann doch gar nicht sein. Der Grund gehört Lord Dagenham.«
»Und Lord Dagenham möchte eine Stange Geld verdienen, indem er den Grund verkauft und bebauen lässt.«
»Vielleicht werden nur neue Abflussrohre verlegt.« Der Major stellte immer wieder fest, dass er im Gespräch mit Alice ganz bewusst vorsichtiger und rationaler wurde, als könnte ihr wirrer Überschwang in sein Bewusstsein sickern. Er mochte Alice trotz der selbstgemalten Plakate mit den diversen Anliegen, die sie an ihre Fenster klebte, und trotz der übertriebenen Erscheinung sowohl ihres Gartens als auch ihrer Person. Beide litten an einem Übermaß an miteinander unverträglichen Ideen sowie an einem ausufernden Engagement für die Bio-Bewegung.
»Abflussrohre – von wegen!«, sagte Alice. »Unsere Spitzel vermuten eine Verbindung nach Amerika.« Dem Major zog es den Magen zusammen. Schlagartig war er sich elendiglich sicher, dass sie recht hatte. In ganz England ging ein langsames Morden vor sich: Große Wiesenflächen wurden in kleine, rechteckige, schafpferchartige Parzellen aufgeteilt und dicht mit immer gleich aussehenden Häusern aus hellroten Ziegeln bebaut. Er blinzelte mehrmals, aber die Männer verschwanden nicht. Plötzlich hatte er das Verlangen, sich wieder ins Bett zu legen und die Decke über den Kopf zu ziehen.

»Ihr Gesicht haben die sowieso schon gesehen, da können Sie auch gleich hingehen und sie ein bisschen ausfragen«, sagte Alice. »Mal sehen, ob sie einknicken, wenn man sie direkt konfrontiert.«

Der Major durchquerte seinen Garten, trat auf die Weide und bat darum, den Leiter der Vermessungsarbeiten zu sprechen. Man führte ihn zu dem großen Mann, der eine Brille und ein schönes Hemd mit Krawatte unter der gelben Jacke trug. Freundlich gab er dem Major die Hand, weigerte sich jedoch, seine Anwesenheit zu erklären.

»Leider alles streng vertraulich. Der Bauherr besteht auf höchste Diskretion.«

»Ich verstehe«, sagte der Major. »Die meisten Leute hier haben eine ziemlich alberne Abneigung gegen jede Art von Veränderung und können zu regelrechten Plagegeistern werden.«

»Ganz genau.«

»Wenn ich am elften mit Dagenham auf die Jagd gehe, werde ich ihn bitten, mir die Pläne zu zeigen. Ich interessiere mich sehr für Architektur – auf einem dilettantischem Niveau natürlich.«

»Ich kann nicht versprechen, dass bis dahin alle Pläne fertig sind. Ich bin nur der Bauingenieur. Wir bereiten hier alles vor, aber dann kommen noch die Verkehrsstudien für das Gewerbegebiet dazu. Das dauert.«

»Ja, natürlich, für das Gewerbegebiet wird das Monate dauern, kann ich mir vorstellen.« Der Major fühlte sich einer Ohnmacht nahe. Hinter sich spürte er förmlich Alices Auge am Fernrohr. »Was soll ich den Leuten sagen, wenn sie fragen?«

»Wenn sie hartnäckig sind, behaupte ich immer, wir würden Abflussrohre verlegen. Für Abflussrohre ist jeder.«

»Vielen Dank«, sagte der Major und wandte sich ab. »Ich werde Lord Dagenham sagen, dass Sie alles im Griff haben.«

»Und sagen Sie denen, sie brauchen gar nicht erst anzufangen, meine Stangen rauszureißen!« Er neigte den Kopf und stieß den Daumen Richtung Himmel, wo sich brummend ein kleines Flugzeug näherte. »Luftaufnahmen von jedem ausgemessenen Bauplatz. Da können die Dorfrowdys einpacken.«

Als er wieder in seinem Garten stand, erfasste den Major ein tiefer Kummer. In den Tagen zuvor war es ihm bessergegangen, und es erstaunte ihn, dass die Trauer um seinen Bruder nicht verschwunden war, sondern sich irgendwo versteckt und nur darauf gewartet hatte, ihn bei einer solchen Gelegenheit zu überfallen. Tränen traten in seine Augen, und er presste die Fingernägel der freien Hand in die Handfläche, um nicht zu weinen. Der Anwesenheit von Alice, die hinter der Hecke hockte, war er sich deutlich bewusst.
»Mein Informant ist gerade zurückgekommen«, sprach Alice in ein Handy hinein. Der Major wusste genau, dass ihr ein Funkgerät lieber gewesen wäre. »Ich lasse mir gleich Bericht erstatten.«
»Ich fürchte, Sie haben recht«, sagte der Major, ohne zu ihr hinunterzublicken. Stattdessen betrachtete er die sonnenbeschienenen Rückseiten der Häuser, die sich wie schlafende Kühe entlang der Weide duckten. »Auf jeden Fall Häuser, und obendrein irgendeine Gewerbesache.«
»O Gott, eine ganz neue Stadt!«, rief Alice in ihr Handy. »Wir dürfen keine Sekunde warten, wir müssen sofort aktiv werden!«
»Falls irgendwer fragt, sagen Sie bitte, ich hätte von Abflussrohren gesprochen«, fügte der Major noch hinzu. Dann richtete er seine Schritte zum Haus, um sich eine zweite Tasse Tee einzuschenken. Ihm war schlecht.
»Sie können doch jetzt nicht einfach gehen!«, sagte Alice. Sie stand auf, das Handy immer noch ans Ohr gepresst. Er fragte sich, wer wohl am anderen Ende der Leitung war, und stellte sich eine Gruppe Althippies mit zerrissenen Jeans und schütterem Haar vor. »Sie müssen bei uns mitmachen, Major.«

»Ich bin genauso aufgebracht wie Sie«, erwiderte der Major.
»Aber wir wissen noch zu wenig. Wir sollten den Gemeinderat kontaktieren und herausfinden, wo wir hinsichtlich der Baugenehmigungen und so weiter stehen.«
»Okay, der Major übernimmt die Leitung des Bereichs Kommunikation«, teilte Alice ihrem Gesprächspartner mit.
»Nein, also ...«, sagte der Major.
»Jim will wissen, ob Sie auf die Schnelle ein paar Plakate malen könnten.«
»Das ist künstlerisch zu anspruchsvoll für mich«, sagte der Major und fragte sich, wer dieser Jim war. »Ich habe es nicht so mit den Leuchtmarkern.«
»Der Major sträubt sich gegen eine Mitarbeit, zumindest offiziell«, sagte Alice in ihr Handy hinein. »Aber mit seinen Beziehungen könnte er vielleicht unser inoffizieller Informant sein.« Vom anderen Ende der Leitung her kam aufgeregtes Geplapper. Alice musterte den Major von Kopf bis Fuß und sagte dann: »Nein, nein, er ist absolut vertrauenswürdig.«
Sie wandte sich ab. Der Major konnte kaum mehr verstehen, was sie hinter dem breiten Lockenvorhang sprach. Er beugte sich ein wenig vor und hörte sie sagen: »Ich verbürge mich für ihn.«
Er fand es leicht grotesk, aber auch rührend, dass Alice Pierce sich für ihn verbürgen wollte. Er war sich nicht sicher, ob er dasselbe für sie tun könnte, wenn man ihn dazu aufforderte. Er setzte sich auf die Armlehne der Bank, die unter der Trennhecke stand, und ließ seufzend den Kopf auf die Brust sinken. Alice klappte ihr Handy zusammen. Er spürte, dass sie ihn ansah.
»Ich weiß, dass Sie dieses Dorf mehr lieben als jeder andere«, sagte sie. »Und ich weiß, wie viel Rose Lodge Ihnen und Ihrer Familie bedeutet.« Sie sprach mit einer für sie ganz untypischen Sanftheit. Er drehte sich um und stellte gerührt fest, dass diese Milde echt war.

»Danke«, sagte er. »Sie wohnen jetzt auch schon eine ganze Weile in Ihrem Haus.«

»Ich bin sehr glücklich hier. Aber ich lebe erst seit zwanzig Jahren hier, was in diesem Dorf praktisch nichts ist.«

»Ich komme mir so alt und närrisch vor – ich dachte, der Fortschritt würde unseren kleinen Erdenwinkel unberührt lassen.«

»Hier geht es nicht um Fortschritt. Hier geht es um Gier«, erwiderte Alice.

»Ich weigere mich zu glauben, dass Lord Dagenham sein Land einfach so aufgibt«, sagte der Major. »Er hat sich immer für die ländliche Gegend eingesetzt. Himmel noch mal – er ist Jäger!« Alice schüttelte den Kopf, als wunderte sie sich über seine Naivität. »Wir sind alle dafür, die ländliche Gegend zu erhalten, bis wir erkennen, wie viel Geld sich verdienen lässt, wenn man hinten im Garten anbaut, aufstockt oder ein neues Haus errichtet. Jeder ist grün, es sei denn, es geht um das eigene kleine Projekt, das ja angeblich nicht ins Gewicht fällt – und plötzlich sieht man überall im Dorf Dachfenster und Doppelgaragen und Schwiegermutter-Anbauten.« Sie fuhr sich mit den Händen durchs Haar, schüttelte die Lockenpracht und strich sie sich aus dem Gesicht. »Wir sind genauso schuldig wie Dagenham – nur die Dimension ist kleiner.«

»Er hat hier eine Vorbildfunktion«, wandte der Major ein.

»Er wird es einsehen und seine Meinung ändern.«

»Wenn nicht, dann kämpfen wir. Schluss ist immer erst dann, wenn man gegen die Bulldozer anstürmt und im Knast landet.«

»Ich bewundere Ihren Elan.« Der Major stand auf und schüttete die letzten Tropfen Tee aus seiner Tasse auf eine abgestorbene Dahlie. »Aber ich kann Sie nicht guten Gewissens bei irgendwelchen Bürgerkrawallen unterstützen.«

»Bürgerkrawallen? Jetzt herrscht Krieg, Major.« Alice kicherte. »Auf die Barrikaden und raus mit den Molotow-Cocktails!«

»Sie tun, was Sie tun müssen«, sagte der Major. »Und ich werde dem Planungsbeamten einen unmissverständlichen Brief schreiben.«

Am Nachmittag spazierte der Major mit seinem Brief zum Briefkasten und blieb, den Umschlag in der Hand, eine Zeitlang davor stehen. Vielleicht war sein Gesuch doch zu aggressiv formuliert. Er hatte zwar an mehreren Stellen »wir fordern« durch »wir bitten« ersetzt, wurde aber das Gefühl nicht los, den Planungsbeamten unter Druck zu setzen. Gleichzeitig hatte er aus Angst, Alice könnte seine übertriebene Höflichkeit nicht gutheißen, ein, zwei Sätze über dringend erforderliche Transparenz und die Verantwortung des Gemeinderats für den Schutz des Landes angefügt. Er hatte mit »heiliger Boden« experimentiert, in letzter Minute aber »altehrwürdiger Boden« daraus gemacht, um eine Verwechslung mit Grundstücken in Kirchenbesitz zu vermeiden. Er hatte sogar in Betracht gezogen, eine Kopie des Briefs direkt an Lord Dagenham zu schicken, fand dann jedoch, dass er das vielleicht besser auf einen Zeitpunkt nach der Entenjagd verschob, ohne dadurch einen schwerwiegenden moralischen Kompromiss einzugehen. Es machte ihm stets Freude, einen frisch gefalteten Briefbogen in einen noch unbenutzten Umschlag zu stecken, und als er das Kuvert nun betrachtete, sagte er sich, dass sein Brief angemessen prägnant und mit dem nötigen Ernst formuliert war. Zufrieden und in Zuversicht darauf, dass sich die Sache zwischen vernünftigen Männern gütlich regeln lassen würde, warf er ihn ein. Nachdem das erledigt war, hatte er Muße, einen Blick auf den Dorfladen zu werfen, und beschloss, als wäre ihm die Idee aus heiterem Himmel gekommen, hineinzuschauen und sich nach Mrs. Ali und ihrem Neffen zu erkundigen.
Mrs. Ali saß hinter der Ladentheke und schichtete kleine Seidentücher in die Bastkörbchen, in denen normalerweise Sandelholzkerzen und Schachteln mit Rosen- und Eukalyp-

tus-Badesalz lagen. Diese Tücher waren, in Zellophan verpackt und mit einer Seidenschleife verziert, beliebte Geschenke. Im Jahr zuvor hatte der Major zwei davon gekauft und sie Marjorie und Jemima zu Weihnachten geschenkt.
»Die gehen wohl ziemlich gut«, sagte er zur Begrüßung. Mrs. Ali reagierte so überrascht, als hätte sie das Türglöckchen nicht gehört. Vielleicht, dachte er, hatte sie gar nicht erwartet, ihn zu sehen.
»Ja, das sind die beliebtesten Geschenke bei Leuten, die denjenigen, für den sie es kaufen, bis in letzter Minute völlig vergessen hatten.« Mrs. Ali wirkte aufgewühlt, sie schaukelte ein fertig bestücktes Körbchen auf den Spitzen ihrer langen, schlanken Finger hin und her. »Offenbar lässt sich aus Panik ganz gut Profit schlagen.«
»Sie machten gestern einen etwas bekümmerten Eindruck auf mich«, sagte der Major. »Ich wollte fragen, ob alles in Ordnung ist.«
»Es ist alles sehr ... schwierig«, sagte sie nach einer kurzen Pause. »Schwierig, aber möglicherweise auch sehr gut.« Er wartete auf eine nähere Erklärung und empfand dabei eine für ihn ganz untypische Neugier. Er wechselte nicht das Thema, wie er es getan hätte, wenn Alec oder ein anderer Freund es sich erlaubt hätten, ein privates Problem anzudeuten. Er wartete einfach und hoffte, dass sie weiterreden würde.
Plötzlich ertönte ein feines Stimmchen. »Ich habe jetzt alle Äpfel poliert.« George kam aus dem hinteren Teil des Ladens, in der einen Hand ein sauberes Staubtuch, in der anderen einen kleinen grünen Apfel. »Der da ist viel kleiner als die anderen.«
»Dann ist er viel zu klein, um ihn zu verkaufen«, sagte Mrs. Ali. »Hast du Lust, ihn für mich zu essen?«
»O ja«, sagte George mit breitem Grinsen. »Ich wasche ihn.« Er ging wieder nach hinten. Mrs. Ali blickte ihm eine Zeitlang nach, und der Major beobachtete, wie sich ein entspanntes Lächeln über ihr Gesicht breitete.

»Ich glaube, Sie haben ein besonderes Gespür für Kinder«, sagte er. »Aber im Fall von offener Bestechung sollte ich mich mit meinem Urteil vielleicht besser zurückhalten.« Er hatte sie zum Lachen bringen wollen, doch als sie zu ihm aufblickte, war ihr Gesicht ernst. Sie fuhr sich mit beiden Händen über den Rock, und er sah, dass sie zitterten.

»Ich muss Ihnen etwas erzählen«, sagte sie. »Ich soll es eigentlich niemandem erzählen, aber vielleicht wird es für mich selbst verständlicher, wenn ich es doch tue ...« Ihre Stimme erstarb; sie betrachtete ihre Hände, als suchte sie den verlorenen Gedankenfaden zwischen den blassblauen Adern.

»Sie müssen mir nichts erzählen«, sagte der Major. »Aber Sie können sicher sein, dass ich, was immer Sie erzählen möchten, streng vertraulich behandeln werde.«

»Ich bin ziemlich durcheinander, wie Sie sehen.« Sie warf ihm einen Blick zu, und wieder zeigte sich dabei nur ein Abglanz ihres gewohnten Lächelns. Er wartete. »Amina und George haben gestern bei uns übernachtet. Es hat sich herausgestellt, dass George mein Großneffe ist. Er ist der Sohn von Abdul Wahid.«

»Ach, wirklich?« Der Major tat, als wäre ihm das völlig neu.

»Wie hatte ich das nicht ahnen, nicht spüren können?«, fragte Mrs. Ali. »Und doch bin ich jetzt, nachdem Amina es gesagt hat, durch eine tiefe Liebe mit diesem kleinen Jungen verbunden.«

»Sind Sie sicher, dass es stimmt? Es soll ja durchaus vorkommen, dass Menschen ihren Vorteil aus so etwas ziehen.«

»Der Kleine hat die Nase meines Mannes.« Sie blinzelte, aber eine Träne konnte entschlüpfen und lief an ihrer linken Wange hinab. »Es war ganz offensichtlich, aber ich habe es nicht gesehen.«

»Dann darf man Ihnen also gratulieren?«, fragte der Major, obwohl er den Satz gar nicht als Frage hatte formulieren wollen.

»Danke, Major. Aber ich kann nun einmal nicht leugnen, dass

die Sache Schande über meine Familie bringt, und ich hätte Verständnis, wenn Sie unsere Bekanntschaft lieber nicht fortsetzen wollten.«
»So ein Unsinn! Diesen Gedanken hatte ich nicht eine Sekunde lang.« Der Major spürte, dass er bei dieser kleinen Lüge rot wurde. Er kämpfte mit aller Kraft gegen das Bedürfnis an, den Laden zu verlassen und sich aus dieser alles in allem doch höchst unangenehmen Situation zu befreien.
»Eine solche Schmach darf es in guten Familien nicht geben«, sagte Mrs. Ali.
»Ach, das geht doch schon seit Tausenden von Jahren so«, entgegnete der Major, dem Drang nachgebend, nicht nur ihr, sondern auch sich selbst etwas vorzumachen. »Wobei die Viktorianer natürlich am allerschlimmsten waren.«
»Aber die Schande wirkt so unbedeutend im Vergleich mit diesem wundervollen Kind.«
»Die Leute klagen ständig, die Sitten seien so locker geworden«, fuhr der Major fort. »Aber meine Frau hat immer behauptet, dass die früheren Generationen genauso lax waren – sie haben es nur diskreter gehandhabt.«
»Ich wusste, dass sie Abdul Wahid weggeschickt hatten, weil er sich in irgendein Mädchen verliebt hatte«, sagte Mrs. Ali. »Aber ich wusste nicht, dass ein Kind unterwegs war.«
»Wusste er es denn?«
»Er sagt nein.« Ihre Miene verdüsterte sich. »Eine Familie tut vieles, um ihre Kinder zu schützen, und ich fürchte, dieser jungen Frau wurde das Leben sehr schwergemacht.« Während der Stille, die nun eintrat, suchte der Major vergeblich nach tröstlichen Worten. »Jedenfalls sind Amina und George jetzt hier, und ich muss alles in Ordnung bringen.«
»Was werden Sie tun?«, fragte der Major. »Ich meine, Sie wissen doch kaum etwas über die junge Frau.«
»Aber ich weiß, dass wir sie hierbehalten müssen, bis wir sie besser kennengelernt haben.« Mrs. Ali reckte das Kinn zu einem wunderschönen Bogen der Entschlossenheit. Der

Major sah, dass diese Frau eine Mission hatte. »Sie bleiben jetzt erst mal mindestens eine Woche bei mir, und wenn Abdul weiterhin im Auto schlafen will, soll er das tun.«
»Er schläft im Auto?«
»Mein Neffe behauptet, er könne nicht mit einer unverheirateten Frau unter einem Dach schlafen, und hat im Auto übernachtet«, sagte Mrs. Ali. »Ich habe ihn auf den offensichtlichen Widerspruch in seinem Denken hingewiesen, aber seine neue Religiosität erlaubt es ihm, stur zu bleiben.«
»Warum müssen sie denn hier übernachten?«, fragte der Major. »Sie könnten doch auch nur zu Besuch kommen.«
»Ich habe Angst, dass sie wieder verschwinden könnten, wenn sie in die Stadt zurückgehen. Amina wirkt sehr nervös, und ihre Tante, sagt sie, ist fast hysterisch, weil die Leute sie ständig nach ihr fragen.«
»Ein Zimmer im Pub zu mieten ist wahrscheinlich nicht erlaubt«, sagte der Major. Der Wirt des Royal Oak vermietete zwei romantisch eingerichtete Zimmer unter dem Dach und servierte das herzhafte englische Frühstück am etwas klebrigen Tresen.
»Abdul Wahid hat damit gedroht, in die Stadt zu fahren und den Imam um ein Bett zu bitten. Dann wäre unsere Geschichte Gesprächsthema in der ganzen Gemeinde.« Sie bedeckte das Gesicht mit den Händen und fragte leise: »Warum ist er nur so stur?«
»Hören Sie – wenn es Ihnen wirklich so wichtig ist, die beiden hierzubehalten, dann könnte doch Ihr Neffe ein paar Tage lang bei mir wohnen.« Der Major überraschte sich selbst mit dem Angebot, das er ausgesprochen hatte, noch bevor es in sein Bewusstsein gedrungen war. »Ich habe ein Gästezimmer – er wäre mir nicht im Weg.«
»Ach, Major, das ist wirklich zu viel verlangt«, sagte Mrs. Ali. »Ich kann Ihre Güte unmöglich so überbeanspruchen.« Doch ihre Miene hatte sich vor Freude erhellt.
Der Major hatte bereits beschlossen, den jungen Mann in Ro-

gers ehemaligem Zimmer unterzubringen. Im Gästezimmer, das nach Norden ging, war es ziemlich kalt, und in einem der Bettfüße hatte er mehrere verdächtige Löcher entdeckt, die er sich immer schon einmal genauer ansehen wollte. Es ging ja nicht an, dass ein Gast wegen Holzwürmern aus dem Bett fiel.
»Es macht mir wirklich nichts aus«, sagte er. »Und wenn es Ihnen hilft, das Problem zu lösen, stehe ich gerne zu Diensten.«
»Ich bin Ihnen sehr verbunden, Major.« Sie erhob sich von ihrem Hocker, trat zu ihm und legte eine Hand auf seinen Arm. »Ich kann Ihnen gar nicht sagen, wie dankbar ich bin.« Der Major fühlte eine Wärme, die sich den ganzen Arm hinaufzog. Er hielt so still, als hätte sich ein Schmetterling auf seinem Ellbogen niedergelassen. Einen Augenblick lang spürte er nichts als ihren Atem und sah nichts als sein eigenes Gesicht in ihren dunklen Augen.
»Keine Ursache.« Er drückte kurz ihre Hand.
»Sie sind ein wirklich erstaunlicher Mann«, sagte sie. Ihm wurde klar, dass er ein Vertrauen und eine Dankesschuld in ihr geweckt hatte, die es einem Mann von Ehre völlig unmöglich machten, sie in absehbarer Zeit zu küssen, und insgeheim schalt er sich einen Dummkopf.

Als Abdul Wahid an die Tür von Rose Lodge klopfte, war es schon dunkel. Seine paar Habseligkeiten hatte er fest in einen kleinen Gebetsteppich gerollt und das Ganze mit einem Leinenriemen zusammengebunden. Gewissenhaft zog er seine abgenutzten braunen Slipper aus und stellte sie unter den Kleiderständer. Der Major wusste, dass dies ein Zeichen des Respekts für sein Haus war, doch die Vertrautheit, die die Füße eines Fremden in feuchten Socken ausstrahlten, war ihm peinlich. Plötzlich hatte er eine Vision und sah vor sich, wie die Damen des Dorfes mit ihren Strümpfen pentagrammförmige Abdrücke auf seinen gebohnerten Dielen hinterließen. Er war froh, dass seine eigenen Füße in robusten Filzpantoffeln steckten.

Während er dem Neffen auf der Treppe voranging, beschloss er, ihm doch das nach Norden liegende Gästezimmer zu geben. Rogers Zimmer mit dem alten blauen Teppich und dem schönen Schreibtisch mit der Leselampe erschien ihm plötzlich zu luxuriös und behaglich für den hartgesichtigen jungen Mann.

»Genügt Ihnen das?«, fragte er und trat verstohlen gegen den schwächelnden Bettfuß, um sicherzugehen, dass er stabil genug war und kein Holzstaub aus den Wurmlöchern fiel. Die dünne Matratze, die Fichtenholzkommode und der einsame Blumendruck an der Wand erschienen ihm angemessen klösterlich.

»Sehr freundlich von Ihnen.« Abdul Wahid legte seine Siebensachen vorsichtig auf dem Bett ab.

»Ich bringe noch ein Laken und Bezüge, und dann richten Sie sich hier erst mal ein.«

»Danke«, sagte Abdul Wahid.

Als der Major mit der Bettwäsche und einer dünnen Wolldecke wiederkam, die er statt des seidenbezogenen Daunenbetts mitgebracht hatte, war Abdul Wahid in seinem neuen Zimmer bereits heimisch geworden. Auf der Kommode lagen ein Kamm, eine Seifenschale sowie eine Ausgabe des Korans. Das Bild an der Wand war mit einem großen, mit arabischer Kalligraphie bedruckten Baumwollgeschirrtuch verhängt. Der Gebetsteppich wirkte sehr klein auf der blanken Fläche des abgetretenen Dielenbodens. Abdul Wahid saß, die Hände auf den Knien, am Bettrand und starrte in die Luft.

»Ich hoffe, es ist warm genug«, sagte der Major und legte das Bettzeug ab.

»Sie war immer so schön«, flüsterte Abdul Wahid. »Wenn sie da war, konnte ich nicht mehr klar denken.«

»Das Fenster klappert ein bisschen, wenn der Wind ums Haus weht«, fügte der Major hinzu, ging hin und zog die Fenster-

klinke fester zu. Die Anwesenheit des gefühlsschweren jungen Mannes in seinem Haus verunsicherte ihn ein wenig, und aus Angst, etwas Falsches zu sagen, beschloss er, weiter den herzlichen, unbefangenen Gastgeber zu spielen.
»Sie haben gesagt, ich würde sie bestimmt vergessen, und ich habe sie ja auch vergessen«, fuhr Abdul Wahid fort. »Aber jetzt ist sie hier, und seitdem dreht sich mir alles im Kopf.«
»Vielleicht ein Sturmtief.« Der Major spähte aus dem Fenster und hielt Ausschau nach Gewitterwolken. »Meine Frau bekam auch immer Kopfschmerzen, wenn das Barometer fiel.«
»Es erleichtert mich sehr, in Ihrem Haus wohnen zu können, Major«, sagte Abdul Wahid. Der Major wandte sich erstaunt um. Der junge Mann war aufgestanden und verbeugte sich jetzt kurz vor ihm. »Wieder einen Zufluchtsort weit weg von Frauenstimmen zu haben, ist Balsam für die gequälte Seele.«
»Ich kann nicht versprechen, dass es so bleibt«, erwiderte der Major. »Meine Nachbarin Alice Pierce singt ihren Gartenpflanzen gern Volkslieder vor. Sie glaubt, dass sie dann schneller wachsen oder was auch immer.« Der Major hatte sich schon oft gefragt, wie eine jaulige Interpretation von »Greensleeves« die Himbeerproduktion steigern sollte, aber Alice behauptete standhaft, es funktioniere wesentlich besser als chemischer Dünger, und tatsächlich erntete sie Jahr für Jahr diverse Obstsorten in beeindruckenden Mengen. »Sie trifft keinen Ton, ist aber nicht zu bremsen.«
»Dann werde ich meinen Gebeten eines um Regen hinzufügen«, sagte Abdul Wahid. Der Major konnte nicht erkennen, ob das als witzige Bemerkung gedacht war.
»Wir sehen uns morgen früh«, sagte er. »Normalerweise setze ich gegen sechs Uhr das Teewasser auf.« Als er seinen Gast verlassen hatte und in die Küche hinunterging, spürte er in allen Knochen die Erschöpfung, die die seltsame Wendung der Dinge mit sich gebracht hatte. Er konnte aber nicht umhin, gleichzeitig eine gewisse freudige Erregung zu registrieren, die damit zusammenhing, dass er auf so ungewöhnliche

Art in den Mittelpunkt von Mrs. Alis Leben gerückt war. Er hatte ganz spontan gehandelt. Er hatte seine eigenen Wünsche behauptet. Er war versucht, seine Kühnheit mit einem großen Glas Scotch zu feiern, doch kaum in der Küche angekommen, entschied er, dass ein großes Glas Natronwasser vernünftiger war.

Dreizehntes Kapitel

Am Samstagmorgen schien die Sonne, und der Major beförderte im Garten gerade mit Hilfe eines Rechens einen Laubhaufen in eine Schubkarre, als plötzlich die erhobene Stimme seines Sohnes vom Haus her zu ihm drang und er die gesamte Ladung mit einem halb verschluckten Fluch fallen ließ. Da er nicht damit gerechnet hatte, dass Roger den angedrohten Besuch wahr machen würde, war es ihm gar nicht in den Sinn gekommen, von seinem Gast zu erzählen. Aus dem anhaltenden Geschrei im Haus – begleitet von einem Geräusch, das möglicherweise von einem umstürzenden Stuhl herrührte – schloss der Major, dass er sich wohl beeilen musste, wollte er sowohl Roger als auch seinen Hausgast von einer Rauferei abhalten.

Während er zur Tür rannte, verfluchte er Roger, weil der sich nie die Mühe machte anzurufen, sondern immer unangekündigt auftauchte, wenn ihm danach war. Der Major hätte gerne mit Roger eine vernünftige Regelung zur Ankündigung seiner Besuche vereinbart, aber irgendwie fand er nie die richtigen Worte, um seinem Sohn klarzumachen, dass ihm das Haus seiner Kindheit mittlerweile nicht mehr rund um die Uhr offen stand. Ihm war auch keine allseits akzeptierte Regel bekannt, die besagte, ab wann einem Kind das Privileg der Familienzugehörigkeit entzogen werden sollte, aber er wusste, dass dieser Zeitpunkt in seinem Fall längst überschritten war.

Jetzt hatte er den schmollenden Roger am Hals, der so tat, als gehörte das Haus ihm und der Major und sein Gast wären stattdessen die Eindringlinge. Als er die Hintertür erreicht hatte, kam Roger keuchend, mit vor Wut hochrotem Gesicht heraus, die Finger auf der Tastatur des Handys. »Da ist ein

Mann im Haus, der behauptet, er wohnt hier«, sagte er. »Sandy hat ihn in ein Gespräch verwickelt, aber ich habe die Polizei auf Kurzwahl.«
»Um Gottes willen, nicht die Polizei rufen!«, sagte der Major. »Das ist doch nur Abdul Wahid.«
»Abdul was? Wer zum Teufel ist das? Ich hätte ihm um ein Haar einen Esszimmerstuhl über den Kopf gezogen.«
»Bist du verrückt? Wieso hältst du meinen Gast für einen Eindringling?«
»Ist das vielleicht absurder, als davon auszugehen, dass sich mein Vater plötzlich mit halb Pakistan angefreundet hat?«
»Und mit diesem ›Eindringling‹ hast du Sandy allein gelassen?«
»Ja, sie lenkt ihn ab. Sie unterhält sich mit ihm über handgenähte Kleidung. Sandy hat erkannt, dass sein Schal irgend so ein Vintage-Tribal-Teil ist, da hat er sich wieder beruhigt. Ich habe mich weggeschlichen, um rauszufinden, ob er sauber ist.«
»Das nenne ich wahre Ritterlichkeit«, sagte der Major.
»Du hast doch selbst gesagt, dass er nicht gefährlich ist«, entgegnete Roger. »Also wer zum Teufel ist der Mann, und was macht er hier?«
»Ich glaube nicht, dass dich das etwas angeht. Ich helfe schlicht und einfach einer Freundin aus der Klemme, indem ich ihren Neffen ein paar Tage, im Höchstfall ein paar Wochen bei mir aufnehme. Sie wollte die Verlobte bitten, bei ihr einzuziehen, und – es ist ein bisschen kompliziert.«
Er fühlte sich selbst auf etwas schwankendem Boden. Es war schwer, die Einladung zu rechtfertigen, wenn nicht einmal er so recht verstand, mit welchem Ziel Mrs. Ali Amina und George sofort in der Wohnung über dem Laden untergebracht hatte. Sie hatte den kleinen George so hungrig angesehen, aber diesen Blick hatte der Major erst im Nachhinein erkannt. Es war der gleiche Blick, mit dem Nancy manchmal Roger betrachtet hatte, wenn sie sich unbeobachtet glaubte.

So hatte sie ihn am Tag seiner Geburt betrachtet und dann wieder, als sie im Krankenhaus dahinsiechte. In dem nach Bleichmittel riechenden Zimmer mit dem flackernden Neonlicht und der lächerlichen neuen Tapetenbordüre – lila Malvenblüten – hatte Roger wie immer nur von sich geredet, als würden seine fröhlich vorgetragenen Aussichten auf Beförderung die Realität ihres Sterbens auslöschen. Und sie hatte ihn angesehen, als wollte sie sich sein Gesicht in ihr schwindendes Gedächtnis brennen.
»Klingt ziemlich lächerlich«, sagte Roger in einem so hochfahrenden Ton, dass sich der Major fragte, wie sein Sohn wohl reagieren würde, wenn er ihm kurz und bündig einen Hieb mit dem Rechenstiel verpasste. »Aber jetzt sind Sandy und ich ja hier, und du kannst uns als Vorwand nehmen, um ihn loszuwerden.«
»Es wäre ganz und gar unhöflich, ihn ›loszuwerden‹«, entgegnete der Major. »Er hat meine Einladung angenommen – eine Einladung, die ich vielleicht nicht ausgesprochen hätte, wäre mir angekündigt worden, dass ihr an diesem Wochenende kommt.«
»Ich habe doch gesagt, dass wir dich bald besuchen«, sagte Roger. »Vor dem Cottage habe ich es dir gesagt.«
»Ach Gott, wenn ich meine Wochenenden um die Hoffnung herum planen würde, dass du ein Besuchsversprechen einhältst, wäre ich ein einsamer alter Mann, der inmitten eines wachsenden Stapels frischer Bettwäsche und ungegessenen Kuchens säße. Abdul Wahid ist wenigstens erschienen, als er eingeladen war.«
»Er ist ja bestimmt ein netter Kerl, aber in deinem Alter kann man gar nicht vorsichtig genug sein«, sagte Roger. Dann hörte er auf zu sprechen und sah sich um, als wollte er irgendwelche Lauscher aufspüren. »Es sind schon viele alte Menschen von Trickbetrügern reingelegt worden.«
»Was meinst du mit ›alte Menschen‹?«, fragte der Major ein wenig empört.

»Und bei Ausländern muss man ganz besonders vorsichtig sein.«

»Gilt das auch für Amerikanerinnen? Ich sehe da nämlich gerade eine«, entgegnete der Major. Sandy stand in der Türöffnung und betrachtete den langen Vorhang. Der Major wünschte, das Mohnblumenmuster wäre an den Rändern nicht zu einem hellbraunen Farbton ausgebleicht.

»Sei nicht albern«, sagte Roger. »Amerikaner sind genau wie wir.«

Während sein Sohn Sandy mit einem Kuss auf den Mund und einem Arm um die Taille begrüßte, blieb dem Major angesichts der kategorischen Leugnung jeglichen Unterschieds zwischen Großbritannien und der riesigen aufstrebenden Nation jenseits des Atlantiks nur noch die Luft weg. Er bewunderte vieles an Amerika, fand aber auch, dass das Land noch in den Kinderschuhen steckte – war seine Geburt doch gerade einmal sechzig Jahre vor der Thronbesteigung Königin Viktorias erfolgt. Überaus großzügig – er erinnerte sich noch immer an die Kakaopulverdosen und Wachsmalstifte, die man sogar noch mehrere Jahre nach Kriegsende in seiner Schule verteilt hatte – übte Amerika seine enorme Macht auf der ganzen Welt mit einem ungestümen Selbstvertrauen aus, das ihn an ein Kleinkind mit einem Hammer erinnerte, den es irgendwie in die Finger bekommen hat.

Er gab ja gern zu, dass er möglicherweise voreingenommen war, aber was sollte man von einem Land halten, das die eigene Geschichte entweder in Themenparks konservierte, wo die Angestellten Leinenhauben und lange Röcke, darunter jedoch Turnschuhe trugen, oder aber sie niederriss und der wiederverwertbaren Breitdielen wegen schlichtweg auseinandernahm?

»Alles in Ordnung, Schatz?«, fragte Roger. »Stell dir vor, Abdul ist auf Einladung meines Vaters hier.«

»Ja, natürlich«, sagte Sandy und wandte sich dem Major zu. »Sie haben ein wundervolles Haus, Ernest.« Sie streckte ihm ihre lange Hand entgegen; der Major ergriff sie und bemerkte, dass ihre Fingernägel diesmal rosarot mit breiten weißen Spitzen waren. Er brauchte ein paar Sekunden, um sich bewusst zu machen, dass sie so lackiert waren, damit sie wie Fingernägel aussahen, und beklagte insgeheim die unglaubliche Bandbreite der weiblichen Eitelkeit. Nancy, seine Frau, hatte schöne ovale Nägel gehabt, Nägel wie Haselnüsse, und nie mehr daran gemacht, als sie mit einem kleinen Maniküre-Gerät zu polieren. Und sie waren immer kurz gewesen, um sie besser in die Gartenerde bohren und mit ihnen Klavier spielen zu können.

»Danke«, sagte er.

»Man kann die Jahrhunderte beinahe riechen!« Sandy war perfekt gekleidet für eine gehobene Variante des Landlebens oder einen Nachmittag im Kurort Tunbridge Wells. Sie trug hochhackige braune Schuhe, eine helle, gut gebügelte Hose, eine Bluse mit aufgedrucktem Herbstlaub und einen um die Schulter gelegten Kaschmirpullover. Sie sah nicht so aus, als wäre sie dafür gerüstet, über einen Zauntritt zu steigen und matschige Schafsweiden zu überqueren, um im Pub zu Mittag zu essen. Ein Anfall übermütiger Boshaftigkeit brachte den Major dazu, genau dies unverzüglich vorzuschlagen.

»Wir sollten die wunderbare Überraschung eures Besuchs feiern, findet ihr nicht? Was haltet ihr von einem Spaziergang zum Royal Oak mit dortigem Mittagessen?«

»Das Mittagessen haben wir, ehrlich gesagt, mitgebracht«, sagte Roger. »Wir haben in diesem tollen neuen Laden in Putney ein paar Dinge eingekauft. Die lassen alles per Eilzustellung aus Frankreich einfliegen.«

»Hoffentlich mögen Sie Trüffelstaub.« Sandy lachte. »Roger hat alles außer den Madeleines damit bestäuben lassen.«

»Vielleicht möchtest du ja diesen Abdul als Wiedergutmachung zum Mitessen einladen«, fügte Roger hinzu, als wäre der Eklat vom Major ausgegangen.

»Es ist unhöflich, ihn Abdul zu nennen. Abdul heißt ›Die-

ner‹«, erklärte der Major. »Offiziell sollte man immer Abdul Wahid sagen. Das bedeutet ›Diener Gottes‹.«
»Da ist er empfindlich, was?«, sagte Roger. »Und seine Tante ist also diese Mrs. Wie-heißt-sie-noch-gleich aus dem Dorfladen, ja? Die, die du mitgebracht hast, um Mrs. Augerspier zum Ausflippen zu bringen?«
»Diese Mrs. Augerspier ist eine widerwärtige Person.«
»Ganz unbestreitbar.«
»Dass es unbestreitbar ist, heißt noch lange nicht, dass man es nicht laut und deutlich sagen soll. Oder sich zumindest weigern sollte, mit einem solchen Menschen Geschäfte zu machen.«
»Es hat doch keinen Sinn, sich durch aggressives Verhalten etwas Lukratives durch die Lappen gehen zu lassen«, entgegnete Roger. »Für mich ist es jedenfalls sehr viel befriedigender, solche Leute zu besiegen, indem man sie bei einem günstigen Geschäft aussticht.«
»Auf welchem philosophischen Fundament ruht denn dieser Gedanke?«, fragte der Major.
Roger machte eine müde abwinkende Handbewegung und warf Sandy einen augenrollenden Blick zu. »Man nennt das pragmatisches Denken, Dad. Die Welt, wie sie nun mal ist. Wenn wir uns weigern würden, mit moralisch bedenklichen Menschen Geschäfte zu machen, würde das Geschäftsvolumen um die Hälfte sinken, und die guten Menschen wie wir würden arm werden. Und wo wären wir dann?«
»Vielleicht auf einem schönen, trockenen Fleckchen Erde namens moralische Überlegenheit«, schlug der Major vor.

Roger und Sandy gingen ihren Einkaufskorb holen, und während der Major versuchte, nicht an Trüffel zu denken, die er stets gemieden hatte, weil sie wie Schweißfüße stanken, kam Abdul Wahid aus dem Haus. Wie immer trug er mehrere verstaubte religiöse Schriften fest unter den Arm geklemmt und zog ein verdrießliches Gesicht, das, wie dem Major jetzt

klarwurde, nicht so sehr Missmut ausdrückte, als vielmehr das Ergebnis exzessiven Nachdenkens war. Der Major wünschte, junge Männer würden weniger grübeln, denn es endete immer in absurden revolutionären Bewegungen oder, wie im Fall einiger seiner ehemaligen Schüler, im Verfassen sehr, sehr schlechter Gedichte.
»Ihr Sohn ist zu Besuch gekommen«, sagte Abdul Wahid. »Ich sollte gehen.«
»Nein, nein, nein«, entgegnete der Major, der sich allmählich an Abdul Wahids schroffe Redeweise gewöhnte und sie nicht mehr als kränkend empfand. »Sie müssen deswegen nicht gleich verschwinden. Ich habe Ihnen ja gesagt, dass Sie das Zimmer haben können, so lange Sie wollen.«
»Er hat seine Verlobte dabei. Ich muss Sie beglückwünschen. Sie ist sehr schön.«
»Ja, aber andererseits ist sie Amerikanerin. Es gibt wirklich keinen Grund, weshalb Sie ausziehen müssten.« Er fand es ziemlich albern, dass der junge Mann vor jeder nichtverheirateten Frau, auf die er stieß, Reißaus nehmen wollte.
»Sie brauchen jetzt das Gästezimmer«, erwiderte Abdul Wahid. »Ihr Sohn hat klar und deutlich gesagt, dass er mehrere Wochenenden hier verbringen wird, bis das Cottage bewohnbar ist.«
»Tatsächlich?« Dem Major fiel keine spontane Entgegnung ein. Er bezweifelte, dass das Gästezimmer in diesem Fall benötigt wurde, aber er begriff, dass diese Information Abdul Wahids Auszug nur beschleunigen und ihn selbst überdies in die unangenehme Lage bringen würde, auf die Schlafordnung seines Sohnes hinzuweisen.
»Ich muss zurück in den Laden, und Amina und George müssen zurück in die Stadt zu ihrer Tante«, sagte Abdul Wahid mit fester Stimme. »Diese ganze Idee, dass wir wieder zusammen sein könnten, ist einfach idiotisch.«
»Schon viele Idioten wurden später als Genies bezeichnet. Man muss doch nichts übers Knie brechen. Ihre Tante ist of-

fenbar der Ansicht, dass die Verwandtschaft einlenken wird. Und sie ist ganz verliebt in den kleinen George.«
»Meine Tante hat mit Ihnen über die Sache gesprochen?«, fragte Abdul Wahid.
»Ich kannte Ihren Onkel«, sagte der Major, aber da er wusste, dass das gelogen war, konnte er Abdul Wahid dabei nicht in die Augen sehen.
»Meine Tante hat sich schon immer über die üblichen und notwendigen Grenzen des wirklichen Lebens hinweggesetzt. Sie betrachtet das fast als eine Pflicht. Aber ich sehe darin nur eine Schwäche, und wenn ich diesem Durcheinander kein Ende bereite, wird meiner Tante diesmal das Herz brechen, fürchte ich.«
»Jetzt bleiben Sie erst mal zum Mittagessen, und dann gehen wir gemeinsam zum Laden.« Der Major befürchtete, Abdul Wahid könnte recht haben. Wenn Mrs. Ali weiterhin all ihre Träume von Kindern und Enkelkindern in George investierte, würde es ihr vielleicht wirklich das Herz brechen. Andererseits wollte er nicht, dass der junge Mann eine Krise herbeiführte. Außerdem verspürte er eine gewisse Lust, Roger seinen Gast – oder besser gesagt, die beiden sich gegenseitig – zuzumuten in der Hoffnung, einen jeden von ihnen aus seiner moralischen Selbstgefälligkeit herauszureißen. »Ich möchte, dass Sie meinen Sohn richtig kennenlernen.«
Abdul Wahid stieß einen merkwürdig meckernden Laut aus, und der Major sah, dass er tatsächlich lachte.
»Major, Ihr Sohn und seine Verlobte haben Ihnen ein ganzes Festmahl an Pasteten, Schinken und anderen Schweinefleischprodukten mitgebracht. Mein Glaube und ich haben es gerade noch geschafft, aus der Küche zu flüchten.«
»Wir können Ihnen bestimmt ein Käsesandwich oder etwas in der Art machen.« Abdul Wahid scharrte mit den Füßen, und der Major trug seine Einladung noch einmal energisch vor. »Ich möchte, dass Sie mit uns am Tisch sitzen.«
»Ich beuge mich selbstverständlich Ihren Wünschen«, sagte

Abdul Wahid. »Wenn Sie erlauben, werde ich ein Glas Tee trinken.«

Über den Küchentisch war ein dem Major unbekanntes blaugestreiftes Tischtuch aus Sackleinen gebreitet worden. Seine besten Weingläser – diejenigen, die er immer nur an Weihnachten benutzte – standen neben giftgrünen Plastiktellern. Aus einem Sektkübel, den er nie benutzt hatte, ragte eine Flasche Sprudelwasser hervor und wurde allem Anschein nach von wirklich jedem Eiswürfel gekühlt, der im Gefrierfach aufzutreiben gewesen war. Seltsame Senfsorten waren in seine porzellanenen Fingerschälchen umgefüllt worden, und in einer ihm ebenfalls unbekannten, einer Baumwurzel ähnelnden Vase stand ein Strauß gelber Callas, die in trägem Bogen auf die Tischplatte gesunken waren. Sandy bemühte sich gerade, weitere welkende Callas in die allerlei kleinen Vasen und Gefäße auf dem Kaminsims zu stopfen. Roger und sie hatten ein unnötiges, aber apartes Feuer entfacht, und der Major fragte sich, ob sie in Putney auch Brennholz gekauft hatten. Roger stand am Herd und briet irgendetwas.
»Hat deine Jacke Feuer gefangen, Roger, oder kochst du nur einfach etwas aus Tweed?«, fragte der Major.
»Nur ein paar Scheiben Trüffel sautiert mit Foie gras und Sauerampfer«, antwortete Roger. »Das haben wir letzte Woche in einem Restaurant gegessen, und es war so köstlich, dass ich es selbst einmal ausprobieren wollte.« Er stocherte in der Pfanne herum, die sich allmählich schwarz färbte. »Aber es riecht nicht ganz so wie beim Chefkoch. Vielleicht hätte ich besser Gänse- statt Schweineschmalz nehmen sollen.«
»Wie viele werden wir denn zum Mittagessen sein?«, fragte der Major. »Erwarten wir noch eine Busreisegesellschaft?«
»Ich habe Reste miteingeplant, damit du nächste Woche etwas zu essen hast, Dad.« Roger schüttete den Pfanneninhalt in eine flache Schüssel und versenkte die schwarze, zischende Pfanne in der Küchenspüle, wo sie weiter vor sich hin qualmte.

»Haben Sie einen Korkenzieher, Ernest?«, fragte Sandy, und die Entrüstung des Majors über die Andeutung, man müsse ihn mit Essen versorgen, wich dem Gefühl, ein kulturelles Missverständnis aufklären zu müssen.
»Abdul Wahid hat eingewilligt, mit uns am Tisch zu sitzen, deshalb werde ich Teewasser aufstellen und uns einen schönen Krug Zitronenwasser machen«, sagte er. Sandy hielt inne und wiegte eine Flasche Wein an ihrer Hüfte.
»Also hör mal, müssen wir wirklich ...«, ereiferte sich Roger.
»Bitte nehmen Sie keine Rücksicht auf mich«, verkündete Abdul Wahid. »Sie sollen trinken, was Sie wollen.«
»Nicht übel, mein Lieber!«, sagte Roger. »Wenn jeder solche Manieren an den Tag legen würde, hätten wir morgen die Nahostkrise gelöst.« Er verbog die Lippen zu einem sterilen Lächeln und bleckte dabei die unnatürlich weißen Zähne.
»Kommen Sie, setzen Sie sich zu mir, Abdul Wahid«, sagte Sandy. »Ich würde gern mehr über die traditionelle Webkunst in Pakistan erfahren.«
»Da werde ich keine große Hilfe sein«, meinte Abdul Wahid. »Ich bin in England aufgewachsen. In Pakistan galt ich als Tourist und Engländer. Den Schal habe ich in einem Kaufhaus in Lahore gekauft.«
»Es geht doch nichts über ein Glas klares, kaltes Wasser«, erklärte der Major, der immer noch in der kleinen Schublade neben dem Herd nach einem Korkenzieher kramte. Sandy reichte ihm die Weinflasche und setzte sich neben Abdul Wahid.
»Du wirst dir doch wohl kaum einen schönen 75er Margaux entgehen lassen, Vater«, sagte Roger. »Den habe ich extra für dich ausgesucht.«

Der Genuss zweier großer Gläser eines ordentlichen Bordeaux mitten am Tag gehörte nicht zu den Gewohnheiten des Majors, aber er musste zugeben, dass sie dem Essen, bei dem es andernfalls ziemlich gezwungen zugegangen wäre, eine ro-

sige Stimmung verliehen. Sandys makellos geschminktes Gesicht schimmerte weich im Dunst aus Kaminfeuer und Wein. Rogers wichtigtuerische Anordnungen – er hatte Sandy und ihn gezwungen, den Wein im Glas zu schwenken und die Nase hineinzustecken, als hätten sie nie zuvor einen guten Tropfen getrunken – wirkten fast liebenswert. Der Major fragte sich, ob sein Sohn auch vor seinen Freunden in London so bemüht auftrat und ob sie ihm seinen Überschwang nachsahen oder ihn hinter seinem Rücken wegen seiner kläglichen Versuche, alle herumzukommandieren, auslachten. Abdul Wahid ließ keinerlei Verachtung erkennen. Er wirkte weniger mürrisch als sonst, fand der Major – vielleicht eher geblendet vom Anblick der blonden, so überaus gepflegten Sandy. Er nippte abwechselnd an seinem Zitronenwasser und am Tee und bedachte die wenigen Fragen, die Sandy ihm stellte, mit äußerst höflichen Antworten.
Roger ignorierte den Gast demonstrativ und sprach ohne Unterlass über das neue Cottage. Innerhalb einer Woche hatten Sandy und er es offenbar geschafft, einen Schreiner und mehrere Maler zu engagieren.
»Und zwar nicht irgendwelche dahergelaufenen Maler«, erklärte Roger, »sondern welche, die gerade total gefragt sind – die machen Galerien und Restaurants. Sandy kennt sie über eine Arbeitskollegin.« Er schwieg und nahm liebevoll ihre Hand. »Sie ist die Königin der vorteilhaften Bekanntschaften!«
»Viele Bekanntschaften, aber nur sehr wenige enge Freunde«, sagte Sandy. Der Major hörte einen traurigen Unterton heraus, der ihm aufrichtig erschien. »Dabei tut es so gut, einfach mal mit Verwandten und Freunden zusammenzusitzen, so wie jetzt.«
»Wo lebt Ihre Familie?«, erkundigte sich Abdul Wahid. Die unvermittelt gestellte Frage riss den Major aus seiner zunehmenden Schläfrigkeit.
»Wir sind weit verstreut. Mein Vater lebt in Florida, meine

Mutter ist nach Rhode Island gezogen. Ich habe einen Bruder in Texas, und meine Schwester wohnt seit letztem Jahr mit ihrem Mann in Chicago.«

»Und welcher Religion gehören Sie an, wenn ich fragen darf?«

»Du lieber Himmel – Sandys Leute sind unerschütterliche Anglikaner«, sagte Roger unwirsch. »Erzähl meinem Vater mal, wie deine Mutter mit dem Erzbischof von Canterbury fotografiert wurde!«

»Na ja, meine Mutter hat tatsächlich mal vor einer Herrentoilette gewartet, um mit dem Erzbischof geknipst zu werden«, sagte Sandy und verdrehte die Augen. »Wahrscheinlich war es als Wiedergutmachung für den Rest der Familie gedacht. Mittlerweile haben wir in unseren Reihen, glaube ich, einen Buddhisten und zwei Agnostiker. Und der Rest besteht aus ganz normalen Atheisten.«

»Nicht praktizierenden Anglikanern«, warf Roger ein.

»Der Begriff ›Atheist‹ vermittelt durchaus diesen Eindruck, Roger«, sagte der Major.

»Roger redet nicht gern über Religion, stimmt's, Roger?«, sagte Sandy. Sie begann, die Themen an den Fingern abzuzählen. »Keine Religion, keine Politik, Sex nur in Anspielungen – kein Wunder, dass ihr Briten so besessen vom Wetter seid, Liebling.« Wieder zuckte der Major zusammen, als er das Kosewort hörte. Wahrscheinlich würde er sich daran gewöhnen müssen, dachte er.

»Ich finde es wichtig, über die unterschiedlichen Religionen zu sprechen«, sagte Abdul Wahid. »Aber wir hier in Großbritannien bereden alles hinter verschlossenen Türen und kehren alles unter den Teppich. Ich kenne niemanden, der sich mal hinsetzt und offen über dieses Thema diskutiert.«

»O mein Gott – ein ökumenischer Moslem«, murmelte Roger. »Sind Sie sicher, dass Sie von der richtigen Religion sprechen?«

»Roger!«, rief Sandy.

»Ist schon gut«, sagte Abdul Wahid. »Mir ist diese Direktheit lieber. Gegen ausweichende Äußerungen und gegen Höflichkeit, hinter der sich Hohn versteckt, kann ich meine Religion nicht verteidigen.«

Den Major drängte es, das Thema zu wechseln. »Habt ihr zwei schon einen Hochzeitstermin festgesetzt, oder soll das auch eine Überraschung werden?«, fragte er.

Roger senkte den Blick und zerkrümelte ein Stück Brot neben seinem Teller. Sandy genehmigte sich einen großen Schluck Wein, was der Major mit Behagen als Riss in ihrer perfekten Fassade wertete. Einige Sekunden lang herrschte Schweigen.

»Nein, um Gottes willen«, sagte Roger schließlich. »Wir haben nicht die Absicht, in nächster Zeit zu heiraten. Andernfalls hätte ich dich darüber informiert.«

»Nicht die Absicht?«, fragte der Major. »Wie soll ich das verstehen?«

»Na ja, kaum ist man verheiratet, kriegt man das Etikett ›Familienvater‹ verpasst, und eh man sich's versieht, riecht die ganze Karriere nach anrollenden Windeln«, antwortete Roger, den Korken in der Hand hin- und herdrehend. Dann zerquetschte er damit das Häufchen aus Brotkrümeln zu einem winzigen frikadellenförmigen Gebilde. »Ich habe schon erlebt, dass Leute deswegen dauerhaft an derselben Position im Unternehmen hängen blieben.«

Sandy betrachtete eingehend ihr Weinglas und schwieg.

»Die Ehe ist ein wundervoller Teil des Lebens«, sagte der Major.

»Ja, der Ruhestand auch«, erwiderte Roger. »Trotzdem sollte man beides so lange wie möglich aufschieben.«

»Könnte einem das nicht als Dilettantismus und mangelndes Rückgrat ausgelegt werden?«, fragte der Major, dem es nur mit Mühe gelang, seine Empörung in Schach zu halten. »Dieser fehlende Bindungswille – riecht der nicht nach Charakterschwäche?«

»Ich als einer, der schwach war«, sagte Abdul Wahid leise, »kann Ihnen bestätigen, das ist nicht der Weg zum Glück.«
»Ich habe doch nicht Sie gemeint, Abdul Wahid«, sagte der Major, entsetzt darüber, dass er seinen Gast ungewollt beleidigt hatte. »Ganz und gar nicht!«
»Sandy ist ihr eigener Chef, und sie hat kein Problem damit«, warf Roger ein. »Nicht wahr, Sandy?«
»Eigentlich war es auch meine Idee gewesen«, sagte sie. »Meine Firma hat mich wegen der Visumssache unter Druck gesetzt, da hielt ich die Verlobung mit einem Briten einfach für die ideale Reaktion. Ich will Sie nicht beleidigen, Abdul Wahid.«
»Ich fühle mich nicht beleidigt.« Abdul Wahid blinzelte ein paarmal und holte tief Luft. »Aber wenn man sich aus allen Regeln immer nur die Rosinen herauspickt, merkt man später manchmal, dass man dabei etwas Wertvolles außer Acht gelassen hat.«
»Aber alle schieben das Heiraten auf, wenn es geht«, sagte Roger. »Schau dir doch nur die königliche Familie an.«
»Ich dulde keine Respektlosigkeiten, Roger«, erwiderte der Major. Die herrschende Mode, mit irgendwelchen Geschichten und Witzen um sich zu werfen, als wären die Mitglieder der königlichen Familie Darsteller in einer TV-Soap, fand er zutiefst geschmacklos.
»Ich muss jetzt zurück in den Laden.« Abdul Wahid stand auf und nickte dem Major und Sandy zu. Der Major erhob sich, um ihn an die Tür zu bringen.
»Hoffentlich sehen wir Sie wieder!«, rief Sandy.
»Was ist sein Problem?«, fragte Roger, als der Major zurückkam.
»Abdul Wahid hat gerade erfahren, dass er einen Sohn hat. Das sollte uns allen eine Warnung sein – unorthodoxe Liebesbeziehungen bleiben nun einmal nicht ohne Konsequenzen.«
»Da hast du recht, zumindest was die Arbeiterklasse und die Ausländer angeht. Völlig ignorant in Sachen Empfängnisver-

hütung und so weiter. Aber wir, Sandy und ich, sind da anders.«
»In Liebesdingen sind alle Menschen gleich«, wandte der Major ein. »Ein verblüffender Mangel an Impulskontrolle verbunden mit kompletter Kurzsichtigkeit.«
»Wir warten jetzt erst mal ab, wie es mit dem Cottage läuft, Dad«, sagte Roger. »Wer weiß, vielleicht sind wir in einem halben Jahr bereit, uns festzulegen.«
»Zu heiraten?«
»Zumindest, gemeinsam eine Immobilie zu kaufen«, antwortete Roger. Sandy leerte schweigend ihr Weinglas.

Nach dem Mittagessen wollte Roger im Garten eine Zigarre rauchen. Der Major machte Tee und versuchte, Sandy vom Geschirrspülen abzuhalten.
»Bitte lassen Sie alles auf dem Tisch stehen«, sagte er. Er empfand noch immer jedes Angebot, in der Küche zu helfen, als peinlich und wertete es als Mitleid.
»Ach, ich spüle so gern Geschirr«, entgegnete Sandy. »Ich weiß, für Sie bin 'ich wahrscheinlich nur eine grauenhafte Ami-Tusse, aber ich finde es so wundervoll, dass die Leute hier in winzigen Häusern leben und den Haushalt ohne komplizierte Geräte erledigen.«
»Ich muss Sie darauf hinweisen, dass Rose Lodge als ein ziemlich geräumiges Haus gilt. Und ich möchte anmerken, dass mein Dampfbügeleisen ein Spitzenprodukt ist.«
»Lassen Sie nicht außer Haus bügeln?«
»Als meine Frau krank war, kam eine Büglerin ins Haus. Aber die hat meine Hosennähte gebügelt, bis sie glänzten. Ich sah aus wie ein Tambourmajor.« Sandy lachte, und der Major zuckte nicht mehr ganz so stark zusammen. Entweder gewöhnte er sich allmählich an sie, oder der Rotwein wirkte noch nach.
»Vielleicht will ich gar keinen Geschirrspüler fürs Cottage«, sagte Sandy. »Vielleicht belassen wir alles authentisch.«

»So wie mein Sohn mit Kochgeschirr umgeht, werden Sie doch eine brauchen.« Der Major schlug mit einer Gabel an die verkohlte Pfanne und sprach so laut, dass Roger, der gerade aus dem Garten hereinkam, die Bemerkung hören musste.
»Ich war letzte Woche im Club«, verkündete Roger. Er nahm das trockene Geschirrtuch entgegen, das ihm der Major hinhielt, setzte sich dann aber an den Tisch, anstatt zu helfen.
»Ist mir zu Ohren gekommen. Warum hast du mich nicht angerufen? Ich hätte mit dir hinfahren und dich offiziell vorstellen können.«
»Tut mir leid, aber ich bin mehr oder weniger dran vorbeigefahren und dachte mir, als langjähriges Juniormitglied könnte ich doch mal reinschauen und die Lage peilen.«
»Und wie war die Lage?«
»Dieser alte Clubsekretär ist ein verdammter Idiot. Aber dann traf ich Gertrude Dagenham-Smythe, und die hat alles wieder in Ordnung gebracht. Ich habe Sandy schon erzählt, wie witzig es war, sein Geschleime mit anzusehen. Du würdest nicht glauben, wie schnell der plötzlich einen Mitgliedsantrag für mich hatte!«
»Ich muss selbstverständlich eine Bürgschaft für dich ausstellen«, sagte der Major. »Du hättest den Sekretär nicht verärgern sollen.«
»Um ehrlich zu sein – Gertrude meinte, ihr Onkel würde für mich bürgen.« Roger gähnte herzhaft.
»Lord Dagenham?«
»Als sie es anbot, dachte ich mir, es wäre ganz gut, einen Bürgen zu haben, der in der Nahrungskette möglichst weit oben steht.«
»Aber du kennst sie doch gar nicht«, sagte der Major, für den Gertrude immer noch die Frau mit dem Anglerhut war.
»Wir haben Gertrude ein paarmal in der Stadt getroffen«, warf Sandy ein. »Sie hat Roger sofort wiedererkannt und Witze darüber gemacht, dass sie einmal, als sie im Sommer auf Besuch kam, total verknallt in ihn war.«

Plötzlich sah der Major ein großes, dünnes Mädchen mit markantem Kinn und einer grünen Brille vor sich, das einen Sommer lang draußen auf der Straße herumgegeistert war. Er erinnerte sich, dass Nancy sie einige Male ins Haus gebeten hatte.
»Ich weiß noch, dass Roger nicht sehr nett zu ihr war«, sagte er. »Aber wie auch immer – das kommt überhaupt nicht in Frage. Es ist völlig undenkbar, dass der Bürge nicht aus der eigenen Familie stammt.«
»Wenn du darauf bestehst«, sagte Roger. Der Major kochte innerlich, als ihm klarwurde, dass Roger ihn in die Lage gebracht hatte, darum betteln zu müssen, dass man ihn vom gesellschaftlichen Aufstieg seines Sohns nicht ausschloss.
»Weißt du noch, wie sie immer aus der Hecke heraussprang und mir Geschenke überreichte?«, fuhr Roger fort. »Sie war potthässlich, ich musste sie jedes Mal mit dem Pusterohr vertreiben.«
»Roger!«, rief der Major. Der Status, den die junge Dame als Lord Dagenhams Nicht innehatte, reichte aus, um ihr eine gewisse Würde, wenn nicht gar Schönheit zuzusprechen.
»Also, mittlerweile ist er ihr gegenüber sehr zuvorkommend«, bemerkte Sandy. »Sie hat ihn um Mithilfe beim Golfclub-Ball gebeten, und er hat sofort zugesagt. Nur gut, dass ich nicht eifersüchtig bin.«
»Mit dem Ball bin ich alles andere als glücklich«, gestand der Major. »Es spuken da einige lächerliche Ideen herum, die ich mit deiner Hilfe unbedingt aus der Welt schaffen muss.«
»Dafür bin ich genau der Richtige«, sagte Roger. »Ich will nicht, dass irgendetwas Albernes vom Hauptthema ablenkt – vom Ruhm des Namens Pettigrew.«
»Aber das ist genau der Teil, den wir streichen müssen«, entgegnete der Major. »Ich mag es nicht, wenn unser Name im Zusammenhang mit billiger Unterhaltung herumposaunt wird.«
»Aber wie soll unser Name denn sonst herumposaunt werden? Man hat mich gebeten, Großvater Pettigrew zu spielen.

So was nenne ich ein geradezu unverschämtes Glück!« Er gähnte wieder.
»Ich nenne das einen Skandal«, sagte der Major.
»Es wird meinen gesellschaftlichen Aufstieg vorantreiben und dich keinen Penny kosten. Würdest du mir diese Chance wirklich verweigern?«
»Wir würden uns nur blamieren.«
»Auf dem Land blamiert sich doch jeder«, wandte Roger ein.
»Der Witz besteht darin, dass man mitmacht, damit sie einem nicht misstrauen.«
Der Major hatte nicht übel Lust, seinem Sohn für seine Ichbezogenheit mit der frisch geschrubbten Pfanne einen Schlag aufs Ohr zu verpassen.

»Dein Vater ist einfach großartig«, sagte Sandy, als sie im Wohnzimmer beim Tee saßen. »Es ist unheimlich schön, zur Abwechslung mal mit jemand Normalem zu reden.«
»Letzte Woche haben wir einen der größten Kunstsammler Europas kennengelernt«, berichtete Roger. »Ein Russe – ihm gehört ein ganzes Haus am Regent's Park.«
»Ich glaube nicht, dass es deinem Vater gefallen hätte«, wandte Sandy ein.
»Er besitzt sechs Picassos, und die Armaturen in den Toiletten sind aus Amethyst«, fuhr Roger fort. »Wir plauderten zehn Minuten mit ihm, und schon hatte Sandy den Auftrag in der Tasche, seiner Freundin eine vollständige Garderobe zu liefern.«
»Ich bewundere Männer, die sich nicht mit halben Sachen abgeben«, sagte Sandy.
»Du solltest sie anrufen, Liebling. Vielleicht springt eine Einladung zum Mittagessen dabei raus.«
»Bitte nicht zum Mittagessen, Roger! Da muss man Konversation machen, und ich halte es nicht aus, mir noch mal eine Stunde lang eine Auflistung ihrer sämtlichen Handtaschen anzuhören«, erwiderte Sandy.

»Es würde sich aber lohnen, weil wir dann vielleicht auf die Gästeliste für ihren privaten Pavillon auf der Kunstmesse kommen. Wenn wir die beiden richtig bearbeiten, könnten wir nächsten Sommer Yachturlaub auf dem Schwarzen Meer machen, oder sie laden uns wenigstens übers Wochenende nach Poole ein.«

»Zu meiner Zeit ging es uns nicht darum, unsere sozialen Kontakte zu ›bearbeiten‹«, sagte der Major. »Wirkt ziemlich unfein.«

»Also bitte – das ist nun mal der Lauf der Welt«, entgegnete Roger. »Entweder man ist im Spiel und pflegt seine Kontakte, oder man bleibt ganz unten auf der sozialen Leiter und kann sich nur noch mit – na ja, mit Ladenbesitzerinnen anfreunden.«

»Du bist unverschämt«, sagte der Major. Er spürte, dass ihm das Blut ins Gesicht schoss.

»Ich finde, dein Vater macht das ganz richtig«, wandte Sandy ein. »Wer interessant sein will, muss Kontakte in ganz verschiedene Richtungen knüpfen. Dann kann man die Leute immer wieder überraschen.«

»Sandy ist eine wahre Meisterin im Schließen von Freundschaften«, sagte Roger. »Sie kann jeden Menschen davon überzeugen, dass sie ihn wirklich mag.«

»Ich mag sie ja auch alle wirklich«, fügte Sandy hinzu und wurde rot. »Okay, den Russen mag ich eher nicht. Wenn du unbedingt einen Bootsurlaub willst, müssen wir wahrscheinlich ein Kanu mieten.«

»Die Frau meines Chefs frisst ihr förmlich aus der Hand. Erst kriege ich nicht mal einen Termin zum Kaffeetrinken mit meinem Chef, und plötzlich fragt er mich, ob ich mit ihm und einem Kunden auf die Jagd gehen will. Die Macht der Frauenmafia darf man nie unterschätzen!«

»Ich kann mich an einen kleinen Jungen erinnern, der um einen toten Specht weinte und sich schwor, nie wieder ein Gewehr in die Hand zu nehmen«, sagte der Major. »Gehst du wirklich auf die Jagd?« Er beugte sich zu Sandy hinüber und schenkte ihre Tasse noch einmal voll. »Nach der Sache wollte er nie mehr mit mir jagen gehen.«

»Als ob Sprüche wie ›Bring den süßen kleinen Specht!‹ eine tolle Motivation gewesen wären«, sagte Roger. »Es war meine erste Jagd, und ich hatte einen vom Aussterben bedrohten Vogel erwischt. Das haben sie mir immer wieder hingerieben.«

»Man muss lernen, dergleichen an sich abperlen zu lassen, mein Junge«, sagte der Major. »Spitznamen bleiben nur dem, der es zulässt.«

»Mein Vater.« Roger rollte mit den Augen. »Ein großer Anhänger der Schule des Mitgefühls mit ihren kalten Bädern und vernichtenden Zurechtweisungen.«

»Roger geht jetzt auf Entenjagd«, sagte Sandy. »Drei Stunden haben wir in einem Geschäft in der Jermyn Street verbracht, bis er ausstaffiert war.«

»Ausstaffiert?«, fragte der Major. »Ich hätte dir Breeches und eine Jacke leihen können.«

»Danke, ich habe alles, was ich brauche. Außer einem Gewehr natürlich. Aber ich dachte, ich könnte mir deines und das von Onkel Bertie ausleihen.« Die Bitte hatte er übergangslos angehängt. Der Major stellte Tasse und Untertasse ab und betrachtete das ruhige Gesicht seines Sohns halb neugierig, halb wütend.

Nichts an Roger deutete darauf hin, dass ihm die Dreistigkeit seines Ansinnens bewusst war. Für ihn wog es genauso schwer, als hätte er bei einem Regenschauer gefragt, ob er sich ein überzähliges Paar Gummistiefel ausleihen könne. Der Major suchte nach einer Antwort, die schonungslos genug war, um seinen Sohn zu beeindrucken.

»Nein.«

»Wie bitte?«, sagte Roger.

»Nein, du kannst dir die Gewehre nicht ausleihen.«

»Warum nicht?«, fragte Roger mit großen Augen. Der Major

setzte zu einer Antwort an. Doch dann erkannte er, dass sein Sohn ihn dazu verleiten wollte, Erklärungen abzugeben. Und Erklärungen würden Verhandlungsmöglichkeiten eröffnen.
»Wir werden das auf gar keinen Fall vor unserem Gast besprechen«, sagte er. Roger stand so abrupt auf, dass der Tee aus seiner Tasse in die Untertasse schwappte.
»Wieso musst du mir immer Knüppel zwischen die Beine werfen?«, fragte er. »Wieso kannst du dich nie dazu durchringen, mir mal zu helfen? Es geht hier um meine Karriere!« Er knallte seine Teetasse auf den Tisch und drehte sich, die Hände hinter dem Rücken zu Fäusten geballt, zum Kaminfeuer.
»Dein Gastgeber hat bestimmt mehrere zusätzliche Gewehre organisiert, die vollkommen ausreichen«, sagte der Major. »Außerdem wäre es einfach lächerlich, wenn du als Anfänger mit zwei so wertvollen Flinten herumballern würdest. Ein geradezu absurder Anblick wäre das!«
»Danke, Vater. Nett von dir, dass du dich mal wieder so offenherzig über meine Beschränktheiten äußerst!«
»Dein Vater hat es bestimmt nicht so gemeint«, sagte Sandy. Sie sah aus, als wäre ihr plötzlich wieder eingefallen, warum Geschäftsfreunde letztendlich doch der Verwandtschaft vorzuziehen waren.
»Ich möchte nur verhindern, dass du dich zum Affen machst«, versicherte der Major. »Was für eine Jagd ist das überhaupt? Falls es ein Tontaubenschießen ist – die haben meistens genau die passende Ausrüstung.«
»Nein, es ist auf dem Land, hier in der Gegend«, rief Roger. Dann schwieg er, als zögerte er, mehr preiszugeben, und den Major überkam eine schreckliche Ahnung. Am liebsten hätte er sich die Ohren zugehalten, um das, was Roger gleich sagen würde, nicht hören zu müssen.
»Ich habe Roger gesagt, Sie würden sich garantiert für ihn freuen«, sagte Sandy. »Aber er hat sich die ganze Woche Sorgen gemacht, dass Sie gekränkt sein könnten, weil nach all den vielen Jahren er zur Jagd eingeladen wird und nicht Sie.«

»Ja, ich jage nächste Woche mit Lord Dagenham. Tut mir leid, Dad, aber es hat sich nun mal so ergeben, und ich konnte ja schlecht nein sagen.«

»Ja, natürlich.« Der Major spielte auf Zeit, während er seine Möglichkeiten durchging. Er überlegte, ob Roger und er den Tag überstehen könnten, ohne einander zur Kenntnis zu nehmen. Dann wog er ab, welche Vorteile es böte, erst einmal gar nichts zu sagen und sich am Tag selbst von der Begegnung mit Roger überrascht zu zeigen, vertrieb den Gedanken aber wieder, weil er sich nicht darauf verlassen konnte, dass Roger auf ein solches Lügenmärchen würdevoll reagieren würde.

»Ich wollte Gertrude bitten, noch jemanden mitbringen zu dürfen, aber ich glaube, sie können nur eine begrenzte Anzahl an Jägern unterbringen«, sagte Roger. »Und da erschien es mir unhöflich, sie zu drängen.« Er errötete, und der Major erkannte mit einigem Erstaunen, dass sich nicht nur ein Sohn für seinen Vater, sondern der Vater sich auch für seinen Sohn schämen konnte. Die Vorstellung, Roger mit einem Gewehr herumfuchteln zu sehen, beschämte ihn zutiefst, und vor seinem geistigen Auge erklärte er bereits, warum ein toter Pfau auf dem Rasen lag. Dennoch akzeptierte er, dass es sinnlos wäre, seine Beziehung zu Roger zu verheimlichen. Er würde ihn einfach im Auge behalten müssen.

»Mach dir um mich keine Sorgen«, sagte er nach einer Weile. »Mein alter Freund Dagenham hat mich schon vor einiger Zeit eingeladen, die Reihen zu verstärken.« Er legte eine Kunstpause ein. »Er meinte, wir bräuchten ein paar erfahrene Männer, um euch Burschen aus London zu zeigen, wie's geht.«

»Das ist ja wunderbar. Mann, bin ich froh, dass sich das Problem gelöst hat.« Sandy stand auf, sagte »Entschuldigt mich« und vollführte eine vage Handbewegung, die dem Major das weltweit gültige weibliche Zeichen dafür zu sein schien, dass man eine Pause brauchte, um sich frisch zu machen.

»Ich freue mich schon darauf, die beiden alten Churchills

einen ganzen Tag lang einsetzen zu können«, sagte der Major, der, kaum hatte Sandy den Raum verlassen, ebenfalls aufgestanden war. »Bleib in meiner Nähe, Roger, dann kann ich dir, falls nötig, ein paar zusätzliche Enten in die Tasche werfen.« Roger sah plötzlich aus, als wäre ihm schlecht, und den Major überkam das Gefühl, vielleicht zu weit gegangen zu sein. Geneckt zu werden, hatte sein Sohn noch nie gut verkraftet.

»Ich habe da, ehrlich gesagt, einen Amerikaner an der Hand, der daran interessiert ist, sie zu erwerben, und ich werde sie so gut präsentieren, wie ich nur kann.«

»Willst du sie wirklich verkaufen?« Roger wirkte schlagartig fröhlicher. »Das ist ja mal eine tolle Nachricht. Jemima hatte schon Angst, du würdest mit ihnen abhauen.«

»Du hast hinter meinem Rücken mit Jemima gesprochen?«

»Ach was, nein, überhaupt nicht«, sagte Roger. »Es war eher – na ja, nach dem Begräbnis dachten wir, es könnte nicht schaden, in Kontakt zu bleiben, weil jeder von uns ein Elternteil hat, um das er sich kümmern muss – sie sich um ihre Mutter, und ich – na ja, du wirkst zwar gesund, aber Onkel Bertie hat auch immer gesund gewirkt. Niemand weiß, wann ich mal eingreifen und mich um alles kümmern muss.«

»Deine Besorgnis macht mich sprachlos vor Dankbarkeit«, sagte der Major.

»Du bist sarkastisch.«

»Und du geldgierig.«

»Das ist nicht fair, Dad«, sagte Roger. »Ich bin nicht wie Jemima.«

»Ach wirklich?«

»Ich bitte dich doch nur, dass du mir, wenn du die Gewehre verkaufst, etwas von dem Geld abgibst, das du doch gar nicht brauchst«, fuhr Roger fort. »Du hast keine Ahnung, wie teuer es ist, in London nach oben zu kommen. Die Kleidung, die Restaurants, die Partys am Wochenende – heutzutage muss man investieren, wenn man weiterkommen will, und es ist,

ehrlich gesagt, ziemlich peinlich, nicht mal mit Sandy richtig mithalten zu können.« Er setzte sich hin und ließ die Schultern hängen. Einen Augenblick lang sah er aus wie ein zerzauster Teenager.
»Vielleicht musst du deine Erwartungen ein wenig herunterschrauben«, erwiderte der Major ehrlich besorgt. »Es geht im Leben nicht immer nur um schicke Partys und darum, sich mit reichen Leuten zu treffen.«
»Genau das sagen sie den Leuten, die sie nicht einladen«, entgegnete Roger trübsinnig.
»Ich würde niemals an einer Festivität teilnehmen, wenn ich um die Einladung hätte betteln müssen«, sagte der Major und beteuerte sich selbst sofort, dass er nichts unternommen hatte, um seine eigene Einladung zu bekommen. Es war, wie er sich erinnerte, eine ganz spontane Geste Lord Dagenhams gewesen.
Sandy kam die Treppe herunter, und sie hörten auf zu reden. Ein Hauch von Eau de Cologne und Lippenstift frischten die Luft im Zimmer auf, und der Major nahm sich vor, die Fenster häufiger zu öffnen. Er gab sich große Mühe, das Haus blitzsauber zu halten, aber vielleicht entstand eine gewisse Muffigkeit ganz von selbst, wenn man allein lebte.
»Wenn wir noch mit den Malern reden wollen, bevor sie gehen, sollten wir jetzt losfahren«, sagte Sandy.
»Stimmt«, pflichtete ihr Roger bei.
»Habt ihr Abdul Wahid gesagt, dass ihr wahrscheinlich hierbleibt?«, fragte der Major. Roger und Sandy tauschten einen zaghaften Blick aus. Der Major kam sich vor wie ein kleiner Junge, dessen Eltern nicht wollen, dass er ein Gespräch unter Erwachsenen mit anhört.
»Ja, ich habe ihm gesagt, dass wir eine Bleibe brauchen, während das Cottage renoviert wird«, sagte Roger. »Und er hat verstanden, dass es nicht gerade bequem wäre, wenn wir alle hier wohnen würden, wegen gemeinschaftlich zu benutzender Badezimmer und so weiter.«

»Da hast du völlig recht«, erwiderte der Major. »Ich habe Abdul Wahid gesagt, dass ihr beide euch unten im Pub viel wohler fühlen werdet.«
»Moment mal!«
»Bitten Sie den Wirt um das blaue Zimmer«, sagte der Major zu Sandy. »Es ist mit einem Himmelbett ausgestattet, und ich glaube auch mit einem von diesen Whirlpools, auf die ihr Amerikaner so versessen seid.«
»Ich werde mich nicht in den verdammten Pub einquartieren«, sagte Roger mit wutverzerrtem Gesicht. Es zeugte zwar nicht von Edelmut, sich am Missbehagen eines Menschen vom eigenen Fleisch und Blut zu ergötzen, aber Roger war einfach zu dreist gewesen und brauchte eine ordentliche Quittung.
»Allerdings dröhnt der Whirlpool bis hinunter zur Bar ...«, sagte der Major, als würde er intensiv über das Thema nachdenken. Er bemerkte, dass Sandy es kaum noch schaffte, ernst zu bleiben; ihre Lippen zuckten vor zurückgehaltenem Lachen, und sie taxierte ihn mit den Augen.
»Du kannst von meiner Verlobten nicht verlangen, dass sie dieses Haus mit irgend so einem komischen Ladengehilfen aus Pakistan teilt!«, fauchte Roger.
»Das verstehe ich durchaus«, sagte der Major. »Aber leider hatte ich ihn bereits bei mir aufgenommen und kann ihn nicht einfach hinauswerfen, nur weil meinem Sohn das nicht passt.«
»Er könnte ein Terrorist sein – was wissen wir denn?«
»Herrgott noch mal, Roger! Fahr zu deinen Malern, bevor sie wegmüssen, um den Vatikan aufzupeppen oder was auch immer!«, rief der Major in barscherem Ton, als er beabsichtigt hatte.
Er trug das Tablett mit dem Teegeschirr in die Küche zurück. Vom Wohnzimmer her war ein gedämpftes Streitgespräch zu hören. Dann steckte Roger den Kopf zur Tür herein und sagte, Sandy und er würden jetzt fahren, aber auf jeden Fall zu-

rückkommen und im Haus übernachten. Der Major antwortete mit einem Nicken.

Er war traurig wegen seines Ausbruchs. Er hätte so gern eine ähnlich enge Bindung zu Roger gehabt wie Nancy früher. Stattdessen gab es zwischen Roger und ihm jetzt, ohne seine Frau, dem über der Familie gespannten Bogen, kaum Gemeinsamkeiten. Wären die Blutsbande nicht gewesen, hätten Roger und er, das spürte er jetzt, praktisch keinen Grund gehabt, sich weiterhin gegenseitig über ihr Leben auf dem Laufenden zu halten. Er saß am Tisch und fühlte das Gewicht dieses Eingeständnisses auf seinen Schultern wie einen schweren, nassen Mantel. In seiner geschrumpften Welt, ohne Nancy, ohne Bertie, erschien es ihm todtraurig, dem eigenen Sohn so gleichgültig gegenüberzustehen.

Vierzehntes Kapitel

Und für was ist das Plastikding da?«, fragte George und gab dem Major eine Scheibe mit kompliziert ausgestanztem Muster, die zu dem Drachen gehörte, der extra für den Nachmittagsausflug angeschafft worden war.
»Das gehört wahrscheinlich zur Verpackung«, sagte der Major. Da die Montageanleitung auf Chinesisch verfasst war, hatte er so gut wie möglich improvisiert. Der billige lila-grüne Drachen flatterte in seiner Hand. Er öffnete die primitive Arretierung und reichte George die Spule. »Willst du ihn jetzt fliegen lassen?«
George nahm die Spule und begann, sich rückwärts gehend über das von den Kaninchen zerpflückte Gras vom Major zu entfernen. Der obere Teil der breiten Landzunge westlich der Stadt war an diesem schönen Sonntag das Ausflugsziel zahlreicher Familien. Die Stelle war gut geeignet zum Drachensteigen, allerdings weniger gut zum Spielen mit Bällen, die gerade in großer Zahl dort hinabrollten, wo das plötzlich steile Gelände auf der einen Seite zur Hügellandschaft des Weald, auf der anderen zum Rand der hohen Klippe hin abfiel. Schilder machten warnend darauf aufmerksam, dass die Klippenwand von Meer und Wetter ständig abgetragen wurde. Kleine Kreuze und verwelkte Blumensträuße zeugten auf geheimnisvolle Weise von den vielen Menschen, die sich Jahr für Jahr an dieser Stelle hinunterstürzten und auf den zerklüfteten Felsen unterhalb der Klippe zu Tode kamen. Offenbar glaubte jede, wirklich jede Mutter auf dem Gelände, ihren Kindern zurufen zu müssen, sie sollten sich von der Gefahrenzone fernhalten. Dieser Hintergrundchor war lauter als das Meer.

»Eddie, weg vom Rand!«, brüllte eine Frau auf der Bank nebenan. Ihr Sohn rannte hinter einem kleinen Hund her und ruderte dabei windmühlenartig mit den Armen. »Eddie, ich warne dich!« Aber die Mühe, von der Bank aufzustehen, auf der sie mit dem Verzehr eines riesigen Sandwichs beschäftigt war, machte sie sich nicht.

»Warum wollten die eigentlich unbedingt hierher, wenn sie solche Angst um ihre Kinder haben?«, fragte der Major und übergab den Drachen an Mrs. Ali, die einen neuen Startversuch wagen sollte. »Bist du bereit, George?«

»Ja!« Mrs. Ali warf den Drachen in die Luft, wo er einige Sekunden lang flatternd schwebte, um dann zur größten Genugtuung des Majors in den Himmel aufzusteigen.

»Famos!«, rief der Major, als George, rückwärts laufend, an der Spule drehte. »Mehr Leine, George, mehr Leine!«

»Aber nicht zu weit weg, George«, rief Mrs. Ali plötzlich aufgeregt. Sofort schlug sie die Hand auf den Mund und sah den Major mit aufgerissenen Augen schuldbewusst an.

»Nicht Sie jetzt auch noch!«, sagte der Major

»Das muss ein Trick der Natur sein«, erwiderte sie lachend. »Das universelle Band zwischen allen Frauen und den Kindern in ihrer Obhut.«

»Wohl eher eine universelle Hysterie«, wandte der Major ein. »Bis zum Klippenrand sind es ein paar hundert Meter.«

»Fühlen Sie sich hier nicht auch immer ein wenig desorientiert?«, fragte Mrs. Ali und richtete den Blick über das weiche Gras hinweg auf die Kante des steil abfallenden Felsens. »Ich spüre fast, wie sich die ganze große Erde unter meinen Füßen dreht.«

»Das ist die Kraft dieser Landschaft«, sagte der Major. »Genau das zieht die Menschen hierher.« Er betrachtete die grüne Klippe und das riesige Rund des Himmels und der See und griff zum passenden Zitat.

*»Frei von artiger Hecke, artigem Zaun,
Halbwild und gänzlich zahm,
Verhüllt der weise Rasen den weißen Klippensaum
Wie als der Römer kam.«*

»Wahrscheinlich haben schon die Römerinnen ihren Kindern zugerufen, sie sollen vorsichtig sein«, sagte Mrs. Ali. »Ist das Kipling?«
»Jawohl«, antwortete der Major und zog einen schmalen roten Lyrikband aus der Tasche. »Es heißt ›Sussex‹, und ich hatte gehofft, es heute beim Tee gemeinsam mit Ihnen lesen zu können.«
Sie hatte angerufen und die geplante Lektürestunde abgesagt, weil sie am Nachmittag etwas mit George unternehmen wollte. Der Major hatte sich geweigert, einen zweiten Sonntag lang enttäuscht zu sein, und zu seinem eigenen Erstaunen gefragt, ob er mitkommen dürfe.
»Erstaunlich, dass wir es ursprünglich im Haus lesen wollten«, sagte Mrs. Ali. »Es hat so viel mehr Kraft hier, wo es entstand.«
»Dann gehen wir doch am besten hinter Master George her, und ich lese Ihnen dabei den Rest vor.«

Nach der Lektüre der Gedichte, als der Drachen mehrere Dutzend Mal in die Luft geworfen worden war und George vom vielen Laufen die Beine schmerzten, schlug der Major vor, einen Tee trinken zu gehen. Sie setzten sich mit ihrem Tee und einem Teller Gebäck an einen geschützten Tisch auf der Terrasse eines Pubs, der sich absurderweise mitten auf der Landspitze befand. Mrs. Alis Wangen waren warm vom Gehen, aber sie wirkte ein bisschen abgespannt. George schlang mit nur einem Bissen fast ein ganzes Teilchen hinunter und trank ein Glas ziemlich schaler Limonade; dann zog er los, um sich einen Hundewelpen anzusehen, der in der Nähe ausgeführt wurde.

»Mein Neffe hat vorgeschlagen, dass wir hierherfahren«, erzählte Mrs. Ali. »Er geht immer nach der Moschee hier hinauf, weil er sich dann einbilden kann, Mekka läge gleich hinter dem Horizont.«
»Da dürfte Frankreich im Weg sein.« Mit zusammengekniffenen Augen betrachtete der Major den Horizont und versuchte, sich die genaue Position von Saudi-Arabien vorzustellen. »Aber auf einer spirituellen Ebene fühlt man sich am äußersten Ende des Landes immer näher bei Gott. Wahrscheinlich, weil man dort auf ernüchternde Weise an die eigene Winzigkeit gemahnt wird.«
»Er wollte, dass George es mal sieht, darüber habe ich mich sehr gefreut. Ich halte es für ein gutes Zeichen, meinen Sie nicht?« Der Major hätte es für ein besseres Zeichen gehalten, wenn der junge Mann George die Landschaft selbst gezeigt hätte, aber er wollte Mrs. Ali nicht den Nachmittag verderben.
»Nochmals danke dafür, dass Sie meinen Neffen eine Weile bei sich beherbergen«, sagte sie. »Dadurch konnten George und Amina bei uns bleiben, und Abdul Wahid hat Gelegenheit, seinen Sohn kennenzulernen.«
Der Major prüfte die Farbe des Tees und begann, unzufrieden in der Kanne zu rühren. »Zum Glück hat er nichts dagegen, dass Amina im Laden mithilft.«
»Ein Laden ist etwas Merkwürdiges«, sagte Mrs. Ali. »Für mich war er immer ein winziger Freiraum in einer Welt voller Beschränkungen.«
»Es steckt also mehr dahinter, als Eier zu verkaufen und auch an den Feiertagen zu arbeiten?«
»Ein Ort der Kompromisse«, fügte sie hinzu. »Es lässt sich nur schwer in Worte fassen.«
»Kompromisse basieren oft darauf, dass sie unausgesprochen bleiben«, sagte der Major. »Ich glaube, ich verstehe ganz genau, was Sie meinen.«
»Mit meinem Neffen konnte ich nie darüber reden. Aber Ihnen verrate ich es: Ich setze alle meine Hoffnungen darauf,

dass der Laden Abdul Wahid zeigt, was seine wahren Pflichten sind.«
»Glauben Sie, dass er sie liebt?«, fragte der Major.
»Ich weiß, dass sie einmal sehr ineinander verliebt waren. Und ich weiß, dass die Familie alles Erdenkliche getan hat, um sie auseinanderzubringen.«
»Offenbar glaubt er, dass die Familie Ihres verstorbenen Mannes Amina nie akzeptieren wird – trotz des guten Dienstes, den Sie ihr erweisen.« Der Major begann, den Tee auszuschenken. Als Mrs. Ali ihm ihre Tasse hinhielt, stießen am Rand der Untertasse ihre Fingerspitzen aneinander, und den Major durchströmte ein Hochgefühl, das nur Glück sein konnte. Mrs. Ali schien seine Andeutung zu verunsichern; sie zögerte und antwortete erst, nachdem sie einen Schluck Tee getrunken und die Tasse vorsichtig auf das Tablett zurückgestellt hatte.
»Ich glaube, ich war sehr egoistisch«, sagte sie.
»Ich lasse nicht zu, dass Sie so etwas behaupten«, entgegnete der Major.
»Aber es ist die Wahrheit. Ich habe Abdul Wahid gesagt, dass ich der Familie geschrieben habe – und ich habe auch wirklich geschrieben.« Wieder stockte sie. Sie verschränkte die Arme vor der Brust und starrte aufs Meer. Als sie weitersprach, mied sie den Blick des Majors. »Aber dann hatte ich irgendwie immer so viel zu tun und habe den Brief nie abgeschickt.« Sie kramte in ihrer kleinen Handtasche und zog einen dünnen, gefalteten, stark zerknitterten Umschlag hervor. Sie wandte sich dem Major zu und hielt ihm den Brief entgegen. Der Major nahm ihn ihr behutsam aus der Hand.
»Ein nicht abgeschickter Brief ist eine schwere Last«, sagte er.
»Ich fühle mich von Tag zu Tag beschwerter. Zu wissen, dass es so wie bisher nicht weitergeht, ist eine Bürde. Aber gleichzeitig fühle ich nun jeden Tag eine Leichtigkeit, die ich schon fast vergessen hatte.« Sie blickte zu George hinüber, der auf dem Gras kauerte und mit dem Jungen sprach, dem der klei-

ne Hund gehörte. Der Welpe sprang den beiden Kindern unablässig an die Knie.
»Wie lange können Sie das unumgängliche Gespräch noch aufschieben?«
»Ich hatte gehofft, Sie würden mir versichern, dass ich es ewig aufschieben kann. Ich habe Angst, der Brief könnte alles zunichte machen.« Sie sah ihn an. Ein wehmütiges Lächeln umspielte ihre Lippen.
»Meine liebe Mrs. Ali ...«
»Ich habe Angst, dass mir alles genommen wird«, sagte sie leise. Der Major hätte den Brief am liebsten mit den Papptellern und der klebrigen Eisverpackung in den nächsten Abfallkorb geworfen.
»Wenn es nur möglich wäre, sie alle miteinander einfach zu ignorieren«, sagte er.
»Das geht nicht. Mein Neffe, der ja auch noch seine eigenen Zweifel besiegen muss, kann ohne den Segen seines Vaters nichts machen.« Sie nahm den Umschlag und stopfte ihn in die Handtasche. »Vielleicht sehen wir auf dem Heimweg einen Briefkasten.«
»Ich hoffe, Ihr Schreiben ruft eine freundlichere Reaktion hervor, als Sie denken.«
»Mein Glaube gestattet ja gelegentliche Wunder«, sagte Mrs. Ali. »Ich kann nur hoffen, dass sie einsehen, wie ungerecht sie waren. Andernfalls bin ich natürlich bereit, auf einer eher weltlichen Ebene zu verhandeln.«
»Eigentlich sollte man mit der eigenen Familie nicht feilschen müssen wie ein Gebrauchtwagenhändler.« Der Major seufzte. Er hatte in selbst eingestandener Feigheit zwei Anrufe von Marjorie ignoriert und dabei endlich den Nutzen der Anrufernummer auf dem Display seines Telefons erkannt. Ihm war klar, dass er die unvermeidliche Konfrontation wegen der Gewehre ebenso wenig länger aufschieben konnte, wie es der zarten Mrs. Ali möglich sein würde, den Zorn ihrer Verwandten abzuwenden.

»Irgendwer muss für George eintreten«, sagte sie. »Der Islam erlaubt es nicht, Kindern die Schande eines Elternteils aufzubürden. Er musste erleben, dass zum Begräbnis seiner Großmutter nur eine Handvoll Leute kamen. Das war eine große Schmach.«

»Schrecklich«, sagte der Major.

»Ich fürchte, die Familie meines Mannes hat diese Schmach noch vergrößert, indem sie bestimmte Unwahrheiten in Umlauf brachte. Aber das weiß Abdul Wahid, und deshalb wird er sich, denke ich, dafür entscheiden, alles wiedergutzumachen.«

»Man hat schon den Eindruck, dass er Amina und den Jungen gernhat«, sagte der Major.

»Ich bin froh, dass Sie das sagen. Ich hatte gehofft, Sie würden an meiner Stelle mit ihm reden. Ich glaube, er muss mal hören, wie ein Mann über die Sache denkt.«

»Das steht mir nun wirklich nicht zu«, wandte der Major ein. Die Vorstellung, über etwas so Intimes reden zu müssen, erschreckte ihn. Ein derartiges Thema hätte er nicht einmal seinem eigenen Sohn gegenüber ansprechen können, ganz zu schweigen von dem trotzigen, wortkargen jungen Mann, der zurzeit in seinem Gästezimmer wohnte.

»Sie verstehen doch das Prinzip von Ehre und Stolz aufgrund Ihrer militärischen Vergangenheit besser als die meisten anderen Männer«, sagte Mrs. Ali. »Ich bin letztendlich eine Frau und würde jeden Funken Stolz ablegen, um diesen kleinen Jungen bei mir behalten zu können. Und weil Abdul Wahid das weiß, bezweifelt er, dass ich seinen Standpunkt verstehe.«

»Mit dem Glauben, der hinter seinem Pflichtgefühl steckt, kenne ich mich nicht aus, deshalb könnte ich ihn nicht belehren«, sagte der Major, aber das warme Gefühl der Genugtuung über Mrs. Alis Kompliment ließ seinen Widerstand schmelzen.

»Ich bitte Sie nur, von Ehrenmann zu Ehrenmann mit ihm zu

reden. Abdul Wahid ist immer noch dabei, seine Beziehung zum Glauben zu ergründen. Wir picken uns doch alle die Rosinen raus und fabrizieren unsere eigene Religion, oder nicht?«
»Ich kann mir nicht vorstellen, dass Ihnen die diversen Ayatollahs oder der Erzbischof von Canterbury in diesem Punkt zustimmen würden«, entgegnete der Major. »Sie haben da eine sehr unorthodoxe Haltung.«
»Ich habe eine realistische Haltung.«
»Ich wusste gar nicht, dass Ladenbesitzerinnen so ketzerisch sein können. Sie erstaunen mich.«
»Also – reden Sie mit ihm?« Ihre braunen Augen waren unverwandt auf ihn gerichtet.
»Ich mache alles, worum Sie mich bitten.« Der Major sah die Dankbarkeit in ihrer Miene und glaubte, auch ein kleines Glücksgefühl darin zu erkennen. Er wandte sich ab und begann, mit der Spitze des Spazierstocks im dichten Unkraut zu stochern. »Sie sollen wissen, dass ich Ihnen jederzeit zur Verfügung stehe.«
»Es gibt sie also doch noch, die Ritterlichkeit.«
»Solange ich an keinem Lanzenstechen teilnehmen muss, bin ich gerne Ihr Ritter.«

Gerade als der Major dachte, dass er sich an keinen schöneren Sonntagnachmittag in den letzten Jahren erinnern könne, überquerte eine Frau die unterhalb von ihnen liegende Grasfläche und zog den kleinen Jungen und seinen Hund von George weg. Mutter und Sohn entfernten sich Richtung Parkplatz, als wollten sie wegfahren, aber nach etwa fünfzig Metern blieb die Frau stehen, schüttelte den Kleinen am Arm und redete wütend auf ihn ein. Dann durfte er mitsamt Hund wieder loslaufen. George, der aufgestanden war und den beiden nachgeschaut hatte, trat langsam und mit hängenden Schultern an den Tisch.
»Was ist passiert, George?«, fragte Mrs. Ali. »War die Frau grob zu dir?«

George zuckte mit den Achseln.
»Nun sag schon«, befahl der Major, sorgsam darauf bedacht, nicht allzu ruppig zu klingen. »Was ist los?«
»Nichts«, antwortete George. Dann seufzte er. »Nur dass seine Mum gesagt hat, dass er nicht mit mir spielen darf.«
»Manche Leute sind einfach dermaßen dumm!« Der Major erhob sich halb von seinem Sitz und sah, dass es sich um die Frau handelte, die kurz zuvor herumgeschrien hatte – die Mutter von Eddie. Er wäre ihr nachgelaufen, aber sie war sehr korpulent und wirkte, auch wenn sie sich nur langsam und schwerfällig bewegte, äußerst streitlustig.
»Das tut mir leid, George«, sagte Mrs. Ali. Sie legte dem Major die Hand auf den Arm, als wollte sie ihn zurückhalten, und der Major ließ sich wieder auf seinen Stuhl sinken.
»Daheim spielt auch keiner mit mir.«
»Du hast doch bestimmt viele Freunde«, sagte der Major. »Nette Burschen, wie du selbst!«
George warf ihm einen so mitleidigen Blick zu, als wäre er selbst der alte Mann und der Major ein ahnungsloses Kind.
»Wenn man eine Mum, aber keinen Dad hat, spielen sie nicht mit einem.«
Der Major war so verblüfft, dass er George reflexartig den Teller mit dem Gebäck reichte. Erst als der Junge seine Zähne in den Zuckerguss schlug, fiel dem Major ein, dass er dem eigenen Sohn nie mehr als ein Gebäckstück zum Tee genehmigt und ihn manchmal, in bewusst unregelmäßig gehaltenen Abständen, gezwungen hatte, ganz ohne Süßes auszukommen, um ihn nicht zu verwöhnen. In diesem Fall aber erschien ihm ein zweites Teilchen als das einzige zur Verfügung stehende Trostmittel.
»Ach, George, deine Mutter und deine Tante Noreen lieben dich so sehr, und deine Großmutter hatte dich auch sehr lieb«, sagte Mrs. Ali, während sie um den Tisch herumlief, auf dem leicht schmutzigen Beton niederkniete und die Arme um den Jungen schlang. »Und ich liebe dich auch sehr.« Sie

küsste ihn und strich ihm über den Kopf; George wand sich und versuchte zu verhindern, dass sich das Gebäckstück in ihren Haaren verfing. »Daran musst du immer denken, wenn jemand gemein zu dir ist.«

»Du bist ein sehr intelligenter kleiner Kerl«, sagte der Major, als Mrs. Ali den Jungen aus ihrer Umarmung entließ. George warf ihm einen misstrauischen Blick zu. Der Major beschloss, ihm lieber doch nicht mit dem Spruch »Stöcke und Steine brechen meine Gebeine, aber Worte tun mir nicht weh« zu kommen. Er griff nach Georges schmutziger, klebriger Hand und sagte: »Es wäre mir eine Ehre, wenn du mich als deinen Freund betrachten würdest.«

»Okay«, sagte George und schüttelte ihm die Hand. »Aber was kannst du sonst noch so spielen außer Drachensteigenlassen?«

Mrs. Ali lachte, aber der Major versuchte nach Kräften, eine ernste und nachdenkliche Miene zu bewahren.

»Hast du schon mal Schach gespielt?«, fragte er. »Ich glaube, ich könnte es dir beibringen.«

Auf der Rückfahrt war George so müde vom Herumsausen und so satt vom Kuchen, dass er hinten im Auto einschlief. Der Major wählte die landschaftlich reizvollste Route. Mrs. Ali zeigte sich entzückt von den hohen Böschungen und lauschigen Cottages entlang der weniger stark befahrenen Straßen. An einer Kreuzung entdeckte sie einen alten runden Briefkasten, und der Major brachte den Wagen zum Stehen, damit sie den Brief aufgeben konnte. Als sie mit dem Umschlag in der Hand, den Kopf nachdenklich geneigt, ein paar Sekunden lang stehen blieb, hielt er die Luft an. Noch nie waren ihm die Folgen eines Briefeinwurfs so bewusst gewesen wie jetzt – die Unmöglichkeit, das Kuvert dem Eisenmaul des Kastens wieder zu entreißen, die Unausweichlichkeit, mit der das Schreiben seinen steten Weg durch das Postwesen nimmt; wie es von einer Tasche in die nächste und von Briefträger zu Briefträger wandert, bis der letzte Mann schließlich in seinem Postauto vor der Tür hält und einen kleinen Stapel durch den Briefschlitz schiebt. Plötzlich fand er es schrecklich, dass geschriebene Worte nicht zurückgenommen, Gedanken nicht wie in einem Gespräch von Angesicht zu Angesicht korrigiert werden konnten. Als sie den Brief einwarf, schien sich der Nachmittag zu verfinstern.

Die Frage, wie ein zwangloses Gespräch zu beginnen sei, in dem ein junger Mann dazu überredet werden sollte, von einem Fremden Rat in Bezug auf lebensverändernde Entscheidungen anzunehmen, quälte den Major mehrere Tage lang. Es gab ohnehin nur wenige Gelegenheiten, selbst wenn man die richtigen Worte fand. Abdul Wahid stand immer sehr früh auf und verließ das Haus, ohne auch nur eine Tasse Tee zu sich genommen zu haben. Meist kehrte er spät zurück, hatte dann schon im Laden gegessen und schlich sich sofort in sein Zimmer, wo er etwas aus dem kleinen Stapel religiöser Bücher las. Dass er wieder da war, ließ sich oft nur an einem kleinen Dankeschön auf dem Küchentisch erkennen: Tütchen aus Pergamentpapier mit irgendeiner neuen Teemischung, ein Päckchen einfache Butterkekse, ein Säckchen Äpfel. Davon abgesehen, waren das einzig Auffällige der Anblick seiner Schuhe, die er abends ordentlich vor der Hintertür abstellte, und der schwache, limonenlastige Duft eines Rasierwassers im Badezimmer, das Abdul Wahid jeden Morgen makellos geputzt zurückließ. Der Major suchte verzweifelt nach einer Möglichkeit, mit ihm ins Gespräch zu kommen, hielt von nun an, um das Mrs. Ali gegebene Versprechen zu erfüllen, die Teekanne stets bereit und sorgte dafür, dass immer ein Kessel mit warmem Wasser auf dem Herd stand, während er in seiner eigenen Spülküche herumschlich und darauf hoffte, seinen Gast abfangen zu können, sobald der durch die Hintertür hereinkam.
An einem regnerischen Abend bekam der Major seine Chan-

ce. Abdul Wahid hielt sich ein wenig länger in der hinteren Diele auf, weil er seine triefende Regenjacke ausschütteln und aufhängen musste. Seine Schuhe waren völlig durchnässt, vermutete der Major, denn er hörte, dass er sie mit zerknüllten Zeitungsseiten aus dem Altpapierkorb ausstopfte. Er schob den Kessel an eine heißere Stelle auf dem Herd, stellte die Teekanne in die Tischmitte und holte zwei große Tassen aus dem Schrank.
»Möchten Sie einen schönen heißen Tee mit mir trinken?«, fragte er, als Abdul Wahid in die Küche trat. »Ist ja ziemlich stürmisch da draußen.«
Abdul Wahid zögerte. »Ich möchte Ihnen keine Umstände machen, Major.« Er zitterte vor Kälte. Der dünne Pullover, den er über dem Hemd trug, war kaum die passende Kleidung, dachte der Major. »Ihre Gastfreundschaft ist schon mehr, als ich verdient habe.«
»Sie würden mir einen großen Gefallen erweisen, wenn Sie sich kurz hinsetzen würden. Ich war den ganzen Tag allein und könnte ein wenig Gesellschaft gebrauchen«, sagte der Major und machte sich daran, das Kaminfeuer zu schüren, so als wäre die Sache bereits entschieden. Als er sich über die rauchenden Scheite beugte, wurde ihm bewusst, dass der Hinweis auf seine Einsamkeit der Wahrheit entsprach. Trotz seiner Versuche, mit Erledigungen, Golfspielen, Besuchen und Treffen einen ausgefüllten Alltag beizubehalten, gab es manchmal Tage wie diesen, verregnet und bestimmt von dem nagenden Gefühl, etwas zu vermissen. Wenn der Matsch in den Blumenbeeten stand und die Wolken das Licht dämpften, fehlte ihm seine Frau. Dann vermisste er sogar Roger und das durchs Haus hallende Getrampel schmutziger, treppauf, treppab laufender Jungs. Jetzt tat es ihm leid, dass er seinen Sohn und dessen Freunde so oft geschimpft hatte – er hatte die Lebensfreude, die aus dem Lärmen sprach, unterschätzt.
Abdul Wahid nahm am Küchentisch Platz und ließ sich eine Tasse Tee geben. »Danke. Ist ziemlich nass heute da draußen.«

»Ja, nicht sehr angenehm«, bestätigte der Major und fragte sich, wie lange sie noch im unausweichlichen Gespräch über das Wetter festsitzen würden.

»Eigentlich witzig, dass Sie es satthaben, den Tag über allein zu sein«, sagte Abdul Wahid, »während ich es satthabe, den ganzen Tag in einem Laden voller schwatzender Leute zu verbringen. Ich würde liebend gern mit Ihnen tauschen und Zeit zum Lesen und Nachdenken haben.«

»Bloß nicht voreilig mit einem alten Mann tauschen wollen!«, mahnte der Major. »Die Jugend ist eine wunderbare Zeit, geprägt von Lebenskraft und Betriebsamkeit. Eine Zeit voller Möglichkeiten, in der man Freunde finden und Erfahrungen sammeln kann.«

»Ich würde so gern wieder studieren«, sagte Abdul Wahid. »Ich vermisse die leidenschaftlichen Auseinandersetzungen mit meinen Freunden und am allermeisten die vielen mit Büchern verbrachten Stunden.«

»Das Leben kommt dem Lesen oft in die Quere«, erwiderte der Major. Sie tranken schweigend ihren Tee, während die Scheite im Kamin knisterten und knackten.

»Es tut mir leid, Sie hier in Ihrer Einsamkeit zurückzulassen, Major, aber ich habe beschlossen, in den Laden zurückzuziehen«, sagte Abdul Wahid nach einer Weile. »Ich habe Sie schon viel zu lange mit meiner Anwesenheit belastet.«

»Sind Sie sicher?«, fragte der Major. »Sie sind herzlich eingeladen, noch länger zu bleiben. Roger und Sandy werden ganz bestimmt nur ein paar Nächte hier verbringen, und Sie dürfen sich gern an meinen Bücherregalen bedienen.«

»Danke, Major, aber ich habe beschlossen, in ein kleines Nebengebäude hinter dem Laden zu ziehen. Es hat ein kleines Fenster und eine Toilette. Ich muss nur einen kaputten Traktor und ein paar Hühnerverschläge herausholen, dann wird ein neuer Anstrich das Ganze in ein Zimmer verwandeln, wie ich es an der Universität hatte. Das wird dann meine Zufluchtsstätte, bis alles geklärt ist.«

»Sie haben demnach noch nichts von Ihrer Familie gehört?«
»Doch, ich habe einen Brief bekommen.«
»Ah«, sagte der Major. Abdul Wahid starrte schweigend ins Feuer. Nach einer schier endlosen Pause fügte der Major hinzu: »Gute Neuigkeiten, hoffe ich?«
»Es sieht so aus, als wären die moralischen Einwände überwunden«, antwortete Abdul Wahid und verzog das Gesicht, als hätte er etwas Saures gegessen.
»Aber das ist ja wundervoll«, sagte der Major. »Oder?« Es machte ihn stutzig, dass der junge Mann so unglücklich wirkte. »Dann können Sie bald mit Ihrem Sohn zusammenleben – vielleicht sogar im gleichen Haus anstatt im Hühnerstall.«
Abdul Wahid stand auf, ging vor dem Kamin in die Hocke und hielt die Handflächen dicht an die Flammen.
»Befände sich Ihr eigener Sohn in einer solchen Lage, wären Sie wahrscheinlich nicht so schnell einverstanden«, sagte er. Der Major runzelte die Stirn und versuchte, die sofort in ihm aufkommende Erkenntnis beiseitezuschieben, dass der junge Mann recht hatte. Er suchte nach einer Entgegnung, die sowohl wahr als auch hilfreich wäre. »Ich wollte Sie nicht beleidigen«, sagte Abdul Wahid.
»Aber ich bitte Sie! Sie haben recht – zumindest in der Theorie. Ich wäre nicht glücklich, wenn mein Sohn in so etwas verwickelt wäre, und wahrscheinlich sind viele Leute, mich selbst inbegriffen, vermessen und dünkelhaft genug zu glauben, in ihrer Familie würde so etwas bestimmt nie passieren.«
»Dachte ich mir.« Wieder verzog Abdul Wahid das Gesicht.
»Jetzt reagieren Sie aber bitte auch nicht beleidigt. Ich will damit nur sagen, dass meiner Meinung nach in der Theorie alle so denken. Aber dann reicht einem das Leben etwas Konkretes – etwas Konkretes wie den kleinen George –, und die Theorie hat sich zu verabschieden.«
»Ich habe nicht erwartet, dass meine Verwandten allen Vorschlägen meiner Tante zustimmen würden«, sagte Abdul Wa-

hid.«»Ich hätte gedacht, dass sie mir die Entscheidung leichtmachen würden.«
»Ich hatte keine Ahnung, dass Sie Amina nicht heiraten wollen.« Der Major stellte seine Teetasse ab, um hervorzuheben, wie aufmerksam er das Gespräch führte. »Ich habe offenbar voreilig einen Schluss gezogen, den es gar nicht gab.«
»Es stimmt ja nicht, dass ich sie nicht heiraten will«, widersprach Abdul Wahid und kehrte zu seinem Stuhl zurück. Er legte die Finger aneinander und hauchte sie an. »Wenn ich mit ihr zusammen bin, verliere ich mich an sie. Diese Augen! Und sie war immer so lustig und wild. Sie ist wie ein Lichtstrahl, aber auch wie ein Schlag auf den Kopf.« Er lächelte, als erinnerte er sich gerade an einen ganz bestimmten Schlag auf den Kopf.
»Klingt mir verdächtig nach Liebe«, sagte der Major.
»Wir sollen nicht aus Liebe heiraten, Major. Ich will nicht zu den Männern gehören, die die Regeln ihrer Religion verbiegen und verformen wie einen billigen Korb, nur um ihr bequemes Leben zu rechtfertigen und jedes körperliche Verlangen zu befriedigen.«
»Aber Ihre Familie hat eingewilligt. Sie haben eine Chance bekommen.«
Abdul Wahid starrte ihn an, und der Major erkannte zu seiner großen Besorgnis etwas Verhärmtes, Elendes in diesem Gesicht.
»Ich will nicht der Grund dafür sein, dass meine Familie sich dazu erniedrigt, heuchlerisch zu werden. Sie haben mich des Glaubens wegen von ihr getrennt. Ich fand das nicht schön, aber ich habe es verstanden und ihnen vergeben. Jetzt habe ich Angst, sie könnten ihren Widerstand nur deshalb aufgeben, um sich einen finanziellen Vorteil zu sichern.«
»Ihre Tante hat also angeboten, diese Verbindung zu unterstützen.«
»Wenn der Glaube nicht mehr wert ist als ein kleiner Laden in einem hässlichen Dorf, welchen Sinn hat dann mein Le-

ben – oder überhaupt jedes Leben?« Abdul Wahid sackte auf seinem Stuhl zusammen.
»Sie gibt den Laden auf«, sagte der Major. Er formulierte den Satz nicht als Frage, weil er die Antwort schon kannte. Dass Abdul Wahid in einem einzigen Satz nicht nur das Opfer seiner Tante, sondern auch die idyllische Schönheit von Edgecombe St. Mary herabgesetzt hatte, erboste ihn so sehr, dass ihm die Worte fehlten. Lange betrachtete er Abdul Wahid und sah in ihm einmal mehr den verdrießlichen, widerwärtigen jungen Mann.
»Sie gibt den Laden auf – das ist ein immens großzügiges Geschenk von ihr«, fügte Abdul Wahid hinzu und spreizte die Finger in einer versöhnlichen Geste. »Es muss nur noch entschieden werden, wo sie wohnen soll.« Er seufzte. »Aber was gebe ich auf, wenn ich das Angebot annehme?«
»Als Erstes vielleicht Ihre unglaubliche Arroganz«, schlug der Major vor. Den bissigen Ton hatte er sich nicht verkneifen können.
Abdul Wahid riss die Augen auf, und der Major empfand boshafte Freude darüber, ihn schockiert zu haben.
»Ich verstehe nicht.«
»Passen Sie auf – es ist immer so schön ordentlich und bequem, die Welt nur schwarz oder weiß zu sehen«, sagte der Major in leicht abgemildertem Tonfall. »Dieser Leidenschaft frönen vor allem junge Männer, die unbedingt ihre verstaubten älteren Verwandten hinwegfegen wollen.« Er stockte, um seine Gedanken der Aufmerksamkeitsspanne eines Jugendlichen entsprechend kurz genug zu formulieren. »Allerdings geht weltanschauliche Starrheit fast immer mit dem völligen Fehlen von Bildung oder von echten Erfahrungen einher und wird häufig durch sonderbare Frisuren und eine Aversion gegen das Baden verstärkt. Für Sie gilt das natürlich nicht – Sie sind sehr reinlich.« Abdul Wahid wirkte verwirrt, was schon einmal besser war als das böse Gesicht.
»Sie sind wirklich merkwürdig«, sagte er. »Wollen Sie damit

sagen, dass es falsch und dumm ist zu versuchen, ein strenggläubiges Leben zu führen?«
»Nein, ich halte es für bewundernswert«, erwiderte der Major. »Aber ich glaube, ein strenggläubiges Leben muss mit der Selbstermahnung beginnen, dass die erste Tugend vor Gott die Demut ist.«
»Ich lebe so einfach, wie es nur geht.«
»Das habe ich immer an Ihnen bewundert, und ich fand es geradezu herzerfrischend, einen jungen Mann zu erleben, der nicht von materiellen Bedürfnissen geprägt ist.« Noch während er das sagte, dachte er an Roger und seinen aus allen Poren dringenden Ehrgeiz und hatte plötzlich einen bitteren Geschmack im Mund. »Ich fordere Sie nur dazu auf, einmal darüber nachzudenken – einfach nur darüber nachzudenken –, ob Ihre Ansichten denselben demütigen Quellen entspringen wie Ihr Alltagsleben.«
Abdul Wahid sah den Major an. In seinen Augen flackerte etwas wie Belustigung, und er lachte wieder kurz und bellend auf.
»Wie viele Jahrhunderte lang sollen wir den Briten eigentlich noch zuhören, wenn sie Demut von uns fordern, Major?«
»Das wollte ich damit ganz und gar nicht sagen!«, entgegnete der Major erschrocken.
»Ich mache ja nur Spaß«, sagte Abdul Wahid. »Sie sind ein kluger Mann, Major, und ich werde gründlich – und demütig – über Ihren Ratschlag nachdenken.« Er trank seinen Tee aus, stand auf und wandte sich zum Gehen. »Aber eines muss ich Sie noch fragen: Können Sie überhaupt ermessen, was es bedeutet, in eine unpassende Frau verliebt zu sein?«
»Mein lieber Junge«, antwortete der Major, »andere gibt es doch gar nicht.«

Fünfzehntes Kapitel

Rot und dunstverhangen stand die Sonne kaum sichtbar über den Hecken, als der Major mit knirschenden Schritten über das steifgefrorene Gras lief. Er hatte beschlossen, den Weg durch die Weiden zum Herrenhaus zu Fuß zurückzulegen, um vor der übrigen Jagdgesellschaft da zu sein. Aus einem dunklen Stechpalmenstrauch heraus zwitscherte ein Rotkehlchen den vernebelten Hügeln ein Solo vor.
Auf diesen Tag hatte er zu lange gewartet, als dass er ihn abgehetzt oder mit knatterndem Motor, umhüllt von Auspuffgasen und spritzendem Kies, beginnen wollte. Er hatte keine Angst, sein Rover könnte zwischen den glänzenden Luxusgefährten und Geländewagen der Londoner dürftig wirken. Er empfand keinen billigen Neid. Er wollte ganz einfach die Feierlichkeit des Zufußgehens genießen. Wunderbar ausbalanciert lagen die beiden Gewehre gekippt in seiner Armbeuge. Berties Flinte war inzwischen so gut eingeölt, dass ihr Hochglanz fast an die Patina seiner eigenen Waffe heranreichte. Er genoss das Knarzen der Nähte seines alten Jagdmantels und das Gewicht der Taschen. Die mit Schrot gefüllten Patronenhülsen aus Messing wölbten den gewachsten Baumwollstoff. Eine alte Jagdtasche hing ihm an einem Gurt quer über die Brust und schlug bei jedem Schritt an die Hüfte. Heute würde sie wahrscheinlich leer bleiben – Dagenham würde die Enten bestimmt von den Treibern für die Jäger einsammeln lassen –, aber es war ein schönes Gefühl, sie umzuschnallen, und man konnte darin gut einen frischen, in Folie verpackten Kendal Mint Cake verstauen, den von ihm bevorzugten Imbiss bei jeder Jagd, an der er teilnahm. Der Riegel, bestehend aus gepresstem, mit Pfefferminzöl aroma-

tisiertem Zucker, den er per Post vom Originalhersteller in Cumbria bezog, war eine sauber in kleinen Stücken abgepackte Leckerei und ließ sich daher ideal reihum anbieten – ganz im Gegensatz zu den zerquetschten Schinkensandwiches, die manche Farmer aus den Taschen zogen und mit schießpulververschmierten Fingern teilten. Aber heute, dessen war er sich sicher, würde es weder zerquetschte Sandwiches noch lauwarmen Tee geben.
Während er seine Stiefel über einen Zauntritt schwang und mit einem Sprung eine schlammige Stelle überwand, bedauerte er, dass Mrs. Ali ihn jetzt nicht sehen konnte, so schmuck als Jäger und Sammler ausstaffiert, wie er war. Kipling, dachte er, hätte sich für die Großwildjagd mit Cecil Rhodes ganz ähnlich gekleidet. Er sah sie förmlich vor sich, wie sie weiter vorn auf ihn warteten, um seine Meinung über Cecils jüngste Probleme beim Aufbau einer neuen Nation einzuholen.
Fast augenblicklich tadelte er sich wegen dieser flüchtigen Phantasie. Die Ära der großen Männer, in der ein einzelner intelligenter und visionärer Mensch in den Lauf der Welt eingreifen konnte, war längst vorbei. Er war in eine viel kleinere Zeit hineingeboren worden, in der sich die Tatsachen nicht mit noch so viel Tagträumerei verändern ließen. Und ebenso wenig machten zwei schöne zusammengehörige Flinten irgendwen zu einem bedeutenderen Menschen, ermahnte er sich und beschloss, trotz der Komplimente, die er zwangsläufig erhalten würde, den ganzen Tag über bescheiden zu bleiben.
Am Rand dessen, was vom Park des Herrenhauses übrig geblieben war, begann eine kurze Ulmenallee mit wildem Astgewirr – gestutztes Überbleibsel eines Reitwegs, der sich einst über mehr als einen Kilometer erstreckt hatte. Deutlich war zu sehen, dass hier seit einem Jahrzehnt kein Baumpfleger mehr am Werk gewesen war. Das Gras zu seinen Füßen war von Schafshufen zertreten und roch nach Moos und Mist. Primitive Drahtkäfige und ein Plastikbehälter mit An-

schluss an einen kleinen Generator zeugten von der Entenzucht des Wildhüters. Jetzt waren die Käfige leer. Im Frühling würden darin wieder mit der Hand aufgezogene Küken untergebracht werden. Der Wildhüter, dem auch die laufenden Instandhaltungsarbeiten am Herrenhaus und am umliegenden Gelände oblagen, war nirgends zu sehen. Das enttäuschte den Major; er hatte sich auf ein Gespräch über den Zustand des diesjährigen Schwarms und die heutige Anordnung der Jagdstände gefreut. Er hatte sich nämlich in der Vorstellung gefallen, nach einem solchen Gespräch mit dem Wildhüter im Schlepptau auf den kiesbedeckten Innenhof zuzugehen und so den Burschen aus London von Anfang an klarzumachen, dass sie in ihm einen jagdkundigen Einheimischen vor sich hatten. Als es in einer verwilderten Rhododendronhecke raschelte, schöpfte er neue Hoffnung, doch noch während er zu einem Lächeln ansetzte und nach einer angemessen lockeren Begrüßung suchte, sprang ein kleiner, blasser Junge hervor und blieb, den Blick starr auf die Gewehre des Majors gerichtet, stehen.
»Hallo, wen haben wir denn da?«, fragte der Major. Er bemühte sich, die verlotterte Schuluniform des Jungen – den abgewetzten Hemdkragen, die zerschlissene Krawatte und das Sweatshirt, das er statt eines ordentlichen Pullis oder Blazers trug – mit nicht allzu gequälter Miene zu betrachten. Der Junge war vier, fünf Jahre alt, und der Major erinnerte sich daran, wie er mit Nancy darüber gestritten hatte, ob Roger mit elf ins Internat sollte. Über diese Schule und ihre winzigen Schüler hätte sie viel zu sagen gehabt, dachte er. »Keine gute Idee, kurz vor Beginn einer Jagd Verstecken zu spielen!«, erklärte er mit Nachdruck. »Hast du dich verirrt?«
Der Junge schrie. Der Schrei klang wie eine Motorsäge, die durch Wellblech schneidet. Der Major ließ vor Schreck fast seine Flinten fallen.
»Es gibt keinen Grund, so zu brüllen«, sagte er, aber der Junge übertönte ihn mit dem Schwall seines Geheuls. Der Major

trat einen Schritt zurück, brachte es jedoch nicht über sich, einfach weiterzugehen. Ihm war, als würde ihn der schreiende Junge auf Schallwellen aufspießen. Plötzlich strich ein Schwarm Enten wie ein gefiederter Aufzug steil in den Himmel auf. Der Teich war nah, und das Gebrüll des Jungen hatte die ganze Entenbrigade in Bewegung gesetzt.

»Ruhe jetzt!«, sagte der Major mit erhobener, ruhige Autorität ausstrahlender Stimme. »Du darfst die Enten nicht erschrecken.«

Das Gesicht des Jungen verfärbte sich violett. Der Major überlegte, ob er zum Haus laufen sollte, befürchtete aber, dass der Junge ihm folgen würde.

»Was ist denn los?« Die vertraute Frauenstimme kam von der anderen Seite der Hecke. Laut raschelnd bahnte sich Alice Pierce einen Weg hindurch, wobei sich mehrere Zweige in den bolligen orange- und dunkelroten Wollblumen verfingen, die alle miteinander einen gewaltigen Poncho bildeten. Alices Haar wurde von einem zusammengerollten, giftgrünen Tuch nur teilweise in Schach gehalten, und unter dem Poncho waren eine weitgeschnittene grüne Hose sowie ein Paar abgewetzte schwarze Schaffellstiefel zu sehen. »Was machst du denn hier, Thomas?«, fragte sie den Jungen und ergriff sanft seinen Arm. Der Junge schloss den Mund und deutete auf den Major. Alice runzelte die Stirn.

»Gut, dass Sie da sind, Alice«, sagte der Major. »Er hat ohne jeden Grund angefangen zu schreien.«

»Dann glauben Sie also nicht, dass ein fremder Mann mit zwei riesigen Gewehren ein Grund dafür wäre?« Alice zog in gespieltem Erstaunen eine Braue hoch und drückte den Jungen fest an ihren üppigen Poncho. Er begann, leise vor sich hin zu wimmern, und der Major konnte nur hoffen, dass er getröstet und nicht etwa erstickt wurde. Der Major hatte keine Lust, sich auf eine Diskussion mit Alice einzulassen. »Warum sitzt du nicht im Bus, Thomas?«, fragte sie und strich dem Kleinen übers Haar.

»Es tut mir sehr leid, kleiner Mann«, sagte der Major. »Ich wollte dich nicht erschrecken.«
»Ich wusste nicht, dass Sie hier sind, Major«, warf Alice ein. Sie wirkte besorgt.
»Zur Jagd, meinen Sie? Ich gehe davon aus, dass Sie das nicht gutheißen.«
Alice erwiderte nichts; sie runzelte nur die Stirn, als ließe sie sich etwas durch den Kopf gehen.
»Was machen Sie hier?«, fragte der Major. »Beaufsichtigen Sie die Kinder?«
»Nicht direkt«, antwortete Alice erkennbar ausweichend. »Das heißt – ich muss Thomas jetzt sofort zur Hausmutter zurückbringen.«
Wieder raschelte das Gestrüpp, und Lord Dagenham erschien mit dem Wildhüter.
»Was zum Teufel sollte dieser Lärm?«, fragte Dagenham.
»Der Major hat Thomas mit seinen Gewehren erschreckt«, erklärte Alice. »Aber jetzt ist alles wieder in Ordnung – ihr habt Freundschaft geschlossen, nicht wahr, Thomas?« Der Junge warf dem Major unter Alices Arm hervor einen bösen Blick zu und streckte ihm die Zunge heraus.
»Die Kinder sollten alle vor zehn Minuten im Bus sein«, sagte Dagenham. »Meine Gäste treffen gerade ein.«
»Ist ja nichts passiert«, beschwichtigte ihn der Major.
»Ganz so einfach ist die Sache nicht«, wandte Alice ein und richtete sich auf. »Die Kinder sind im Augenblick verständlicherweise sehr durcheinander.«
»Meine Güte, ich spendiere ihnen einen Ausflug zur Bowlingbahn und ein Eis auf dem Pier – warum zum Teufel sind sie dann durcheinander?« Alice kniff die Augen auf eine Art zusammen, die, das wusste der Major, bedenklich war.
»Sie wissen das mit den Enten«, flüsterte sie und führte den Jungen weg. Er ging mit, begann jedoch wieder zu winseln.
»Sie sind zwar klein, aber dumm sind sie nicht!«, fügte sie mit erhobener Stimme hinzu.

»Heute Abend gibt es Entensuppe«, sagte Dagenham leise. Alice warf ihm einen nahezu tödlichen Blick zu und verschwand mit dem Jungen hinter der Hecke. »Gut, dass das nur Sie waren, Major«, sagte Dagenham. »Hätte sonst ziemlich peinlich werden können.«

»Na, dann bin ich ja froh, dass ich sie abgefangen habe«, sagte der Major, nachdem er beschlossen hatte, Dagenhams Bemerkung als Kompliment aufzufassen.

»Ich dachte schon, es wären Protestler von dieser verdammten ›Rettet unser Dorf‹-Demonstration unten an der Straße. Das ist wirklich der Gipfel der Unverschämtheit – die werfen sich einfach vor die Autos meiner Gäste. Ich hatte schon Angst, sie würden hier eindringen.«

»Hoffentlich wurde niemand verletzt.«

»Nein, nein, diese Limousinen haben schließlich einen ziemlich robusten Kühlergrill. Kaum ein Kratzer zu sehen.«

»Schön zu hören«, sagte der Major gedankenverloren und fragte sich besorgt, ob Alice auch ›eingedrungen‹ sein könnte und was sie sonst wohl noch vorhatte.

»Kommen Sie, wir gehen zum Haus«, sagte Dagenham. »Hoffentlich hat Morris' Frau es inzwischen gut durchgelüftet.« Der Wildhüter, Morris, nickte.

»Gegen fünf Uhr früh haben wir die Fenster geöffnet«, sagte er. »Die Hausmutter war zwar nicht gerade begeistert, aber ich habe ihr gesagt, dass ein bisschen frische Luft noch keinen umgebracht hat.«

Auf dem Weg zum Herrenhaus meinte Dagenham: »Ich hatte ja keine Ahnung, dass Schüler einer Privatschule so stinken. Ich dachte damals, eine Schule wäre immer noch besser als ein Altersheim, aber das war ein Irrtum.« Er seufzte und schob die Hände in die Taschen. »Die alten Leutchen kann man wenigstens ruhigstellen, ohne dass sich irgendwer darüber aufregt, aber die Kinder sind immer so putzmunter. Und diese Kunstlehrerin eben ist die Allerschlimmste, die bestärkt sie auch noch. Ständig hängen sie ihre Bilder in den

Gängen auf. Der Putz ist schon übersät mit Klebestreifen und Reißnagellöchern. Ich habe der Hausmutter gesagt, die sollten besser was Nützliches lernen, Griechisch oder Latein. Ist mir egal, dass sie erst fünf oder sechs sind, man kann gar nicht früh genug damit anfangen.« Er schwieg eine Weile, straffte schließlich die Schultern und atmete tief die kühle Morgenluft ein. Den Major beschlich das ungute Gefühl, etwas zu Alices Verteidigung sagen zu sollen, zumindest aber anzudeuten, dass sie eine Bekannte und Nachbarin von ihm war. Aber er wusste nicht, wie, ohne Lord Dagenham zu verärgern, und so sagte er nichts.

Als die drei Männer in den Hof des georgianischen, aus Sandstein errichteten Herrenhauses traten, sah der Major, dass sich sein Wunsch erfüllt hatte. Dort stand eine kleine Gruppe von Männern, die Kaffee tranken und Snacks knabberten. Die letzten Luxuslimousinen bogen gerade rechtzeitig in die Einfahrt ein, um ihn sowohl in Begleitung des Wildhüters als auch des Hausherrn kommen zu sehen. Alles wäre perfekt gewesen, hätte es nicht zwei kleinere Schönheitsfehler gegeben. Der eine bestand in dem alten grünen Bus, der in diesem Augenblick durch dasselbe Tor davonfuhr und hinter dessen Fenstern die plattgedrückten Gesichter kleiner, wütender Kinder zu erkennen waren. Alice Pierce lief ihnen winkend nach. Der andere Makel war der Anblick von Roger, der soeben in einer steifen neuen Jagdjacke, an deren Saum noch ein Etikett baumelte, aus einem der Autos stieg. Ohne seinen Vater wahrzunehmen, begrüßte Roger geschäftig einen zweiten Wagen voller Gäste. Dankbar beschloss der Major, Roger ebenfalls nicht zu sehen, und hoffte, dass die Jacke und die Moleskin-Breeches seines Sohns innerhalb der nächsten dreißig Minuten wenigstens ein paar anständige Falten an den Ellbogen und Knien bekommen würden.
»Guten Morgen, Major. Sie kommen doch, bevor es losgeht, noch auf eine Tasse Tee und ein Schinkensandwich mit hin-

ein, oder?« Dagenhams Nichte hatte ihn am Ellbogen gefasst. Sie wirkte leicht angespannt. »Ich fürchte, ich habe es etwas übertrieben mit dem leichten Frühstück.« Sie bugsierte ihn in das hohe Vestibül, wo das Feuer im weißen Marmorkamin nicht mehr als eine Illusion von Wärme über die Kälte zu legen vermochte, die vom schwarz-weißen Steinboden aufstieg und ungehindert durch die alten, dünnen Scheiben der riesigen Fenster kroch. Der Raum war unmöbliert, wenn man von zwei imposanten geschnitzten Holzstühlen absah, die zu schwer, vielleicht aber auch zu geschmacklos überladen waren, als dass man sie entfernt hätte.

An einer Wand stand ein Büfetttisch mit einer Platte, die von aufgeschichteten Schinkensandwiches überquoll. Eine große ovale Schüssel voller Würstchen und ein Korb mit Muffins rundeten den »leichten Imbiss« ab. Ein riesiger Samowar und mehrere kaffeegefüllte Thermoskannen schienen auf Gäste zu warten, deren Anzahl die der tatsächlich Erschienenen – insgesamt etwa zwanzig – um ein Mehrfaches übertraf. Der Geruch von feuchtem Tweed vermischte sich mit den noch nicht völlig verschwundenen Anstaltsgerüchen nach Kohl und Wäschebleiche. »Mein Onkel findet es etwas üppig, weil es ja nach der Jagd noch ein warmes Frühstück gibt.«

»Die langen aber nicht schlecht zu«, sagte der Major, und tatsächlich luden sich einige Londoner Banker gerade die Teller voll, als hätten sie seit Tagen nichts gegessen. Der Major fragte sich, wie sie mit so vollem Magen einen schweren Gewehrlauf schwenken wollten. Er selbst nahm sich nur eine Tasse Tee und das kleinste Schinkensandwich, das er finden konnte. Während er es sich schmecken ließ, hielt ein cremefarbener Bentley vor der offen stehenden Tür, und Ferguson, der Amerikaner, stieg aus.

Der Major hörte zu kauen auf und beobachtete, wie Ferguson einigen Leuten auf der Treppe die Hand gab. Der Amerikaner trug eine Jagdjacke mit einem Schottenkaro, das dem Major unbekannt war: grelles Magenta, durchzogen von grünen und orangeroten Linien. Der Wollstoff selbst erinnerte in seiner Dicke eher an eine Armeedecke als an einfach gewebten Tweed. Darüber hinaus hatte er sich für rötlich braune Breeches und cremefarbene Strümpfe entschieden, die in glänzenden neuen Schuhen steckten. Seinen Kopf schmückte eine flache Jagdkappe in zu hellem Grün, und in den Kragen seines cremefarbenen Seidenhemdes hatte er ein gelbes Halstuch gestopft. Er erinnerte den Major an einen Zirkusschreier oder an einen heruntergekommenen Schauspieler, der in der Sommertheater-Inszenierung eines wiederaufgenommenen Stücks von Oscar Wilde den Gutsherrn spielt. Ihm folgte ein blasser junger Kerl in tadellos zerknitterter Kleidung, der aber Stiefel, die viel zu sehr glänzten, und auf dem Kopf statt einer Kappe einen weichen Filzhut trug. Als sie das Vestibül betraten, wurde es mehrere Sekunden lang vollkommen still; selbst die Banker unterbrachen ihre Völlerei und starrten die beiden Männer an. Ferguson nahm seine Kappe ab und winkte den Versammelten damit zu.

»Guten Morgen, alle miteinander«, rief er. Dann entdeckte er Dagenham und näherte sich ihm, wobei er seine Kappe schwenkte wie ein Hund, der stolz ein Kaninchen vorzeigt. »Na, Doppel-D, hoffentlich waren das nicht unsere Enten, die da vorhin über die Downs Richtung Frankreich geflogen sind!« Ringsum wurde leise gelacht; offenbar hatte man kollektiv beschlossen, Fergusons befremdliche Aufmachung zu ignorieren. Die Anspannung ließ spürbar nach, man wandte sich bewusst wieder ab, und bald hatten sich erneut kleine Gesprächsgruppen gebildet. Dagenham brauchte ein bisschen länger als die anderen, um sich das Staunen aus dem Gesicht zu wischen, während er Ferguson die Hand schüttelte und lautstark mit dessen jungem Assistenten, einem gewissen Mr. Sterling, bekannt gemacht wurde. Der Major betrachtete es als Zeichen dafür, dass durch Lord Dagenhams Adern immer noch so etwas wie gute Erziehung floss.

»Na, wie finden Sie die neuen Klamotten?« Ferguson vollführte eine halbe Drehung, damit man sein Outfit besser betrachten konnte. »Habe den alten Familien-Tartan zu neuem Leben erweckt.«
»Sehr flott«, sagte Dagenham, hatte aber immerhin den Anstand, angewidert das Gesicht zu verziehen.
»Ein bisschen viel für eine Entenballerei im Süden, schon klar, aber ich wollte mal wissen, wie es sich so anfühlt. Ich plane nämlich eine ganze Kollektion mit praktischer Jagdbekleidung.« Er hob die Arme und gab den Blick auf seitlich angebrachte grüne Stretcheinsätze frei, die an ein Stützkorsett erinnerten. Der Major verschluckte sich an seinem Tee und begann zu husten.
»Ah, da ist er ja!«, rief Ferguson und machte mit ausgestrecktem Arm zwei große Schritte auf den Major zu, der nun gezwungen war, gleichzeitig seinen Husten unter Kontrolle zu bringen, das Schinkensandwich auf die Untertasse zu legen und dem Amerikaner die Hand zu schütteln. »Sie sind doch einer vom alten Schlag, Major – sagen Sie, wie finden Sie meine Neopren-Schweiß-Einsätze?« Er versetzte dem Major mit der freien Hand einen Hieb auf den Rücken.
»Helfen die einem, hinter den Enten herzuschwimmen?«, fragte der Major.
»Genau das mag ich so an diesem Kerl, Sterling«, sagte Ferguson. »Diesen trockenen Humor. Major, Sie sind ein echtes Original!«
»Danke«, sagte der Major, dem nicht entging, dass viele ringsum die Ohren spitzten. Man schätzte ihn ab und gab ihm das Gefühl, Zustimmung zu erfahren. Er beobachtete, wie sich Roger stirnrunzelnd von einem älteren Mann etwas fragen ließ, und hoffte, dass dieser sich bei seinem Sohn nach dem distinguierten Herrn erkundigte, der da mit Dagenham und Ferguson lachte.
»Apropos Originale – zeigen Sie mir mal Ihre Churchills?«, fragte Ferguson.

»Genau, wir brennen alle darauf, die berühmten Pettigrew-Churchills zu sehen – das Geschenk des dankbaren Maharadschas«, warf Dagenham ein. »Kann es losgehen, Gentlemen?«
Von diesem Augenblick hatte der Major seit Jahren geträumt. Nun machte er sich, umringt von den anderen, auf den Weg zu dem provisorischen Waffenständer, an dem sie ihre Gewehre abgestellt hatten. Zahlreiche Hände streckten sich ihm entgegen – nicht dass er den einen wachstuchbemantelten Banker vom anderen hätte unterscheiden können –, und plötzlich sah er sich in der Situation, seinem eigenen Sohn die Hand zu schütteln.

»Vater, wenn du einen Augenblick Zeit hättest – ich würde dich gern mit Norman Swithers, meinem Chef, bekannt machen«, sagte Roger und deutete auf einen wohlgenährten Mann mit fassähnlichem Körper in zerknitterter Jagdmontur und Socken, die das Logo einer Bank trugen. Er winkte den beiden zu und schaffte es tatsächlich, seine Hängebacken dabei zu einem kurzen Lächeln hochzuziehen. Rogers übliche herablassende Haltung war echtem Respekt gewichen, und während der Major sich zu dem Mann führen ließ, empfand er ein gewisses Triumphgefühl, das jedoch rasch ein Ende fand, als Roger hinzufügte: »Warum hast du mir eigentlich nicht gesagt, dass du so gut mit Frank Ferguson befreundet bist?«

Die Jagdstände waren hinter einer hüfthohen Hecke angeordnet, die entlang eines schmalen Weidestücks östlich des Teiches verlief. Das andere Ende der Weide lag im Schatten eines dichten Waldes. Die Weide selbst bot den Enten eine freie Flugbahn zu dem kleinen, flachen Regenwasserteich, der annähernd kreisrund und am westlichen Ufer von einem wild wuchernden Wäldchen mit dichtem Unterholz gesäumt war. Dahinter waren die Wipfel der Ulmenallee zu sehen, in der die Küken aufgezogen wurden. Während die Jagdgesellschaft die Hecke entlangschritt, sah der Major, dass sowohl

der Teich als auch das Wäldchen voller Enten war. Die Stände waren mit grünen Seilen voneinander abgetrennt, und anstatt die Teilnehmer losen zu lassen, hatte man die Namen bereits mit Filzstift auf hölzerne Pfosten geschrieben, um jedem seine Position anzuzeigen. Der Major empfand das als eine ziemlich grobe Abweichung von der Regel. Jeder erhielt einen Klapphocker und eine Lattenkiste für das tote Federwild. Junge Männer, die man aus den umliegenden Farmen rekrutiert hatte, standen bereit, um ihren Dienst als Jagdhelfer zu versehen. Während jeder auf seinen Stand zuging, erstarben, den Gepflogenheiten entsprechend, alle Gespräche. »Viel Glück«, flüsterte Roger nervös von seinem Platz in der Nähe des Teichs aus. Der Major ging ein Stück weiter an den Jagdständen entlang zum anderen, beliebteren Ende. Zufrieden und verärgert zugleich entdeckte er seinen Namen an einem erstklassigen Platz direkt neben Ferguson. Die Aussicht, dass Fergusons Knopfäuglein den ganzen Vormittag hindurch auf seine beiden Churchills gerichtet sein würden, fand er alles andere als angenehm. Er fürchtete, der Amerikaner könnte die haarsträubende Bitte äußern, sie sich ausleihen zu dürfen. Der Major nickte seinem jungen rothaarigen Jagdhelfer zu und reichte ihm schweigend eine der Flinten und eine Schachtel Patronen.
»Haben Sie's bequem, Pettigrew?«, fragte Lord Dagenham leise und klopfte ihm im Vorbeigehen auf die Schulter. »Zeigen Sie unserem amerikanischen Freund mal, wie es geht, ja?«
Schweigend wartete die Jagdgesellschaft. Der Major atmete die kalte Luft ein, und seine Stimmung hellte sich auf. Das Gras auf der Weide hatte im kräftiger werdenden Sonnenlicht zu dampfen begonnen, und das bevorstehende Vergnügen jagte ihm das Adrenalin durch die Glieder. Er dachte an Mrs. Ali, die jetzt noch friedlich im Bett lag und hinter ihren geblümten Vorhängen träumte. Bald würden die Flinten über dem Tal sie mit ihrem Knallen wecken. Er gestattete sich die

Vorstellung, wie er am Abend, nach Schießpulver und regennassem Leder riechend, ihren Laden betrat und aus seiner Jagdtasche ein prachtvoller, in den Farben des Regenbogens schillernder Erpel heraushing. Ein urtümliches Speiseopfer, der Frau dargeboten vom Mann, und eine wunderbar altmodische Absichtserklärung. Andererseits, sinnierte er weiter, wusste man heutzutage nie, ob ein Geschenk in Form einer toten Stockente mit blutiger Brust voller stahlharter Schrotkugeln und von Hundespeichel verklebtem Hals nicht eher als Ärgernis betrachtet wurde.

Am anderen Teichufer ertönte lautes Geklapper und scheuchte die Enten fast senkrecht in die Höhe. Das war Morris, der Wildhüter, der die Innenseite eines alten Ölfasses mit einem Cricketschläger bearbeitete. Die Enten waren dazu abgerichtet, auf dieses Signal hin wegzufliegen. Sie verschwanden im Süden, hinter dem Wald, und ihre Schreie, quietschend wie alte Türangeln, wurden leiser. Der Major lud sein Gewehr. Als er es an die Schulter hob, war ihm, als hielte die ganze Welt den Atem an. Er atmete langsam ein und aus und entspannte Schultern und Finger.

Von fern ertönten wieder die Entenrufe und wurden lauter und lauter, bis sich über die Weide hinweg eine Welle aus vielstimmigem Gekreisch näherte, gefolgt von hektischem Flügelgeflatter. Das ganze Geschwader überflog in einer Kurve den Wald und ging auf Höhe der Weide in den Sinkflug, um den heimatlichen Teich zu erreichen. Der erste Schuss fiel, gleich darauf wurde aus jedem Stand auf das Flügelgewirr gefeuert. Schießpulvergeruch hing in der Luft, und nach und nach schlugen kleine Päckchen auf dem harten Gras auf. Der Major hatte Pech mit einem Schuss auf einen fetten Erpel, als Ferguson, nachdem er sein Ziel verfehlt hatte, noch einmal, weitab von seinem eigenen Schussfeld, auf das Tier feuerte. Nur den Bruchteil einer Sekunde lang musste der Major auf die nächste vorbeifliegende Ente warten. Er visierte sein Ziel an, schwenkte das Gewehr ganz ruhig entsprechend dem richtigen Vorhaltemaß, betätigte den Abzug, fing den starken Rückstoß gegen die Schulter auf, während er voll durchzog, und sah tief befriedigt zu, wie der tote Vogel hinabfiel. Ferguson knallte eine zweite Ente ab, die an der untersten Grenze dessen strich, was man noch als sportliche Höhe bezeichnen konnte. Der Major richtete seine Flinte nach oben und gab einen schwierigen Schuss auf einen hoch aufsteigenden und sich dabei ein Stück entfernenden Vogel ab. Die Ente fiel am anderen Ende der Weide zu Boden. Der Major notierte sich den Treffer, bevor er dem Jagdhelfer seine leere Waffe nach hinten reichte und die zweite, Berties Flinte, entgegennahm. Beim dritten Mal verfehlte er, aber die Flinte funktionierte reibungslos und lag perfekt ausbalanciert und stabil in den Händen. Er dachte daran, wie viel diese Waffen seinem Vater bedeutet hatten. Er dachte an Bertie, und ihm kam in den Sinn, dass er und sein Bruder in den letzten, vergeudeten Jahren vielleicht genauso voneinander getrennt gewesen waren wie die beiden Gewehre. Er folgte einer weiteren Ente, schoss aber nicht – vielleicht weil der Schwarm lichter wurde, vielleicht aber auch, weil ihn so starke Gefühle überkamen. Ferguson erlegte einen Nachzügler, der gemächlich herangeflattert kam, als hätte er sich bereits dem unausweichlichen Tod gefügt.

Lautes Geplansche auf dem Teich verriet, dass viele Enten das Trommelfeuer überlebt hatten und nun wie Politiker über ihre Optionen stritten. Schon nach wenigen Minuten schlug Morris erneut auf das Ölfass, und alle strichen auf, um ihre selbstmörderische Mission zu wiederholen. Die angeheuerten jungen Burschen begannen, die Weide zu durchkämmen, und wetteiferten begeistert darin, die kleinen grün-blauen Körper einzusammeln und dem jeweiligen Schützen über die Hecke hinweg hinzuwerfen. Augenzwinkernd schleuderte der rothaarige Junge dem Major Fergusons Erpel vor die Füße.

»Ich glaube, das war Ihr Abschuss«, sagte der Major, packte den Vogel am Hals und gab ihn dem Amerikaner.

»Bei dem da habe ich wohl in Ihrem Schussfeld gewildert«, erwiderte Ferguson freudestrahlend, nahm das tote Bündel und schmiss es in eine Kiste. »Durfte mir einfach nicht entwischen.«

»Kein Problem, so ernst nehmen wir es hier auch wieder nicht«, sagte der Major, der zwar höflich sein, aber auch einen deutlichen Tadel aussprechen wollte.

»Sie müssen mal mit mir in Schottland auf die Jagd gehen und denen zeigen, wie man locker bleibt«, sagte Ferguson. »Mein eigener Jagdleiter hat mich da mal vor meinen Gästen angebrüllt, weil ich über die Grenze zum Nachbarrevier geschossen habe.«

»Mein Vater ist ein sehr versierter Jäger.« Wie aus dem Nichts war Roger aufgetaucht und streckte Ferguson die Hand entgegen. »Roger Pettigrew – schön, Sie kennenzulernen.«

»Ach du lieber Himmel, es gibt Sie also gleich in mehreren Generationen!«, rief der Amerikaner und schüttelte Rogers Hand. »Wie soll man so viel geballten Humor nur aushalten?«

»Roger behauptet von sich, keinen zu haben«, entgegnete der Major, während er seine Flinte überprüfte und nachlud. Dann wischte er sich die Hände an dem Lappen ab, der immer in der Tasche seiner Jagdjacke steckte. »Er glaubt, dass Humor von der eigenen Wichtigkeit ablenkt.«

»Ich bin für Chelsea Equity Partners tätig«, erklärte Roger. »Wir haben für Sie mal eine Aktienemission im Zusammenhang mit der Wasseraufbereitungsanlage an der Themse gemacht.«

»Ach, dann sind Sie also einer aus der Truppe des verrückten alten Norman«, sagte Ferguson. Der Major vermochte sich nicht vorzustellen, was Rogers imposanter, wortkarger Chef getan haben konnte, um mit einem so beleidigenden Spitznamen bedacht zu werden – es sei denn, Swithers trug jeden Tag derart lächerliche Socken. »Haben wir uns nicht beim Abschlussdinner kennengelernt?«, fuhr Ferguson fort. »Sie

hatten sich kurz zuvor bei einem Tauchunfall am Great Barrier Reef den Arm gebrochen.« Mit trübseliger Faszination beobachtete der Major, wie Rogers Gesicht diverse Verrenkungen vollzog, die darauf schließen ließen, dass er geneigt war, Fergusons Vermutung zuzustimmen.
»Nein, bei diesem Dinner war ich nicht anwesend«, sagte Roger schließlich. Offenbar hatte die Ehrlichkeit – oder die Angst vor Entdeckung – die Oberhand gewonnen. »Aber ich hoffe, dass es bald wieder Anlass zu einem solchen Geschäftsessen geben wird.« Der Major seufzte erleichtert auf.
»Tja, könnte sein, dass ich schneller als erwartet einen Deal für Sie habe.« Ferguson legte Roger den Arm um die Schulter. »Sie sind genau der Richtige, um meinen nächsten Kauf für mich auszuhandeln.«
»Wirklich? Also, ich stehe jederzeit zur Verfügung!«, sagte Roger strahlend.
»Der Verkäufer ist ziemlich stur.« Ferguson grinste den Major an. »Dem geht es, glaube ich, um mehr als nur um den Preis.« Roger freute sich, als würde man ihn mit dem Kauf eines kleinen Landes beauftragen, und der Major ärgerte sich über beide.
»Ich glaube, Mr. Ferguson hofft, dass du mich zum Verkauf meiner Gewehre überreden kannst«, sagte der Major. »Mr. Ferguson, ich kann Ihnen versichern, dass Sie diesbezüglich auf Rogers volle Kooperation zählen dürfen.«
»Was? Ach so, ja, natürlich.« Roger errötete. »Sie sind der amerikanische Interessent.«
»Das will ich doch hoffen«, rief Ferguson. »Machen Sie mir den Deal klar, junger Mann, und ich sorge dafür, dass der verrückte Norman Ihnen die Leitung seines gesamten Deal Teams überträgt.«
Wieder kam der Cricketschläger im Ölfass zum Einsatz, und mit der beginnenden Kakophonie der fliehenden Enten brachen alle Männer entlang der Jagdstände abrupt ihre Gespräche ab.

»Ich bin Ihnen selbstverständlich in jeder Hinsicht gern behilflich«, sagte Roger unschlüssig abwartend, während Ferguson mit einiger Mühe sein Gewehr lud.
»Geh an deinen Platz, Roger!«, zischte der Major mit zusammengebissenen Zähnen. »Geredet wird später.«
»Ach ja, stimmt, ich muss noch ein paar Enten mehr erlegen.« Der Tonfall seines Sohns machte dem Major klar, dass Roger bisher keinen einzigen Treffer gelandet hatte.
»Denk an das Vorhaltemaß!«, sagte er. Roger nickte und wirkte, während er davoneilte, einen Augenblick lang sogar dankbar für den Rat.
»Eifriges Bürschchen«, sagte Ferguson. »Guter Schütze?«
»Auf seinem allerersten Jagdausflug hat er einen erstklassigen Vogel erlegt«, antwortete der Major und entschuldigte sich im Stillen bei dem längst verendeten Specht.
»Ich habe bei meiner ersten Jagd dem Jagdleiter in den Hintern geschossen«, erzählte Ferguson. »Hat meinen Vater ein Vermögen gekostet, den Kerl zum Schweigen zu bringen, und Dad hat mich jeden einzelnen Cent schmerzhaft spüren lassen. Danach bin ich im Zielen ziemlich schnell ein gutes Stück besser geworden.«
»Da kommen sie«, sagte der Major, der sich insgeheim fragte, ob noch ein bisschen mehr Prügel den Amerikaner vielleicht davon abgehalten hätten, anderer Leute Vögel abzuknallen. Als die Gewehre in die Höhe gingen und die kreischende Entenwolke über den fernen Bäumen heranrollte, registrierte der Major am unteren Rand seines Gesichtsfelds eine Bewegung. Er richtete den Blick dorthin und sah zu seinem Entsetzen, dass auf der ganzen Breite des Waldrands kleine Gestalten hervorstürmten und stolpernd auf die Weide liefen.
»Nicht schießen!«, brüllte er. »Da sind Kinder auf der Weide!« Ferguson drückte ab und holte eine Ente vom Himmel. Ein, zwei weitere Schüsse ertönten, und von der Weide her, auf der uniformierte Kinder sich duckten und im Zickzack herumliefen, waren Schreie zu hören. Eine weitere Gruppe

Menschen, einige mit Schildern, die wegen der Distanz unleserlich waren, kam seitlich, vom Wäldchen her, anmarschiert. Alice Pierce warf in ihrer ganzen grün-orangenen Herrlichkeit ihr Schild zu Boden, entfernte sich von den anderen und lief schreiend und händefuchtelnd auf die Kinder zu.
»Nicht schießen«, bellte der Major, ließ seine Waffe fallen und stürzte sich auf Ferguson, um dessen Flintenlauf nach oben zu reißen.
»Verdammt noch mal, was …« Ferguson zog sich einen großen orangeroten Stöpsel aus dem Ohr.
»Da sind Kinder auf der Weide!«, schrie der Major.
»Nicht schießen!«, brüllte Morris, der Wildhüter, und ließ seine Hunde an der Hecke entlanglaufen, was die Aufmerksamkeit der Jagdgesellschaft offenbar stärker erregte als die schreienden, umherlaufenden Kinder.
»Was zum Teufel ist eigentlich los?«, fragte Lord Dagenham von seinem Jagdstand aus. »Was machen die denn da, Morris?« Auf ein Zeichen des Wildhüters hin liefen die Jagdhelfer hinaus und versuchten, die Kinder zusammenzutreiben wie ungebärdige Schafe. Der Major sah, wie ein bulliger junger Mann einen dünnen Jungen ziemlich unsanft zu Fall brachte. Brüllend vor Wut stürzte sich Alice Pierce wie ein wollener Felsblock auf den jungen Mann. Die Erwachsenen auf der Weide schrien empört auf und begannen, die Farmerjungen zu jagen und mit ihren Schildern nach ihnen zu stechen wie mit Mistgabeln. Die Hunde sprangen bellend umher und schnappten nach jedem Fußknöchel, bis der durchdringende Ton von Morris' Pfeife sie zurückrief. Der Major erkannte den Wirt des Pubs, der auf die Hecke zulief. Er trug ein Schild mit der Aufschrift »Ihr dürft uns nicht zerstören«. Eine Frau in einem sportlichen Mantel und mit schönen braunen Lederhandschuhen identifizierte der Major zu seinem Entsetzen als Grace. Sie schlug mit einem Schild, auf dem »Frieden statt Fortschritt« stand, nach einem jungen Mann. Am Teich, abseits des Handgemenges, waren zwei Gestalten stehen geblie-

ben, bei denen es sich nach Ansicht des Majors so gut wie sicher um den Pfarrer und seine Frau Daisy handelte. Sie trugen keine Schilder, und es sah ganz danach aus, als stritten sie miteinander.

»Verdammte Scheiße, die Protestler machen Randale!«, sagte Ferguson. »Ich rufe die Sicherheitsleute.« Er kramte in seiner Tasche und steckte sich eine kleine Kopfhörerkapsel ins Ohr.

»Morris, sagen Sie diesen Leuten, dass das unbefugtes Betreten eines Grundstücks ist!«, rief Dagenham. »Die gehören alle verhaftet!«

»Vielleicht sollten wir sie einfach erschießen«, riet irgendein Banker weiter unten an der Jagdstandreihe. Der Vorschlag wurde mit allgemeiner Zustimmung quittiert, und ein oder zwei Männer richteten bereits ihre Gewehre auf die Weide.

»Immer mit der Ruhe«, sagte Morris, während er die Hecke abschritt.

»Es gibt heutzutage einfach viel zu viele Idioten, die etwas gegen unseren Lebensstil haben«, rief einer, und ein anderer feuerte aus beiden Läufen seiner Doppelflinte in die Luft. Von der Weide her kamen Schreie. Schlagartig beendeten Jagdhelfer und Demonstranten ihren Kampf und ließen sich zu Boden fallen. In der Schützenreihe ertönten Jubelrufe und Hohngelächter. Die Kinder streiften weiter umher, fast alle weinten. Thomas stand in der Mitte der Weide. Sein anhaltendes, sirenenartiges Geheul brachte das Nervenzentrum der Enten so durcheinander, dass sie in unkoordinierten, zackigen Schleifen über der Weide hin und her flatterten.

»Seid ihr verrückt?«, schrie der Major. Er stellte seine Flinte ab, stieg über die grünen Seile, fuchtelte mit den Händen durch die Luft und packte die Männer, die ihr Gewehr nicht gesichert hatten, am Arm. »Weg mit den Flinten! Weg mit den Flinten!« Aus den Augenwinkeln sah er, dass Morris am anderen Ende der Hecke dasselbe tat.

»Passen Sie bloß auf, wen Sie hier anrempeln!«, sagte Swithers. Dem Major wurde klar, dass er derjenige war, der in die Luft

geschossen hatte. Er warf ihm einen vernichtenden Blick zu, und Swithers besaß immerhin den Anstand, ein wenig beschämt dreinzuschauen und sein Gewehr zu senken.
»Herrgott noch mal, da draußen laufen Frauen und Kinder herum«, schrie der Major. »Wegtreten, alle miteinander!«
»Es schießt doch gar niemand auf irgendwen«, sagte Roger in einem leicht spöttischen Tonfall, der allen anderen zeigen sollte, dass er für das Handeln seines Vaters nicht verantwortlich war. »Wir wollen ihnen doch nur ein bisschen Angst einjagen – kein Grund zur Aufregung.«
»Ich kann wohl kaum die Polizei rufen, solange diese Gentlemen nicht ihre Waffen weglegen«, sagte Morris. Er drehte sich zur Weide und ließ seine Pfeife so durchdringend ertönen, dass die Jagdhelfer die Köpfe vom Boden hoben. »Weg da, Jungs, lasst die Kinder jetzt in Ruhe!«
»Ich schlage vor, wir gehen sofort ins Haus zurück«, sagte Ferguson, auf Lord Dagenham zugehend. »Die Gemüter abkühlen und so.«
»Nie und nimmer lasse ich mich von meinem eigenen Grund und Boden verjagen!«, entgegnete Dagenham. »Was hat Morris da eigentlich vor, verdammt noch mal?«, setzte er hinzu, als der Wildhüter zu seinen Leuten lief. Die Demonstranten jubelten verhalten auf und erhoben sich nach und nach vom Boden. Die Banker drängten sich zusammen und diskutierten, die gekippten Flinten über dem Arm, mit gedämpfter Stimme.
»Ich sehe es wie Mr. Ferguson – die Rückkehr ins Haus ist nicht gleichbedeutend mit einem Rückzug«, warf der Major ein, »sondern vielmehr ein Zeichen moralischer Überlegenheit – wir bewahren die Ruhe, sorgen für die Sicherheit von Frauen und Kindern und so weiter.«
»Die haben unsere Entchen totgemacht«, winselte ein Kind und hielt einen blutigen Kadaver in die Höhe. Die Demonstranten ließen ihre Schilder liegen und fingen an, die Kinder zu einer lockeren Gruppe einzusammeln. Aus dem Wald

stürzte die Hausmutter herbei. Hinter ihr lief ein Mann, wahrscheinlich der Busfahrer.

»Ihre Gäste würden sich im Haus bestimmt wohler fühlen«, sagte der Major.

»Da hat er recht«, sagte Ferguson.

Lord Dagenham gab nach. »Also gut – alle zurück ins Haus, bitte. Das Frühstück ist angerichtet.« Sichtlich dankbar für den Vorwand, trotteten die Banker davon. Der Major sah, dass Roger zu den Ersten gehörte, die gingen.

»Major Pettigrew?« Es war das unverwechselbare Organ von Alice Pierce, die, mit einem großen, ziemlich schmutzigen Taschentuch winkend, energisch auf die Hecke zuschritt. Als sie näher kam, sah der Major, dass sie zitterte.

»Ja, ich bin hier, Alice, und Lord Dagenham auch«, sagte der Major. »Es kann Ihnen nichts passieren.« Dagenham schnaubte verächtlich auf, widersprach jedoch nicht.

»O Major, die armen Kinder!«, rief Alice. »Die Hausmutter hat erzählt, dass sie einfach aus dem Bus gelaufen sind, und sie hatte keine Ahnung, dass sie hierherkommen würden.«

»Also bitte!«, sagte Lord Dagenham. »Ich bringe Sie alle wegen Vernachlässigung Ihrer Aufsichtspflicht vor Gericht – Sie haben zugelassen, dass sich unschuldige Kinder an diesen Ausschreitungen beteiligten!«

»Vernachlässigung der Aufsichtspflicht?«, sagte Alice. »Sie haben auf sie geschossen!«

»Wir haben nicht auf sie geschossen«, widersprach Dagenham. »Gute Frau, ich bitte Sie – die sind uns förmlich vor den Lauf gesprungen. Außerdem haben Sie alle miteinander dieses Grundstück unbefugt betreten.«

»Die Kinder haben gar nichts unbefugt betreten, schließlich leben sie hier«, entgegnete Alice. Die Hausmutter beeilte sich hinzuzufügen, dass die Kinder sofort nach Hause müssten und man möglicherweise den Arzt holen solle.

»Wir haben nur kurz angehalten, wegen der Demonstranten«, sagte sie. »Dann wurde es Thomas schlecht, und er er-

brach sich auf den Busfahrer. Also sind wir alle ausgestiegen, und bevor wir es verhindern konnten, sind sie vom Bus weggelaufen und haben sich verteilt, und wir konnten sie nicht mehr finden.« Sie holte tief Luft und legte die knochige Hand an die schmale Brust. »Sie gewinnen die Enten nun mal lieb, weil sie sie jeden Tag füttern und die Küken in den Klassenzimmern unter Wärmelampen aufziehen, aber so ein Problem hatten wir bisher nie.« Alice war sorgsam darauf bedacht, einen neutralen Gesichtsausdruck beizubehalten. Der Major zweifelte keine Sekunde daran, wer den Kindern im Rahmen ihres Kunstunterrichts eine Lektion in Sachen Wahrheit erteilt hatte.
»Irgendjemand hat die kleinen Rabauken angestiftet«, sagte der Busfahrer. »Und wer bezahlt mir jetzt die Reinigung?«
»Ich helfe Ihnen, die Kinder in die Schule zurückzubringen«, sagte Alice zur Hausmutter.
»Die kann ich dort jetzt überhaupt nicht gebrauchen, es findet gerade ein Frühstück für meine Gäste statt«, wandte Dagenham ein und trat zwischen die Hausmutter und den Weg, der zum Haus führte. »Verfrachten Sie sie wieder in den Bus!«
Der Major räusperte sich und sah Lord Dagenham an. »Dürfte ich vorschlagen, dass Sie den Kindern gestatten, in Obhut der Hausmutter auf ihren Zimmern etwas zu essen und ein wenig zur Ruhe zu kommen?«
»Also gut. Aber bringen Sie sie um Himmels willen durch die Hintertür herein, und sorgen Sie für Ruhe!«
»Gehen wir!«, sagte Alice und machte sich mit der Hausmutter auf den Weg, um die Kinder die Straße hinunter zum Herrenhaus zu führen.
Dagenham ließ den Blick über die Weide wandern, auf der die Demonstranten sich wieder in Reihen geordnet hatten und langsam auf die Hecke zugingen. Sprechchöre ertönten – »Nieder mit Dagenham« und »Wir kämpfen beinhart für unsre Heimat«. Den zweiten Slogan fand der Major ziemlich

interessant; er hätte gern gewusst, auf wessen Mist er gewachsen war.

»Wo bleibt nur die verdammte Polizei?«, fragte Dagenham. »Ich will, dass diese Leute verhaftet werden.«

»Also, Doppel-D, ich halte es für besser, die Polizei nicht einzuschalten, wenn's recht ist«, sagte Ferguson. »Diese Art Aufmerksamkeit brauchen wir nun wirklich nicht. Soll um Gottes willen nicht heißen, dass wir im Unrecht sind, aber solche Publicity ist im Moment einfach nicht gut für das Projekt.« Er klopfte dem Lord auf den Rücken. »Sie haben uns gerade ganz schön in Aufregung versetzt. Jetzt tischen Sie uns ein anständiges Frühstück auf!«

»Und was soll ich mit denen da machen?«, fragte Dagenham und richtete den Blick auf die Demonstranten, die sich langsam der Hecke näherten.

»Ach, lassen Sie die ruhig protestieren, die brauchen das, um sich gut zu fühlen«, sagte Ferguson. »Meine Leute sorgen schon dafür, dass sie nicht in die Nähe des Hauses kommen, und machen außerdem jede Menge Fotos von ihnen. Ich finde es grundsätzlich besser, die Leute in dem Glauben zu lassen, sie würden irgendwas bewirken.«

»Klingt, als könnten Sie in diesen Dingen auf einen reichen Erfahrungsschatz zurückgreifen«, bemerkte der Major.

»Sie können heutzutage nirgendwo neunzigtausend Quadratmeter bebauen, ohne in das örtliche Hornissennest zu stechen«, erklärte Ferguson, dem der leicht angewiderte Unterton des Majors gänzlich entgangen war. »Ich verfüge über ein ausgeklügeltes System, das von reiner Kontrolle über In-Schach-Halten bis hin zu radikaler Beseitigung reicht.«

»Ich schätze Ihre Gesellschaft, Major«, sagte Dagenham. »Ferguson, ich denke, wir sollten den Major zu unserer privaten Besprechung nach dem Frühstück hinzubitten. Sie bleiben dann einfach noch, ja, Major?«

»Sehr gern.« Es war dem Major zwar ein Rätsel, was so wichtig sein sollte, dass es einer Besprechung bedurfte, aber der

Stolz auf die Einladung ließ seine Brust doch ein wenig schwellen.

»Da bin ich ganz Ihrer Meinung«, gab Ferguson zurück. »Und vielleicht will der Major ja auch seinen aufgeweckten Sohn dabeihaben.«

Als sie zum Haus zurückgingen, um das Frühstück einzunehmen, und die Rufe der Demonstranten hinter ihnen verklangen, wurde das Behagen des Majors nur von der einen kleinen, quälenden Sorge getrübt, dass Alice Pierce sein Verhalten nicht gutheißen würde. Da er Alice normalerweise in keinerlei Belang um Zustimmung ersuchte, war das Gefühl für ihn völlig neu und kam gänzlich unerwartet. Sie passierten zwei schwarz gekleidete Sicherheitsleute, die in einem großen schwarzen Geländewagen saßen, dessen Motor lief. Auf eine Kopfbewegung von Ferguson hin fuhr das Auto schräg hinüber, um den Weg hinter ihnen zu blockieren. Offensichtlich hatte die Phase des In-Schach-Haltens der Einheimischen begonnen.

Das Frühstück, das in einem eleganten Zimmer mit Blick auf die Terrasse stattfand, war herzhaft und wurde von großen Mengen Bloody Mary und heißem Punsch befeuert. Auf dem langen Büfetttisch im Vestibül hatten die Schinkensandwiches bauchigen Schüsseln mit Speck, Würstchen und Rührei Platz gemacht. Daneben lagen eine geräucherte Lachsseite sowie eine Marmorplatte mit Wurstaufschnitt und streng riechenden Käsesorten. Unter einer Wärmelampe prunkte, umgeben von Röstkartoffeln und einzelnen kleinen Yorkshire-Puddings, in großspuriger Abendmenü-Herrlichkeit ein riesiges Stück Rinderbraten, das von einem Servierer mit weißen Handschuhen in dicke, blutige Scheiben geschnitten wurde. Der Berg gewürfeltes Obst und die eisgekühlte Schüssel Joghurt blieben so gut wie unberührt.

Gertrude setzte sich nicht an den Tisch, sondern stapfte herein und wieder hinaus, kontrollierte den Service der Aushilfskellner und schüttelte ringsum Hände; dem Major flüsterte sie entschuldigend zu, das Rindfleisch sei ein bisschen zu blutig geraten. Allerdings äußerte einzig Lord Dagenham eine entsprechende Beschwerde und ließ seine halbgare Scheibe in die Küche zurückgehen, wo sie im Mikrowellenherd dunkelbraun gegart wurde. Die Banker versuchten, sich in Länge und Anzüglichkeit ihrer Anekdoten so lautstark zu übertreffen, dass die Anwesenheit der Kinder im Obergeschoss überhaupt nicht auffiel.

»Ich weiß wirklich nicht, warum ich sie jahrelang auf eigene Kosten ans Meer geschickt habe«, sagte Dagenham, während er sich zum Dessert Trifle und Schoko-Éclairs auf den Teller lud. »Hatte ja keine Ahnung, dass man sie genauso gut mit einem Schinkensandwich und ein paar Buntstiften einsperren kann.« Er lachte. »Nicht dass es mir etwas ausmacht, großzügig zu sein. Aber das Geld rinnt einem ja heutzutage wegen der ständigen staatlichen Forderungen förmlich durch die Finger.« In diesem Augenblick kam Gertrude wieder herein und sagte: »Die Leute auf der Straße haben sich für die Schinkensandwiches und den Grog bedankt, Onkel.«

»Was zum Teufel hast du dir dabei gedacht, denen etwas zu essen zu geben?«, fragte Dagenham.

»Der Vorschlag kam, ehrlich gesagt, von Roger Pettigrew. Er meinte, das wäre doch in Anbetracht der Konfrontation von vorhin eine nette Geste.« Sie lächelte Roger, der weiter unten am Tisch saß, zu. Roger hob sein Glas in ihre Richtung.

»Ganz schön gerissen, diese Pettigrews«, sagte Ferguson und zwinkerte dem Major zu.

»Der Wachtmeister fand es sehr aufmerksam«, berichtete Gertrude. »Er ist auch da, hat sich ein Sandwich gegönnt, und wer immer ihn gerufen hat, ist höflich genug, sich nicht zu beschweren, solange gegessen wird.«

»Ich habe Ihnen ja gesagt, dass Gertude ein schlaues Ding ist, Ferguson«, sagte Dagenham. »Ihre Mutter, meine Schwester, war eine wunderbare Frau. Niemand hat sie mehr geliebt als

ich.« Er tupfte sich die Augenwinkel mit der Serviette ab. Den Major überraschte die Behauptung; jeder im Dorf wusste, dass May Dagenham in jungen Jahren mit einem Sänger durchgebrannt war und von der Familie weitgehend verleugnet wurde. Gertrude zeigte keine sichtbare Reaktion auf die Bemerkung ihres Onkels, aber sie presste die Lippen noch fester zusammen, und in ihren Augen flackerte etwas, das der Major für Wut hielt. In diesem Flackern erkannte er das kleine schlaksige Mädchen wieder, das in einem formlosen Trägerkleid und Leggings draußen auf der Straße herumhing und darauf wartete, dass Roger zufällig daherkam. Er sah zu seinem Sohn hinüber, der seine Kollegen gerade mit irgendeiner aufgebauschten Geschichte unterhielt, in der es darum ging, dass Swithers einmal einen patzigen Caddie in ein Wasserhindernis gestoßen hatte, und ausnahmsweise brachte er ein bisschen Verständnis für seinen Jungen auf. Er war unausstehlich, ja, aber in seinem Ehrgeiz zeigte sich ein Lebensfunke – er ließ sich einfach nicht unterkriegen. Der Major fand das besser als Gertrudes stilles Leiden.
»Für euch Briten zählt nur die Familie«, sagte Ferguson. »Ich hoffe ja immer noch, dass ich irgendwann selbst eine abkriege.« Der ganze Tisch lachte, und die Frühstücksgesellschaft ging zu Kaffee und Zigarren über.
Nach dem langen Frühstück, das unmerklich zu einem Mittagessen geworden war, brachen die meisten Banker auf. Als Roger sich von Gertrude verabschiedete, klopfte Swithers ihm auf die Schulter und gab ihm ziemlich schroff zu verstehen, dass er zu bleiben habe. Roger reagierte hocherfreut und ging sofort zum Major.
»Ich soll wegen irgendeiner streng geheimen Sache mit Ferguson hierbleiben. Nur wir Banker aus der Führungsetage. Ich glaube, er will sein nächstes Projekt vorstellen.« Seine Brust war stolzgeschwellt; der Major dachte schon, sein Sohn würde vor Freude platzen. »Hast du jemanden, der dich nach Hause fährt?«, fragte Roger.

»Danke, aber ich bin auch zu der Besprechung eingeladen«, antwortete der Major, sorgsam darauf bedacht, einen neutralen Ton anzuschlagen und sich nicht als Urheber von Rogers Einladung erkennen zu geben, um seinem Sohn nicht die Freude zu verderben.
»Wirklich? Ich kann mir nicht vorstellen, dass du viel davon verstehst«, sagte Roger. »Bleib in meiner Nähe, dann kann ich dir, wenn du willst, ein paar Fachbegriffe erklären.«
»Genau das habe ich zu Lord Dagenham und seinem amerikanischen Kollegen gesagt, als sie mich fragten, ob sie dich hinzubitten sollen«, gab der Major zurück. Er schämte sich ein wenig, weil er seine guten Vorsätze so schnell gebrochen hatte, aber dann sagte er sich, dass die Bestürzung, die kurz aus dem Blick des Sohnes sprach, nur zu Rogers Bestem sei. »Gehen wir zu den anderen?«

Der Tisch in der Mitte der alten, aus Stein erbauten Käserei war mit einem gewellten Nylontuch bedeckt, das etwas Großes, Flaches verhüllte. Die zurückgebliebenen Gäste fanden kaum genug Platz, um sich ringsum aufzustellen, und dem Major wurde schnell klar, dass sein Hintern innerhalb kürzester Zeit durch die Kälte der Steinmauern taub gefroren sein würde. In einer Ecke schepperte ein stinkendes Heizgerät unbestimmbaren Alters heftig vor sich hin, schaffte aber nicht mehr, als die allerschlimmste Kälte zu bannen.
»Entschuldigen Sie die Räumlichkeiten, Gentlemen, aber hier können wir vertraulicher miteinander reden als im Haus«, sagte Lord Dagenham. »Mit Mr. Fergusons Zustimmung, oder besser: mit der Zustimmung von Lord Ferguson, Laird of Loch Brae« – an dieser Stelle zwinkerte Ferguson und wischte die Ehrenbezeugung mit einer Bescheidenheit weg, die seine Freude nicht verbarg –, »möchte ich Ihnen nunmehr das fortschrittlichste Bauprojekt im ländlichen England seit dem von Seiner Königlichen Hoheit komplett durchgeplanten Dorf Poundbury vorstellen.« Gemeinsam mit Ferguson

ergriff er die Stoffhülle und zog sie vorsichtig vom Tisch. »Hier ist die ›Enklave des 21. Jahrhunderts‹ in Edgecombe!« Die Anwesenden blickten auf ein Modell des Dorfs. Sofort erkannte der Major die Senken und Anhöhen der vertrauten Landschaft. An der einen Seite endete das Modell mit sanft ansteigenden Hügeln, auf der anderen lief es zu einem flachen, landwirtschaftlich geprägten Gelände aus. Er sah die Dorfwiese und den Pub, den man hellgrün angemalt hatte und dem an einer Seite furunkelartige Nebengebäude gewachsen waren. Er sah die Straße, die zu Rose Lodge führte, und entdeckte sogar seinen eigenen Garten, den man mit struppigen Miniaturhecken umsäumt und mit einem einsamen Modellbaum bestückt hatte. Im Dorf aber drängten sich unzählige Nachbildungen von Dagenhams Landsitz. Sie erzielten einen seltsamen Spiegeleffekt mit nahezu identischen Herrenhäusern, jedes mit protzig langer Auffahrt, einem quadratischen, geometrisch angelegten Garten, Stallgebäuden, die von Spielzeugautos umstellt waren, und einem kleinen, runden Teich samt silberfarben gestrichener Oberfläche und jeweils drei Stockenten. Ein solches Herrenhaus stand auf der Weide hinter Rose Lodge, ein weiteres an der Stelle, wo die Bushaltestelle hingehörte. Bushaltestelle und Hauptstraße waren völlig verschwunden, man hatte beides an den Rand des Modells verlegt, wo sie sich in der flachen Landschaft verloren. Der Major unterzog nun die Dorfwiese einer gründlicheren Betrachtung und suchte den Laden. Das Schaufenster war weg, und der Laden selbst, kaum wiederzuerkennen mit dem neuen Bogenfenster und den türkisfarbenen Fensterläden, trug die Aufschrift »Harris Jones & Söhne, Feinkost und Pâtisserie«. Vor der ebenfalls neuen Tropfenglastür standen ein Weidenkorb mit Äpfeln und ein alter, mit Topfpflanzen gefüllter Hundewagen aus Metall. Ein Teeladen, eine Hutmacherei und ein Geschäft für Reit- und Schießbedarf waren hinzugekommen. Der Major erstarrte vor Schreck.

»Mit Blick auf die Zukunft des Dagenham'schen Grundbesitzes«, sagte Ferguson, »hat mich mein guter Freund Lord Dagenham gefragt, wie er sein Land nutzbar machen könnte, um das finanzielle Fundament des Anwesens zu verstärken, gleichzeitig aber die Highlights der englischen Landschaft zu bewahren.«
»›Keine Einkaufszentren!‹, habe ich ihm gesagt!«, warf Dagenham ein. Die kleine Bankergruppe lachte auf.
»Seine Frage konnte ich erst beantworten, nachdem ich die Gelegenheit erhalten hatte, Loch Brae Castle zu kaufen und am eigenen Leib zu erfahren, was es heißt, für ein ländliches Gebiet verantwortlich zu sein.« Ferguson schob eine Kunstpause ein und legte die Hand aufs Herz, als wollte er einen Treueschwur leisten. »Verantwortung zu tragen für das Leben all der Kleinbauern und für das Land selbst, das unseren Schutz braucht.« Die Banker wirkten so irritiert, als würde er plötzlich in einer anderen Sprache sprechen. »Und so haben wir gemeinsam unsere Vision eines in Großbritannien bisher beispiellosen Luxus-Bauprojekts entwickelt. St. James Homes, mein Unternehmen, nutzt die Verfügbarkeit von Baubewilligungen für neue, architektonisch anspruchsvolle Siedlungen im ländlichen Raum. Wir werden ein ganzes Dorf aus repräsentativen Herrenhäusern errichten und das Dorf selbst zu einem Servicezentrum für diese Ansiedlung umgestalten.« Während er Luft holte, beugten sich die Banker hinunter und gingen in die Hocke, um das Dorf auf der Tischplatte gründlicher in Augenschein zu nehmen. Die gymnastischen Übungen fielen ihnen nach dem üppigen Essen nicht leicht; die Fragen, die sie stellten, wurden immer wieder von lautem Ächzen und Keuchen unterbrochen. »Wo ist der Einzelhandelskorridor?« »Besteht eine Anbindung zur Autobahn?« »Wie hoch ist der Quadratmeterpreis im Vergleich zu Tunbridge Wells?«
»Gentlemen, Gentlemen – mein Kollege Mr. Sterling und ich sind gern bereit, Ihre Fragen zu beantworten.« Er grinste, als

wäre der Deal bereits abgewickelt.»Drüben im Haus liegen Informationsbroschüren für Sie bereit. Ich schlage vor, dass Sie die Besichtigung des Modells jetzt abschließen, wir ins Haus gehen und das Finanzielle im Warmen besprechen.«

Nachdem auch der letzte Banker gegangen war, blieb der Major vor dem Modell stehen. Allein mit seinem Dorf, behielt er die Hände in den Taschen, um nicht der Versuchung zu erliegen, die kleinen Herrenhäuser allesamt herauszureißen und an die leeren Stellen den ein oder anderen Baum aus Drahtwolle zu plazieren.

»Zigarre?« Er drehte sich zur Seite und sah Dagenham neben sich stehen.

»Danke.« Er nahm eine Zigarre und ließ sich Feuer geben.

»Sie sind natürlich entsetzt«, sagte Dagenham und betrachtete das Modell mit zusammengekniffenen Augen wie ein Architekturstudent. Sein Ton war so sachlich, dass dem Major nichts anderes einfiel, als zaghaft zu sagen: »Ich glaube, ich habe so etwas einfach nicht erwartet. Ja, es ist – überraschend.«

»Ich habe den Brief gelesen, den Sie diesem Planungstypen geschrieben haben. Ich habe zu Ferguson gesagt, der Major wird entsetzt sein. Wenn wir es nicht schaffen, ihn von unserem Vorhaben zu überzeugen, können wir es gleich vergessen.« Der Hinweis auf seine Illoyalität verwirrte den Major so sehr, dass er errötete.

»Fakt ist: Ich bin selbst entsetzt«, fuhr Dagenham fort. Er beugte sich hinunter und schob eines der Herrenhäuser mit der Fingerspitze ein Stück tiefer in eine Baumgruppe hinein. Dann kniff er wieder die Augen zusammen, richtete sich auf und blickte den Major mit einem ironischen Lächeln an. »Das Problem ist, dass ich den alten Besitz nicht einmal dann halten könnte, wenn ich bereit wäre, mich das ganze Jahr über hier zu vergraben – jedenfalls nicht auf lange Sicht.« Er trat ans Fenster, öffnete es einen Spaltbreit und blies Rauch in den Stallhof hinaus.

»Das tut mir leid«, sagte der Major.
»Anwesen wie das meine stecken landesweit in der Krise.« Sein Seufzer klang nach echter Niedergeschlagenheit, und der Major, der Dagenhams Profil betrachtete, sah, dass der Lord die Kiefermuskeln anspannte und sein Gesicht einen traurigen Ausdruck annahm. »Mit den Agrarsubventionen können wir die Anwesen nicht halten, ohne Genehmigung dürfen wir nicht einmal unsere eigenen Bäume fällen, die Treibjagd ist verboten, und die normale Jagd wird, wie Sie gerade gesehen haben, von allen Seiten angegriffen. Wir sind gezwungen, Teeläden oder Themenparks zu eröffnen, Wochenendtouren für Tagesausflügler anzubieten oder unsere Wiesen für Rockfestivals zur Verfügung zu stellen. Am Ende bleiben klebrige Stieleisverpackungen und Parkplätze auf den Weiden.«
»Was ist mit dem National Trust?«, fragte der Major.
»Ja, die standen immer parat, nicht wahr? Ständig auf der Lauer, haben nur darauf gewartet, einem das Haus wegzunehmen und die Erben mit einer Gesindewohnung im Dachgeschoss abzuspeisen«, sagte Dagenham mit Groll in der Stimme. »Aber jetzt wollen sie zusätzlich auch noch Bargeld!« Nach einer kurzen Pause fügte er hinzu: »Major, ich sage Ihnen, wir befinden uns in den letzten Jahrzehnten des Zermürbungskriegs, den der Fiskus angezettelt hat. Nicht mehr lang, und die großen Landadelsfamilien sind ausgelöscht – ausgestorben wie der Dodo.«
»Das wird Großbritannien um einiges ärmer machen«, sagte der Major.
»Sie sind ein sehr verständiger Mann, Major.« Dagenham klopfte ihm auf die Schulter. Er wirkte schon wieder ein bisschen beschwingter. »Sie können sich nicht vorstellen, mit wie wenigen ich über die Sache reden kann.« Er stützte sich, die Arme weit gespreizt, den Blick nach unten gerichtet, mit den Händen auf den Rand des Modells wie Churchill auf eine Kriegskarte von Europa. »Sie sind wahrscheinlich der Einzige, der mir helfen kann, dem Dorf das alles zu erklären.«

»Ich verstehe die Problematik, aber ich bezweifle, dass ich erklären kann, wie dieses Luxus-Bauprojekt das, was Sie und ich lieben, retten sollte«, entgegnete der Major. Er ließ den Blick noch einmal über das Modell schweifen und verzog vor Verachtung unwillkürlich den Mund. »Würden wir die Leute nicht förmlich zu der Behauptung zwingen, dass wir es hier mit ziemlich genau derselben Unverfrorenheit einiger Neureicher zu tun haben, die soeben im Begriff sind, England zu zerstören?« Er überlegte, ob er sich höflich genug ausgedrückt hatte.

»Aber das ist ja gerade das Schöne an meinem Plan«, rief Dagenham. »Dieses Dorf wird nur dem alten Adel zur Verfügung stehen. Ich baue einen Zufluchtsort für all die Landadelsfamilien, die von den Steuerbehörden, Politikern und den EU-Bürokraten von ihren Anwesen vertrieben werden!«

»Die sollen alle nach Edgecombe St. Mary ziehen?«, fragte der Major. »Warum das denn?«

»Wohin sollen sie denn sonst? Man verjagt sie von ihren Anwesen, und ich biete ihnen hier ein Fleckchen Land, das sie ihr eigen nennen dürfen. Ein Haus und ein bisschen Grund und andere Familien, die ebenfalls zur Instandhaltung beitragen, Nachbarn mit denselben Werten.« Er deutete auf eine große neue Scheune neben einer der Farmen innerhalb der Siedlung. »Es wird genug Leute geben, um hier eine ordentliche Jagdhundestation und Gemeinschaftsställe zu unterhalten. Und dort drüben, hinter der bereits existierenden Schule, gründen wir eine kleine Berufsschule, in der wir den Einheimischen nützliche Fertigkeiten wie Mauern und Verputzen, Pferdehaltung, Heckenschnitt, Butler- und Verwaltungstätigkeiten beibringen. Wir bilden sie in sämtlichen Dienstleistungen aus und können dann auf einen großen Vorrat an Arbeitskräften zurückgreifen. Sehen Sie, was ich meine?« Er rückte einen Baum neben der Dorfwiese gerade. »Wir werden genau die Geschäfte haben, die wir im Dorf brauchen, und wir gründen ein Architekturkomitee, das alle Außen-

bereiche betreut. Wir räumen auf mit diesen grauenhaften Ladenfassaden im Mini-Mart-Stil und stellen im Pub einen richtigen Küchenchef ein. Vielleicht bekommen wir irgendwann mal sogar einen Michelin-Stern!«
»Und was ist mit den Leuten, die bisher im Dorf gewohnt haben?«, fragte der Major.
»Die behalten wir natürlich. Wir wollen ja gerade das Authentische.«
»Und was wird aus Mrs. Ali und ihrem Laden?« Das Gesicht des Majors fühlte sich heiß an, als er die Frage stellte. Er starrte unverwandt auf das Modell, um seine Gefühle zu verbergen.
Dagenham warf ihm einen nachdenklichen Blick zu. Der Major versuchte verzweifelt, unbeteiligt zu wirken, befürchtete aber bereits, vor lauter Anstrengung zu schielen.
»Sehen Sie, genau in diesen Dingen suche ich Ihren Rat, Major. Sie sind näher an den Menschen dran als ich, Sie können mir helfen, solche Nuancen zu regeln«, erklärte Dagenham. »Wir sind sowieso auf der Suche nach den passenden multikulturellen Komponenten und wären bestimmt flexibel, wo immer Ihrerseits ein – sagen wir – Interesse besteht.«
Wie ein Stich durchfuhr den Major die Enttäuschung, als er erkannte, dass hier von einer ganz profanen Gegenleistung die Rede war. Es verlief viel subtiler als so mancher Bestechungsversuch, den er im Laufe seiner beruflichen Tätigkeit auf diversen Auslandsposten vereitelt hatte – in Ländern, in denen so etwas als normal galt. Aber es war offenkundig, es lag klar auf der Hand. Er fragte sich, wie viel Einfluss er für seine Unterstützung wohl erhalten würde, und konnte es sich nicht verkneifen, sehr aufmerksam und lange das Haus zu betrachten, das auf der Weide hinter Rose Lodge stand.
»Ich kann Ihnen versichern, dass bis jetzt noch nichts in Stein gehauen ist«, fuhr Dagenham fort, lachte und verpasste einem der Modellhäuser mit den Fingerspitzen einen solchen Schubs,

dass es auf dem Dach landete.«Aber wenn, dann in den besten Kalkstein aus Lincolnshire.«

Draußen polterte etwas. Die beiden Männer richteten den Blick zur Tür und sahen gerade noch, wie eine grün gewandete Gestalt hinter der Hausecke verschwand. »Wer zum Teufel war das?«, fragte Dagenham.

»Vielleicht einer von Morris' Farmburschen, die draußen aufräumen«, antwortete der Major, der sich ziemlich sicher war, Alice Pierce abzüglich des knallbunten Ponchos erkannt zu haben. Bei dem Gedanken, dass die selbst für ihre Verhältnisse ungemein grelle Aufmachung von Alice nur ein Ablenkungsmanöver gewesen war und sie darunter fades Grün getragen hatte, um wie das Mitglied einer Kommandotruppe in einem Dschungelgebiet herumschleichen zu können, musste der Major leise kichern.

»Verdammt schwierig, dieses Riesenmodell geheim zu halten.« Dagenham hob die Hülle vom Boden auf. »Ferguson will nicht, dass irgendetwas früher als nötig nach außen dringt.« Der Major half ihm und sah dankbar zu, wie das verhunzte Dorf von einer grauen Stoffwelle verschluckt wurde.

»Gibt es denn wirklich keine andere Möglichkeit?«, fragte er. Dagenham seufzte.

»Wenn Gertrude nur nicht so reizlos wäre, hätten wir unsere amerikanischen Freunde vielleicht zu der etwas altmodischeren Lösung überreden können.«

»Sie meinen Heirat?«

»Ihre Mutter war eine solche Schönheit«, sagte Dagenham. »Aber Gertrude ist am glücklichsten, wenn sie die Ställe ausmisten kann. Zu meiner Zeit hätte das noch gereicht, aber heutzutage erwarten die Männer von ihren Ehefrauen, dass sie genauso umwerfend aussehen wie ihre Geliebten.«

»Das ist empörend«, meinte der Major. »Wie um alles in der Welt soll man sie denn dann auseinanderhalten?«

»Genau das ist ja das Problem«, sagte Dagenham, der den ironischen Unterton in der Bemerkung des Majors nicht er-

kannt hatte. »Ich schlage vor, wir gehen jetzt ins Haus hinüber und schauen, ob Ferguson schon irgendwelche Finanzierungsangebote gesichert hat.«
»Die sichern sich wahrscheinlich Häuser für sich selbst«, sagte der Major, als sie gingen. Die Vorstellung bedrückte ihn.
»Ach, um Gottes willen – hier werden doch keine Banker zugelassen«, entgegnete Dagenham. »Ferguson werden wir allerdings schlucken müssen, fürchte ich.« Er lachte und legte dem Major einen Arm um die Schulter. »Wenn Sie mich in dieser Sache unterstützen, Major, sorge ich dafür, dass Ferguson nicht in dem Haus direkt hinter Ihrem landet!«
Während sie den Hof Richtung Herrenhaus überquerten, trat Roger auf der Suche nach Dagenham aus der Tür. Offenbar wollten die Banker unbedingt mit ihm reden. Nachdem sie sich die Hand geschüttelt hatten, eilte Dagenham hinein, und der Major blieb mit seinem Sohn zurück.
»Dieses Projekt sichert meine Karriere, Dad«, sagte Roger. Er hielt eine dunkelblaue Mappe umklammert, auf der das Dagenham'sche Wappen und die Aufschrift »Edgecombe St. Mary, Englands Enklave« prangten. »Ferguson ist mir gegenüber so bemüht, dass mein Chef mich einfach zum Teamleiter ernennen muss.«
»Dieses Projekt wird unsere Heimat zerstören«, sagte der Major.
»Also bitte – wenn das Ganze erst mal fertig ist, kriegen wir für Rose Lodge ein Vermögen. Denk doch mal an das viele Geld!«
»Nichts zerstört den Charakter mehr als Geld«, entgegnete der Major aufgebracht. »Und vergiss nicht: Ferguson ist nur deshalb so nett, weil er meine Gewehre kaufen will.«
»Das stimmt.« Die Falten auf Rogers Stirn verrieten, dass er gründlich nachdachte. »Hör zu, er hat gesagt, dass er uns im Januar zur Fasanenjagd nach Schottland einladen möchte. Du musst mir unbedingt versprechen, dass du ihm die Gewehre bis dahin nicht verkaufst.«

»Ich dachte, du kannst es gar nicht erwarten, sie loszuwerden.«

»Ja, schon.« Roger hatte sich bereits zum Gehen gewandt. »Aber sobald du sie verkauft hast, lässt Ferguson uns fallen wie eine heiße Kartoffel. Wir müssen ihn hinhalten, so lange es geht.«

»Und was ist mit Marjorie und Jemima?«, fragte der Major, während sein Sohn sich zum Haus hin entfernte.

»Wenn es unbedingt sein muss, reichen wir Klage beim Nachlassgericht ein, um die Sache in die Länge zu ziehen«, rief Roger und winkte zum Abschied. »Schließlich weiß jeder, dass Onkel Berties Flinte dir zugedacht war.« Mit dieser bemerkenswerten Aussage verschwand er, und der Major, den die Verwunderung schwindlig gemacht hatte, hielt es für das Beste, seine Gewehre zusammenzupacken und nach Hause zu gehen.

Sechzehntes Kapitel

Ursprünglich hatte er Mrs. Ali ein Dutzend langstielige Rosen mitbringen wollen – in Seidenpapier verpackt, mit einer Satinschleife geschmückt und lässig in der Armbeuge getragen. Aber jetzt, kurz bevor er Grace und sie von Graces Cottage abholen sollte, erschienen ihm die Rosen unpassend, und er beschloss, jeder der beiden Damen eine einzelne apricotfarbene Rose mit langem, bräunlichem Stiel zu schenken.

Er war so schnell er konnte zu seinem Auto gelaufen, um nicht von Alice Pierce entdeckt zu werden, die nach der Demonstration bei der Jagd begonnen hatte, im Rahmen einer gegen St. James Homes gerichteten Unterschriftenaktion von Haus zu Haus zu gehen, und bei jedem öffentlichen Erscheinen von Lord Dagenham oder Ferguson Protestkundgebungen organisierte. Doch ihre Bemühungen wollten nicht recht fruchten. Der Pfarrer, von dem bekannt geworden war, dass er wegen der längst überfälligen Restaurierung des Kirchturms plötzlich einen Architekten konsultierte, hatte mit dem Hinweis, es sei die Pflicht der Kirche, allen Seiten in dem Konflikt Liebe und geistlichen Beistand zu schenken, eine Predigt verweigert. Viele Leute, darunter der Major, hatten zwar die verteilten Plakate mit der Forderung »Rettet unser Dorf« gern entgegengenommen, aber nur etwa die Hälfte fand es angebracht, sie auch aufzuhängen. Der Major klebte es auf das Seitenfenster von Rose Lodge, wo es seine Botschaft auf die Garage statt auf die Straße hinausschrie. Alice stürmte mit ihrem Fähnlein von Mitstreitern – größtenteils Ortsfremde mit einer Vorliebe für selbstgehäkelte Mäntel – durch die Gegend und schien nicht zu bemerken, dass sie, obzwar man sie im Dorf grundsätzlich unterstützte, von jedem, der zum Ball des Golfclubs gehen wollte, geflissentlich gemieden wurde.

Der Major rückte seine Fliege zurecht, zog die Smokingjacke ein letztes Mal glatt und klopfte an das dürftige Sperrholz von Graces pseudo-georgianischer Haustür. Mrs. Ali öffnete ihm. Das Licht fiel um sie herum auf die Eingangsstufe, während ihr Gesicht zum Teil im Schatten lag. Sie lächelte, und er glaubte den Glanz von Lippenstift auf ihrem Mund zu sehen.

»Kommen Sie rein, Major«, sagte sie und lief atemlos ins Wohnzimmer zurück. Der hintere Ausschnitt ihres Abendkleids ließ einen Teil des Rückens frei. Unter der locker umgebundenen Chiffonstola zeichneten sich deutlich ihre Schulterblätter ab, und zwischen dem dunklen Stoff des Kleids und dem tief im Nacken geschlungenen Dutt schimmerte bronzefarbene Haut. Im Wohnzimmer vollführte sie auf dem Kaminvorleger eine halbe Pirouette; der Saum des Kleids bauschte sich um ihre Knöchel und schwang an den Schuhspitzen aus. Es war ein dunkelblaues Kleid aus Seidensamt. Einen Teil des tiefen Dekolletés verbarg der luftige Chiffon, doch einige Zentimeter über dem Ausschnitt waren Mrs. Alis Schlüsselbeine wundervoll zu sehen. Der Stoff folgte der Wölbung des Busens und wurde in der Taille von einer funkelnden klassischen Diamantbrosche locker gerafft.

»Ist Grace noch nicht fertig?«, fragte er, zu unsicher, um sich zu ihrem Kleid zu äußern, aber nicht bereit, den Blick davon zu wenden.

»Nein, sie ist schon weg, sie muss beim Dekorieren helfen. Mrs. Green hat sie vorhin abgeholt. Jetzt bin nur noch ich da.« Mrs. Ali hatte fast stammelnd gesprochen, und die Haut über ihren Wangenknochen färbte sich rot. Sie sah wie ein junges Mädchen aus, fand der Major. Er wünschte, er wäre noch ein Junge, jungenhaft ungestüm. Einem Jungen konnte man den linkischen Versuch eines Kusses verzeihen, wohl

kaum dagegen einem Mann mit schütter werdendem Haar und schwindendem Elan.
»Nichts könnte mich mehr freuen«, sagte der Major. Da auch noch das Problem zu lösen war, was er mit den zwei schon leicht herabhängenden Rosen in seiner Hand tun sollte, streckte er ihr beide entgegen.
»Ist die eine für Grace? Ich stelle sie rasch in eine Vase.« Er öffnete den Mund, um ihr zu sagen, dass sie unglaublich schön aussah und einen ganzen Armvoll Rosen verdient hätte, aber dann blieben ihm die Worte im Hals stecken, wurden aufgehalten von den Teilen seines Gehirns, die rund um die Uhr damit beschäftigt waren, alles zu tun, damit er sich nicht der Lächerlichkeit preisgab.
»Leider schon ein bisschen verwelkt«, sagte er. »Aber die Farbe passt sowieso nicht zu Ihrem Kleid.«
»Gefällt es Ihnen?« Sie senkte den Blick und betrachtete den Stoff. »Ich habe Grace etwas geliehen, und sie wollte unbedingt, dass ich mir im Gegenzug etwas von ihr borge.«
»Sehr schön«, sagte er.
»Es gehörte der Großtante von Grace, die eine ziemlich flotte Dame war und als alleinstehende Frau mit zwei blinden Terriern und ständig wechselnden Liebhabern in Baden-Baden lebte.« Sie hob den Blick und sah den Major besorgt an. »Das Schultertuch reicht doch hoffentlich?«
»Sie sehen perfekt aus!«
»Ich komme mir ziemlich nackt vor. Aber Grace hat erzählt, dass Sie immer einen Smoking tragen, und da wollte ich etwas tragen, das – das zu dem passt, was Sie tragen.« Sie lächelte, und der Major spürte, wie noch mehr Jahre von ihm abfielen. Der jungenhafte Wunsch, sie zu küssen, wallte wieder in ihm auf. »Außerdem ist ein Shalwar Kamiz für mich nicht gerade eine Verkleidung.«
Der Major erzielte einen spontanen Kompromiss mit sich selbst und griff nach ihrer Hand, führte sie an seine Lippen und schloss die Augen, bevor er die Knöchel küsste. Sie duf-

tete nach Rosenwasser und irgendeinem klaren, würzigen Parfum, Lindenblüte vielleicht. Als er die Lider aufschlug, hatte sie den Kopf abgewandt; aber sie versuchte nicht, ihre Hand seinem Griff zu entziehen.
»Ich bin Ihnen hoffentlich nicht zu nahe getreten«, sagte er. »Schönheit macht Männer unbedacht.«
»Sie sind mir nicht zu nahe getreten. Aber ich glaube, wir sollten jetzt besser losfahren.«
»Wenn es unbedingt sein muss«, sagte der Major und sprang trotzig über die Angst vor einer Blamage hinweg. »Obwohl es genauso schön wäre, Ihnen den ganzen Abend gegenüberzusitzen und Sie anzusehen.«
»Wenn Sie mir weiterhin so überschwengliche Komplimente machen, Major«, sagte Mrs. Ali, schon wieder errötend, »sehe ich mich von meinem Gewissen gezwungen, mich umzukleiden und einen weiten dunklen Pullover und eine Strickmütze oder etwas Ähnliches anzuziehen.«
»In dem Fall sollten wir sofort aufbrechen, damit diese grauenvolle Alternative nur ja keine Chance bekommt.«

Sandy wartete unter dem winzigen Vordach über der Eingangstür des Augerspier-Cottages. Als der Major anhielt, kam sie, einen weiten Wollmantel eng um sich geschlungen, auf dem Gartenweg zur Straße hinunter. Sie setzte sich auf die Rückbank. Im trüben Innenlicht des Wagens wirkte ihr Gesicht noch elfenbeinweißer als sonst und der blutrote Lippenstift grell. Sie hatte ihr glänzendes Haar mit viel Spray in dicht aneinanderliegende Wellen gelegt und mit einem schmalen, unter dem einem Ohr zu einer Schleife verknüpften Band abgerundet. Unter dem hochgeschlagenen Kragen ihres dicken Mantels lugte eine Rüsche aus silberfarbenem Chiffon hervor. Sie erinnerte den Major an eine Porzellanpuppe.
»Tut mir echt leid, dass Sie meinetwegen so einen Umweg machen mussten. Ich habe Roger gesagt, dass ich mir ein Taxi nehme.«

»Keine Ursache!«, entgegnete der Major, den Rogers Bitte extrem verärgert hatte. »Völlig ausgeschlossen, Sie dort ohne Begleitung eintreffen zu lassen.« Sein Sohn hatte behauptet, er müsse wegen der Generalprobe früher aufbrechen. Angeblich hielt es Gertrude für unerlässlich, dass er den Freunden der Kellnerinnen Anweisungen erteilte – Männern, die sich bereit erklärt hatten, für ein kostenloses, aus Sandwiches und Bier bestehendes Abendessen bei der Vorstellung mitzuwirken.
»Ich mache das nur für dich, Dad«, hatte er erklärt. »Und wenn aus der Aufführung etwas werden soll, braucht Gertrude meine Mithilfe.«
»Mir wäre es wesentlich lieber, wenn diese ›Aufführung‹ abgesagt würde«, hatte der Major erwidert. »Ich kann immer noch nicht fassen, dass du deine Teilnahme zugesagt hast.«
»Also, wenn das ein Problem ist, muss sich Sandy eben ein Taxi nehmen«, hatte Roger gesagt, und dem Major war zu seinem Entsetzen klargeworden, dass es seinem Sohn nichts ausmachen würde, seine Verlobte von einem der Taxis aus der Gegend zum Ball transportieren zu lassen, deren Inneres nikotingelb verfärbt und zerrissen war und bei deren ruppigen Fahrern man nie wusste, ob sie nüchterner waren als ihre Passagiere. Deshalb hatte er sich bereit erklärt, sie mitzunehmen.
»Tut mir leid, dass Roger mich jetzt Ihnen aufgebürdet hat.« Sandy schloss die Augen und lehnte sich zurück. »Ich wollte schon daheimbleiben, aber das wäre zu einfach.« Der scharfe Unterton in ihrer Stimme schuf zwischen allen dreien ein fast greifbares Unbehagen.
»Sie und Ihr Verlobter sind hoffentlich glücklich mit dem Cottage«, sagte Mrs. Ali.
Der Major, der alle Befürchtungen in Hinblick auf den Abend erfolgreich verdrängt hatte, machte sich plötzlich Sorgen wegen Roger und dessen Talent, kaum kaschierte Ungezogenheiten zu begehen.

»Es ist wunderschön geworden«, antwortete Sandy. »Allerdings nur gemietet – wir haben nicht vor, unser Herz dranzuhängen.«
Der Major sah im Rückspiegel, dass sie sich noch tiefer in die Falten ihres Mantels verkroch. Sie blickte starr zum Fenster hinaus, wo nur die Dunkelheit an die Scheibe drückte. Auf der restlichen Fahrt herrschte Schweigen.

Der Golfclub hatte das gewohnte diskrete Flair komplett abgestreift und funkelte und glitzerte auf seiner kleinen Anhöhe wie eine nuttig zurechtgemachte Witwe im Billigurlaub auf Teneriffa. In jedem Fenster, jeder Tür brannte Licht. Scheinwerfer tauchten die schlichte Stuckfassade in Helligkeit, und in den Bäumen und Sträuchern tanzten Lichterketten.
»Sieht aus wie ein Kreuzfahrtschiff«, sagte Sandy. »Dabei habe ich ihnen gesagt, sie sollen es nicht übertreiben mit den Scheinwerfern.«
»Hoffentlich halten die Sicherungen durch«, meinte der Major, als sie auf der von lodernden Fackeln gesäumten Kiesauffahrt zum Clubhaus gingen. Als sie um die Ecke bogen, stand da zu ihrer Verwunderung ein halbnackter Mann mit Augenmaske, der eine riesige Pythonschlange um den Hals trug. Ein weiterer Mann sprang am Rand der Auffahrt hin und her und blies verzückt in eine Holzflöte. Zwischen zwei fünfzig Jahre alten Rhododendronsträuchern stand ein dritter und schluckte mit der Lässigkeit eines chipsessenden Taxifahrers kleine brennende Stäbe.
»Mein Gott, der reinste Zirkus!«, sagte der Major, als sie sich dem Brunnen näherten, der orangerot angestrahlt und mit Seerosen in den heftigsten Farben gefüllt war.
»Die Seerosen sind wohl eine Leihgabe von Mr. Rasool«, sagte Mrs. Ali und schaffte es gerade noch, ein Kichern zu unterdrücken.
»Ich war mal auf einer Hochzeit in New Jersey, da hat es ganz genauso ausgesehen«, erzählte Sandy. »Dabei habe ich

Roger noch davor gewarnt, die Grenze zwischen Üppigkeit und Geschmacklosigkeit zu überschreiten.«
»Das war dann aber Ihr Fehler, meine Liebe«, warf der Major ein. »Es handelt sich nämlich bei beidem um ein und dasselbe.«
»Touché!«, sagte Sandy. »Hören Sie – ich gehe schon mal vor und suche Roger. Ihr beide sollt euren sensationellen Auftritt zu zweit haben!«
»Nein, ich bitte Sie …«, rief der Major noch, aber Sandy lief schon die Treppe hoch und betrat das gleißende Innere des Gebäudes.
»So eine nette junge Dame«, sagte Mrs. Ali leise. »Ist sie immer so bleich?«
»Das weiß ich nicht, dazu kenne ich sie nicht gut genug«, antwortete der Major, peinlich berührt, weil sein Sohn ihn von sich und ihr ferngehalten hatte. »Wagen wir uns in die Höhle der Löwen?«
»Ja, das ist jetzt wohl der nächste Schritt.«
Mrs. Ali machte jedoch keine Anstalten, sich zu bewegen, sondern verharrte genau an der Stelle, an der sich die Lichtstrahlen auf dem Kies bündelten. Auch der Major, der ihren leichten Druck gegen seinen Arm spürte, blieb stehen. Ihr ganzer Körper war völlig reglos, beide Füße ruhten fest auf dem Boden.
»Man kann mit einigem Recht behaupten, dass dies das Schönste an jedem Ball ist«, sagte der Major. »Der Augenblick, kurz bevor man in der Menge untergeht.« Aus der Grill-Bar tönten Walzerklänge herüber, und er war froh, dass anständige Musik gespielt wurde.
»Ich hätte nicht gedacht, dass ich so viel Angst haben würde«, sagte Mrs. Ali.
»Was ist denn zu befürchten, gnädige Frau? Außer dass Sie sämtliche anderen Damen in den Schatten stellen werden.«
Ein Gemurmel wie Meeresrauschen drang aus den offen stehenden Türen des Clubs, in dem sich wahrscheinlich bereits

hundert Männer an der langen Bar um den Champagner rangelten, während hundert Frauen über die Kostüme sprachen und Wangenküsschen verteilten. »Klingt nach ziemlich großem Gedränge da drin«, fügte er hinzu. »Jetzt habe ich selbst ein bisschen Angst.«
»Sie machen sich über mich lustig! Aber Sie wissen doch hoffentlich, dass das hier etwas anderes ist, als gemeinsam Bücher zu lesen oder am Meer spazieren zu gehen.«
»Ich bin mir nicht ganz sicher, was Sie damit meinen.« Der Major nahm sie bei der Hand, zog sie zur Seite und nickte einem vorbeigehenden Paar zu. Die beiden sahen ihn verwundert an; erst dann erwiderten sie den Gruß und gingen die Treppe hinauf. Der Major war sich ziemlich sicher, dass Mrs. Ali genau das gemeint hatte.
»Dabei tanze ich nicht einmal«, sagte sie. »Jedenfalls nicht in der Öffentlichkeit.« Er sah, dass sie zitterte. Sie war wie ein Vögelchen unter einer Katzenpfote, völlig starr, aber erfüllt von dem Drang zu fliehen. Er wagte es nicht, ihre Hand loszulassen.
»Schauen Sie, es ist ein bisschen grell dekoriert und schrecklich voll da drin, aber es gibt keinen Grund, nervös zu sein«, versicherte er ihr. »Ich persönlich würde das Ganze ja gern schwänzen, aber Grace wird nach Ihnen Ausschau halten, und ich habe nun einmal versprochen zu kommen und im Rahmen des Unterhaltungsteils diese alberne Auszeichnung entgegenzunehmen.« Er spürte, dass er sie so bestimmt nicht ermutigen würde, und schwieg.
»Ich will Ihnen nicht zur Last fallen.«
»Dann zwingen Sie mich nicht, allein da hineinzugehen wie ein übriges Ersatzteil. Sobald man mir den Silberteller überreicht hat, möchte ich an den Tisch zurückgehen und neben der elegantesten Dame im ganzen Raum sitzen.« Sie lächelte ihn matt an und straffte die Schultern.
»Entschuldigen Sie bitte. Ich weiß auch nicht, warum ich mich so anstelle.« Er fasste sie unter dem Ellbogen, und sie

ließ sich die Treppe hinaufführen. Er ging schnell, damit sie keine Zeit hatte, es sich anders zu überlegen.

Die Tür zur Grill-Bar wurde von zwei großen Pflanzgefäßen aus Messing mit je einer Palme offen gehalten. Um den Türstock herum hing ein scharlachrotes Stück Stoff, mit Goldborten, dicken Troddeln und Bambusperlenketten zu einer Girlande gebunden. In einer Mauernische versuchte ein großer, opulent geschmückter Weihnachtsbaum samt Engelsfigur auf der Spitze, seine Deplaziertheit mit Unmengen von Hängedekor in Form von indischen Pantoffeln sowie mit Geschenken zu kaschieren, die in Präsentpapier mit Taj-Mahal-Motiv verpackt waren.
In der Mitte des Vorraums stand Grace und verteilte Tischkarten und Programmhefte. Sie trug eine lange, bestickte Jacke und eine Pajamahose in schönem Zartlila; ihre Füße steckten in strassbesetzten Sandalen. Das Haar fiel ihr weicher als sonst um die Kinnpartie, und ausnahmsweise einmal hatte sie den Puder weggelassen, der ihr Gesicht sonst immer in dicken, rissigen Schichten überzog.
»Sie sehen zauberhaft aus, Grace«, sagte der Major und freute sich, ein Kompliment machen zu können, das er ehrlich meinte.
»Daisy wollte mich mit einer Girlande aus Papierblumen verschandeln«, erzählte Grace, mehr an Mrs. Ali als an den Major gewandt. »Ich musste das Ding in einem Blumentopf entsorgen.«
»Gut gemacht«, sagte Mrs. Ali. »Sie sehen großartig aus.«
»Sie aber auch, meine Liebe«, erwiderte Grace. »Mit dem Schultertuch war ich mir ja nicht so sicher, aber Sie haben das Kleid damit noch verführerischer gemacht. Sie sehen aus wie eine Königin.«
»Gehen Sie mit hinein?«, fragte der Major, den Blick auf die wogende, knallbunte Menge der in der Grill-Bar versammelten Menschen gerichtet.

»Daisy hat mich so eingeteilt, dass ich hier noch eine halbe Stunde Dienst habe«, antwortete Grace. »Aber gehen Sie ruhig, und lassen Sie sich von unserem Großwesir ankündigen.«
Mrs. Ali ergriff seinen Arm, als hätte sie Angst zu stolpern, und schenkte ihm ein Lächeln, aus dem eher Entschlossenheit als Vorfreude sprach.
Während sie den Rubikon des kurzen karmesinroten Eingangsteppichs überschritten, flüsterte er ihr zu: »Großwesir? Was haben die da nur angerichtet?«
Am Ende des Teppichs erwartete sie Alec Shaw, der unter einem großen gelben Turban heftig die Stirn runzelte. Sein bestickter Seidenschlafrock und die an der Spitze nach oben gebogenen Pantoffeln, über deren hinteren Rand die Fersen hinausragten, wurden durch einen langen geflochtenen Bart ergänzt. Er wirkte nicht glücklich.
»Kein Wort, ja?« Er hob den Arm. »Ihr seid verdammt noch mal die Letzten, die ich hier begrüße. Soll Daisy sich einen anderen Idioten suchen, der rumsteht und sich zum Affen macht!«
»Ich finde dich ziemlich überzeugend«, sagte der Major. »Dr. Fu Manchu auf Urlaub in exotischen Gefilden, was?«
»Ich habe Daisy tausendmal gesagt, dass der Bart überhaupt nicht dazu passt. Aber sie hat ihn seit der Aufführung von ›Der Mikado‹ aufgehoben und so fest angeklebt, dass ich ihn wahrscheinlich abrasieren muss.«
»Vielleicht weicht der Klebstoff auf, wenn Sie ihn in ein großes Glas Gin Tonic tunken«, sagte Mrs. Ali.
»Deine Begleiterin ist offensichtlich nicht nur schön, sondern auch intelligent.«
»Mrs. Ali, ich glaube, Sie kennen Mr. Shaw bereits«, sagte der Major. Mrs. Ali nickte, aber Alec spähte unter dem rutschenden Turban hervor, als wäre er sich nicht ganz sicher.
»Du meine Güte.« Die Röte, die schlagartig sein Gesicht überzog, biss sich mit dem senfgelben Kragen des Morgenmantels. »Also, Alma hat ja erwähnt, dass Sie kommen wür-

den, aber ich hätte Sie im Leben nicht erkannt – so aus dem gewohnten Zusammenhang gerissen ...«

»Hör mal, können wir die Ankündigung nicht einfach sausen lassen und uns gleich etwas zu trinken holen?«, fragte der Major.

»Kommt überhaupt nicht in Frage«, erwiderte Alec. »In der letzten halben Stunde gab's keinen einzigen interessanten Gast anzukündigen. Pass auf, wie sie gleich alle herschauen werden!« Er nahm ein kleines, mit Papierblumen umwickeltes Megaphon aus Messing zur Hand und brüllte über die Musik hinweg: »Major Ernest Pettigrew, verkleidet als der seltene Vorderindische Pinguin, in Begleitung von Mrs. Ali, der bezaubernden Königin der Kolonialwaren von Edgecombe St. Mary!« Die Band spielte eine flotte Überleitung zum nächsten Stück, und viele der Tänzer, die jetzt innehielten, um den neuen Rhythmus in sich aufzunehmen, drehten sich um und betrachteten die Neuankömmlinge.

Der Major nickte lächelnd und ließ den Blick über das Meer von Gesichtern schweifen. Der alte Mr. Percy winkte ihm augenzwinkernd zu, während er mit einer stark gebräunten Frau im schulterfreien Abendkleid tanzte, und der Major winkte zurück. Zwei Ehepaare, die er aus dem Club kannte, begrüßten ihn mit einem Nicken, flüsterten einander dann aber aus den Mundwinkeln heraus etwas zu, und er spürte, dass er rot wurde. Mitten im Gewühl erhaschte er einen Blick auf eine bekannte Frisur und fragte sich, als er seine Schwägerin Marjorie zu erkennen glaubte, ob ihm möglicherweise seine Psyche einen Streich spielte. Er hatte immer einen Vorwand gefunden, um Bertie und sie nicht in den Club einladen zu müssen, aus Angst, sie würde sich mit ihrem durchdringenden Organ und dem ewigen Thema Geld auf seine Freunde stürzen. Es erschien ihm unvorstellbar, dass Marjorie an diesem Abend da war. Trotzdem kniff er die Augen zusammen, und tatsächlich, dort drehte sie sich gerade unter dem Arm eines korpulenten männlichen Mitglieds hindurch, das im Club den Ruf hatte, äußerst temperamentvoll zu sein, und den Rekord der meisten ins Meer geschleuderten Golfschläger hielt. Während sich die Tänzer zu einem schnellen Swing drehten, sagte Alec: »Ich bin dann mal weg«, nahm den Turban ab und fuhr sich mit der Hand über die verschwitzte Stirn. »Falls er Sie langweilt, kommen Sie einfach zu mir – ich kümmere mich dann um Sie«, fügte er hinzu und hielt Mrs. Ali die feuchte Hand hin. Mrs. Ali schüttelte sie, ohne zu zögern, und der Major fragte sich, woher sie die Kraft dafür nahm.

»Stürzen wir uns ins Getümmel?« Der Major musste gegen die zunehmend lauter werdende Musik anschreien. »Am besten dorthin, glaube ich.«

Der Raum war beklemmend voll. Man hatte die Flügeltür in der Ostwand geöffnet, und die kleine Kapelle sägte auf der Bühne an der gegenüberliegenden Wand vor sich hin. Rings um die Tanzfläche standen die Leute dicht gedrängt und unterhielten sich zwischen den Tanzenden und den eng gestellten Reihen runder Tische, die jeweils in der Mitte mit gelben Blumen und einem Kerzenhalter in Form eines Minaretts dekoriert waren. In jedem Durchgang drängelten sich kleine Grüppchen. Die Kellner der Rasools zwängten sich in die Menschenmenge und wieder heraus; sie hielten die immer wieder in Schräglage geratenden Tabletts mit den Hors d'œuvres so hoch über den Köpfen der Gäste, als wetteiferten sie darum, den Raum der ganzen Länge nach und wieder zurück zu durchqueren, ohne auch nur ein einziges Stück Blätterteigpastete abgeben zu müssen. Ein Duft nach Orchideen hing in der Luft, die ziemlich feucht war – entweder von den menschlichen Ausdünstungen oder aufgrund der tropischen Farne, die von den zahlreichen Styroporsäulen unterschiedlichster Höhe und Form herabhingen.

Mrs. Ali winkte Mrs. Rasool zu, die an der Küchentür stand und die Kellner dirigierte, als würde sie Boten auf ein Schlachtfeld schicken und wieder zurückbeordern. Gerade eben sandte sie Mr. Rasool den Älteren los. Der trottete mit einem Tablett herein, das, weil er es gefährlich tief hielt, schon an der ersten Tischreihe leergeräumt war. Mrs. Rasool lief hin und zerrte ihn mit routinierter Diskretion in die sichere Küche zurück.

Der Major führte Mrs. Ali in einem Bogen um die Tanzfläche herum. Da die neben der Küche befindliche Hauptbar hinter dem Bataillon durstiger, gestenreich Drinks bestellender Gäste gar nicht mehr sichtbar war, hatte er beschlossen, eine kleinere, im Windschatten der Bühne aufgestellte Bar anzusteuern, weil er hoffte, von dort aus auf die relativ ruhige Glasveranda zu gelangen. Allerdings hatte er ganz vergessen, wie schwierig es war, sich durch ein solches Gedränge zu schieben und eine Dame dabei sowohl vor den gleichgültigen Rückseiten der Gesprächsgrüppchen als auch vor den Ellbogenstößen begeisterter Tänzer zu schützen. Der Vorteil, Mrs. Alis Arm die ganze Zeit über fest an sich drücken zu müssen, wog die Mühe für ihn aber fast wieder auf, und ein paar Sekunden lang hegte er die Hoffnung, jemand würde sie umrempeln – in seine Arme hinein.

An Kostümen war von kostspielig ausgeliehenen bis hin zu rasch improvisierten so ziemlich alles vertreten. Vor einer hohen, weinumrankten Säule stießen sie auf Hugh Whetstone, der eine Safarijacke und einen Reishut trug.

»Stammt der auch noch von der *Mikado*-Aufführung?«, schrie der Major, damit Whetstone ihn verstand.

»Souvenir von unserer Kreuzfahrt nach Hongkong«, brüllte Whetstone zurück. »Nach dem, was meine Frau für ihre Maharani-Montur ausgegeben hat, habe ich mich geweigert, auch nur einen einzigen weiteren Penny in ein Kostüm zu investieren.« Die beiden Männer sahen sich um, und tatsächlich entdeckte der Major Mrs. Whetstone in einem lindgrünen Sari. Sie unterhielt sich gerade mit Mortimer Teale, der seinen üblichen nüchternen Anwaltsanzug gegen einen

Blazer und ein gelbes Halstuch eingetauscht hatte; dazu trug er eine Crickethose und Reitstiefel. Sein Blick ruhte wohlgefällig auf Mrs. Whetstones Körpermitte, wo unter einer kurzen Satinbluse teigige Röllchen hervorquollen. Offenbar erklärte sie Mortimer gerade ungeniert, was es mit dem Abziehtattoo auf sich hatte, das der Furche zwischen ihren Brüsten in Form einer Schlange entsprang und sich über das Schlüsselbein zog.

»Ich meine, wo will sie das denn noch mal tragen?«, jammerte Hugh. Der Major schüttelte den Kopf, was Hugh als Zustimmung missverstand. Es war aber ein Zeichen des Widerwillens, der sowohl Hugh galt, der so gleichgültig war, dass er es nicht einmal bemerkte, wenn andere Männer seiner Frau Beachtung schenkten, als auch Mortimer, der seine Frau, wenn es ging, nirgendwohin mitnahm.

»Vielleicht könnte man es als Tagesdecke benutzen«, sagte Mrs. Ali.

»Oh, entschuldigen Sie bitte – Mrs. Ali, kennen Sie Hugh Whetstone?« Der Major hatte gehofft, das Vorstellen vermeiden zu können; Hugh stand schon leicht schief und hatte eine Fahne.

»Glaube nicht, dass ich das Vergnügen schon mal hatte«, sagte Hugh, der sie offensichtlich auch nicht erkannte.

»Normalerweise packe ich Ihnen immer ein halbes Pfund durchwachsenen Speck, hundert Gramm Gorgonzola und sechs dünne Panatelas ein«, sagte Mrs. Ali mit hochgezogener Augenbraue.

»Ach du meine Güte – Sie sind die Ladenbesitzerin!« Er sackte noch ein Stück weiter in die Schieflage. »Erinnern Sie mich dran, dass ich ab sofort mehr kaufe.«

»Wir müssen weiter, wir brauchen etwas zu trinken«, erklärte der Major und sorgte dafür, dass er zwischen Mrs. Ali und den für seine hinterntätschelnden Hände berüchtigten Hugh zu stehen kam, bevor er sie wegführte. Ihm wurde schmerzlich bewusst, dass er Mrs. Ali an diesem Abend lauter Leuten würde vorstellen müssen, die schon seit Jahren ihre Milch und ihre Zeitung bei ihr kauften. Whetstone grölte ihnen noch nach: »'ne Eingeborenenprinzessin zu mieten ist aber ganz schön abgefahren!«

Noch ehe der Major etwas erwidern konnte, unterbrach die Kapelle ihr Spiel. Die sofort erfolgenden Verschiebungen innerhalb der Menge bewirkten, dass plötzlich Daisy Green über sie herfiel wie ein Beagle über ein Fuchsjunges. Sie war mit einem weißen Abendkleid, dessen blaue Schärpe zahlreiche sonderbare Medaillen und Nadeln zierten, als eine Art Botschaftergattin verkleidet. An einer Seite ihres Kopfes prangte eine große Federbrosche, aus der heraus eine einzelne Pfauenfeder nach hinten ragte und den Leuten im Vorübergehen ins Gesicht stach.

»Sie sind ja gar nicht verkleidet, Mrs. Ali!«, sagte sie, als wollte sie auf einen hervorschauenden Unterrock oder auf ein Fitzelchen Spinat zwischen den Zähnen aufmerksam machen.

»Grace und ich haben Kostüme getauscht«, antwortete Mrs. Ali lächelnd. »Sie hat meinen alten Shalwar Kamiz und ich das Kleid ihrer Tante.«

»Das ist aber schade«, meinte Daisy. »Wir hatten uns schon so darauf gefreut, Sie in Ihrer wunderschönen heimatlichen Tracht zu sehen, stimmt's, Christopher?«

»Wen?«, fragte der Pfarrer und trat aus einem benachbarten Menschenknäuel. Er wirkte leicht zerzaust mit seinen Reitstiefeln, der zerknitterten Militärjacke, dem Safarihut und dem Halstuch, das aus einem Stück Stoff mit buntem Madraskaro bestand. Der Major fand, dass er aussah wie der betrunkene heimliche Geliebte der Botschaftergattin, und schmunzelte, als ihm die Vorstellung kam, Daisy und Christopher würden dieses Spiel nach dem Ball zu Hause weiterspielen.

»Ah, Pettigrew!« Der Major schüttelte die dargebotene Hand. Zu einem Gespräch kam es erst gar nicht, denn der Pfarrer war bekanntermaßen unfähig, in einer lauten Menschenmenge ir-

gendetwas zu verstehen – sehr zum Vergnügen ganzer Generationen von Chorknaben, die sich einen Spaß daraus gemacht hatten, bei den Proben alle gleichzeitig zu reden, um herauszufinden, wer den Ohren des Pfarrers die anstößigsten Ausdrücke unterjubeln konnte.
»Sie mit Ihrem wunderbaren Teint können natürlich die wildesten Farben tragen.« Daisy war immer noch am Plappern. »Die arme Grace dagegen – na ja, Fliederblau ist nun mal heikel.«
»Ich finde, Grace sieht wunderschön aus«, sagte der Major.
»Mrs. Ali selbstverständlich auch – Mrs. Ali, Pater Christopher kennen Sie doch, oder?«
»Aber natürlich«, sagte der Pfarrer, schielte dabei jedoch ein wenig, was bewies, dass er keine Ahnung hatte, um wen es sich handelte.
»Graces Tante war ja geradezu legendär für ihren exquisiten Geschmack«, sagte Daisy und musterte Mrs. Alis Kleid von oben bis unten, als dächte sie über einige Verbesserungsvorschläge nach. »Grace hat immer gesagt, dass sie nie den Mut hatte, ein Kleid von ihr anzuziehen. Sie reagiert ja schon auf den kleinsten Hauch von Unschicklichkeit unglaublich sensibel. Aber Sie, meine Liebe, können es wirklich tragen! Bitte amüsieren Sie sich nach Kräften, ja?« Sie rauschte davon. »Komm mit, Christopher!«
»Wer sind all diese Leute?«, fragte der Pfarrer.

»Nur gut, dass ich keinen Alkohol trinke«, sagte Mrs. Ali, während sie sich weiter um das Menschenknäuel herumzwängten.
»Ja, diese Erkenntnis kommt vielen, wenn sie Daisy erlebt haben. Es tut mir sehr leid.«
»Sie brauchen sich doch nicht zu entschuldigen.«
»Entschuldigung«, platzte der Major heraus. »Sehen Sie, ich glaube, die Bar ist gleich dort hinter der Palme.«
Im Gewühl an der Bar tat sich zwar eine winzige Lücke auf,

doch der Raum zwischen dem Major und einem heiß begehrten Gin Tonic war von der ziemlich unglücklich dreinschauenden Sadie Khan und ihrem Mann, dem Arzt, besetzt. Dr. Khan stand so stocksteif da, dass dem Major der Begriff »Leichenstarre« in den Sinn kam. Er war ein attraktiver Mensch mit dichtem, kurzem Haar und großen braunen Augen, aber einem etwas zu klein geratenen Kopf, der so hoch in die Luft ragte, als hätte der Mann Angst vor seinem eigenen Hemdkragen. Er trug eine weiße Militäruniform mit einem kurzen scharlachroten Umhang und eine knapp sitzende, ordengeschmückte Mütze. Der Major sah ihn sofort auf einem Zeitungsfoto vor sich: als zweitrangiges, kurz zuvor im Verlauf eines Staatsstreichs hingerichtetes Mitglied irgendeines Königshauses. Mrs. Khan trug einen aufwendig bestickten teppichdicken Mantel und eine mehrreihige Perlenkette.

»Jasmina«, sagte Mrs. Khan.

»Saadia«, sagte Mrs. Ali.

»Meine Güte, Mrs. Ali, Sie sehen ja hinreißend aus!« Der Arzt machte eine tiefe Verbeugung.

»Danke.« Mrs. Ali ergriff ein Ende ihres Schultertuchs und warf sich, vom bewundernden Blick des Arztes in Verlegenheit gebracht, eine zweite Stoffschicht um den Hals. Sadie Khan zog einen Schmollmund.

»Major Pettigrew, darf ich Ihnen meinen Mann, Dr. Khan, vorstellen?«

»Angenehm.« Der Major beugte sich vor und reichte Dr. Khan die Hand.

»Major Pettigrew, ich glaube, wir sitzen heute Abend alle zusammen«, sagte Sadie. »Sind Sie nicht auch an Tisch Nummer sechs?«

»Nicht dass ich wüsste.« Er kramte in seiner Tasche nach der Karte, die Grace ihm im Vorraum gegeben hatte, und blickte enttäuscht auf das verschnörkelte Wort »Sechs«, das mit grüner Tinte darauf geschrieben war.

»Und deine Freundin Grace DeVere sitzt, glaube ich, auch bei uns«, verkündete Sadie, während sie sich über Mrs. Ali hinweg zum Major vorbeugte, um die Karte lesen zu können.
»Das ist ja eine so reizende Dame.« Die Betonung des Wortes »Dame« war zwar kaum wahrnehmbar, aber der Major sah, dass Mrs. Ali errötete, und ein kurzes Zittern, das ihr Kinn erfasste, verriet ihre Anspannung.
»Ein Gläschen Champagner?«, fragte einer von Mrs. Rasools Kellnern, der mit einem Tablett voll Gläsern herangehuscht war. »Oder Früchtepunsch – das wäre dann das rosa Zeug da«, fügte er, an Mrs. Ali gewandt, leise hinzu.
»Dann nehmen wir alle Früchtepunsch – und immer schön für Nachschub sorgen, ja?«, sagte der Major. Er nahm an, dass keiner seiner Tischgenossen Alkohol trank, und wollte höflich sein, obwohl er sich ernsthaft fragte, wie er mit Kindersaft durch den Abend kommen sollte.
»Also, ich nehme noch einen Gin Tonic«, rief Dr. Khan. »Für Sie auch, Major?«
»Ja, ja, ihr schlimmen Männer braucht immer euren kleinen Drink«, sagte Sadie und verpasste ihrem Mann mit ihrer Krokodilleder-Clutch einen Klaps auf den Arm. »Aber machen Sie ruhig, Major.« Verlegen schweigend sahen alle zu, als die Getränke eingeschenkt wurden.
»Sie sind bestimmt schon aufgeregt wegen des ›Tanz-Divertissements‹ vor dem Dessert«, sagte schließlich Sadie Khan und fuchtelte mit dem dicken weißen Programm herum, das die Aufschrift »Ein Abend im Palast des Maharadschas – Die Ballzeitung« trug. Sie klemmte ihren dicken Daumen, an dem ein Citrinring steckte, zwischen die Seiten, und der Major las über ihrem langen Fingernagel:

COLONEL PETTIGREW, DER RETTENDE ENGEL
Interpretative tänzerische Darstellung mit historischen mogulischen Volkstanzelementen. Erzählt wird die Geschichte des mutigen Gefechts, mit dem der Lokalheld

Colonel Arthur Pettigrew, Angehöriger der britischen Armee in Indien, eine ganze Zugladung mordgieriger Gangster abwehrte und so das Leben der jüngsten Ehefrau eines Maharadschas rettete.
Für seine heroische Tat wurde dem Colonel der britische Verdienstorden verliehen, und der dankbare Maharadscha beschenkte ihn mit zwei hervorragenden englischen Jagdgewehren.
Nach der Teilung war der Maharadscha gezwungen, seine Provinz aufzugeben, konnte aber glücklicherweise mit seinen Frauen und der gesamten Großfamilie nach Genf übersiedeln. Nach der Tanzaufführung wird unser hoch geachteter Veranstaltungsvorsitzender ehrenhalber, Lord Daniel Dagenham, der Familie des verstorbenen Colonels als Anerkennung ein Silbertablett überreichen.

»Ein Verwandter von Ihnen?«, fragte Dr. Khan.
»Mein Vater«, antwortete der Major.
»Welche Ehre!«, sagte Mrs. Khan. »Das freut Sie doch bestimmt wahnsinnig.«
»Mir ist das Ganze ein bisschen peinlich«, entgegnete der Major, obwohl er einen Anflug von Genugtuung nicht leugnen konnte. Er blickte Mrs. Ali an, um zu sehen, ob sie beeindruckt war. Sie lächelte zwar, biss sich dabei aber auf die Lippe, um nicht loszukichern.
»Das ganze Tamtam hier ist wirklich absurd«, sagte Mrs. Khan. »Mein Mann ist geradezu entsetzt darüber, dass man die Sponsoren so groß auf die Titelseite geklatscht hat.«
Alle beäugten den Umschlag des Programmhefts, auf dem in absteigender Schriftgröße die Sponsoren aufgelistet waren. An erster Stelle stand, fett gedruckt wie eine Schlagzeile, »St. James Exklusive Residenzen«, während ganz unten, gleich nach »Jakes and Sons, Rasenbedarf«, in winziger Kursivschrift auf »Plastische Chirurgie – Schönheit, Harmonie,

Ästhetik« hingewiesen wurde. Das, mutmaßte der Major, war Dr. Khans Praxis.
»Wer ist denn ›St. James Exklusive Residenzen‹?«, fragte Dr. Khan.
Der Major hatte keine Lust, ihn aufzuklären. Aber immerhin war damit das Geheimnis der üppigen Dekoration gelüftet: Ferguson hatte eine weitere geschickte Maßnahme ergriffen, um die Einheimischen zu manipulieren. »Die wollen in ganz Edgecombe St. Mary riesige Häuser bauen, die nur von reichen Leuten mit guten Beziehungen gekauft werden dürfen«, erklärte Mrs. Ali.
»Tolle Idee«, sagte Mrs. Khan zu ihrem Mann. »Wir sollten uns mal erkundigen, wie groß so ein Haus sein darf.«
»Das ist Lord Dagenhams Werk«, warf Mrs. Ali ein.
»Scheinbar wird Lord Dagenham Ihnen die Auszeichnung heute ja selbst überreichen«, sagte Mrs. Khan zum Major.
»Mein Mann war enorm erleichtert, dass er nicht gefragt wurde. Er leistet jederzeit gern seinen Beitrag, aber er hasst es, im Rampenlicht zu stehen.«
»Als Lord kann man sich eine Geldspende natürlich sparen«, meinte Dr. Khan, nahm einen kräftigen Schluck von seinem Gin und versuchte vergeblich, einen weiteren zu bestellen.
»Mein Mann ist nämlich sehr großzügig«, fügte Mrs. Khan hinzu.
Das Gespräch wurde von einem kurzen Trommelwirbel unterbrochen. Alec Shaw, wieder mit bebendem Turban auf dem Kopf, verkündete die Ankunft des Maharadschas höchstpersönlich sowie seines königlichen Gefolges. Die Kapelle begann, ein dem Major irgendwoher bekanntes feierliches Stück zu spielen.
»Ist das Elgar?«, fragte der Major.
»Ich glaube, es ist aus ›Der König und ich‹ oder etwas Ähnlichem«, antwortete Mrs. Ali, inzwischen unverhohlen kichernd.
Die Menge wich an den Rand der Tanzfläche zurück. Der Ma-

jor blieb äußerst unbequem zwischen dem Schwertgriff des Arztes und Mrs. Khans gut gepolsterter Hüfte stecken. Er stellte sich so gerade hin, wie er nur konnte, um möglichst wenig Körperkontakt aufnehmen zu müssen. Mrs. Ali, die an der anderen Seite des Arztes eingezwängt war, fühlte sich sichtlich ebenso sichtlich unwohl.
Aus dem Vorraum schritten auf dem karmesinroten Teppich zwei Kellner mit großen Bannern herein, gefolgt von Lord Dagenham und seiner Nichte, beide üppig kostümiert. Dagenham, mit violetter Tunika und einem Turban angetan, hatte Schwierigkeiten zu verhindern, dass sich sein Krummsäbel in den Sporen seiner Stiefel verhakte, während Gertrude, die man offenbar angewiesen hatte, ausladend zu winken, um ihre wallenden Ärmel zur Geltung zu bringen, die Arme starr in einem Dreißig-Grad-Winkel von sich streckte und so trampelig daherstapfte, als würde sie nicht Seidenpantöffelchen, sondern immer noch Gummistiefel tragen. Hinter den beiden trotteten in Zweierreihe mehrere Tänzerinnen herein – die Kellnerinnen aus der Grill-Bar –, angeführt von Amina in einem türkisblauen Pajama-Kostüm. Obwohl sich ihr Haar unter einem eng anliegenden Satintuch verbarg und ihr Gesicht unterhalb der dunkel umrandeten Augen von einem flatternden Chiffonschleier bedeckt wurde, sah sie erstaunlich schön aus. Ihre Tanztruppe war von einer deutlich sichtbaren Symmetrie geprägt: Während die Mädchen vorbeigingen, erkannte der Major, dass man sie nach dem Grad ihrer Einsatzbereitschaft angeordnet hatte – die an der Spitze schlängelten hingebungsvoll die Arme, die weiter hinten dagegen schlurften verlegen und mürrisch vor sich hin.
Den Mädchen folgten zwei Trommler und ein Mann mit einem Sitar; dann kamen zwei weitere Kellner mit Flaggen, der Feuerschlucker und als Letztes ein Akrobat, der sich ein paarmal auf der Stelle drehte, damit der Festzug Zeit hatte, den Raum zu verlassen und Platz zu machen für seine Salti und Flickflacks. Die Fahnenträger konnten sich nur mit

Mühe durch die Tür links von der Bühne zwängen, und der aufkommende schwache Brandgeruch ließ vermuten, dass der Feuerschlucker ungeduldig geworden war. Lord Dagenham und seine Nichte betraten die Bühne von entgegengesetzten Seiten und kamen hinter Alec wieder zusammen, der sich tief vor ihnen verneigte und dabei fast den Mikrophonständer umstieß. Lord Dagenham fing ihn mit einem raschen Sprung gerade noch auf.
»Ich erkläre diesen wunderbaren Abend offiziell für eröffnet«, rief er. »Bitte zu Tisch!«

Siebzehntes Kapitel

Tisch Nummer sechs stand sehr prominent an der Fensterseite der Tanzfläche, fast in der Mitte des Raums. Die Khans wirkten zufrieden.
»Freut mich, die Bekanntschaft eines anderen Sponsors zu machen«, sagte Mrs. Khan zu dem Paar, das schon dasaß und sich als Mr. und Mrs. Jakes entpuppt hatte. Die beiden bedienten sich bereits aus dem Brotkorb.
»Wir geben dem Club im Frühjahr immer einen hohen Rabatt auf das Unkrautvernichtungsmittel und werden dafür eingeladen. Meine Gattin schwingt ab und zu gern das Tanzbein«, erklärte Mr. Jakes. Er trug einen schlichten beigen Shalwar Kamiz, dazu dunkle Socken und Budapester. Seine Frau hatte sich in ein dazu passendes Gewand geworfen, dieses jedoch mit goldenen Plateausandalen und einem breiten goldenen Haarband kombiniert. Den Major erinnerten die beiden an Menschen in OP-Kleidung.
»Aah – ein Mambo!«, rief Mrs. Jakes und sprang so abrupt auf, dass das Besteck klirrte. Hastig erhob sich der Major.
»Wenn Sie uns bitte entschuldigen.« Das Ehepaar eilte auf die Tanzfläche. Der Major nahm wieder Platz. Er wünschte, er könnte Mrs. Ali auffordern.
Nun trat Grace an den Tisch und stellte Sterling vor, der eine lange alte Militärjacke in Gelb mit schwarzen Litzen und Brustschnüren sowie auf dem Kopf eine schwarze Mütze trug, aus der hinten ein gelb-schwarzes Tuch heraushing.
»Ah, Sie sind Amerikaner?«, sagte Mrs. Khan und reichte ihm die Hand. »Was für ein beeindruckendes Kostüm!«
»Die Bengal Lancers waren angeblich ein berühmtes anglo-indisches Regiment«, sagte der junge Mann und zupfte die

Hosenbeine der weißen Jodhpurs an den Schenkeln auseinander, um zu zeigen, wie weit sie geschnitten waren. »Allerdings ist mir schleierhaft, wie sich die Briten ihr Empire in Clownshosen erobern konnten.«
»Das sagt einer aus dem Land, das den Wilden Westen in Lederchaps und Mützen aus toten Eichhörnchen eroberte.«
»Schön, Sie wiederzusehen, Major.« Sterling streckte ihm die Hand entgegen. »Zum Schießen komisch, wie immer!«
»Und wo ist Mr. Ferguson?«, fragte Grace.
»Er kommt aus Sicherheitsgründen gern etwas später«, erklärte Sterling. »Aufsehen vermeiden.« In diesem Moment erschien Ferguson in der Tür. Er trug eine Militäruniform, die so aufwendig gestaltet war, dass sie fast echt wirkte. Abgerundet wurde das Ganze durch einen hellroten, mit Hermelin eingefassten und gefütterten Umhang. Unter den linken Arm hatte er sich einen hohen Dreispitz geklemmt, mit der rechten Hand tippte er auf seinem Handy herum. Sandy, in einem Corsagenkleid aus taubengrauem Chiffon, zu dem sie pinkfarbene Handschuhe trug, hatte die Hand in seine Armbeuge geschoben.
»Sehen Sie nur, Major, das ist doch Roger, der da mit Mr. Ferguson reinkommt, oder?«, sagte Grace.
Und er war es: In die zu enge Armeejacke seines Großvaters gezwängt, redete Roger streberhaft auf Fergusons breiten Rücken ein. Als der Amerikaner stehen blieb, um seinen Tisch zu suchen, stieß er fast gegen ihn. Sandy schien ihr bleiches diplomatisches Lächeln nur mit Mühe aufrechtzuerhalten.
»Mr. Ferguson übertrifft ja sogar unseren Maharadscha an Pracht und Herrlichkeit«, sagte Mrs. Khan.
»Wo hat er diese Aufmachung nur her?«, fragte Dr. Khan. Man sah ihm an, dass er mit seiner eigenen Kostümierung nicht mehr allzu glücklich war.
»Großartig, nicht wahr? Das ist Lord Mountbattens Vizekönigsuniform!«, rief Grace.

»Wie passend – in historischer Hinsicht.« Mrs. Alis Stimme nahm eine gewisse Härte an. »Sie scherzen doch hoffentlich.«
»Natürlich nicht das Original«, erklärte Sterling. »Von irgendeiner BBC-Produktion ausgeliehen, glaube ich.«
»Major, ist das Ihr Sohn, der den Ordonnanzoffizier von Mountbatten mimt?«, fragte Dr. Khan.
»Mein Sohn …« Der Major musste sich schwer zusammenreißen, um nicht entrüstet aufzuschnauben. »Mein Sohn ist als Colonel Arthur Pettigrew verkleidet, den er heute Abend im Unterhaltungsteil darstellen wird.« Rings um den Tisch wurde es still. Auf der anderen Seite des Raums schlurfte Roger immer noch so hinter Ferguson her, dass man ihn tatsächlich eher für einen jungen Soldaten als für eine Führungsfigur halten konnte. Roger war alles andere als dick; dass die Uniform an ihm so sehr spannte, gab dem Major das unschöne Gefühl, dass sein Vater schmächtiger und fragiler gewesen sein musste, als er ihn in Erinnerung hatte.
»Roger sieht unglaublich gut aus in Uniform«, sagte Grace. »Sie sind bestimmt sehr stolz auf ihn.« Rogers Blick fiel auf Grace, und sie winkte ihm zu. Mit einem Lächeln, das eher Widerwillen als Freude ausdrückte, ging er quer über die Tanzfläche auf den Tisch zu. Während er sich näherte, versuchte der Major krampfhaft, Stolz zu empfinden. Stattdessen spürte er aber vor allem Scham darüber, dass Roger eine Uniform trug, die ihm nicht zustand. Hartnäckig hatte sich sein Sohn geweigert, zum Militär zu gehen – der Major erinnerte sich gut an die Diskussion, die sie einmal an einem stürmischen Osterwochenende miteinander geführt hatten. Roger war gerade mit einer Kiste voller Wirtschaftslehrbücher und dem Traum, Banker zu werden, vom College nach Hause gekommen und hatte seinem diskret anfragenden Vater eine geharnischte Abfuhr erteilt.
»Die Armee ist etwas für Bürokraten und Idioten. Da machst du im Schneckentempo Karriere und schaffst nie den Durchbruch.«

»Es geht doch darum, dem eigenen Land zu dienen«, hatte der Major erwidert.
»Es führt mit hundertprozentiger Sicherheit dazu, dass man in derselben Lage stecken bleibt wie der eigene Vater.« Roger war blass geworden, aber aus seinem Blick sprach weder Scham noch Bedauern. Der Schmerz, den die Worte dem Major zufügten, hatte sich blitzartig in seinem Inneren ausgebreitet; ihm war zumute gewesen, als hätte ihm jemand einen Totschläger in einer Wollsocke über den Schädel gezogen.
»Ihr Großvater war also Colonel?«, fragte Mrs. Khan, als Roger vorgestellt wurde. »Wie schön, dass Sie dieser Familientradition gefolgt sind!«
»Traditionen sind ja so wichtig«, erklärte der Arzt und schüttelte Rogers Hand.
»Um ehrlich zu sein – Roger arbeitet in London«, sagte der Major. »Er ist Banker.«
»Obwohl wir uns oft wie im Schützengraben fühlen«, fügte Roger hinzu. »Tag für Tag tragen wir im Kampf um die Märkte unsere Narben davon.«
»Das Bankwesen ist ja heutzutage unglaublich wichtig.« Mrs. Khan nahm die Kurve mit der Selbstsicherheit einer Politikerin. »Da können Sie bestimmt viele wertvolle Beziehungen knüpfen.« Alle sahen zu, wie sich auf dem kleinen Podium in der Mitte des Raums Lord Dagenhams Tischgesellschaft formierte.
Der Major nahm Roger zur Seite. »Ich habe Marjorie gesehen. Hast du sie eingeladen?«
»Um Gottes willen, ich doch nicht! Sie hat mir erzählt, dass Ferguson ihr einen sehr netten Brief geschrieben und sie eingeladen hat.«
»Aber aus welchem Grund sollte er das tun?«
»Wahrscheinlich will er uns wegen der Gewehre unter Druck setzen. Bleib standhaft, Dad!«
»Worauf du wetten kannst«, sagte der Major.

Der weitere Abend war ein Paradebeispiel für nahezu grenzenloses Chaos. Mühsam bahnten sich die Kellner ihren Weg durch die Gänge, weil die Gäste partout nicht sitzen blieben. Das Parkett war voll, aber viele Leute taten nur so, als wollten sie tanzen gehen; in Wirklichkeit wanderten sie von Tisch zu Tisch, begrüßten Freunde und propagierten ihre eigene Wichtigkeit. Sogar die Khans wurden, nachdem sie sich auf einen Cha-Cha-Cha verabschiedet hatten, in der kleinen Gruppe gesehen, die sich um Lord Dagenham gebildet hatte. Das Gedränge war so schlimm, dass der Major beobachten konnte, wie Sandy, die zwischen Dagenham und Ferguson saß, einem Kellner signalisierte, er solle ihr das Essen lieber quer über den Tisch reichen und gar nicht erst versuchen, es stilvoll zu servieren. Während des Hauptgangs wurde ersichtlich, dass die Kellner viel zu sehr damit beschäftigt waren, Wein einzuschenken, als dass sie sich um den Früchtepunsch für Mrs. Ali kümmern konnten.
»Ich springe kurz zur Bar. Kommen Sie zurecht?«, fragte der Major.
»Aber natürlich«, sagte Mrs. Ali. »Grace und ich hecheln in der Zwischenzeit die viele nackte Haut durch, die hier präsentiert wird.«
»Für mich bitte nichts«, sagte Grace. »Ich bleibe bei meinem einen Glas Wein.« Mit diesen Worten nahm sie ihre Abendtasche, entschuldigte sich hastig und eilte Richtung Toilette.
»Vielleicht sollten wir ihr erzählen, dass ihr der Kellner jedes Mal, wenn sie nicht hinsieht, Chardonnay nachschenkt«, sagte der Major mit einem Lächeln.

Auf dem mühsamen Rückweg von der Bar legte der Major in einer ruhigen Ecke hinter einem Palmfarn eine Pause ein und nahm sich einige Sekunden Zeit, um Mrs. Ali zu beobachten, die ganz allein dasaß und an dem riesigen Tisch viel kleiner wirkte als sonst. Ihr Gesicht war völlig ausdruckslos, ihr Blick auf die Tänzer gerichtet. Der Major fand, dass sie in dem warmen Raum weniger selbstbewusst wirkte als im Regen auf einer windumtosten Promenade. Und er musste zugeben, dass – schon oft war es ihm aufgefallen – Menschen allein und unbeachtet meist weniger attraktiv wirkten als in Gesellschaft von bewundernden Freunden. Er sah noch ein wenig genauer hin, und plötzlich erschien auf Mrs. Alis Gesicht ein großes Lächeln, das ihre ganze Schönheit zurückbrachte. Alec Shaw hatte sich zu ihr hinuntergebeugt und sprach mit ihr, und zum Erstaunen des Majors stand sie auf und folgte der Aufforderung, einen ziemlich schnellen Foxtrott mit ihm zu tanzen. In dem Moment, als Alec ihre Hand ergriff und ihr den Arm um die schlanke Taille schlang, klopfte dem Major jemand auf die Schulter und nahm seine Aufmerksamkeit in Anspruch.

»Na, amüsieren Sie sich, Major?« Ferguson hielt ein Glas Scotch in der Hand und kaute auf einer unangezündeten Zigarre herum. »Ich wollte gerade rausgehen und rauchen.«

»Ja, sehr, danke der Nachfrage«, antwortete der Major, während er versuchte, Alec im Gewühl nicht aus dem Blick zu verlieren, der Mrs. Ali mit übertrieben vielen Drehungen durch den Raum wirbelte.

»Freut mich, dass Ihre Schwägerin kommen konnte.«

»Entschuldigen Sie – was, bitte?«, fragte der Major, den Blick nach wie vor auf die Tanzfläche gerichtet. Mrs. Ali war genauso leichtfüßig, wie er es sich erträumt hatte, und ihr Kleid umfloss ihre Knöchel wie blaue Wellen.

»Sie hat mir erzählt, dass sie eine Kreuzfahrt machen will, sobald sie das Geld hat.«

»Welches Geld?«, fragte der Major. Er war hin- und hergerissen zwischen dem plötzlichen Drang, Alec zu erdrosseln, und einer leisen Stimme, die ihm sagte, er solle auf Ferguson achten. Mit großer Mühe wandte er den Blick von der Tanzfläche ab.

»Nur keine Sorge.« Auch Ferguson sah jetzt zu, wie Mrs. Ali gleich einer leuchtend blauen Flamme durch die tanzende

Menge wirbelte. »Ich bin zu einem fairen Deal bereit, wenn Sie auch fair sind.« Die Zigarre in seinem Mund wippte auf und ab. Ferguson wandte sich zu ihm um und fügte hinzu: »Wie ich vorhin zu Sterling sagte – klar könnte ich der Witwe schon jetzt einen erstklassigen Preis für ihr Gewehr zahlen und es mir hinterher aus Pettigrews Versteck holen, aber warum sollte ich? Ich respektiere den Major viel zu sehr als Gentleman und feinen Kerl, als dass ich ihn übers Ohr hauen würde.« Er lächelte, aber sein Lächeln reichte nicht bis zu den Augen.
»Sie haben sie zum Ball eingeladen«, sagte der Major.
»Das war ja nun wirklich das mindeste, alter Knabe!« Ferguson versetzte ihm einen weiteren Schlag auf die Schulter. »Schließlich soll die gesamte Familie Pettigrew dabei sein, wenn Sie diese Auszeichnung bekommen.«
»Ja, natürlich.« Dem Major wurde übel.
»Sie sollten die Gewehre nach der Show schnell wieder an sich nehmen«, fügte Ferguson im Weggehen hinzu. »Sie war nämlich sehr interessiert, als sie erfuhr, dass sie hier sind.«
Die unausgesprochene Drohung hatte den Major so verstört, dass er sich erst einmal in den Schatten des Türvorhangs zurückzog, um die Fassung zurückzugewinnen. Er schaffte es gerade noch, dem Blick Daisy Greens zu entwischen, die in diesem Moment mit Alma vorbeischlenderte. Auch sie hatte bemerkt, dass Alec und Mrs. Ali miteinander tanzten, denn sie blieb stehen und griff nach Almas Arm.
»Schau mal, sie hat sich deinen Mann geangelt.«
»Ach, sieht sie nicht wunderschön aus?«, entgegnete Alma.
»Ich habe Alec gesagt, er soll dafür sorgen, dass sie nicht ausgeschlossen wird.«
»Ich meine ja auch nur, wenn Grace ein bisschen mehr Dekolleté zeigen würde, hätte er sich vielleicht nicht von diesen doch etwas exotischeren Reizen verführen lassen.«
»Meinst du Alec?«, fragte Alma.
»Nein, natürlich nicht Alec, Dummerchen!«

»Ich glaube, Grace machte sich Sorgen wegen ihrer Halsfalten«, sagte Alma und strich mit der Hand am eigenen Hals entlang, der von einem violetten Satintuch mit Fransen und klickenden orangeroten Glaskügelchen umhüllt war. Sie trug eine hochgeknöpfte viktorianische Bluse und einen zerknitterten bauschigen Samtrock, der schon so manche Motte genährt hatte.

»Sie wird sich noch mehr Sorgen machen müssen, wenn ihre sogenannte Freundin ihn sich schnappt und es uns dann allen unter die Nase reibt«, fauchte Daisy.

»Wenn sie ihn heiratet, sollten wir ihr wohl die Mitgliedschaft im Gartenclub anbieten, meinst du nicht?«, fragte Alma.

»Wir müssen selbstverständlich unsere christliche Pflicht erfüllen«, gab Daisy zurück.

»Seine Frau war ja mehr eine Einzelgängerin. Vielleicht ist sie auch so.«

»Die Teilnahme an irgendwelchen kirchlichen Aktivitäten können wir ihr ja leider schlecht anbieten.« Daisy grinste auf sehr unschöne Weise. »Damit ist sie sowieso von den meisten Komitees ausgeschlossen.«

»Vielleicht konvertiert sie dann.« Alma kicherte.

»So etwas sagt man nicht mal im Scherz! Hoffen wir einfach, dass er sich nur noch ein letztes Mal austoben will.«

»Ein allerletzter kleiner Johannistrieb an der alten Eiche, sozusagen?«, fragte Alma. Lachend gingen die beiden Frauen weiter in den heißen, überfüllten Raum hinein.

Der Major brauchte ein paar Sekunden, bis er sich wieder bewegen konnte. Sein Körper war wie festgeklebt an der kalten Scheibe der Terrassentür und fühlte sich merkwürdig taub an. Der aufblitzende Gedanke, dass er Mrs. Ali vielleicht besser doch nicht zum Ball hätte einladen sollen, trieb ihm die Schamröte ins Gesicht, und augenblicklich entwickelte er eine Wut auf Daisy und Alma. Dass sie sich derartige Dinge über Mrs. Ali und ihn ausdachten, verblüffte ihn zutiefst. Tratsch hatte seinem Verständnis nach immer aus dem bos-

haften Weitergetuschel unangenehmer Wahrheiten bestanden, nicht aber aus der Erfindung absurder Geschichten. Wie sollte man sich vor Menschen schützen, die einfach etwas aus der Luft griffen? Reichte es womöglich in einer Welt, in der Hirngespinste als Tatsachen herumerzählt wurden, nicht aus, gewissenhaft und untadelig zu sein? Er blickte sich um in dem hohen Raum voller Leute, die für ihn Freunde und Nachbarn waren. Einen Moment lang sah er völlig fremde Menschen in ihnen; betrunkene Menschen, genauer gesagt. Er starrte die Palme an, entdeckte aber nur ein Schildchen, auf dem stand, dass sie aus Plastik und Made in China war.
Als er an den Tisch zurückkehrte, bekam er gerade noch mit, wie Alec Mrs. Ali mit einer schwungvollen Bewegung auf ihrem Stuhl absetzte.
»Und immer schön dran denken«, sagte er. »Die sollte man einfach gar nicht beachten!« Zum Major gewandt, fügte er hinzu: »Deine Begleitung ist eine wundervolle Tänzerin, Ernest.« Dann verschwand er, um sich etwas zu essen zu holen.
»Wovon hat er gerade gesprochen?«, fragte der Major, während er die beiden Drinks abstellte und neben ihr Platz nahm.
»Ich glaube, er wollte mich beruhigen.« Sie lachte. »Er meinte, ich solle mir keine Gedanken machen, falls einige Ihrer Freunde zunächst ein bisschen steif wären.«
»Welche Freunde?«
»Haben Sie denn keine? Wer sind dann alle diese Leute?«
»Wenn ich das nur wüsste«, sagte der Major. »Ich dachte, Sie würden nicht tanzen, sonst hätte ich Sie selbst aufgefordert.«
»Fordern Sie mich jetzt auf? Oder wollen Sie noch etwas von dem Roastbeef?« Mrs. Rasools Kellner umkreisten die Tische mit riesigen Platten.
»Bitte geben Sie mir die Ehre!« Er führte sie auf die Tanzfläche. Die Kapelle stimmte einen Langsamen Walzer an.
Tanzen, dachte der Major, ist wirklich etwas Merkwürdiges. Er hatte völlig vergessen, dass diese halbwegs angenehme körperliche Bewegung etwas Elektrisierendes bekam, wenn

man die richtige Frau im Arm hielt. Jetzt verstand er, warum der Walzer einst genauso viel Missbilligung erfahren hatte wie die wilden Verrenkungen, die die jungen Leute von heute als Tanzen bezeichneten. Er hatte das Gefühl, nur mehr in dem gleitenden Kreis zu existieren, den sie beschrieben. Außer Mrs. Alis lächelnden Augen gab es in diesem Moment nichts mehr; es gab keine Menschen mehr außer ihr und ihm. Er spürte ihren Rücken und ihre weiche Handfläche unter seinen Händen, und ihn erfüllte eine Kraft, die ihn größer sein und sich schneller drehen ließ, als er es je für möglich gehalten hatte.
Er sah sie nicht, die beiden Männer, die hinter ihm tratschten, als er an Bar und Bühne vorbeiglitt, aber er hörte in der kurzen Stille zwischen melodischen Kaskaden einen Mann fragen: »Glaubst du wirklich, sie bitten ihn, aus dem Club auszutreten?« Worauf eine zweite Stimme, ein wenig lauter, um die Musik zu übertönen, die Antwort gab: »Das natürlich nicht, aber der Clubsekretär meinte, wir hätten da wieder ein George-Tobin-Problem.«
Dem Major wurde siedend heiß; als er es wagte, einen raschen Blick zur Bar zu werfen, hatten sich die beiden Männer abgewandt, und er konnte nicht mit Sicherheit sagen, von wem die Rede gewesen war. Er blickte sich nach etwaigen anderen Ungebührlichkeiten um, die Kritik hätten provozieren können, und sah den alten Mr. Percy, seine Dame in den steifen Armen haltend, vorbeischweben. Ihr trägerloses Kleid war so stark verrutscht, dass ihr üppiger Busen oberhalb des hochgezogenen Reißverschlusses herauszuquellen drohte, während am Rücken zwei fischbeinverstärkte Ausbuchtungen an Flügelansätze erinnerten. Der Major seufzte erleichtert auf und überlegte, ob es für den Club nicht von Vorteil wäre, die Regularien etwas strenger zu fassen.
Die Sache mit George Tobin, der eine schwarze Schauspielerin aus einer beliebten Fernsehserie geheiratet hatte, war ihm immer noch unangenehm, obwohl es damals angeblich nur

um die Ungestörtheit der Clubmitglieder gegangen war. Alle hatten darin übereingestimmt, dass Tobin die Grenzen überschritten hatte, weil er den Club durch die Ehe mit einem Fernsehstar der potenziellen Aufmerksamkeit irgendwelcher Paparazzi und einer nach Prominenten gierenden Öffentlichkeit preisgab.

Seiner überaus aufgebrachten Frau hatte der Major versichert, dass die Mitglieder des Aufnahmekomitees allen Vermutungen, in Wahrheit gehe es um die Hautfarbe, energisch entgegengetreten waren. Immerhin hatte Tobins Familie schon seit mehreren Generationen Clubmitglieder gestellt, die durchaus Ansehen genossen, obwohl sie nicht nur katholisch, sondern auch irischstämmig waren. Tobin hatte sich bereit gezeigt, stillschweigend auszutreten, allerdings unter der Voraussetzung, dass sein Sohn aus erster Ehe eine eigene Mitgliedschaft erhielt. Die Sache war mit äußerster Diskretion geregelt worden. Nancy aber hatte sich geweigert, den Club jemals wieder zu betreten, und dem Major war ein ungutes Gefühl geblieben.

Die Musik mündete in ein grandioses Crescendo, und der Major schob alle Gedanken an den Club beiseite und konzentrierte sich wieder auf Mrs. Ali. Sie wirkte ein bisschen verwundert, so als hätte sich seine Nachdenklichkeit in seinem Gesicht gespiegelt. Er verfluchte sich für jede Sekunde des Tanzes, die er vergeudet hatte, lächelte Mrs. Ali strahlend an und drehte sich so schwungvoll mit ihr, dass sie fast vom Boden abhoben.

Als der Walzer zu Ende war, kündigten ein Trommelwirbel und das ekstatische Blinken und anschließende Verlöschen der Kronleuchter den Unterhaltungsteil an. In der plötzlichen Dunkelheit ertönten schrilles Gekreisch, halblaut gemurmelte Flüche und, als die Leute zu ihren Stühlen eilten, das leise Klirren von zerbrechendem Glas. Der alte Mr. Percy fuhr fort, seine Partnerin herumzuwirbeln, und musste von einem Kellner zum Verlassen der Tanzfläche aufgefordert werden. Der Major gab sich größte Mühe, Mrs. Ali ohne Zwischenfälle an den Tisch zurückzugeleiten.

Nach einem lauten Beckenschlag aus der Kapelle ertönten blecherne, schrille Musik vom Band sowie eine Zugpfeife. Ein Diaprojektor schnitt seinen Lichtstrahl durch die Dunkelheit und warf sepiabraune Bilder von Indien auf eine weiße Leinwand. Die Dias flackerten und folgten so schnell aufeinander, dass man die dargestellten Szenen kaum erkennen konnte. Der Major verspürte eine schreckliche, immer stärker werdende Vertrautheit, bis ihm das kurz aufscheinende Bild von ihm selbst als Kind auf einem kleinen, bemalten Elefanten bewies, dass Roger tatsächlich die Blechschachtel im Speicher geplündert und die Familienfotos öffentlich zur Schau gestellt hatte.
Vereinzelter Applaus übertönte das leise Geklingel von Fußglöckchen; als das Licht wieder angeschaltet wurde, sah man in grellgrünem Scheinwerferlicht die Tänzerinnen, die sich, einen Zug imitierend, synchron bewegten und dabei mit diversen Requisiten wie Körben, Schachteln sowie einigen Plüschhühnern winkten. Roger saß auf einer Truhe, rauchte eine absurd stark gebogene Pfeife und schmökerte in einer Zeitung, augenscheinlich ohne etwas von dem bunten Treiben hinter ihm mitzubekommen. Am einen Ende des Ensembles vollführte Amina fließende Bewegungen zu irgendeinem weiten, fernen Horizont hin. Die Musik, die Zugpfeife und die flimmernde Leinwand machten das Ganze weit wirkungsvoller, als der Major sich vorgestellt hatte. Er beschloss, Roger die Verwendung der Fotos zu verzeihen.
»Gar nicht so schlecht, wie ich befürchtet hatte«, sagte er zu Mrs. Ali. Den verhaltenen, nervösen Stolz in seiner Stimme nahm er selbst wahr.
»Sehr authentisch, finde ich«, warf Mrs. Jakes ein. »Ganz so, als wäre man in Indien.«
»Ja, ich persönlich steige auch nie ohne Huhn in den Zug«,

sagte Mrs. Ali, den Blick konzentriert auf die Tänzerinnen gerichtet.

»Das Ende des Empires, Endstation ...« Während Daisy Green mit schriller Stimme die Geschichte des jungen, arglosen Offiziers erzählte, der im selben Zug wie die schöne neue Braut des Maharadschas zu seiner Kaserne in Lahore zurückkehrte, tanzte Amina ein kurzes Solo. Ihre wallenden Schleier formten Bögen aus Licht und Bewegung.

»Sie ist wirklich gut, oder?«, sagte Grace, als am Ende der Tanzeinlage kurzer Beifall aufbrauste. »Wie eine echte Ballerina.«

»In Wirklichkeit haben natürlich nur die Kurtisanen getanzt«, wandte Sadie Khan ein. »Die Frau eines Maharadschas hätte sich niemals so gezeigt.«

»Das Gleis ist blockiert! Das Gleis ist blockiert!«, kreischte Daisy. Während die Tänzerinnen mit den klingelnden Füßen stampften und ihre Körbe und Hühner noch heftiger herumwirbelten, las Roger weiter seine Zeitung, ohne etwas von dem Geschehen um ihn herum wahrzunehmen. Der Major wurde ungeduldig. Sein Vater, dachte er, hätte bestimmt viel schneller bemerkt, dass sich die Atmosphäre im Zug verändert hatte. Am liebsten hätte er gehustet, um Roger darauf aufmerksam zu machen.

»Eine mordlustige Horde verbreitet Angst und Schrecken in dem unschuldigen Zug«, schrie Daisy, und aus sämtlichen Türen der Grill-Bar torkelten die hastig rekrutierten Freunde der Kellnerinnen, alle in Schwarz gekleidet und mit langen Stöcken wild um sich schlagend.

»Ach, du liebe Güte«, sagte Grace. »Vielleicht war es doch keine so gute Idee, ihnen das Bier und die Sandwiches schon vor der Aufführung zu geben.«

»Und ich hätte mir das mit den Knüppeln noch einmal gründlich überlegt«, witzelte der Major. Er sah zu Mrs. Ali hinüber, aber sie lächelte nicht über seine Bemerkung. Ihr ganz der Bühne zugewandtes Gesicht war starr wie Alabaster.

Während die Dias in immer schnellerer Abfolge über die Leinwand flimmerten, führten die Männer mit übertriebenen, zeitlupenartigen Bewegungen mehrere Angriffe auf die sich windenden Frauen aus. Das gedämpfte Kreischen und Kichern der Tänzerinnen, das die wehklagende Musik nicht ganz zu übertönen vermochte, ärgerte den Major. Amina trat nun zu einem wilden Tanz mit zwei Angreifern an, die sich nach Kräften bemühten, sie jedes Mal, wenn sie ihre Arme ergriff, hochzuheben und von sich zu schleudern. Aus ihren Bewegungen sprach mehr Einsatzfreude als Schönheit, aber der Major fand, dass Amina das Ganze doch einigermaßen bedrohlich aussehen ließ. Zuletzt riss sie sich los, sprang davon und landete mit einer Drehung direkt auf Rogers Schoß. Roger hob den Blick von der Zeitung und mimte angemessene Verwunderung.
»Die Frau des Maharadschas vertraut sich dem Schutz des britischen Offiziers an«, gellte Daisy. »Er ist zwar nur ein einzelner Mann, aber bei Gott – er ist ein Engländer!« Im Publikum ertönten Beifallrufe.
»Meine Güte, ist das aufregend!«, sagte Mrs. Jakes. »Ich bekomme eine Gänsehaut.«
»Möglicherweise eine allergische Reaktion«, sagte Mrs. Ali mit sanfter Stimme. »Hervorgerufen durch das Britische Empire.«
»… verkleidet er die Maharani als seine Untergebene …«, fuhr Daisy fort.
Der Major wollte nicht mäkeln, aber Rogers Darbietung konnte er nicht für gut befinden. Erstens hatte er eine Haltung eingenommen, die eher an James Bond als an einen britischen Militär erinnerte, und zweitens hatte er seinen Trenchcoat und sein Gewehr Amina zu halten gegeben und benutzte nun eine Pistole, was der Major als unverzeihlichen taktischen Fehler betrachtete.
In die Musik und das Gekreisch mischten sich Schüsse. Die Scheinwerfer blinkten rot, die Leinwand wurde dunkel.

»Als Hilfe kam, wachte der tapfere Colonel bis zum letzten Augenblick über die Fürstin«, rief Daisy. Das Licht fiel auf eine Masse lebloser Körper, männlicher wie weiblicher. Nur Roger stand noch aufrecht, die Pistole in der Hand, die bewusstlose Maharani im Arm. Obwohl ein, zwei Mädchen kicherten – woran wahrscheinlich die jungen Männer schuld waren, die auf ihren Beinen lagen –, spürte der Major, dass es im ganzen Raum so ruhig wurde, als hielten alle den Atem an. Nachdem die Lichter verlöscht waren, folgte einer kurzen Stille tosender Applaus.

Als es wieder hell wurde, sah man als glänzendes Schlussbild Lord Dagenham und Gertrude auf einem Thron sitzen, Amina zu ihren Füßen. Auf den Stufen zwischen Bühne und Fußboden hatten sich die Tänzerinnen und Tänzer aufgestellt; sie trugen jetzt protzige Halsketten und glitzernde Kopftücher. Alec Shaw als Wesir hielt eine geöffnete Kiste mit den beiden Gewehren vor sich. Roger stand in Habachtstellung da und salutierte dem Fürstenhof. Die Leinwand dahinter zeigte dieselbe Szene auf einem sepiabraunen Foto. Ein starkes Gefühl, halb Stolz, halb Wehmut, ergriff den Major, als er darin das Foto erkannte, das seine Mutter einst in einer dunklen Ecke im oberen Treppenflur aufgehängt hatte, weil sie nicht prahlerisch wirken wollte.

Nun setzte ein wahres Blitzlichtgewitter ein. Aus den Lautsprechern drang die klagende Stimme einer Sängerin, begleitet von dröhnender asiatischer Popmusik. Während das Publikum im Takt mitklatschte, liefen die Tänzerinnen mit Bewegungen, die die meisten hier höchstens aus Bollywood-Filmen kannten, durch die Gänge und holten sich Männer aus dem Publikum, die sich der Hopserei anschließen sollten. Der Major kniff die geblendeten Augen zusammen und nahm undeutlich wahr, dass ein kleingewachsener Mann auf die Bühne stieg und, irgendetwas auf Urdu schreiend, nach Daisy Greens Mikrophon griff.

»Weg da, Sie schrecklicher kleiner Mann!«, schrie Daisy.

»Das ist doch Rasools Vater«, rief Dr. Khan. »Was um Himmels willen macht er denn?«
»Keine Ahnung«, sagte Mrs. Khan, »aber das könnte eine Katastrophe für Najwa werden.« Sie klang sehr glücklich.
»Komm, wir gehen lieber tanzen«, sagte Mrs. Jakes und zog ihren Mann weg.
Dr. Khan erhob sich. »Kann mal jemand den alten Trottel da rauswerfen? Der macht uns noch den ganzen Abend kaputt.«
»Bitte misch dich nicht ein!«, bat Mrs. Khan. Dabei legte sie nicht etwa die Hand auf den Arm ihres Mannes, um ihn zu bremsen, sondern deutete nur darauf. Diese Art der verkürzten Kommunikation hatte der Major bei Eheleuten schon oft gesehen. Der Doktor setzte sich wieder.
»Mein Mann ist immer so mitfühlend«, erklärte Mrs. Khan ihren Tischnachbarn.
»Eine Art Berufskrankheit«, meinte Dr. Khan.
Mr. Rasool Senior hatte sich das Mikrophon geschnappt und fuchtelte mit erhobenem Zeigefinger vor dem Gesicht der schockierten Daisy Green herum. Er brüllte jetzt auf Englisch los, und zwar so laut, dass es in den Ohren schmerzte, als sich seine aufgebrachte Stimme überschlug und er die Lautsprecher damit an die Grenzen ihrer Leistungsfähigkeit brachte.
»Das ist eine große Beleidigung für uns! Sie machen sich über das Leid eines Volkes lustig!«
»Was soll das denn?«, rief Grace.
»Vielleicht ist er erbost darüber, dass die Greuel der Teilung zu einer Showeinlage verniedlicht werden«, sagte Mrs. Ali.
»Oder aber er mag einfach keine Bhangra-Musik.«
»Warum sollte das irgendwen beleidigen?«, fragte Grace. »Es ist doch die herausragendste Leistung in der Familie des Majors!«
»Es tut mir so leid«, sagte Mrs. Ali. Sie drückte dem Major die Hand, und er wurde schlagartig rot bei dem Gedanken, dass sie sich womöglich nicht bei ihm, sondern für ihn ent-

schuldigte. »Ich muss Najwas Schwiegervater helfen – er ist ein kranker Mann.«
»Ich wüsste nicht, warum du dafür zuständig sein solltest«, bemerkte Sadie Khan boshaft. »Überlass das mal besser dem Personal.«
Doch Mrs. Ali war bereits aufgestanden, ohne dem Major noch einen Blick zugeworfen zu haben. Er zögerte, eilte ihr aber schließlich nach.
»Lasst ihn los, sonst breche ich euch sämtliche Knochen!«, hörte der Major jemanden auf der Bühne sagen, während er sich einen Weg durch die Menge bahnte. Er sah gerade noch, wie Abdul Wahid an der Spitze einer kleinen Gruppe von Kellnern auf mehrere Tänzer und ein paar Musiker zuging, die den alten Mr. Rasool an den Armen gepackt hatten. »Zeigt einem alten Mann gefälligst Respekt!« Die Männer formierten sich zu einer Art Schutzmauer.
»Was willst du hier?«, glaubte der Major Amina sagen zu hören, die gerade versuchte, Abdul Wahid am Arm zu packen, aber vielleicht, dachte er, hatte er ihr bei der anhaltend dröhnenden Musik auch nur von den Lippen gelesen. »Du solltest doch draußen auf mich warten.«
»Du sprichst jetzt nicht mit mir!«, entgegnete Abdul Wahid. »Du hast schon genug Schaden angerichtet.« Mehrere Paare, die auf den Tumult aufmerksam geworden waren, hielten mitten im Tanz inne und begannen, sich hinter die Tische zurückzuziehen.
»Der Alte ist verrückt!«, sagte Daisy Green mit schwacher Stimme. »Wir müssen die Polizei rufen.«
»Aber das ist doch völlig unnötig«, rief Mrs. Rasool und befreite den Arm ihres Schwiegervaters aus dem Griff eines finster dreinblickenden Posaunisten. »Er ist nur ein bisschen durcheinander. Seine Mutter und seine Schwester sind in so einem Zug gestorben. Bitte verzeihen Sie ihm!«
»Er ist weit weniger durcheinander als die meisten Leute hier«, warf Abdul Wahid mit tragender Stimme ein. »Er will

allen sagen, dass diese Aufführung eine große Beleidigung für ihn ist.«

»Für wen hält der sich?«, sagte Roger. »Das ist eine wahre Begebenheit!«

»Genau, wer hat ihn denn nach seiner Meinung gefragt?«, höhnte einer in der Menge. »Scheiß Pakis!« Die Kellner warfen die Köpfe herum, und ein blasser, schmächtiger Mann duckte sich hinter seiner Frau.

»Das geht doch nicht!«, rief Alec Shaw unter seinem schwankenden Turban hervor.

Noch während der Geschehnisse selbst war dem Major klar, dass man ihn später hart bedrängen würde, den nun ausbrechenden Kampf in allen Einzelheiten zu beschreiben. Er sah, wie Abdul Wahid von einem kleinen Mann mit großen Füßen gestoßen wurde und auf einen Kellner fiel. Er sah, wie ein anderer Kellner einem der Tänzer mit seiner Handserviette quer übers Gesicht schlug, als wollte er ihn zum Duell fordern. Als mitten auf der Tanzfläche Randale ausbrach, hörte er Daisy Green, schon etwas heiser, »Leute, bleibt doch bitte zivilisiert!« rufen. Dann wurde es unübersichtlich – Frauen schrien, Männer brüllten, die Leute stürzten sich aufeinander und gingen zu Boden. Es wurde, wenig effektiv, auf Rücken eingedroschen und wahllos getreten.

Während die Dissonanz der Musik zunahm, beobachtete der Major erstaunt, wie sich ein dicker betrunkener Gast den Turban vom Kopf riss, seiner Freundin die Wasserpfeife reichte und sich in die wogende Menge der Angreifer warf, als wäre das Ganze ein Spiel. Der Pfarrer setzte ihm nach und wollte ihn an der Hose packen, wurde aber getreten, fiel nach hinten und kam auf Alma zu liegen. Dort verfing er sich so sehr in ihrem grünen Sari, dass Mortimer Teale ganz neidvoll dreinsah, und wurde schließlich von Alec Shaw gerettet, der beide hinter die Bar zerrte, die Lord Dagenham und Ferguson beschlagnahmt hatten, wie um einer Belagerung standzuhalten.

»Keine Gewalt, keine Gewalt!«, schrie Daisy, als zwei Streithähne aus dem Menschenknäuel flogen und auf einem Tisch landeten, der zu einem einzigen Haufen saucenverschmierter Teller zusammenbrach. Einige der schon leicht erschöpft wirkenden Kombattanten waren dazu übergegangen, nach dem Gegner eines anderen zu treten, während sie ihren eigenen mit den Armen umfingen, um Schläge abzuwehren.

Die meisten Gäste waren in die Ecken gedrängt worden, und der Major wunderte sich, dass diejenigen in Türnähe nicht einfach in die Nacht hinausliefen. Aber wahrscheinlich hatten sie noch kein Dessert gegessen und wollten ungern gehen, ehe im Vorraum die Gastgeschenke ausgelegt waren.

Vielleicht hätte sich der Kampf zu etwas wirklich Gefährlichem hochgeschaukelt, wenn nicht irgendwer hinter der Bühne den richtigen Schalter gefunden und die Musik abgestellt hätte. In der plötzlich eingetretenen Stille hob sich so mancher Kopf aus der brodelnden Masse, und Fausthiebe wurden mitten in der Bewegung abgebrochen. Der alte Mr. Percy, der das Gewühl mehrmals taumelnd umkreist und wahllos mit einem Plüschhuhn hineingedroschen hatte, schlug ein letztes Mal zu, und das Huhn zerbarst in einer Wolke aus Styroporkügelchen. Die mit Sauce beschmierten und jetzt obendrein mit weißem Styropor bedeckten Kämpfer bemerkten, dass sie albern aussahen, und das Handgemenge verlor an Schwung.

»Es tut mir unendlich leid«, sagte Mrs. Rasool zu Daisy, während sie und ihr Mann den älteren Mr. Rasool festhielten. »Mein Schwiegervater war erst sechs, als seine Mutter und seine Schwester getötet wurden. Es ging ihm nicht darum, Krawall zu schlagen.« Der alte Mann schwankte und wirkte so schwach und verletzlich wie Pergamentpapier.

»Er hat alles ruiniert!«, kreischte Daisy.

»Er ist offenbar sehr krank«, sagte Mrs. Ali. »Er muss hier raus.« Der Major sah sich nach einer frei zugänglichen Tür um, aber man war noch immer dabei, die Kämpfer voneinan-

der zu trennen, und die übrigen Gäste, die jetzt nicht mehr in den Ecken stehen mussten, hatten sich auf die saucefreien Stellen verteilt.
Grace nahm die Sache in die Hand. »Was meinen Sie, Mrs. Rasool – sollen wir uns durchzwängen und ihn auf die Veranda bringen? Da draußen ist es ruhiger.«
»Stimmt irgendwas mit der Küche nicht?«, schrie Daisy, als Mr. Rasool weggeführt wurde.
»Wahrscheinlich Alzheimer, oder?«, sagte Mrs. Khan lauthals zu ihrem Mann.
»Nein, nein, Daisy ist immer so«, platzte es aus dem Major heraus.

»Wir erklären den Abend wohl am besten für beendet und organisieren eine Putzkolonne«, sagte Lord Dagenham mit einem Blick auf die entstandenen Schäden. Fünf oder sechs umgestoßene Tische einschließlich zerbrochenen Geschirrs, eine halbierte Palme sowie ein herabgerissener Vorhang an der Eingangstür – viel mehr war nicht zu Bruch gegangen. Die Tanzfläche hatte Blutflecken von eingeschlagenen Nasen und diverse schmutzige Fußabdrücke abbekommen.
»Ich hole die Gastgeschenke und schicke die Leute nach Hause«, sagte Gertrude.
»Unsinn! Erst wird das Dessert serviert und die Auszeichnung an Major Pettigrew übergeben«, erklärte Daisy. »Wo bleibt denn der Partyservice? Wo ist die Kapelle?«
»Ich bin da, und mein Team kann sich jederzeit wieder an die Arbeit machen.« Mrs. Rasool war neben Daisy getreten. »Wir werden die Sache genauso professionell beenden, wie wir sie begonnen haben.« Sie wandte sich an die Kellner. »Alle mal herhören, Jungs – ihr räumt jetzt auf und deckt die Tische neu ein. Und keinen Unfug mehr, wenn ich bitten darf! Meine Damen, geben Sie Ihren jungen Herren bitte etwas Gutes zu trinken und schicken Sie sie hinter die Bühne, und dann beginnen wir mit der Dessertparade.«

Die Musiker versammelten sich und begannen, eine ganz besonders unpassende Polka zu spielen. Zum Erstaunen des Majors setzten sich die Kellner in Bewegung. Es gab zwar hie und da Gebrummel, aber sie gehorchten Mrs. Rasool. Einige stellten die Tische wieder auf, die anderen verschwanden in der Küche. Die Mädchen vom Mittagsservice, aufsässiger und um einiges lauter in ihren Kommentaren, wollten ihre verletzten Freunde nicht allein lassen, doch schließlich fügte sich etwa die Hälfte von ihnen, während die anderen ihre müden Krieger zum Trösten hinter die Bühne begleiteten. Nach und nach kehrten die Gäste an die Bars zurück, und einige Clubmitglieder halfen beim Aufstellen der Tische. Ein Platzwart wirbelte mit einem großen Wischmopp über das Parkett und verschwand anschließend durch eine Terrassentür in die Nacht hinaus.

»Sie hätten General werden sollen, Mrs. Rasool!«, sagte der Major schwer beeindruckt, als der Raum wieder normal aussah und die Kellnerinnen des Golfclubs mit Etageren voller Petits fours einliefen.

Mrs. Rasool zog ihn zur Seite. »Major Pettigrew, ich entschuldige mich vielmals für die Aufregung. Mein Schwiegervater ist in letzter Zeit sehr gebrechlich, und der Anblick der vielen Toten war einfach ein Schock für ihn.«

»Warum entschuldigen Sie sich?«, fragte Abdul Wahid. Der Major schrak zusammen, er hatte ihn nicht kommen sehen. »Ihr Schwiegervater hat nur die Wahrheit gesagt. Die sollten sich bei ihm dafür entschuldigen, dass sie die größte Tragödie unseres Landes lächerlich gemacht haben.«

»Wie kommst du dazu, es lächerlich zu nennen«, warf Amina ein. Ihre Stimme zitterte vor Wut und Erschöpfung. »Ich habe wie verrückt geackert, um eine richtige Geschichte daraus zu machen!«

»Ich glaube, du solltest Amina jetzt nach Hause bringen, Abdul Wahid«, sagte Mrs. Ali. Doch Abdul Wahid schien noch eine ganze Menge mehr zu sagen zu haben, und Amina

zögerte. »Ihr geht jetzt, alle beide! Ende der Diskussion!«
Eine gewisse Härte in ihrem Ton, die der Major noch nie gehört hatte, bewirkte, dass sie dem Befehl folgten.
»Also, normalerweise würde ich ja sagen: The Show must go on«, erklärte Lord Dagenham. »Aber in diesem Fall sollten wir das Ganze vielleicht besser vergessen, um weitere Auseinandersetzungen zu verhindern, und dem Major das Tablett unter Ausschluss der Öffentlichkeit überreichen.«
»Ich habe nichts dagegen«, sagte der Major.
»So ein Unsinn!«, rief Daisy. »Sie können sich doch nicht von den abfälligen Bemerkungen irgendeines alten Mannes von der Bühne vertreiben lassen!«
»Vielleicht denken die Leute dann, dass an seiner Sichtweise etwas Wahres ist«, gab Ferguson zu bedenken.
»Also, ich kapiere nicht, wie sich irgendwer davon beleidigt fühlen kann«, sagte Roger. »Mein Großvater war ein Held.«
»Sie verstehen doch sicherlich, dass viele Menschen bis heute um diejenigen trauern, die damals ermordet wurden«, wandte Mrs. Ali in versöhnlichem Ton ein. »Tausende sind umgekommen, darunter offenbar auch die meisten Fahrgäste im Zug Ihres Großvaters.«
»Man kann doch von einem einzelnen Menschen nicht erwarten, dass er einen ganzen Zug verteidigt!«, sagte Roger.
»Natürlich nicht.« Dagenham klopfte dem Major auf die Schulter. »Ich persönlich finde ja, es wäre durchaus auch gerechtfertigt gewesen, wenn er aus einem Fenster gesprungen wäre und seine eigene Haut gerettet hätte.«
»Schade, dass er nicht besser vorgewarnt war«, rief Ferguson. »Dann hätte er die Passagiere anweisen können, die Sitze rauszureißen und die Fenster damit zu verbarrikadieren. Oder irgendwelche improvisierten Waffen zu basteln.«
»Sie müssen Amerikaner sein«, entgegnete Mrs. Ali zornig. »So etwas funktioniert nämlich im Film wesentlich besser als im wirklichen Leben.«
»Die Wahrheit gehört dem, der am hartnäckigsten bei seiner

Story bleibt«, sagte Ferguson. »Wenn wir uns mit diesem Silbertablett auf einem Foto in der Zeitung sehen, Doppel-D, dann war dieser Ball ein Riesenerfolg, und den kleinen Zwischenfall hat es nie gegeben.«
»Gut, dann holen wir jetzt das Tablett und die Gewehre und trommeln die Tänzerinnen zusammen«, sagte Dagenham. »Der Doktor mit seiner Gattin und die bezaubernde Mrs. Ali müssen auch mit drauf, und schon haben wir eine tolle Story.«
Während sie sich zusammen mit Roger, der die Gewehre aus der Garderobe holen sollte, auf den Weg machten, zupfte Mrs. Khan ihr Haar zurecht und schlich sich dann an Daisy heran.
»Wir wollen aber nicht im Rampenlicht stehen«, flötete sie. »Vielleicht stellen wir uns einfach in die hinterste Reihe?«
»Wo deine Ausstrahlung bestimmt an nichts verlieren wird«, sagte Mrs. Ali.
»Dass du nicht wusstest, wie labil der alte Mann ist, hat mich wirklich überrascht«, entgegnete Sadie Khan mit eisiger Stimme. »Ihr seid doch dicke Freunde, du und die Rasools.« Sie streckte den Kopf zu Daisy vor und fügte hinzu: »Auf seine Lieferanten kann man sich heutzutage eben auch nicht mehr verlassen.«
»Der Fotograf wäre jetzt so weit.« Roger kam mit der Gewehrkiste auf die Gruppe zu. »Gleich werden wir für die Überreichung und die Fotos aufgestellt.«
»Ich möchte nicht mit auf das Bild«, sagte Mrs. Ali.
»Aus religiösen Gründen?«, fragte Roger. »Das ist natürlich verständlich.«
»Nein, ich habe nur keine Lust, zur Schau gestellt zu werden, damit das Ganze authentisch wirkt. Für so etwas müssen Sie sich an Saadia halten.«
»O mein Gott, ist das ermüdend!«, rief Daisy Green. »Es ist einfach ungezogen, zu unserem Fest zu kommen und dann an allem herumzumäkeln.«

»Sei nicht so grob, Daisy«, sagte Grace. »Mrs. Ali ist eine gute Freundin von mir.«
»Tja, Grace, das sollte dir eigentlich zeigen, dass du ein bisschen mehr ausgehen solltest«, gab Daisy zurück. »Als Nächstes lädst du dann den Gärtner zum Tee ein, ja?« Es wurde schlagartig still, und der Major sah sich gezwungen, Daisy zurechtzuweisen.
»Ich denke, Grace kann zum Tee einladen, wen sie will, und es ist nicht Ihre Aufgabe, ihr diesbezüglich Vorschriften zu machen.«
»Ist ja klar, dass Sie so denken«, entgegnete Daisy bösartig lächelnd. »Schließlich kennen wir Ihre Vorlieben.«
Die Verzweiflung traf den Major wie ein Schlag aufs Ohr. Er hatte die falsche Frau verteidigt und Daisy obendrein zu weiteren Beleidigungen animiert.
»Ich möchte nach Hause, Major«, sagte Mrs. Ali mit bebender Stimme. Sie sah ihn an, und ihren Mund umspielte ein kaum wahrnehmbares schmerzliches Lächeln. »Selbstverständlich wird mich mein Neffe zurückbringen. Sie müssen ja bleiben, um die Auszeichnung entgegenzunehmen.«
»Nein, ich bestehe darauf, Sie in meinem Wagen nach Hause zu fahren«, sagte der Major. Er wusste, dass er sie um jeden Preis davon überzeugen musste, konnte es sich aber nicht verkneifen, Roger einen kurzen Blick zuzuwerfen. Denn er war nicht bereit, seinem Sohn die Gewehrkiste zu überlassen, solange sich sowohl Marjorie als auch Ferguson im Club aufhielten.
»Sie müssen bei Ihren Freunden bleiben, und ich muss los und Abdul Wahid einholen«, erklärte Mrs. Ali. »Ich möchte zu meiner Familie.«
»Du kannst jetzt unmöglich gehen, Dad«, flüsterte ihm Roger eindringlich zu. »Das wäre der Gipfel der Ungezogenheit gegenüber Dagenham.«
»Erlauben Sie mir wenigstens, Sie hinauszubegleiten«, rief der Major Mrs. Ali nach.

Während er hinter ihr herlief, hörte er Sadie Khan etwas sagen. Daisys kristallklar gesprochene Erwiderung übertönte die Musik und das Stimmengewirr: »Natürlich wären Sie wesentlich besser geeignet, meine Liebe, aber wir haben einfach schon zu viele Anmeldungen aus dem medizinischen Bereich, und der Club ist sehr darum bemüht, die Mitgliedervielfalt zu fördern.«

Die vielen Sterne draußen in der kalten Nacht machten die Schmerzlichkeit des Augenblicks noch größer. Mrs. Ali blieb auf der obersten Stufe stehen. Der Major stellte sich neben sie. Er brachte vor Scham über seine eigene Dummheit kein Wort heraus.
»Immer reden wir im Freien miteinander«, sagte sie nach einer kleinen Weile.
Die Kälte machte ihren Atem sichtbar, und ihre Augen glitzerten, vielleicht weil Tränen darin standen.
»Ich habe alles vermasselt«, sagte er.
Unter ihnen gingen Abdul und Amina streitend die Auffahrt hinunter.
»Ich war auch kurz davor«, sagte sie. »Jetzt weiß ich, was ich zu tun habe. Ich muss dem Familienstreit ein Ende bereiten und dafür sorgen, dass die beiden sich versöhnen.«
»Sie sind so unterschiedlich«, meinte der Major. »Glauben Sie, dass sie miteinander leben können?«
»Schon komisch, was?«, murmelte sie. »Da hat ein Paar außer der Hautfarbe und der Heimat der Vorfahren keinerlei Gemeinsamkeiten, aber für alle anderen passen die beiden wunderbar zueinander.«
»Ja, das ist ungerecht«, sagte er. »Aber so muss es doch nicht sein.«
»Sie mögen zwar über einige wichtige Themen unterschiedlich denken, aber die kleinen Dinge, die ihre Kultur ausmachen, teilen sie ganz selbstverständlich miteinander. Vielleicht habe ich dem nicht genug Gewicht beigemessen.«

»Darf ich Sie morgen besuchen?«
»Besser nicht. Ich habe morgen viel zu tun, ich muss den Umzug zur Familie meines Mannes vorbereiten.«
»Das ist doch hoffentlich nicht Ihr Ernst! Einfach so? Und was ist mit unseren sonntäglichen Lesenachmittagen?«
»Jedes Mal, wenn ich Kipling lese, werde ich an Sie denken, Major.« Sie lächelte ihn traurig an. »Danke, dass Sie versucht haben, ein Freund zu sein.« Sie reichte ihm die Hand, und er hob sie wieder an seine Lippen. Nach ein paar Sekunden zog sie sie sanft weg und ging zur Auffahrt hinunter. Er wäre ihr so gern nachgelaufen, aber er blieb wie gelähmt im Eingangslicht stehen. Drinnen spielte die Musik, dort warteten die Leute auf ihn.
»Ich könnte ganz früh vorbeikommen«, rief er ihr nach. »Dann könnten wir reden.«
»Gehen Sie zurück zu Ihrem Fest, Major. Sie erkälten sich noch, wenn Sie so lange hier draußen stehen.« Sie lief die Auffahrt hinunter, und während ihr blaues Kleid in die tiefe Nacht hinein verschwand, wurde ihm klar, dass er ein Idiot war. Aber in diesem Augenblick schaffte er es nicht, anders zu sein.

Achtzehntes Kapitel

Mrs. Ali verließ das Dorf. Der Major sah sie nicht abreisen. Er hatte vorgehabt, zum Laden zu gehen und sie zu besuchen, doch die Wut und die Verzweiflung über den von ihm verpfuschten Abend waren in die von ihr so sorglos prophezeite Erkältung umgeschlagen, und er lag drei Tage lang flach. Während er in seinem zerknitterten Schlafanzug mit ungeputzten Zähnen vor sich hin dämmerte, das Klingeln des Telefons und das quälende Ticken des Weckers ignorierte, fuhr Mrs. Ali in den Norden zur Familie ihres Mannes, und als er genug Kraft hatte, um ins Dorf hinunterzugehen, war es zu spät.
Der Major legte sich wieder ins Bett und wappnete sich gegen die Glitzerorgie, zu der Weihnachten geworden war. Und das in einem Land, in dem man seiner Erinnerung nach einmal für ein paar neue Wollsocken und einen Christmas Pudding mit mehr Rosinen als Karotten Dankbarkeit empfunden hatte. Jeden Tag erwachte er mit der Hoffnung, sich ganz von seiner Krankheit erholt zu haben, aber der trockene Husten und die ständige Abgeschlagenheit wollten nicht weichen. Die blecherne Musik in den Geschäften und auf den Straßen ging ihm fast bis zum Zusammenbruch auf die Nerven. Je mehr die Leute in der Stadt sangen und lachten, sich und ihre Kreditkarten mit Tüten voller Geschenke, Bierkästen und Fresskörben mit Unverdaulichem aus aller Herren Ländern belasteten, umso stärker wurde sein Gefühl, dass alles nur noch oberflächlich und hohl war.
Die Weihnachtsvorbereitungen in Edgecombe St. Mary verdrängten alles andere. Selbst die Kampagne gegen St. James Homes war abgeflaut. Die »Rettet unser Dorf«-Plakate, die

unmittelbar nach der Jagd überall aufgetaucht waren, traten zwischen all den blinkenden Lichterketten, den grässlichen Gartendekorationen in Form von aufblasbaren Weihnachtsmännern und den Leucht-Rentieren mit ihren zum ewigen Grasen gesenkten Köpfen gar nicht mehr in Erscheinung. Selbst Alice Pierce hatte eines ihrer drei Plakate abgehängt und durch eine auf Holz gemalte Taube ersetzt, die ein Band mit der Aufschrift »Frieden auf Erden« im Schnabel trug. Nachts glimmte sie rosarot, beleuchtet von zwei nackten Energiesparlampen, die auf ein darunter befindliches Brett montiert waren und von einer Zeitschaltuhr in unerträglich kurzen Abständen an- und ausgeknipst wurden.

Im Dorfladen, den der Major so lange wie möglich mied, trug die Weihnachtsdekoration dazu bei, jede Spur von Mrs. Ali auszulöschen. Ein ganzer Wald aus herabbaumelnden Figuren, Girlanden und großen Krepppapierkugeln, die für ein Bier warben, hatten den Laden in einen einzigen Weihnachtshorror verwandelt. Neben den abgepackten Fleischpasteten lagen keine von Mrs. Ali selbstgemachten Samosas mehr im Kühlfach. Die großen Dosen mit losem Tee hinter der Ladentheke waren einer Reihe von Pralinenmischungen gewichen. Durch ihre immense Größe garantierten die Schachteln jedem kleinen Kind das sofortige Empfinden eines Glücksgefühls, gefolgt von heftigen Bauchschmerzen. Die schlichten, von Hand gepackten Geschenkkörbe, mit denen sich der Major immer für die Feiertage eingedeckt hatte, waren durch große, billige Fertigware in grellen Farben und gelber Zellophanumhüllung ersetzt worden. In jedem steckte ein Bambusstab, an den sich ein Teddybär aus Plastik klammerte, dessen Pelz aus den Zellstofffasern von Vliestapeten zu bestehen schien. Der Major konnte sich beim besten Willen nicht vorstellen, wer an einem Bär am Stiel Gefallen finden sollte. Er stand da und betrachtete die armseligen Körbe durch seine Brillengläser, bis eine alte Frau mit harten Gesichtszügen, die

strickend hinter der Theke saß, ihn fragte, ob er einen kaufen wolle.
»Um Gottes willen, nein, vielen Dank«, sagte er. Die alte Frau sah ihn böse an. Offenbar konnte sie gleichzeitig stricken und böse schauen, denn ihre Nadeln hörten nicht auf, heftig zu klicken. Abdul Wahid kam aus dem hinteren Raum, begrüßte ihn ziemlich kühl und stellte ihm die Frau als seine Großtante vor.
»Angenehm«, log der Major. Sie neigte zwar den Kopf, aber ihr Lächeln verwandelte sich beinahe umgehend in ein Schmollen, das ihr normaler Gesichtsausdruck zu sein schien.
»Sie spricht nicht gut Englisch«, erklärte Abdul Wahid. »Wir haben sie erst vor kurzem überredet, Pakistan zu verlassen und hier ihren Ruhestand zu genießen.« Er zog eine Plastiktüte unter der Theke hervor. »Gut, dass Sie gekommen sind. Ich wurde gebeten, Ihnen etwas zurückzugeben.« Der Major warf einen Blick in die Tüte und sah das Büchlein mit Kipling-Gedichten, das er Mrs. Ali geschenkt hatte.
»Wie geht es ihr?«, fragte er und hoffte, keinen dringlichen Ton in seine Stimme gelegt zu haben. Die Großtante begann, auf Abdul Wahid einzureden. Der nickte und lächelte entschuldigend.
»Danke, wir haben uns alle gut arrangiert«, antwortete er. Seine Stimme mauerte eine noch höhere Trennwand aus Kälte und Gleichgültigkeit zwischen ihn und den Major, und dieser konnte keine Spur menschlicher Wärme entdecken, mit deren Hilfe er dem Gespräch eine Wendung hätte geben können. »Meine Tante wüsste gern, was wir Ihnen einpacken dürfen.«
»Ach, ich brauche nichts, vielen Dank«, sagte der Major. »Ich bin nur vorbeigekommen, um – äh – um mir die Dekoration anzusehen.« Er deutete auf eine besonders große Papierkugel, auf der die flache Silhouette eines zwinkernden Mädchens mit dicken Lippen und einem Elfenhut thronte. Abdul Wahid errötete, und der Major fügte hinzu: »Wenn das Ge-

schäft es erfordert, muss man sich dem Exzess natürlich beugen.«
»Ich werde Ihre Gastfreundschaft im Herbst nicht vergessen«, sagte Abdul Wahid. Endlich schwang in seiner Stimme ein Hauch von Anerkennung mit, die aber mit einer unüberhörbaren Endgültigkeit verbunden war, so als hätte auch der Major vor, das Dorf für immer zu verlassen. »Es war sehr freundlich von Ihnen, meiner Familie zu helfen, und wir hoffen, Sie auch in Zukunft als geschätzten Kunden zu behalten.«
Der Major spürte, dass sich seine Nase verzog und ihm die Tränen kamen, weil er selbst zu diesem sonderbaren, ernsten jungen Mann jeglichen Kontakt verloren hatte. Ein schwächerer Mensch hätte vielleicht nach seinem Ärmel gefasst oder eine Bitte geäußert – offenbar, dachte der Major, hatte er sich an Abdul Wahids Anwesenheit, vielleicht sogar an seine Freundschaft gewöhnt. Er zog ein Taschentuch hervor, entschuldigte sich wegen seines anhaltenden Schnupfens und schneuzte sich lautstark. Abdul Wahid und die Großtante wichen vor der unsichtbaren Bedrohung durch seine Keime zurück, und es gelang ihm, den Laden zu verlassen, ohne sich lächerlich zu machen.

Er hoffte, dass es wenigstens in der Kirche noch etwas wie Weihnachten gab. Eines Morgens ging er hin und brachte seine Leihgaben für die Krippe neben dem Altar, mehrere aus Holz geschnitzte Kamele, wie es sein Vater vor vielen Jahren zum ersten Mal getan hatte. Es war jedes Mal ein Ritual für ihn, wenn er sie aus der Teekiste auf dem Dachboden holte, aus den Leinentüchern wickelte, in die sie gehüllt waren, und das Zedernholz vorsichtig mit Bienenwachs einrieb.
Die Kirche zeigte sich wohltuend frei von jeglicher kitschigen Fertigdekoration. Außer der schlichten Krippe gab es nur zwei mit Stechpalmen bepflanzte Messinggefäße rechts und links vom Altar und ein Arrangement aus weißen Rosen

auf dem Taufbecken. An einer Schnur quer über dem Gang hingen, mit Wäscheklammern aus Holz befestigt, handgefertigte Karten aus der Kirchenschule. Immer noch matt von seiner Erkältung, ließ sich der Major auf die vorderste Bank fallen, um ein paar Minuten lang seine Gedanken zu sammeln.

Der Pfarrer trat mit einer Handvoll Faltblättern aus der Sakristei und schrak ein wenig zusammen. Nach kurzem Zögern ging er zum Major hinüber und gab ihm die Hand.

»Ach, du hast die Dromedare gebracht«, sagte er und setzte sich. Der Major erwiderte nichts, sondern betrachtete das Sonnenlicht, das auf die alten Steinplatten fiel und die Staubkörnchen in der Luft aufleuchten ließ. »Schön, dass du wieder auf dem Damm bist«, fuhr Pater Christopher fort. »Wir haben gehört, dass du nach dem Ball krank warst, und Daisy wollte immer mal nach dir sehen.«

»Völlig unnötig – daher bitte keine Entschuldigungen.«

»War ja ein ziemliches Tohuwabohu, dieser Ball«, sagte der Pfarrer nach einer Weile. »Daisy war sehr aufgebracht.«

»Ach, wirklich?«, fragte der Major trocken.

»Na ja, sie sorgt sich immer so sehr um alle. Sie hat eben ein großes Herz.«

Der Major blickte ihn verwundert an. Welch rührender Irrglaube, wie er wohl vielen ansonsten nicht nachvollziehbaren Ehen zugrunde liegt, dachte er, und weil Pater Christopher seine Frau so liebte, wurde er dem Major noch sympathischer. Der Pfarrer atmete unüberhörbar tief durch.

»Wie wir gehört haben, ist Mrs. Ali zu ihrer Familie gezogen.« Er sah den Major mit nervösem, forschendem Blick an.

»So hat man es mir jedenfalls gesagt.«

Dem Major wurde die Kehle vor Traurigkeit eng. »Es hat sie hier nichts gehalten.«

»Es ist gut, bei der eigenen Familie zu leben«, meinte der Pfarrer. »Bei den eigenen Leuten. Sie hat wirklich Glück.«

»Wir hätten ihre Leute sein können«, sagte der Major leise.

Schweigend rutschte Pater Christopher auf der harten Kirchenbank hin und her. Ein paarmal öffnete er den Mund, doch er brachte kein Wort heraus. Er rang mit sich und erinnerte den Major dabei an eine Fliege, die mit einem Bein im Spinnennetz hängt.

»Hör mal, ich bin so ökumenisch eingestellt wie nur irgendwer.« Der Pfarrer legte die Hände in den Schoß und sah den Major offen an. »Ich habe schon einige gemischt religiöse Paare gesegnet, und du selbst, Ernest, hast unser religionenübergreifendes Fest besucht.«

»Ja, die jamaikanische Steelband hatte was«, erwiderte der Major in beißendem Ton. Viele Jahre lang war der anglikanischen Kirche am Ort verborgen geblieben, dass das Choralsingen mit den Katholiken des Dorfs im Gemeindezentrum möglicherweise nicht das gesamte Spektrum der Weltreligionen umfasste. In letzter Zeit hatte der Pfarrer gegen hartnäckigen Widerstand versucht, das Spektrum zu erweitern. Erst dieses Jahr hatte Alec Shaw vorgeschlagen, einen Sprecher für die Hindus hinzuzuziehen. Eine Yogalehrerin – sie war mit Alma befreundet und hatte alles über Hinduismus gelernt, als sie sich in den sechziger Jahren mit den Beatles in Indien aufhielt – hatte ihnen für das Fest ein paar Gesänge und grundlegende Armdehnungsübungen beigebracht. Darüber hinaus waren die Weltreligionen durch in der Sonntagsschule entstandene Bilder von fremdländischen Kindern sowie durch besagte Reggae-Darbietung vertreten gewesen.

»Lach nicht«, sagte der Pfarrer. »Den Leuten haben diese Burschen sehr gut gefallen. Zum nächsten Sommerfest laden wir sie wieder ein.«

»Ihr hättet auch Mrs. Ali einladen können«, entgegnete der Major. »Sie die Tombola leiten lassen können.«

»Ich weiß, du hast das Gefühl, eine … Freundin verloren zu haben.« Der Pfarrer hatte vor dem Wort so lang gezögert, als wäre der Major in eine heiße Affäre verstrickt gewesen. »Aber es ist besser so, glaub mir.«

»Was soll das heißen?«
»Gar nichts, eigentlich. Ich versuche nur zu sagen, dass ich immer wieder miterlebe, dass Menschen solche Beziehungen eingehen – unterschiedlicher sozialer Hintergrund, unterschiedliche Glaubenszugehörigkeit und so weiter –, als wäre es keine große Sache. Sie wollen den Segen der Kirche, und dann: ab in den Sonnenuntergang, als ob das Ganze ein Kinderspiel wäre.«
»Vielleicht sind sie einfach bereit, die Feindseligkeit der Unwissenden zu ertragen.«
»Ja, sicherlich. Bis sich herausstellt, dass die Feindseligkeit von der Mutter kommt, oder die Großmutter streicht sie aus dem Testament, oder die Freunde vergessen, sie zu irgendeinem Fest einzuladen. Dann kommen sie zu mir und weinen sich aus.« Er blickte den Major gequält an. »Und dann soll ich ihnen versprechen, dass Gott sie alle gleichermaßen liebt.«
»Was er also nicht tut, nehme ich an.«
»Natürlich tut er das. Aber das heißt nicht, dass beide errettet werden. Ich soll ihnen versprechen, dass sie im Himmel zusammen sein werden, dabei kann ich ihnen in Wahrheit nicht einmal ein gemeinsames Grab auf dem Friedhof anbieten. Sie erwarten, dass ich Jesus kleinrede, als wäre er nur eine von vielen verfügbaren Optionen.«
»Wie eine Art spiritueller Baukasten?«
»Genau.« Der Pfarrer warf einen Blick auf die Uhr, und der Major hatte den starken Eindruck, dass er überlegte, ob es noch zu früh für einen Drink wäre. »Oft denke ich, sie glauben eigentlich an gar nichts und wollen sich nur selbst beweisen, dass ich eigentlich auch an nichts glaube.«
»So habe ich dich noch nie reden hören«, sagte der Major. Der Pfarrer wirkte ein bisschen mitgenommen, so als würde er seinen Ausbruch bereits bereuen.
»Ich lege mal die Karten offen auf den Tisch, Ernest«, sagte er. »Meine Frau war in Tränen aufgelöst nach diesem blöden Ball. Sie weiß nicht recht, ob sie nicht vielleicht unhöflich

war.« Er stockte. Beiden Männern war klar, dass dieses Eingeständnis, auch wenn es nicht annähernd weit genug ging, aus Daisys Mund etwas Besonderes darstellte.
»Ich bin nicht derjenige, bei dem man sich entschuldigen müsste«, sagte der Major schließlich.
»Mit dieser Last wird meine Frau zu leben haben. Aber ich habe ihr gesagt, dass sich Reue am besten beweist, indem man das Unrecht nicht zusätzlich mit einer Lüge verschlimmert.« Er blickte den Major mit einer solchen Entschlossenheit an, dass seine Kieferknochen hervortraten. »Und deshalb will ich nicht hier sitzen und so tun, als wünschte ich, alles wäre anders gekommen.«
Die Stille schien bis zu den Wänden des Altarraums zu reichen und an das Rosettenfenster zu prallen. Beide Männer saßen reglos da. Der Major dachte, dass er jetzt wütend sein müsste, aber er war nur erschöpft von der Erkenntnis, dass die Leute über ihn und Mrs. Ali geredet und sie so großes Aufsehen erregt hatten, dass der Pfarrer ihm seine Meinung mitteilte, obwohl die Sache die ganze Zeit nur hypothetisch gewesen war.
»Ich habe dich verärgert«, sagte Pater Christopher schließlich und erhob sich von der Bank.
»Ich will nicht so tun, als wäre es anders«, erklärte der Major.
»Ich weiß deine Offenheit zu schätzen.«
»Ich finde, du hast Aufrichtigkeit verdient. Die Leute sprechen es zwar nie offen aus, aber du weißt ja, dass solche Dinge in einer kleinen Gemeinde wie der unseren problematisch sind.«
»Dann wirst du also keine Predigt über diesen Fall von theologischer Unverträglichkeit halten?«, fragte der Major. Er verspürte keinen Zorn, nur eine ruhige, eisige innere Distanz, als würde dieser Mann, der nicht nur ein Freund, sondern auch ein Berater für ihn gewesen war, von einer Eisscholle in der Arktis aus über eine schlechte Telefonleitung mit ihm sprechen.

»Ganz bestimmt nicht«, sagte der Pfarrer. »Seit die Diözese die verheerenden Auswirkungen negativer oder übermäßig strenger Predigten auf die Kollekte marktanalytisch untersuchen ließ, haben wir Anweisung, immer schön positiv zu bleiben.« Er tätschelte dem Major die Schulter. »Wir sehen dich hoffentlich nächsten Sonntag hier in der Kirche?« »Wahrscheinlich schon«, antwortete der Major. »Obwohl – wenn wir schon dabei sind, ehrlich miteinander zu reden: Eine strenge Predigt wäre mir lieber, denn was ich üblicherweise von dir zu hören bekomme, ist zum Einschlafen.« Zu seiner Genugtuung errötete der Pfarrer, auch wenn er sein starres Lächeln beibehielt. »Ich fand, dass deine Offenheit die gleiche Ehrlichkeit von meiner Seite verdient hat«, fügte der Major hinzu.

Nachdem er die Kirche verlassen hatte, schlug der Major unwillkürlich den Weg zu der Straße ein, in der Grace wohnte. Er verspürte das dringende Bedürfnis, über das schlagartig in ihm entstandene Gefühl zu reden, dass ihm der Pfarrer für immer fremd geworden war, und hegte vorsichtig optimistisch die Hoffnung, Grace werde seine Empörung teilen. Außerdem war er sicher, dass es ihm gelingen würde, sie so lange zu piesacken, bis sie ihm erzählte, was die Leute wirklich tratschten. Vor der Haustür blieb er stehen und dachte an die Nacht des Balls zurück und daran, wie damals in den funkelnden Stunden der Vorfreude alles möglich erschienen war. Er klingelte, legte die Fingerspitzen an die Tür und schloss die Augen, als könnte er Jasmina in ihrem mitternachtsblauen Kleid heraufbeschwören, aber die Tür blieb hartnäckig real, und in der dahinterliegenden Diele ertönten die Schritte von Grace. Er war dankbar, sie kommen zu hören. Sie würde ihm Tee machen und ihm darin zustimmen, dass der Pfarrer Unsinn redete, und sie würde mit ihm über Jasmina sprechen und es bedauern, dass sie nicht mehr da war. Im Gegenzug, so beschloss er, würde er sie fragen, ob sie an Weihnachten zum

Abendessen in Rogers Cottage mitkommen wolle. »Was für eine schöne Überraschung, Major«, sagte sie, nachdem sie die Tür geöffnet hatte. »Es geht Ihnen hoffentlich wieder besser?«
»Ich habe das Gefühl, das ganze Dorf ist gegen mich«, platzte es aus ihm heraus. »Komplette Idioten alle miteinander!«
»Sie kommen wohl am besten erst mal rein und trinken eine Tasse Tee«, sagte Grace. Sie tat gar nicht erst so, als wüsste sie nicht, wovon er sprach, und bat ihn auch nicht, sie ausdrücklich von dem pauschalen Angriff auf seine Nachbarn auszunehmen. Als er in ihre enge Diele trat, war er sehr froh darüber, dass England noch immer vernünftige Frauen ihres Schlags hervorbrachte.

Der Major war mit Graces vollständiger Zustimmung zu dem Schluss gelangt, dass er sich lächerlich machen und man noch mehr über ihn reden würde, wenn er den Dorfladen mied, und schaute deshalb immer wieder einmal dort vorbei, obwohl ihn jeder dieser Besuche schmerzte, als würde er sich Schorf von einer Wunde kratzen, die noch nicht verheilt war. Amina, die in der Unterrichtszeit und abends arbeitete, hatte keine Zottelhaare mehr und trug jetzt weder knallige Farben noch schräge Schuhe. In Anwesenheit von Abdul Wahids alter Großtante gab sie sich kleinlaut und zurückhaltend.
»Wie geht es dem kleinen George?«, fragte er einmal, als sie beide allein waren. »Ich sehe ihn nie.«
»Gut.« Sie tippte die Preise der Tüte Kekse und der beiden Navelorangen ein, als hätte sie schon immer an der Kasse gesessen. »Am ersten Schultag waren zwei Jungs gemein zu ihm, und es gab das Gerücht, dass eine Familie ihre Kinder von der Schule nehmen würde. Aber dann hat die Direktorin gesagt, dass sie keine kostenlose Busfahrt zu der Schule kriegen würden, in die sie wollten, und das war's dann.«
»Sie machen den Eindruck, als würden Sie das alles einfach hinnehmen.«

Wo war ihre gewohnte Kratzbürstigkeit geblieben? Sie sah ihm in die Augen, und einen Moment lang blitzte die alte Wut darin auf.
»Tja, wie man sich bettet, so liegt man«, sagte sie leise. »George wohnt jetzt hier und hat einen Vater, der mit seinem eigenen Unternehmen ganz ordentlich verdient.« Sie sah sich um, ob niemand sonst im Laden war. »Wenn ich mir dafür auf die Zunge beißen muss und den Kunden nicht den Kopf abreißen darf – na ja, dann weiß ich, was ich zu tun habe.«
»Das tut mir leid.« Er fühlte sich ein wenig angegriffen.
»Und wenn ich dafür das Tanzen aufgeben und Altweiberschuhe tragen muss ...« Sie grinste ihn verschwörerisch an. »Dann mache ich das eben, solange es sein muss.«
Wenige Tage später, am vierundzwanzigsten Dezember, dem Tag vor dem Weihnachtsfest, traf er Amina auf der Straße vor seinem Haus. Sie drückte sich schlotternd in die Hecke und rauchte eine Zigarette. Er lächelte sie an. Sie wirkte nervös.
»Eigentlich rauche ich gar nicht mehr«, sagte sie, drückte die Kippe mit ihrem bequemen Schuh aus und kickte sie weg. »Sobald ich verheiratet bin, muss Abdul Wahid die alte Schrulle nach Hause schicken. Vor der gruselt es mir.«
»Kommen Sie nicht mit ihr aus?«, fragte der Major, und einen schwindelerregenden Augenblick lang blitzte in ihm die Hoffnung auf, Mrs. Ali könnte zurückkommen.
»Angeblich war sie bei sich im Heimatdorf die Hebamme.« Amina erzählte es, als führte sie ein Selbstgespräch. »Wenn Sie mich fragen, ist das ein Codewort für so was wie ›Hexe‹.« Sie sah ihn an. In ihren dunklen Augen loderte der Zorn. »Wenn sie George noch ein einziges Mal zwickt, schlage ich sie grün und blau.«
»Haben Sie etwas von Mrs. Ali – von Jasmina gehört?«, fragte er, verzweifelt bemüht, ihren Namen in das Gespräch einzuflechten. »Sie könnte doch zurückkommen und Ihnen helfen.«
Amina zögerte, als wollte sie etwas Bestimmtes nur sehr un-

gern sagen, doch dann platzte es aus ihr heraus: »Die sagen, wenn es Jasmina nicht gefällt, da, wo sie ist, dann muss sie eben nach Pakistan zu ihrer Schwester.«
»Aber sie wollte doch nie nach Pakistan«, sagte der Major entsetzt.
»Keine Ahnung. Ist auch nicht mein Job, mich da einzumischen.« Sie wandte den Blick ab, in dem der Major Schuldgefühle erkannt zu haben glaubte. »Das muss sie schon selbst regeln.«
»Ihr Glück war ihr wichtig«, wandte der Major in der Hoffnung ein, Amina zu einem ähnlichen Verantwortungsgefühl bewegen zu können, wie es Mrs. Ali ihr gegenüber empfand.
»Das Leben lässt sich nicht auf etwas so Simples wie Glück reduzieren. Man muss immer irgendeinen verdammten Kompromiss schließen – zum Beispiel, den Rest des Lebens in einem beschissenen Laden zu arbeiten.«
»Ich sollte doch George das Schachspielen beibringen.« Dem Major wurde bewusst, dass er sich an die allerletzte verbliebene Verbindung zu Jasmina klammerte, wie dürftig sie auch sein mochte.
»Er hat ziemlich viel am Hals zurzeit«, gab sie auffallend hastig zurück. »Und seine Freizeit verbringt er mit seinem Vater.«
»Ja, natürlich«, sagte der Major, und in der sanften Kälte dort auf der Straße schmolz seine Hoffnung dahin.
Er gab ihr die Hand, und Amina schüttelte sie, obwohl sie erstaunt wirkte. »Ich bewundere Ihre Beharrlichkeit, junge Frau«, sagte er. »Menschen wie Sie schaffen es, ihr Leben zu meistern. George kann sich glücklich schätzen.«
»Danke.« Sie drehte sich um und machte sich auf den Weg den Hügel hinunter. Nach ein paar Schritten wandte sie noch einmal den Kopf und verzog das Gesicht. »Könnte sein, dass George den Tag morgen anders sieht als Sie. Seit wir mit seinem Vater zusammenleben, sage ich ihm, dass Weihnachten nur etwas mit der Ladendekoration zu tun hat. So wie früher,

als seine Großmutter und ich ihm immer Geschenke unters Kopfkissen gelegt haben, wird es nicht mehr sein.«

Während sie aus seinem Blick verschwand, überlegte der Major, ob es zu spät sei, um rasch in die Stadt zu fahren und George ein solides, aber nicht übertrieben teures Schachspiel zu kaufen, gab die Idee aber gleich wieder auf. Er wollte dem törichten menschlichen Drang, sich einzumischen, ohne erwünscht zu sein, nicht nachgeben. Zu Hause würde er endlich das kleine Buch mit den Kipling-Gedichten wegräumen, das noch immer auf dem Kaminsims lag. Es hatte keine Nachricht darin gesteckt (er hatte die Seiten in der Hoffnung auf einen kleinen Abschiedsgruß ausgeschüttelt), und es war albern, das Büchlein wie einen Talisman herumliegen zu lassen. Er würde es ins Regal stellen und dann nach Little Puddleton fahren und ein Weihnachtsgeschenk für Grace kaufen; etwas Schlichtes, Geschmackvolles, das tiefe Freundschaft ausdrückte, ohne irgendeinen Unsinn anzudeuten. Fünfzig Pfund sollten reichen. Dann würde er Roger anrufen und ihm mitteilen, dass er einen weiteren Gast zum Essen zu erwarten habe.

Neunzehntes Kapitel

Zuerst dachte er, sie wären nicht zu Hause. Im Fenster des Cottages brannte nur eine einzige Lampe, wie Leute sie beim Weggehen anlassen, um Einbrecher abzuschrecken und bei der Rückkehr nicht im Finstern herumzustolpern. Die Diele und das obere Stockwerk lagen im Dunkeln, und weder das Flackern eines Fernsehers noch Musik aus einer Stereoanlage zeugten von Leben.
Der Major klopfte trotzdem an und hörte daraufhin zu seiner Verwunderung, dass ein Stuhl verrutscht wurde und sich Schritte näherten. Mehrere Riegel wurden zurückgeschoben, die Tür ging auf, und dahinter kam Sandy zum Vorschein, in Jeans und weißem Pullover, in der Hand einen großen, eindrucksvollen Klebebandabroller. Sie war blass und sah unglücklich aus. Ihr Gesicht war völlig ungeschminkt, und ihre Haare ragten in Büscheln aus dem zusammengerollten Tuch, das sie als Stirnband trug.
»Nicht schießen!«, sagte er und hob ein wenig die Hände.
»Entschuldigen Sie. Kommen Sie rein.« Sie legte den Abroller auf einen kleinen Konsolentisch und ließ den Major in die warme Diele eintreten. »Roger hat mir nicht gesagt, dass Sie kommen.« Sie umarmte ihn, was er verwirrend, aber nicht unangenehm fand.
»Er wusste es auch gar nicht«, sagte der Major und hängte seinen Mantel an einen Haken aus irgendeinem gebleichten Tierknochen. »Ein ganz spontaner Besuch. Ich war gerade in der Gegend einkaufen und dachte, ich liefere ein paar Geschenke ab und wünsche schon mal Fröhliche Weihnachten.«
»Roger ist nicht da. Aber wir beide könnten doch zusammen etwas trinken?«

»Ein trockener Sherry wäre schön.« Er trat in das sehr spärlich möblierte Wohnzimmer und blieb abrupt stehen, um die monströse schwarze Flaschenbürste zu betrachten, die seiner Meinung nach nichts anderes als ein Weihnachtsbaum sein konnte. Er reichte bis zur Decke, war ausschließlich mit silbernen Kugeln in abgestuften Größen behängt und wurde von den Glasfaserspitzen seiner zahlreichen Äste in Wellen blauen Lichts getaucht. »Großer Gott, ist das die Weihnachtshölle?«
»Roger hat darauf bestanden. Gilt als ausgesprochen stilvoll«, erklärte Sandy, während sie eilig eine Fernbedienung in Richtung Kamin hielt, wo sofort aus einem mit weißen Kieseln gefüllten Feuerkorb Flammen schlugen. »Ich hätte es hier ja gern ein bisschen traditioneller gehabt, aber das Ding hat ein Vermögen gekostet, und nächstes Jahr ist es out – da habe ich es einfach ins Auto geworfen und mitgebracht.«
»Ich bin zwar normalerweise sehr für sparsames Haushalten...«, sagte der Major vorsichtig, während Sandy ihm einen großen Sherry auf so viel Eis einschenkte, dass es sehr schnell zu trinken galt, um der völligen Verwässerung vorzubeugen. »Ja, ja, er ist scheußlich.«
»Sie könnten ihn im Frühling als Schornsteinfegerbürste vermieten.«
»Tut mir leid, dass wir es nicht geschafft haben, Sie schon früher hierher einzuladen.« Sie winkte ihn zu der niedrigen weißen Ledercouch hinüber. Das Möbel hatte eine zierliche abgerundete Rückenlehne und keine Armlehnen und erinnerte an die gepolsterten Bänke in einem Geschäft für Damenschuhe. »Roger wollte, dass erst alles fertig ist, bevor er beginnt, damit anzugeben, und dann kamen Unmengen von Dinnerpartys bei Bankerkollegen und so dazwischen.« Sie sprach sehr leise und tonlos, und der Major fragte sich besorgt, ob ihr nicht gut sei, weil sich daraus ungeahnte Auswirkungen auf das Weihnachtsessen am nächsten Tag ergeben konnten. Sie schenkte sich ein großes Glas Rotwein ein und verschränkte ihre langen Beine kunstvoll auf einem offenbar

mit Pferdefell bezogenen Designerstuhl. Dann machte sie eine Handbewegung, die den ganzen Raum umfasste, und der Major versuchte, alles auf sich wirken zu lassen: den kurzen weißen Teppichflor, den holzgerahmten Glastisch und die Stehlampe, die mit ihren verschiedenfarbigen Schirmblenden aus Metall an eine Behelfsampel erinnerte.
»Erspart wohl viel Staubwischen, dieser Minimalismus«, sagte er. »Die Böden wirken sehr sauber.«
»Wir haben sieben Schichten Linoleum weggekratzt und so viel Lack abgeschliffen, dass ich schon dachte, wir nehmen auch noch das Holz selbst mit«, sagte sie, den Blick auf die breiten, in hellem Honiggelb gehaltenen Dielen gerichtet. »Unser Bausanierer meint, die halten jetzt ein Leben lang.«
»Viel Aufwand für ein gemietetes Haus.« Der Major hätte gern etwas Schmeichelhafteres gesagt und ärgerte sich darüber, wieder einmal ungebremst die alte kritische Wortwahl getroffen zu haben. »Ich meine, hoffentlich könnt ihr es behalten.«
»Das war der Plan. Aber jetzt wird Roger wahrscheinlich versuchen, es zu kaufen und mit einem Riesenprofit weiterzuverhökern.«
»Wie bitte?«
Zu seiner Verwunderung begann sie zu weinen. Schweigend ließ sie den Tränen ihren Lauf, während sie, das Gesicht in eine Hand gestützt, den Blick auf das Feuer richtete. Der schwankende Wein im Glas, das sie mit der anderen Hand hielt, war die einzige sichtbare Bewegung. Aus ihrem gebeugten Rücken und den leicht beschatteten zarten Schlüsselbeinknochen sprach großer Kummer. Der Major trank einen Schluck Sherry und stellte das Glas sehr behutsam auf dem Couchtisch ab. Erst dann begann er zu sprechen.
»Hier stimmt doch etwas nicht. Wo ist Roger?«
»Er ist zu der Party im Herrenhaus gefahren.« Es klang kühl, verbittert. »Ich habe gesagt, er kann ruhig fahren, wenn er unbedingt will, und er ist gefahren.«

Der Major verlagerte sein Gewicht auf dem unbequemen Leder und dachte über Sandys Worte nach. Es war immer undankbar, zwischen ein streitendes Paar zu geraten – man musste zwangsläufig Partei ergreifen, und ebenso zwangsläufig vertrugen sich die beiden irgendwann wieder und wendeten sich gegen jeden, der es gewagt hatte, einen von ihnen zu kritisieren. In diesem Fall jedoch, befürchtete der Major, war sein Sohn im Unrecht. Andernfalls hätte sich eine so selbstbeherrschte Frau unmöglich in ein zerbrechliches Etwas verwandelt.

»Kann ich Ihnen irgendwie helfen?« Er zog ein frisches Taschentuch aus der Brusttasche und hielt es ihr hin. »Kann ich Ihnen ein Glas Wasser bringen?«

»Danke.« Sie nahm das Taschentuch und wischte sich mit langsamen, bedächtigen Bewegungen das Gesicht ab. »Mir geht's gleich wieder besser. Tut mir leid, dass ich mich so albern aufführe.«

Als er aus der Küche zurückkam, die in einer Art Hightech-Landhaus-Stil mit Holzschränken ohne sichtbare Füße eingerichtet war, wirkte sie mitgenommen, aber beherrscht. Sie trank, als wäre sie schon lange durstig gewesen.

»Geht es wieder besser?«, fragte er.

»Ja, danke. Tut mir leid, dass ich Sie in diese Lage gebracht habe. Ich verspreche Ihnen auch, ich fange jetzt nicht an, Ihnen alles zu erzählen, was an Ihrem Sohn auszusetzen ist.«

»Was immer er getan hat, er wird es bestimmt bald bedauern«, sagte der Major. »Immerhin ist Weihnachten.«

»Auch egal. Wenn er zurückkommt, bin ich nicht mehr da. Ich habe nur noch ein paar Kartons mit meinen Sachen zugeklebt. Die werden mir dann nachgeschickt.«

»Sie reisen ab?«

»Ich fahre noch heute Abend nach London und fliege morgen nach Hause in die Staaten.«

»Aber Sie können doch jetzt nicht weg«, sagte der Major. »Es ist Weihnachten!« Sie lächelte ihn an, und er sah, dass ihr Lidstrich verschmiert war. Wahrscheinlich war das ganze Zeug jetzt auf seinem Taschentuch.

»Finden Sie es nicht auch komisch, dass die Leute so etwas immer über die Weihnachtszeit hinausschieben wollen?«, fragte Sandy. »Ein leerer Stuhl am Esstisch? Unmöglich – denk an die Kinder! Ich kann doch nicht vor Silvester mit ihm Schluss machen, ich brauche doch jemanden, der mich um Mitternacht küsst!«

»Es ist schlimm, an den Feiertagen allein zu sein. Können Sie nicht bleiben und die Sache klären?«

»Ach, so schlimm ist es gar nicht«, murmelte sie, und der Major sah einen Ausdruck über ihr Gesicht huschen, der ihm sagte, dass es nicht ihr erstes einsames Weihnachtsfest sein würde. »Irgendwo findet immer eine tolle Party statt, bei der man sich unter tolle, wichtige Leute mischen kann.«

»Ich dachte, Sie und Roger würden sich – gernhaben«, sagte er, die Wörter »Liebe« oder »Hochzeit« geflissentlich vermeidend.

»Tun wir ja auch.« Sie sah sich um, richtete den Blick aber nicht auf die edle Ausstattung, sondern auf die schweren Balken und den glatten Boden und die alten Holzbretter, aus denen die Küchentür bestand. »Ich habe einfach vergessen, was wir ursprünglich vorhatten, und habe mich in dieses Haus hier ziemlich reingesteigert.« Wieder wandte sie sich ab, und ihre Stimme zitterte. »Major, Sie haben keine Ahnung, wie schwer es manchmal ist, Schritt zu halten mit der Welt oder auch nur mit uns selbst. Wahrscheinlich habe ich mich dem Traum hingegeben, eine Zeitlang ausbrechen zu können.« Sie wischte sich noch einmal über die Augen, stand auf und strich ihren Pullover glatt. »Ein Cottage auf dem Land ist ein gefährlicher Traum, Major. So, und wenn Sie nichts dagegen haben, packe ich jetzt zu Ende.«

»Kann ich wirklich nichts dazu tun, damit das wieder in Ordnung kommt?«, fragte der Major. »Soll ich hinfahren und ihn holen? Mein Sohn ist in vieler Hinsicht ein Idiot, aber ich weiß, dass Sie ihm wichtig sind, und – nun ja, wenn Sie ihn gehen lassen, dann müssen wir Sie gehen lassen, und dann ist jeder von uns dreien einsamer als zuvor.« Er hatte das Gefühl, allein am Kai zurückzubleiben, während alle anderen um ihn herum sich lieber ohne ihn auf die Reise begaben. Dass er stets zurückblieb, empfand er nicht als einen Verlust, sondern als eine Ungerechtigkeit.

»Nein, lassen Sie nur«, sagte Sandy. »Es ist alles entschieden. Wir müssen beide wieder das tun, was wir nun mal tun.« Sie hielt ihm die Hand hin, und als er sie ergriff, beugte sie sich zu ihm vor und küsste ihn auf beide Wangen. Ihr Gesicht war feucht, und ihre Hände fühlten sich kalt an. »Wenn ich meinen Anschlussflug in New York kriege, kann ich mit unseren russischen Freunden ein paar Tage in Las Vegas verbringen. Wird langsam Zeit, dass wir das Zentrum der Modewelt nach Moskau verlegen, was?« Sie lachte, und der Major sah, dass sie darauf vertraute, mit frischem Make-up, einem sauberen Hosenanzug und der Fürsorge der First-Class-Crew jeden Riss in ihrem Herzen kitten und einfach weitermachen zu können.

»Ich beneide Sie um Ihre Jugend«, sagte er. »Ich hoffe, es gelingt Ihnen eines Tages, glücklich zu sein auf dieser Welt.«

»Und ich hoffe, Sie finden jemanden, der Ihnen Ihren Truthahn brät«, erwiderte Sandy. »Dass Sie sich auf Roger nicht verlassen dürfen, wissen Sie ja.«

Am Weihnachtstag erwachte der Major mit dem Gefühl, den absoluten Tiefpunkt, die Antarktis seiner Tatkraft erreicht zu haben. Nachdem er aufgestanden war, trat er ans Fenster, legte die Stirn an die kalte Scheibe und blickte in den düsteren Nieselregen hinaus, der über dem Garten niederging. In der Weide hinter Rose Lodge waren nun Löcher zu sehen, und an seiner Hecke parkte – als hätte der Fahrer versucht, dem massigen, rostigen Ding ein wenig Geborgenheit zu verschaffen – eine große Baumaschine mit langem Arm, irgend-

eine Maschine, mit der man Probebohrungen vornehmen konnte. Im unablässigen Regen ließen die Bäume ihre Äste hängen, und in den Ritzen zwischen den Pflastersteinen floss zäh der Schlamm, als würde die Erde schmelzen. Es passte so gar nicht zum Tag des Jubels über eine Geburt, die der Welt einen neuen Weg zu Gott verheißen hatte ...
Der Morgen begann mit der heiklen Frage, wie früh er Roger anrufen konnte. Es musste bald geschehen, aber welcher noch so mutige Mann riss sich darum, einen Zecher, den sein Kater quälte und der unter dem Verlust seiner Liebsten litt, aus dem Schlaf zu klingeln, um ihm zu erklären, dass der Ofen für den Truthahn auf 200 °C vorgeheizt sein musste und die Innereien nicht zu lang gekocht werden durften, weil sie sonst trocken wurden? Am liebsten hätte er überhaupt nicht angerufen, aber erstens wollte er Rogers Blamage nicht vor Grace ausbreiten, und zweitens wollte er sein Weihnachtsessen. Zusätzlich kompliziert wurde die Sache, weil er nicht wusste, wie groß der Vogel war, den Roger und Sandy gekauft hatten. Er riskierte die Annahme, dass alles über fünfzehn Pfund die beiden eingeschüchtert hätte, und wartete bis zum allerletzten Moment – halb neun. Dann griff er zum Telefon. Er musste noch dreimal neu wählen; erst dann ertönte am anderen Ende der Leitung eine heisere Stimme.
»Hallo«, flüsterte Roger krächzend und wie aus weiter Ferne.
»Roger, hast du den Truthahn schon in den Ofen geschoben?«
»Hallo«, wiederholte die Stimme. »Wer, wer zum ... Welcher Tag ist heute?«
»Der vierzehnte Januar«, sagte der Major. »Ich glaube, du hast verschlafen.«
»Was zum ...«
»Es ist Weihnachten und schon nach halb neun. Du musst aufstehen und den Truthahn in die Röhre schieben, Roger.«
»Ich glaube, der ist im Garten.« Der Major hörte ein undeutliches Geräusch, das darauf schließen ließ, dass Roger sich gerade übergab. Angeekelt hielt er das Telefon von sich weg.

»Roger?«
»Ich glaube, ich habe den Truthahn aus dem Fenster geworfen. Oder durch das Fenster. Es zieht so hier drin.«
»Dann geh raus und hol ihn!«
»Sie hat mich verlassen, Dad.« Rogers Stimme war jetzt nur mehr ein schwaches Winseln. »Als ich heimkam, war sie nicht mehr da.«
Aus dem Hörer drangen Schnieflaute, und der Major stellte verärgert fest, dass in seiner Brust Mitleid für seinen Sohn aufwallte.
»Ich weiß. Nimm ein heißes Bad und ein paar Aspirin und zieh dir frische Kleider an. Ich komme und nehme die Sache in die Hand.«

Er rief Grace an und teilte ihr mit, dass er den Vormittag über nicht zu Hause sein, sie mittags aber wie vereinbart abholen würde. Und dann erzählte er ihr in aller Kürze, was passiert war – hauptsächlich, um ihr Gelegenheit zu geben, ihr Kommen abzusagen, falls sie das wollte.
»Ich habe keine Ahnung, wie das Essen verlaufen wird.«
»Könnte ich nicht mitkommen und bei den Vorbereitungen helfen, oder wäre das Ihrem Sohn peinlich?«, fragte Grace.
»Ach nein, jeglichen Grund zur Peinlichkeit hat er sich zu hundert Prozent selbst zuzuschreiben«, antwortete der Major, der sich, wenn er ehrlich war, nicht mehr erinnern konnte, wie man Bratensauce machte oder wann der Pudding ins Wasser musste. Apropos Pudding – er wusste ja nicht einmal, ob es überhaupt einen geben würde. Ein jäher Schreck durchzuckte ihn bei dem Gedanken, dass Roger und Sandy möglicherweise eine zu ihrem grässlichen Baum passende Bûche de Noël bestellt oder etwa geplant hatten, irgendetwas Eigenartiges aufzutischen, Mango beispielsweise. »Aber ich möchte Ihnen keine Umstände bereiten«, fügte er hinzu.
»Major, ich nehme die Herausforderung an!«, rief Grace. »Ich gestehe, dass ich schon seit einer ganzen Weile fertig bin

und hier mit Tasche und Handschuhen untätig herumsitze. Bitte erlauben Sie mir, Ihnen in dieser Notlage zu helfen.«
»Ich hole Sie gleich ab«, sagte der Major. »Und wir bringen besser unsere eigenen Schürzen mit.«

Kann selbst die trostloseste Lebenslage durch die versöhnliche Wärme eines Feuers und den Duft eines im Ofen schmorenden Bratens für ein paar Stunden in Vergessenheit gebracht werden? Darüber dachte der Major nach, während er an einem Glas Champagner nippte und durch Rogers Küchenfenster auf den welken Garten hinaussah. Hinter ihm tanzte der Deckel auf dem großen Kochtopf, in dem der Pudding köchelte, und Grace passierte Bratensauce durch ein Sieb. Der Truthahn hatte sich nach seiner Befreiung aus der Hecke als Bio-Geflügel entpuppt – er war teuer und mager. Außerdem fehlte ihm ein Flügel. Aber gut gewaschen und gefüllt mit Graubrot und Maronen, nahm er auf seinem Gemüsebett allmählich einen zufriedenstellend karamellbraunen Ton an. Roger schlief noch immer. Der Major hatte kurz zu ihm hineingesehen und ihn mit verstrubbeltem Haar und weit offenem Mund auf dem Kissen liegen sehen.
»Was für ein Glück, dass Sie einen überzähligen Pudding hatten.« Der Major hatte Rogers Küchenschränke durchsucht, aber nur gemischte Nüsse und eine große braune Tüte Cantuccini gefunden.
»Bedanken Sie sich bei meiner Nichte, die mir jedes Jahr einen Fresskorb schickt, anstatt mich zu besuchen«, sagte Grace und erhob ebenfalls ihr Champagnerglas. Sie hatte eine große Tragetasche mit dem Inhalt des Fresskorbs mitgebracht und bereits Kräcker mit geräucherten Austern belegt, Cranberry-Sauce mit Orangenschale und Gewürzen in eine Schüssel aus Kristallglas gegeben und die Cornish Cream auf dem Fensterbrett in der Spülküche kalt gestellt. Für später gab es Türkischen Honig und Shortbread sowie eine halbe Flasche Portwein zur Verdauung. Der Major hatte sogar herausge-

funden, wie Rogers Stereoanlage funktionierte, die keine sichtbaren Knöpfe besaß und mit derselben Fernbedienung gesteuert wurde wie der Kamin. Nach mehreren Fehlstarts – die beiden schlimmsten verbunden mit plötzlich ausbrechender dröhnender Rockmusik beziehungsweise einem aufschießenden Feuerwerk im Kieselkorb – hatte er sowohl ein gemütliches Feuer als auch ein ruhiges Weihnachtskonzert der Wiener Sängerknaben zustande gebracht.
Seinen Sohn musste er nicht wecken: Das Telefon klingelte, und er hörte, dass Roger abnahm. Als er, um der Tischdekoration den letzten Schliff zu geben, Graces sorgsam arrangierte Stechpalmenzweige hin und her schob, erschien Roger ordentlich gekleidet in Hose und dunkelblauem Pullover und strich sich das Haar glatt.
»Ich dachte schon vor einer Weile, ich hätte dich gehört«, sagte er und verzog beim Anblick des Tisches leicht das Gesicht. »Du hast doch nicht etwa das Essen gemacht?«
»Grace und ich haben es zusammen gemacht«, antwortete der Major. »Bist du in der Lage, Champagner zu trinken, oder willst du lieber ein Mineralwasser?«
»Erst mal gar nichts«, sagte Roger. »Geht irgendwie nicht.« Er trat wie ein wartender Kellner von einem Fuß auf den anderen. »Grace ist auch da?«
»Sie hat den größten Teil der Kocherei erledigt und den Pudding beigesteuert. Setz dich schon mal, dann bitte ich sie zu uns.«
»Die Sache ist nur – ich wusste ja nicht, dass ihr euch die viele Arbeit macht.« Roger blickte aus dem Fenster, und dem Major wurde auf eine sehr vertraute Weise bang ums Herz. »Ich dachte, das Ganze wäre abgesagt.«
»Also, wenn du nichts essen kannst, habe ich vollstes Verständnis dafür«, erklärte der Major. »Dann sitzt du eben nur bei uns und entspannst dich, und später ist dir vielleicht nach einem Truthahn-Sandwich oder etwas Ähnlichem.« Noch während er sprach, beschlich ihn das Gefühl, dass Roger ihm

irgendwie entglitt. Der Blick seines Sohnes war abwesend, und so, wie er auf den Fußballen balancierte, musste man annehmen, dass jeden Augenblick entweder er selbst oder das Zimmer seitlich wegkippen würde. Da kein unmittelbar bevorstehendes Erdbeben drohte, blieb davon auszugehen, dass Roger es war, der sich bewegte. In diesem Augenblick fuhr draußen ein kleines Auto vor, dessen Dach man über dem Gartentor gerade eben noch sehen konnte.
»Es ist nur so, dass Gertrude gerade gekommen ist, um mich abzuholen«, erklärte Roger. »Der Streit mit Sandy hat mich wahnsinnig mitgenommen, weißt du, und Gertrude war so verständnisvoll ...« Er verstummte.
Der Major, dessen Nackenmuskeln sich verspannten und dem es vor Zorn fast die Sprache verschlug, erwiderte in völlig ruhigem Ton: »Grace DeVere hat dir ein Weihnachtsessen gekocht.«
In diesem Moment kam Grace, sich die Hände an einem Geschirrtuch trocknend, aus der Küche herein.
»Ah, hallo, Roger! Wie geht es dir?«
»Geht so«, murmelte Roger. »Ich bin Ihnen sehr dankbar für das Essen, Grace, aber ich glaube, ich bringe im Moment nichts runter.« Er sah zum Fenster hinaus und winkte Gertrude zu, deren strahlendes Gesicht nun über dem Gartentor erschien. Sie winkte zurück, und der Major hob automatisch die Hand zum Gruß. »Und wissen Sie, mein Vater hat mir nicht gesagt, dass Sie hier sind, und ich habe Gertrude versprochen, zum Bridge ins Herrenhaus zu kommen.« Eine sanfte Röte rings um die Ohren seines Sohnes verriet dem Major, dass Roger wusste, wie mies er sich benahm. Er zog sein Handy hervor wie ein Beweisstück. »Sie war so nett, mich anzurufen und sich um mich zu kümmern.«
»Du kannst da jetzt nicht hin«, sagte der Major. »Völlig ausgeschlossen.«
»Also, meinetwegen muss er nicht bleiben«, warf Grace ein. »Im Grunde bin ich hier ja der Eindringling.«

»Sie sind alles andere als das«, entgegnete der Major. »Sie sind eine wirklich gute Freundin, und für uns gehören Sie durchaus zur Familie, nicht wahr, Roger?«
Roger warf ihm einen Blick von so abgefeimter Freundlichkeit zu, dass es den Major in den Fingern juckte, ihm eine Ohrfeige zu verpassen.
»Ganz genau«, sagte Roger begeistert. »Und ich würde niemals wegfahren, wenn Grace nicht hier wäre und dir Gesellschaft leisten würde.« Er ging um die Couch herum, ergriff Graces Hand und schmatzte ihr einen Kuss auf die Wange. »Grace und du, ihr habt es wirklich verdient, ein wunderbares Essen zu genießen, ohne dass ich stöhnend auf der Couch liege.« Er ließ die Hand fallen und verdrückte sich langsam Richtung Diele. »Ich fahre ja auch nur, weil ich Gertrude und ihrem Onkel versprochen habe, das andere Team zu vervollständigen. Ich bin in allerhöchstens ein paar Stunden wieder da.« Mit diesen Worten verschwand er in die Diele, und der Major hörte ihn die Haustür öffnen.
»Roger, du benimmst dich wie ein Idiot!«, brüllte der Major und lief hinter ihm her.
»Aber lasst nur bitte alles stehen und liegen, das Aufräumen übernehme ich«, rief Roger und winkte vom Gartentor aus. »Und falls du nicht auf mich warten willst, lass die Tür einfach zuschnappen.« Er sprang in Gertrudes Wagen, und sie fuhren davon.
»Das war's«, rief der Major, während er ins Wohnzimmer zurückstapfte. »Mit diesem jungen Mann bin ich fertig. Der ist nicht länger mein Sohn.«
»Oje!«, sagte Grace. »Er ist bestimmt sehr unglücklich und kann im Moment nicht klar denken. Seien Sie nicht zu streng mit ihm!«
»Dieser Junge hat seit seiner Pubertät nicht mehr klar gedacht. Ich hätte ihm nie erlauben dürfen, bei den Pfadfindern auszutreten!«
»Wollen Sie jetzt essen, oder sollen wir das Ganze abblasen?«,

fragte Grace. »Ich kann auch alles in den Kühlschrank stellen.«

»Wenn es Ihnen nichts ausmacht«, erwiderte der Major, »gestehe ich, dass ich diesen grauenhaften Weihnachtsbaum keine Minute länger ertrage. Was halten Sie davon, alles in Folie zu packen und nach Rose Lodge umzuziehen? Da hätten wir echtes Feuer und einen kleinen, aber lebenden Weihnachtsbaum und könnten gemeinsam schön essen.«

»Das wäre wunderbar«, sagte Grace. »Allerdings sollten wir vielleicht etwas für Roger dalassen, wenn er zurückkommt.«

»Ich lasse ihm eine Nachricht mit dem Vorschlag da, er soll den anderen Truthahnflügel suchen«, gab der Major düster zurück. »Dann hat er alles in einem – Essen und Partyspiele.«

Zwanzigstes Kapitel

Kurz nach Neujahr gestand sich der Major ein, dass er dabei war, der Unausweichlichkeit von Grace allmählich nachzugeben. Ihre Beziehung hatte langsam, aber beharrlich eine ähnliche Schwerkraft entwickelt wie die, mit der ein Planet einen defekten Satelliten anzieht, und in seiner Traurigkeit hatte er dieses allmähliche Aufeinanderzudriften zugelassen. Nach dem gemeinsamen Weihnachtsessen, in dessen Verlauf er im Übermaß sowohl mit Champagner als auch mit Entschuldigungen aufgewartet hatte, war er nicht eingeschritten, als sie ihm am zweiten Feiertag eine kalte Wildpastete in Aspik vorbeibrachte. Dann hatte er ihre Einladung zu einem »ruhigen, frühen Silvesteressen« angenommen und seinerseits zwei Gegeneinladungen zum Tee ausgesprochen.

Sie hatte den Rohentwurf einer Einleitung für das schmale Buch mitgebracht, in dem sie ihre Nachforschungen über alteingesessene Familien zusammenstellen wollte, und fragte ihn mit zitternder Stimme, ob er bereit sei, einen Blick darauf zu werfen. Er hatte eingewilligt und angenehm überrascht festgestellt, dass sie einen ziemlich guten, eher journalistischen Stil hatte. Ihre Sätze waren schlicht, verzichteten jedoch sowohl auf akademische Trockenheit als auch auf eine Überfülle von blumigen Adjektiven, wie man sie bei einer Amateurhistorikerin vielleicht befürchtet hätte. Mit seiner Hilfe, glaubte er, würde sie das Buch in kleinem Rahmen publizieren können, und er freute sich auf die gemeinschaftliche Arbeit in den dunklen Wintermonaten.

An diesem Abend jedoch war er schon zum zweiten Mal innerhalb einer Woche von ihr zum Essen eingeladen und hatte

zugesagt. Und diese Tatsache, das wurde ihm jetzt klar, verdiente es, in Hinblick auf seine eigenen Absichten genauer unter die Lupe genommen zu werden.
»Ich habe heute Amina und den kleinen George im Bücherbus getroffen. Sie haben sich ganz fürchterliche Sachen ausgesucht«, erzählte Grace, während sie gedünsteten Schellfisch, Petersilienkartoffeln und Wintersalat mit selbstgemachtem Dressing aßen. »Ich weiß wirklich nicht, wie man einem Kind anhand eines Aufklappbuchs mit Töpfchen-Monstern das Lesen beibringen will.«
»Allerdings«, pflichtete ihr der Major bei, der gerade damit beschäftigt war, dicke goldgelbe Sultaninen aus seinem Salat zu fischen. Die gehörten zu den wenigen Dingen, die er nicht ausstehen konnte, und bei Grace fühlte er sich ungezwungen genug, um sie zu entfernen. Sie sagte nichts dazu, aber er war sicher, dass sie die Sultaninen das nächste Mal weglassen würde.
»Ich habe die Bibliothekarin gebeten, die Ausleihe strenger zu kontrollieren«, fuhr Grace fort. »Da meinte sie, ich könnte das Ganze ja übernehmen, wenn es mir nicht gefällt, und ich sollte dankbar sein, dass es nicht nur DVDs gibt.«
»Das war aber sehr unhöflich von ihr!«
»Na ja, ich hatte es nicht anders verdient. Es ist so viel einfacher, anderen zu sagen, wie sie ihre Arbeit zu machen haben, als die eigenen Unzulänglichkeiten zu beheben.«
»Wenn ein Mensch so wenige Unzulänglichkeiten hat wie du, Grace, dann hat er eben die Muße, sich umzusehen und Vorschläge zu machen.«
»Du bist sehr liebenswürdig, Ernest, und ich finde, auch du bist völlig in Ordnung, so, wie du bist.« Sie stand auf, um die leeren Teller in die Küche zu bringen. »Und außerdem braucht jeder ein paar Schwächen, sonst ist man kein richtiger Mensch.«
»Touché«, sagte der Major.

Nach dem Abendessen saß er in einem Lehnstuhl, während sie in ihrer kleinen Küche mit dem Geschirr klapperte und Tee machte. Sie wollte nicht, dass er ihr half, und sich durch die kleine, mit einem Rollladen aus Kiefernholz versehene Durchreiche in der Wand zu unterhalten, war schwierig; deshalb döste er ein wenig, wie hypnotisiert von den wilden blauen Flammenkegeln des Gasfeuers.
»Jedenfalls hat Amina gesagt, dass Jasmina nicht zur Hochzeit kommt«, sagte Grace.
Er riss die Augen auf. Er wusste, dass er einen wesentlich längeren Satz zwar gehört, aber nicht erfasst hatte, zu dem diese Mitteilung nur eine Anmerkung darstellte. »Entschuldigung«, sagte er, »das habe ich akustisch nicht verstanden.«
»Ich habe gesagt, dass ich gehofft hatte, Jasmina wiederzusehen, wenn sie zur Hochzeit kommt. Als sie mir schrieb, habe ich gleich zurückgeschrieben und sie gebeten, mich doch bitte zu besuchen.« Ihr Gesicht verschwand wieder von der Durchreiche. Gleich darauf ertönten die Quietsch- und Klicklaute der in Gang gesetzten Geschirrspülmaschine.
»Sie hat dir geschrieben?«, fragte er in den Raum hinein. Grace antwortete nicht; sie hatte damit zu tun, ein Silbertablett, das zu breit für ihren schmalen, verwinkelten Flur war, ins Wohnzimmer zu tragen. Er ging zur Tür und nahm ihr das Tablett ab, das sie erst herumdrehen musste, damit es zwischen den Türpfosten hindurchgezwängt werden konnte.
»Ich sollte mir wirklich mal ein schönes kleines Kunststofftablett anschaffen«, sagte sie. »Das da ist wahnsinnig unpraktisch, aber es ist so ziemlich das Einzige, was ich von den Sachen meiner Mutter behalten habe.«
»Sie hat dir geschrieben?« Der Major versuchte, seine Stimme gleichgültig klingen zu lassen, obwohl ihm der plötzliche Schmerz, den die Mitteilung ihm bereitete, die Kehle zuschnürte. Er konzentrierte sich auf die Aufgabe, das Tablett innerhalb der erhöhten Messingumrandung des Couchtisches abzusetzen.

»Sie hat mir gleich nach ihrer Abreise geschrieben und sich entschuldigt, weil sie weggegangen war, ohne sich zu verabschieden. Ich habe ihr zurückgeschrieben und ihr dann eine Weihnachtskarte geschickt – eine ohne irgendwelche religiösen Motive natürlich –, aber seitdem kam nichts mehr.« Grace strich sich den Rock glatt. »Hast du etwas von ihr gehört?«, fragte sie, und er fand, dass sie ein bisschen zu starr dastand, während sie auf die Antwort wartete.

»Ich habe überhaupt nie etwas von ihr gehört.« Das Gasfeuer gab einen Laut von sich, der wie ein böses Zischen klang.

»Irgendwie ist das alles ein bisschen merkwürdig«, sagte Grace und dann, nach einigen Sekunden des Schweigens: »Du vermisst sie immer noch.«

»Wie bitte?«, fragte er, nach einer passenden Erwiderung suchend.

»Du vermisst sie«, wiederholte Grace und sah ihn unverwandt an. Sein Blick schwankte. »Du bist nicht glücklich.«

»Es ist müßig, darüber zu sprechen«, gab der Major zurück. »Sie hat eine eindeutige Entscheidung getroffen.« Er hoffte, dass das ausreichte, um das Thema zu beenden, aber Grace trat ans Fenster, zog die Gardine auf und sah in die eintönige Nacht hinaus. »Da fühlt man sich völlig machtlos«, gab er zu.

Das Zimmer beengte ihn. Die ovale Kaminuhr tickte weiter, als hätte sich an der Atmosphäre im Raum nicht das Geringste verändert. Von der Blümchentapete, die er als heimelig empfunden hatte, wehte jetzt Staub auf den tristen Teppich. Die Teekanne wurde kalt, und er spürte förmlich, dass die Sahne im Milchkännchen auszuflocken begann. Plötzlich packte ihn das reine Grauen bei der Vorstellung, sein Leben könnte in lauter solche Zimmer gepfercht werden.

»Ich habe das Gefühl, dass sie dort nicht glücklich ist«, sagte Grace. »Du solltest auf dem Weg nach Schottland bei ihr vorbeischauen. Du fährst doch bald zu irgendeiner Jagd, nicht wahr?«

»Ich habe kein Recht, mich einzumischen.«
»Schade, dass du dort nicht einfach reinstürmen und sie zurückholen kannst. Dann wärst du ihr wahrer Retter in der Not.«
»Das Leben ist kein Hollywoodfilm«, blaffte er sie an. Er fragte sich, warum sie ihn so drängte. Merkte sie denn nicht, dass er bereit war, ihr seine Zuneigung zu gestehen?
»Ich habe dich immer bewundert, weil du ein so vernünftiger Mann bist«, sagte sie. »Manchmal machst du zwar partout den Mund nicht auf, aber meistens merke ich, dass du weißt, was zu tun ist.« Er spürte, dass jetzt wahrscheinlich kein Kompliment kommen würde. Dann aber fing sie sich gerade noch; sie seufzte und sagte: »Aber vielleicht weiß ja in Wirklichkeit keiner von uns, was zu tun ist.«
»Und du bist eine vernünftige Frau«, sagte er. »Ich bin nicht hierhergekommen, um über Mrs. Ali zu sprechen. Sie hat ihre Entscheidung getroffen, und für mich wird es höchste Zeit, etwas Neues zu beginnen und meine eigenen Entscheidungen zu treffen. Komm doch bitte, liebe Grace, komm und setz dich her zu mir.« Er klopfte leicht auf den Sessel neben seinem, und sie kam zu ihm herüber und setzte sich.
»Ich möchte, dass du glücklich bist, Ernest«, sagte sie. »Das hat jeder Mensch verdient.«
Er nahm ihre Hand und tätschelte sie. »Du bist sehr gut zu mir, Grace. Du bist intelligent, attraktiv und hilfsbereit. Außerdem bist du sehr gütig und keine Klatschbase. Jeder Mann, der auch nur einen Funken Verstand hat, wäre glücklich, dich die Seine zu nennen.«
Sie lachte, aber in ihren Augen sammelten sich Tränen. »Ach, Ernest, du hast gerade die perfekten Eigenschaften einer Nachbarin aufgezählt und gleichzeitig die schlimmstmöglichen Voraussetzungen für eine leidenschaftliche Beziehung.« Einen Augenblick lang schockierte ihn das Wort »leidenschaftlich«, weil es gleich gegen mehrere Gesprächskonventionen auf einmal verstieß. Er spürte, dass er rot wurde.

»Du und ich, wir sind inzwischen vielleicht einfach zu – zu reif für die ungestümeren Eigenschaften«, sagte er, krampfhaft das Wort »alt« vermeidend.
»Ich für mich kann das nicht behaupten, Ernest«, entgegnete sie sanft. »Ich weigere mich, die verdorrte Rose zu spielen und einzusehen, dass man immer nur bescheiden und vernünftig leben muss.«
»In unserem Alter gibt es doch bestimmt Besseres, auf das sich bauen lässt – auf das sich eine Ehe bauen lässt – als das Strohfeuer der Leidenschaft ...« Grace zögerte, und beide spürten das gewichtige Wort zwischen sich stehen. Eine einzelne Träne rollte an Graces Wange hinunter, und der Major bemerkte, dass sie auch an diesem Tag keinen Puder benutzte und sogar in dem ziemlich grell beleuchteten Zimmer wunderschön aussah.
»Da irrst du dich, Ernest«, sagte sie schließlich. »Das Einzige, was zählt, ist der Funke der Leidenschaft. Ohne ihn können zwei Menschen, die zusammenleben, einsamer sein, als wenn sie ganz allein wären.« In ihrer Stimme schwang eine sanfte Endgültigkeit mit – als würde er bereits den Mantel anziehen und sie verlassen.
Irgendein Widerspruchsgeist – vielleicht sein eigener Stolz, dachte er – machte ihn trotzig, obwohl er wusste, dass sie recht hatte.
»Ich bin heute hierhergekommen, um dir meine Gefährtenschaft anzubieten. Ich hatte gehofft, dass es zu mehr führen würde.« Das Wort »Ehe« konnte er ehrlicherweise nicht noch einmal in den Mund nehmen, denn seine Planungen hatten eine ganz allmähliche Steigerung der Intimität vorgesehen und umfassten keine unwiderruflichen Erklärungen.
»Das möchte ich nicht, Ernest«, sagte sie. »Ich habe dich sehr gern, aber ich möchte meine letzten Jahre nicht in einem Kompromiss verleben.« Sie wischte sich wie ein Kind mit dem Handrücken über die Augen und lächelte. »Du solltest wirklich zu ihr fahren.«

»Sie will mich ja auch nicht«, erwiderte er, und seine Trübseligkeit verriet die ganze Wahrheit dessen, was Grace gesagt hatte. Er sah sie erschrocken an, aber sie wirkte nicht verärgert.
»Das erfährst du erst, wenn du sie fragst«, sagte Grace. »Ich gebe dir jetzt ihre Adresse.«

Grace schlang die Arme um ihren Oberkörper und sah zu, wie er im Flur versuchte, seinen Mantel anzuziehen, ohne mit dem Ellbogen gegen einen der zahlreichen an der Wand hängenden Drucke zu stoßen. Ein schwarz gerahmtes Schaf auf einer Klippe bekam einen heftigen Schubser ab, und Grace sprang hinzu und hielt das Bild fest. Als sie so nah bei ihm stand, überwältigte ihn die Scham wegen seines schäbigen Verhaltens, und er legte seine Hand auf ihren Arm. Einen Moment lang hing alles, was sie gesagt hatten, in der Schwebe; er brauchte nur ihren Arm zu drücken, dann würde sie alle Entschlossenheit verlieren und ihn doch nehmen. Wie schrecklich zerbrechlich die Liebe doch ist, dachte er, weil sie darin besteht, dass in diesen Lücken zwischen den Phasen des rationalen Verhaltens Pläne gemacht und verworfen und wieder neu gemacht werden. Grace trat einen Schritt von ihm zurück und sagte: »Vorsicht auf der Stufe, es ist sehr glatt.« Ihm lag eine witzige Bemerkung auf der Zunge, sie dürfe ihm gern eine Ohrfeige geben oder etwas in der Art, aber er besann sich eines Besseren.
»Du bist eine bemerkenswerte Frau, Grace«, sagte er. Dann zog er die Schultern hoch, um sich vor der Kälte und vor seinen eigenen Schwächen zu schützen, und trat in die Nacht hinaus.

Roger mitzuteilen, dass die Fahrt nach Schottland einen Abstecher zu Mrs. Ali beinhalten würde, ließ sich unmöglich am Telefon bewerkstelligen. Deshalb klopfte der Major am Sonntag vor der Abreise leise an die Tür von Rogers Cottage.

Es herrschte noch immer strenger Frost, und die Sonne stand nur wie ein vages Versprechen am vormittäglichen Himmel. Er hauchte in die Hände und stampfte mit den Füßen, um die Kälte zu vertreiben, während er bestürzt die Blumenkästen mit den von Weihnachten übrig gebliebenen verwelkten Stechpalmenzweigen und abgestorbenen weißen Rosen betrachtete. Die Fenster waren schmierig, und auch der Schmutz auf der Türstufe deutete darauf hin, dass sich, seit Sandy weg war, niemand mehr um das Haus kümmerte.
Er klopfte noch einmal. Es hallte in den Hecken wider wie ein Pistolenschuss. Dann sah er im Cottage gegenüber einen Vorhang zucken. Schritte, Gepolter und ein leise gemurmelter Fluch eilten Roger voraus. Er öffnete die Tür in einem Flanell-Schlafanzug, trug Socken und Badelatschen und hatte sich eine Daunendecke um die Schultern gelegt.
»Bist du noch nicht auf?«, fragte der Major gereizt. »Es ist elf Uhr.«
»'tschuldigung, bin bisschen verkatert.« Roger ließ die Tür weit offen und schlurfte ins Wohnzimmer zurück, wo er sich stöhnend auf die Couch plumpsen ließ.
»Ist das jetzt dein Normalzustand?«, fragte der Major und sah sich im Zimmer um. Auf dem Couchtisch standen mit eingetrockneter Sauce verschmierte Styroporbehälter vom Lieferservice. Der Weihnachtsbaum sträubte sich immer noch in seiner gesamten schwarzen Gruseligkeit, aber der Ständer war völlig verstaubt. Couch und Sitzbank waren aus ihrer rasiermesserscharfen Anordnung gerutscht und standen, nicht weniger benommen als Roger, schräg auf dem Teppich. »Es ist eine Schande, wie es hier aussieht, Roger!«
»Nicht schreien. Bitte nicht schreien«, sagte Roger und hielt sich die Ohren zu. »Ich habe das Gefühl, ich blute aus den Ohren.«
»Ich schreie nicht«, korrigierte ihn der Major. »Du hast bestimmt noch nicht gefrühstückt, oder? Zieh dich an, dann räume ich währenddessen auf und mache Toast für dich.«

»Das Aufräumen kannst du dir sparen. Morgen kommt die Putzfrau.«
»Was du nicht sagst«, erwiderte der Major. »Na, die freut sich bestimmt auf jeden Montag!«
Nachdem Roger das gesamte Warmwasser aufgebraucht und dabei, dem Geruch nach, irgendein teures, ohne jeden Zweifel in einem glänzenden Aluminiumbehälter mit modischem Design befindliches Herren-Duschgel verwendet hatte, spazierte er blinzelnd in die Küche. Er trug jetzt eine enge Jeans und einen figurbetonten Pulli, war barfuß und hatte sich die Haare in breiten, steifen Bahnen nach hinten gekämmt. Der Major, der gerade dabei war, dünne Toastscheiben mit den letzten Resten eines Margarine-Ersatzes zu bestreichen, hielt kurz inne. »Wieso hast du zwar jede Menge Designer-Kleidung, aber nichts zu essen und nur saure Milch im Kühlschrank?«
»Ich lasse mir die Grundnahrungsmittel und was man so täglich braucht aus London liefern«, erklärte Roger. »Da kommt dann ein Mädchen und räumt alles ein, wo es hingehört. Ich meine, ich habe zwar nichts dagegen, mich in einem Feinkostladen nach einem alten Gouda umzusehen, aber wer will seine Zeit schon mit dem Einkauf von Frühstücksmüsli und Geschirrspülmittel verschwenden?«
»Wie machen das wohl andere Leute, was meinst du?«
»Die tun wahrscheinlich ihr ganzes Leben lang nichts anderes, als mit einem kleinen Einkaufsnetz durch die Läden zu watscheln, nehme ich an. Um diese Dinge hat sich Sandy immer gekümmert, und ich hatte einfach noch keine Zeit, da ein System reinzubringen, das ist alles.« Er nahm sich eine Scheibe Toast. Der Major schenkte ihm Tee ohne Milch ein und zerteilte eine kleine, leicht verhutzelte Orange. »Könntest du vielleicht ein paar Sachen für mich einkaufen – sagen wir am Freitag?«
»Nein«, antwortete der Major. »In meinem Einkaufsnetz ist kein Platz mehr.«

»So habe ich es nicht gemeint. Ist da noch Aspirin im Schrank?«

Der Major, der die Küchenschränke bereits inventarisiert und alles schmutzige Geschirr in die Spülmaschine geräumt hatte, ehe Rogers Duschgel abgeduscht gewesen war, holte eine große Packung mit Schmerztabletten heraus und spülte ein Glas für das Wasser.

»Danke, Dad«, sagte Roger. »Was hast du eigentlich vor, so früh am Tag?«

Der Major erklärte ihm so vage wie möglich, dass er am Donnerstag früher losfahren werde, weil er auf dem Weg nach Schottland eine Bekannte besuchen wolle, und dass Roger deshalb bei Tagesanbruch aufstehen müsse.

»Kein Problem«, sagte Roger.

»In Anbetracht der Mühe, die es mich gekostet hat, dich um elf Uhr vormittags aus dem Bett zu scheuchen, hätte ich diesbezüglich gern ein bisschen mehr Sicherheit.«

»Es ist deshalb kein Problem, weil ich nicht mit dir nach Schottland fahren werde«, erklärte Roger. »Gertrude wurde gebeten, schon früher zu kommen, und will, dass ich sie begleite.«

»Du fährst mit Gertrude?«

»Es wird dich freuen zu hören, dass ich für diese Autofahrt ein ganzes Picknick bestellt habe«, sagte Roger. »Dann zaubere ich meinen Picknickkorb mit Fleischpastetchen und Entenconfit auf frischen Brötchen mit Sauerkirsch-Chutney hervor und besiegle das Geschäft mit einem Piccolofläschchen Champagner.« Er rieb sich vor lauter Vorfreude die Hände. »Wenn man Liebesdinge vorantreiben will, gibt es doch nichts Besseres als eine schöne lange Autofahrt.«

»Aber du hast doch gefragt, ob du bei mir mitfahren kannst«, wandte der Major ein. »Ich habe mit zwei Fahrern gerechnet, damit wir keine Pausen einlegen müssen.«

»Du hast doch noch nie Pausen eingelegt«, entgegnete Roger. »Ich erinnere mich noch an diese Fahrt nach Cornwall, als ich acht war. Erst in Stonehenge hast du angehalten, damit ich aufs Klo gehen konnte. Die schmerzhafte Blasenentzündung, die ich deshalb bekam, war ein Heidenspaß!«

»Du bauschst im Nachhinein immer alles so auf«, sagte der Major. »Mit dem Antibiotikum ging es dir sehr schnell wieder besser. Und außerdem haben wir dir damals ein Kaninchen gekauft.«

»Danke, aber ich entscheide mich lieber für Gertrude und einen Entenschenkel und sorge dafür, dass ich keine Nierensteine kriege.«

»Findest du es nicht unverantwortlich früh, gleich wieder einer Frau hinterherzujagen?«, fragte der Major. »Sandy ist doch gerade erst gegangen.«

»Sie hat ihre Entscheidung getroffen«, erwiderte Roger. Betrübt lächelnd erkannte der Major, dass die Worte seines Sohns vertraut klangen. »Den Marktwert neu berechnen und dann auf zu neuen Ufern, wie wir nach einem schlechten Deal zu sagen pflegen.«

»Manchmal ist es ein Fehler, eine Frau gehen zu lassen, mein Junge. Manchen sollte man hinterherlaufen.«

»Nicht in diesem Fall, Dad.« Roger sah seinen Vater zögerlich an und ließ dann den Kopf hängen, und der Major verstand, dass sein Sohn ihn nicht für einen Menschen hielt, der sich gern peinliche Geständnisse anhörte.

»Ich wüsste gern, was passiert ist«, sagte er und wandte sich wieder dem Spülbecken zu. Roger hatte schon immer leichter mit sich reden lassen, wenn sie im Auto saßen oder irgendetwas anderes machten, wozu kein Blickkontakt nötig war. »Sie ist mir nach und nach irgendwie ans Herz gewachsen.«

»Ich habe alles versaut und hab's nicht mal gemerkt. Ich dachte, wir wären uns über alles einig. Wie hätte ich denn wissen sollen, was sie will, wenn sie es selbst erst wusste, als es bereits zu spät war?«

»Und was wollte sie?«

»Ich glaube, sie wollte heiraten, aber sie hat es nicht gesagt«, antwortete Roger, seinen Toast kauend.
»Und jetzt ist es zu spät?«
Als Roger erneut das Wort ergriff, war sein übliches Maulheldentum einem ernsten Ton gewichen. »Es gab da einen kleinen ›Unfall‹. Keine große Sache. Wir waren uns einig, wie wir damit umgehen.« Er blickte den Major wieder an. »Ich war mit ihr in der Klinik und so. Ich habe alles getan, was man tun soll.«
»In einer Klinik?« Der Major brachte es nicht über sich, die Frage deutlicher zu formulieren.
»In einer Frauenklinik. Mach nicht so ein Gesicht! So was ist heutzutage absolut zulässig – das Recht der Frau, selbst zu entscheiden und so weiter. Und sie wollte es so.« Er schwieg einige Sekunden lang. »Also, wir haben darüber gesprochen, und sie war einverstanden. Ich habe ihr gesagt, dass es in diesem Stadium unserer beruflichen Karriere einfach das Verantwortungsvollste ist.«
»Wann war das?«, wollte der Major wissen.
»Kurz vor dem Ball haben wir es erfahren und uns dann um die Sache gekümmert, bevor wir hierherkamen, um Weihnachten zu feiern. Und sie hatte mir einfach nie gesagt, dass sie es nicht machen lassen will – als hätte ich das durch irgendwelche übernatürlichen Fähigkeiten erkennen können! Als wäre ich eine Art übersinnlicher Sherlock Holmes!«
»Ich glaube, du bringst da zwei verschiedene Dinge durcheinander«, sagte der Major, den Rogers Metaphern verwirrten.
»Ich war überhaupt nicht durcheinander«, erklärte Roger. »Ich habe einen Plan gemacht und bin dabei geblieben, und alles schien bestens.«
»Dachtest du.«
»Sie hat nie ein Wort gesagt. Vielleicht war sie manchmal ein bisschen still, aber wie hätte ich denn ihre Gedanken lesen sollen?«
»Du bist nicht der erste Mann, der die etwas subtilere Kom-

munikation einer Frau nicht wahrnimmt«, sagte der Major. »Die Frauen denken, sie winken, aber wir sehen nur das spiegelglatte Meer, und ziemlich bald darauf sind alle ertrunken.«
»Genau. Ich habe sie sogar gebeten, mich zu heiraten. Am vierundzwanzigsten, vor der Party bei Dagenham. Ich hatte ein schlechtes Gewissen wegen der Sache und war durchaus bereit, unsere Pläne in die Realität umzusetzen.« Er versuchte, lässig zu klingen, aber seine sich überschlagende Stimme verriet ihn, und plötzlich überwältigten den Major die Gefühle, und er musste sich die Hände abtrocknen. »Ich habe ihr sogar gesagt, wir könnten es nächstes Jahr noch mal probieren, falls durch diesen Deal mit Ferguson eine Beförderung für mich herausspringen sollte.« Er seufzte, und sein Blick bekam etwas Verträumtes, das möglicherweise von einer Gefühlsregung herrührte. »Als Erstes vielleicht einen Jungen, obwohl man so was natürlich nicht steuern kann. Einen kleinen Toby, und dann ein Mädchen – Laura würde mir gefallen, oder Bodwin. Und ich habe ihr gesagt, dass wir aus dem kleinen Schlafzimmer hier das Kinderzimmer machen könnten und dann vielleicht noch ein Spielzimmer anbauen, so eine Art Wintergarten.« Er sah den Major bestürzt an. »Da hat sie mir eine runtergehauen.«
»Mein Gott, Roger«, rief der Major. »Bitte sag, dass du ihr das alles nicht gesagt hast!«
»Ich bitte sie, mich zu heiraten, und sie reagiert, als ob ich sie gebeten hätte, Menschenfleisch zu essen oder so. Ich lege alle meine Pläne und Hoffnungen offen, und sie schreit mich an, ich wäre so seicht, dass nicht einmal ein Goldfisch in mir überleben könnte. Ich meine, was soll das denn?«
Der Major wünschte, er hätte das alles gewusst, als er Sandy an jenem Abend in dem dunklen Haus antraf. Er wünschte, er hätte beim Ball etwas gesagt, nachdem Mrs. Ali bemerkt hatte, wie bekümmert sie aussah. Vielleicht hätten sie damals etwas tun können. Er fragte sich, ob es seine Schuld war, dass Roger das Einfühlungsvermögen eines Betonklotzes besaß.

»Dein Timing war nicht gerade sehr sensibel, Roger«, sagte er leise. Er spürte, wie sich sein Herz vor Kummer über den Sohn langsam zusammenzog, und überlegte, wann und wo es ihm misslungen war, diesem Jungen Mitgefühl zu lehren, oder ob er schlicht vergessen hatte, es ihm beizubringen.
»Egal – wer braucht schon solche Dramen«, sagte Roger. »Ich hatte viel Zeit zum Nachdenken und spiele jetzt ernsthaft mit dem Gedanken, es mit Gertrude zu versuchen.« Er sah schon wieder fröhlicher drein. »Aus so einem alten Adelsnamen lässt sich auch heutzutage noch einiges herausholen, und sie hat mich immer schon angehimmelt. Wenn die Konditionen stimmen, wäre ich bereit, sie sehr glücklich zu machen.«
»Über Liebe kann man doch nicht verhandeln wie bei einer Geschäftsabwicklung«, entgegnete der Major entsetzt.
»Stimmt«, sagte Roger. Er wirkte jetzt wieder vollauf zufrieden und durchwühlte die Tasche nach einem Apfel. »Die Liebe ist wie ein dicker fetter Bonus, den man sich erhofft, wenn man alle Bedingungen ausgehandelt hat.«
»In deiner Seele findet sich kein Hauch von Poesie, Roger«, sagte der Major.
»Wie wär's denn mit ›Feuer ist heiß, / Feuer macht Rauch, / Sandy ist weg, / Gertrude tut's auch‹?«
»Das ist einfach unmöglich, Roger!«, entgegnete der Major. »Wenn du nicht den kleinsten Funken echter Leidenschaft für Gertrude empfindest, dürft ihr euch nicht aneinander binden. Sonst verdammst du euch beide zu einem Leben in Einsamkeit.« Gequält lächelnd hörte er sich Graces Worte als seine eigenen ausgeben. Da erteilte er mit Hilfe dieser Worte einen Rat, obwohl sie ihm selbst erst kurz zuvor die Augen geöffnet hatten. So, dachte er, stehlen die Menschen wie Elstern die funkelnden Einfälle anderer und schmücken sich damit.

Bevor sich der Major auf den Heimweg machte, fragte Roger ihn plötzlich: »Wohin zischst du jetzt eigentlich ab? Wer ist denn diese Bekannte, die du besuchen willst?«
»Ach, nur jemand, der in den Norden gezogen ist. Grace wollte, dass ich mal nach ihr sehe.«
»Also wieder diese Frau.« Rogers Augen wurden schmal. »Die mit dem fanatischen Neffen.«
»Sie heißt Jasmina Ali«, erwiderte der Major. »Ich bitte dich, wenigstens den Respekt zu haben, dich an ihren Namen zu erinnern.«
»Was soll das, Dad?«, fragte Roger. »War dir das Golfclub-Debakel noch nicht Warnung genug? Die Frau ist eine ganz, ganz schlechte Idee.«
»Schimpansen, die Gedichte schreiben, sind eine schlechte Idee«, entgegnete der Major. »Und von dir Ratschläge in Liebesdingen entgegenzunehmen ist ebenfalls eine sehr, sehr schlechte, wenn nicht sogar grauenerregende Idee. Auf eine Stunde bei einer alten Freundin vorbeizuschauen ist dagegen eine gute Idee und geht dich obendrein nicht das Geringste an!«
»Alte Freundin – dass ich nicht lache!«, sagte Roger. »Ich habe doch gesehen, wie du sie bei dem Ball angeschaut hast. Jeder hat mitgekriegt, dass du kurz davor warst, dich zum Narren zu machen.«
»Und selbstverständlich hat das ›jeder‹ missbilligt. Und zweifelsohne deshalb, weil sie eine andere Hautfarbe hat.«
»Überhaupt nicht«, widersprach Roger. »Der Clubsekretär hat mir vertraulich mitgeteilt, dass es nicht im Entferntesten mit der Hautfarbe zu tun hat, sondern allein damit, dass der Club derzeit keine Mitglieder aufnimmt, die im kaufmännischen Sektor tätig sind.«
»Der Club und seine Mitglieder sollen sich zum Teufel scheren!«, fauchte der Major. »Ich freue mich schon darauf, da rausgeworfen zu werden.«
»O Gott, du bist in sie verliebt.«

In einer ersten spontanen Regung wollte er es weiter leugnen. Während er noch nach einer diplomatischen Antwort suchte, mit der er seine Absicht ausdrücken konnte, ohne sich lächerlich zu machen, sagte Roger: »Was um alles in der Welt soll dir das bringen?«

Da packte den Major eine Wut, wie er sie seinem Sohn gegenüber noch nie empfunden hatte, und zwang ihn zur Ehrlichkeit. »Im Gegensatz zu dir, der du jede menschliche Begegnung einer Kosten-Nutzen-Analyse unterziehst, habe ich nicht die geringste Ahnung, was mir das bringen wird. Ich weiß nur, dass ich sie sehen will. Genau darum geht es in der Liebe, Roger. Darum, dass einem eine Frau jeden klaren Gedanken aus dem Kopf treibt, darum, dass man unfähig ist, zu irgendwelchen Liebesstrategien zu greifen, und darum, dass die üblichen Manipulationen versagen. Liebe, das ist, wenn alle sorgsam ausgetüftelten Pläne sinnlos werden und man in ihrer Anwesenheit nur noch schweigen kann. Dann hoffst du, sie möge sich deiner erbarmen und ein paar freundliche Worte in deinen leeren Kopf hineinsprechen.«

»Dass du mal um Worte verlegen bist, werden wir auch nicht mehr erleben«, sagte Roger und verdrehte die Augen.

»Deine Mutter hat mich bei unserer ersten Begegnung sprachlos gemacht. Hat mir meine schlagfertige Antwort einfach aus dem Mund genommen, und ich stand da mit offenem Maul wie ein Trottel.«

Der Major dachte zurück an ihr dünnes blaues Kleid vor dem sattgrünen Sommerrasen und an ihr Haar, auf dem das Licht der Abendsonne lag. In einer Hand hielt sie ihre Sandalen, in der anderen einen kleinen Becher Punsch, und sie verzog den Mund, nachdem sie an dem klebrig-süßen Zeug genippt hatte. Er war so sehr damit beschäftigt, sie zu betrachten, dass er sich mitten in einer komplizierten Anekdote verhedderte und rot wurde, als seine Freunde, die auf die Pointe gewartet hatten, in schallendes Hohngelächter ausbrachen. Sie hatte sich zu ihnen gesellt und ihn unverblümt gefragt: »Gibt es hier eigentlich noch etwas anderes zu trinken als dieses Zuckerwattegesöff?« In seinen Ohren hatte es wie ein Gedicht geklungen, und er hatte sie in die Speisekammer der Gastgeber geführt und einen Scotch aufgestöbert und sie das Gespräch ganz allein bestreiten lassen, während er versuchte, nicht auf ihr Kleid zu starren, das ihre Brüste sanft umhüllte wie der endlos herabfallende Schleier einer aus Marmor gemeißelten Waldnymphe.

»Was würde Mutter dazu sagen, wenn sie wüsste, dass du irgend so einem Ladenmädchen durch ganz England nachläufst?«

»Wenn du sie noch ein Mal ein Ladenmädchen nennst, kassierst du eine Ohrfeige.«

»Aber was ist, wenn du sie heiratest und sie dich überlebt?«, fragte Roger. »Was ist, wenn sie das Haus nicht aufgibt und … Also, nach dem ganzen Tamtam, das du mit den Churchill-Flinten veranstaltet hast, weiß ich wirklich nicht, wie du dazu kommst, einer völlig Fremden einfach alles zu überlassen.«

»Ach so, es ist also weniger eine Frage der Loyalität als vielmehr eine Frage des väterlichen Erbes«, sagte der Major.

»Es geht doch nicht um Geld«, entgegnete Roger entrüstet. »Es geht ums Prinzip.«

»Diese Dinge sind immer heikel, Roger«, sagte der Major. »Und da wir gerade von deiner Mutter sprachen – du warst dabei, als sie mich bat, nicht allein zu bleiben, wenn ich jemanden finde, der mir viel bedeutet.«

»Sie lag im Sterben. Sie hat dich angefleht, wieder zu heiraten, und du hast geschworen, es nicht zu tun. Ich war damals, ehrlich gesagt, ziemlich wütend, weil so viel wertvolle Zeit mit letzten Versprechungen verschwendet wurde, die, wie ihr beide gewusst habt, unhaltbar waren.«

»Deine Mutter war eine sehr selbstlose Frau«, wandte der Major ein. »Sie meinte das, was sie sagte.« Beide schwiegen, und der Major fragte sich, ob auch Roger wieder den Karbolgeruch und den Duft der Rosen auf dem Nachttisch wahrnahm und das grünliche Licht des Krankenhauszimmers sah und Nancys Gesicht, so schmal und schön wie das einer Heiligen auf einem mittelalterlichen Gemälde, deren Augen das Einzige waren, aus dem noch Leben sprach. Er hatte, wie sie selbst auch, in diesen letzten Stunden nach Worten ohne all dieses Plattitüdenhafte gerungen. Aber es hatte ihm damals die Sprache verschlagen. Im grauenhaften Angesicht des Todes, als dieser bereits so nah und doch so undenkbar schien, war er stumm geblieben, als wäre sein Mund mit Stroh gefüllt gewesen. Die Gedichte und Zitate, mit denen er andere in diesen sinnlosen Beileidsschreiben und hin und wieder in einer Trauerrede zu trösten versucht hatte, erschienen ihm jetzt hohl und nur der eigenen Eitelkeit dienlich. Er konnte nichts weiter tun, als die zerbrechliche Hand seiner Frau zu drücken, während ihm Dylan Thomas' nutzloses Flehen »Geh du nicht sanft in diese gute Nacht ...« wie ein Trommelschlag durch den Kopf dröhnte.

»Alles in Ordnung, Dad? Ich wollte dich nicht verletzen«, sagte Roger. Blinzelnd kehrte der Major in die Realität zurück. Er hob den Blick und stützte sich mit einer Hand auf die Rückenlehne von Rogers Couch.

»Deine Mutter ist tot, Roger«, sagte er. »Dein Onkel Bertie ist tot. Ich glaube nicht, dass ich noch mehr Zeit vergeuden sollte.«

»Vielleicht hast du recht, Dad.« Roger dachte offenbar kurz nach, was der Major ungewöhnlich fand, ging dann um die Couch herum und hielt ihm die Hand hin. »Hör mal, ich wünsche dir viel Glück mit deiner Freundin. So, und wie wär's, wenn du mir jetzt viel Glück bei Fergusons Jagd wünschen würdest? Du weißt doch, wie sehr mir an diesem Enklave-Deal liegt.«

»Ich weiß diese Geste zu schätzen«, sagte der Major und schüttelte Rogers Hand. »Sie bedeutet mir sehr viel. Und ich wünsche dir wahrlich alles Gute, mein Sohn. Ich werde dich dort oben unterstützen, so gut ich kann.«

»Ich hatte gehofft, dass du das sagen würdest«, gestand Roger. »Und weil ich schon so früh hinfahre, besteht sogar die Möglichkeit, dass ich auf Federwildjagd gehen kann, sagt Gertrude. Und da wollte ich dich fragen, ob ich deine beiden Churchills mitnehmen dürfte.«

Als der Major von Rogers Cottage wegfuhr, nachdem er seinem hocherfreuten Sohn die Kiste mit den Gewehren dagelassen hatte, überkam ihn das ungute Gefühl, einmal mehr manipuliert worden zu sein. Vor seinem geistigen Auge zogen wie in einer Endlosschleife Bilder vorbei. Roger, im nebligen Morgengrauen auf Entenjagd in ein Boot geduckt. Roger, der sich vorsichtig erhebt und auf einen aufstreichenden Wildentenschwarm feuert. Roger, wie er rückwärts über die Metallbank stürzt und in das Speigatt fällt. Roger, wie er eine der beiden Churchills fast ohne einen Spritzer in die bodenlosen Wasser des Sees sinken lässt.

Einundzwanzigstes Kapitel

Hätten Don Quixote oder Sir Galahad den Minnedienst auch dann noch mit solch ritterlichem Eifer geleistet, fragte sich der Major, wenn sie in dichtem, stockendem Verkehr eine endlose Landschaft aus Leitkegeln, abgasspeienden Lastwagen und sterilen Autobahnraststätten hätten durchqueren müssen? Er dachte an ihr leuchtendes Beispiel, während er sich auf der M25 voranquälte, und sagte sich, dass der hässliche Betongürtel der Londoner Ringautobahn wenigstens den schwellenden Vorstadtbrei davon abhielt, überzuschwappen und das, was von den ländlichen Gegenden noch übrig war, zu ersticken. Er versuchte, den Mut zu wahren, als er den Süden hinter sich gelassen hatte und die Autobahnen zu einem einzigen rasenden Fleck aus riesigen Lastern verschwammen. Sie alle fuhren Richtung Norden, als hätten sie noch Tausende von Kilometern vor sich und nicht Eistee, Tiefkühlhähnchen und Haushaltsgeräte, sondern Spenderorgane geladen. Im fluoreszierenden Licht und dem schwachen Bleichmittelgeruch einer Raststätte irgendwo in den Midlands, wo er auch nur einer von vielen grauhaarigen alten Männern mit einem Plastiktablett war, drohten ihn seine Zweifel zu besiegen.

Er hatte niemandem gesagt, dass er kommen würde. Was, wenn Mrs. Ali nicht zu Hause war? Fast hätte ihm Schottlands Sirenengesang von dem verheißenen Festmahl im Schloss und der Jagd in der Heide den Kopf verdreht, doch in dem Moment, als er den Daumen zu heftig durch den kleinen Plastikdeckel stieß und sein Jackett mit Kaffeesahne bespritzte, kam ihm der Gedanke, dass genau Mrs. Ali, sie und niemand sonst, die Welt ein bisschen weniger anonym machte.

Sie machte *ihn* ein bisschen weniger anonym. Hastig trank er seinen Tee – was nicht schwerfiel, denn der war gerade einmal lauwarm – und eilte hinaus, um seine Fahrt fortzusetzen.

Ein wenig verlegen kurvte er durch die Gegend und suchte Straße und Hausnummer des Absenders auf dem Brief, den Grace ihm gegeben hatte. Immer wieder warf er einen Blick auf das dünne Papier und verglich die Angaben mit den Straßen, an denen er vorbeifuhr. Unter seinen Fingern auf dem Lenkrad wurde Mrs. Alis schöne Handschrift zusehends knittrig. Draußen waren jetzt vorwiegend dunkelhäutige Frauen mit Kindern und Babys in Kinderwagen zu sehen. Einige trugen Kopftuch, gebunden nach Art der praktizierenden Muslimas. Andere liefen mit den kurzen Steppjacken und Goldohrringen herum, die bei den Jugendlichen der ganzen Welt gerade in Mode waren. Als er eine Gruppe junger Männer passierte, die sich um die geöffnete Motorhaube eines Wagens drängte, glaubte er zu bemerken, dass sich ein paar Köpfe zu ihm drehten und ihn musterten. Er fuhr versehentlich an dem Haus vorbei, fand es aber zu peinlich, den ganzen Straßenzug noch einmal zu umrunden, und stellte den Wagen auf einem freien Parkplatz ab.
Die lange Straße wurde an einem Ende von mehreren großen, herrschaftlichen viktorianischen Häusern abgeriegelt, die einsam vor sich hin bröckelten. Am anderen Ende bildete eine Ziegelmauer die Abgrenzung zu einer Backsteinsiedlung mit sechsstöckigen Wohnblöcken und schmalen Reihenhäusern. Die Alu-Fensterrahmen und die schmucklosen Türen, für die genau drei Farben zur Auswahl gestanden hatten, zeugten von den gestalterischen wie auch finanziellen Grenzen der kommunalen Wohnungsbaubehörde. Zwischen diesen beiden, den Höhe- beziehungsweise Tiefpunkt des industriellen Zeitalters repräsentierenden Anlagen erstreckte sich eine lange Reihe von Doppelhäusern, die in der Vorkriegszeit für eine aufstrebende Mittelschicht errichtet worden waren: drei

Schlafzimmer, zwei Wohnzimmer, Innentoilette und »täglicher« Putzdienst.

Einige dieser Häuser waren seit ihrer Glanzzeit stark erweitert worden und mit ihren doppelscheibigen Vinylfenstern, seitlichen Anbauten und verglasten Eingangstüren kaum mehr wiederzuerkennen. An den wenigen, die noch die alten Fensterrahmen aus Holz hatten, blätterte die Farbe ab, und das Durcheinander verschiedenster Fensterverdeckungen deutete darauf hin, dass sich dahinter Wohnschlafzimmer verbargen. Das Schlimmste aber, fand der Major, war, dass man die Vorgärten vieler dieser Häuser, gediegen oder nicht, gerodet und bepflastert hatte, damit direkt vor den Fenstern mehrere Autos parken konnten.

Das Haus der Familie Ali gehörte zu den eher ansehnlichen, und sogar die Hälfte des Gartens war noch erhalten. Die andere Seite war eine Kiesfläche, auf der ein kleiner, zweisitziger Sportwagen stand. Der elegante Eindruck, den der Wagen und die frisch lackierten weißen Fensterrahmen machten, wurde vom Nachbarhaus mit seinen springenden Delphinen auf den Torpfosten und den violetten Läden an den dunklen Holzfensterrahmen erheblich getrübt. Der Major gestattete sich gerade ein kurzes verächtliches Naserümpfen über diese so offensichtlich fremdländischen Auswüchse, als eine weiße Frau mit strähnigem Haar, einer pinkfarbenen Pelzjacke und grünen Jeans in schwarzen Lackstiefeln aus dem Haus stöckelte und in einem kleinen grünen Auto, dessen Stoßstange ein Sticker mit der Aufschrift »Ibiza Lover« zierte, davonfuhr.

Der Major entschuldigte sich stillschweigend beim Rest des Viertels und ging auf die schwere Eichenholztür der Alis zu. Auf der Eingangsstufe blieb er stehen und starrte den schlichten Messingring des Türklopfers an. Er erinnerte sich, wie er mit Mrs. Ali vor dem Golfclub gestanden hatte und wie nervös und erwartungsvoll sie beide gewesen waren. Mittlerweile war er davon überzeugt, dass das Leben nie den Erwartungen gerecht wurde, und seine Gewissheit, an diesem Tag ein Desaster zu erleben, wuchs. Er sah sich um und überlegte, ob er nicht besser zu seinem Wagen zurücklaufen sollte. Ein junger Mann fuhr langsam auf dem Rad an ihm vorbei und glotzte ihn kaugummikauend an. Der Major nickte ihm zu, und weil er es als zu peinlich empfand, sich unverrichteter Dinge wieder aus dem Staub zu machen, wandte er sich zur Tür und klopfte.

Eine junge schwangere Frau öffnete. Unter dem locker aufliegenden Kopftuch war eine modische Wuschelfrisur zu erkennen, und zu ihrem schwarzen Umstandskleid trug sie schwarz-weiß gemusterte Leggings. Ihr dunkles Gesicht war zwar attraktiv, hatte aber etwas Dumpfes und besaß eine nicht nur flüchtige Ähnlichkeit mit dem von Abdul Wahid.

»Ja?«, sagte sie.

»Guten Tag, ich bin Major Ernest Pettigrew. Ich möchte Mrs. Ali besuchen«, erklärte der Major im gebieterischsten Ton, den er aufbringen konnte.

»Sind Sie von der Stadt?«, fragte die Frau.

»Nein, um Gottes willen. Sehe ich aus wie ein Kommunalbeamter?« Die Frau warf ihm einen Blick zu, der besagte, dass es sich genau so verhielt. »Ich bin ein Bekannter von Mrs. Ali«, fügte der Major hinzu.

»Meine Mutter ist gerade beim Einkaufen«, sagte die Frau. »Wollen Sie warten?« Sie öffnete aber weder die Tür weiter noch trat sie zur Seite, und der Major registrierte, dass sie ihn überaus misstrauisch beäugte.

Jetzt wurde ihm das Missverständnis bewusst. »Nein, nein, ich will nicht zu Ihrer Mutter. Ich möchte zu Mrs. Jasmina Ali aus Edgecombe St. Mary.«

»Ach, zu der«, erwiderte die Frau und fügte nach einer kurzen Pause hinzu: »Dann kommen Sie besser erst mal rein, und ich rufe meinen Vater an.«

»Ist sie da?«, fragte der Major, während er in ein nur für den Empfang von Gästen gedachtes, ansonsten ungenutztes und entsprechend formell eingerichtetes Vorzimmer geführt wurde. Rechts und links von einem kleinen Gaskamin standen sich zwei Sofas gegenüber, deren Seidenbezug ein florales Flockmuster zierte und die mit einer durchsichtigen Kunststofffolie abgedeckt waren. Zwei gemusterte Wandteppiche und ein großes abstraktes Gemälde, das entfernt an eine blaugraue Landschaft erinnerte, schmückten die cremeweiß gestrichenen Wände. Bücher waren nicht zu sehen, dafür lagen auf den diversen Beistelltischchen Steine und Kristalle sowie Schälchen mit getrockneten Samenschoten und duftenden Zweigen. Vor dem Erkerfenster hing unter einem dazu passenden blauen Querbehang ein Raffrollo aus hochwertigem Stoff; gegenüber dem Fenster führte eine zweiflügelige, von einem bodenlangen blauen Vorhang eingefasste Tür aus mattiertem Glas nach nebenan. Der schönste Einrichtungsgegenstand des Zimmers war ein Orientteppich, eine grandiose handgewebte Musterexplosion aus Tausenden blauen Seidenfäden. Diesen Raum, dachte der Major, hätte seine Schwägerin Marjorie bewundert, und obwohl sie ihre Möbel noch nie in Kunststofffolie eingeschlagen hatte, sehnte sie sich heimlich bestimmt nach genau solch pflegeleichter Eleganz.

»Ich bringe Ihnen Tee«, sagte die Frau. »Bitte warten Sie hier.« Sie ging und schloss die Tür hinter sich. Der Major entschied sich für einen von zwei kleinen Stühlen, die jeweils neben den Sofas standen. Sie waren zwar beängstigend zierlich, aber er traute es sich nicht zu, auf einem plastikverpackten Sofa zu sitzen, ohne durch etwaige Rutschbewegungen bedenkliche Quietschgeräusche zu produzieren.

Stille legte sich über den Raum. Durch die Doppelscheiben drang nur gedämpfter Straßenlärm herein, keine Uhr tickte auf dem Kaminsims. Nicht einmal einen Fernseher gab es hier drin; allerdings glaubte er, von irgendwoher das Gebim-

mel einer Gameshow zu hören. Er spitzte die Ohren und kam zu dem Schluss, dass in den Tiefen des Hauses, hinter der Tür mit den Milchglasscheiben, ein Fernseher lief.
Als die Tür zur Diele geöffnet wurde, erhob er sich. Die junge Frau erschien mit einem Messingtablett, auf dem eine Teekanne und zwei Gläser in silbernen Haltern standen. Hinter ihr schlüpften zwei kleine kichernde Kinder herein und starrten den Major an, als stünden sie vor einem Zoogehege.
»Mein Vater kommt gleich nach Hause«, sagte die junge Frau und bedeutete dem Major mit einer Handbewegung, sich wieder zu setzen. »Er freut sich schon darauf, Sie kennenzulernen, Mr. – wie war noch mal Ihr Name?«
»Major Pettigrew. Ist Mrs. Ali nicht da?«
»Mein Vater kommt gleich«, wiederholte sie und schenkte ihm ein; doch anstatt auch sich selbst mit Tee zu versorgen, scheuchte sie die Kinder hinaus, verließ das Zimmer und schloss erneut die Tür hinter sich.
Wieder verstrichen stille Minuten. Der Raum begann, den Major zu bedrücken; ihm war, als ränne ihm die Zeit durch die Finger. Er verkniff sich den Blick auf seine Uhr, aber in Gedanken sah er bereits die anderen Gäste in Schottland eintreffen. Bestimmt war dort ein kaltes Büfett aufgebaut, und die Ankömmlinge wurden gerade zur Garderobe geführt oder unternahmen einen strammen Spaziergang um den See. Er hatte Fergusons Schloss zwar noch nie gesehen, aber es gab dort ganz sicher einen See und ein kaltes Büfett. Auf solche Dinge konnte man sich verlassen. In diesem Zimmer gab es nichts, worauf er sich verlassen konnte. Alles hier war ihm völlig unvertraut und deshalb anstrengend. Plötzlich wurde ein Schlüssel im Haustürschloss gedreht, und in der Diele kam Unruhe auf. Dringliche Stimmen trafen aufeinander, als die Haustür aufschwang, und die üblichen Dielengeräusche, hervorgerufen durch das Aufhängen von Mänteln und Abstreifen von Schuhen, waren von heftigem Flüstern begleitet. Wieder ging die Tür des Vorraums auf, und ein breitschultri-

ger Mann mit kurzem schwarzem Haar und einem gepflegten Schnurrbart trat ein. Er trug Hemd und Krawatte, und an seiner Brusttasche hing noch ein Namensschild aus Plastik, das ihn überraschenderweise als Dave auswies. Er war nicht groß, aber seine gebieterische Ausstrahlung und das leichte Doppelkinn deuteten auf einen Mann hin, der seinen Teil der Welt im Griff hatte.
»Major Pettigrew? Ich bin Dave Ali, und es ist mir eine Ehre, Sie in meinem bescheidenen Heim begrüßen zu dürfen«, sagte er in einem Ton, den, wie der Major im Lauf der Jahre immer wieder festgestellt hatte, genau diejenigen anschlugen, die von der überragenden Schönheit ihres Hauses überzeugt waren. »Mein Sohn, der tief in Ihrer Schuld steht, hat mir alles über Sie erzählt.«
»Aber ich bitte Sie!«, entgegnete der Major, während er auf seinen Stuhl zurückgewunken wurde und Tee nachgeschenkt bekam. Namensabkürzungen hatte er noch nie ausstehen können, und »Dave« fand er höchst unpassend für diesen Mr. Ali. »Ihr Sohn ist ein sehr ernsthafter junger Mann.«
»Er ist unüberlegt. Er ist stur. Er treibt seine Mutter und mich in den Wahnsinn«, sagte Dave und schüttelte in gespielter Verzweiflung den Kopf. »Ich sage immer zu ihr, ich war genauso in seinem Alter, sie soll sich keine Sorgen machen, aber meine Frau meint, erst sie hätte mich auf Zack gebracht, und auch Abdul Wahid würde – *inschallah* – seinen Weg finden, wenn er erst mal verheiratet ist.«
»Wir hatten uns alle darauf gefreut, Jasmina – Mrs. Ali – bei der Hochzeit wiederzusehen.«
»Ja, natürlich«, sagte Dave zurückhaltend.
Der Major gab nicht auf. »Sie hat viele Freunde im Dorf.«
»Ich fürchte, sie wird nicht kommen. Meine Frau und ich fahren mit dem Sportwagen, da passt kaum unser Gepäck rein. Und irgendwer muss sich ja um meine Mutter kümmern, sie ist sehr gebrechlich. Und bei Sheena kann es jetzt jeden Tag so weit sein.«

»Ich verstehe, dass es Probleme gibt«, erwiderte der Major. »Aber für etwas so Wichtiges wie eine Hochzeit wird man doch wohl ...«

»Meine Frau – eine Seele von Mensch, Major – hat gesagt: ›Jasmina soll hinfahren, und ich bleibe bei Mummy und Sheena‹, aber ich frage Sie, Major, darf eine Mutter, die sieben Tage die Woche arbeitet, die Hochzeit ihres einzigen Sohnes verpassen?« Er schnappte nach Luft, wischte sich mit einem großen Taschentuch das Gesicht ab und sinnierte über die zahlreichen Opfer, die seine Frau bereits gebracht hatte.

»Nein, wohl eher nicht«, gab der Major zu.

»Außerdem wird es eine Feier im allerkleinsten Kreis.« Dave trank schlürfend einen Schluck Tee. »Ich war bereit, mich für ein richtiges Fest finanziell zugrunde zu richten, aber meine Frau sagt, die zwei wollen unter den gegebenen Umständen kein großes Trara machen. Es findet also sowieso kaum etwas statt außer einem symbolischen Austausch von Geschenken, und kein bisschen mehr, als angemessen ist.« Er legte eine Pause ein und sah den Major mit wichtigtuerisch hochgezogener Braue an. »Und außerdem glauben wir, dass es für unsere Jasmina wichtig ist, einen dicken Strich unter die Vergangenheit zu ziehen, wenn sie in Zukunft glücklich sein will.«

»Einen dicken Strich?«, fragte der Major.

Dave Ali seufzte und schüttelte auf eine Art, die Mitleid signalisieren sollte, den Kopf.

»Sie hat darauf beharrt, eine schwere Bürde auf sich zu nehmen, als mein Bruder starb«, sagte er nachdenklich. »Eine Bürde, die keine Frau der Welt tragen sollte. Und jetzt wollen wir einfach, dass sie diese Verantwortung abgibt und glücklich ist, hier, im Herzen der Familie, wo wir uns um sie kümmern können.«

»Das ist sehr großzügig von Ihnen.«

»Allerdings lassen sich alte Gewohnheiten schwer ablegen«, erklärte Dave. »Ich selbst freue mich schon heute auf den

Tag, an dem ich unseren Betrieb an Abdul Wahid übergeben und mich in den Ruhestand verabschieden kann – aber auch ich werde mich bestimmt noch lange einmischen und mich schwer damit tun, anderen die Entscheidungen zu überlassen.«
»Sie ist eine überaus tüchtige Frau«, sagte der Major.
»Wir hoffen, dass sie mit der Zeit lernt, hier zu Hause zufrieden zu sein. Sie hat sich schon jetzt für meine Mutter unentbehrlich gemacht und liest ihr jeden Tag aus dem Koran vor. Ich habe mich geweigert, sie in einem unserer Läden einzusetzen. Ich habe ihr gesagt, dass für sie jetzt die Zeit gekommen ist, sich zurückzulehnen und andere für sich sorgen zu lassen. Zu Hause ist es viel besser, habe ich ihr gesagt. Da muss man keine Steuern zahlen, keine Rechnungen begleichen, keine Bilanzen erstellen, und niemand erwartet, dass man auf alles eine Antwort hat.«
»Aber sie ist an eine gewisse Unabhängigkeit gewöhnt«, wandte der Major ein.
Dave zuckte mit den Achseln. »Sie ändert sich. Sie hat schon aufgehört, meine arme Frau von einem neuen Inventursystem überzeugen zu wollen. Dafür ist sie jetzt von der Idee besessen, sich einen eigenen Bibliotheksausweis anzuschaffen.«
»Einen Bibliotheksausweis?«
»Ich persönlich frage mich ja: Wer hat schon Zeit zum Lesen? Aber wenn sie einen will, soll sie ihn sich besorgen. Wir haben im Moment sehr viel zu tun – die Hochzeit und die Eröffnung unseres SuperCenters nächsten Monat –, aber meine Frau hat ihr versprochen, dass sie ihr mit dem Aufenthaltsnachweis hilft, und dann kann sie zu Hause herumsitzen und den ganzen Tag lesen.«
Das Gespräch wurde von aufkommender Unruhe in der Diele gestört. Der Major verstand zwar nicht, was dort gesprochen wurde, hörte aber plötzlich eine vertraute Stimme rufen: »Das ist doch lächerlich! Wenn ich hinein will, gehe ich hinein!« Dann wurde die Tür geöffnet, und Mrs. Ali stand da,

noch in Mantel und Kopftuch, eine kleine Einkaufstasche mit Lebensmitteln in der Hand. Ihre Wangen waren gerötet – ob nun wegen der Auseinandersetzung oder weil sie im Freien gewesen war –, und sie sah ihn an, als gierte sie danach, ihn mit einem einzigen Blick ganz zu erfassen. Die junge schwangere Frau flüsterte ihr von hinten etwas zu. Mrs. Ali zuckte zusammen.

»Schon gut, Sheena, sie kann reinkommen«, sagte Dave, stand auf und schickte seine Tochter mit einer Handbewegung weg. »Es kann ja nicht schaden, einen alten Freund deines verstorbenen Onkels Ahmed zu begrüßen.«

»Sie sind es«, sagte Mrs. Ali. »Ich habe in der Diele einen Hut gesehen und sofort gewusst, dass es Ihrer ist.«

»Wir wussten nicht, dass du von deinen Einkäufen zurück bist«, sagte Dave. »Der Major schaut nur kurz auf dem Weg nach Schottland bei uns vorbei.«

»Ich musste Sie einfach sehen«, erklärte der Major. Er hätte so gern ihre Hand genommen, aber er hielt sich zurück.

»Ich habe dem Major gerade erzählt, wie gern du liest«, sagte Dave. »Mein Bruder hat mir immer erzählt, Major, dass Jasmina ständig in ein Buch vertieft war. ›Macht doch nichts, dass ich ein bisschen mehr tun muss, damit sie lesen kann. Sie ist eben eine Intellektuelle‹, sagte er immer.« Bei dem Wort »Intellektuelle« schwang in seiner Stimme ein unverkennbar sarkastischer Unterton mit, und den Major erfasste eine tiefe Abneigung gegen den Mann. »Ich finde es nur traurig, dass er so viel gearbeitet hat« – Dave zückte sein Taschentuch und fuhr sich damit noch einmal übers Gesicht – »und dann so früh von uns ging.«

»Das ist widerwärtig – selbst für deine Verhältnisse«, sagte Mrs. Ali leise. Schweigend, mit offenem Mund, sahen sich die drei an. »Sheena hat behauptet, du wärst in einer geschäftlichen Besprechung«, fügte sie hinzu.

»Sheena ist ein sehr vorsichtiges Mädchen«, sagte Mr. Ali, an den Major gewandt. »Sie will immer alle beschützen. Manch-

mal zwingt sie die Leute sogar, draußen vor dem Haus auf mich zu warten.«
»Grace wollte, dass ich Sie besuche«, sagte der Major zu Mrs. Ali. »Ich glaube, sie hat darauf gewartet, dass Sie ihr schreiben.«
»Aber ich habe ihr geschrieben, mehrmals sogar. Offenbar bin ich zu Recht ins Grübeln gekommen, als ich nie Antwort bekam.« Sie warf ihrem Schwager einen leicht verächtlichen Blick zu. »Findest du das nicht auch merkwürdig, Dawid?«
»Empörend, einfach empörend, wie schlecht die Post heutzutage ist.« Mrs. Alis Schwager presste die Lippen aufeinander, als hätte er etwas dagegen, vor einem Außenstehenden bei seinem richtigen Namen genannt zu werden. »Und das sage ich, obwohl ich drei Postagenturen führe. Mehr, als die Post in den Sack zu stecken, können wir nicht tun – für alles Weitere sind wir nicht verantwortlich.«
»Ich möchte gern ein paar Minuten unter vier Augen mit dem Major reden«, erklärte Mrs. Ali. »Sollen wir das Gespräch hier führen, oder soll ich einen Spaziergang mit ihm machen und ihm das Viertel zeigen?«
»Nein, nein, bleibt ruhig hier«, antwortete Dawid Ali hastig. Halb belustigt, halb gekränkt erkannte der Major, dass den Mann die Vorstellung, Mrs. Ali und er würden an den Nachbarn vorbeipromenieren, geradezu entsetzte. »Der Major muss wahrscheinlich sowieso bald wieder los – der Nachmittagsverkehr ist ja heutzutage richtig schlimm.« Er ging zu der Tür mit den Milchglasscheiben und öffnete sie. »Dann lassen wir euch jetzt also ein paar Minuten allein, und ihr könnt über die alten Zeiten reden.« Im Zimmer dahinter lief leise ein Fernseher, und eine alte Dame saß zusammengesackt in einem Ohrensessel, vor sich ein Gehwägelchen. Sie wirkte halb tot, aber der Major sah, dass sie den Blick blitzschnell auf Mrs. Ali und ihn richtete. »Wenn es recht ist, möchte ich Mutter lieber nicht aus ihrem Sessel scheuchen. Sie wird euch bestimmt nicht stören.«

»Ich brauche keine Aufpasserin«, fauchte Mrs. Ali.
»Nein, natürlich nicht«, sagte Dawid. »Aber wir müssen Mummy das Gefühl geben, wichtig zu sein. Nur keine Sorge«, fügte er, an den Major gewandt, hinzu, »sie ist absolut taub.«
»Ich bedanke mich für Ihre Gastfreundschaft«, sagte der Major.
»Ich glaube nicht, dass wir uns noch mal sehen werden – dicker Strich, Sie wissen schon.« Dawid Ali reichte ihm die Hand. »Es war mir ein Vergnügen, einen so guten Bekannten meines Bruders kennenzulernen, und dass Sie den weiten Umweg gemacht haben, empfinde ich als Ehre.«

Nachdem Dawid Ali seiner Mutter etwas zugeflüstert und das Nebenzimmer verlassen hatte, entfernten sich der Major und Mrs. Ali so weit wie möglich von der offen stehenden Tür und setzten sich auf eine harte Bank vor dem Erkerfenster. Die Einkaufstasche, die sie immer noch in der Hand gehalten hatte, verstaute Mrs. Ali darunter und schälte sich aus dem Mantel. Er fiel unbeachtet hinter ihr über die Lehne.
»Ich habe das Gefühl, als würde ich nur träumen, dass Sie hier sind«, sagte sie.
»Ich glaube nicht, dass Ihre Leute es gerne sähen, wenn ich Sie zwicken würde.« Ein paar Sekunden lang saßen sie schweigend da. Der Major spürte, dass er jetzt die Grenzen des üblichen Smalltalks überschreiten und eine Erklärung abgeben, eine Forderung stellen müsste, wusste jedoch beim besten Willen nicht, wie er anfangen sollte.
»Dieser blöde Ball«, sagte er schließlich. »Ich hatte nie Gelegenheit, mich dafür zu entschuldigen.«
»Ich gebe Ihnen nicht die Schuld an der Grobheit anderer«, entgegnete sie.
»Aber Sie sind weggegangen«, sagte er. »Ohne Abschied.« Sie blickte aus dem Fenster, und er nutzte die Gelegenheit und betrachtete noch einmal die Rundung ihrer Wange und die dichten Wimpern an ihren braunen Augen.

»Ich war einem Tagtraum erlegen«, sagte sie. »Einem flüchtigen Staunen.« Sie lächelte ihn an. »Und dann wachte ich auf und war wieder die praktisch denkende Frau, und mir wurde etwas anderes klar.« Das Lächeln schwand, sie wirkte ernst wie ein Schwimmer vor dem Sprung ins Wasser oder ein Soldat, dem gerade der Befehl erteilt wurde, das Feuer zu eröffnen. »Ich habe mein Schicksal vor vielen Jahren mit der Familie Ali verbunden, und es war an der Zeit, diese Schuld abzutragen.«
»Als Sie mir den Kipling zurückschickten, dachte ich, Sie würden mich hassen.« Er merkte, dass er wie ein gekränktes Kind klang.
»Zurückgeschickt? Aber ich habe das Buch beim Umzug verloren.«
»Abdul Wahid hat es mir gegeben«, sagte der Major verwirrt.
»Ich dachte, es wäre mit allem anderen Wertvollen in meiner kleinen Tasche, aber als ich dann hier war, konnte ich es nicht finden.« Sie riss die Augen auf, und ihre Lippen zitterten. »Sie muss es mir gestohlen haben.«
»Wer?«
»Meine Schwiegermutter, Dawids Mutter«, sagte sie mit einer Kopfbewegung zum Nebenzimmer hin. Der Major wollte ihre Empörung teilen, aber er war viel zu glücklich darüber, dass sie nie die Absicht gehabt hatte, ihm das Buch zurückzugeben.
»Ihre Briefe gehen verloren, man hält Sie davon ab, an der Hochzeit Ihres Neffen teilzunehmen, fordert Sie auf, Ihr Haus zu verlassen«, sagte er. »Sie können nicht hierbleiben, meine Liebe. Ich kann das nicht zulassen.«
»Was soll ich denn tun? Ich muss den Laden aufgeben – George zuliebe.«
»Wenn Sie gestatten, werde ich Sie sofort von hier wegbringen, noch heute«, sagte der Major. »Unter welchen Umständen auch immer.« Er wandte sich zu ihr und ergriff ihre Hände. »Wenn dieses Zimmer nicht so hässlich und bedrückend

wäre, würde ich Sie noch um etwas anderes bitten. Aber Sie hier herauszuholen ist wichtiger als jede Rücksichtnahme auf mein Herz, und ich will Ihre Flucht mit keinerlei Bedingungen belasten. Sagen Sie mir einfach, was ich machen muss, um Sie aus diesem Zimmer herauszuholen und irgendwohin zu bringen, wo Sie atmen können. Und beleidigen Sie mich nicht, indem Sie so tun, als würden Sie nicht ersticken in diesem Haus!« Er atmete schwer, und sein Herz flatterte in der Brust wie ein gefangener Vogel.
Mrs. Ali sah ihn mit tränennassen Augen an.
»Sollen wir davonlaufen zu diesem kleinen Cottage, über das wir einmal gesprochen haben? Wo uns keiner kennt und von wo aus wir Postkarten mit rätselhaften Botschaften in die Welt hinausschicken? Dorthin würde ich jetzt gern fahren und alle anderen eine Zeitlang vergessen«, sagte sie.
Er drückte ihre Hände ganz fest und drehte sich nicht um, als aus dem anderen Zimmer ein Geheul hereindrang. »Dawid, komm schnell!«, schrie die alte Dame auf Urdu.
»Gehen wir«, sagte er. »Ich bringe Sie dorthin, und wenn Sie wollen, bleiben wir für immer.«
»Aber was ist mit der Hochzeit? Ich muss dafür sorgen, dass sie auch wirklich getraut werden!«
»Dann fahren wir eben zur Hochzeit!«, schrie er, vor lauter Aufregung alle Schicklichkeit außer Acht lassend. »Aber kommen Sie jetzt, und ich verspreche Ihnen, ich lasse Sie nie im Stich, was immer auch geschieht!«
»Ich komme mit«, sagte sie leise. Sie stand auf und zog sich den Mantel an. Dann griff sie nach der Tüte mit den Lebensmitteln. »Wir müssen los, sonst versuchen sie noch, mich aufzuhalten.«
»Müssen Sie nicht erst packen?«, fragte er und erschrak selbst ein wenig über seinen Wechsel von kurzzeitiger Leidenschaftlichkeit zu kühlem Realitätssinn. »Ich kann im Auto auf Sie warten.«
»Wenn wir jetzt aus irgendwelchen Gründen haltmachen,

komme ich nie von hier weg«, sagte sie. »Noch länger zu bleiben, ist viel zu vernünftig. Werden Sie nicht schon in Schottland erwartet? Und muss ich nicht noch bei den Vorbereitungen fürs Abendessen helfen und danach aus dem Koran vorlesen? Und regnet es obendrein auch noch in England?« Tatsächlich hatte es zu regnen begonnen; die dicken Tropfen prasselten ans Fenster wie Tränen.

»Ja, es regnet«, sagte der Major. »Und ich werde in Schottland erwartet.« Er hatte gar nicht mehr an die Jagd gedacht, und als er jetzt auf die Uhr blickte, wurde ihm klar, dass er es, vorausgesetzt, Ferguson hielt sich an die üblichen absurd frühen Essenszeiten, nicht rechtzeitig zum Dinner schaffen würde. Er drehte sich zu Jasmina um, die leicht schwankend dastand. Jeden Augenblick würde sie auf die Bank sinken, und mit dem verrückten Vorhaben der Flucht wäre es vorbei. Ihre Miene verlor schon alle Lebendigkeit. Noch einen winzigen Moment, dann würde sie sein Versagen erkennen und hinnehmen. Mitten in diesem Zimmer war ihm, als schwebte er in der Luft, über dem Scheitelpunkt des Schweigens zwischen ihr und ihm und dem Geheul aus dem Nebenraum. In der Diele ertönten Schritte. Der Major beugte sich vor, streckte den Arm aus und umschloss mit festem Griff Jasminas Handgelenk. »Gehen wir.«

Zweiundzwanzigstes Kapitel

Ich muss telefonieren«, sagte er. Sie waren außerhalb der Stadt und fuhren nach Westen. Die Düsternis des Nachmittags drang schon kälter und reiner durch das leicht geöffnete Fenster. »Wir müssen einen Pub oder etwas Ähnliches finden.«
»Ich habe ein Telefon.« Sie kramte in ihrer Einkaufstasche und holte ein kleines Handy hervor. »Das haben sie mir, glaube ich, gekauft, damit sie immer wissen, wo ich bin, aber ich schalte es natürlich nie ein.« Sie drückte ein paar Tasten, und das Handy gab mehrere durchdringende Pieptöne von sich.
»Grauenhaft, diese Dinger«, sagte der Major.
»Zehn Nachrichten auf der Mailbox. Wahrscheinlich suchen sie mich.«
Nach einer Ausfahrt mit der Beschilderung »Touristen-Informationszentrum« hielt er auf einem kleinen Parkplatz mit Toiletten und einem alten, zu einem Informationsstand umfunktionierten Eisenbahnwaggon, der aber jetzt, im Winter, geschlossen war. Auf dem Parkplatz stand kein einziges anderes Auto. Während Mrs. Ali die Toilette aufsuchte, betätigte der Major die winzigen Zifferntasten und schaffte es im zweiten Anlauf, die richtige Nummer zu wählen.
»Helena?«, sagte er. »Ernest Pettigrew. Entschuldige, dass ich einfach so anrufe.«
Als Jasmina zurückkam – die Haare am Ansatz noch feucht vom Wasser, mit dem sie sich das Gesicht bespritzt hatte –, verfügte der Major über eine detaillierte Wegbeschreibung zu der Fischerhütte von Colonel Preston, seinem ehemaligen befehlshabenden Offizier, und wusste, dass der Schlüssel unter dem Igel neben dem Schuppen lag und die Petroleum-

lampen der Sicherheit wegen im Waschzuber aufbewahrt wurden. Helena hatte taktvollerweise nicht gefragt, wozu er die Hütte plötzlich brauchte; mit seinem Vorwand, die Fliegenrute des Colonels holen zu wollen, war er bei ihr jedoch abgeblitzt.

»Wenn er die je in die Finger kriegt, müsste er sich mit der Tatsache auseinandersetzen, dass er sie nie benutzen wird, das wissen Sie ganz genau«, sagte sie. »Ich möchte ihm diesen Traum noch ein bisschen länger bewahren.« Als er sich verabschiedete, fügte sie hinzu: »Ich sage niemandem, warum Sie angerufen haben.« Danach starrte der Major auf das Handy und fragte sich, ob die im Flüsterton erzählten Geschichten des Colonels über seine Frau nicht doch der Wahrheit entsprachen.

»Es kann losgehen«, sagte er. »Wir haben leider noch ein, zwei Stunden Fahrt vor uns. Es ist gleich ...«

»Bitte sagen Sie mir nicht, wo es ist. Dann kann ich eine Zeitlang sogar vor mir selbst verschwinden.«

»Heizung gibt es dort natürlich keine. Wahrscheinlich liegt im Schuppen ein Sack Kohle. Nicht viel los mit Angeln im Winter.«

»Und ich habe Essen dabei.« Sie sah die Einkaufstasche an, als wäre sie ganz plötzlich aufgetaucht. »Mir war zwar gar nicht bewusst, dass ich sie mitgenommen habe, aber so, wie es aussieht, gibt es heute Balti-Hähnchen.«

Er stellte die Tasche in den Kofferraum, damit die Milch und das Huhn kühl blieben. Tomaten und Zwiebeln lugten hervor, und er roch frischen Koriander. Auch andere Gewürze und getrocknete Blätter in Plastiksäckchen schienen darin zu sein, und in einer Papiertüte zeichneten sich die weichen Konturen eines nach Mandeln duftenden Gebäcks ab.

»Vielleicht sollten wir irgendwo anhalten und Ihnen ein paar – ein paar Sachen kaufen«, sagte der Major, der plötzlich an Damenunterwäsche denken musste und überlegte, wo die entsprechenden Geschäfte zu finden wären.

»Ich möchte mir meine wundersame Rettung nicht mit einem Einkaufsbummel bei Marks & Spencer verderben«, entgegnete sie. »Fahren wir ganz schnell ans Ende der Welt!«

Die Hütte ähnelte eher einem baufälligen Schafstall. Auf den dicken Steinwänden ruhte ein krummes Schieferdach, und die ursprünglichen Öffnungen waren auf primitive Art mit unterschiedlichen, aus anderen Häusern geretteten Fenstern und Türen gefüllt. Die Eingangstür bestand aus schwerem Eichenholz mit eingeschnitzten Eicheln und einem eichenlaubumkränzten Medaillon, während daneben ein morsches blaues Flügelfenster an der einen Seite mit Hilfe mehrerer zusätzlicher Holzteile eingepasst war und nur eine Scheibe besaß.

Das Licht hinter den Bergen im Westen war fast verschwunden, und der Dreiviertelmond zog seine buckelige Bahn über den Himmel. Unterhalb der Hütte führte eine holprige Wiese zu einer schmalen Bucht in dem See, der sich in der Dunkelheit zu einem Meer zu weiten schien. Der Major suchte die weichen, schwärzeren Rundungen der dicht stehenden Bäume und Sträucher nach dem scharfen Umriss eines Schuppens ab und wollte schon zu einer streng systematischen Suche nach dem in Aussicht gestellten Steinigel aufrufen, als ihm der Gedanke kam, dass man auch durch das zerbrochene Fenster Einlass ins Haus finden könnte.

Es war kalt geworden. Mrs. Ali fröstelte in ihrem dünnen Wollmantel, und die Spitze ihres Kopftuchs flatterte im schneidigen Wind, der vom See herüberwehte. Sie hatte die Augen geschlossen und atmete in tiefen Zügen.

»Könnte Frost geben heute Nacht«, meinte der Major. Er befürchtete, sie würde über den Zustand des Hauses entsetzt sein, und trat vor sie hin. »Sollten wir vielleicht besser in das Dorf zurückkehren, durch das wir gefahren sind, und uns ein Bed and Breakfast suchen?« Sie schlug die Augen auf und lächelte ihn ängstlich an.

»Nein, nein, es ist so wunderschön hier. Und um ehrlich zu sein – nicht einmal in meinem fortgeschrittenen Alter und inmitten eines so wahnwitzigen Abenteuers brächte ich es über mich, mit Ihnen in ein Hotel zu gehen.«
»Wenn Sie es so ausdrücken ...« Er errötete und spürte seine Wangen in der Dunkelheit warm werden. »Allerdings weiß ich nicht, ob Sie das immer noch so sehen, wenn wir da drin auf Eichhörnchen stoßen«, sagte er mit Blick auf die zerbrochene Fensterscheibe. Er umklammerte die bleistiftdünne Taschenlampe aus dem Handschuhfach noch fester und fragte sich, ob die Batterien neu oder vielleicht mit ausgelaufener Säure überzogen waren. »Dann wagen wir jetzt also die Expedition ins Innere des Hauses.«
Es gelang ihm tatsächlich, das Schloss von der Innenseite des Fensters aus zu entriegeln; er stieß die Tür auf und trat in die tiefere Kühle der Hütte. Die Taschenlampe spendete nur einen dünnen, bläulichen Lichtstrahl. Um sich im dürftigen Licht nicht unvermutet an Kopf oder Knie zu stoßen, ging der Major mit ausgestreckten Armen voran. Der Lampenstrahl tanzte über einen Tisch mit Stühlen, ein Korbsofa mit zerbrochener Rückenlehne, ein Spülbecken aus Metall und Küchenschränke mit Baumwollvorhängen. In einer Ecke tauchte ein großer, verrußter Kamin auf, der nach feuchter Kohle roch. An einer Seite war er durch einen angebauten verzinkten Behälter verschandelt, der in eine Öffnung im Rauchabzug einbetoniert worden war, um mit der Hitze des Feuers Wasser erwärmen zu können. Mehrere Rohre mit Sperrhähnen führten zu einer kleinen Badnische und damit zu der hochwillkommenen Möglichkeit, wenigstens eine Katzenwäsche zu absolvieren. Hinter einem Rundbogen erahnte man das Schlafzimmer, und durch eine weitere merkwürdige Kombination aus einer Terrassenschiebetür und einem Fenstertürflügel schien silbrig der See. Über den Boden erstreckte sich ein breites Dreieck aus Mondlicht und beschien große Körbe mit Angelgerät, so nachlässig hinein-

geworfen, als würde der Besitzer gleich wieder zum See gehen. An einer nahe liegenden Stelle – in einer Dose auf dem Kaminsims – fand der Major Streichhölzer, und in der niedrigen Waschküche hinter dem Spülbecken den versprochenen Waschzuber aus Zink mit drei Petroleumlampen.

»Hoffentlich erwarten Sie nicht, dass das Ganze hier besser aussieht, wenn es beleuchtet ist«, sagte er, während er ein Streichholz anzündete und nach dem Glasschirm der ersten Lampe griff.

Sie lachte. »Den Geruch von Petroleum habe ich das letzte Mal als kleines Kind erlebt. Mein Vater erzählte uns immer, Petroleum sei im neunten Jahrhundert in Bagdad von einem Alchemisten entdeckt worden, als er versuchte, Gold zu destillieren.«

»Ich dachte, ein Schotte hätte es erfunden«, sagte der Major, verbrannte sich in diesem Augenblick an der zweiten Lampe den Daumen und ließ das Streichholz fallen. »Andererseits sind ja im Orient die erstaunlichsten Dinge entstanden, während wir zur gleichen Zeit erst mit Flechtwerk und Lehm umzugehen lernten und unsere entlaufenen Schafe einfingen.« Er entzündete noch ein Streichholz. »Leider hat das alles schlussendlich nichts gebracht, es sei denn, man war schnell genug, sich seine Erfindungen vor den Amerikanern patentieren zu lassen.«

Als die Lampen ihr flackerndes gelbes Licht verströmten und im Ziegelkamin ein Kohlenfeuer brannte, begann der Raum, ein wenig von seinem Modergeruch zu verlieren.

»Wenn man die Augen zusammenkneift, ist es eigentlich ganz bezaubernd hier drin.« Er entkorkte eine Flasche Rotwein, die als Mitbringsel für seinen schottischen Gastgeber gedacht gewesen war.

»Man muss nur alles abwischen, bevor man es anfasst«, sagte sie und schob mit einem Messer klein gehackte Zwiebeln in eine Pfanne mit Butter. Der wackelige Herd wurde von einer verrosteten Gasflasche, die draußen unter dem Küchenfenster stand, mit Energie versorgt. »Das ist der Staub von vielen, vielen Jahren.«

»Colonel Preston ist schon seit mehreren Jahren sehr gebrechlich«, sagte der Major, den Blick auf die Fliegenruten an der Wand gerichtet. »Ich bezweifle, dass er noch einmal hierherkommen wird.« Er ging zum Kamin und prüfte mit dem Handrücken die Temperatur des Warmwasserbereiters. Dann stellte er sich mit dem Rücken zum Feuer, trank einen Schluck Wein aus einer Teetasse und sah zu, wie Mrs. Ali mit rhythmischen Handbewegungen Tomaten klein schnitt und dabei konzentriert den Kopf geneigt hielt.

»Wirklich jammerschade – er spricht über diese Hütte und das Grundstück so, wie Sie und ich sprechen würden über – na ja, über den für uns wichtigsten Ort der Welt.« Der Colonel tat ihm leid, aber dieses Gefühl nahm seine Aufmerksamkeit nicht lange in Anspruch, denn jetzt rutschten ihr die Haare aus den Nadeln, sie unterbrach die Arbeit und schob sich mit dem Unterarm eine Strähne aus der Stirn. Das Hühnerfleisch und die Gewürze zischten in der Pfanne, und als sie ein Backblech darauflegte, wurde ihm klar, dass es keinen anderen Ort gab, mit dem ihn irgendetwas verband. Die Welt war so sehr geschrumpft, dass sie bequem in dieses Zimmer passte.

»Und – haben Sie einen solchen Ort?«, fragte sie, während sie die Flamme unter der Pfanne kleiner stellte und sich lächelnd aufrichtete. »Also, ich weiß, dass ich eigentlich nirgendwo hingehöre.«

»Ich dachte immer, Edgecombe St. Mary wäre es«, antwortete er. »Wissen Sie, meine Frau liegt auf dem Friedhof, und ich habe selbst schon ein Grab dort.«

»Auch eine Möglichkeit, sich verwurzelt zu fühlen.« Sofort formte sie mit den Lippen ein entsetztes O, aber er lachte.

»Oje, das habe ich jetzt aber ganz dumm formuliert«, sagte sie.

»Überhaupt nicht. Genau das hatte ich gemeint. Ich hielt es

immer für wichtig zu entscheiden, wo man begraben sein will, und dann gewissermaßen von dieser Entscheidung her das Leben anzugehen.«

Sie aßen, tunkten die Sauce mit süßen Mandelbrötchen auf und tranken Wein. Mrs. Ali ließ sich eine Tasse gegen die feuchte Kälte einschenken und gab Wasser dazu wie eine Französin. »Wenn Sie in Sussex begraben sein wollen, würden Sie wahrscheinlich nicht nach, sagen wir, Japan ziehen, oder?«

»Die Antwort auf diese Frage verweigere ich mit der Begründung, dass ich jetzt gerade am allerliebsten mit Ihnen zusammen hier bin und meine Anwesenheit daher sowohl Edgecombe als auch Tokio vorenthalten muss.«

»Aber wir werden nicht hierbleiben, Major.« Sie klang traurig. »Wir werden wegmüssen und nie mehr wiederkommen, genau wie der Colonel.«

»Stimmt.« Er betrachtete die tanzenden Schatten der Flammen an den dicken Steinwänden und die Lichtkreise, die die Lampen und die einzige, auf einer angeschlagenen Untertasse vor sich hin tropfende Kerze an die niedrige Decke malten. Das Federbett aus dem Schlafzimmer hatten sie zum Auslüften über die Rückenlehne des Sofas gelegt, und der rote Flanellbezug verlieh dem Raum zusätzliche Wärme. »Sie müssen mir Zeit zum Nachdenken geben«, sagte er.

»Die Leiche meines Mannes wurde nach Pakistan überführt und dort begraben. Ich selbst will das nicht für mich, deshalb werde ich nicht neben ihm liegen. Aber in einem hübschen Friedhof in Sussex kann ich auch nicht bestattet werden.«

»An manchen Tagen, die seine Frau für schlechte Tage hält, die aber vielleicht gute Tage sind, ist mein Freund, der Colonel, vollkommen überzeugt davon, wieder hier zu sein«, sagte der Major.

»Er erträumt sich das Leben, das er nicht führen kann?«

»Genau. Wir dagegen, wir können alles machen, und trotz-

dem behaupten wir, unsere Träume seien nicht mit dem ganz normalen Leben vereinbar, und weigern uns, sie zu leben. Und jetzt sagen Sie mir: Wer ist mehr zu bedauern?«
»Das wirkliche Leben steckt nun mal voller Komplikationen«, sagte sie lachend. »Oder können Sie sich vorstellen, wie es wäre, wenn die ganze Welt morgen beschließen würde, nach England in eine Fischerhütte zu ziehen?«
»Es ist Wales, um genau zu sein. Und hier werden die Leute tatsächlich ein bisschen komisch, wenn zu viele Besucher kommen.«

Er gab ihr den schöneren seiner beiden Schlafanzüge, blaue Baumwolle mit weißen Paspeln, seinen kamelhaarfarbenen Morgenrock und ein Paar Wollsocken. Er war froh, doch so viel mitgenommen zu haben. Nancy hatte ihn oft geschimpft, weil er, wie sie fand, aus lauter Ängstlichkeit immer viel zu viel einpackte und hartnäckig darauf bestand, stets mit einer Arzttasche aus Leder zu verreisen. Die modernen Touristen mit ihren riesigen weichen Reisetaschen voller Sportschuhe, zusammengeknüllter Trainingsanzüge, Vielzweckhosen und Vielzweckkleidern mit versteckten Taschen und aus speziell für das Reisen geeignetem Stoff, die sie ungeniert auch im Theater und in teuren Restaurants trugen, konnte er überhaupt nicht ausstehen.
Aus einem Extrafach holte er einen Wachstuchbeutel hervor, der seinem Vater gehört hatte, entnahm ihm ein Ledernecessaire und breitete, ein wenig verlegen wegen der Intimität der Gegenstände, Seife, Shampoo, Zahnpasta und ein kleines Baumwollhandtuch vor sich aus, das er für Notfälle immer dabeihatte.
»Ich gehe schnell zum Auto«, sagte er. »In meinem Pannenkoffer ist eine extra Zahnbürste.«
»Neben einem Fässchen Brandy und einer zusätzlichen Shakespeare-Ausgabe?«, fragte sie.
»Sie lachen über mich«, entgegnete er. »Aber wenn ich keine

Decke im Auto hätte, würde ich heute Nacht ziemlich frieren auf der Couch.« Er glaubte zu sehen, dass sie errötete, aber es konnte auch das Flackern der Kerzenflamme auf ihrer Haut gewesen sein.

Als er zurückkehrte, hatte sie seinen Schlafanzug und den Morgenrock an und kämmte sich mit seinem kleinen, fast unbrauchbaren Kamm die Haare. Die Wollsocken hingen an ihren schmalen Fesseln herunter. Dem Major stockte der Atem, und eine nicht gekannte Spannung durchfuhr seinen Körper.
»Die Couch ist sehr unbequem«, sagte sie. Ihre Augen waren ganz dunkel im Licht der Lampen, und als sie die Arme hob und das Haar zurückwarf, sah er, wie sich unter dem glatten Stoff des geliehenen Schlafanzugs und dem weichen Morgenrock die Rundungen ihres Körpers abzeichneten. »Ich weiß nicht, ob Sie es da warm genug haben.«
Der Major spürte, dass er jetzt unbedingt nicken musste, ohne dabei die Kinnlade herunterzuklappen.
»Zahnbürste«, stieß er mit Mühe hervor. Er streckte sie ihr am äußersten Ende des Stiels entgegen; er wusste, dass er, wenn er die Fassung bewahren wollte, keinesfalls ihre Fingerspitzen berühren durfte. »Zum Glück ist die Decke aus Kaschmir. Ich werde es schön gemütlich haben.«
»Aber Sie müssen wenigstens den Morgenmantel anziehen.« Sie stand auf und ließ den Morgenrock von ihren Schultern gleiten, und der Major fand das so sinnlich, dass er die Fingerspitzen in die Handflächen grub, damit ihm nicht noch wärmer wurde.
»Das ist sehr freundlich von Ihnen.« Schon allein ihre Nähe drohte, ihn zu überwältigen. Er wich zurück und verzog sich in Richtung Schlafzimmer, um das dahinterliegende winzige Bad aufzusuchen. »Ich sage schon mal gute Nacht für den Fall, dass Sie schon schlafen.«
»Es ist so schön hier, dass ich am liebsten die ganze Nacht wach liegen und den Mond auf dem Wasser betrachten würde.«

»Ein bisschen ausruhen ist viel besser.« Er stürzte davon, fand nur mit Anstrengung die Badezimmertür und zwängte sich hinein. Er fragte sich, wie lange er unter dem Vorwand, sich zu waschen, in dem Versteck würde ausharren müssen, bis sie eingeschlafen war, und einen Moment lang wünschte er, er hätte etwas zu lesen mitgenommen.

Wasser und Seife erfrischten ihn, gaben ihm aber gleichzeitig das Gefühl, töricht gewesen zu sein. Wieder einmal hatte er es zugelassen, dass seine Ängste – und in diesem Fall vielleicht seine Phantasie – über seine Vernunft siegten. Mrs. Ali war nicht anders als alle anderen Frauen, sagte er sich, und hielt dem Gesicht im trüben Spiegel flüsternd einen Vortrag. »Sie verdient Schutz und Respekt. In deinem Alter solltest du wahrlich in der Lage sein, eine kleine Hütte mit einer Angehörigen des anderen Geschlechts zu teilen, ohne dich wie ein pickliger Jüngling in die Situation hineinzusteigern.« Er zog dem Spiegelbild eine Grimasse und fuhr sich mit der Hand durchs Haar, das wie ein harter Pinsel abstand und demnächst geschnitten werden musste. Er nahm sich vor, gleich nach der Rückkehr einen Friseurtermin zu vereinbaren. Nachdem er ein letztes Mal tief durchgeatmet hatte, beschloss er, einen Durchmarsch ins Wohnzimmer hinzulegen, unterwegs fröhlich »Gute Nacht« zu sagen und sich keinen Blödsinn mehr zu erlauben.

Als er, die Lampe in der Hand, in das kleine Schlafzimmer trat, saß Mrs. Ali mit angezogenen Knien und gesenktem Kinn auf dem Bett. Ihr Haar ergoss sich über ihre Schultern, und sie wirkte sehr jung oder vielleicht auch einfach verletzlich. Als sie zu ihm aufsah, glänzten ihre Augen.

»Ich habe über das ganz normale Leben nachgedacht«, sagte sie. »Darüber, dass alles ungewiss ist, wenn wir wieder in die Welt hinausgehen.«

»Müssen wir wirklich daran denken?«

»Und deshalb habe ich mir die Frage gestellt, ob es nicht besser ist, wenn Sie gleich jetzt mit mir schlafen, hier, wo wir diesen ganz besonderen Traum genießen dürfen.« Sie sah ihn unverwandt an, und er hatte nicht das Bedürfnis, den Blick von ihr abzuwenden. Dankbar nahm er wahr, dass sein Körper von Erregung überströmt wurde wie ein flacher Strand von einer Flutwelle, und sah in ihren hochroten Wangen seine Sehnsucht nach ihr gespiegelt. Er verspürte keine Angst mehr, keine Nervosität. Er würde ihre Erklärung nicht mit der Frage herabsetzen, ob sie sich wirklich sicher sei. Er hängte die Lampe an einen Haken in der Balkendecke, kniete sich vor dem Bett auf den Boden, nahm ihre Hände in seine und küsste sie auf beiden Seiten. Als er das Gesicht zu ihr hob und ihr Haar sie beide wie ein dunkler Wasserfall umhüllte, fand er jedes Wort plötzlich vollkommen unwichtig, und so sagte er nichts.

Frühmorgens stand er, einen Fuß auf einem glatten Granitbrocken, am menschenleeren See und sah zu, wie das Sonnenlicht auf dem bereiften Schilf glitzerte und die Eisborte entlang des schlammigen Ufers zum Schmelzen brachte. Es war bitterkalt, aber er empfand die schmerzende Luft in seiner Nase als etwas Köstliches und hob das Gesicht zum Himmel, um die wärmende Sonne zu genießen. Die Berge hinter dem See trugen Schneehauben auf ihren wuchtigen Felsschultern, und Mount Snowdon durchstach mit seinen spitzen weißen Kämmen den blauen Himmel. Ein einsamer Vogel, ein Falke oder Adler, mit gespreizten Federn am Ende der stolzen Schwingen glitt hoch oben auf einem Hauch von Aufwind dahin und überblickte sein Reich. Der Major hob die Arme in die Luft, streckte die Fingerspitzen in die Höhe und fragte sich, während er sich mit beiden Füßen fest gegen die Erde stemmte, ob das Herz des Vogels wohl so erfüllt war wie seines. Er dachte darüber nach, ob sich so der erste Mensch gefühlt haben mochte; allerdings hatte er sich den Garten Eden immer als hochsommerlich warm vorgestellt,

als einen von Wespengesumm erfüllten Obstgarten voller Pfirsiche. Heute fühlte er sich eher wie ein Pionier, der allein inmitten der rauhen Schönheit eines fremden neuen Landes stand. Er fühlte sich unbeugsam, kraftvoll. Er freute sich über den Muskelkater und über die zarte Mattigkeit, wie man sie nach einer Anstrengung spürt. Nur ein wohliges Gefühl tief im Bauch war geblieben von der vergangenen Nacht, in der, so empfand er es, die Jahre von ihm abgefallen waren.
Er blickte die kleine Anhöhe hinauf zur Hütte, die unter eisbedeckten Traufen schlief. Aus dem Kamin kringelte sich träge der Rauch. Sie hatte noch geschlafen, als er ging, ausgestreckt auf dem Bauch, mit wirrem Haar, die Arme achtlos um das Kissen geschlungen. Zu wach, um im Bett zu bleiben, hatte er sich so leise wie möglich angezogen, hatte das Feuer versorgt und einen Kessel Wasser auf kleiner Flamme aufgesetzt, damit es während seines Spaziergangs langsam zum Kochen kam. Er hätte die zurückliegende Nacht gern für sich geklärt, seine Gefühle in eine sachliche Ordnung gebracht, aber offenbar war er an diesem Morgen zu nichts in der Lage, als vor sich hin zu grinsen und zu kichern und der leeren Welt in tumber Glückseligkeit zuzuwinken.
Noch während er hinaufschaute, wurde die Terrassentür geöffnet, und Jasmina trat aus dem Haus und blinzelte ins helle Licht. Sie hatte sich angezogen und seine Decke um die Schultern gelegt. In jeder Hand trug sie eine dampfende Teetasse. Mit einem Lächeln unter dem Haargewirr kam sie vorsichtig den steinigen Weg herunter. Er hielt den Atem an, als würde sie schon bei der kleinsten Bewegung zurückweichen.
»Du hättest mich wecken sollen«, sagte sie. »Du bist doch hoffentlich nicht geflüchtet …?«
»Ich musste ein paar Luftsprünge machen. Mir ein bisschen auf die Brust trommeln, einen kleinen Freudentaumel vollführen – Männerkram.«
»Also, das will ich sehen!«, rief sie und lachte, als er ein paar halb vergessene Tanzschritte wagte, auf ein Grasbüschel und

wieder hinunter sprang und johlend gegen einen großen Stein trat. Der Stein kullerte zum Ufer hinunter und platschte in den See, während der Major zusammenzuckte und den verletzten Fuß ausschüttelte. »Aua!«, sagte er. »Mehr Urmensch schaffe ich nicht.«

»Darf ich jetzt mal?« Sie drückte ihm in jede Hand eine Tasse, dann drehte sie sich in wilden Pirouetten aufs Seeufer zu, stampfte mit den Füßen ins eiskalte Wasser und stieß einen langen, wohlklingenden Schrei aus, der von der Erde selbst zu kommen schien. Ein Entenschwarm, der sich versteckt hatte, stieg auf, und sie lachte und winkte den über das Wasser fliegenden Vögeln zu. Dann lief sie zurück und küsste den Major, und er breitete die Arme aus und versuchte, das Gleichgewicht zu halten.

»Sachte, sachte«, sagte er, aber schon war ein Teil des heißen Tees auf sein Handgelenk geschwappt. »Leidenschaft ist schön und gut, aber man muss ja nicht gleich den Tee verschütten.« Sie fanden zwei große Felsblöcke, setzten sich, und während sie ihren Tee genossen und die beiden letzten, schon etwas altbackenen Mandelbrötchen verdrückten, lachten sie zwischendurch immer wieder und brachen in kleine Jauchzer und Schreie aus. Er steuerte einen lang anhaltenden Jodler bei, sie revanchierte sich mit ein paar Takten eines bewegenden Liedes aus ihrer Kindheit, und während das Wasser des Sees zu ihren Füßen ans Ufer plätscherte, die Berge ihre Rufe schluckten und der Himmel seinen blauen Fallschirm über ihren Köpfen spannte, dachte der Major, wie wunderschön er es fand, dass das Leben trotz allem viel einfacher war, als er es sich je vorgestellt hatte.

Dreiundzwanzigstes Kapitel

Zum ersten Mal in seinem Leben erschien ihm die Fahrt zurück nach Edgecombe nicht wie eine Heimkehr. Stattdessen schwand seine Zuversicht, je näher sie kamen, und sein Magen zog sich so sehr zusammen, dass ihm Galle in den Mund stieg.

Er hatte versprochen, Jasmina rechtzeitig zur Hochzeit nach Hause zu bringen, aber statt noch am Abend zuvor aufzubrechen, waren sie früh, im Morgengrauen, aufgestanden. Jetzt steuerte er den Wagen durch die Midlands nach Süden, ohne dem Lockruf Stratford-upon-Avons zu folgen, auch wenn beide den Kopf wandten, als sie die verführerische Ausfahrt passierten. Mit düsterer Miene brachte er das Autobahngewirr rings um die beiden Flughäfen Londons hinter sich, und zum ersten Mal, seit er zurückdenken konnte, empfand er beim Anblick der Schilder, die die Südküste ankündigten, keinerlei Freude.

»Wir kommen gut voran«, sagte sie lächelnd. »Hoffentlich hat Najwa daran gedacht, mir die Kleider zu besorgen.« Sie hatte Mrs. Rasool mit ihrem Handy angerufen und sie gebeten, ihrer Familie auszurichten, dass sie zur Hochzeit kommen werde und passende Kleidung für sie bereitgelegt werden solle. Während des Gesprächs hatte sie einmal leise gelacht, und hinterher erzählte sie ihm, dass Mrs. Rasool extra für das Hochzeitsessen Rasmalai machte, und zwar insgeheim ihm zu Ehren. »Sie regt sich sehr über meine Schwägerin auf, weil die ständig den Speiseplan ändert und die Kosten bis hin zum letzten Zahnstocher genau aufteilen will«, fügte sie hinzu. »Sie ist sehr froh, dass wir ein bisschen Aufruhr in das Fest bringen.«

»Soll ich wirklich mitkommen?«, fragte er. »Es wäre mir sehr unangenehm, wenn sie mich zum Anlass nehmen würden, das Ganze abzublasen.«
»Najwa hat es so geregelt, dass wir zunächst warten und erst dann hineingehen, wenn der Imam da ist. Dann können sie kein Theater mehr machen. Es wird sie zu meiner großen Genugtuung auf die Palme treiben, aber die Verträge werden unterschrieben, Abdul Wahid bekommt den Laden – was wollen sie dann noch groß tun?« Sie starrte schweigend aus dem Fenster.
»Und du bist sicher, dass du auf den Laden verzichten willst?«
»Ahmed wäre bestimmt stolz darauf, dass sein Erbe weitergegeben wird. Er hat mir den Laden aus freien Stücken überlassen, und aus derselben Haltung heraus schenke ich ihn Abdul Wahid, damit Amina, George und er ein eigenständiges Leben führen können, so wie es mir vergönnt war.«
»Selbstlose Taten sind heutzutage sehr rar. Ich bewundere dich.«
»Du bist kein selbstsüchtiger Mensch, Ernest. Du hast auf die Fahrt nach Schottland verzichtet, um mich zu retten.«
»Wenn jede selbstlose Tat so reich belohnt würde, wäre dies ein Land von lauter Heiligen.«

Sie fuhren auf einer Seitenstraße ins Dorf. Einladend lag Rose Lodge im blassen Sonnenschein, der für kurze Zeit aufkam. Schnell gingen sie hinein, um von niemandem gesehen zu werden.
Auf dem Küchentisch stand eine Teekanne, die noch warm war, daneben lagen der Rest eines Schinkensandwichs und die stark zerknitterte Zeitung des Tages. Im Spülbecken stapelten sich schmutzige Teller und ein fettgetränkter Karton, an dem getrockneter Bratreis klebte.
»Hier war jemand«, sagte der Major ziemlich erschrocken und wollte schon den Schürhaken holen, um das Haus von oben bis unten nach Eindringlingen zu durchsuchen.

»Hallo? Hallo?«, rief jemand, und Roger trat, einen Teller mit Toast und eine Teetasse in den Händen, vom Flur in die Küche. »Ach, du bist es. Du hättest mir sagen sollen, dass du kommst, dann hätte ich aufgeräumt.«
»Ich hätte es dir sagen sollen?«, fragte der Major. »Das hier ist mein Haus. Warum bist du nicht in Schottland?«
»Ich hatte Lust auf Zuhause«, erklärte Roger. »Aber ich bin hier ja offenbar nicht mehr willkommen.« Er starrte Jasmina an, und der Major versuchte einzuschätzen, wie groß die Wahrscheinlichkeit war, dass er seinen Sohn gleich am Revers packte, hochhob und mit dem Kopf voran auf die Straße warf. Er glaubte sich durchaus dazu fähig, befürchtete aber, dass der Kampf die unerwünschte Aufmerksamkeit der Nachbarn erregen könnte.
»Ob du hier willkommen bist oder nicht hängt voll und ganz davon ab, ob du es schaffst, dich zivilisiert zu benehmen«, sagte der Major. »Ich habe heute keine Zeit für deine Launen. Mrs. Ali und ich müssen zu einer Hochzeitsfeier.«
»Es scheint dir ja überhaupt nichts auszumachen, dass mein Leben ruiniert ist«, entgegnete Roger. Er versuchte sich an einer mannhaften Pose, deren Wirkung jedoch stark beeinträchtigt wurde, als ihm der Toast vom Teller glitt und mit der gebutterten Seite auf seiner Hose landete, von wo aus er seinen schmierigen Weg Richtung Boden fortsetzte. »Ach, Scheiße!«, rief Roger, stellte Teller und Tasse ab und wischte mit dem Handrücken über den Fleck.
»Setz dich doch«, sagte der Major und warf einen Blick in die Teekanne, um zu sehen, ob ihr Inhalt noch frisch war. »Dann trinken wir Tee, und du kannst Jasmina und mir erzählen, was passiert ist.«
»Ach, Jasmina heißt sie inzwischen, ja?«, sagte Roger, während der Major Tee einschenkte und die Tassen herumreichte. »Ich fasse es nicht! Mein Vater hat eine Freundin – in dem Alter!« Er schüttelte den Kopf, als wäre diese Tatsache der letzte Nagel im Sarg seines zerstörten Lebens.

»Mit einem vor Zweideutigkeit derart triefenden Wort lasse ich mich nicht bezeichnen«, erklärte Jasmina, während sie ihren Mantel an einen der Haken neben der Hintertür hängte. Sie trat in die Küche und setzte sich an den Tisch. Sehr beherrscht lächelte sie Roger an, aber der Major registrierte, dass sie die Zähne dabei leicht zusammenpresste. »Ich bevorzuge den Begriff ›Geliebte‹.«
Der Major verschluckte sich an seinem Tee, und Roger lachte sogar. »Na, da wird aber das ganze Dorf sprachlos sein.«
»Was wirklich wunderbar wäre«, sagte Jasmina und trank einen Schluck.
»Aber nun zu dir«, sagte der Major. »Was ist in Schottland passiert, und wo sind meine Gewehre?«
»So ist er, mein Vater – immer mit der Tür ins Haus.«
»Hast du sie verkauft? Nun sag schon!« Der Major wartete so angespannt auf den Schmerz, den die Antwort für ihn bereithielt, als würde man ihm gleich ein Pflaster von der Haut reißen.
»Nein, ich habe sie nicht verkauft«, sagte Roger. »Ich habe Ferguson erklärt, wohin er sich sein Barangebot schieben kann, und bin mit beiden Flinten direkt nach Hause gefahren.« Nach einer kurzen Pause fügte er hinzu: »Das heißt, so direkt auch wieder nicht. Ich bin mit dem Zug gefahren und hatte Riesenprobleme mit den Verbindungen.«
»Mit dem Zug? Und was ist mit Gertrude?«
»Ach, die hat mich zum Bahnhof gebracht. Ein ziemlich bewegender Abschied, wenn man bedenkt, dass sie sich kurz zuvor geweigert hatte, meinen Antrag anzunehmen.«
»Du hast um ihre Hand angehalten?«
»Jawohl«, sagte Roger. »Leider war ich bereits der zweite Bewerber, und meine Bedingungen erwiesen sich als weniger günstig.« Er schob die Tasse von sich und ließ resigniert das Kinn auf die Brust sinken. »Sie heiratet jetzt nämlich Ferguson.«
Ziemlich fassungslos hörte der Major zu, als Roger erzählte,

dass Gertrude in Schottland auf ganzer Linie gesiegt hatte. Sie hatte dort offenbar das Kommando übernommen, sich bei Fergusons Gutsverwalter eingeschmeichelt und ihn dazu überredet, einem Großteil der sinnvollen Modernisierungsarbeiten, die Ferguson geplant hatte, zuzustimmen. Obendrein hatte sie sogar den leitenden Wildhüter dazu gebracht, sich mit dem Wiederauffüllen des Birkhuhnbestands einverstanden zu erklären. Über die Frau des Wildhüters hatte sie innerhalb kürzester Zeit eine neue Köchin aufgetrieben, und gemeinsam hatten die zwei so üppige Festmahle und Mittagessen aufgetischt, wie sie in Loch Brae Castle seit Jahren nicht erlebt worden waren.

»Am zweiten Jagdtag erschien Ferguson auf Gertrudes Rat hin in einem der urigsten alten Tweedanzüge, die ich je gesehen habe, und da brach ein alter Jagdführer in Tränen aus und musste mit Scotch aus dem Flachmann und einem ordentlichen Schlag auf den Rücken beruhigt werden«, fuhr Roger fort. »Den Anzug hatte Gertrude vom Dachboden geholt. Offenbar hatte ihn der siebenunddreißigste Baronet immer bei Jagdausflügen mit dem König auf Balmoral getragen. Der Alte sagte zu Ferguson, er würde dem früheren Herrn zum Verwechseln ähneln – da hättet ihr mal Fergusons Gesicht sehen sollen!«

»Wenn seine Pläne für eine Jagdmode-Kollektion damit gestorben sind«, entgegnete der Major, »sind wir Gertrude zu großem Dank verpflichtet.«

»Wahrscheinlich lag es nur an ihrer beeindruckenden Tüchtigkeit«, sagte Roger kläglich, »aber sie wurde im Lauf der Woche immer hübscher. Es war geradezu unheimlich.«

»Und Mr. Ferguson?«, fragte Jasmina. »Fand er sie auch hübsch?«

»Ich glaube, er war total verblüfft. Sie ist ja nicht mal groß oder so, aber sie stapfte in Stiefeln und Regenmantel durch die Gegend, als hätte sie schon immer dort gelebt, und sie hat in einer Woche mehr zuwege gebracht, als er den anderen in

einem ganzen Jahr hatte abverlangen können. Es war wirklich witzig mitzuerleben, wie er zusammenfuhr, als plötzlich ein alter Angestellter im Schloss, der sich geweigert hatte, je ein Wort mit ihm zu reden, auf ihn zukam und sich für die ›rothaarige Dame‹ bedankte. Nach ein paar Tagen begleitete er sie immer, damit sie ihn seinen eigenen Leuten noch einmal vorstellen konnte.«
»Das war genau die richtige Umgebung für sie«, sagte der Major. »Genau der Ort, wo sie hingehört.« Er sah sie förmlich vor sich, wie sie bis zu den Schenkeln im Heidekraut versank. Ihre Blässe musste perfekt zum dunstig-grauen Licht des Nordens gepasst haben, im ständigen Nebel hatte sich ihr Haar bestimmt gewellt, und ihre etwas stämmige Figur war wie geschaffen für die flache, schroffe Landschaft.
»Ich hab's echt verbockt«, gab Roger zu. »Ich hätte mich sofort reinhängen müssen, aber sie war so vernarrt in mich, dass ich dachte, ich hätte alle Zeit der Welt.«
»Und da hat sie sich in einen anderen verliebt«, sagte der Major. »Ich habe dir doch gesagt, dass Liebe keine Verhandlungssache ist.«
»Ich glaube gar nicht, dass sie ineinander verliebt sind, und genau das tut weh«, entgegnete Roger. »Es ist eine Art Übereinkunft. Sie kann auf dem Land leben und sich um das Anwesen kümmern, was ihr das Liebste überhaupt ist, und er kassiert die Anerkennung, die er gesucht hat, und wird sich, wenn er in der Stadt ist, bestimmt keinen Zwang antun, solange es diskret zu handhaben ist.« Er seufzte. »Eigentlich genial.«
»Aber wenn Sie sie geliebt hätten«, sagte Jasmina, »wäre das die bessere Lösung gewesen.«
»Leute wie wir können mit Leuten wie ihm nicht mithalten«, widersprach Roger verbittert. »Sie haben das ganze Geld und den richtigen Namen. Auch wenn ich ihr meine Liebe gestanden hätte, wäre nichts gewonnen gewesen, nicht einmal, wenn es gestimmt hätte.«

»Und was ist nun mit den Gewehren?«, wollte der Major wissen.

»Ich habe Ferguson gesagt, dass er sie nicht haben kann. Schließlich hat er das Mädchen abgekriegt. Den Edgecombe-Deal hat er abgeblasen, als hätte es sich um eine Vorhangbestellung gehandelt. Er hat alles genommen. Ich wäre schön blöd, wenn ich ihm auch noch das letzte bisschen von mir geben würde. Wenn Jemima das Gewehr ihres Vaters verkaufen will, soll sie es selbst machen.«

»Er baut also nicht in Edgecombe?«, fragte Jasmina. »Aber die Ehe mit Gertrude würde ihm das Projekt doch erleichtern?«

»Nachdem er jetzt beschlossen hat, Gertrude zu heiraten, möchte er lieber viele Erben, die hier im Herrenhaus als Lords leben.« Roger schniefte. »Plötzlich ist das alles hier heiliger Boden, der geschützt werden muss, koste es, was es wolle.«

»Aber er hat doch schon einen Titel«, wandte Jasmina ein.

»Ein schottischer Titel ist eben nicht dasselbe«, erklärte der Major.

»Vor allem, wenn man ihn im Internet gekauft hat«, fügte Roger hinzu.

»Ich kann es kaum glauben«, sagte der Major. »Das ist eine wunderbare Neuigkeit. Seit das Projekt publik wurde, stand ich vor der Entscheidung, auf welche Seite ich mich schlagen sollte, und habe mich, ehrlich gesagt, nicht gerade darauf gefreut.«

»Das war doch nicht schwer zu entscheiden«, sagte Jasmina. »Ich weiß, wie sehr du dieses Dorf liebst.«

»Natürlich hätte man sich für die richtige Seite entscheiden müssen«, gab der Major zu, aber er war froh, dass es ihm erspart blieb.

»Freut mich, dass du glücklich bist«, sagte Roger. »Aber was ist mit mir? Ich sollte für das Einfädeln dieses Deals einen dicken fetten Bonus bekommen, und jetzt kann ich mir nicht mal mehr sicher sein, dass ich meinen Job behalte.«

»Aber Sie sind nach Edgecombe St. Mary zurückgekommen«, sagte Jasmina. »Warum eigentlich?«
»Ja, stimmt.« Roger ließ den Blick über die Küche wandern, als wäre er selbst überrascht. »Es ging mir so schlecht, da wollte ich einfach nach Hause, und offenbar – na ja, irgendwie ist das hier immer noch mein Zuhause.« Er wirkte benommen wie ein verirrtes Kind, das man ganz hinten im Garten unter einem Strauch entdeckt hat.
Der Major sah Jasmina an, und sie ergriff seine Hand und nickte.
»Mein lieber Roger«, sagte der Major, »das hier wird immer dein Zuhause sein.« Einige stille Sekunden lang spiegelten sich in Rogers Gesicht wechselnde Gefühle wider. Dann begann er zu lächeln.
»Du weißt gar nicht, wie viel es mir bedeutet, dass du das sagst, Dad.« Er stand auf, ging um den Tisch herum und erdrückte seinen Vater fast mit einer stürmischen Umarmung.
»Aber das ist doch selbstverständlich«, sagte der Major in barschem Ton, um zu verbergen, wie glücklich er war, und klopfte seinem Sohn auf den Rücken.
Roger ließ ihn los und wischte sich offenbar eine Träne aus dem Augenwinkel. Er wandte sich zum Gehen, warf dann aber einen Blick zurück und sagte: »Also, was meinst du – sollen wir Mortimer Teale beauftragen, das Ganze schriftlich festzulegen?«

Es dauerte nur den Bruchteil einer Sekunde, dann war dem Major klar, dass er es hier mit etwas anderem als einem bloßen Hindernis für das Vorankommen seines Autos zu tun hatte. Ein Krankenwagen mit blinkendem Blaulicht stand offen und ohne Insassen vor dem Eingang des Dorfladens. Daneben war, quer zur Straße, um den Verkehr zu blockieren, ein Polizeiauto abgestellt, dessen Lichter ebenfalls blinkten. Alle Türen standen offen, und auf dem Fahrersitz sprach ein junger rothaariger Polizist eindringlich in sein Funkgerät.

»Da ist etwas passiert«, sagte Jasmina, sprang, kaum dass er angehalten hatte, aus dem Auto und lief zu dem Polizisten. Als der Major sie erreichte, flehte sie den Mann gerade an, ihr Zutritt zu gewähren.

»Wir wissen nicht genau, was los ist, Ma'am, und mein Sergeant hat gesagt, ich darf niemanden reinlassen.«

»Ist George da drin? Was ist mit ihnen geschehen?«, fragte Jasmina.

»Meine Güte, sie ist die Besitzerin des Ladens!«, warf der Major ein. »Wer ist verletzt?«

»Eine Dame und ihr Sohn.«

»Ich bin die Tante des Jungen. Das Mädchen soll heute meinen Neffen heiraten.«

»Wir suchen nach der Tante«, erklärte der Polizist und packte Jasmina am Arm. »Wo waren Sie vor einer halben Stunde?«

»Sie war den ganzen Nachmittag mit mir in Rose Lodge, und in den letzten beiden Tagen waren wir auch zusammen«, erklärte der Major. »Worum geht es eigentlich?«

In diesem Moment trat ein älterer Polizist aus dem Laden, ein freundlich wirkender Sergeant, dessen struppige Augenbrauen an eine verwilderte Hecke erinnerten. Er hielt den weinenden George, dessen linker Arm dick einbandagiert war. Mit ihm kam Aminas Tante Noreen heraus. Sie trug einen weiß-goldenen, am Ausschnitt mit Schmucksteinen bestickten Shalwar Kamiz, auf dem ein großer Blutfleck und die verschmierten blutigen Abdrücke einer Kinderhand zu sehen waren. Als George Jasmina erblickte, heulte er auf.

»Tante Jasmina!«

»Daran ist ihre Familie schuld!«, sagte Noreen, auf Jasmina deutend. »Das sind alles Kriminelle und Mörder!«

»Ist das die Dame, die dich und deine Mutter verletzt hat?«, fragte der Polizist, der Jasmina festhielt. George schüttelte den Kopf und streckte die Arme nach Jasmina aus. Der Polizist ließ sie los. Jasmina ging auf George zu, aber Noreen versuchte, sie zurückzuhalten.

»Er muss ins Krankenhaus, meine Damen«, sagte der Sergeant.
»Was ist denn passiert?«, fragte Jasmina. »Ich muss das jetzt wissen!«
»Als ob Sie das nicht längst wüssten«, antwortete Noreen.
»Sie haben uns alle betrogen mit Ihren Plänen und Lügen!«
»Bisher haben wir aus dem Jungen nur herausgekriegt, dass eine ältere Dame mit einer Art Stricknadel auf seine Mutter eingestochen hat, Ma'am«, erklärte der jüngere Polizist. »Daraufhin hat sich die Tante mit einem Mann, wahrscheinlich dem Vater des Jungen, aus dem Staub gemacht. Niemand weiß, wohin.«
Aus dem Laden kamen zwei Sanitäter mit einer Krankentrage. Darauf lag Amina, in ein Laken gehüllt, mit einer Infusionsnadel im Arm und einer Sauerstoffmaske auf dem Gesicht.
Als sie Jasmina und den Major sah, gab sie einen schwachen Laut von sich und versuchte, die Hand zu heben.
»Mummy!«, rief George. Noreen und der Sergeant konnten ihn nur mit Mühe zurückhalten.
»Die Männer müssen deiner Mummy jetzt helfen«, sagte Noreen.
Der Major trat an die Krankentrage und nahm Aminas Hand.
»Wie geht es ihr?«, fragte er einen stämmigen Sanitäter, von dem er annahm, dass er das Sagen hatte.
»Das Herz wurde offenbar nicht getroffen, sonst wäre sie jetzt tot, aber sie hat wahrscheinlich innere Blutungen. Schwer zu sagen bei einer so kleinen Eintrittswunde.«
»Wo ist George?«, flüsterte Amina. »Geht es ihm gut?«
»Er ist hier bei Ihrer Tante Noreen und bei Jasmina«, sagte der Major.
»Sie müssen Abdul Wahid finden, bitte!«, sagte Amina. »Er glaubt, er wäre schuld.«
»Sie muss jetzt ins Krankenhaus, Sir.« Der Sergeant zog seine Brauen mitfühlend zusammen.

»Ich fahre mit«, sagte Jasmina. »Er ist mein Großneffe.«
»Kommt nicht in Frage«, entgegnete Noreen. »Sie halten sich von uns fern und werden für Ihre Verbrechen büßen.«
»Ich bin nicht schuld, und Abdul Wahid auch nicht. Das ist doch nicht Ihr Ernst!«
»Wissen Sie, wohin Ihr Neffe gegangen sein könnte, Ma'am?«, fragte der Sergeant und zückte einen Notizblock. »Offenbar ist er mit der alten Dame abgehauen.«
»Ich habe keine Ahnung«, sagte Jasmina. Während die Männer die Trage in den Krankenwagen schoben, strich sie mit der Hand über Georges tränenverschmiertes Gesicht und fragte ihn: »Wohin ist dein Daddy gefahren?«
»Nach Mekka, hat er gesagt. Ich will zu meiner Mummy!«
»Mekka – ist das ein Restaurant oder ein Geschäft oder was?«, fragte der junge Polizist.
»Nein, ich glaube, er meint die Stadt«, sagte Jasmina. Der Major spürte, dass sie ihn ansah.
»Nach Mekka gehen, hat er gesagt«, wiederholte George, der von einem Schluckauf geschüttelt wurde, während die Tränen weiter liefen.
»Na ja, zu Fuß werden die zwei nicht weit kommen«, höhnte der Polizist.
»Ist Daddy mit der alten Tante weg?«, fragte Jasmina, und George schluchzte sofort von neuem los.
»Sie hat meiner Mummy mit der Stricknadel weh getan, und mich hat sie am Arm gekratzt.« Am ganzen Körper zitternd, zeigte er seinen Verband.
»Vielleicht will er seinen Vater schützen. Kinder sagen alles Mögliche, wenn sie verängstigt sind.« Der junge Polizist begann, dem Major auf die Nerven zu gehen.
»Mein Neffe hat mit der Sache nichts zu tun«, erklärte Jasmina.
»Steckt sie und ihre ganze Familie in den Knast!«, rief Noreen, als ihr der Sergeant George in den Krankenwagen hinaufreichte. »Das sind alles Verbrecher!«

»Im Augenblick können wir überhaupt nichts ausschließen.« Der Sergeant warf die Tür des Krankenwagens zu, und die Sirene heulte los. »Ich muss erst Ihren Neffen finden.«
»Ich habe keine Ahnung, wo er ist«, sagte Jasmina. Der Major staunte über ihre ruhige Miene und ihren klaren Blick. »Aber dass er nicht nach Mekka aufgebrochen ist, dürfte wohl klar sein.«
»Man kann nie wissen – vielleicht versucht er, das Land zu verlassen.« Er wandte sich seinem Kollegen zu. »Verständige die Flughäfen, und gib seine Personenbeschreibung raus. Besitzt er ein Fahrzeug, Ma'am?«
»Nein, er hat kein Auto.« Dem Major fiel auf, dass Jasmina ihren eigenen blauen Honda unerwähnt ließ, der nicht an seinem üblichen Platz stand. Er sah, dass sie taumelte, als würde sie in Ohnmacht fallen, und legte den Arm um ihre Taille.
»Das war ein schwerer Schock für sie, meine Herren«, sagte er so gebieterisch er konnte. »Ich muss sie jetzt zu mir nach Hause bringen, damit sie sich hinsetzen kann.«
»Wohnen Sie hier im Dorf, Sir?«, fragte der Sergeant. Der Major teilte ihm seine Adresse mit und half Jasmina ins Auto.
»Bleiben Sie im Haus«, fügte der jüngere Beamte hinzu. »Vielleicht müssen wir noch einmal mit Ihnen sprechen.«

Der Major ließ den Wagen mit laufendem Motor vor Rose Lodge stehen und lief in die Spülküche. Er zog die Gewehrkiste hervor, die Roger an ihren üblichen Platz zurückgestellt hatte, und steckte eine der beiden Flinten in eine Tragetasche aus Segeltuch. Dann holte er eine Munitionsschachtel aus dem abgeschlossenen Schränkchen, schüttelte sich mehrere Patronen in die Hand und stopfte sie in seine Hosentasche. Sicherheitshalber nahm er noch einen Feldstecher und einen Flachmann vom Haken. Beides verstaute er in seiner ledernen Jagdtasche, legte einen kleinen Erste-Hilfe-Kasten obenauf und vervollständigte seine Vorbereitungen mit einer frischen Schachtel Minzkuchen. In der Hoffnung, ausreichend

gerüstet und mit Lebensmitteln versorgt zu sein, um einer Verrückten entgegenzutreten, klopfte er kurz auf die Tasche.
Beim Hinausgehen stieß er im Flur auf Roger.
»Wohin willst du? Ich dachte, du wolltest jetzt gerade bei einer Hochzeit das Tanzbein schwingen?«
»Erst muss ich den Bräutigam finden«, erwiderte der Major. »Könnte sein, dass Abdul Wahid sich von einer Klippe stürzt.« Der Major lief den Weg zur Straße hinunter.
Hinter ihm ertönte leise Rogers Stimme. »Ziemlich krass, eine Hochzeit so abzusagen. Warum schickt er ihr nicht einfach eine SMS?«

Vierundzwanzigstes Kapitel

Der Major wusste, dass er schneller fuhr, als es in der zunehmenden Dunkelheit ratsam war, aber er hatte keine Angst. Er nahm nur die eigene Konzentration und die vorbeirasenden Bäume, Hecken und Mauern wahr. Das Dröhnen des Motors klang wütend genug, da musste keiner von ihnen irgendetwas sagen. Er spürte, dass Jasmina neben ihm fröstelte, aber er wandte den Blick nicht von der Fahrbahn. Sein Denken war ganz auf die bevorstehende Aufgabe gerichtet, und während sie die weitläufigen Randgebiete der Stadt hinter sich ließen und auf dem Feldweg in Richtung Klippen preschten, empfand er Stolz wie ein Soldat nach einem gut erfüllten Auftrag.

»Und wenn wir zu spät kommen?«, flüsterte Jasmina. Fast hätte er die Fassung verloren, solche Angst schwang in ihrer Stimme mit.

»Das dürfen wir einfach nicht denken. Wir müssen uns auf den nächsten Schritt konzentrieren und dann wiederum auf den nächsten.« Er lenkte den Wagen auf den leeren Parkplatz. »Wir tun, was wir können, und der Rest ist Gottes Problem.«

Die Klippe, auf der sie mit dem kleinen George so fröhlich herumspaziert waren, lag düster unter rissigen grauen Wolken, die mit geblähten, regenschwarzen Unterseiten im auffrischenden Wind dahinzogen. Weiter draußen wischten schon Regenwände über die aufgewühlte See. Es war noch nicht dunkel genug, als dass der Leuchtturm mit seinem Licht prunken konnte, aber auch nicht mehr so hell, dass Hoffnung aufkam. Als sie ausstiegen, schleuderte eine Bö kalten Regen an die Windschutzscheibe.

»Wir brauchen unsere Mäntel«, sagte der Major und lief zum Kofferraum.
»Dafür haben wir keine Zeit, Ernest!«, widersprach Jasmina, blieb aber am Straßenrand stehen und wartete auf ihn. Er schnallte die Jagdtasche um die Brust, hängte sich die Gewehrtasche über die Schulter und holte seinen Hut und den Jagdmantel heraus. Als er Jasmina ihren Mantel gab, hoffte er, dass die Flinte von seinen Schultern verdeckt wurde. Sie schlüpfte, offenbar ohne etwas bemerkt zu haben, in den Mantel. »Jetzt ist es so leer hier«, sagte sie und ließ den Blick auf der Suche nach Abdul Wahid über die endlose Grasfläche wandern. »Wie sollen wir sie nur finden?«
»Wir steigen zum Aussichtspunkt hoch«, schlug er vor, setzte den Hut auf und betrachtete die kleine Anhöhe mit der niedrigen Steinmauer und dem Münzfernrohr. »Von oben sieht man immer mehr.«
»He! Wo wollen Sie denn hin?« Aus einem der niedrigen Gebäude neben dem dunklen Pub trat ein kleingewachsener Mann. »Viel zu windig heute, um da raufzugehen.« Er trug robuste Stiefel, Jeans, einen Arbeitskittel und eine weite Warnweste, mit der sein umfangreicher Oberkörper wie ein Kürbis aussah. An seinen Hüften klimperten die offenen Schnallen irgendwelcher Sicherheitsgurte. Er hielt ein Klemmbrett in der Hand, und um seinen Hals hing ein Funksprechgerät.
»Sie haben natürlich recht«, sagte der Major, »aber wir suchen einen jungen, möglicherweise völlig verzweifelten Mann.«
»Wir haben keine Zeit!« Jasmina zog ihn am Arm. »Wir müssen los!«
»Ein Springer also.« Der Mann warf einen Blick auf das Klemmbrett. Jasmina seufzte leise, als sie das Wort hörte. »Ich bin vom Freiwilligen Suizid-Notdienst – bei mir sind Sie genau an der richtigen Stelle.« Er notierte sich etwas auf dem Klemmbrett. »Wie heißt er?«
»Abdul Wahid. Er ist dreiundzwanzig, und wir glauben, dass seine alte Großtante bei ihm ist.«

»Mit ihrer Großtante springen die wenigsten«, sagte der Mann. »Wie schreibt man ›Abduhl‹?«
»So helfen Sie uns doch um Himmels willen, ihn zu finden!«, rief Jasmina.
»Wir beginnen schon mal mit der Suche«, sagte der Major. »Können Sie noch ein paar Freiwillige zusammentrommeln?«
»Ich gebe den Notruf raus. Aber hochgehen können Sie da jetzt nicht. Viel zu gefährlich für den öffentlichen Publikumsverkehr.« Er stellte sich vor Jasmina und den Major hin und winkte sie zurück, als wären sie Schafe, die in den Stall getrieben werden mussten.
»Ich bin nicht der öffentliche Publikumsverkehr, sondern Angehöriger der britischen Armee im Rang eines Majors«, sagte der Major. »Außer Dienst selbstverständlich, aber in Ermangelung jeglichen Beweises für Ihre Zuständigkeit muss ich Sie auffordern, zur Seite zu treten.«
»Da unten ist jemand, Ernest.« Jasmina stahl sich davon und überquerte die Straße. Der Major lenkte den Klemmbrettmann ab, indem er vor ihm salutierte, erntete eine unsichere Handbewegung und ging Jasmina nach.
Von einer dicht mit Gebüsch bewachsenen Stelle rannte ein Mann zu ihnen hinauf. Es war nicht Abdul Wahid. Auch dieser Mann trug eine Warnweste, und der Major machte bereits Anstalten, ihm auszuweichen, interpretierte dann aber die Art, wie er mit seinem Handy herumfuchtelte, als einen dringenden Hilferuf.
»O nein – nicht der schon wieder!«, sagte der Klemmbrettmann, der schnaufend hinter ihnen hergestapft war. »Du weißt doch, dass du hier nicht rauf darfst, Brian!«
»Wieder mal kein Empfang«, rief Brian. Obwohl er ein kompakter, fit wirkender Mensch war, stützte er beide Hände auf die Knie und beugte sich vor, um nach dem Aufstieg Atem zu schöpfen. »Wir haben einen Springer südlich von Big Scrubber.« Er deutete mit dem Daumen über die Schulter nach hinten. »Kann ihn nicht überreden, vom Rand wegzugehen,

komme nicht nah genug ran. Irgend so eine alte Frau mit einer Waffe und einem unverschämten Mundwerk wollte mir in die Eier stechen.«
»Das ist Abdul Wahid«, sagte Jasmina. »Er ist hier.«
»Du darfst doch keine Rettungsaktionen mehr durchführen, Brian«, sagte der Klemmbrettmann.
»Du willst mir also nicht helfen, sie festzuhalten?«, fragte Brian.
»Personen mit sichtbaren Waffen oder deutlich erkennbaren psychischen Störungen sollen wir uns nicht nähern«, belehrte ihn sein Kollege mit dem Stolz eines Mannes, der ein Handbuch auswendig gelernt hatte. »Wir müssen Unterstützung durch die Polizei anfordern.«
»Die schicken dann aber kein Sondereinsatzkommando, Jim«, sagte Brian. »In der Zeit, die du brauchst, um zwei Wachtmeister im Mini Cooper zu rufen, kannst du zehn Leute retten.«
»Ist es eine Stricknadel?«, fragte der Major.
»Sind sie bei dieser Baumgruppe dort?«, fragte gleichzeitig Jasmina.
»Ja, Big Scrubber – könnte aber auch ein Eispickel sein.«
»Still!«, fauchte Jim. »Die sind öffentlicher Publikumsverkehr.«
»Funkst du jetzt einen Hilferuf, oder muss ich zur Telefonzelle und die Telefonseelsorge bitten, die Meldung weiterzuleiten?«, fragte Brian.
»In der Zentrale ist der Empfang besser«, sagte Jim. »Aber ich kann hier nur weg, wenn Sie beide mitkommen. Für Zivilisten verboten.« Er schlich sich an Jasmina heran und baute sich bergabwärts vor ihr auf, als wollte er sie packen.
»Die Tage der Ordnungshüter von Brians Schlag sind gezählt.«
»Bitte – ich muss zu meinem Neffen!«, rief Jasmina.
»Sie scheinen mir ein Mann der Tat zu sein, Brian«, sagte der Major, während er sich so beiläufig wie möglich das Gewehr

von der Schulter streifte und es sachte über der Armbeuge brach. »Ich schlage vor, dass Jim und Sie Verstärkung holen und die Dame und ich zu der alten Frau hinuntergehen und sie ganz ruhig dazu bringen, sich zu benehmen.«
»Scheiße«, sagte Jim und starrte wie gebannt auf die Flinte.
Jasmina schnappte nach Luft, nutzte dann aber die Gelegenheit, drehte sich um und lief den Abhang hinunter.
»Scheiße«, sagte der Major. »Ich muss ihr nach.«
»Dann nichts wie los«, rief Brian. »Ich sorge dafür, dass Klemmbrett-Jim die richtigen Anrufe macht.«
»Es ist übrigens nicht geladen«, rief der Major noch, während er Jasmina hinterherstolperte, unterließ es jedoch, die Patronen in seiner Tasche zu erwähnen. »Aber die alte Dame hat bereits jemanden mit der Nadel niedergestochen.«
»Ich habe kein Gewehr gesehen«, sagte Brian und scheuchte ihn mit einer Handbewegung fort.
Während der Major zu laufen begann, ohne sich um die zahlreichen Kaninchenlöcher zu kümmern, in denen man leicht umknicken konnte, hörte er Brian rufen: »Und Jim wird das bestätigen, sonst erzähle ich den anderen, dass er mich in seiner Schicht Leute retten lässt und dann die ganze Ehre einheimst.«
»Das war doch nur ein einziges Mal«, entgegnete Jim. »Das Mädchen damals war so weggetreten, da hab ich gar nicht mitgekriegt, dass die schon längst gerettet worden war. Zwei Stunden hab ich auf sie eingeredet.«
»Soviel ich weiß, hätte sie sich danach am liebsten gleich noch mal umgebracht«, hörte der Major Brian sagen. Dann erreichte er das Ginstergestrüpp und die verkümmerten Bäume, und die Stimmen erstarben.

Hinter dem Gestrüpp sah er Jasminas kleinen Honda halb im Ginster vergraben. Eine tiefe Furche im Schlamm deutete darauf hin, dass der Wagen abgerutscht und seitlich ausgeschert war, bevor er zum Stillstand kam. Vielleicht hatte

Abdul Wahid vorgehabt, der Einfachheit halber mit dem Auto nach Mekka zu fahren.

Etwa fünfzig Meter entfernt kniete Abdul Wahid nahe, aber nicht gefährlich nahe am Klippenrand. Er schien zu beten, hatte den Kopf zu Boden gesenkt, als hätte er nichts von dem Drama rings um ihn bemerkt. Dichter beim Major stand dort, wo zwei Ginsterbüsche eine Art Durchgangsschneise bildeten, die alte Frau Wache. Ihre Gesichtszüge waren hart wie eh und je, wurden jetzt aber von heftigen Atemzügen belebt. Ihre Stricknadel war auf Jasmina gerichtet. Sie hielt sie ganz fachgerecht – mit der Faust und von oben nach unten zielend wie einen Dolch, der jeden Augenblick zustößt –, und der Major war überzeugt, dass sie durchaus fähig war, ihre Waffe tatsächlich zu benutzen.

»Tante, was tust du da?«, schrie Jasmina in den Wind hinein und spreizte beschwichtigend die Hände. »Warum müssen wir denn hier draußen im Regen herumstehen?«

»Ich tue das, was keiner von euch mehr kann«, rief die Alte. »Keiner weiß mehr, was es bedeutet, Ehrgefühl zu haben!«

»Aber was ist mit Abdul Wahid?« Jasmina hob die Stimme und brüllte zu ihm hinüber. »Abdul Wahid! Bitte!«

»Weißt du nicht, dass man einen Mann beim Beten nicht stören darf?«, sagte die alte Frau. »Er betet, weil er die Bürde auf sich nehmen und die Familienehre wiederherstellen will.«

»Das ist doch verrückt! So lassen sich die Probleme nicht lösen, Tante!«

»So wurde es immer schon gemacht, Kind«, entgegnete die Alte verträumt. »Als ich sechs war, wurde meine Mutter von meinem Vater in der Zisterne ertränkt.« Sie ging in die Hocke und zog mit der Stricknadel einen Kreis ins Gras. »Ich hab's gesehen. Ich hab gesehen, wie er sie mit einer Hand hineinstieß und ihr mit der anderen noch übers Haar strich, denn er liebte sie sehr. Sie hatte mit dem Mann gelacht, der immer kam und Teppiche und Kupferkannen verkaufte, und ihm mit eigenen Händen Tee in den besten Tassen ihrer Schwiegermutter gereicht.« Sie richtete sich wieder auf. »Und ich bin immer stolz gewesen auf meinen Vater und auf das Opfer, das er gebracht hat.«

»Aber wir sind zivilisierte Menschen und nicht irgendeine Bauernfamilie vom Land, die immer noch in der Vergangenheit lebt!«, sagte Jasmina mit vor Entsetzen erstickter Stimme. »Zivilisiert?«, fauchte die Alte. »Du bist verweichlicht. Verweichlicht und verdorben. Meine Nichte und ihr Mann sind von Wehleidigkeit geschwächt. Sie beklagen sich, sie schmieden ihre kleinen Pläne, aber ihrem Sohn haben sie nichts als Milde zu bieten. Und ich muss kommen und alles ins Lot bringen, obwohl ich eigentlich in meinem eigenen Garten sitzen und Feigen essen sollte.«

»Haben sie gewusst, was du tun würdest?«, fragte Jasmina. Die alte Frau lachte. Es klang wie das Gackern eines Huhns. »Niemand will es wissen, aber dann, wenn zu viele Welpen im Wurf sind, wenn einer Tochter etwas im Bauch wächst – dann komme ich. Und wenn ich wieder weg bin, spricht keiner darüber, aber mir schicken sie dann eine kleine Ziege oder einen Teppich.« Sie ließ die Finger langsam die Stricknadel hinaufwandern und begann, sich an Abdul Wahid heranzuschleichen; dabei bewegte sie die Nadelspitze hin und her, als wollte sie jemanden hypnotisieren. »Sie werden heulen und schimpfen und so tun, als würden sie sich schämen, aber du wirst sehen – danach bekomme ich endlich ein eigenes Häuschen in den Bergen. Dann baue ich Feigen an und sitze den ganzen Tag in der Sonne.«

Der Major trat hinter den Sträuchern hervor, stellte sich breitbeinig hin und legte die rechte Hand auf den Schaft des Gewehrs, das ihm noch immer gekippt über dem Arm hing. »Das reicht jetzt, Madam«, sagte er. »Ich bitte Sie, die Nadel fallen zu lassen und ganz ruhig mit uns auf die Polizei zu warten.« Die alte Frau taumelte ein paar Schritte nach hinten, fing sich aber wieder, und über ihre linke Gesichtshälfte kroch ein heimtückisches Grinsen.

»Ah, der englische Major!«, sagte sie und fuchtelte mit der Stricknadel herum wie mit einem warnend erhobenen Zeigefinger. »Es stimmt also, Jasmina. Du bist deiner Familie weggelaufen, um Unzucht zu treiben und ein liederliches Leben zu führen.«

»Wie können Sie es wagen!«, rief der Major, trat vor und ließ das Gewehrschloss einschnappen.

»Im Grunde hast du völlig recht, Tante.« Jasminas Augen funkelten vor Zorn. Sie trat vor und reckte das Kinn. Ihr Haar peitschte ihr Gesicht im Wind. »Und soll ich dir sagen, wie wundervoll es war – dir, mit deinem verschrumpelten Körper und deinem verdorrten Herzen, dir, die niemals glücklich war? Willst du hören, wie es ist, wenn man nackt mit einem Mann im Bett liegt, den man liebt, und die Sinnlichkeit des Lebens spürt? Soll ich dir davon erzählen, Tante?«

Die Alte jaulte gepeinigt auf und stürmte auf Jasmina zu, die beide Beine fest gegen den Boden stemmte, die Arme ausbreitete und keine Anstalten machte, zur Seite zu springen. Rasend vor Angst stieß der Major einen dumpfen Schrei aus, lief, das Gewehr schwingend, auf die alte Frau zu und versetzte ihr mit der Schaftkante einen Schlag auf den Kopf. Es war nur ein Streifhieb, aber ihr eigener Schwung erledigte den Rest. Sie ließ die Nadel fallen und sackte zusammen. Jasmina plumpste auf den Boden und begann zu lachen, ein hässliches, roboterhaftes Lachen, ein Lachen wie im Schock. Der Major bückte sich, hob die Stricknadel auf und steckte sie in die Jagdtasche.

»Was hast du dir dabei gedacht?«, fragte er. »Sie hätte dich umbringen können.«

»Ist sie tot?«

»Nein, natürlich nicht«, sagte der Major, bekam es dann aber doch mit der Angst zu tun, als er den ledrigen Nacken der Alten abtastete. Endlich fand er den Puls. »Soweit möglich, vermeide ich es, Damen umzubringen, auch wenn sie noch so psychotisch sind.«

Gleich darauf ertönte die mittlerweile vertraute Stimme von Brian. »Sie sind ja ein prima Kämpfer!« Er kam hinter einem Busch hervor und beugte sich zu der alten Frau hinunter. »Gute Arbeit!«
»Wo ist der andere Bursche?«, wollte der Major wissen.
»Der hat die anderen per Funk gerufen, wartet aber immer noch auf Verstärkung. Vielleicht sollten wir uns jetzt ein bisschen mit Ihrem Neffen unterhalten und herausfinden, was er eigentlich will.«
»Wissen Sie auch wirklich, was Sie tun?«
»Nein, eigentlich nicht«, rief Brian fröhlich. »Ich habe in den letzten Jahren bestimmt fünfzig Leute von dieser verdammten Klippe runtergequasselt – aber wie, das kann ich beim besten Willen nicht sagen. Ist wohl so 'ne Art Naturtalent. Wichtig ist, dass man locker bleibt und keine hastigen Bewegungen macht.«
Vorsichtig gingen alle drei den Abhang zu Abdul Wahid hinunter.
Er hatte seine Gebete beendet, stand unnatürlich reglos da und starrte aufs Meer hinaus. Obwohl er keinen Mantel trug, zog er weder die Schultern zusammen noch verschränkte er die Arme vor der Brust, um sich vor der Kälte zu schützen. Nur der bestickte Saum seiner langen, schweren Tunika flatterte im Wind.
»Er hat seine Hochzeitskleidung angezogen«, sagte Jasmina. »Ach, mein armer, armer Junge!« Sie streckte ihre Hand nach ihm aus. Sofort packte der Major sie am Arm, weil er befürchtete, sie käme auf die Idee, die letzten dreißig Meter im Laufschritt zurückzulegen.
»Immer mit der Ruhe«, flüsterte Brian. »Ich mache ihn jetzt auf mich aufmerksam.« Er ging weiter und stieß einen leisen Pfiff aus, der den Major an das Signal erinnerte, mit dem man einen Jagdhund bei Fuß rief. Abdul Wahid wandte sich halb um und sah die drei.
»Hallo«, sagte Brian und schwenkte langsam seine Hand hin

und her. »Ich wollte nur mal fragen, ob ich kurz mit Ihnen reden dürfte.«
»Sie wollen mir wahrscheinlich helfen, was?«
»Wenn ich ganz ehrlich sein soll: ja. Was brauchen Sie denn?«
»Ich möchte, dass Sie meine Tante Jasmina von hier wegbringen«, antwortete Abdul Wahid. »Ich will nicht, dass sie es mit ansieht.«
»Was tust du, Abdul Wahid?«, rief Jasmina. »Ich lasse dich nicht hier zurück!«
»Sie soll weg«, sagte Abdul Wahid, ihrem Blick ausweichend. »Sie soll das nicht ertragen müssen.«
»Sie wollen also nicht mit ihr sprechen?«, fragte Brian. »Na gut. Wenn ich den Major bitte, sie wegzubringen, wären Sie dann bereit, mit mir zu reden – nur ganz kurz?«
Abdul Wahid schien über das Angebot gründlich nachzudenken.
»Bitte, komm heim, Abdul Wahid«, flehte Jasmina. Sie hatte zu weinen begonnen. Aus Angst, sie käme auf die Idee, zu ihrem Neffen zu laufen, hielt der Major sie noch immer mit dem Arm zurück. »Ich lass dich nicht allein.«
»Ich spreche lieber mit dem Major«, entgegnete Abdul Wahid. »Mit Ihnen spreche ich nicht.«
»Dann bringe ich Ihre Tante jetzt ins Warme und Trockene, und Sie rühren sich nicht vom Fleck und unterhalten sich mit diesem Gentleman?«
»Ja«, sagte Abdul Wahid.
»Er hat ein Gewehr, müssen Sie wissen«, sagte Brian. »Sind Sie sicher, dass Sie ihm vertrauen können?«
»Was soll das?« Panisch presste der Major die Frage zwischen den Zähnen hervor. »Wollen Sie ihn provozieren?«
Abdul Wahid aber lachte tatsächlich, wie es für ihn typisch war, kurz und bellend auf. »Haben Sie Angst, er könnte mich erschießen?«, fragte er. »Also, das käme mir im Augenblick gar nicht mal ungelegen.«
»Na gut«, sagte Brian. »Dann machen wir es so.« Dem Major

flüsterte er zu: »Dass er lacht, ist ein gutes Zeichen. Ich glaube, wir sollten mitspielen.«
»Ich gehe nicht«, sagte Jasmina. Sie wandte dem Major ihr tränennasses Gesicht zu, und er fühlte die Ungeheuerlichkeit dessen, was gleich kommen würde. »Ich könnte es mir nie verzeihen.«
»Wahrscheinlich könnten Sie es sich nie verzeihen, wenn Sie jetzt nicht gehen«, widersprach Brian. »Am besten gibt man ihnen, was sie wollen – natürlich nur, solange es im Rahmen bleibt. Aber nie irgendwelche Versprechungen machen!«
»Wenn ich ihn in deiner Obhut lasse und du nicht für seine Sicherheit sorgen kannst ...« Sie verstummte und wandte das Gesicht ab.
»Es mag wohl sein, dass du mir das nie verzeihen würdest«, sagte der Major. Die Worte hinterließen einen bitteren Geschmack in seinem Mund. »Ich verstehe.« Sie sah ihn an, und er fügte hinzu: »Wer auch immer bleibt, und wer auch immer geht – ich fürchte, sein Tod würde so oder so zwischen uns kommen, meine Liebe.« Er nahm ihre Hand und drückte sie.
»Lass mich jetzt die Rolle des Mannes übernehmen, Liebste, und für Abdul Wahid kämpfen. Und für uns.«
»Hier, bitte schön«, sagte Brian und holte etwas aus einem großen Rucksack. »Manchmal mögen sie eine Tasse Tee. Ich habe immer eine Thermoskanne zur Hand.«

Er wartete, während Brian und Jasmina die Anhöhe hinaufgingen und unterwegs kurz stehen blieben, um die alte Frau mitzunehmen, die zwar benommen, aber bei Bewusstsein war. Aus den Augenwinkeln beobachtete er Abdul Wahid, der weiterhin reglos dastand. Nach einer Weile drehte er sich um und ging in einem Bogen langsam bergab, um parallel, aber immer noch in respektvoller Distanz zu dem jungen Mann zu stehen zu kommen.
»Danke«, sagte Abdul Wahid. »Das war kein Ort für eine Frau wie meine Tante.«

»Das ist für niemanden der richtige Ort«, korrigierte ihn der Major und schielte in den Abgrund mit den wirbelnden Schaumkronen und den zerklüfteten Felsen, die aus der Tiefe an seinen Füßen zu ziehen schienen. »Die ganze Aufregung ist schlecht für die Verdauung.« Er straffte die Schultern. »Wenn ich's mir recht überlege, habe ich ziemlich wenig zu Mittag gegessen.«
»Das tut mir leid.«
»Was halten Sie von einer Tasse Tee? Dieser Brian hat mir eine Thermoskanne mitgegeben, und ich habe auch noch eine Packung Minzkuchen dabei.«
»Wollen Sie sich über mich lustig machen?«, fragte Abdul Wahid. »Halten Sie mich für ein Kind, das man mit Essen umstimmt?«
»Ganz und gar nicht«, entgegnete der Major und gab die lässige Herangehensweise sofort auf. »Ich habe einfach große Angst, wie Sie sich vielleicht denken können – und ich friere ein bisschen.«
»Ist es kalt?«, fragte Abdul Wahid.
»Sehr. Würden Sie nicht lieber irgendwohin gehen, wo es gemütlich ist, und die ganze Sache bei einem schönen warmen Essen besprechen?«
»Haben Sie Amina gesehen?«, fragte Abdul Wahid. Der Major nickte. »Kommt sie durch?«
»Sie hat im Krankenwagen nach Ihnen gefragt. Ich kann Sie zu ihr fahren. Ich habe mein Auto hier.« Abdul Wahid schüttelte den Kopf und rieb sich mit dem Handrücken die Augen. »Es hatte nie sein sollen«, sagte er. »Jeden Tag mehr Probleme, mehr Kompromisse. Ich sehe es jetzt ein.«
»Das stimmt einfach nicht«, widersprach der Major. »Sie reden wie ein Narr.« Er hörte den verzweifelten Unterton in seiner eigenen Stimme.
»Ich schäme mich so!«, fuhr Abdul Wahid fort. »Die Schande hängt wie eine Kette an mir. Ich würde das alles so gern im Meer von mir abwaschen und rein sein für …« Er unterbrach

sich abrupt, und der Major spürte, dass der junge Mann sich nicht einmal für würdig erachtete, den Namen seines Schöpfers auszusprechen.

»Mit Schamgefühlen kenne ich mich aus«, sagte der Major. Er hatte vorgehabt, Abdul Wahid darauf hinzuweisen, dass der Islam den Selbstmord verbot, aber in Anbetracht von Wind, Regen und hundertfünfzig Meter senkrecht abfallenden Klippen schien ihm die erneute Aufzählung von Regeln, die seinem Gegenüber längst vertraut waren, wenig konstruktiv zu sein. »So etwas kennt doch jeder. Schließlich sind wir alle nur engstirnige kleine Menschenwesen, die auf der Erde herumkriechen und nach ihrem eigenen Vorteil streben. Und dabei genau die Fehler machen, für die sie ihre Nachbarn verachten.« Als er einen Blick über den schartigen Rand der Kalkwand riskierte, drehte sich ihm angesichts der zackigen Felsen der Magen um, und beinahe hätte er den Faden verloren. »Ich glaube, jeder von uns wacht jeden Morgen mit den besten Absichten auf, und wenn es dunkel wird, haben wir alle doch wieder versagt. Manchmal glaube ich, dass Gott die Dunkelheit nur deshalb erschaffen hat, damit er uns nicht ständig sehen muss.«

»Sie sprechen von den Bürden der Menschheit, Major. Aber was ist mit der Schande des Einzelnen, die einem die Seele verbrennt?«

»Also, wenn Sie es genau wissen wollen«, sagte der Major, »dann sehen Sie sich dieses Gewehr an, auf das ich unglaublich stolz bin.« Beide schauten zu, wie die Regentropfen auf den glänzenden Schaft und den matten Stahllauf fielen. »Mein Vater gab mir auf dem Sterbebett ein Gewehr und das andere meinem jüngeren Bruder, und ich verzehrte mich vor Enttäuschung, weil er mir nicht beide überlassen hatte, und dachte nur mehr an diese Kränkung, während er vor mir mit dem Tod rang. Und ich dachte daran, als ich die Grabrede für ihn schrieb, und ja, zum Teufel, ja, ich dachte noch immer daran, als letzten Herbst mein Bruder starb.«

»Das war Ihr Recht als ältester Sohn.«
»Diese beiden Gewehre erfüllten mich mit größerem Stolz als Ihre Tante Jasmina. Um dieser Gewehre willen enttäuschte ich die Frau, die ich liebe, vor einer ganzen Ansammlung von Menschen, die ich zum größten Teil kaum ertragen kann. Ich ließ sie ziehen, und die Scham, die ich deswegen empfand, wird nie im Leben vergehen.«
»Ich ließ sie ziehen, um in den Besitz ihres ganzen irdischen Hab und Guts zu gelangen«, sagte Abdul Wahid leise. »Auch diese Schuld wird durch meinen Tod getilgt.«
»Das ist doch keine Lösung«, entgegnete der Major. »Die Lösung besteht darin, alles wieder in Ordnung zu bringen oder sich wenigstens tagtäglich darum zu bemühen.«
»Ich habe es versucht, Major. Aber letztendlich kann ich meinen Glauben und mein Leben einfach nicht in Einklang bringen. Auf diese Weise wird zumindest die Ehrenschuld beglichen, und Amina und George können ihr Leben weiterleben.«
»Aber wie soll denn ein Selbstmord mit irgendetwas in Einklang zu bringen sein?«
»Ich werde keinen Selbstmord begehen. Das ist *haràm*. Ich werde nur am Rand der Klippe beten und darauf warten, dass der Wind mich irgendwohin trägt. Vielleicht nach Mekka.«
Er breitete die Arme aus, und das schwere Hemd bauschte sich und schlug im Wind wie ein Segel in Luv. Der Major spürte, dass ihm die kümmerliche, durch das Gespräch gerade entstandene Verbindung zu Abdul Wahid entglitt. Er ließ den Blick schweifen und glaubte, im Gestrüpp mehrere Köpfe hervorspitzen zu sehen. Er winkte heftig, aber das erwies sich als ein Fehler. Auch Abdul Wahid sah die freiwilligen Helfer, und aus seinem Gesicht wich alles Leben.
»Sie haben mich schon viel zu lange aufgehalten, Major«, sagte er. »Ich muss zurück zu meinen Gebeten.«
Als er sich umwandte, langte der Major in seine Tasche, zog zwei Patronen hervor, schob sie in die Läufe und verschloss

das Gewehr mit einer Hand. Selbst im anschwellenden Geheul des Windes war ein deutliches Klicken zu hören. Abdul Wahid blieb stehen und sah den Major an, der jetzt zwei weit ausholende Schritte nach unten machte und sich zwischen ihn und den Klippenrand schob. Kläglich wurde dem Major bewusst, wie bröckelig und uneben der Boden war, und da er nicht hinter sich blicken konnte, verspannten sich seine Beine, bis er in der rechten Wade einen Krampf spürte. Abdul Wahid lächelte ihn milde an und sagte: »Sie wollen mich also doch erschießen, Major?« Wieder breitete er die Arme aus, bis der Wind sein Hemd flattern ließ, und ging taumelnd einen Schritt nach vorn.

»Nein, ich habe nicht die Absicht, Sie zu erschießen«, sagte der Major. Er ging ein Stück bergauf und drehte die Flinte in den Händen um, so dass das Schaftende zu Abdul Wahid hin zeigte. »Da!«

Abdul Wahid ergriff die Waffe, als sie in seinen Bauch gestoßen wurde, und hielt sie verdutzt fest. Der Major trat einen Schritt zurück und registrierte mit großem Unbehagen, dass die Läufe auf seine Brust gerichtet waren. »Jetzt werden Sie wohl mich erschießen müssen.«

»Ich bin kein gewalttätiger Mensch«, entgegnete Abdul Wahid und senkte die Flinte ein wenig.

»Sie haben leider keine Wahl«, sagte der Major. Er machte wieder einen Schritt nach vorn und hielt sich die Läufe an die Brust. »Ich kann Sie nämlich nicht da hinunter lassen, und wenn es sein muss, bleibe ich die ganze Nacht zwischen Ihnen und dem Klippenrand stehen. Dann können Sie nicht versehentlich umgeweht werden. Springen können Sie natürlich schon, aber das hatten Sie ja nicht vor, oder?«

»Das ist doch albern. Ich könnte Ihnen niemals etwas antun, Major.« Abdul Wahid trat einen halben Schritt zurück.

»Wenn Sie heute hier sterben, verliere ich Ihre Tante Jasmina, und ich will nicht ohne sie leben.« Der Major bemühte sich, mit fester Stimme zu sprechen. »Außerdem werde ich Ihrem

Sohn George bestimmt nicht gegenübertreten und ihm sagen, dass ich danebenstand und den Selbstmord seines Vaters zuließ.« Er machte wieder einen Schritt auf Abdul Wahid zu, so dass dieser nach hinten ausweichen musste; dabei bewegte er die Hände, um das Gewehr besser in den Griff zu bekommen. Der Major betete darum, dass die Finger des jungen Mannes nicht in die Nähe des Abzugs gerieten.

»Verstehen Sie denn nicht, dass Ihr Gefühl der Scham nicht mit Ihnen sterben würde, Abdul Wahid? Es würde in Ihrem Sohn und in Amina und in Ihrer Tante Jasmina weiterleben. Der Schmerz, den Sie durchlitten haben, würde diese drei Menschen ihr ganzes Leben lang verfolgen. Ihr Todeswunsch ist egoistisch. Aber ich bin auch ein egoistischer Mensch – wahrscheinlich, weil ich jahrelang allein gelebt habe –, und ich möchte es nun mal nicht miterleben.«

»Ich will Sie aber nicht erschießen!« Abdul Wahid weinte jetzt fast. Sein Gesicht zuckte vor Angst und Verwirrung.

»Entweder erschießen Sie mich, oder Sie entscheiden sich fürs Weiterleben«, erklärte der Major. »Andernfalls kann ich Ihrer Tante nicht mehr unter die Augen treten. Merkwürdig, dass es uns beide jetzt nur im Doppelpack gibt.«

Abdul Wahid heulte zornig auf und ließ das Gewehr zu Boden fallen. Es kam mit dem Schaft auf. Die Flinte donnerte los und entlud sich, wie der Major sah, nur aus einem der beiden Läufe.

Weißglühender Schmerz durchzuckte sein rechtes Bein. Die kurze Distanz verstärkte die Wucht der Schrotkugeln so sehr, dass er herumwirbelte, schwer stürzte und auf dem Gras ins Rutschen geriet. Plötzlich spürte er, dass der Boden unter ihm verschwunden war. Seine Beine schlitterten über den Klippenrand hinaus und hingen in der Luft. Ohne auf den Schmerz zu achten, fuchtelte er mit beiden Händen über dem Kopf herum und spürte seinen linken Ellbogen an einen Metallstab stoßen, an dem irgendwann einmal ein Drahtzaun befestigt gewesen war. Er packte den Stab, der dem Gewicht so lange standhielt, dass er sich umdrehen konnte, der sich dann aber, wie ein stumpfes Messer kreischend, zu biegen begann. Im nächsten Augenblick landete auf seinem linken Unterarm ein Körper, Finger krallten sich in seinen Rücken und suchten wahllos Halt. Unwillkürlich zog er die Beine an und stieß mit dem linken Knie an die Klippe. Wie ein Blitz durchzuckte der Schmerz seinen Kopf. Er hörte das Rumpeln der Steine, die über den Rand kullerten. Einen klaren Gedanken konnte er nicht mehr fassen. Alles, was er wahrnahm, war sein eigenes Überraschtsein und dann den Geruch von kaltem weißem Kalk und nassem Gras.

Fünfundzwanzigstes Kapitel

Der Major wollte nichts anderes, als den quälenden Gedanken an den Schmerz zu vertreiben, der mit dem Licht in seinen Kopf zu sickern begann. In der warmen Dunkelheit des Schlafs ließ es sich wohl sein, dort wollte er bleiben. Stimmengemurmel, ratternde Rollwägen und der kurze Trommelwirbel von Vorhangringen, die zur Seite geschoben wurden, nährten die Illusion, er würde gleich in einer Flughafen-Lounge erwachen. Er spürte, dass seine Lider flatterten, und versuchte, sie fest zusammenzupressen. Als er sich auf die Seite legen wollte, weckte ihn ein reißender Schmerz im linken Knie mit solcher Wucht, dass er die Luft anhielt. Er tastete umher, spürte ein dünnes Laken über einer glatten Matratze und stieß mit der Hand an einen Metallpfosten.
»Er kommt zu sich.« Jemand drückte seine Schulter aufs Bett, und dann fügte dieselbe Stimme hinzu: »Nicht bewegen, Mr. Pettigrew.«
»'s heiß' Major ...«, flüsterte er. »Major Pettigrew.« Seine Stimme war nur mehr ein heiseres Wispern in einem Mund, der aus Packpapier zu bestehen schien. Er versuchte, sich über die Lippen zu lecken, aber seine Zunge fühlte sich an wie eine tote Kröte.
»Hier ist etwas zu trinken«, sagte die Stimme. An seiner Unterlippe verhakte sich ein Strohhalm, und er begann, lauwarmes Wasser zu nuckeln. »Sie sind im Krankenhaus, Mr. Pettigrew, aber Sie werden wieder gesund.«
Er glitt in den Schlaf zurück. Sein letzter Gedanke galt der Hoffnung, das nächste Mal in seinem eigenen Zimmer in Rose Lodge zu erwachen, und als er später wieder den Anstaltslärm vernahm und wieder den Druck des Neonlichts

auf seinen Lidern spürte, verärgerte ihn das sehr. Aber diesmal schlug er die Augen auf.

»Wie geht es dir, Dad?«, fragte Roger, der, wie der Major sah, die *Financial Times* auf dem Bett aufgeschlagen hatte und die Beine seines Vaters als Leseständer benutzte.

»Ich will dich nicht von der Lektüre der Aktienkurse abhalten«, flüsterte der Major. »Wie lange bin ich schon hier?«

»Seit ungefähr einem Tag. Weißt du noch, was passiert ist?«

»Ich wurde am Bein getroffen, nicht am Kopf. Ist es noch da?«

»Das Bein? Na klar«, sagte Roger. »Spürst du es nicht?«

»Doch, natürlich. Aber ich hatte keine Lust auf böse Überraschungen.« Das Reden fiel ihm schwer, trotzdem bat er um Wasser. Roger half ihm, aus einer Plastiktasse zu trinken, aber das meiste schwappte unangenehm über die Wange und lief ihm ins Ohr.

»Die haben jede Menge Schrot aus dem Bein geholt«, berichtete Roger. »Zum Glück sind keine Arterien betroffen, und laut Mitteilung des Arztes wurde der rechte Hoden nur ganz außen angeschossen, was bei einem Mann deines Alters keine große Rolle spielen dürfte.«

»Herzlichen Dank«, sagte der Major.

»Außerdem hast du dir die Bänder im linken Knie ziemlich übel gerissen, aber da ist eine Operation nicht unbedingt notwendig – entweder heilt es von selbst, oder du kommst auf eine Warteliste und lässt den Eingriff in einem Jahr oder so machen.« Roger beugte sich zu ihm hinüber, drückte dem Major zu dessen Erstaunen die Hand und gab ihm einen Kuss auf die Stirn. »Du wirst wieder ganz gesund, Dad.«

»Wenn du mich noch einmal küsst, muss ich davon ausgehen, dass du lügst und ich in Wahrheit im Sterbehospiz liege.«

»Na ja, du hast mir wirklich einen Schrecken eingejagt!« Roger legte die Zeitung zusammen, als hätte ihn das kurze Aufflackern seiner Zuneigung peinlich berührt. »Du warst immer ein Fels in der Brandung meines Lebens, und plötzlich bist du ein alter Mann und hängst an Schläuchen. Ziemlich heftig.«

»Für mich sogar noch etwas heftiger«, sagte der Major. Einige Sekunden lang rang er mit der Entscheidung, ob er die Fragen stellen sollte, deren Beantwortung er vielleicht gar nicht ertragen würde. Er spielte mit dem Gedanken, Schlaf vorzutäuschen, um die schlechte Nachricht hinauszuzögern. Und schlecht musste sie sein, dachte er, denn nichts deutete auf weitere Besucher hin. Er versuchte, sich aufzusetzen. Roger drückte einen Knopf in der Wand, und das Bett hob ihn in eine halb sitzende Position.

»Ich will es wissen«, sagte er, aber er schien sich an seiner eigenen Stimme zu verschlucken. »Ich muss es wissen. Ist Abdul Wahid gesprungen?«

»In Anbetracht der Tatsache, dass er auf meinen Vater geschossen hat, wäre mir das völlig egal gewesen«, erklärte Roger. »Aber offenbar hat er sich zu Boden geworfen, als du über den Klippenrand gerutscht bist, und dich gerade noch rechtzeitig zu fassen gekriegt. Es war auf des Messers Schneide, haben sie gesagt, vor allem wegen dem Wind und der rutschigen Nässe, aber dann hat sich irgend so ein Typ namens Brian auf Abdul geworfen, und dann kam irgendein anderer Typ mit einem Seil und so, und sie haben dich zurückgezogen und auf eine Krankentrage gelegt.«

»Er ist also am Leben?«, fragte der Major.

»Ja, das schon, aber es gibt leider auch eine sehr schlechte Nachricht, die ich dir mitteilen muss. Eigentlich wollte ich damit noch ein bisschen warten ...«

»Ist Amina tot? Seine Verlobte?«

»Ach, das gestricknadelte Mädchen? Nein, die ist auf dem Weg der Besserung. Sie sind gerade alle oben bei ihr in der Frauenchirurgie.«

»Wer sind ›alle‹?«

»Mrs. Ali, Abdul Wahid und dieser George, der mir ständig Münzen für irgendwelche Automaten abschwatzt. Und dann

noch diese Tante – Noreen, glaube ich – und Abduls Eltern. Man könnte meinen, halb Pakistan hält sich da oben auf.«
»Und Jasmina ist auch dort oben?«
»Immer nur, solange sie es erträgt, nicht bei dir zu sein. Als ich gestern Abend kam, waren sie noch dabei, sie von dir wegzuzerren. Sie lässt sich einfach nicht abwimmeln.«
»Ich werde um ihre Hand anhalten«, sagte der Major in schroffem Ton. »Und es ist mir völlig egal, was du darüber denkst.«
»Reg dich bloß nicht auf! Besagter Hoden ist noch in einem Streckverband«, entgegnete Roger.
»Wer ist in einem Streckverband?« Jasmina kam hinter dem Vorhang hervor, und der Major spürte, dass er rot wurde. Sie trug einen Shalwar Kamiz in einem an weiche Butter erinnernden Gelb und lächelte ihn strahlend an. Ihr Haar war feucht, und sie roch nach Karbolseife und Zitronen.
»Dann sind Sie also doch endlich nach Hause gefahren und unter die Dusche gegangen?«, fragte Roger.
»Die Oberschwester meinte, mit meinen blutbefleckten Sachen würde ich alle Besucher verschrecken. Ich durfte die Ärztedusche benutzen.« Sie trat an das Bett des Majors, und sofort fühlte er sich wieder so schwach wie an dem Tag, an dem sie ihn aufgefangen hatte, als er wegen der Nachricht von Berties Tod in Ohnmacht gefallen war.
Er ergriff ihre warme Hand. »Abdul Wahid ist nicht gesprungen.« Mehr brachte er nicht heraus.
»Nein.« Sie umfasste seine Hand und küsste ihn auf die Wange und dann auf den Mund. »Und jetzt hat er dir sein Leben zu verdanken, und das können wir dir nie vergelten.«
»Wenn er es mir vergelten will, soll er einfach schleunigst heiraten«, sagte der Major. »Der Knabe braucht eine Frau, die ihm sagt, wo's langgeht.«
»Amina ist immer noch ziemlich schwach, aber wir hoffen, dass sie noch hier im Krankenhaus heiraten können. Mein Schwager und meine Schwägerin haben geschworen, so lange hierzubleiben, bis alles erledigt ist.«

»Das klingt wunderbar.« Der Major wandte sich an Roger, der an seinem Handy herumspielte. »Aber du hast vorhin eine schlechte Nachricht erwähnt.«
»Das stimmt, Ernest«, sagte Jasmina. »Du musst dich auf einiges gefasst machen.« Sie sah zu Roger hinüber. Der nickte, als hätten die beiden lange darüber gesprochen, wie man einem Kranken etwas Grauenvolles beibringt. Der Major hielt die Luft an und wartete auf den Schlag.
»Es geht um das Churchill-Gewehr, Dad«, sagte Roger schließlich. »Es wurde während deiner Rettung weggetreten oder was auch immer und ist über die Klippe gefallen, und Abdul Wahid sagt, er hat gesehen, wie es an den Felsen zerschellte.« Er stockte und beugte den Kopf zu seinem Vater hinunter. »Sie haben es nicht gefunden.«
Der Major schloss die Augen und sah es vor sich. Er roch wieder den kalten Kalk, spürte das vergebliche Zappeln seiner Halt suchenden Beine, das qualvolle Dahinrutschen seines Körpers, den das Meer wie ein Magnet anzuziehen schien. Und ganz am Rand seines Blickfelds nahm er die Flinte wahr, wie sie schneller und schneller über das nasse Gras glitschte, kurz vor dem Klippenrand einen gemächlichen Kreis beschrieb und vor Abdul Wahid und ihm hinabstürzte.
»Ist alles in Ordnung mit dir, Ernest?«, fragte Jasmina. Der Major blinzelte die Szene weg und fragte sich, ob es eine wirkliche Erinnerung oder nur eine Vision gewesen war. Der Kalkgeruch verschwand aus seiner Nase; nun wartete er darauf, dass ein überwältigender Schmerz einsetzte. Zu seiner Überraschung brachte er jedoch nur eine vage Enttäuschung auf, wie man sie empfindet, wenn der Lieblingspullover versehentlich in die Kochwäsche geraten und zu einem filzigen Ding geschrumpft ist, das gerade einmal einem kleinen Terrier passen würde.
»Bekomme ich irgendwelche Medikamente?«, fragte er mit geschlossenen Augen, und Roger sagte, er werde im Krankenblatt nachsehen. »Ich fühle nämlich nichts.«

»O mein Gott, er ist gelähmt«, rief Roger.
»Nein, ich meine wegen der Flinte. Ich bin viel weniger bestürzt, als ich sein sollte.«
»Nach diesen zwei Gewehren hast du dich gesehnt, solange ich dich kenne«, sagte Roger. »Immer wieder hast du gesagt, dass Großvater sie zwar auseinandergerissen hat, sie aber eines Tages wieder vereint sein würden.«
»Ich habe mich nach dem Tag gesehnt, an dem ich vielen Leuten, die ich für wichtiger erachtete als mich selbst, wichtig erscheinen würde«, entgegnete der Major. »Ich war arrogant. Ist wohl genetisch bedingt.«
»Eine wirklich nette Äußerung über jemanden, der die ganze Nacht an deinem Bett gewacht hat«, sagte Roger. »Hey, schau mal, Sandy hat mir eine Nachricht geschickt.«
»Haben Sie nicht gerade eben einer anderen Frau einen Heiratsantrag gemacht?«, fragte Jasmina.
»Ja, schon, aber ich hatte letzte Nacht viel Zeit zum Nachdenken, und da kam mir die Idee, dass es mit einer langen SMS vom Sterbebett meines Vaters aus klappen könnte.«
»Tut mir leid, dich so enttäuschen zu müssen«, sagte der Major. »Mit deiner Grabrede für mich hättest du sie garantiert beeindruckt.«
»Es tut mir leid, dass du das Gewehr verloren hast, das dir dein Vater geschenkt hat, Ernest«, warf Jasmina ein. »Aber du hast es verloren, weil du einem Menschen das Leben gerettet hast. Für mich und viele andere bist du ein Held.«
»Es war Berties Gewehr, um genau zu sein.« Der Major wurde wieder schläfrig und gähnte. »War zufällig als Erstes zur Hand. Es ist nicht mein Gewehr, das da am Grund des Ärmelkanals liegt.«
»Im Ernst?«, fragte Roger.
»Ja, und ich bin froh darüber. Jetzt muss mich niemand mehr daran erinnern, dass es Zeiten gab, in denen mir das Ding wichtiger war als mein Bruder.«
»Ach du Scheiße!«, rief Roger und hob den Blick von den

Tasten seines Handys. »Jetzt müssen wir Marjorie fünfzigtausend Pfund zahlen und stehen mit leeren Händen da.«
»Das wird wohl die Versicherung übernehmen«, sagte der Major. Er hielt sich mit letzter Kraft wach, um Jasminas lächelndes Gesicht noch ein wenig länger betrachten zu können.
»Welche Versicherung?«, fragte Roger skeptisch. »Waren die Gewehre die ganze Zeit über versichert?«
»Die Versicherung war nie ein Problem«, erklärte der Major und schloss die Augen. »Nach dem Tod meines Vaters zahlte meine Mutter die Prämien weiter, und nach ihrem Tod übernahm ich das.« Er schlug die Augen kurz wieder auf, weil er Jasmina etwas Wichtiges sagen wollte. »Ich bin sehr stolz darauf, dass ich jede Rechnung zu bezahlen pflege – sonst gerät ja die ganze Hauswirtschaft in Unordnung ...«
»Du bist müde, Ernest. Du solltest dich ausruhen nach all der Aufregung.« Sie legte ihre Hand an seine Wange, und er fühlte sich so, wie ein kleines Kind sich fühlt, wenn die Hand der Mutter das nächtliche Fieber kühlt.
»Muss dich noch fragen, ob du mich heiratest«, murmelte er, während er in den Schlaf hinüberglitt. »Aber nicht in diesem scheußlichen Zimmer.«

Als er erwachte, war die Station abgedunkelt, und nur aus dem Schwesternzimmer am Ende des Korridors drang Licht hervor. Auf dem Nachttisch brannte eine schwache Lampe, und die Zentralheizung der Klinik atmete in der Stille der Nachtschicht ebenso ruhig wie die Patienten. Am Fußende des Betts saß jemand auf einem Stuhl. Er rief leise: »Jasmina?«, und die Gestalt kam näher. Es war Amina, in Krankenhaushemd und Bademantel.
»Hallo«, sagte sie. »Wie geht es Ihnen?«
»Gut«, flüsterte er. »Dürfen Sie überhaupt aufstehen?«
»Nein, ich habe mich rausgeschlichen.« Sie setzte sich behutsam auf den Bettrand. »Ich wollte Sie unbedingt sehen, bevor

ich weg bin. Ich möchte mich dafür bedanken, dass Sie Abdul Wahid gerettet haben, und für alles andere auch.«
»Wohin wollen Sie denn? Sie heiraten doch morgen.«
»Ich habe beschlossen, nun doch nicht zu heiraten«, sagte sie. »Meine Tante Noreen kommt gleich in der Früh, dann holen wir George und fahren sofort in ihre Wohnung, damit keiner einen Aufstand macht.«
»Aber warum denn, um Himmels willen? Ihrer Hochzeit steht doch jetzt nichts mehr im Wege. Selbst Abdul Wahids Eltern sind inzwischen auf Ihrer Seite.«
»Ich weiß. Sie entschuldigen sich ununterbrochen und kommen und gehen mit Geschenken und Versprechungen. Ich glaube, sie haben sogar schon zugesagt, George ein Medizinstudium zu finanzieren.«
»Ich bin sicher, dass sie in Bezug auf die alte Dame ahnungslos waren«, sagte der Major. »So etwas ist einfach unvorstellbar.«
»So etwas passiert häufiger, als Sie denken. Aber ich glaube ihnen jetzt, dass sie das nicht wollten. Heute wird die alte Schachtel nach Hause geschickt.«
»Kommt sie nicht ins Gefängnis?«
»Man hat keine Waffe gefunden, und ich habe der Polizei gesagt, dass es ein Unfall war.« Amina warf dem Major einen Blick zu, der besagte, dass sie genau wusste, wo sich die Stricknadel befand. »Ich wollte nicht, dass Abdul Wahid sich noch mehr schämen muss, und außerdem ist es nicht schlecht, wenn sich seine Familie mir verpflichtet fühlt.«
»Sind Sie sicher?«, fragte er. Sie nickte. »Aber warum wollen Sie jetzt weg?« Amina seufzte und begann, kleine Stoffflusen von der dünnen Krankenhausdecke zu zupfen.
»Wenn man dem Tod von der Schippe gesprungen ist, sieht man die Dinge plötzlich anders, finden Sie nicht?« Sie sah ihn an. In ihren Augen standen Tränen. »Ich glaube, Abdul Wahid war die Liebe meines Lebens, und ich war bereit, alles aufzugeben, um mit ihm zusammen zu sein.« Sie zupfte immer

heftiger an der Decke, bis aus einer fadenscheinigen Stelle ein Loch geworden war. Der Major hätte ihrer zerstörerischen Hand am liebsten Einhalt geboten, wollte die junge Frau jedoch nicht unterbrechen. »Aber sehen Sie mich wirklich ein Leben lang hinter der Ladentheke stehen?«, fragte sie. »Regale einräumen, mit den alten Kundinnen plaudern, Buchhaltung machen?«
»Abdul Wahid liebt Sie. Ihretwegen ist er kurz vor dem Tod doch noch umgekehrt.«
»Ich weiß. Setzt mich auch gar nicht unter Druck, was?« Sie versuchte zu lächeln, aber es gelang nicht. »Verliebt sein reicht nicht. Wichtig ist, wie man den Alltag verbringt, was man zusammen macht, welche Freunde man hat, und am allerwichtigsten ist die Arbeit. Ich bin Tänzerin. Ich muss tanzen. Wenn ich das Tanzen aufgeben und den Rest meines Lebens damit verbringen würde, Schweinefleischpasteten einzupacken und Äpfel zu wiegen, wäre ich irgendwann nur noch wütend auf ihn. Er sagt zwar, dass ich auch tanzen darf, aber in Wahrheit erwartet er meine volle Mithilfe im Laden. Dann wäre er auch bald nur noch wütend auf mich. Es ist besser, sein Herz und meines jetzt gleich zu brechen, als mit anzusehen, wie sie mit der Zeit verdorren.«
»Und was ist mit George?«
»Ich wollte, dass George eine richtige Familie hat, mit Mummy und Daddy und einem Hund und vielleicht sogar einem Geschwisterchen. Aber das ist doch nur ein gerahmtes Foto auf irgendeinem Kaminsims und nichts Wirkliches, oder?«
»Ein Junge braucht einen Vater.«
»Wenn ich das selbst nicht besser als jeder andere wüsste, wäre ich morgen schon auf dem Weg nach London.«
Sie schlang die Arme zaghaft um die Brust und sagte in einem Ton, der den Major davon überzeugte, dass sie viel darüber nachgedacht hatte: »Die meisten Leute, die mir das in den letzten Jahren vorgeworfen haben, wissen nicht mal ansatzweise, was sie damit eigentlich sagen wollen. Die haben keine

Ahnung, wie es ist, wenn man ohne Vater aufwächst, und die Hälfte von denen kann den eigenen Vater nicht ausstehen.«
Sie schwieg. Der Major dachte an die Unnahbarkeit seines Vaters.
»Ich glaube, selbst wenn ein Kind seine Eltern nicht mag, hilft es ihm doch, sie zu kennen, weil es dann weiß, woher es kommt«, wandte er ein. »Wir messen uns mit unseren Eltern, und jede Generation versucht, es ein bisschen besser zu machen.« Noch während er sprach, fragte er sich einmal mehr, ob er bei Roger versagt hatte.
»George wird beide Eltern haben, nur eben nicht unter ein und demselben Dach. In der Stadt hat er mich und seine Tante Noreen und hier in Edgecombe seinen Vater und Jasmina. Und ich hoffe, Sie besuchen ihn auch ab und zu. Er muss doch Schachspielen lernen.«
»Jasmina hat so sehr für euch beide gekämpft«, sagte der Major leise. »Sie wird völlig am Boden zerstört sein.«
»Manchmal lässt sich eben nicht alles in Ordnung bringen«, entgegnete Amina. »Das Leben ist nicht immer ein Roman.«
»Nein.« Der Major betrachtete die hässlichen Deckenplatten aus grobkörnigem Styropor, doch auch von dort kam keine Idee, wie er Amina umstimmen könnte.
»Ich weiß, was Jasmina für uns getan hat. Und George soll die größte Familie haben, die er nur kriegen kann.«
»Ich spreche nicht gern für andere«, sagte der Major. »Aber ich hatte noch keine Gelegenheit, Jasmina einen offiziellen Heiratsantrag zu machen.«
»Sie alter Lüstling – wusste ich's doch, dass ihr abgehauen seid, um es irgendwo miteinander zu treiben!«
»Von Ihrer vulgären Ausdrucksweise will ich vorerst absehen, junge Dame«, erwiderte der Major im strengstmöglichen Ton, »und Ihnen versichern, dass Sie und George in Zukunft jederzeit bei uns willkommen sind.«
»Für einen alten Knacker sind Sie ein echt guter Mensch!«

Amina stand auf, beugte sich zu ihm und küsste ihn auf die Stirn. Der Major sah ihr nach, als sie den schummrigen Korridor hinunterging und der lange Schatten ihrer Beine über das wässrig glänzende Linoleum tanzte. Wieder einmal erstaunte es ihn, wie ähnlich Liebe und Schmerz sich anfühlen können.

Epilog

Von der Bibliothek aus, die inzwischen »Das Frühstückszimmer des Gutsherrn« genannt wurde, sah man alles, was sich auf der Terrasse und dem Rasen des Herrenhauses abspielte. Der Major hatte einen ausgezeichneten Blick auf Mrs. Rasool, die, mit einer safrangelben Jacke und einer weiten, zartgrünen Hose prächtig gekleidet, lautstark und ungeniert in ein winziges schwarzes Headset hineinschimpfte. Das Mikrophon saß wie eine dicke Fliege auf ihrer Wange. Sie fuchtelte mit einem Klemmbrett herum, während zwei Gehilfen im Smoking herbeieilten, um weitere Gäste zu den weißen Klappstühlen zu führen, die halbkreisförmig vor einem niedrigen Podium angeordnet waren. Darüber hatte man ein schlichtes weißes Segeltuchzelt errichtet, das in der leichten Brise des Mainachmittags flatterte. Der Major, der halb versteckt hinter dem hellen Vorhang hinausspähte, war froh über die paar Minuten innerer Einkehr vor der Trauung. Es sollte eine kleine, bewusst zwanglose Zusammenkunft von Freunden sein, und alles, selbst das wunderbare Wetter, spielte mit. Dennoch sah er den Festivitäten wie einem heranrollenden Gewitter entgegen und wappnete sich gegen die Förmlichkeiten, die gleich auf ihn einprasseln würden.

Jemand trat in den Raum. Er drehte sich um und sah Jasmina hereinhuschen und sanft die Tür schließen. Sie trug eine Jacke und eine Hose aus alter Seide, die in der rubinroten Wärme teuren Portweins leuchtete. Ein spinnwebdünnes Tuch in zartem Wedgwood-Blau umhüllte ihren Kopf, als wäre sie ein Traumbild. Leise ging sie in ihren flachen Pantoletten über den Teppich und blieb vor dem Major stehen.

»Du darfst doch gar nicht hier sein«, sagte er.

»Ich finde es falsch, nicht einmal mit der winzigkleinsten Tradition zu brechen.« Lächelnd ergriff sie seinen Arm, und eine Zeitlang sahen sie gemeinsam schweigend zu, wie sich die Gäste versammelten.

Roger sprach mit den Musikern, einer Harfenistin und zwei Sitarspielern und strich dabei mit der Hand über die Sitarsaiten. Wahrscheinlich, mutmaßte der Major, überprüfte er die Stimmung der Instrumente und tat seine Meinung über die Auswahl der Stücke kund. Die Stuhlreihen auf der Seite des Bräutigams füllten sich allmählich, wobei die Männer von den riesigen, sich ständig hin und her bewegenden Hüten zum größten Teil verdeckt wurden.

Als der Major Grace entdeckte, unterhielt sie sich gerade mit Marjorie, deren Kopfbedeckung heftig ins Wackeln geriet, während sie sprach. Dem Major blieb nur die Vermutung, dass ihr Einverständnis mit der bevorstehenden Hochzeit das weitere Geschwätz über deren Unangemessenheit nicht ausschloss.

Der Pfarrer stand etwas verloren herum. Daisy hatte sich geweigert zu erscheinen. Alec und Alma saßen in der ersten Reihe, sprachen aber nicht miteinander. Der Major war Alec sehr dankbar dafür, dass er für ihre Freundschaft eingestanden war und seiner Frau abverlangt hatte, ihn zu begleiten. Andererseits mussten jetzt alle Almas starre Miene und die Seufzer der Gekränkten ertragen. Aus der breiten Terrassentür trat wogend seine Nachbarin Alice, die eine Art Batikzelt und Hanfsandalen trug. Begleitet wurde sie von Lord Dagenham, der eben von seiner alljährlich im Frühling absolvierten Venedigreise zurückgekehrt war und signalisiert hatte, er würde sich über eine Einladung freuen, jetzt aber leicht perplex auf die sonderbaren Leute reagierte, die sich da auf dem Rasen hinter seinem Haus versammelten.

»Glaubst du, es gefällt Dagenham, wie die Rasools alles umgebaut haben?«, fragte der Major.

»Nach dem Vorfall mit den Schulkindern und den Enten sollte

er froh sein, dass sich alles so in Wohlgefallen aufgelöst hat«, erwiderte Jasmina. Die örtlichen Behörden hatten, nachdem ihnen das Entenjagdfiasko zu Ohren gekommen war, die Schule sofort geschlossen. Erst vor kurzem waren die Rasools einem langfristigen, von Gertrude, Gattin des Laird of Loch Brae, initiierten Plan gefolgt und hatten in aller Stille das gesamte Gebäude mit Ausnahme des Ostflügels gemietet und zu einem Landhotel umgebaut, was es Lord Dagenham dank reichlicher Einkünfte nun wieder erlaubte, seine Zeit zwischen Edgecombe und anderen gesellschaftlichen Treffpunkten aufzuteilen. Da passte es ausgezeichnet, dass diese multiethnische Veranstaltung die erste von ihnen organisierte Hochzeit war.

Die Gäste der Braut – ein kleines Grüppchen, bestehend aus einem stellvertretenden Imam namens Rodney, Amina und ihrer Tante Noreen, Mrs. Rasools Eltern sowie dem Mann, der den Laden mit Tiefkühlkost belieferte und flehentlich darum gebeten hatte, kommen zu dürfen – drängten sich jetzt auf der Terrasse zusammen, als würden sie von einem unsichtbaren Seil zurückgehalten. Abdul Wahid sollte sie zum vereinbarten Zeitpunkt in einer kleinen traditionellen Prozession zu ihren Stühlen führen. Er stand etwas abseits und sah finster drein wie immer, so als würde er das oberflächliche Geschnatter rings um ihn zutiefst missbilligen. Amina würdigte er keines Blickes. Die beiden hatten eine strikte Strategie des gegenseitigen Vermeidens entwickelt, die sie derart rigide befolgten, dass klar zu erkennen war, wie sehr sie sich noch immer zueinander hingezogen fühlten. Ohne jeden Zweifel, dachte der Major, missbilligte Abdul Wahid auch die zahlreichen in der Gästeschar des Bräutigams zur Schau gestellten dicken Knie und üppigen Dekolletés älterer Damen. Abdul Wahid verstrubbelte das Haar seines Sohns, der mit seiner völlig schief sitzenden Krawatte wohlig an den Vater gelehnt dastand. Der Trubel ließ George offenbar völlig kalt – er las in einem großen Buch.

Der Major seufzte. Jasmina lachte ihn an und ergriff seinen Arm.

»Ein bunt zusammengewürfelter, zerlumpter Haufen«, sagte sie, »aber eben das, was übrig bleibt, wenn alles oberflächliche Getue ausgedient hat.«

»Und ist das genug?«, fragte der Major und legte seine Hand auf ihre kühlen Finger. »Genug für die Zukunft?«

»Für mich ist es mehr als genug«, sagte Jasmina. »Mein Herz ist ganz erfüllt.«

Sie stockte. Der Major sah in ihr Gesicht und schob eine auf Abwege geratene Locke aus der Wange, ohne ein Wort zu sagen. Während der bevorstehenden Feier würde genug Zeit sein, um auch über Ahmed und Nancy zu sprechen. Jetzt aber war da nur das Schweigen stiller Besinnung, das wie Sonnenlicht auf einem Teppich zwischen ihnen lag.

Draußen improvisierte die Harfenistin ein wildes Glissando. Ohne den Blick zu heben, spürte der Major, dass die Gäste jetzt aufrechter saßen und sich sammelten. Vielleicht wäre er lieber für immer in diesem Raum geblieben, um dieses Gesicht zu betrachten, dem die Liebe wie ein Lächeln um die Augen eingeschrieben war, aber das ging nicht. Er straffte die Schultern und bot ihr mit einer feierlichen Verbeugung den Arm.

»Mrs. Ali«, sagte er und kostete es aus, sie zum letzten Mal bei ihrem Namen zu nennen, »gehen wir heiraten?«

Danksagung

Vor vielen Jahren in Brooklyn geriet eine Hausfrau und Mutter, die ihren hektischen Job in der Werbebranche vermisste und ein Ventil für ihre Kreativität suchte, in einen Schreibkurs des New Yorker »92nd Street Y« (= 92nd Street Young Men's and Young Women's Hebrew Association). Seitdem habe ich einen langen Weg zurückgelegt, und wie in jeder guten Story hätte ich es ohne die Hilfe vieler Fremder und Freunde nicht geschafft. Danke euch allen!

Mein Dank gilt meinem Autorenzirkel in Brooklyn – Katherine Mosby, die mir beibrachte, die Schönheit eines Satzes zu erkennen, Christina Burz, Miriam Clark und Beth McFadden – allesamt Mitglieder der inzwischen zehn Jahre alten Schreibgruppe, in der bei billigem Wein offen Kritik geübt wird, sowie meinen frühen Leserinnen Leslie Alexander, Susan Leitner und Sarah Tobin.

Dank auch den versierten Autoren, die mich im Rahmen der Southampton Writers Conference und des Stony Brook Southampton MFA Program unterrichteten. Besonders hervorheben möchte ich Professor Robert Reeves, meinen Lehrer, Freund und schamlosen Förderer, der immer an seine Studenten glaubt und niemals Socken trägt, Roger Rosenblatt und Ursula Hegi, Melissa Bank, Clark Blaise, Matt Klam, Bharati Mukherjee, Julie Sheehan und Meg Wolitzer sowie meine schreibenden Freundinnen Cindy Krezel und Janis Jones.

Auch dem Bronx Writers Studio bin ich zu Dank verpflichtet – es verlieh mir 2005 eine »Auszeichnung für das Erste Kapitel«. Julie Barer las dieses erste Kapitel und wartete dann drei Jahre lang auf den Rest des Romans. Ich danke dir, Julie –

jetzt weiß ich, wie sich ein Lottogewinn anfühlen muss. Auch an Susan Kamil geht mein Dank, weil sie mich so oft zum Lachen bringt, dass ich ihr jede Bitte erfüllen würde. Und da sie außerdem eine hervorragende Lektorin ist, passt einfach alles. Von »Paragraph«, einer Organisation, die Autoren Arbeitsplätze zur Verfügung stellt, bekam ich einen Schreibtisch und einen Rückzugsort mit vielen Gleichgesinnten. William Boggess, Noah Eaker und Jennifer Smith erleichterten mir das Leben mit ihrer redaktionellen Unterstützung.

Im Cyberspace geht mein Dank an Tim von www.timothy hallinan.com für seine hilfreich provokanten Ratschläge.

Meine Eltern, Alan und Margaret Phillips, haben immer an mein schriftstellerisches Talent geglaubt und mich stets unterstützt. Meine Liebe gilt ihnen, meiner Schwester Lorraine Baker sowie David und Lois Simonson, die eine fremdländische Schwiegertochter aufnahmen.

Unsere wundervollen Söhne Ian und Jamie (Besitzer sämtlicher Rechte auf Major-Pettigrew-Actionfiguren!) triezten mich gnadenlos, bis das Manuskript endlich fertig war. John Simonson, mein Mann und bester Freund, hat diese Geschichte von Anfang an durch und durch verstanden. Ich kann ihm nicht genug danken – für alles.